Faces and Rebellious Nature of Korean Modern Poems

현대문학
연구총서

40

한국 현대시의
표정과 불온성

심은섭

푸른사상
PRUNSASANG

한국 현대시의 표정과 불온성

초판 인쇄 · 2015년 10월 23일
초판 발행 · 2015년 10월 30일

지은이 · 심은섭
펴낸이 · 한봉숙
펴낸곳 · 푸른사상사

주간 · 맹문재 | 편집 · 지순이, 김선도 | 교정 · 김수란
등록 · 1999년 7월 8일 제2-2876호
주소 · 서울시 중구 충무로 29(초동) 아시아미디어타워 502호
대표전화 · 02) 2268-8706~7 | 팩시밀리 · 02) 2268-8708
이메일 · prun21c@hanmail.net
홈페이지 · http://www.prun21c.com

ⓒ 심은섭, 2015
ISBN 979-11-308-0565-8 93810
값 34,000원

이 도서의 국립중앙도서관 출판예정도서목록(CIP)은 서지정보유통지원시스템 홈페이지(http://seoji.
nl.go.kr)와 국가자료공동목록시스템(http://www.nl.go.kr/kolisnet)에서 이용하실 수 있습니다.(CIP제어번호:
CIP2015027569)

한국 현대시의
표정과 불온성

언어 현상과 몰락을 통한 자아 완성

> 인간 존재의 가장 밑바탕에 고독이 있다.
> 인간은 외로움을 느끼고 동류를 찾는 유일한 생명체이다.
>
> – 옥타비오 파스

한국 현대시는 어떤 표정으로 100년이라는 시사(詩史)를 걸어왔을까? 구한말은 자생적으로 근대 국가를 수립하려고 극렬하게 요동쳤다. 그러나 그것은 영토 확장과 자원 수탈의 욕망에 사로잡힌 제국주의자들의 강탈로 수포로 돌아갔다. 따라서 대한제국은 자타에 의해 근대사회로 강제 편입되었고, 이 근대는 다양한 표정으로 바꿔가며 우리들 삶의 질서와 가치 체계를 뒤흔들어놓았다. 이러한 분위기에 편승한 한국 현대시 또한 근대라는 다양한 표정들을 감각적으로 포착하여 언어화를 이루려고 몸부림을 쳤다. 때로는 근대적 주체의 내면을 드러내기도 했으며, 그 이면에는 또 다른 근대를 넘어 새로운 변신을 꿈꾸어왔다. 즉 전통적인 미와 새로운 창조의 원리를 동시에 수용하면서 새로운 형식의 틀을 찾아나섰다. 그러한 환경의 지배를 받아오던 식민지 시대의 한국 현대시는 근대라는 생경한 풍경과 시선에 사뭇 당황하기까지 했다. 특히 도시의 풍경과 언어가 초래한 시각의 충격 및 감각의 혼란에 주목했다. 또 주권을 잃은 일제강점기의 깊은 상실감을 노래하면서 때론 전통성과 종교적 신념의 회복을 통해 식민지의 고통을 타개하며, 꿈이 상실된 절대 절망을 역설의 어법으로 해결하려고 했다.

광복 이후에는 해방의 환희와 함께 좌우의 이념적 갈등으로 극심한 사회적 혼란을 가져왔다. 이 이념적 대립은 민족의 생존 문제를 도외시한 채 결국 분단이라는 극단적인 상황으로 몰고 갔으며, 이것은 급기야 6·25라는 동족상잔의 비극을 초래하였다. 따라서 현대시는 이런 피해 의식으로 말미암아 자연히 허무주의라는 표정으로 변신하며 시대적 상황을 대변했다. 또 혼돈의 무질서를 극복하고자 한민족의 비애를 언어로 담았으며, 전쟁의 체험을 실존적으로 형상화하는 양상을 보여주기도 했다. 문학은 문학에 봉사해야 한다는 순수파는 전통적 순수 서정시를 고집하며 희로애락이라는 담론으로 몰고 갔으며, 다른 한쪽에선 이미지화라는 새로운 창작 기법으로 감각적인 인상을 사람의 마음에 떠오르게 만드는 모더니즘이라는 낯선 얼굴로 나타나기도 했다. 후자의 모더니스트들은 개인의 감정에 치중하거나 낡은 시 쓰기 방법을 고집하는 전통적 순수 서정시를 통렬하게 비판하며, 모더니티(modernity)라는 성분이 들어 있는 새로운 체질의 시를 빚어냈다. 이것이 현대시의 대표적인 표정이라 할 수 있는 모더니즘과 포스트모더니즘이다. 이렇게 한국의 현대시는 암담한 사회 현실과 부조리한 사회, 모순된 제도를 비판하는 현대시의 본래적 기능에 충실한 태도를 보여주는 반면에 사회를 계층화하거나 인간을 계급화하는 중심주의를 비판하는 일에도 적극적으로 나서기도 했다. 특히 아방가르드의 전위적인 예술 활동의 필연적 요소로 작용했던 불안 의식은 현대시의 독특한 표정이기도 하다.

부연하면 한국의 현대시는 전통적이며 낭만적인 주정시를 비판하는 주지시를 수용하는 경향을 뚜렷하게 보여왔다. 가령 미학적 자의식 또는 자기 반영성과 과거·현재·미래를 응축시킨 심리적 시간을 중요하게 다루는 동시성, 그리고 역설·모호성·불확실성, 주체의 붕괴 또는 비인간화를 특징으로 삼을 수 있다. 또 음악성을 중시하는 시문학파의 시적 태도를 거부하고 도시 감각과 현대 문명을 시각적 심상을 통하여 형상화하려고 시도했다. 이것은 모더니즘의 시론 확립이라는 시대적 표정이며, 시의 회화성을 강조하는 일이기도 하다. 동시에 난해성과 애매성을 극명하게 보여주는 실험성의 면모도 드러냈다. 이 실험시는 다다이즘적인 과격한 경향으로 실존주의, 반문명, 반전통적 등으로 기존의 모든 가치나 질서를 철저히 부정하며, 자기 영역을 확장해갔다. 그러므로 전통시는 가치가 훼손되는 혼란기를 맞이하였다. 그런 흐름 속에서 전원의 삶을 갈망하는 목가적인 시풍의 표정을 지닌 현대시도 얼굴을 내밀었다. 또한 30년대 후반에 접어들어 인간의 문제와 생명 탐구를 내세운 생명파는 감각적 기교나 시문학파의 순수 서정에 반기를 드는 모습도 보여왔다.

60~70년대의 한국 현대시는 참여적, 인생파적, 전통파적, 주지적이라는 네 얼굴로 문단에 나타났다. 특히 60년대에 진입하면서 갈망하는 자유와 부패한 정권의 실정을 담아내기 시작했다. 진정한 자유와 정치의 극점이라는 민주화를 요구하는 욕망의 분출은 거세었다. 이로 인해 민중의 고달픈 현실을 외면해서는 안 된다는 명분을 가진 '참여문학'이라는 이름의 현대시가 의롭게 등장하는 계기가 되었다. 참여시는 '인간을 위한 문학'이라는 기치 아래 민중의 탄압과 부조리한 사회 현실, 억압하는 제도를 비판하고 고발하는 양상을 보여주는 가운데에서 현실을 냉철하게 직시하는 지적 인식의 정직성을 추구하는 표정을 보여주었다. 때로는 현실을 세련된 감수성으로 포용하는 독특한 시세계를 가진 문단 세력도 등장하였다. 초현실주의의 진정한 자유 개념을 인식하는 모더니스트들이 쏟아낸 현대시들의 표정은 지성에 호소하며 언어적 실험을 통해 그것이 지니고 있는 의미의 영역을 확대시켰다. 이들은 극도로 절제와 정제된 이미지의 사용으로 난해한 무의미의 시를 낳았다. 현실 문제를 외면한 채 오직 '문학을 위한 문학'에 봉사하는 순수 서정을 노래한 전통파의 얼굴도 예전 그대로 그 모습을 보여왔다. 그러나 문제는 주지적인 경향의 모더니즘과 실험시의 등장이다. 낡은 전통적인 윤리관마저 거부하며, 모더니티의 성분만을 따지는 모더니즘 시는 한국 문단에서 확고한 부동의 영역을 차지하기 위해 필요한 동지들을 규합하는 데 성공했다. 이렇게 한국의 현대시는 다양한 표정으로 문단의 역사를 기록해왔다.

80년대 이후의 한국 현대시는 불온한 표정을 지었다. 여기서 불온성의 의미는 실천적 타성태(惰性態)의 현실에 대해 비판적 사고를 보여주며, 자유롭고 투명한 사회로 수정될 것을 촉구하는 앙가주망의 상징이다. 순수문학 쪽에서 바라보는 그러한 참여문학은 불온할 수밖에 없다. 전통의 미를 부정하고, 윤리마저 거부하며, 기존의 가치를 전복하려는 과격한 태도를 보여주는 그들에게 불온성을 부여할 수밖에 없다. 그렇다고 참여문학이 역기능적인 결과만을 낳은 것은 아니다. 부패한 사회에 대해 정의를 세우거나, 투명한 사회를 만드는 데 순기능적인 역할도 했음이 인정되어야 한다. 그러는 와중에 한국의 현대시는 러시아 형식주의자들이 주장했던 소위 '낯설게 하기'와 민중시 운동, 도시적 상상력의 자유로움 추구, 그리고 민중성과 서정성을 조화시키려고 노력해 왔다.

지금까지 통시적으로 한국 현대시의 표정과 불온성에 대해 장황하게 살펴보았다. 왜냐하면 한국 현대시의 역사적 의의를 공정하게 평가하면서도 그 한계를 뛰어넘어서야 한다는 것은 우리들의 소망과 같은 것이기 때문이다. 문학의 비평은 비판으로 끝날 일이 아니다. 사회적 공감과 독자들의 공감을 동시에 이루어낼 수 있는 방법으로 비평되어야 한다. 여기서 방법이란 문학을 통한 우리들의 성찰과 반성, 깨달음이다. 따라서 충분하지는 않지만 독자들과 함께 깨달음을 가지며, 함께 반성하고 성찰하자는 취지에서 이 책의 제목을 『한국 현대시의 표정과 불온성』이라고 명명하였다.

제1부에서는 무의미의 언어와 의미의 언어가 가지는 다양체에 대해 이야기했다. 시적 대상으로 삼는 사물들이 인간이 사용하는 언어와 밀월의 관계를 가지며, 끊임없이 변화하는 과정을 살폈다. 이를테면 피부는 고체와 기체, 내장과 바깥 세상 사이에 놓인 강력한 막이다. 따라서 언어도 시적 화자와 청자(聽者) 사이에 존재하는 피부와 같은 막의 역할을 한다. 시적 화자가 막의 역할을 하는 언어를 꿰뚫을 때 비로소 지향하는 의미가 청자에게 전달된다는 의미를 담았다.

제2부는 한국의 페미니스트들의 식물적 상상력으로 부권중심주의에 저항하며, 여성성 해방을 부르짖는 처절한 저항 의식과 반복적으로 생성하고 소멸하

는 삶의 아우성을 실었다. 또 페미니스트들이 자신의 자아를 식물에 대상화하는 투사 방법과 남근 중심 사회로부터 일탈하려는 예술적 고뇌를 정리해놓았다. 그리고 인간에 대한 절망과 그 절망에 대한 미적 저항의 일면도 실었다.

제3부에서는 작금의 젊은 앙가주망 시인들이 쏟아내는 절규를 담았다. 실천적 타성태는 인간을 규정하고 지배한다. 이 명제에 따르자면 반목적성의 형태로 인간들을 제도하고 규정할 때, 인간과 물자와의 사이에 주객 전도 현상, 즉 원시적 소외 현상이 발생한다. 다시 말해 다양한 구체적 인간 소외의 근저에는 항상 이 원시적 소외가 있다. 이 원시적 소외는 인간의 행동이 스스로의 무력함을 확인하는 하나의 비인간적인 목적을 위해, 즉 가공된 물질을 위해 스스로 수단이 된다는 사실의 기록이다.

제4부는 아방가르드들의 필연적 불안의 징후에 관한 이야기다. 특히 한국 문단의 아방가르드의 대표적인 주자로 주목받은 이승훈 시인의 피에타 분석을 통해 대상의 내면에서 불모성, 욕망의 언어와 시니피앙의 대응부정이 무엇인가를 논의한 장이다. 현금의 아방가르드들은 늘 불안을 안고 산다. 이런 불안은 그들을 역사적 모더니즘의 대한 재인식을 강요하게 만들었고, 현재의 미학은 언제나 낡아간다는 것에 대한 극복의 문제와 그것에 새로운 방법을 어떻게 모색했는가라는 점을 설명한 담론의 장이다.

제5부는 자아와 세계를 동일화하는 동화(同化), 혹은 투사(投射)의 이유를 찾아 적은 글이다. 그것은 성찰하는 사고를 통해 자기 극복과 자신의 운명에 대해 어떻게 위버멘쉬(Übermensch)적 존재임을 스스로 긍정할 수 있었는가라는 의미를 담았다. 결론적으로 운명을 사랑하는 초인적인 존재로 자각하고, 그렇게 살기를 의지하는 실존적 결단을 통한 허무 극복의 이야기다.

제6부는 실존의 앙가주망을 노래하는 시인들의 아우라와 노마드적 사유를 담아낸 장이다. 그들은 몰락을 통한 삶을 완성시키려고 하거나 이중성을 지닌 모순을 비판하는 방법으로 비대칭 사유와 노마드적 탈중심주의를 선택했다는 이유를 펼쳐놓은 장이다.

한국 문단의 시인들은 지금 '현대'라는 까다로운 괴물과 치열하게 싸우고 있

한국 현대시의 표정과 불온성

다. 그것은 예술의 절반을 이루는 일시성(一時性, ephemeral), 순간성(瞬間性, instantaneity), 우연성(偶然性, contingency)과 나머지 예술의 절반에 해당되는 영원성(永遠性, eternal), 불멸성(不滅性, indestructibility)의 속성(modernity)을 지니고 있다. 그런데 이것과의 싸움은 진정 언제 끝날지 아무도 모른다. 그러나 우리들은 '현대'가 인간의 삶에 안겨준 해방과 억압의 측면을 균형 잃지 않은 시선으로 분석과 비판을 해야 한다. 동시에 자기 자신의 정체를 부단히 변신하는 그의 표정 너머에 숨어 있는 음모와 모략을 폭로하고, 또 새롭고 신선한 생의 가치를 찾는 일 또한 시인에게 할당된 몫이다.

어려운 여건 속에서 출간을 적극 도와주신 푸른사상사의 한봉숙 사장님을 비롯하여 임직원 여러분께 머리 숙여 감사드린다. 그리고 늘 침묵으로 내조하는 아내와 나를 신뢰하는 두 아들에게도 고마움을 전한다.

乙未年 盛夏 미카엘관에서
심은섭

책
머
리
에

■ 차 례

10

한국 현대시의 표정과 불온성

제2부　해방과 저항을 희구하는 화자들

■ 차 례

한국 현대시의 표정과 불온성

제3부 가상이 현실을 구원하는 시뮬라르크

제4부 아방가르드의 필연적 불안의 징후

제6부 너를 환영(幻影)이라고 부르고 싶다

제1부

언어는 실패함으로써 존재한다

의미의 언어와 무의미의 언어
— 김춘수의 언어 의식의 변화 과정을 중심으로

1. 존재의 탐구와 언어

대여(大餘) 김춘수가 추구하고자 했던 존재의 방식이나 그의 시 의식에 대한 고찰이 지난 과거의 작품을 통해서만 알 수 있다는 것이 슬픈 장벽으로 남는다. 그것은 이 세상을 하직한 그가 더 이상의 부활의 가능성이 없기 때문이다. 호라티우스는 "시인이 평범하다는 것은 신에게도 인간에게도 용납되지 않는다"고 했다. 이 말이 가져다주는 의미는 김춘수의 시 의식을 대변하는 말이라고 해도 결코 과장된 표현은 아닐 것이다. 또 그의 시세계의 변천 양상을 살펴보고자 할 때 크게 다섯 단계로 나누어 볼 수 있다.

1946년 「애가」로 문단에 데뷔한 이후 초기의 작품들로써 「꽃」, 「꽃을 위한 서시」, 「나목과 시」 등과 같은 시 작품을 발표할 무렵을 제1기로 본다면, 1957년 경으로 서술적 이미지의 시세계로서 무의미시를 제2기라고 일컫는다. 이때는 관념을 배제하고 이미지를 즉물적으로 사용한다. 「처용단장」 제1부 시편에서 나타나듯이 이 시기의 작품들은 무의미가 주조를 이룬다. 소위 제3기는 1960년대 말부터 1970년대 초에 나타난 탈이미지의 세계를 추구하던 시기이다. 특히 「처용단장」 제2부에서 이미지 파괴와 실존성이 구체적 리듬감으로 표출되는 시기라 할 수 있다. 그리고 실존의 극복과 성찰의 특성을 드러내던 1970년 대에서 1980년대까지의 시기를 제4기라고 칭한다면 1991년 「처용단장」(미학

사) 발간 이후 다시 돌아온 관념시, 현실시를 제5기로 구분지을 수 있다. 이렇게 본글은 역사적인 관점에서 점층적으로 새로운 패러다임을 보여주는 그의 시세계를 언어 의식을 중심으로 논의하고자 한다.

> 그에게로 가서 나도/그의 꽃이 되고 싶다.
>
> ─「꽃」일부[1]

위의 「꽃」이라는 관념시에서 그가 추구하는 존재는 무의미로 흘러가는 강 위에 '꽃'을 띄워 사물의 본질을 새롭게 이미지화하는 데 있다. 그에게 꽃은 언어다. 때 묻고 빛이 바랜 언어로 존재의 성안에 들어갈 수 없고 때 묻은 의식의 언어로서는 존재하는 사물을 더욱 포착할 수 없다고 그는 생각했다.

이와 같이 김춘수의 존재 방식은 흘러가며 진행하는 실존의 존재이고 시적 대상을 고정 시키지 않는 허무의 존재다. 따라서 그는 존재의 의미에 천착하여 치열한 탐색의 태도로 일관하며, '꽃'이라는 언어로 이데아라는 본질의 세계에 도달하려고 했다. 또 '나'는 '꽃'이라는 대상을 인식함으로써 의미를 추구하는 '자아'이기도 하지만 이것은 본질과 비(非)본질, 인격과 비인격의 관계로 나타난다. 곧 시인은 꽃의 본질을 벗기고 비본질적인 자아로서의 대상과의 대화를 원했다. 다음의 작품은 「꽃을 위한 序詩」의 일부분을 살펴보자. "나는 시방 危險한 짐승이다./나의 손이 닿으면 너는/未知의 까마득한 어둠"에서 나타나는 언어들은 모두 표현의 질서를 가지고 있다. 또는 "존재의 흔들리는 가지 끝에서/너는 이름도 없이 피었다 진다./눈시울에 젖어드는 이 무명의 어둠에/추억의 …(중략)… 불을 밝히고/나는 한밤 내 운다."의 부분과 "나의 울음은 …(중략)… 아닌 밤 돌개바람이 되어/탑을 흔들다가/돌에까지 스미면/금이 …(중략)… ……얼굴을 가리운 나의 新婦여"에서 나타나는 언어들은 모두 표현의 질서를 가지고 있다. '짐승'과 '나', '가지 끝'과 '피었다 진다', '어둠'과 '불', '울음'과 '금'은 언어와 언어의 이항대립적 관계를 가진다. 또한 이 시는 추상과

제1부 언어는 실패함으로써 존재한다

---

1) 김춘수, 『김춘수 시선집』, 현대문학, 2008, 178쪽.

구상, 지성과 감성, 암시와 드러내기의 대립과 지양이 빚어내는 정서, 이미지, 의미의 텐션(tension)을 주고 있다.

'나'의 대한 인식은 쇠약했지만 기존의 의식으로 치열하게 고뇌하던 김춘수는 본질에 접근하고자 하는 '나'의 부단한 노력으로도 존재의 본질적 의미를 파악할 수 없다는 자각을 하게 된다. 그러나 본질의 실체는 끝내 그 모습을 드러내지 않으나 김춘수는 언어를 가지고 사물을 부재로부터 이끌어낸다. 이것은 시적 언어만이 할 수 있는 작업이다.

> ⓐ詩를 孕胎한 言語는/피었다 지는 꽃들의 뜻을 든든한 대지처럼/제 품에 ⓑ그대로 안을 수가 있을까
>
> — 「나목과 시 1」 일부[2]

> 엷은 햇살의/외로운 가지 끝에/ⓒ언어는 제만 혼자 남았다.
>
> — 「나목과 시 3」 일부[3]

위의 「나목과 시 3」에서 '언어는 제만 혼자 남'아 있다는 ⓒ의 사물은 소멸되고 언어는 고립된 상태라 할 수 있다. 그가 의지할 수 있는 것은 '꽃'이라고 언어로 부르는 순간 실재로서의 꽃은 사라지고 그 뒤에 남은 것은 '시를 잉태한 언어'ⓐ뿐이었다. 이렇게 그의 존재 증명과 구원은 오직 언어로서 가능했다. 한편으로는 '시를 잉태한 언어'ⓐ를 '그대로 안을 수가 있을까'라는 ⓑ의 시적 언어에 대한 자기 회의에 빠지기도 한다. 장 폴 사르트르의 말처럼 '인지하기 위해서가 아니라 다만 수락하고 사랑받기 위해서' 김춘수는 언어를 사용했다. 그래서 그의 언어를 부정으로서의 언어라고 할 수 있다.

인식의 시인인 김춘수에게는 모든 것이 인식의 대상으로서의 사물이고 언어는 인식을 위한 그의 도구였다. 그러므로 이미지는 언어의 본질로부터 부각되는 것이다. 인식을 위한 도구로서 사물의 깊은 안쪽으로 들어가 본질을 파악하

---

2) 앞의 책, 190쪽.
3) 앞의 책, 190쪽.

는 것은 언어의 몫이다. 그러나 본질의 의미는 의미 이전의 것으로 언어 자체가 가지는 의미만으로는 본질을 파악할 수 없다. 언어는 결코 이미지 구성의 자료가 되지 못하므로 이미지가 언어의 자리를 차지하게 된다. 이러한 의미를 바탕에 둔 김춘수의 시 의식을 논의의 대상으로 삼으려고 할 때에는 반드시 언어 자체가 가지는 의미에 집착하기보다는 언어를 통해 빚어낸 이미지를 추구하는 것으로 이해되어야 한다. 그러므로 사물의 존재를 밝히는 것은 언어에 의해서만 가능하고, 이 언어는 바로 명명 행위의 수단이 되는 것이다.

> 내가 그의 ⓐ이름을 불러 주기 전에는/ …(중략)… /하나의 몸짓에 지나지 않았다.// …(중략)… ⓑ이름을 불러 주었을 때/그는 나에게로 와서/꽃이 되었다.//내가 그의 이름을 불러 준 것처럼/ …(중략)… 빛깔과 향기에 알맞은/누가 ⓒ나의 이름을 불러다오./그에게로 가서 나도/ …(중략)… //우리는 모두/무엇이 되고 싶다.
>
> ─「꽃」 일부[4]

시적 화자가 '그의 이름을 불러 주었을 때/그는 나에게로 와서 꽃'이라는 정체를 드러내며 혼돈과 부재의 상태인 존재의 은폐성으로부터 '나'에게로 다가왔다고 말하듯이 김춘수에 있어서 언어에 의한 명명 행위는 의미 없는 존재를 의미 있게 하는 일종의 인식을 뛰어넘은 주술적 의식(儀式) 행위이다. 모든 사물은 언어를 통하지 않고서는 어떠한 존재에도 이르지 못한다는 말로 이해할 수 있다. 누구든 그의

> ⓐ 이름을 불러 주기 전에

는 '꽃'의 원시적인 실체로서 존재할 뿐 이미지로서 존재하지 않는다. 이름을 명명하는 수단은 언어이고 명명된 실체는 실존의 존재이다. 이름이 명명되었을 때 비로소 발신자와 수신자 간의 물리적 회로 또는 심리적 연결이 되는 접

---

4) 앞의 책, 178쪽. 편주에 의하면 『꽃의 소묘』에는 '누가 나의 이름을 불러다오.' 다음에 연을 나누었으나 『부다페스트에서의 소녀의 죽음』에서 한 연으로 수정하였다.

촉으로서 존재의 본질이 나타나게 된다. 혹자는 '몸짓'이 소통의 불능이고 분열이라고 하지만 필자는 '몸짓'과 '눈짓'은 모두 언어를 대신하는 소통의 감각기능으로서 통합의 변증법이라고 생각한다. 그것은 동일선상의 같은 신분으로서 언어와 사물은 각각 인지적(cognitive) 기능을 수행한다고 봐야 하기 때문이다. 누군가 그의

      ⓑ 이름을 불러 주었을 때

익명성에 묻혀 있던 존재는 깨어난다. 탄생은 실체를 의미하지만 누군가에 의해 명명되지 않을 때에는 존재의 가치를 가질 수가 없다. 그러므로 이름을 불러주었을 때 비로소 본질의 현상과 존재의 가치를 동시에 향유할 수 있다.

      ⓒ 이름을 불러다오

  김춘수는 무명의 존재를 언어를 통하여 새로운 존재를 탄생시키는 시인이다. 따라서 우주의 만물은 본질에 따라 이름이 지어진다고 볼 때 김춘수의 사명은 존재의 가치가 드러나지 않은 그 무엇이든 성스러운 것에 대해 언어로 명명 행위를 하는 것이다. 이처럼 언어가 사물의 존재와 존재 인식에 본질적인 역할을 수행하는 이유는 언어가 혼돈된 세계를 질서화하기 때문이다. 모든 사물은 언어가 없으면 존재할 수 없다. 따라서 김춘수의「꽃」은 언어가 단순한 도구가 아닌 인식의 근본적인 조건이라고 할 수 있는 철학적 성찰을 보여주면서 무상을 실상으로 깨우치는 행위를 하고 있다. 로만 야콥슨은「언어학과 시학」에서 "어떤 언어 공동체나 어떤 화자(話者)이건 언어는 하나의 통일체로 존재한다"고 했다. 그렇다면 명명 행위가 이루어질 때 실체는 존재로서 동일성의 의미를 지닌다는 결론으로 귀결되어야 한다는 것으로, 언어의 기능성을 강조했다. 이렇듯 김춘수가 이 작품에서 노리는 것은 언어라는 매개체를 통하여 발신자와 수신자의 접촉으로 존재를 탐구하고 새롭게 조명하려는 주체와 객체가 상하 주종 관계가 아닌 상호 우호적인 관계를 원했다. 그는 또「꽃」이라는 '이름을 부르는 행위'를 통해 비로소 인간이 사물을 인식할 수 있다는 경고와 인

식 수단으로서 언어의 역할을 말하고 있다.

2. 서술적 이미지와 언어

김춘수는 이미지를 위한 이미지를 소위 '서술적 이미지'(descriptive image)[5]라고 말한 바 있다. 다시 말해서 서술적 이미지는 비유적 이미지와 대립하는 것으로 이미지를 위한 이미지이다. 다른 한편으로는 서술적 이미지와 대립되는 개념으로서 어떤 관념을 전달하거나 이미지를 전달하기 위해 사용되는 '비유적 이미지'(metaphorical image)가 있다. 김춘수는 관념의 수단인 비유적 이미지가 아닌 시의 순수한 상태를 지향하는 이미지를 위한 이미지의 서술적 이미지를 추구했다. 이것은 새로운 관념이든 기존의 관념이든 그 어떤 것도 모두 배제한다. 그러므로 서술적 이미지는 대상의 소멸 과정이 아니라 대상의 재구성인 것이다. 그것은 대상을 전제로 하는 시작(詩作)의 출발임을 의미한다. 그러나 그는 대상을 재구성하려다 마침내 무의식 세계를 만나고, 이윽고 대상이 소멸되는 세계를 만난다. 비교하여 달리 설명하자면 이승훈의 '비대상'의 시가 무의식적 세계의 환상을 순간순간 떠오르는 언어로써 이미지의 고리를 만들어 형상화하고 있는 데 반해 김춘수의 '무의미'의 시는 심상만을 제시하는 서술적 이미지에 초점을 둔다. 관념을 거세한 무의미시로의 진입은 「인동잎」과 「처용단장」 1부에서 그 양상이 나타나고 있다.

> 초겨울의/열매가 익고 있다./ …(중략)… 작은 새가/그것을 쪼아 먹고 있다./월동하는 인동잎의 빛깔이/이루지 못한 인간의 꿈보다도/더욱 슬프다.
>
> ─「인동잎」 일부[6]

---

5) 김춘수가 주장했던 서술적 이미지에 대해 이승훈은 "나는 서술적 이미지라는 용어보다 묘사적 이미지라고 부르는 게 좋다는 입장"이라고 말한 바 있다. 이승훈, 『현대시의 종말과 미학』, 집문당, 2007, 183쪽을 참고 바람.
6) 앞의 책, 235쪽.

이 「인동잎」 시의 특질은 '인식의 시'다. 비유적 이미지를 철저히 배제한 풍경 묘사로만 일관하고 있다. '무엇'인가를 '말하려' 하지 않는 대신, 시인의 가슴에 떠오른 어떤 관념을 압축된 풍경 묘사를 통해서 보여줄 뿐이다. 그 관념은 특별한 의미를 갖지 않은 무상(無想)의 관념을 지향한다. 따라서 이 시에서 쓰인 언어에는 그 언어를 사용하는 사회와의 관계를 완전히 차단해버리고 언어 자체를 절대화한다는 전제가 깔려 있다. 여기서 돋보이는 것은 ①~②행의 '눈(雪)'과 '붉은 열매'이다. '눈'의 흰빛 이미지와 '붉은 열매'의 붉은빛 이미지가 강렬한 색조의 대조를 이루면서 한 폭의 풍경화를 연상시킨다. ③행의 '서울 근교에서는 보지 못한' 신기한 새이면서, 선명한 흰빛 이미지를 지니고 있는 이 새가 '붉은 열매'를 쪼아 먹고 있다. '붉은 열매'는 흰빛과 대조를 이루는 붉은빛 이미지이며, '쪼아 먹고 있다'라는 것은 촉각적 이미지이다. ⑥~⑧행은 역경을 극복하고자 하는 인동잎의 의지가 인간의 의지보다 훨씬 강렬한 것임을 시각화했다. 그러나 서술적 이미지의 세계는 무의미시라고 볼 수 없다. 관념의 늪에서 벗어나기 위한 트레이닝이고 사색과 대상의 단계로 보기 때문이다.

> 바다가 왼 종일/새앙쥐 같은 눈을 뜨고 있었다./ …(중략)… //그런가 하면 다시 또 아침이 오고/바다가 또 한 번/새앙쥐 같은 눈을 뜨고 있었다./뚝, 뚝, 뚝, 천(仟)의 사과 알이/하늘로 깊숙이 떨어지고 있었다// …(중략)… /어둠의 한쪽이 조금 열리고/개동백의 붉은 열매가 익고 있었다./잠을 자면서도 나는/내리는 그/희디흰 눈발을 보고 있었다.
>
> — 「처용단장 1-1」 일부[7]

위의 시 「처용단장 1-1」에서 보여주는 것은 주술적 언어이다. 주술적 언어는 시인이 받은 인상을 우리에게 직접적으로 전하지 않는다. 다만 우회와 변모를 거쳐 그 인상에 도달하면서 생성의 끝을 제거하고 본질로서 모든 것을 파악하려 한다. 특히 언어를 불러들임으로써 새로운 생명체인 '처용'을 탄생시키는 것이다. 또 이 시는 처용에 대한 역사적 사실 또는 전설의 내용을 시사(時事)한 것

---

7) 앞의 책, 540쪽.

이 아니라 감각적 체험의 이미지화에 치중한 작품이다. 인용된 작품에서도 처용의 설화가 아니라 김춘수 자신의 유년 시절 체험이 서정적인 풍경으로 표현된다. 그러나 이것은 시적 화자로서 탄생과 죽음을 연상시키는 이미지들을 혼합시켜 언어로 나타내 보임으로써 자연의 대순환을 형상화하고, 자연을 거대한 합일의 근원으로 나타내고 있는 것이다. 이것이 김춘수 특유의 생성 이미지이다.

> 3월(三月)에도 눈이 오고 있었다/눈은/라일락의 새순을 적시고/피어나는 산다화를 적시고 있었다./미처 벗지 못한 겨울 털옷 속의/일찍 눈을 뜨는 남쪽 바다,/그날 밤 잠들기 전에/물개의 우는 소리를 나는 들었다.
>
> —「처용단장 1-2」 일부[8]

위 시에서도 현상학적 인식의 방법을 염두에 두고 있던 그는 관념에 대한 공포증과 언어와 세계에 대한 불신에서 종래에 흔히 사용하던 비유법인 은유를 버리고 환유적으로 대상을 바라보고 있다. 현대시는 음악성보다 회화성을 강조한다. 따라서 대부분의 현대 시인들은 청각적 이미지보다 시각적 이미지를 강조한다.

관념의 전달과 소통의 매개체로 대상을 표현하기 위한 도구로 사용하던 언어를 그는 배제하기 시작했다. 그의 시론에서도 일체의 언어 작용을 부정했다. 그것은 곧 언어의 소통 가능성에 대한 원천적 봉쇄와 시니피앙과 시니피에의 결합을 부정한다는 것으로 분석할 수 있다. 현재 일상의 상투적인 언어로는 대상의 본질이나 순수를 더 이상 이미지화할 수 없음을 인지한 김춘수는 묘사주의라는 새로운 실험의 기교를 쏟아낸다. 그것은 김춘수가 '꽃'을 말할 때 아름다운 생물학적 식물을 지칭하는 것이 아니라 '꽃'이라는 언어가 불러일으키는 세계, 즉 하나의 이데아를 지향하고 있기 때문이다. 언어는 명명 행위의 도구일 뿐 존재의 주체는 아니다. 오히려 언어는 존재의 본질을 왜곡시킬 수 있는 위험한 가능성을 가지고 있다.

---

8) 앞의 책, 541쪽.

3. 탈이미지와 언어

김춘수는 「처용단장」 2부에 와서 설명적 요소를 제거하고 탈이미지적인 작품으로 변모해간다. 즉 이미지가 아닌 소리의 세계를 지향한다.

> 울고 간 새와/울지 않는 새가/만나고 있다./구름 위 어디선가 만나고 있다.
>
> ─「처용단장 2부 서시」 일부[9]

위의 시는 김춘수의 「처용단장 2부 서시」이다. 이 작품에서 언어로 나타낼 수 있는 관념은 본질이 아니라 다만 관념일 뿐이라는 회의론이 그를 억압한다. 이것이 새로운 시세계의 변화를 불러일으키게 된 일대 방향 전환을 하게 된 이유이다. 이제 그는 대상을 적극 극대화하여 자아의 영역을 해체하고, 자아를 수동적 존재로 전락시킨다. 이것은 바로 관념에 의한 자아를 버리는 행위라 할 수 있다.

> 구름 발바닥을 보여다오./풀바닥을 보여다오./그대가 바람이라면/보여다오.
>
> ─「처용단장 2-2」 일부[10]

김춘수는 「처용단장 2-2」에서 언어는 단지 이미지로만 남아 있고 설명적 요소와 논리적 요소가 거세된 시적 상황의 새로운 시 의식을 발견하게 된다. 또한 언어는 인식의 도구가 아니고 의미 전달이라는 본래의 기능을 상실하고 이미지의 환기 수단이 된다. 그렇다고 언어를 이미지의 도구로 전락시킨 것은 아니다. 그의 생각엔 이미지와 이미지로 구성된 언어의 건축물이라는 시는 결국 허상이라는 결론에 도달한 그때부터 서술적 이미지의 해체를 시도한다. 이때가 의미를 제거한 무의미로의 전환점이다.

---

9) 앞의 책, 552쪽.
10) 앞의 책, 553쪽.

불러다오./멕시코는 어디 있는가,/사바다는 사바다, 멕시코는 어디 있는
가,/사바다의 누이는 어디 있는가,

―「처용단장 2―5」일부¹¹⁾

위의 시가 지니고 있는 핵심은 의미가 사라진 언어가 환기하는 탈이미지를
중심으로 하는 무의미시의 지향이다. 이 무의미시는 언어 기호를 구성하는 기
의(記意, signifie)와 기표(記標, signifiant) 중에서 기의를 지우는 작업이다. 부연하
면 이미지의 소멸―연결이 아닌 이미지와 이미지로서 하나의 이미지가 또 다
른 이미지 하나를 지워버리는 해체와 상상적 변형이 일어나는 것을 말한다. 이
를테면 시의 행마다 되풀이되는 이미지의 서술로 그가 마지막으로 선택한 시
작(詩作)의 본질인 리듬을 강조하는 시이다. 즉 의미를 상실한 소리이고 리듬의
반복이다. 또 이 시는 서술적 이미지를 극복하고 관념이 거세된 상태이다. 관
념은 형상을 통해서만 나타낼 수 있다는 것과 말의 피안에 있다는 것을 새롭게
인식한다.

자아의 해체는 자기 동일 자아의 경계를 회복하려는 의도이다. 결국 무의미
시란 언어가 억압해오던 의미를 배제한 이미지와 관념으로부터 도피이고, 대
상의 소멸을 통해 허무에 도달하는 '순수 예술'의 세계이다. 대상이 있는 서술
적 이미지의 경우에는 관찰자(시적 자아)는 현상학적 판단 중지에 기초하여 대
상을 묘사하는 데 그치고 만다. 그러나 무의미시라는 것은 언어에서 의미를 제
거하고 언어와 언어의 혼합, 또는 충돌에서 빚어지는 음색이나 의미를 암시하
는 상태를 가리킨다. 이러한 절대적 허무에 도달하기 위해서 김춘수 그에게는
'탈이미지'가 필요했던 것이다.

4. 통사적 해체와 언어

1990년대를 전후하여 완성된 「처용단장 3」에서는 언어는 해체되고 의미는

---

11) 앞의 책, 554쪽.

단순한 소리로 분해된다. 그리고 그는 소쉬르의 언어관을 받아들인다. 가령 기호는 시니피앙과 시니피에의 양면성이 지시체를 배제하는 양가적 체계라는 주장이다. 그러나 그는 이제 기호의 논리, 곧 통사 규칙, 즉 문법을 과감하게 해체한다.

> 한번 지워진 얼굴은/ㅎㅏㄴㅂㅓㅈㅣㅝㅈㅣㅝㅈㄴㅓㄹㄱㄹㄷ/,복상腹上의/
> 무덤도 밀쳐낸다는데/글쎄,
>
> —「처용단장 3 −37」 일부[12]

앞의 「처용단장 3 −37」은 극단적인 통사 해체를 나타낸다. 소리와 의미 내용 사이의 대응 관계를 맺어주는 규칙의 체계를 가지고 있는 것이 언어이다. 모든 의사소통이 반드시 뚜렷한 소리 또는 문자, 그리고 기호를 갖춘 언어 체계를 통해서만 이루어지는 것은 아니다. 몸짓이나 손짓과 같은 신호를 통하여 의사를 전달하기도 한다. 따라서 음악도 미술도 의사 표현의 한 범주에 속한다고 볼 수 있다. 앞에서 인용한 「처용단장 3 −37」에서 김춘수는 의사 전달의 도구인 기호 체계를 통사 규칙 해체라는 극단적인 모험을 자행하고 있다.

> 나는 「상호부조론」을 읽은 지가 오래 되었지만/어느 날 천사가 행주산성의 그/개구리참외를 먹는 것을/나는 그만 봐버렸다.고,/그때 나는 이미 「」안에 들어가 버렸다.고,
>
> —「처용단장 3 −38」 일부[13]

위의 작품에서는 「」의 기호를 사용함으로써 언어를 제거하고 '버렸다.고,'라고 하는 표현 방법을 사용하는 것은 문법 체계를 해체한 이미지로부터 탈출을 시도하는 것과 같은 것이다.

> ⓐ눈썹이없는아이가눈썹이없는아이를울린다./역사를/심판해야 한다ㅣ

---

12) 앞의 책, 592~593쪽.
13) 앞의 책, 593쪽.

ㄴㄱㅏㄴㅣ/ …(중략)… /ⓑ이데올로기의솜사탕이다/바보야/ⓒ하늘수박은 올리브빛이다바보야//ⓓ , //역사는 바람이 자는가 자는가 하더니/눈이 내린 다 바보야/우찌살꼬 ㅂㅏㅂㅗㅑ/ⓔ , /ⓕㅎㅏㄴㅡㄹㅅㅜㅂㅏㄴ한여름이 다ㅂㅏㅂㅗㅇㅑ//ⓖ , /올리브 열매는 내년 ㄱㅏㄹㅣㄷㅏㅂㅏㅂㅗㅑ//ⓗ , / ⓘㅜㅉㅣㅅㅏㄹㄲㅗ ㅂㅏㅂㅗㅑ// …(중략)… /ⓙㅣㅂㅏㅂㅗㅇㅑ//어쩌나,/ⓚ 후박나무잎하나다적시지못하는/ …(중략)… /천둥과함께맑은날을우비처럼 역사의만하晩夏의/늦게오는비//ⓛ어쩌나,

- 「처용단장 3-39」 일부¹⁴⁾

예시된 「처용단장 3-39」에서는 이미지의 시세계로부터 탈피하려고 생성된 언어와 문법 체계를 부정한다. 특히 ⓐ와 ⓑ와 ⓒ, 그리고 ⓕ와 ⓚ는 띄어쓰기를 무시하고 있다. ⓓ-ⓔ-ⓖ-ⓗ의 ' , '는 시의 짜임새로 보아 하나의 연으로 구성되어 있다. ⓔ의 ' , '는 맞춤법을 어긴 통사 해체다. 그리고 ⓖ와 ⓗ, 그리고 ⓛ의 ' , '는 쉼표가 아니라 시행의 시작을 암시한다. 또 ⓘ의 'ㅜㅉㅣㅅㅏㄹㄲㅗ ㅂㅏㅂㅗㅑ'와 ⓙ의 'ㅣㅂㅏㅂㅗㅇㅑ'는 소리의 단위로 해체된 낱말이 아니기 때문에 어떤 의미도 내포하지 못한다. 이 시에서 ⓐ부터 ⓛ까지 일련의 시행을 살펴볼 때 서술어의 부재와 음절 단위의 소리, 그리고 쉼표 기능의 해체는 모두 통사 해체를 지향하고 있다.

그는 관념 전달이나 소통을 전제로 하는 언어, 즉 대상을 표현하기 위한 도구로 사용되는 언어를 「처용단장」 3부에서 배제하기 시작한다. 'ㅂㅏㅂㅗㅑ'처럼 언어를 사용해오던 김춘수의 시론에 나타난 관념의 부정은 언어의 의미 작용 일체를 부정한 것이 특징이라 할 수 있다. 언어 조직과 통사라는 형식, 그리고 질서의 개념을 해체하고 재구축하는 시적 언술을 통해 시 의식이 점증적으로 변화되어간다. 그러나 김춘수는 일제강점기의 억압과 6·25라는 이데올로기의 폭력에 대한 표현을 일상의 언어로는 형상화할 수 없다고 생각하고 또 다른 시세계를 추구한다. 그가 선택한 것은 '처용'과 '예수'라는 신화를 통해 신과 자연, 그리고 인간의 단절을 극복하고 인간 내면세계를 구원한 것이다.

---

14) 앞의 책, 594쪽.

5. 신(神)과 자연과 인간의 소통

앞에서 논의했던 여러 이야기를 전제로 하여 필자는 김춘수의 무의미시(「처용단장」)를 다음과 같은 측면에서 새롭게 정의하고자 한다. 시의 중요한 기능 중 하나가 보편적인 정서를 활용함으로써 시공을 초월하여 누구에게나 강력한 호소력을 발휘한다는 것이다. 그러므로 이미 전승되어오는 설화만큼 보편적인 느낌을 담고 있는 것도 없다. 이렇게 보편적이고 친숙한 느낌의 설화를 시 속에 차용함으로써 시가 개성적인 경험을 초월하여 시간적 영원과 보편적 정서를 잘 드러낸다고 할 수 있다. 그렇다면 김춘수의 시와 '처용'이라는 설화는 어떤 관계를 가지고 있을까? 그는 「처용단장」이라는 연작시에서 '처용'이라는 설화적 인물과 처용 설화를 줄곧 차용하고 있다. 왜 그토록 처용 설화를 차용하였으며 처용 설화를 통하여 무엇을 얻으려고 했을까. 또한 그의 시집 『南天』에는 '예수'를 시적 소재로 삼은 여섯 편의 시가 「예수를 위한 여섯 편의 소묘」라는 부제로 실려 있다.

이와 같이 김춘수에게는 전통적인 것과 서구적인 것이 나란히 병존하고 있다. 어찌 보면 예수는 김춘수에게 있어서 그의 시에 가장 중요한 화두였던 '처용'의 또 다른 변용이라고 할 수 있다. 이에 김춘수는 그의 시 「꽃」에서 '너'와 '나'는 '우리'라는 실체로 다시 태어나 단절된 관계 회복을 이루려 했듯이, 신라 시대의 신화적 인물을 현대화한 '처용'이라는 설화와 '예수' 사상과 이념, 그리고 종교를 통하여 신과 자연, 동시에 인간과의 단절된 관계 회복의 시 의식을 넓히고자 노력했다. 신라 시대의 신화적 인물을 현대시화(化)한 그의 시에서 무의미시라는 관념은 신화―원형으로 귀화하는 신과 자연, 그리고 인간이 하나가 되는 소통의 삼위일체를 이루어 절대 고독으로부터 벗어나려 했다. 그 대표적인 시가 「처용단장」과 「예수를 위한 여섯 편의 소묘」이다. 현실과 인간 내면의 잠재의식을 다양하고 총체적으로 파악하는 새로운 인식의 틀이 되고 있다는 점에서 매우 의미심장하게 받아들여야 할 일이다.

김춘수는 원죄에 빠진 인간을 십자가의 피 흘리는 죽음을 통하여 구원한다는 상식적인 예수 고난의 모습을 시로 형상화했다.

　　　－하나님 나의 하나님,/유월절 속죄양의 죽음을 나에게 주소서./낙타 발에
밟힌/땅벌레의 죽음을 나에게 주소서/살을 찢고/뼈를 부수게 하소서./애꾸눈
이와 절름발이의 눈물을/눈과 코가 문드러진 여자의 눈물을/나에게 주소서.
　　　　　　　　　　　　　　　　　　　　　　　　　－「痲藥」 일부[15]

　　신과 자연과 인간이 서로 분리되어 있는 현실을 절대 고독의 단계 ④라고 한
다면 이를 벗어나려는 그의 시 의식이 신화적 단계로까지 발전시켜가는 첫 번
째 이유일 것이다. 인간은 개체로 존재함으로써 고독을 피할 수 없다. 김춘수
는 예수가 십자가의 끔찍한 고통을 감내하는 것에 의미를 부여하고, 그 극한의
고통이 세상 사람들을 구원할 수 있는 힘이라고 믿었다. 김춘수가 여기서 드러
내 보이고자 하는 것은 스스로 속죄양이 되고자 하는 예수 정신이다. 신약성서
에서의 예수의 죽음은 무상의 은총을 위해서는 그에 필적할 만한 자신의 고통
이 지불되어야 한다는 것이고, 그것은 가장 정결한 양의 피로 상징되어 '속죄
양의 죽음'을 원하는 것이라는 기독교의 해석을 김춘수는 그대로 따르고 있다.

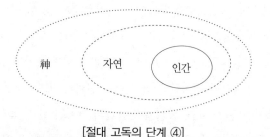

[절대 고독의 단계 ④]

　　인간의 고립은 신과 자연과 소통이 단절된 절대 고독으로부터 온다. 절대 고
독에 앞서 인간은 신과 자연이 분리되고, 자연과 인간이 분리되고, 인간과 인간
마저 서로 반목과 대립하는 카오스(chaos)적인 현상 탈피를 위해 언어에 의한 소
통을 원했다. 이것은 현 시대의 상황이라고 할 수 있는 절대 고독의 단계 ④를

제1부　언어는 실패함으로써 존재한다

---

15)　앞의 책, 405쪽.

탄생시키기 전 단계인 인간 고립의 단계 ③으로 진입하려는 행위이다. 신과 자연, 그리고 인간의 단절된 관계 회복을 위해서 김춘수가 추구하는 것은 상호 단절된 소통으로 인하여 신과 자연과 인간이 서로 분리되고 반목과 대립의 각을 세우는 상호 고립으로부터 구원이었다. 이와 같이 김춘수는 '나(인간) + 너(자연) + 그(신) = 우리(공동 운명체)'라는 주체 간 단절된 소통을 회복하고자 했다.

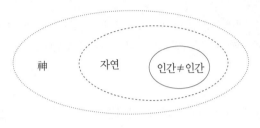

[인간 고립의 단계 ③]

김춘수가 노리는 또 하나의 시도는 신과 자연과 인간의 관계에서 언어를 통해 인간 고립으로부터 탈출이었다. 특히 언어로 표현된 축문 형식의 시를 통하여 관계 복원을 꾀하려 했다.

> 불이 앗아간 것, 하늘이 앗아간 것, 개미와 말똥이 앗아간 것,/女子가 앗아가고 男子가 앗아간 것,/앗아간 것을 돌려다오./불을 돌려다오, 하늘을 돌려다오, 개미와 말똥을 돌려다오./女子를 돌려주고 男子를 돌려다오.
>
> -「처용단장 2-1」일부[16]

위의 시는 인간 고립에 대한 그의 구원이고 간청이다. 또한 원망의 형태이다. 불(火)이 가져다준 재앙을, 하늘(神)이 데려간 인간의 목숨, 개미와 말똥을 찾는 단절이 앗아간 소통을 갈망하고 있다. 자연과 인간은 상호 소통하지만 신과 인간, 또는 신과 자연과의 관계가 단절된 상태에서는 결코 그는 구원을 얻을 수 가 없었다. 인간은 산을 허물고 농경지를 개간하고 댐을 쌓았다. 자연과 인간이 서로 불건전한 소통의 자연 파괴의 단계 ②에서는 운명을 공유할 대상이 없음을 직시하던 김춘수는 역사와 폭력의 이데올로기의 억압을 증오했다.

---

16) 앞의 책, 552~553쪽.

그래서 그는 시에서 의미를 배제하려는 시작(詩作) 의도와 태도를 지향하는 무의미시를 주창했다. 이러한 차원을 추구하는 김춘수의 시세계는 판단 중지의 사물시로부터 출발하여 고대 설화적 인물인 처용의 탐구로 전개되었다. 실존과 무의식적 유희를 교직(交直)하면서 현실에 대한 회의와 존재론적 불안을 여실히 드러내었다. 이것은 언어를 배제한 내면세계의 탐구인 것이다.

> 북 치는 어린 곰을 살려다오./북을 살려다오/오늘 하루만이라도 살려다오./
> 눈이 멎을 때까지라도 살려다오/눈이 멎은 뒤에 죽여다오.
>
> ─「처용단장 2−3」일부[17]

이 「처용단장 2−3」의 시는 인간의 거대한 폭력 앞에 애처롭게 쓰러지는 어리고 연약한 존재들의 절체절명의 위기 상황을 잘 드러내고 있다. 문화는 자연을 변화시키고 인간은 문화를 향유하기 위해 자연을 파괴한다. 인간의 언어는 자연의 파괴를 막지 못한다고 판단한 김춘수는 고대 설화라는 정신의 세계만이 자연을 구원하리라 생각했다. 인간이 자연을 파괴하여 문명의 이기(利器)를 얻으려고 신에게 떡과 술로 비는 것마저 김춘수는 부정하려 했다. 그래서 그는 신과 자연, 그리고 인간의 경계가 허물어진 상태, 즉 삼위일체의 상호 교류가 가능하도록 할 수 있는 유일한 소통의 통로인 고대 신화의 단계 ① '처용'을 통하여 무생명(fiction)을 사실(fact)로 만들어가는 신과 자연과 인간이 하나가 되는 삼위일체의 신화를 원했다.

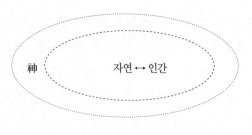

[자연 파괴의 단계 ②]

---

17) 앞의 책, 553쪽.

김춘수의 시에 나타나는 시적 대상들이 '꽃', '화가', '처용' 등과 같이 '꽃'이 아니면 인간임을 알 수 있다. 꽃의 추상적인 존재를 규명함으로써 '꽃'과 '인간'의 신분의 동일성을 완성하였고, 박해받던 유대인의 삶의 현장을 그린 샤갈의 그림을 통해 자신이 체험했던 한국적 역사를 언어로 조명하려고 했다. 그리고 인간의 절대 고립을 처용이라는 신화를 통해 소통하고자 했다. 그는 식물을 인간으로 묘사하면서 그의 언어는 시의 간결성과 애매성, 신비성을 부산물로 얻고 있다. 그러므로 김춘수는 똑같은 대상을 놓고도 다른 시인과 색다른 언어로 표출하고 있는 것을 발견할 수 있다. 여기서 더 논의되어야 할 중요한 문제는 어째서 '처용'의 언어가 김춘수의 주된 시적 오브제(objet)로 택해졌는가라는 것보다는 '처용'의 이미지가 어떻게 김춘수의 언어 속에 나타나 있으며 어떻게 전개되어가고 있는가라는 것이다.

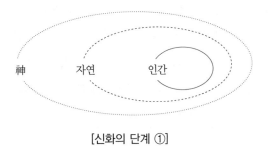

[신화의 단계 ①]

그는 '처용'을 통해 신과 자연과 인간의 화해를 시도하고자 했다. 그가 시도하려 했던 화해의 방법은 '처용'이라는 설화적 이미지로 나타난다.

> 숲 속에서 바다가 잠을 깨듯이/젊고 튼튼한 상수리나무가/서 있는 것을 본다./남의 속도 모르는 새들이/금빛 깃을 치고 있다.
> — 「처용」 일부[18]

인용된 「처용」에서 '젊고 튼튼한 상수리나무'는 김춘수가 바라는 온전한 존재로 구현된 모습이다. 그는 신화적인 세계를 가질 때만이 인간의 절대 고독은

---

18) 앞의 책, 233쪽.

사라지고, 신과 자연으로부터 또는 인간의 고립과 자연 파괴적인 것으로부터의 자기 구원을 얻을 수 있다고 생각한다. 그리하여 그는 고대 신화로부터 절대 고독의 구원을 얻으려고 추구했고, 언어의 일상적인 존재 방식을 과감하게 초월한 것이라 볼 수 있다. 다시 말해 시(詩) 외부 세계의 그 무엇과는 철저히 단절과 일상적 맥락이 배제된 시(詩) 내부의 세계만으로 자족적 세계인 순수성으로의 귀화를 의미한다. 따라서 극복할 수 없는 절망에 대한 인간적 고뇌가 표출되고 있다고 볼 수 있다. 또한 자기 극복의 초월성이라는 강력한 시 의식을 읽을 수 있다.

이와 같이 김춘수는 역사로부터의 상처를 고도의 언어유희와 추상을 통해 다스리고자 했다. 「처용단장 3-39」에서 보여주듯이 언어의 통사적 질서를 깨고 음절을 강조하기도 한다. 언어를 버리지 않는 한 시적 억압으로부터 도피할 수 없다는 것을 누구보다 김춘수 자신이 의도적으로 의식하고 있었다. 그의 시 의식은 절대 고립 ④에서 인간 고립 ③에 도달하고 인간 고립 ③에서 자연 파괴의 단계 ②로 가고, 자연 파괴의 단계 ②에서 신화의 단계 ①에 도달하고자 하는 긴 여정이었다. 이것은 일제강점기의 체험과 6·25의 폭력적인 이데올로기로부터 억압받아온 지난날에 대해 이해와 관용의 정신으로 삶을 살겠다는 태도의 소산이다.

지금까지 살펴본 논의의 대상이 언어를 중심으로 한 김춘수의 시 의식이 변화하는 과정이었다. 김춘수의 언어는 사물보다도 언어가 앞장서온다. 그래서 김춘수의 언어는 실패함으로써 존재한다. 그것은 실패 속에 새로운 형식을 얻고 도전의 양식을 발견하는 시도이기 때문이다. 존재의 탐구에서 의미를 부여하던 언어가 존재의 본질을 규명하지 못한다는 결론에 도달하고 언어에 의존하지 않는 수단으로서 이미지를 서술적으로 쓰지만 이미지에서 관념의 그림자를 벗어버리기 위해 선택한 건 이미지로부터 탈출이었다. 소위 탈이미지로서 리듬으로 시를 짜는 것이다. 그러나 김춘수는 다시 「처용단장」 3부에서 통사해체로 나간다. 그리고 박해받던 유대인의 삶의 현장을 그린 샤갈의 그림을 통해 자신이 체험한 한국적 역사를 언어로 조명하려 했다. 그리고 인간의 절대 고립을 처용이라는 설화를 통해 소통하고자 했다. 역사와 폭력의 이데올로기의 억압을 증오하고 시에서 의미를 배제하려는 시작(詩作) 의도와 태도를 지향하는 무의미시를 주창하며 자아의 실체를 탐구하여 존재를 지키려 했다. 그는 결국 무의미시에 대한 회의와 시적 한계를 극복하지 못한 채 극단적으로 치닫던 전위적인 실험에 스스로 갇히기도 했다. 역사로부터 입은 상처를 고도의 언어유희와 추상을 통해 치유하려던 그의 시적 사유는 고정되어 있지는 않았다. 늘 자기 성찰과 변화를 모색하는 시인 김춘수는 문학과 삶의 본질적 관계를 재조명하여 시의 존재 의의를 극대화하는 것이었다. 이렇게 언어를 사용하는 것은 김춘수의 참된 숙명적인 시인의 조건이었다.

언제나 변증법적 다양체의 차이와 반복

— 이원, 『불가능한 종이의 역사』

1. 엄밀함과 논리적 확실성

이원 시인의 시집 『불가능한 종이의 역사』(2012)가 담고 있는 시 작품들을 분석해보면 대체적으로 문제 제기적이다. 여기서 문제 제기적이라 함은 장 폴 사르트르의 앙가주망(engagement)의 입장에서 해석하려는 것이 아니라 질 들뢰즈의 '차이와 반복'에서 찾는 일이 더 정확하다 할 것이다. 왜냐하면 일반적으로 차이와 반복이라고 말할 때 차연(差延)에 대한 우리의 초점은 그것에 대한 정의가 아니라, 그것을 어떻게 이해할 것인가에 맞추어져야 하기 때문이다. 이원 시인의 사유는 차연의 논리에 의해 끊임없이 짜이고 있는 일종의 직물과 같다. 이 직물이 계속 직조되고 있음을 망각하는 것을 형이상학적 사유의 한계로 보고, 차연의 논리에 의해 이러한 형이상학적 사유의 한계를 극복하는 모습을 이원 시인은 드러내고자 한다. 또 그의 시 작품에 나타나는 또 다른 특징 중의 하나가 실체론적 사유에 대한 문제 제기라는 점에서 소쉬르의 언어학적 차이와 하이데거의 존재론적 차이라는 양자와 궤를 같이한다.

그가 기호들 간의 차이에 의해 의미가 가능해진다는 것을 밝힘으로써 기존의 실체론적 언어관을 극복하고 있으며, 특히 존재의 의미가 존재와 존재자 사이의 차이에 의해 가능해짐을 사유함으로써 기존의 실체론적인 존재론을 극복하고 있다는 사실에 주목할 필요가 있다. 또한 그는 시간의 공간화, 공간의 시간화, 혹은 결정불가능성 등의 표현을 통해 차연에 접근해간다. 그리고 이를 통해 차연이 그 어느 것도 고정될 수 없음에 대한 질문과 해답, 또는 규정될 수 없음에 대한 해명을 포함시킨다. 즉 결정될 수 없음에 대한 일종의 명명이라고 이해해야 할 것이다. 그러나 이러한 결정불가능성이 또 하나의 현전하는 진리가 될 수는 없다. 따라서 이원 시인은 끝내 진리의 현전을 전제로 하는 음성중심주의, 즉 말은 진리를 직접적으로 전달하지만 글은 진리를 간접적으로 전달하는 것으로부터 벗어나지 못한다는 결론에 도달한다. 이토록 그가 끈질기게 추구해오던 차연이 대부분 본 글의 핵심을 구성하게 될 것이다.

이원 시인의 입장에서 말하는 차연은 이러한 의미의 미결정 상태, 끊임없는 유예 상태를 일컫는 것이며, 그래서 엄밀함과 논리적 확실성으로 무장했다고 주장할 수 있는 그의 차연은 보기에는 은유적 수사와 문학적인 비유와 이미지들로 가득 차 있으며, 세계의 근원이라 생각했던 존재자가 의미로서 전달되는 것은 고유한 신의 속성의 전달이 아닌 다른 것들과의 차이를 통해서만 이해되는 것이다. 또 그는 시간적인 지연과 공간적인 차이 내에서 어떤 사물을 결정한다. 이와 같이 그의 입장에서는 사물이나 세계에 대한 의미를 주도하는 것은 '차연(差延)의 논리'이다. 곧 시간적 지연에서의 차연은 감각적인 것이 언어로 표현되고 이해되면서 지성적이고 이해 가능한 것이 되지만 양자 사이에 일종의 시간적 지연이 놓여 있음을 알 수 있다. 가령 떠오르는 해를 본 순간에 현전하는 순간과 언어를 통해 이해하고 받아들이는 순간은 다르다. 시간적인 지연과 함께 언어로 받아들이자마자 다른 것이 되며, 그 현전의 순간은 보존되지 않는다. 따라서 이원 시인은 '나는 누구인가, 내 인생의 의미는 무엇인가'라고 존재의 기원과 의미의 근거를 따져 물으며 스스로 자기 관상을 보고 있다. 하지만 그는 내일에 닥칠 길흉화복이 무엇인가에 대한 독자들의 호기심에 응답하기도 한다. 그것도 아주 애매모호하게 말이다.

2. 비(非)선험적인 선험성으로서의 차연

일체의 외관을 초월해서 본질의 깊은 곳만을 탐구하는 그는 의미의 의미, 그 의미의 시초까지 집요하게 파고든다. 의미와 그것의 기원들은 실질적으로 아무런 중요성을 갖지 않는다. 다만 중요한 것은 고독을 몰고 오는 미래를 예측하는 것뿐이며, 위기들을 회피하고 생존의 최적화를 위해 나를 둘러싼 환경이 어떻게 바뀔지를 아는 것은 생존과 직결된다는 그 자체가 문제제기적인 셈이다. 인간은 우주 속에서 우연히 생겨난 한낱 수수께끼에 불과하다. 또 진화의 역사에서 끝없이 이루어진 생식세포의 고리 속의 하나를 이루는 고리, 유전자의 전달자, 지각을 가진 '생존 기계'와 같다. 그리고 인간은 시간이 흐르면 죽는다. 이로 인해 인간은 더욱 알 수 없는 수수께끼가 되고 만다. 이런 수수께끼를 이원 시인은 다음과 같이 증명하고 있다.

> 기억은 열려 있다//동쪽으로부터 달/테이블 어깨/뺨은 흘러내리지 않고//동그라미들/밖을 잡아당기는데 안이 열리는 것//덜그럭거리는 안은 그토록 고요한 것//동그라미들/눈동자를 비워버리는 것//날 때는 발을 잊는 것//날 때는 날개를 잊는 것//

> 설산에 사람들이 묻혀있다
> 양쪽 어깨에 배낭을 멘 채

> 이토록 많은 장면들을 펼쳐놓은 채

> 비상구는
> 지하 일 층과 일 층 사이

> 반허공이 존재합니까

> //서쪽으로/빛이 들어오지 않는 고요//신들이 긴 자락을 끌며/오늘에 도착한다//절벽에도 안식일은 있어야 한다//우리는 이미 거기에 있지 않다/어깨와 가까운 곳에서 새가 울었다

* 반허공 : 영화 〈왕의 남자〉의 대사.
* 우리는 이미 거기에 있지 않다 : 니콜라이 고골.
— 「동그라미들」 전문

앞의 예시된 「동그라미들」이라는 시를 통해 그는 죽음이 없는 것들에게는 살아남으려는 노력도 무의미하다는 것을 보여준다. 또 죽음에 잇대어져 있는 생명체는 제 체세포를 환경에 최적화 상태로 만들기 위해 형태를 바꾸며 진화해온 긴 여정으로 자신의 역사를 써간다는 것을 증명하고 있다. 가령 '우리는 이미 거기에 있지 않았다/어깨와 가까운 곳에서 새가 울었다'(「동그라미들」 후반부)와 같이 그는 삶과 세계를 구성하는 본질들과 성실하게 대면하고 있다. 그러면서 우리는 누구이고, 왜 지금 이렇게 살고 있는가를 끊임없이 따져 묻는다. 그가 「반가사유상」에서 노래한 '벽 속의 몸은 벽 속의 몸만/들여다보고 있었기 때문이라는 것을 알았다'는 의미는 곧 '비명은 몸의 것인데 왜 몸 밖으로 나가려 하는 것인지를/끔찍한 것을 알아버린 좁고 깜깜한 목구멍을 생각해보는 것'이라고 묻는 것과 동시에 그에 따른 대답을 하고 있다. 그는 그것에 대해 몰라서 묻는 것이 아니라 새롭게 사유하기 위해 묻는다. 그것도 가급적 '낯설게 하기'와 '이해'를 통해 고정관념의 틀을 벗겨내고, 던져놓은 주제를 통해 독자로 하여금 스스로 제 생각을 키워가도록 권유하고 있다. 우리가 새롭게 접하고 있는 그의 시집 『불가능한 종이의 역사』에서 그가 추구하는 또 하나의 시 세계는 앎을 지양한다. 그러나 그 앎에서 길어낸 지혜를 다만 제시하려고 노력한다. 우리는 '여자의 얼굴은 휴일의 상가처럼 텅 비었다'(「일요일의 고독 2」)라는 그의 이 한 줄의 시구를 읽어봄으로써, 그가 사유하는 폭의 넓이와 깊이, 그리고 무엇을 묻고자 하는지를 가히 짐작할 수가 있다. 첨언하면 이것은 인생의 취약성과 예측불가능성, 그리고 우연성을 직시하며, 비생산적인 '고독'의 가치조차 중히 여기며 사는 평범한 삶을 일깨워준다.

이원 시인은 문제 제기적인 한복판에 서 있는 한 시인으로 남으려고 애쓴다. 그리고 자신의 시세계로 우리들을 끌어들이기 이전에 '뼈의 안쪽에서 뼈는 무엇을 붙잡고 있을까'라는 물음으로 상상의 준비운동을 먼저 시킨다. 그러한 행

언제나 변증법적 다양체의 차이와 반복

위를 끝낸 뒤에는 모더니즘과 포스트모더니즘, 또는 초현실주의 세계로 우리들을 정중히 안내한다. 이런 세계의 현실에서 시작이 끝 속에, 또는 끝이 시작에 예속되는 일에 숙고한다. 다시 말하자면 인간들의 마음속에 도사리고 있는 '불안'이라는 심리적 경험을 따져 그 의미를 속속히 밝혀내고자 한다. 이것은 실존·반복·신앙심에 대해 알아야 '실존주의'가 무엇인가를 제대로 말할 수 있다는 의도로 볼 수 있다.

> 최초에 희고 빳빳했다/간혹 접혀 있는 곳도 빳빳하다/몸에 눌리는 곳도 몸이 꼼지락거리는 곳도/몸밖의 여백도 희다/움직이면 면도칼이 스윽스윽 지나가는/소리가 난다/간혹 피를 볼 수는 있지만/눌러도 형체는 새겨두지 않는다/소리는 빨아들인다 소리는 버석거린다/빨아들이는 소리 너머는/여전히 팽팽하다/소리는 구겨지면서도/구겨지는 소리 너머는 비운다/소리를 빨아들이면 희다/분비물을 빨아들이면 얼룩이 생긴다/같은 성질인지 끝까지 엉긴다/얼룩은 사라지지 않는다/얼룩은 바로 번지려 한다
>
> ─「구겨진 침대 시트 또는 다친 정신이 기억함」 전문

이원은 '고독이 꼭 추운 것만은 아니'며, 언젠가 우리들에게 '유골함이 도착'하는 일이라고 속 시원하게 변증법으로 그 해답을 추스르고 있다. 그러나 삶에 대한 애착은 누구에게나 있는 것으로 '칼이여 우리가 이번에는/헤어질 수 있겠습니까'라며, 시작도 끝도 없는 것들, 지루하고 하찮은 것들에 대한 물음과 대답, 그리고 욕망의 유예와 행복의 지연으로 진부한 지옥의 얼굴을 하고 있는 바로 그런 것들에 대해 문제를 제기한다. 이 같은 본래의 문제들이 기술적인 측면에서 오로지 미분법을 통해서만 수학적으로 표현되는 것이라고 생각하지는 않는다. 다만 하찮은 문제는 '참됨'의 한에서만 해결될 수 있지만 우리는 언제나 문제의 참됨을 그것의 해결 가능성을 통해 정의하려는 경향을 보이는 것에 대해 그를 믿을 따름이다.

이원 시인이 주장하는 차연(差延)은 현재 속에서 배제된 타자들이 현재의 가능성을 구성하며 남기는 차이와 지연의 흔적이다. 그간 문자에 대해서 우위를 점해온 목소리, 즉 「구겨진 침대 시트 또는 다친 정신이 기억함」에서 '소리를

빨아들이면 희다'처럼 음성은 영혼의 내면성을 투명하게 외면화하고, 생생하고 충만한 현전으로 표현하고자 했다.

> 한밤
> 얇디얇은 테두리
> 네발짐승 둘
>
> 최초의
> 눈빛과 불빛이 닿은 한순간
> 거기, 세상의 끝
>
> ―「야…………!」일부

이원 시인의 시를 만나기 전에 우리들이 먼저 알아야 할 것들이 몇 가지가 있다. 차라투스트라는 가상의 신을 내세우며, 신이 죽었다고 말하는 니체를 그는 옹호하며, 서양의 가치 체계를 해머로 부수고 다시 세우는 습관을 지니고 있는 것처럼, 이원 시인 역시 의지·힘, 그리고 노예 도덕과 주인 도덕에 대해서는 깊은 사유를 하지만 '거기, 세상의 끝'이라는 흔치 않은 사유를 하고 있다. 이것은 비연속성에 함몰된 영원 회귀성에 대한 단호한 부정의 태도로 볼 수 있다. 적어도 문제의 내재적 측면을 통해 어떤 올바른 설명에 이르려는 집요한 내적 싸움을 드러내 보이고 있다는 것이다.

프로이트는 인간의 몸 안에 있는 '무의식'이라는 미지의 신대륙을 발견한 바 있다. 그는 어디에선가 무의식에 억압된 성욕·은폐·기억·트라우마와 같은 것을 들여다보면 '나'가 누구인가를 알 수 있다고 말한다. 이원 시인 역시 이를 근간으로 하고 있어, '자아'의 발견을 시도하는 시 작품들이 『불가능한 종이의 역사』 안에서 간간히 발견되곤 한다. 우리는 이 '자아'를 발견하려는 그 자체를 하나의 시적 승화라 명명함이 옳을 듯하다.

> 동시 신호 직전 횡단보도 앞에 어떤 짐승의 배가 터져 있다 터진 모든 순간
> 은 폭죽이라 어리광 같은 네 발은 허공을 놓지 않고 있다 어둠에 파 먹힌 눈을
> 반짝이며(어둠이 파먹은 것들은 반짝인다) 고양이 한 마리가 나타난다 터진

몸 안으로 머리를 들이민다 안을 핥는다(샘물을 먹을 때처럼 혀가 단 소리를
낸다) 날 것의 맛을 아는 혀와 날 것의 맛을 알던 살이 닿는다(가르릉거리는 목
구멍과 가르릉거리던 목구멍이 하나씩 뚫려 있다) 산 짐승이 아직 뼈가 놓아
주지 않는 살을 이빨로 뜯는다 산 짐승이 죽은 짐승의 살을 씹는다(산 짐승이
산 짐승의 살을 씹어 삼킬 때도 있다) 죽은 짐승은 마지막 숨이 제 몸에서 나가
던 때의 표정을 바꾸지 않는다 산 짐승은 제 살을 비집고 나온 울음을 죽은 짐
승의 배속에 떨어뜨린다 여전히 어리광처럼 마주보고 있는 네 발들이 들어있
는 길이 젖 냄새를 풍기며 동그랗게 비어가고 있다

– 「맛있어요!」 전문

세상에서 가장 가벼운 새

세상 속으로 솟구쳐 올랐던 것처럼
세상 속으로 솟구쳐 내렸다

– 「심야 택시」 일부

　이원 시인이 노래하는 「맛있어요!」는 삶의 쓴맛에 대한 역설이다. 다시 말해
서 그는 역설을 역설로 설명하고자 하는 경향과 역설을 상식으로 설명하고자
하는 두 가지 방법을 사용한다. 이런 그의 시 작품을 이해하려면 역설을 역설
로 접근하든지, 아니면 상식적으로 납득할 수 없는 신비주의자로 접근하여 받
아들여야 한다. 더 적확(的確)하게 말하자면 이 두 가지 방식 어느 쪽도 취하지
않고 중간 지점을 택하는 것이 시인의 시 작품들의 난해성을 풀어갈 수 있는
가장 정확한 방법일지도 모른다. 특히 그는 상식적인 질문으로부터 시작하여
상식적인 질문의 허를 찌르는 지점을 정확하게 찾아내어 보여준다. 또 이 역
설의 의미가 무엇을 말하려는 건지 전적으로 파악해볼 필요가 있다. 바로 '맛'
의 의미는 장 폴 사르트르가 주장했던 것처럼 우리들이 겪어온 실존의 비린
내이며, 수천 가지의 내용을 함의하고 있는 '젖 냄새'는 '너'와 '나'에게서 다르
고, 이 차이는 차별의 근거가 아니라 서로 존중되어야 할 가치이다. 그래서 차
별은 위계적이다. 그러나 차이는 이 위계적 질서를 거부하는, 위계질서가 없
는 다양성을 지니고 있다. 좀 더 그의 시라는 살 속으로 깊이 파고들어가 맹렬
하게 따져보자. 차별은 인종주의의 뒷배이고, 차이는 공존의 윤리 속에서 평

등과 평화 세계를 구축하는 데 적극 기여한다. 따라서 이원 시인의 역설적인 '맛'과 '젖 냄새'는 여러 갈래로 길의 다양체에 대한 단 하나의 똑같은 인간의 삶의 '비린내'인 것으로서 그의 시적 근원은 차별이 아닌 차이를 생성하는 특성을 지니고 있다.

앞의 시 작품 '세상에서 가장 가벼운 새'(「심야 택시」 일부)와 『세상에서 가장 가벼운 오토바이』(2007)라는 시집은 과연 차이인가 아니면 차별인가를 각각의 시 작품과 시집으로 분리하여 우리들에게 전해주고 있다. 그는 차별의 의미를 인식시키는 것이 아니라 그가 추구하는 사유가 위계질서가 없는 차이라는 것을 각별히 보여준다. 따라서 그가 사유하는 차이는 유(有)와 무(無)가 같은 개념이거나 차별을 두지 않는 특별한 속성을 품고 있다. 어느 누구이든 한때의 부귀영화는 한없이 '나'를 솟구치게 하지만, 그러나 영원한 것은 아니다. 그들은 언제인가 추락하는 세상 밖으로 솟구쳐 내리는 날이 반드시 있을 수 있는 개연성을 가진 평범한 진리를 보여주고 있다. 이원 시인은 이런 것들을 역설적으로 삶의 비린내로 표현한다.

3. 유(有)와 무(無)의 동일성 증명

존재와 무(無)는 이원 시인이 오랫동안 맞서 싸워온 시적 사유의 키워드이다. 존재는 무를 지향하고, 무는 존재를 지향하며 서로 어떻게 지향하는가를 묻고 있다. 다시 말해서 '왜 존재하는 것은 존재하고 무가 아닌가'라는 반문과 더불어 '무는 없는 것으로서 왜 존재하지 않는가'라는 물음이다. 어찌 보면 자아에 대한 탐구이며, 그에겐 '고독'마저 존재하지 않는다. 결국 모든 것이 무이다. 존재하지 않는 것을 존재하게 만든 것은 결국 인간이며, 따라서 '고독'의 생산은 고독 자체에 있는 것이 아니라 인간이 만들어낸 비생산적인 사치스러운 패물에 불과한 것이며, 그리고 다른 어떤 것과의 차이에 불과한 것이다. 그러므로 이원 시인은 유와 무의 동일성을 증명이라도 하려는 듯이 「규격 묘비명 21」에서 다음과 같이 노래하고 있다.

1) 불법으로 태어나 적법하게 살다 불법으로 가다

2) 한 때 머물렀다는 증거(말소된 주민등록번호)

3) 느닷없이 태어나
   (두 다리가 영문도 모른 채 꼼짝없이 붙들리기 전까지는)
   내내 스스로 구속하다가(년   개월)
   문득 가다(사지를 여럿에게 각양각색으로 붙잡혔어도)

4) 가까스로 몸뚱이 벗다

5) 죽어서까지도 혈연에서 못 헤어날 줄이야

6) 잠들다 피 몸 안에서 굳은 채
   들어온 숨 내보내지 않은 채 쌓여 있는 말도 다수

7) 뼈도 탑디다 뜨거웁디다 안 타는 것 없습디다
   (화장에 한하여)

8) 잘 썩어가고 있습니다 갈증이 심하지는 않습니다
   …(중략)…
19) 마음껏 낙서하시오
20) 지구에서 우주까지, 내내 관념론이었다오
21) 끝까지 저항한 흔적

　　　　　　　　　　　　　　　　　　　　　－「규격 묘비명 21」 일부

　　위의 시「규격 묘비명 21」의 일부에서도 인지할 수 있듯이 이원 시인은 존재하는 것은 스스로 존재하지 않을 수도 있다는 무(無)에 대한 가능성을 증명하려고 하고, 이와 같은 가능성 속에서만 존재하는 것으로서 그의 자신을 찾으려고 노력하고 있다. 인간은 무에서 무라는 존재로 태어나고 무라는 존재로 돌아간다는 평범한 진리를 전제로 하는 모든 사물을 그는 긍정한다. 따라서 무를 존재의 일부분으로 생각할 뿐만 아니라 존재 자체를 규정하는 본질로 보고 있다는 놀라운 사실에 직면하게 된다. 이를테면 무의 존재는 무이면서 유(有)라는 새로운 것의 또 다른 증명인 셈이다. 우리는 그의 몇 편의 시 작품을 통해 유는 무의 복제도 아니며, 무 또한 유의 복제품이 아니라는 것을 알게 된다.

> 고추 너!
> 결실인 열매의 입장에서 보자면
>
> 파가 가득한 파밭에서
> 왜 방향만 자꾸 따지고 있는 거냐
> 입장부터 안 되잖아
> 파의 방향 속에 파를 넣지 말고
> 파를 보란 말이다
> 파란 그런 것
>
> …(중략)…
>
> 그러니 당신
> 당신
> 또 거기 당신
> 좌파도 우파도 아닌 편파로
> 전 생애 동안
> 당황하고
> 눈물 나고
> 절룩일 때
> 최고의 축복
>
> 고추 열매는 당신(唐辛)이라고도 부르는데
>
> 당신도 당신이 열매가 아니라고는 생각하지 않지요?
>
> — 「파는 백합과라는 말씀」 일부

이원 시인은 때로는 대립하고 때로는 서로 뒤섞이는 좌파와 우파의 두 유형의 다양체를, 즉 군중의 다양체와 무리의 다양체로 구분한다. 이처럼 구분한다는 것은 차별을 말함이다. 우리가 앞서 논의했듯이 이원 시인은 「파는 백합과라는 말씀」에서 차별은 위계질서를 가지고 있으므로 '좌파'와 '우파'의 차별을 노래하는 것이 아니라 공존의 윤리 속에서 평등과 평화의 세계를 구축하는 차이를 강조하고 있다. 이 같은 시적 사유는 우연성에서 비롯된 것이 아니라 이원 시인이 경험한 삶의 구체적 맥락과 체득에서 발현된 것이며, 또 이와 같은 것이라고 인정할 때 비로소 시적 힘과 울림성이 또렷해진다는 사실을 전달해주는 부분이다. 들뢰즈의 말에 따르자면 이렇게 크기나 가분성의 다양체와 거리의 다양체 사이에는 연장된 다양체와 질적이고 지속하는 다양체 사이에는 분명히 구분이 있다. 그러나 이원 시인은 리좀(Rhizome) 유형의 다양체를 선호한다. 그 한 예로 「NEW, 전지구적 파프리카」에서 그 사실을 확인할 수 있다.

> 아! 반투명의 허공에서도
>
> 동시에,
>
> 비타민 C가 가득해요!
>
> …(중략)…
>
> 아삭아삭 씹히는 것도 다른걸
>
> 동시에,
>
> 최후의 머리들이에요!
> …(중략)…
> 동시에,
>
> 복음이에요!
> …(중략)…
>
> 동시에 우리는
> …(중략)…

대꾸할 틈도 없이

동시에,
…(중략)…

다이빙의 기억이 솟구쳐 올랐기 때문
동시에
…(중략)…

몸은 소리보다 늘 한발 늦게 도착하죠

우리는 동시에

– 「NEW 전지구적 파프리카」 일부

　이원 시인은 정착과 안일을 뛰어넘어 끊임없는 유목적 사유를 전제로 하는 시 감상으로 독자들을 유인한다. 이것은 우리들에게 어떤 대상이든 다원주의적 사유로 접속하는 자유의 지평이 한없이 넓어지고 있다는 것을 경험하게 만든다. 그러므로 그의 「NEW 전지구적 파프리카」는 우리들에게 전달하는 사유가 무엇인지, 분명한 윤곽으로부터 시작하여 인식을 가일층 일깨워주는 사실이 무엇일까라는 물음에 충분한 해답은 되지 못할지라도 일반적인 상식을 뛰어넘는 '차이'의 개념 정립이 무엇이라고 일러주는 관건이 되고 있다. '차이'는 '반복'을 낳게 하는 원인이다. 그렇다면 '차이'는 이원 시인에게 있어 자기 갱신의 내적 에너지라고 일컬을 수 있다. 그가 보여주는 상승의 에너지에 의한 차이 안에서의 반복은 대자(對自)적 영접 회귀를 가능하게 하는 반복에 속한 것이다. 그의 반복은 소아병적인 헐벗은 반복, 생의 비루함과 치졸함, 그리고 굶주림을 확대 재생산하는 좀비(zombie)적 리좀(Rhizome)인 것이다. 또 그는 「NEW 전지구적 파프리카」를 통해 헛바퀴로 도는 공전, 도덕적 습관, 흉내 내기와 반복의 외피, 자신을 통찰해보는 것, 동시에 동일성의 원리가 반복을 가능하게 하는 것이 아니라 차이가 반복을 가능하게 한다는 것을 청자(聽者)들에게 일러준다.

2504호 여자와 남자가 서로의 살 속으로 손을 쑥
넣는 봄밤입니다 어쩌자고 창자가 딸려 나오는 봄
밤입니다
2404호 여자와 남자가 키스를 하는 봄밤입니다 어
쩌자고 달라붙어야 할 입술이 자꾸 떨어지는 봄밤
입니다
2304호 여자와 남자가 서로의 몸을 쭉쭉 빠는 봄밤
입니다
2204호 여자가 몸의 왼쪽을 기댈 곳이라고 믿는 벽
에 댄 채 잠이 든 봄밤입니다
2104호 졸음이 쏟아지는 남자와 여자의 박동 소리
가 어쩌자고 따끔따끔 서로 찌르는 봄밤입니다
2004호 깜깜한 창에서 짐승의 냄새가 진동하는 봄
밤입니다
1904호 남자가 제 허벅지에 코를 박고 쿵쿵거리는
밤입니다
…(중략)…
봄밤입니다

— 「봄밤의 아파트」 일부

예시된 「봄밤의 아파트」의 '2504호'에서 시작하여 '1094호'에 이르기까지 관
찰되는 것은 밖의 보편자에서 내 안의 보편자가 차이와 반복을 거듭하여 영겁
의 스펙트럼을 만들고 있다는 사실이다. 이원 시인은 조건과 조건 사이의 상호
인과관계를 밝혀내는 형이상학적 혁신과 이것을 상세히 논하기 위해 순수 차
이들의 다수성과 강도(强度)의 감쌈이라는 개념을 도입하는 개념적 혁신을 이
루고 있다. 그리고 그가 말하는 '차이와 반복'은 실재가 단지 현실적인 것일 뿐
이며, 다른 모든 것은 불필요하고 상처뿐인 판타지라는 사실주의적이고 상식
적인 믿음에 대한 주의 깊은 물음의 응답이다.

말할 수 없는 것은 말하지 말아야 하는데 말을 하려고 하다 보니 핵심의 주
변을 빙빙 돌 수밖에 없다. 그가 핵심의 주변을 빙빙 도는 이유는 그 바탕이 무
(無)이기 때문이다. 다시 말해서 발밑이 꺼진 허공이며 끝이 보이지 않는 심연

인 까닭이다. 그러나 이원 시인은 '무'임을 알기 위해 스스로 이분화시키고 자기에게서 객체를 분리시켜, 그 객체로 하여금 주체가 되게 하여 무가 무임을 우리들에게 인식시킨다.

4. 주객의 다양체 증명의 치밀성

한편, 아포리즘(aphorism)이 작가의 독자적(獨自的)인 창작이며 또한 교훈적 가치보다도 순수한 이론적 가치를 중요시하는 것이라고 생각해볼 때 우리는 이원 시인의 『불가능한 종이의 역사』에서 그의 아포리즘은 지식의 선형적 통일성을 부숴버린다는 것과 또한 사유 속에 미지(未知)로서 현존하는 영원 회귀의 순환적 통일성을 만들어낸다는 사실을 간과해서는 안 된다. 부연하자면 주체와 객체의 상보성, 그리고 자연적 실재와 정신적 실재의 상보성과 결별하지 않는다는 것이다. 그의 시적 사유는 통일성이 객체 안에서 끊임없이 방해받고 훼방당하지만 새로운 유형의 통일성이 또다시 주체 안에서 승리를 거두는 심오성을 가지고 있다. 여기서의 주체는 언제나 대상의 차원을 보완하는 통일성의 지칭이다.

이원 시인의 시적 옹고집은 진리가 과학을 독점하고 있다면 문학은 무(無)로써 아름다움을 독점해야 한다는 주장이다. 특히 그는 어떤 대상에 대해 절대적으로 추종하는 것이 아니라 차이로 세상을 드러내고자 한다. 기존의 이론들이 전체주의적 노림수를 품고 있다고 판단할 때 그는 이것으로부터 벗어나기 위해 각자가 주체가 되어 타인을 정복, 또는 지배하려는 명분으로 포장해놓은 기술을 부정하려고 한다. 그는 어떠한 명분과도 대립하지 않는다. 다만 차이와 반복으로 파괴가 아닌 건설의 의미가 내포된 해체를 시도할 뿐이다.

물 빠진 뻘에 배가 여럿이다
바다 멀리까지 보인다
죽은 사람 산 사람 모두 여기에서는 보이지 않는다

안이 들끓어 밖을 보지 못하는 것은 없는 안을 만들어 내기 때문

다시는 사람으로 태어나지 않을 것이다
사람으로 태어난다 해도 나는 내가 사람인지조차 모를 것이다

— 「살가죽이 벗겨진 자화상」 일부

　또 다른 측면에서 이원 시인의 시 작품을 대면할 때의 느낌은 언어를 다른 차원과 다른 영역들로 탈중심화시켜 주체를 분석해야 자신의 언어가 가지고 있는 내적인 구성 요소를 발견할 수 있다는 주장이다. 가령 「살가죽이 벗겨진 자화상」에서 보여주는 것처럼 '사람으로 태어난다 해도 나는 내가 사람인지조차 모를 것'이라는 부분에서 주체나 객체를 리좀 모양의 다양체로 다루고 있는 것이다. 그는 한 개의 단일한 대상에 복종하지 않으므로 차이는 이렇게 지속적으로 운동하고, 미끄러지고 횡단한다. 따라서 이것은 주체와 객체가 따로 없다는 다양체 증명의 치밀성과 다름이 아니다. 다시 말해 앞서 주지한 바를 다시 강조하면 그가 생각하는 무(無)라는 존재는 일부분일 뿐만 아니라 존재 자체를 규정하는 본질로 규정하고 있다. 시계는 시계추를 통해 일상적인 반복 운동으로 각각의 오전과 오후, 밤과 낮이라는 시간의 차이를 나타내며, 결국은 하루라는 24시간의 종합, 즉 다양체를 만들어낸다. 따라서 이원 시인은 언어를 밀폐된 공간에 가두고 봉인하지 않는다. 이 세상에도 없는 'X'라는 다양체를 무수히 창조하고 있다. 그가 '불길한 것은 순결한 것'(「그림자 가이드북」)이라고 노래했듯이 결코 불길한 것이 순결한 것이 될 수는 없다. 그러나 그의 손에 닿으면 불길한 것마저 순결한 세계로 지향되는 모순된 관계가 무너지고, 해체되어 무의 세계로 나아가 그 어떤 것이든 하나로 생성된다.

　　복서. 친다. 퍽퍽 소리를 내며
　　이빨 사이로
　　피가 터져 나오며
　　얼굴이 돌아가며 방황이 확 꺾이며
　　눈두덩과 볼이 부어오르며

복서. 맞는다. 퍽퍽 소리를 내며
꽃봉오리들이 터진다
꽃 속에 든 피와 살점이 툭툭 떨어진다
복서. 맞는다. 친다
복서. 턱이 돌아간다. 모서리마다
함성 소리가 크다.
바다는 동쪽이야. 꽃은 받아 적는 중
비뚤비뚤

다물어지지 않는 입

맞아터진 얼굴
팬티 한 장
터지는 플래시

이곳에 있는 나를 이해할 수가 없다

─「해변의 복서 2」 전문

급격한 디지털 기술의 발달은 컴퓨터를 끊임없이 휴대용으로 발전시키고 있으며, 이러한 추세는 신유목민(Nomad), 신유목 물품(Nomadic Objects)의 출현을 이해하게 만든다고 역설했던 프랑스의 경제학자이며 미래학자인 자크 아탈리는 "부유한 사람들은 즐기기 위해 여행을 하고, 가난한 사람들은 살아남기 위해 이동해야 하므로 누구나 유목민이 될 수밖에 없을 것"이라고 했다. 따라서 '그리고, 그리고, 그리고'라고 외치는 이원 시인에게는 유목은 이제 낡고 야만적인 것이 아니다. 오히려 안정과 번영을 중시했던 정착 문명이 더 야만적이다. 작금에 와서 그가 생각하는 유목은 자크 아탈리의 주장이 뒷받침을 해주듯이 새로운 개념으로 발전하고 있다. 인류는 발달된 IT로 세계 곳곳을 유목한다. 디지털 기기들의 경량화, 소형화, 휴대화는 유목 생활의 가능성을 더 높이고 있다. 이원 시인이 한층 새로운 변모의 양상을 보여주는 오늘날의 세태를 기꺼이 수용하면서, 또 민감하게 반응하고, 동시에 노마드적 사유마저 자신의 인식의 틀 속으로 불러들이는 데 논쟁을 주저하지 않는 이유는 아탈리의 주장을 기꺼이 옹호하는 데에 기인한다. 이런 정신을 바탕으로 하여 두 상태의 정태적인 비교에서 도출되는 그 어떤 것이 아니라 두 상태가 섞이고 만남으로써 생성되는 것을 근간으로 삼으려고 한다. 이처럼 반복을 통해 그는 반복의 자기(自己)를 발견한다. 끊임없이 유동하고 촉발을 반복한다. 이 같은 반복 없이는 반복이 있을 수 없고 반복 없는 영혼은 차이(差異)의 영혼을 발견할 수 없는 이유가 된다. 그의 차이는 반복되는 차이의 다름이 아니다. 또 이 반복은 그에게 있어서 행동하는 것이며, 생명을 불어 넣어주는 단독자 안에서 일어나는 반복의 반향(反響)이다.

5. 능동적 기법, 또는 실증적 절차라는 확실성

반복의 본질은 무엇이며 왜 반복은 우월하고 월등한 어떤 '실증적' 원리를 요구하는가를『불가능한 종이의 역사』에서 이원 시인은 지속적으로 묻고 있다. 그러면서도 충분하지는 않지만 그에 맞는 해답을 신중하게 내리고 있다. 예술가는 매 순간 한 표본의 한 요소를, 또한 뒤이은 표본의 또 다른 요소와 즐겨 결합하고자 하는 성질을 가지고 있다. 특히 이원 시인은 역동적인 구성 과정 속에 어떤 불균형, 불안정, 비대칭 등을 끌어들이며, 이 비대칭성은 오직 총체적 결과 안에서만 사라진다. 이런 현상은 인과관계 개념의 일반에 대해 유효한 것이다. 왜냐하면 예술적 인과관계나 자연적 인과관계에서 모두 중요한 것은 눈앞에 나타난 대칭적 요소가 아니라 원인 안에 '대칭'이 결여된 요소들이기 때문이다. 이때 원인이 결과로 실현되지 않는다면, 그 인과관계는 영원히 가설로, 또는 단순한 논리적 범주로만 남게 된다.

무엇인가 고루하고 항상 사색에 잠겨 있는, 혹은 이원 시인 자신만의 상상의 나래를 너무 크게 펼친 나머지 일반적인 실생활과 동떨어진 시세계라고 혹자는 말할 수도 있다. 그러나 그의 시 작품 하나하나에 귀를 기울여보면 단조로운 삶 속에서 스스로 자신을 부정하고, 일탈하려는 일상적 삶의 태도에 변화를 줄 수 있는 작은 열쇠를 가지고 있다. 또 차이와 반복을 통해 들뢰즈가 말했던

제1부 언어는 실패함으로써 존재한다

일의성, 긍정성, 존재론의 개념에 대해 우회적으로 해답을 숨기며 드러낸다. 이를테면 어떤 객관적 상관물에 대해 '얄밉다'거나 '아주 밉다'거나, 또는 '보기 싫다'고 말하는 것에 대해 수준이나 정도의 차이는 있을지언정 느낌을 형용하는 것에 대해서는 차이가 없다는 것이다. 또 한편으로는 서로를 의미하는 정확한 정도의 차이는 있어도 유비적인 관계에 있으므로 다의(多義)가 아닌 일의(一意) 관계가 성립됨을 알 수 있다. 따라서 이원 시인의 차이는 곧 일의성을 의미한다. 그러면서도 그가 사유하는 '차이'는 자기부정에서 오는 것이 아니라 '긍정'의 그 자체에서 온다는 점을 분명하게 보여준다.

이원 시인의 『불가능한 종이의 역사』를 통해 분명하게 확인된 점은 반복은 꾸준하게 새로운 것을 만들어내는 소중한 삶의 양식 중에 하나라는 사실이다. 따라서 그는 자연의 개념과 맹목적 개념의 이 두 반복의 개념이 바뀌거나 형태가 달라졌다고 해서 이것들을 동질화하지는 않는다. 왜냐하면 원인에는 재현적 성격이 아니라, 어떤 이념과 그에 상응하는 공간을 창조하는 역동성이 있기 때문이다. 따라서 이원 시인은 원인이 결과를 산출하는 능동적 기법이자 실증적 절차라는 확실성을 강하게 우리들에게 보여주고 있다.

신화, 존재적 한계에 다다른 인간의 거울

— 현대시와 신화의 관계

1. 신화, 도덕적인 진실을 설명하는 우의(寓意)

　작금의 세대는 선(善)을 빙자하여 신(神)을 정복하려는 '오류의 현실'이다. 그래서 어떠한 그 무엇으로부터 초월적인 초인이 되려고 하는 인간의 끝없는 욕망이 어느 면에서는 측은하게 보일 때가 있다. 그런 까닭에 인간들은 그나마 '자기 보존 수단이면서 타자를 배제하는 독단의 세계'라고 주장하는, 소위 이성중심주의를 비판하며 포스트모더니즘의 시대를 맞이하고 있는지도 모른다. 그러나 미래가 불확실한 고대에 몸담고 있던 인간은 신화(神話)를 그들의 운명과 질서에 대한 진실로 믿어왔다. 더구나 과학을 절대시하는 현금(現今)의 사람들도 자기의 문화가 만들어낸 신화를 믿음으로써 사소한 행동까지도 규범에 일치시키며 살아간다. 그리고 인간은 늘 합리적으로 사물을 생각하고 행동하지만, 그 이면에서 합리적으로 생각할 수 없는 것들에 대해서는 필연적으로 신화에 의지하며 살아왔다.

　오늘날 신화적 요소를 담고 있는 시 작품들을 우리들은 주변으로부터 흔히 찾아볼 수 있다. 특히 도덕적 불감증이 날로 성행하는 작금의 현실에서 노드롭 프라이(Nothrop Frye)가 『神話와 文學』(1981)이라는 그의 저서에서 "신화는 도덕적인 진실을 설명하는 우의(寓意)로서 설명"된다고 한 말을 가볍게 간과할 일은 아니다. 신화는 문학적 유산에 구조 원리로 작용하며, 또 그 문학작품은 신화를 전위로 삼기 때문에 그에 따른 연구는 신화와 관련하여 행해질 수밖에 없다. 이런 여건을 고려하여 현대시와 신화의 관계를 살펴보고자 한다.

본 글의 주제라고 할 수 있는 '현대시와 신화의 관계'를 논의하기에 앞서 '현대시'란 무엇이고, 또 '신화'란 무엇인가에 대한 개념 정리가 선행되어야 할 필요가 있다. 이 두 용어의 개념을 정의하는 궁극적인 이유는 두 개의 용어에 대한 의미를 '분명하게 함'에 있고, 그들이 품고 있는 그 의미를 적확(的確)하게 내비침으로써 '현대시와 신화의 관계'를 살피는 과정이 좀 더 수월해지지 않을까 하는 생각 때문이다. 따라서 본 글에서는 현대시와 신화의 두 의미를 먼저 정의하게 될 것이다. 그러나 어떤 용어이든 그것에 대해 명징한 정의를 내린다는 것은 그리 쉬운 일만은 아니다. 하여, 두 용어가 품고 있는 특성을 중심으로 정의하되 개괄적으로 살펴보기로 한다. 다시 요약하면 정리된 두 용어의 개념을 근간으로 하여, 신화가 현대시에 어떤 식으로 반영되었는가를 고찰하는 일이라 하겠다.

2. 가변성으로서의 재연 · 확장 · 전환의 신화

1) 현대시와 신화의 의미

흔히 문학 세계에서 말하는 현대시는 어떤 의미를 지니고 있는 것일까? 그것은 크게 두 개의 의미를 가지고 있다. 그 하나가 ㉠ 시간적 개념이고, 또 다른 하나는 ㉡ 질적 개념에서 정의되어야 한다. 여기서 말하는 시간적 개념이란 과거에 대립되는 '현대의 시'라는 의미를 지니고, 질적 개념은 고전적 시(전통시)에 대립되는 '현대의 시'라는 뜻이다. 특히 전자의 입장에서 현대시는 반드시 현대성(modernity)을 띠어야 한다. 이 현대성(modernity)은 모더니즘(The idea of modernity), 아방가르드(The idea of the avant-garde), 데카당스(The idea of decadence), 키치(kitsch), 그리고 마지막으로 포스트모더니즘(On postmodernism)

등과 같은 성분이 담겨 있는 것을 말한다.

이 글의 목적이 현대시의 개념을 정의하는 일이 아니라 현대시와 신화의 관계가 논점의 주제이므로 개념 정리는 이 정도에서 마치는 것이 옳을 듯하다. 다만, 현대시를 시간적 개념의 관점에서 논할 것인가, 아니면 질적 개념의 관점에서 논할 것인가를 분명한 전제 위에서 살펴보는 일이 좋을 듯하여, 굳이 두 개념에 대해 정리하는 것이다. 따라서 이 글에서는 '질적 개념'의 관점에 초점을 두고 현대시를 논하되 간혹 '시간적 개념'의 차원에서도 논의하게 된다.

현대성에 이어 신화란 무엇인가. 사전적 의미로 정리해보면 "어떤 신격(神格)을 중심으로 한, 하나의 전승적인 설화. 우주 및 세계의 창조, 신이나 영웅의 사적, 민족의 기원 따위의 고대인의 사유나 표상이 반영된 신성한 이야기"로 풀이된다. 또 김용직은 『문예비평용어사전』에서 "신화의 본질은 종교적인 것으로 작가나 기원이 불확실한 신이나 영웅의 전설적이고 초인적인 이야기이며, 한 민족이나 집단의 기원, 우주와 인간과의 관계, 생과 사의 문제, 사회적 관습과 제도의 형성 등 원시시대 이래 인간 저변에 깔린 인류의 보편적이고 본질적인 문제가 개재(介在)"된 것으로 해석했다. 요컨대 신화란 신격을 중심으로 하여 전해오는 이야기에 불과하다. 그러나 신화는 인간의 문화에서 중요한 의미를 가지고 있으며, 또한 중요한 역할을 담당해왔다는 사실에 대해서는 의문의 여지가 없다.

고대의 신화는 인간의 운명과 질서, 또는 규범으로서 세부적인 생활에까지 깊숙이 침투해 있다. 첨언하면 인간은 각각의 문화 속에서 고유의 신성한 설화를 만들어내고, 또 전승하면서 거기에 맞추어 생활을 영위해왔기 때문에 인간의 삶에는 언제나 신화가 반영되어 있었다. 이 같은 신화가 현대에서는 그다지 의미가 없는 과거의 유물로 생각되기도 한다. 그러나 대체적으로 신화는 원시인과 현대인이 동시에 공유하는 내면 깊숙이 자리 잡은 공통된 우주관의 표현이며, 한편으로는 구전되어오는 완전한 허구로서 '신화적'이란 곧 '거짓'이란 말과 동일하게 취급된다. 이런 것들이 발전하여 시인의 상상력에 의해 창조되는 미적인 신화로 성립되었다.

2) 현대시에 신화가 반영된 유형

문학평론가 정신재는 『한국 현대시의 신화적 원형연구』에서 "신화가 한 집단이나 민족의 기원, 우주와 인간과의 관계, 민족이 살아남기 위한 투쟁, 지도 이념, 삶과 죽음, 인간의 미래 등 한 민족 내지 인류 전체의 가장 본질적인 문제들을 상징적으로 이야기한 것이라며, 이것이 문학 속에 용해되어 재창조될 가능성"에 대해 언급한 바 있다. 또 시인들이 신화의 원리를 원용하는 데는 두 가지 이유가 있다고 덧붙였다. 신화가 인간 사회 속의 제한된 합리성에서 벗어나 인간의 무한한 능력을 제시해준다는 것이 첫 번째 이유이며, 인간적 욕망에서 오는 인간의 실제적 나약성에 대한 인간 능력의 한 보상 수단으로서 신의 자유자재하고 전지전능한 힘을 빌려오자는 이유를 두 번째로 들었다. 따라서 신화가 가지고 있는 요소는 인간에게 충분히 안식과 위로를 제공해준다는 사실이다.

이처럼 신화가 현대시에 어떤 식으로든 반영되었다는 것을 사실로 받아들인다면, 그 방법이 무엇인가라는 의문이 제기될 수밖에 없다. 이런 의문에 대해 신화가 상상력의 소산이며 동시에 인류의 무의식 속에 오랫동안 잠재된 자연계에 대한 경험의 반영으로 자연스럽게 문학 창작 과정에 개입되었다는 것을 알 수 있다. 신화의 반영 방법으로 전환, 확장, 재연이 있으며, 이 세 가지 방법을 중심으로 살펴보기로 한다.

첫째, 현대시의 창작 과정에 신화가 반영되는 방법 중에 하나로 '전환'이 있다. 이것은 신화의 원텍스트(원신화)를 위반함으로써 이루어진다. 신화가 시에 반영될 때 인접성이나 유사성의 결합을 뛰어넘어 지속되던 원텍스트의 모형을 부정하게 된다. 이렇게 원텍스트를 위반하여 이루어지는 '신화의 전환' 방법으로 다시 모티브를 변용하는 방법과 인물을 패러디하는 방법, 그리고 모형을 해체하는 방법이 있다.

㉠ 모티브의 변용 방법에서 수용은 신화로부터 받은 서정적 충동을 다음 텍스트에 옮김으로써 시인이 상호 텍스트가 지닌 이야기의 특정 부분을 텍스트

창작의 모티브로 삼는 것을 말한다. 그러나 변용은 신화의 모티브에 시인의 세계관을 결합하여 새로운 모티브를 만든다. 즉, 신화를 단순히 시를 쓰기 위해 충동을 일으키는 대상으로 보는 것이 아니라 신화의 세계를 자신의 삶에 투영시켜 받아들인다.

ⓒ 인물 패러디 방법은 신화 속에 작중인물들을 패러디하는 방법으로, 기존의 인물을 조롱하거나 희화화하는 패러디 개념 이상의 텍스트와 텍스트 간의 '반복 · 다름'이라는 개념으로 사용된다. 즉, 원텍스트와 차이를 지닌 반복으로, 이것은 과거를 통해 현실을 성찰 · 반성하고자 할 때 많이 사용되며, 동일한 인물이라도 시인이 어떤 의도로 채용하는가에 따라 그 반복의 차이는 매우 커진다.

> 나는 이천 년 전 베들레헴의 더러운
> 말구웃간에서 태어났으나
> 지금도 그대의 비참한 슬픔을 위하여
> 가난한 시골집에서도 태어납니다.
> 나는 사랑을 위해 그대 생애 속으로 들어왔으나
> 좀더 큰 사랑을 위하여
> 그대 생애 순간 속에서
> 태어나고 괴롬 받고 또 부활합니다.
> 나는 사랑을 위하여 역사를 택했으나
> 다시 사랑을 위하여
> 당신의 생애를 택합니다.
> 이것은 그대 절망의 찰나가 그지없이 길다는 뜻도 되지만
> 사랑이라는 말을 완성하기 위해서
> 당신은 온 생애의 수 없는 부활이 필요하다는 뜻도 됩니다.
> 그대의 역사는 지금 내 눈앞에서
> 반 바퀴도 채 못 돌고 있지만
> 그러나 나는 불변은 아닙니다.
> 변치 않는 것은 모든 것은 변한다는 사실뿐
> 내가 불변이라고 해도 그대는 변하고 있으므로
> 그대는 그대의 변함으로

나의 변치 않음을 증거해야 할 것입니다.
나는 지금도 어느 여관방에서 애비 없는 자식으로 태어나고
지금도 그대 오만의 죄 속에서
그대와 함께 죽어갑니다.
나의 탄생과 죽음과 부활의 역사는 아니나
내가 사랑하는 당신들의 역사를 위해서
끊임없이 저질러지고 또 구제받아야 되는
어떤 찰나의 참상인 것입니다.
그건 당신의 인간됨을 위해서
배반을 위해서, 부활을 위해서
마침내 그대와 내가 동시에 필요한 사랑의 완성을 위해서

― 김정환, 「탄생의 서」 전문

　예시된 「탄생의 서」는 '신화의 전환' 방법 중에서 '인물의 패러디'가 적용된 시이다. 이처럼 시를 쓸 때 신화 속의 인물을 패러디할 경우, 그 특정 인물이 가지고 있는 친숙성과 가급적 거리를 두어야 하며, 일상적이고 관습적인 고정 관념으로부터 과감히 탈피해야 한다. 이렇게 할 경우 러시아 형식주의자 슈클로프스키(Victor Shklovsky)가 주장했던 '낯설게 하기'가 이루어지고, 따라서 신선하고 새로운 텍스트가 만들어진다.

　ⓒ 모형 해체의 방법은 원텍스트와의 '비평적 거리'를 두는 경우이다. 특히 1980년대에 이르러 해체주의의 한 축에 해당되는 포스트모더니즘의 유입으로 말미암아 한국의 현대시는 설화 모형 자체를 해체하기에 이르렀고, 이렇게 함으로써 신화의 권위와 규범은 붕괴될 지경에 직면하게 되었다. 다음 작품에서 확인할 수 있다.

나는 오늘도 달빛 되어
그대의 뜨락에 내려 앉는다
그대의 방,
오늘도 불꺼져 있으므로
다만 그대의 뜨락 서성이는

나의 이 면구스러움.

오늘도 그대 어둠의 疫神에게
무참히 능욕 당하며, 더 많은 어둠
꿈꾸고 있나니,
그대 오늘도 황홀한 어둠이 되어
관능의 숲.
은밀히 떨어져 반짝이는 별
꿈꾸고 있나니.

오늘도 달빛 되어
그대의 뜨락
다만 서성이는 이 면구스러움.
이밤, 나는
가장 철저히 꿈꾸는
욕망의 포로가 된다

— 윤석산, 「처용의 노래」 전문

　예시된 시 작품의 제목과 '역신'이라는 시어로 통해 알 수 있듯이 '처용 설화'를 원텍스트로 삼고 있다. '그대'는 '처용의 아내'이고, 시적 화자인 '나'는 '처용'이다. 모형 설화의 처용은 춤과 노래를 부르며 역신을 관용적으로 물리쳤으나, 앞에서 예시된 「처용의 노래」의 '처용'은 아내의 부정을 바라만 보고 있다. 그것은 '처용' 또한 아내처럼 황홀한 욕망을 꿈꾸고 있는 까닭이며, 이것이 원텍스트와의 비평적 거리 두기라는 것이다. 윤석산 시인은 인고 또는 벽사진경(辟邪進慶)의 상징인 '처용'을 아내의 부정 앞에서 더욱 황홀하게 자신의 욕망을 꿈꾸는, 우유부단한 욕망의 인물로 패러디시켜놓은 것으로 원텍스트의 모형을 해체하고 있다.

　둘째, 신화의 '확장' 방법은 신화도 시가 될 수 있다는 인식(재연)을 토대로 설화를 좀 더 다양하게 변주하는 형태를 말한다. 이를테면 신화의 원텍스트 모형을 준수하면서 신화 속의 인물이나 또는 이야기를 인유함으로써 새로운 텍스트를 형성한다. 이것은 신화의 핵심적 원텍스트에 시인의 체험(경험)이나 상상(생각)을 끼워 넣어 여러 형태의 변형을 일으킨다. 또한, 원텍스트의 줄거리가 나타나 있지는 않지만 그 대상이 지닌 심상이나 의미 구조를 환기시키거나 대체할 수 있는 새로운 텍스트가 원텍스트와 대등한 위치를 갖도록 하는 것도 신화를 확장하는 방법 중에 하나이다.

> 뭐락카노, 저편 강기슭에서
> 니 뭐락카노, 바람에 불려서
>
> 이승 아니믄 저승으로 떠나는 뱃머리에서
> 나의 목소리도 바람에 날려서
>
> …(중략)…
>
> 이승 아니믄 저승에서라도
> 인연은 갈밭을 건너는 바람
>
> 뭐락카노, 저편 강기슭에서
> 니 음성은 바람에 불려서
>
> 오냐, 오냐, 오냐.
> 나의 목소리도 바람에 날려서
>
>   — 박목월, 「이별가」 일부

앞의 「이별가」에서 시적 화자인 '나'는 강의 이미지로 표현되는 삶과 죽음의 세계에서 이승의 강으로부터 저승의 강으로 건너간 사람을 간절하게 그리워하고 있다. '나'와 '그'는 강을 경계로 나누어진 삶과 죽음의 세계에 각각 존재하며, 이승과 저승의 거리는 아무리 외쳐도 듣지도, 들리지 않을 만큼 멀다. 이러한 정황을 놓고 볼 때 「이별가」의 신화적 요소는 그리스 로마 신화에서 찾아진다. 「이별가」의 강의 이미지와 그리스 로마 신화의 저승길이 서로 유사성을 띠고 있다. 특히 강을 경계로 하여 이승과 저승이 존재한다는 이미지들과 2연의 '저승으로 떠나가는 뱃머리'가 그 유사성이다. 앞에서 예시된 「이별가」의 내

용 중에 원텍스트의 줄거리는 나타나 있지 않다. 그러나 새로운 텍스트는 그 대상이 지닌 심상이나 의미 구조를 환기시키는 '강'을 통해 새로운 시를 창조해냈다. 이와 같이 신화에서 나타나는 일명 '재생'의 개념은 모형 신화를 시 속에서 확장시키는 것으로 볼 수 있다.

셋째, 모형 신화를 '재연'하는 방법은 현대시에 반영되는 것 중에 가장 일반적인 형태이다. 이 '재연'에는 문학 텍스트의 요소를 '강조·생략'하는 전경화 방법과 신화의 이야기 구조를 '압축·생략'하여 담는 율격화 방법이 있다. 다시 말하면 설화의 인물을 시적 화자로 등장시켜 그 인물의 심리 상태를 직접 노출시키는 방법으로 시적 화자(시인)와 신화 속의 인물을 동일화하여 시 작품 속에 담는 것을 말한다. 이것은 신화를 수용하는 가장 초보적인 단계로 다시 인물을 통해 재연되거나 사건을 통해 재연되는 경우로 구분된다. 즉 신화를 재연할 때 그 내용을 시 작품 속에 옮겨놓는 방법으로 시인이 직접 구연자가 되는 것을 말한다. 다시 말해 시인이 그 인물을 시 작품 속에 등장시켜 설화의 내용을 함축적으로 전달하면서 설화가 지닌 특정 메시지를 인물을 통한 재연으로 전달하는 방법이 있고, 신화의 스토리 중에 시인에게 서정적인 충동을 준 사건을 시 작품에 옮겨 독자에게 설화의 스토리나 의미 구조를 사건을 통한 재연으로 전달하는 두 가지 방법이 있다. 다음 시 작품은 전자에 해당된다.

제1부 언어는 실패함으로써 존재한다

> 바닷가 햇빛 바른 바위 위에
> 습한 간(肝)을 펴서 말리우자.
>
> 코카사쓰 산중에서 도망해 온 토끼처럼
> 둘러리를 빙빙 돌며 간(肝)을 지키자,
>
> 내가 오래 기르던 여윈 독수리야!
> 와서 뜯어 먹어라, 시름없이
>
> 너는 살찌고
> 나는 야위어야지, 그러나,

거북이야!
다시는 용궁의 유혹에 안 떨어진다.

프로메테우스 불쌍한 프로메테우스
불 도적한 죄로 목에 맷돌을 달고
끝없이 침전(沈澱)하는 프로메테우스

– 윤동주, 「간(肝)」 전문

예시된 「간」은 프로메테우스라는 인물을 등장시켜 신화의 내용을 환기시키고, 한국의 전통 설화인 귀토지설과 프로메테우스 신화를 결합한 작품이다. 이 것은 시인이 프로메테우스를 통해 자기동일성을 증명한 것이며, 또 신화 속의 사건을 새로운 시 작품에 옮겨 독자들에게 설화의 스토리나 의미 구조를 사건을 통한 재연으로 전달하고 있다. 1연의 2행에 '습한 간'은 '더럽혀진 간'의 상징이고, '간'은 생명과 같은 인간의 양심 · 존엄성, 훼손될 수 없는 소중한 자아, 그리고 인간의 본질과 같은 것으로 귀토지설과 프로메테우스 신화를 연결하는 매개체이다. 따라서 '습한 간(肝)을 펴서 말리우자'와 '더럽혀진 간을 펴서 말리자'는 양심, 존엄성의 회복을 외치는 시적 화자의 다짐이다. 이렇게 윤동주의 「간」은 신화 속에 나타나는 인물을 통해 신화를 재연하고 있다. 이와 같이 모더니즘 이론에서 신화란 시간과 공간에 대한 영원성 부여라는 신화성 차용을 통한 현대문학의 새로운 세계를 지향한다. 또 신화적 요소를 통해 시적 의미와 주제의 깊이를 예술적으로 드러내기도 한다. 그것은 정신세계에 대한 가치 지향과 현실에 대한 초극의 의지이며, 인간과 자연, 그리고 신이 하나로 교감하던 신화 세계에 대한 동경인 것이다.

3. 현대시에 반영된 신화의 형태 – 재연 · 확장 · 전환

지금까지 신화가 현대시에 반영된 방법을 여러 갈래로 살펴보았다. 그 방법에는 원텍스트를 '재연'하는 방법과 '확장'하는 것, 그리고 '전환' 등이 있었다. 특히 '전환'의 방법에는 다시 '모티브의 변용', '인물 패러디', 그리고 '모형 해체'가 있다는 것을 알았다. 이렇게 신화란 무한대의 가변성을 가지고 있다는 결론에 도달하였다. 다시 말해 하나의 내용에서 제2의 해석을, 그리고 무한대의 이미지를 만들어 나타낼 수 있다는 것이다.

신화는 변형된 이미지를 통해 우리에게 많은 것을 일깨워주었다. 가령, 서라벌 달밤에 아내를 빼앗긴 처용의 설화(신화)는 유구한 세월을 건너와 작금의 시인과 만남으로써 아내를 범한 역신마저 담대한 미덕으로 이해하는 과거와 여인의 부정을 감싸 안는 포용, 부정한 현실에서 쾌락을 갈망하는 인간의 본능적인 절규 등을 보이기도 하고, 악습으로 이어온 당대의 사회와 모순된 제도가 보여준 불신과 아집에 힘겨워하는 여인들의 한탄을 나타내기도 했다. 이렇듯이 신화는 시인에 의해 끊임없이 재창조되기도 하고, 수천 년의 세월을 품고 온 과거의 꿈과 인간의 상상이 만나는 교량적 역할을 한다. 또 시인들은 신화를 통해 과거와 현재 사이의 시공을 좁히려는 의도를 가진다. 이 시공으로 신화의 의미를 재확인하고, 성찰하며, 미래를 준비하게 된다. 즉, 신화를 통해 현대인은 과거를 이해하고 현재를 확인한다.

신화의 형식적 모태는 시이고, 시의 이성적 모태는 신화다. 즉 시의 뿌리가 신화이고, 신화의 뿌리가 시라고 한다면, 결코 시와 신화를 분리할 수가 없다. 그것은 본질이 동일하다는 의미이며, 현대시가 구비문학의 문화적 전통성과 맥을 함께한다는 것으로 이해되어야 하기 때문이다. 신화는 인간들이 꿈꾸는 꿈의 원형이다. 따라서 우리들에게 매우 유익한 것으로, 그 속에는 인간들이 새롭게 인식해야 할 지혜가 무한대로 잠재되어 있다.

이동열은 「프랑스의 소설문학」(『예술과 사회』)에서 신화적 우주 속에서는 인간적인 것, 자연적인 것, 초자연적인 것이 서로 교환되고 변신된다고 지적한 바 있다. 이것은 신화적 사고가 신과 인간을 대립시키지 않고 인간적 요소를 신화(神化)하고, 신적 요소를 인간화(人間化)했다는 것으로 해석된다. 특히 신화의 사상은 영원한 회귀성의 개념을 내포하고 있으며, 그 반면에 현대시는 테마의 영속성을 보여주고 있다. 그러나 각각 기록된 별개의 신화 이야기들은 현대시에서 결정적인 역할을 행할 에피소드의 개념을 내포하고 있다. 이렇게 신화의 논리 정연한 전체적 질서에서 떨어져 나오는 개별적 에피소드들은 현대시의 발생에 기여할 수밖에 없다.

시인들이 신화를 시의 소재로 삼는 일은 단순히 과거로의 복귀나 재현이 그 목적이 아니다. 이명희는 『현대시와 신화적 상상력』(새미, 2003)에서 인간들이 신화적인 세계에 빠져드는 이유에 대해 "유한자로서의 한계와 불안함이 자리 잡고 있기 때문"이라고 전제하면서, "모호함 속에 인간의 정체성을 규명하고자 하는 욕구가 더할수록 대상은 더욱 모호해지고, 존재적 한계에 다다른 인간의 역사 속의 거울을 빌려 자신의 현재를 반추하고자 노력하기에 이르는 것"으로 보았다. 따라서 시인들은 신화의 진정한 의미를 재확인하고, 그 의미를 앞세워 불확실한 현대인의 암울한 시대의 지표로 삼고자 한다.

지금까지 전승되어오는 신화는 보편적인 느낌을 담고 있다. 이와 같이 보편적이고 친숙한 신화를 시 속에 반영함으로써 시는 개성적인 경험을 초월하여 시간적 영원과 보편적 정서를 드러낸다. 그리고 시인들은 설화 속에 담긴 이념과 종교를 통해 신과 인간, 인간과 자연, 인간과 인간의 단절된 관계 회복을 통해 절대 고독으로부터 탈피하려고 한다. 요약하면 현대시와 신화의 관계를 살피는 과정에서 나온 신화의 정의로부터 신화가 가변성의 특징을 가지고 끊임없이 새롭게 재창조되어 그 속에서 과거와 현재를 알 수 있는 지표가 된다는 사실의 발견이다.

한국 현대시에 나타난 기도형의 시

— 김동명 시를 중심으로

1. 내면세계의 자아와 대결

전통적으로 시가 지향하는 것 중에 간청과 기원이 있다. 거기에다 소망의 내용을 하나 더 담고 있다. 이것은 어떤 결핍에 대한 해결의 방법이다. 이 결핍은 정신적 것과 육체적인 것을 모두 포함한다. 시인들은 화자(話者)를 내세워 전자를 더 갈구하는 노래를 한다. 그 예로서 고려속요를 들 수 있다. 정신적인 측면으로만 따져보면 속요가 담고 있는 가장 많은 내용이 남녀상열지사인 것만으로도 짐작이 가는 부분이다.

기도란 무엇인가. 신이나 절대적 존재에게 바라는 바가 이루어지기를 비는 행위이며, 또는 그 같은 의식이다. 그 저변에는 어떤 결핍을 채우려는 강한 욕구와 의지가 숨어 있다. 누구나 진실한 기도는 절대적 존재로부터 구원을 받을 것이라는 믿음을 갖는다. 이런 믿음이 결국 결핍의 고통을 해소하려는 데 시를 사용하게 되는 까닭이다. 또 기도는 기도자의 이상과 아집을 충족하기 위한 것이 아니다. 즉 개인적인 소망을 얻겠다는 것은 아니라는 것이다. 기도는 이타적인 원력이 바탕이 되어야 하고 그곳으로부터 발원되어야 한다. 다시 말해 개인적인 소원이라기보다는 많은 사람들을 행복으로 이끄는 행위여야 한다. 시와 기도는 때론 모두 소망에 목적을 두기도 한다. 그러므로 이 둘은 다음과 같은 공통점을 갖는다. 그 매체가 언어라는 것, 그리고 빎의 행위가 전달하고자 하는 곳이 절대적 존재라는 점이다. 이런 명제는 시와 기도가 본질적으로 동일하다는 것을 증명한다. 또 기도하는 주체 역시, 절망적인 상태이거나 물리적으로 나약한 자들이 대부분이다.

한편으로 시적 기도는 반드시 신이나 전지전능한 절대자에게 국한된 것만은 아니다. 성찰과 반성으로 다짐하는 기도 형식의 시도 있다. 이것은 내면의 자아와의 대결에서 비롯된다. 다시 말해서 인간 자신의 의지에 기도하는 경향도 있다. 개인적으로 갈망하는 기도 형식의 시도 있지만 집단적인 빎의 시도 있다. 그러나 이 글에서 논의하고자 하는 것은 초허 김동명 시인[1]의 개인적인 기도형의 시가 발아된 원인을 규명하는 일이다.

초허는 삶의 여정에서 겪은 일제강점기와 6·25전쟁 등과 같은 순탄치 않은 과정을 통해 '기도형의 발아'와 관계된 많은 시편들을 한국 문단에 남긴 것으로 짐작이 간다. 그의 첫 시집 『내 거문고』(1930)[2]는 종적을 감추다시피 하여 전

1) 1900년 2월 4일에 강원도 명주군 사천면 하노동리 54번지에서 아버지 경주 김(金)씨 제옥(濟玉)과 어머니 평산(平山) 신(申)씨 석우(錫愚) 사이의 외아들로 태어났다. 1908년 함경남도 원산으로 이사를 하여 1909년에 원산소학교에 입학, 1915년엔 영생중학교에 입학한 후 1920년 4월에 졸업하였다. 1925년에 일본으로 건너가 도쿄 아오야마(靑山) 전문학원 신학과(야간에는 니혼대학(日本大學) 철학과를 수학하고 졸업하였다)에 입학하여 1928년에 졸업한 후 귀국하였다. 1923년 『개벽』지에 「당신이 만약 내게 문을 열어주신다면」이라는 보들레르에게 바치는 시를 발표하여 문단에 데뷔하였다. 그 후 시인으로, 교육자(이화여자대학교 교수)로, 정치평론가로 활동했다. 또한 민주당 참의원을 지낸 정치가이기도 하다. 시작은 개신교 신자로 신앙 생활을 하였으나 1968년 1월 20일 가톨릭으로 개종하여 프란치스코라는 본명(세례명)을 받았다. 1968년 1월 21일 서울에서 생을 마감했다. 묘지는 서울 망우리 문인 공동묘지에 부인 이씨와 합장되어 있었으나 2010년 10월 10일에 강원도 사천면 노동리 133−1번지 선영으로 이장, 봉안되었다.

2) 초허의 첫 시집 『나의 거문고』(1930)는 원제목이 『내 거문고』이다. 이 시집은 발행 연도 역시 오래되었지만 북한 지역 흥남에서 발간된 것으로 자료 구입에 어려움이 크다. 따라서 본 글에서는 이 첫 시집에 실려 있는 시편들이 인용되지 못한 점을 밝혀둔다. 다만 엄창섭 교수의 「초허 김동명문학 연구」(성균관대학교 박사학위 논문, 1986, 13쪽)에 게재된 내용을 인용하여 설명해보면, 현재 이 시집은 현존하고 있다. 현재 하동호(河東鎬) 교수가 소장하고 있으며, 이 시집의 목차를 보면 '① 즐거운 아침(12편), ② 잔치(16편), ③ 옛 노래(15편), ④ 외로울 때(20편), ⑤ 麗城風景(12편), ⑥ 異城風情(13편), ⑦ 故鄕(20편), ⑧ 瞑想의 노래(13편), ⑨ 나의 거문고(11편)'로 되어 있다. 4·6판으로 168면에 132편의 시가 수록되어 있으며, 목차만 확인되고 있다.

체적인 작품의 전모를 알 수가 없다. 그의 작품집으로는 여섯 권의 개인 시집과 그 시집을 한 권으로 묶은 사화집(詞華集)이 있다. 그중에서 첫 시집『내 거문고』는 하동호(河東鎬) 교수가 소장하고 있으나, 공개를 하지 않은 관계로 그 시집에 실린 시의 모든 내용은 확인할 수가 없다. 따라서 초기의 시세계에 대해서는 그 당시『개벽』, 또는『조선문단』등에 발표된 작품에 한하여 초기 시의 특성을 살펴보는 것이 유일한 방법이다. 따라서 예시(例示)는『내 거문고』를 제외한 나머지 시집에 수록된 작품을 중심으로 제시될 것이다.

정의된 '시'의 의미가 '시인'의 정의에 바탕이 될 때 명실 공히 시인의 의미를 정확히 찾아낼 수 있다. 그렇다면 시는 무엇일까. 모든 용어에 대한 정의가 그러하듯이 '시가 무엇인가'를 말한다는 것은 쉬운 일이 아니다. 마치 우주가 무엇인가 하는 질문에 해답을 내리는 일과 같이 어려운 일이다. 또 다른 어려움은 시인과 민족에 따라서 혹은 시대와 상황에 따라서 다양성을 띨 수밖에 없다[3]는 데에 있다. 따라서 초허의 시 작품들은 쓰인 시기가 각각 다름으로 인하여 시대와 상황에 따라 다르게 정의되어야 하는 문제점을 안고 있다. 가령, 첫 시집『내 거문고』(1930)와『파초』(1938)는 일제강점기에,『삼팔선』(1947)과『하늘』(1948)은 해방 후 미군정 시대에,『진주만』(1954)과『목격자』(1957)는 6·25전쟁 직후에 출판된 것으로 각각 시대를 달리하고 있다. 그러나 본 글의 목적이 그의 시 작품에서 시대별로 '기도형 발아'가 나타난 까닭을 찾으려는 것은 아니다. 다만 시 작품 속에 나타난 기도형의 시가 발아된 원인이 무엇인가를 규명하는데 있다. 따라서 본 글의 목적을 달성하기 위해 다음과 같은 방법이 사용될 것이다.

먼저, '기도형(祈禱型) 발아(發芽)'라는 용어는 '기도 형식을 갖춘 내용(의미)이나 형식의 시로서 싹이 트는 현상'이라고 정의하고자 한다. 다시 말해서 초허의 시 작품 속에 기도 형식을 가진 시가 어떤 원인에 의해 싹이 트게 된 것인가에 대한 이유를 찾아내려는 의도가 담긴 용어라고 할 수 있다. 이 용어 대신

---

3) 김재홍·문학이론연구회 편,『문학개론』, 새문사, 2000, 45쪽.

에 '기도형 시의 발아', 또는 '기도 형식의 시가 발아', '기도형 발아' 등과 같은 용어로도 대신 사용될 것이다. 그리고 그의 시 작품 중에 '기도형이 발아된 시'라고 할 수 있는 작품들이 어떤 것이 있는지를 제시하게 될 것이며, 이 작품들은 기본적으로는 주제와 내용별로 분류하여 제시하게 될 것이나, 주로 그의 시집이 출판된 시기를 통시적으로 분류하여 제시하고자 한다. 또 앞서 언급한 바와 같이 본 글의 목적은 '기도형 발아'의 작품들이 어떤 이유, 또는 원인에 의해 발생되었는지를 규명하는 일이다. 초허는 삶의 많은 시간을 일제 식민지와 전쟁의 소용돌이 속에서 보냈다. 그러므로 '기도형 발아'의 다양한 원인들이 있을 것으로 판단되어, 시 작품이 창작된 시기를 역사적인 사건 중심으로 묶어 논의하게 된다. 기본 자료는 그의 첫 시집『내 거문고』를 제외한,『파초』(1938), 『삼팔선』(1947),『하늘』(1948),『진주만』(1954),『목격자』(1957), 그리고 그의 세 번째 사화(史話)집『내마음』(1964)으로 삼았다. 또 기도형의 발아 시가 무엇인지를 쉽게 이해하기 위해 가톨릭교회의 기도문을 유일하게 예로 삼아 비교하게 될 것이다.

한편으로는 초허의 시에서 '기도형 발아'를 살펴보는 데 있어서 다양한 면모를 그 주제로 삼을 수 있다. 예를 들면 사회적인 측면과 정치적인 측면, 순수 문학적인 측면과 종교적인 측면과 같은 시세계이다. 그러나 그 다양한 주제 중에서 본 글의 목적에서 벗어나지 않으려는 뜻에서 '기도형 발아'가 나타나게 된 그 까닭만을 탐색하게 될 것이다. 시인은 그 시대의 아픔을 증언하고 이야기로 전달하는 이야기꾼 역할을 하고 있는 자[4]이다. 즉 시는 개인의 체험이 모티브가 된다는 말이다. 초허 역시 그의 삶 속에서 얻은 독특한 체험에 의해 시를 썼다고 함이 옳을 것이다. 이와 같이 그의 삶의 여정을 살펴볼 때 체험을 바탕으로 쓴 기도형 시가 상당수가 있을 것으로 판단된다. 본 글에서 인용 또는 제시한 시 작품은 되도록 시집 및 발표지 원본을 따랐다. 이것은 시의 원본을 그대로 원용함으로써 초허의 시가 지니는 시세계를 있는 그대로 전하기 위해

4)　이지엽,『현대시 창작 강의』, 고요아침, 2009, 20쪽.

서임을 서두에서 밝혀둔다.

2. '기도형 시가 발아'된 여러 유형의 시편

1) 초기 시

서론에서 잠시 언급했듯이 초허의 초기 시들은 확인할 수 없다. 왜냐하면 그의 첫 시집『내 거문고』(1930)가 이 세상에 아직 드러나지 않기 때문이다. 다만 그 당시 발행된 잡지에 실린 몇 편의 시편들이 있어 일부분만이 확인되고 있다. 그의 등단 시기가 1923년으로 그 시기에 대해 이성교 교수는 "오늘날처럼 뚜렷한 데뷔 제도가 없었기 때문에 손쉽게 나올 수 있었다. 당시는 고작해야 동인지 같은 운동이 데뷔의 전부였다. 이러한 기이 현상을 감안할 때 사실상 이 시기는 동명에게 있어서 곧 습작기"라고 지적했다. 초기 시들을 습작기 작품들이라고 할 때, 이 습작기의 시들을 한 곳에 묶은 것이 첫 시집『내 거문고』다. 그러나 서두에서 짧게 언급했듯이 이 시집에 실린 시편들이 현재 확인되지 않고 있다. 이같이 초기 작품들을 대면하기가 극도로 힘든 상황에서 어렵게 찾아낸 초허의 등단작이 기도형 발아의 시라는 것으로 생각해볼 때 초허는 습작기부터 기도 형식의 시를 써온 것으로 판단된다.

> 오-㉠-①님이여! 나는 당신을 ㉡-①밋습니다.
> 찬이슬에 붉은 꽃물이 저즌 당신의 가슴을
> 붉은 술과 푸른 阿片에 하음업시 웃고 잇는 당신의 맘을
> 또 당신의 魂의 상처에서 흘러나리는 모든 고흔 노래를
>
> 오-㉠-②님이여! 나는 당신의 나라를 ㉡-②밋습니다.
> 灰色의 둑거운 구름으로
> 해와 달과 별의 모든 보기실흔 蠱惑의 빛을 두덮혀 버리고
> 定向업시 휘날리는 落葉의 亂舞 밋해서
> 그윽한 靜淑에 불꽃높게 타는 强한 리듬의

당신의 나라를.

마취(痲醉)와 비장(悲壯) 통열(痛悅)과 광희(狂喜)
沈靜과 冷笑 幻覺과 獨尊의
당신의 나라
구름과 물결 白灼과 精香의
그리고도 오히려 極夜의 새벽빗치 출넝거리는 당신의 나라를
오-㉠-③님이여! 나는 ㉡-③밋습니다.

㉠-④님이여! 내 그립어하는 당신의 나라로
내 몸을 ㉢-①밧읍소서
살비린내 搖亂한 魅惑의 봄도
屍衣에 奔忙하는 喪家집 갓흔 가을도
㉭-①님게신 나라에서야 볼 수 업겟지오

오직 눈자라는 끗까지 놉히 싸힌 흰눈과
국다란 멜오듸에 悲壯하게 흔들이는 眩暈한 極光이 두 가지가 한데 어우러
저서는
白熱의 키쓰가 되며
死의 偉大한 序曲이 되며
푸른 우슴과 검운 눈물이 되며
生과 死로 씨와 날을 두어 짜내인 쟝밋빗 방석이 되야
바림을 당한 困憊한 魂들에 여윈 발자국을 직히고 잇는
㉭-②님의 나라로 오오! 내 몸을 ㉢-②밧읍소서.

살뜰한 ㉠-⑤님이여! 당신이 만약 내게 門을 열어 주시면
(당신의 나라로 드러가는)
그리고 또 鐵灰色의 둑검운 구름으로 내 가슴을 덥혀주실 것이면
나는 ㉭-③님의 번개 갓흔 노래에
낙엽(落葉)갓치 춤추㉣-①겟나이다.

정(情)다운 ㉠-⑥님이여! 당신이 만약 門을 열어 주시면
(당신의 殿堂으로 드러가는)

그리고 또 당신의 가슴에서 타는 精香을 나로 하야금 만지게 할 것이면

나는 님의 바다 갓흔 한숨에

물고기 갓치 잠겨 버리ㄹ-②겟나이다.

㉠-⑦님이여! 오오! 魔王갓흔 ㉠-⑧님이여!

당신이 만약 내게 문(門)을 열어 주시면

(당신의 밀실(密室)로 드러가는)

그리고 또 북극(北極)의 오르라빗츠로 내 몸을 씨다듬어 줄 것이면

나는 ㉢-④님의 우렁찬 우슴소리에 긔운내어

눈놉히 싸힌 곳에 내 무덤을 파ㄹ-③겟나이다.   -【 꼿 】-

　　　　　　　　　　-「당신이 만약 내게 문을 열어 주시면(보드레르에게)」 전문[5]

　위의 시는 초허의 등단작이다. 이 시에서 나타나는 시어나 시행들 모두가 기
도문을 연상케 한다. 그의 시편(詩篇)에는 성구(聖句)가 많이 인용된다.[6] 먼저
㉠의 '님이여!'가 한 편의 시 작품 속에서 여덟 번이나 반복되었다. 그리고 돈호
법을 사용하여 필요한 것에 대해 간절히 요구하고 있다. 특히 이것은 종교 단
체의 기도문에서 흔히 볼 수 있는 형태의 문장구조이다. 예컨대 "◎주님, 제 안
에 주님을 모시기에 합당치 않사오나 한 말씀만 하소서. 제가 곧 나으리이다"[7]
라는 「영성체 기도문」이 있으며, "주님, 사도들의 기도에 실어 주님께 드리는
~"[8], "주님, 이 성찬의 성사로 교회에 활력을 주시어, 저희가~"[9], 「보편지향 기
도」에서도 ① "주님, 저희의 기도를 들어주소서", ② "주님, 사랑을 베풀어 주
소서", "주님, 이 백성을 기억하소서", ③ "하느님, 길이 찬미 받으소서"[10]와 같

5)　김동명, 『開闢』, 도서출판 개벽사, 1923, 134~136쪽. 이 작품은 초허의 등단 작품으로
　　서 보충 설명을 하자면 이 시는 여러 논문에서 많이 인용되었지만 상당 부분이 원본과
　　다르게 인용되어 있어서 바로잡자는 의미에서 1923년 『開闢』 10월호에 실린 시 작품
　　원본을 그대로 옮겨놓았다. 참고로 이 잡지에 김소월의 「朔州龜城」(140쪽), 김동인의
　　「눈을 겨우 뜰ㅅ데」(143쪽), 빙허(현진건)의 「지새는 안개」(149쪽)가 함께 실려 있다.

6)　엄창섭, 앞의 논문, 1986, 99쪽.

7)　한국천주교주교회의, 미사통상문 『매일미사』, 2011, 22쪽.

8)　위의 책, 206쪽.

9)　앞의 책, 207쪽.

10)　앞의 책, 13쪽. 보편지향의 기도는 「미사경본 총지침」 69-71항의 규정을 따른다. 보
　　편지향의 기도는 (1) 교회의 필요한 일, (2) 위정자와 온 세상의 구원, (3) 온갖 어려움에

이 '주님!'이란 돈호법을 많이 사용하고 있다. 이처럼 기도문에서는 간절한 소망을 드러낼 때 '주님', 또는 '주여'라는 호칭을 사용한다. 따라서 「당신이 만약 내게 門을 열어 주시면」 속의 '님이여!'라는 호칭도 마찬가지로 결핍에 대한 간절한 바람이며, 또한 간청을 위한 부름인 것이다. 비록 '보드레르에게'라는 부제가 붙어 있지만 간청의 형식이 절대자에게 바라는 기도 형식의 느낌을 주고 있다. 또 'ⓛ-①믿습니다'라는 서술형 부분도 3회나 반복되었다. 이것 역시 다음과 같은 기도문에서 기도 형식으로 발아된 것임을 알 수 있다. 다음은 한국 가톨릭교회의 「신앙고백」의 기도문이다.

✚전능하신 천주 성부
◎천지의 창조주를 저는 ㉠-①믿나이다. 그 외아들 우리 주 예수 그리스도
님의 〈밑줄 부분에서 모두 고개를 깊이 숙인다.〉 성령으로 인하여 동정 마리아께 잉태되어 나시고 본시오 빌라도 통치아래에서 고난을 받으시고 십자가에 못 박혀 돌아가시고 묻히셨으며 저승에 가시어 사흗날에 죽은 이들 가운데서 부활하시고 하늘에 올라 전능하신 천주 성부 오른편에 앉으시며 그리로 부터 산이와 죽은 이를 심판하러 오시리라 ㉠-②믿나이다. 성령을 믿으며 거룩하고 보편된 교회와 모든 성인의 통공을 ㉠-③믿으며 죄의 용서와 부활을 믿으며 영원히 삶을 ㉠-④믿나이다. 아멘.[11]

이 글은 가톨릭교회의 기도문으로 '믿나이다'가 4회 반복된다. 초허의 「당신이 만약 내게 門을 열어 주시면」의 '믿습니다'와 「신앙고백」 기도문의 '믿나이다'는 같은 맥락의 의미와 문장구조를 가지고 있음을 쉽게 알 수 있다. 또 'ⓒ'의 '밧읍소서'가 2회, '~겟나이다'가 3회, 'ⓜ님의~'도 4회나 반복되고 있다. 이러한 단어나 문장들이 시 작품에 사용한 정황들로 보아 초허는 시작(詩作) 초기부터 종교적인 색채가 농후한 시 작품을 썼다는 것을 알 수 있다.

고통받고 있는 이들, (4) 지역 공동체를 위하여 기도한다. 지향에 대한 응답은 본문 「보편 지향 기도」의 ①, ②, ③번과 같은 환호나 적절한 구절 또는 침묵으로 할 수 있다.
11) 앞의 책, 10쪽. 참고로 가톨릭교회에서는 주일과 대축일, 또는 성대하게 지내는 특별한 미사 때에는 '신앙고백'이라는 기도문을 암송한다.

2) 중기 시

祖國을 언제 떠났노,
芭蕉의 꿈은 가련하다.

南國을 向한 불타는 鄕愁,
네의 넋은 ㉠修女보다도 더욱 외롭구나.

소낙비를 그리는 너는 情熱의 女人,
나는 샘물을 길어 네 발뜽에 붓는다.

이 밤이 차다,
나는 또 너를 내 머리마테 있게하마.

나는 즐겨 너를 위해 ㉡종이 되리니,
네의 그 드리운 치마짜락으로 우리의 겨울을 가리우자.

－「파초」 전문[12]

이 「파초」는 김동명 시인의 대표작 중의 대표작이다. 2연을 놓고 조남익은 "남쪽 나라를 그리워하는 너의 불타는 향수는 홀로 천주님을 그리는 수녀보다도 외롭게 보인"[13]다고 했다. 그는 파초의 이미지를 수녀라는 여성 이미지로 잡았고, 1연의 추상적인 실마리가 구체적으로 비교되고 묘사되었음을 알 수 있다. 수녀가 성령에 목말라하듯이 정열의 여인에게 시적 화자는 샘물을 길어와 그의 발등에 부어주고 있다. 마지막 연에서 '종'이라는 시어가 나타난다. 여기서 '종'이라는 의미는 곧 남에게 얽매이어 그 명령에 따라 움직이는 사람을 비유적으로 이르는 말이다. 이런 의미로 기독교에는 하느님께 '종의 도구'로서 자신을 써달라고 간청하는 기도문이 있다. 그러므로 「파초」가 기도 형식으로 발아된 시 작품이 될 수 있다. 요약하면 ㉠과 ㉡이 「파초」에서 우연히 또는 단

제1부 언어는 실패함으로써 존재한다

12) 김동명, 『파초』, 新聲閣(함흥), 1938, 2~3쪽. 이 작품은 1936년 『朝光』 1월호에 발표한 작품이다.
13) 조남익, 『한국 현대시 해설』, 미래문화사, 1994(10쇄), 164쪽.

순히 사용된 시어가 아니라는 것이다. 김동명 시인의 정신세계에 가득 배어 있
는 종교적 의식이 기독교적인 단어를 사용하게 만든 것이다. 이 시를 통해 그
가 추구하는 바는 희망이 있는 미래로의 지향이다. 즉 기도 형식의 시로 좌절
과 절망에 머무르지 않고 일제강점기라는 현실 극복의 의지를 보여준다는 점
을 하나의 특징으로 삼을 수 있다.

> 나의 뜰은 나의 즐거운 조그마한 家庭이요.
> 나는 내 삶에서 오는 고달픔의 많은 때를 여기서 쉬어요.
> 울 밑에 몇포기의 꽃과 나무, 그리고 풀과 벌레들은 나의 兄弟요.
> 우리는 함께 푸른 하늘의 다함 없이 높음을 사모하며 힌구름의 自由로움을
> 배흐고 또 微風의 소군거림에 귀를 기우리오.
> 새들이 저의 아름다운 노래를 가지고 우리의 門을 두다릴 때면
> 아츰은 玉露의 食卓우에 ㉠ 黃金의 盞을 놓소.
> 하면 우리는 서로의 盞을 기우리며 새날을 祝福하오.
> 落日이 우리의 이마에서 저의 情熱에 타는 惜別의 키쓰를 걸울 때면
> 黃昏은 또 들에 이르러 ㉡ 瞑想의 배반을 베풀고 우리를 부르오.
> 달은 초ㅅ불, 우리는 여기에서 過去와 및 未來의 許多한 슬픈 이야기를 읽소.
> 그러나 때로는 불을 끄고 말쟁이 별들의 ㉢『沈默의 속삭임』에 귀를 기우리
> 고 밤가는 줄도 모르오.
> 이제 우리 울타리에 샛노란 호박꽃이 주룽주룽 매달릴 때면
> 또 저 덕 밑에 포도송이가 척척 느러질 때면
> 우리들의 家庭은 얼마나 더 변화하게 될것이 겠오
> 나는 그때를 그리며 오늘도 고요히 나의 뜰을 건이오.
>
> — 「나의 뜰」 전문[14]

전원시 같은 느낌을 주는 「나의 뜰」에서 ㉠과 ㉡, 그리고 ㉢도 주로 가톨릭교
회에서 많이 사용되는 기도 형식의 단어들이다. ㉠은 미사 때에 사제들이 사용
하는 잔(盞)이다. 은색을 띠는 경우도 있으나, 대부분 황금빛의 잔이다. 두 개
의 잔을 사용하는데 하나는 성체를 모시는 것이고, 다른 하나는 피의 잔으로

---

14) 김동명, 앞의 책, 46~47쪽.

포도주를 담는 잔이다. ⓛ '暝想'이나 ⓔ의 '沈默의 속삭임'은 묵상의 기도와 같은 의미로 사용된다. 따라서 다른 것을 간과한다 하더라도 특별히 문학성을 갖춘 문학작품은 신앙적 체험의 기록이다. 인간은 인류가 시작되면서부터 어떠한 신이든 떠나 살아본 적이 없다. 따라서 일본 아오야마 학원에서 신학을 전공(야간에는 철학을 전공했음)한 그가 기독교의 박애 정신과 깊게 관련되었음을 인식할 수 있다.

> 내 마음은 湖水요
> 그대 노 저어 오오
> 나는 그대의 흰 그림자를 안고, 玉같이
> 그대의 뱃전에 부서 지리라.
>
> 내 마음은 燭불이오,
> 그대 저 문을 닫어 주오
> 나는 그대의 비단 옷자락에 떨며, 고요히
> 最後의 한방울도 남김없이 타오리다.
>
> 내 마음은 나그네요,
> 그대 피리를 불어 주오
> 나는 달 아래 귀를 기우리며, 호젓이
> 나의 밤을 새이오리다.
>
> 내 마음은 落葉이오
> 잠깐 그대의 뜰에 머므르게 하오
> 이제 바람이 일면 나는 또 나그네같이, 외로히
> 그대를 떠나리라.
>
> ― 「내마음은」 전문[15]

초허의 대표작 중에 하나인 「내마음은」은 각 연의 첫 시행 첫머리마다 '내 마음'의 보조관념인 '호수', '촛불', '나그네', '낙엽'에 비유(변주, variation)한 전

---

15) 김동명, 앞의 책, 24쪽.

형적인 은유법을 사용한 것으로, '그대를 사랑하는 나의 마음'을 아름답게 시적으로 표현한 작품이다. 첨언하면 제1연과 제2연을 전반부로, 제3연과 제4연을 후반부로 나눌 수 있다. 따라서 네 개의 연(聯)에서 '내 마음'에 비유되는 '호수', '촛불', '나그네', '낙엽'은 각자의 독립적인 의미를 주장하는 것이 아니다. 전반부와 후반부로 나누어 분석해보면 전자는 '사랑의 정열'을 노래했고, 후자는 '사랑의 애수'를 노래했다. 단순히 전반부와 후반부를 대별하여 보면 시의 구조상의 큰 문제가 발견되지 않는다. 그러나 엄밀히 따져보면 제1, 2연의 전반부와 제3, 4연의 후반부 사이를 연결하는 한 개의 연이 반드시 있어야 한다. 그런데 한 개의 연이 빠져 있는 느낌이 든다. 이 점에 대해 새로운 관점에서 생각해볼 수 있다. 시인이 전반부와 후반부를 연결하는 연(聯)을 의도적으로 넣지 않았다면 그것은 단절을 통해 국면 전환을 시도한 것으로 봐야 한다. 즉 단절을 통해 충격적 효과를 노렸다고 볼 수 있다. 부연하면 전반부의 사랑은 처음엔 행복하고 불타오르는 것 같은 기분이지만 결국은 외롭고 슬프게 끝난다는 사랑의 무상을 충격적으로 표현한 작품이라는 것이다.

이런 내용과 구조로 짜인 「내마음은」이 '기도형의 발아'라고 할 수 있는 이유가 무엇인가. 그 이유를 제1연에서 보여준 시적 태도에서 찾을 수 있다. 예컨대 '내 마음은 호수(湖水)요,/그대 노 저어 오오./나는 그대의 흰 그림자를 안고, 옥같이/그대의 뱃전에 부서지리라'는 부분에서 '호수'를 심층적으로 바라보면 그 해답이 가능하다. 호수는 창공을 나는 새들이 내려와 먹잇감을 얻는 휴식처이다. 이런 호수에서 어부 베드로는 물고기를 그물로 끌어올렸다. 다시 말해서 그 호수는 새들의 안식처인 것처럼 김동명 시인에게는 베드로가 고기를 낚으며 사람들을 끌어 모았던 것과 같은 갈릴리 호수이다. 이것은 호수인 내가 그대의 뱃전에 옥같이 부서지리라는 열렬함을 보여주는 부분이라기보다는 장엄함을 보여주는 기도 형식의 진술인 것이다.

물은 과학적으로 한낱 무생물로 분류되지만 살아 있는 생명체요, 자연과 인간의 모습을 드러나게 하는 거울인 셈이다. 한편으로는 이 시의 '호수'는 마음의 상처를 치유하는 기적수이다. 또한 높은 곳으로부터 낮은 곳으로 임하는 실체이다. 이 물(호수)은 산을 포용함으로써 산수(山水)라는 조화를 이끌어낸다. 성경 구절에 "너희는 물과 같이 되어라"라는 말이 있다는 점을 상기해볼 필요가 있다.

하늘에 별같이 ㉠ 높으소서
몸 가짐 마음 가짐
그렇게 ㉡ 높으소서 언제나 ㉢ 높으소서
오오 나의 처녀여, 나의 별이어

하늘에 별같이 ㉣ 빛나소서
어두울 사록 더 빛나는 하늘에 별 같이
그렇게 빛나소서 언제나 ㉤ 빛나소서
오오 나의 별이어, 나의 처녀여.

그러나 그때는 인생의 별
언제 한번은 사라질 그빛이매
더욱 고이 ㉥ 빛나소서 더욱 높이 ㉦ 솟으소서
어긔에 불멸의 노래 있으니
그 빛을 영원에 전하리.

－「祝願」 전문[16]

초허의 「축원」도 3연의 서술 부분에서 기도 형식을 차용하고 있음을 알 수 있다. 예시된 ㉠에서부터 ㉦까지가 그 예이다. 이런 예들은 가톨릭교회의 「예물 준비 기도」와 비교하여 살펴보면 확연히 동일성이 증명된다. 그 기도문은 다음과 같다.

✚온 누리에 주 하느님, 찬미 받으소서. 주님의 너그러우신 은혜로 저희가 땅을 일구어 얻은 이 빵을 주님께 바치오니 생명의 양식이 되게 **하소서**.
◎하느님, 길이 찬미 **받으소서**.

---

16) 김동명, 앞의 책, 96~97쪽.

✚이 물과 술이 하나 되듯이, 인성을 취하신 그리스도의 신성에 저희도 참
여하게 <u>하소서</u>.

─「예물 준비 기도」일부[17]

㉠<u>主</u>여,
여기 ㉡<u>無花果</u> 나무 한구루
아직 한번도 ㉢<u>열매</u>를 맺어보지는 못하였아오나
그렇다고 찍어 버리시지는 ㉣<u>마옵소서</u>
새봄을 맞어
말은 가지에 물이 오르고
잎이 퍼드러지면
날새들의 쉬임터는 될만 하오니
또한 땅우에 고요히 흔들거리는 푸른 그늘을
지나는 길손들은 반겨 하오리니
㉤<u>主여</u>
열매를 맺을줄 모른다고
찍어 버리시지는 ㉥<u>마옵소서</u>

─「祈願」전문[18]

전형적인 기도형의 이 작품은 제목이 「기원」이다. 이 '기원'의 의미는 '원하
는 일이 이루어지기를 빈다'는 것이다. 즉 '빎'이다. 비는 행위는 자기 손에 가
진 게 아무것도 없다는 것을 알리는 행위이다. 인간이 원하는 뜻이 이루어지
도록 간절히 간청하는 '빌다'의 행위는 곧 절대자에게 청원하는 것이 일반적
이다. 또 이 시에 나타난 ㉠과 ㉤의 '<u>主</u>여'와 ㉡의 '<u>無花果</u>', ㉢의 '<u>열매</u>', 그리
고 문장 서술 부분의 ㉣과 ㉥의 '<u>마옵소서</u>' 등은 종교 단체의 기도문에서 많이
사용되는 어휘 내지 서술형 문장이다. 또 ㉠과 ㉤의 '<u>主여</u>'는 하나님을 부르는
존칭어이다. 이와 같이 「기원」이 보여주는 여러 상황들을 분석해보면 일반적
인 형식의 시(詩)가 아니라 기도 형식을 따랐다는 것을 알 수 있다. 특히 『구약

---

17) 한국천주교주교회의, 앞의 책, 13쪽.
18) 김동명, 앞의 책, 1938, 108~109쪽.

성서』에 의하면 아담과 이브가 금단의 열매(지혜나무의 과실)를 따먹고 자신들의 알몸을 나뭇잎으로 가린다는 구절이 나오는데, 이때 쓰인 나뭇잎이 바로 무화과나무의 잎이다. 무화과나무는 한때 지혜를 상징하는 나무로 여기기도 했다. 이 밖에도 번영과 평화를 상징하는 식물들이 성서 곳곳에 나타나고 있다. 다음의 글은 「마태복음」과 「루가복음」, 「마르코복음」에 기록되어 있는 성경 구절이다.

(가)
"무화과나무를 보고 배워라. 가지가 연하여지고 잎이 돋으면 여름이 가까워진 것을 알게 된다. 이와 같이 너희도 이런 일들이 일어나는 것을 보거든 사람의 아들이 문 앞에 다가 온 줄을 알아라."

— 「마태복음」 24장 32~34절[19]

(나)
…비유를 말씀하셨다. "한 사람이 포도원에 무화과나무 그루를 심어 놓았다. 그 나무에 열매가 열렸나 하고 가 보았지만 열매가 하나도 없었다. 그래서 포도원지기에게 '내가 이 무화과나무에서 열매를 따 볼까 하고 벌써 삼 년째나 여기 왔으나 열매가 달린 것을 한 번도 본적이 없으니 아예 잘라 버려라. 쓸데없이 땅만 썩힐 필요가 어디 있겠느냐."

— 「루가복음」 13장 6~8절[20]

(다)
멀리서 잎이 무성한 무화과나무를 보시고 혹시 그 나무에 열매가 있나 하여 가까이 가 보셨으나 잎사귀밖에는 아무것도 없었다. 무화과 철이 아니었기 때문이다. 예수께서 그 나무를 향하여 "이제부터 너는 영원히 열매를 맺지 못하여 아무도 너에게서 열매를 따먹지 못할 것이다"하고 저주하셨다.

— 「마르코복음」 11장 13~21절[21]

초허의 두 번째 시집 『파초』가 출판된 시기가 1938년이다. 이때가 일제강점

제1부 언어는 실패함으로써 존재한다

---

19) 대한성서공회, 〈무화과나무의 비유〉, 「신약성서」, 『성서』, 성덕인쇄사, 1986, 51쪽.
20) 〈열매 맺지 못하는 무화과나무〉, 위의 책, 139~140쪽.
21) 〈저주 받은 무화과나무〉, 위의 책, 87쪽.

기의 말기에 가깝다. 국권 상실로 인하여 그의 심신이 피폐해질 대로 피폐한 상태이다. 이 같은 상황에서 「기원」은 국권 회복을 위해 아무것도 하지 못한 초허 자신에 대한 자조적인 심정의 토로이다.

ⓜ主여
열매를 맺을 줄 모른다고
찍어 버리시지는 ⓗ마옵소서

이 시구는 「기원」의 후반부에 해당된다. 이 부분이 담고 있는 내용은 앞에서 제시한 3개의 복음 중에 (나)와 밀접한 관계를 가지고 있다. 「기원」의 '찍어 버리'다와 「루가복음」에 나오는 '잘라버려라'는 서로 같은 뜻으로 사용되었다는 것으로 미루어 볼 때 「기원」도 기도 형식을 빌려 쓴 시였다는 것을 알 수 있다.

ⓖ 홰를 치며 우는 낮닭의 울음소리에 문을 여니 언뜻 뜰아래의 오동나무 그늘도 동으로 기우렀습니다. 그러나 내 무릎우에 거문고는 아직도 그 늦어진 줄이 그대로 내 손끝에 닿습니다. 한즉 나는 언제 좋은 곡조를 얻어 ⓛ 그이를 맞는단 말씀입니까.
어느새 마을의 ⓒ 안악네들은 물병을 들고 그 지아비의 일터로부터 돌아오고 늙은이는 아기네의 손목을 이끌고 푸른 그늘을 찾어 저들의 남은 날을 즐깁니다.
이에 나는 헛도히 보낸 나의 반날을 뉘우치며, 조급한 마음을 달려 악기를 어루 만집니다.
아모러나 나는 ⓔ 저녁 종이 울려 오기 전에 기어코 나의 곡조를 찾어야 합니다. 하야 황혼이 이르면 나는 ⓜ 그이를 맞으려 저 마을 밖으로 나아갈 것입니다.
그러나 만일에 내 그 곡조를 못 얻을진댄 무삼 면목으로 ⓗ그이를 맞겠습니까.

— 「無題」 전문[22]

---

22) 김동명, 앞의 책, 110~111쪽.

예시에서 ㉠의 '홰를 치며 우는 낮닭의 울음소리'는 성경 구절에 나오는 이야기로 베드로가 신을 세 번 배신하는 것과 관련이 있는 새벽 닭 울음소리이다. ㉡ '그이를 맞는'에서 '그이'는 전지전능하신 절대자(그리스도)를 의미한다. ㉢'안악네의 물병'에서 물병은 점성학에서 주로 사용되는 물병자리(Aquarius)의 개념으로서 주술적인 성격을 가지고 있다. 현세에 와서도 인간은 자신의 운세에 대해 물병자리로 점을 치기도 한다. 이「무제」에서 ㉢ '안악네의 물병'이라고 표현한 부분은 '땅에 물을 쏟아붓는 사람', 즉 물병을 나르는 사람이 동이에 길어온 물을 목마른 사람들에게 부어준다는 의미를 함의하고 있다. 따라서 물병의 안악네(여인)는 자신이 가지고 있는 '사랑'이나 '자애', 또는 지식이나 재능을 아낌없이 나누어줌으로써 세상을 풍요롭게 한다는 의미를 지닌다. 또한 그는 대부분 인도주의적인 정신의 소유자로서 사사로운 개인보다는 인류라는 큰 틀에서 나누어 펼치기를 좋아한다. 더 나아가 인종과 빈부를 초월한다. 이런 모습과 태도로 일변되는 여인이 바로 성모 마리아이다. ㉣ '저녁 종'은 성당에서 들려주던 삼종 소리이다. 새벽 4시와 낮 12시, 그리고 저녁 6시에 들려주던 종소리이다. ㉤ '그이를 맞으려'는 것과 '그이를 맞겠읍니까'에서 '그이'는 권능을 가진 절대자(絕對者)라는 것을 시가 짜인 구조적인 입장에서 짐작할 수 있다. 또 애정 운과도 각별히 관련지을 수 있다. 이 시의 애정 운은 이성 간의 애정이 아니라 '그이를 맞으려'는 존경의 의미를 품고 있는 그것으로 볼 수 있다.

> 아기는 어머니를 찾어 집을 나섰읍니다. 이집에서 저집으로, 이 ㉠마을에서, 저마을로, 또한 들이며 산으로 까지 두루 쏘다니며 어머니를 찾었읍니다.
> 그러나 어머니는 아모데도 않게섰읍니다. 아기는 하는수없이 다시 숨찬 거름을 저의 집으로 도리켰읍니다. 행여 그사이에 집에나 오섰는가 하여……. 문꼬리에 손을 걸며 아기는 또 어머니를 불렀읍니다. 그러나 어머니의 대답은 들리지 않었읍니다. 아기는 또 한번 절망에 가까운 소리를 짜내여 어머니를 불렀읍니다.
> 「아기야 꿈을 꾸늬」
> ㉡ 구름 밖에서 오는듯한 지극히 가는 목소리가 들릴락 말락하게 아기의 귀

를 스치고 사라졌읍니다.

…(중략)…

ⓒ「아기야 꿈을 꾸늬. 이전 그만 자고 깨여나거라.」

ⓔ 별 보다도 더 먼 곳에서 오는듯한 지극히 가는 목소리와 함께 부드러운 손낄이 아기의 뺨에 닿았읍니다.

아기는 반짝 눈을 떴읍니다. 거긔에는 ⓜ어머니의 빛나는 눈동자가 아기의 얼골을 듸다보며 빙그레 웃고 있었읍니다.

— 「어머니」 일부²³⁾

이 시는 '아기'와 '어머니'에 대한 스토리로 이어지는 산문 형식을 차용하여 쓴 시이다. ㉠에서 산과 들을 쏘다니며 어머니를 찾는 사람은 아기이다. 그러나 현실적으로 아기는 신체적 조건으로 보아 산과 들을 쏘다닐 수가 없다. 여기서의 '아기'는 '화자'이고, '어머니'는 '성모 마리아'²⁴⁾이다. 여기서 '어머니'가 성모 마리아라는 것을 뒷받침할 수 있는 근거가 ⓔ의 '별 보다도 더 먼 곳에서 오는듯한 지극히 가는 목소리'이다. 이 구절의 '별 보다 먼 곳'은 이상향(理想鄕)의 나라, 즉 천국이며, 그곳에 성모 마리아가 있다. 따라서 「어머니」에서 '어머니'는 성모 마리아의 상징인 것이다.

㉠ 聖母 마리아님,
당신의 눈엔 푸른 달빛이 고었습니다
한번 닿으면, 나의 머리털은 蒼鬱한 森林이 될것입니다
나는 거긔서 일즉이 잃어 버렸든 나의 새들을 찾을수 있지 않겠읍니까.
ⓛ 오 聖母 마리아님, ⓒ 그 눈을 들어 잠깐 나를 보아주십시오.

㉠ 聖母 마리아님,
당신의 눈은 밝게 개인 가을하늘 같습니다

---

23) 김동명, 앞의 책, 112~113쪽.
24) 바티칸시국인 교황청(가톨릭)은 8월 15일을 '성모마리아 승천 대축일'로 삼고 있다. 따라서 천국엔 성모 마리아가 승천하여 살고 있으며, ⓛ의 '구름 밖에서 오는 듯한 지극히 가는 목소리'와 ⓔ의 '별보다도 더 먼 곳에서 오는 듯한 지극히 가는 목소리'는 모두 성모 마리아의 목소리를 의미한다.

한번 닿으면, 나의 마음은 한쪼각 힌구름이 될것입니다

나는 거기서 당신의 품속을 放浪하는 아름다운 길손이 되지 않겠읍니까.

ⓒ 오 성모 마리아님, ⓒ 그 눈을 들어 잠깐 나를 보아 주십시오.

㉠ 聖母 마리아님,

당신의 눈엔 따스한 微風이 흐릅니다

한번 닿으면, 나의 憂鬱은 푸르른 봄잔듸밭이 될것입니다

나는 거긔서 아름다운 花草를 꺾어 당신에게 드리는 花環을 맨들수 있지않

겠읍니까

ⓒ 오 聖母 마리아님, ⓒ 그 눈을 들어 잠깐 나를 보아 주십시오.

㉠ 聖母 마리아님,

당신의 눈은 가없이 넓은 바다와 같습니다

한번 닿으면, 나의 붓대는 黃金의 상앗대가 될것입니다

나는 거긔서 勇敢한 沙工이 되어 저 언덕으로 저어 갈 수 있지 않겠읍니까.

ⓒ 오 聖母 마리아님, ⓒ 그 눈을 들어 잠깐 나를 보아 주십시오.

㉠ 聖母 마리아님,

당신의 눈은 永遠한 꿈을 凝視하는 거룩한 기쁨입니다

당신의 눈은 最高의 순간에서 타는 고요한 불낄입니다

또한 외로운 영혼들이 돌아갈 오직 하나의 피난처입니다.

ⓒ 오 성모 마리아님, ⓔ 바라옵건대 ⓒ 그눈을 들어 영원히 나를 직혀주소서.

― 「聖母마리아의 肖像畵 앞에서」 전문[25]

시집『파초』에 실린 「聖母마리아의 肖像畵 앞에서」는 전형적인 기도형의 시

이다. 또 종교적 사상이나 신앙심 따위를 노래한 시로써, 총 5연으로 구성되어

있다. 각 연의 첫 행 ㉠ '聖母 마리아님'이라는 시구는 각 연의 마지막 행을 구

성하고 하고 있는 ⓒ '오 성모 마리아님'과 같은 문장이다. 굳이 차이점을 찾

으라면 '오'라는 감탄사 하나가 더 추가된 것만 다를 뿐이다. 그리고 마지막 연

의 ⓒ '그 눈을 들어 잠깐 나를 보아 주십시오'라는 것도 2회 반복 되었다. 다만

---

25) 김동명, 앞의 책, 114~116쪽.

5연의 마지막 행에서는 적극적인 간청 의사를 드러내는 것으로 볼 수 있는 ㉣ '바라옵건대'라는 부분이 첨가 강조하면서 ㉢ '그 눈을 들어 영원히 나를 직혀 주소서'라고 변용하고 있는 점이 다르다. 그러나 문맥상의 의미는 별다른 차이 를 보이지 않고 있다.

초허는 예수 그리스도를 낳은 동정녀 성모 마리아께 '자신을 지켜달라'고 전 구하며, 의탁하고 있다. 따라서 전구는 바람이고, 바람은 간청이고, 이 간청은 결국 기도인 셈이다. 따라서 초허는 기도 형식의 시를 통해 자신이 원하는 바 를 간청으로 기도를 올리고 있다.

㉠『겟세마네』 동산 새벽 풀밭 우으로
저긔 고요히 걸어 오시는 이,
오 당신은 누구십니까.
이 새벽에 무삼 일로 이리로 오십니까
끄을리는 옷자락이 이슬에 젖음도 모르시고……

외따른 으슥한 곧을 찾어
두손을 마조잡고 하늘을 우러러 고요히 무릎 꾸시니
오 거룩한 싸흠 앞에 선 崇嚴한 姿態여
세기의 지평선에 광명을 갖어 오는 위대한 새벽이어
나는 이 조그마한 고난의 방석 우에 무릎을 꿀고
스승의 떨리는 목소리에 귀를 기우립니다.

『하실수만 있으면 이 잔을 물리처 줍소서』
새벽 바람이라 아직도 오히려 사늘 하려든
볼수록 더욱 창백하여 가는 저의 이마 우에
솟는 땀 방울은 붉은 핏 방울로……
㉤ 아아 보라 스승의 거룩하신 얼골에 나타난 저 장엄한 苦悶을.

㉢『그러나 아버지여 당신의 뜻대로 하옵소서』
絕對歸依의 至純한 情熱과 叡智에서 온 自我 抛棄의 斷乎한 宣言
아아 大宇宙의 血管속을 물결치는 悠久한 生命에 발을 듸려놓은 偉大한 瞬間
해매는 蒼生의 발 앞에 더저진 巨大한 불 기둥이어,

새벽 바람에 고요히 흔들리는 橄欖나무 잎새는
스승의 머리 우를 장식하는 승리의 旗빨이랄까.

스승의 떨리는 목소리를 귀는 설사 못드렸다 기로
마음에 조차 아니 들릴리는 없었으려니
하물며 거듭 부탁, 깨어 있으라 하셨거든
아아 어서들 이러 나오, 스승이 저게 오시네.

『너희는 자느냐.』
주먹으로 눈을 부비며 머리 숙인 열한 그림자
그우으로 흐르는 끝없는 孤獨과 慈愛와 憐愍을 감초신 거룩한 視線.
『다들 이러 나거라, 함께 가자.』
오오 스승이어 그러면 이제 또 어대로 가오리까.

뒷손으론 槍든 무리를 부르며
저희 앞에 나아 와 목을 껴안고 입을 마초는
아아 보라, 銀 三十兩이 꾸며 놓은 이 두러운 光景을,
비슬 비슬 흐러지는 열한 그림자
㉣ 아아 베드로여 그대도 가는가
『세베대』의 兄弟여 어찌 차마 발이 떠러 지는고.

어제는 집을 위해 종여 가지를 흔들며 ㉤『호산나』를 불으드니
이제 와선 픽를 달라 부르짓고 그 ㉥ 머리 우에 가시冠을 언딴말가
옷을 찟는 ㉦ 祭司長은 월래가 그러려딘, 무를배 아나나
갈대로 머리를 따리며 춤 뱉고 戲弄 하는,
아아 네 이름이 『民衆』이드냐.

㉧ 十字架를 등에 지고 刑場으로 向하시는
스승의 외로운 그림자를 따르는 애 끊는 두 마음이어
水晶 같이 맑은 눈에 방울지는 눈물이라, 앞을 가려 어이 가노
여기는 ㉨『골고다』, 스승의 거룩하신 몸 形틀 우에 높이 달리시니
左右에 있는 强盜, 아서라 强盜 조차 嘲弄인가.
옆구리로 솟는 붉은 피 흘러 땅을 적시니
아아 槍날아 너조차 그리 무지 하냐

제 1 부 언어는 실패함으로써 존재한다

흰 날은 차마 못 보아 눈을 감고
大地도 두려움에 가슴을 떠는구나
㉱『아버지여 무지한 탓이오니 罪를 저들에게 돌리지 맙소서.』
오오 스승이어 어서 눈을 감으소서, 당신의 일은 이미 일우었읍니다.

- 「受難」 전문[26]

시적 화자가 성찰로 일관하는 「수난」은 다른 어느 작품보다도 매우 강한 신앙적 색채를 풍긴다. 시의 제목부터 '수난(受難)'이다. 이 '수난'은 교회의 사순절(四旬節, Lent)[27]과 깊은 관련이 있다. ㉠ 겟세마네(Gethsemane)는 '기름 짜는 기계를 의미한다. 예루살렘의 동쪽, 기드론 계곡을 눈앞에 둔 감람산의 서쪽 기슭에 있는 동산으로 예수가 죽기 전날 밤 '최후의 만찬'을 끝내고 제자들과 함께 슬픔과 고뇌에 찬 최후의 기도를 드리던 곳이다. 그리고 ㉡ '스승'과 ㉢ '아버지', ㉣ '베드로와 세베대의 형제(예수의 열두 제자 중에 요한과 야고보임)', ㉤ '호산나(Hosanna)'[28], ㉥ '가시관', ㉦ '祭司長'[29], ㉧ '十字架를 등에 지고 刑場으로 向하시는 스승', ㉨ 『골고다』, 스승의 거룩하신 몸 形틀 우에 높이 달리시니', ㉱ 『아버지여 무지한 탓이오니 罪를 저들에게 돌리지 맙소서.』와 같은 것도 모두 종교와 관련된 용어와 사건들이다. 이 「수난」은 내용 분석을 통하지 않더라도 느낌으로도 충분히 이해할 수 있는 기도형 시어들로 구성되어 있다.

---

26) 김동명, 앞의 책, 117~122쪽.
27) 옛사람들은 사순절을 '40일간의 피정 시기'라고 불렀다. 부활절까지 주일을 제외한 40일의 기간(부활절로부터 46일 전)을 말한다. 이 시기는 부활절을 기다리면서 신앙의 성장과 회개를 통한 영적 훈련의 시기이며, 자신의 죄를 대속하기 위해 십자가에 달려 고난당하신 예수님의 죽음을 묵상하는 시기이다. 사순절은 초대 교회 성도들이 그리스도의 인간의 죄를 대속하기 위해 찢겨진 살과 흘린 피를 기념하는 성찬식을 준비하며, 주님이 겪은 수난에 동참한다는 의미를 가진 금식을 행하던 것으로부터 유래되었다.
28) 히브리어로 승리와 기쁨에서 외치는 환호의 뜻을 지닌다. 직역하면 "구원을 베푸소서", "제발 구원하소서"란 뜻이다. 이 말은 시편 118편 25~26절에 나오며, 초막절 축제 동안 사제가 제대 주변을 돌면 백성은 성지를 흔들며 호산나를 외친다. 오늘날에는 '거룩하시도다! 거룩하시도다! 거룩하시도다!'의 일부로 미사 때마다 사용된다.
29) 일반적인 제사를 주관하는 제사장이나 주술사가 아니라 유대교에서 예루살렘 성전에서 의식이나 제례를 맡아보는 공직자이다.

3) 후기의 시

거지 마냥 초라한 꼴을 한/조그만한 停車場이었다//〈홈-〉을 너서니 벌써/
찬 바람이 휙 끼친다//그래도 釜山의 흙을 밟어 보는 감격에/아모나 막 껴안
어 주고 싶었다//어디로 가리, 망설이다가,/〈十字架〉를 찾어 언덕 길을 더듬는
다.//그러나 간곳 마다 어름 나라, 어름 백성/ 두 손끝 호호호 불며 돌아선다//
이윽고 길섶 응달에 患者처럼 느러져/소나기나 한바탕 쏟아지라고 빌었다

― 「草梁驛」 전문[30]

초허의 「초량역」은 여섯 번째 시집 『목격자』(1957)에 수록되어 있는 시이다.
이 초량역(草梁驛)은 부산광역시 동구 초량동에 위치했던 경부선의 역이었다.
개통일이 1905년 1월 1일로 초허가 6 · 25전쟁 때 피난길에서 들렀던 곳이다.
이때 폐허 속에서 대한민국이 가야 할 길은 암담했다. 이렇게 삶의 방향을 잃
은 그는 절대자의 힘에 의지할 수밖에 없었고, 따라서 종교적인 의식이 함유된
작품을 쓸 수밖에 없었던 것으로 판단된다.

C女士와 빈대떡은/타협될 수 없는 槪念이다.//C女士의 깨끔한 麗態를/빈
대떡과 함께 생각하긴 정녕 싫다//허나 이건/우리들의 허잘 것 없는 感傷主
義, 潔癖主義//C女士는 물속에 잠긴 별/그러기에 젖지 않는다//C女士는 질쿨
에 뿌리를 내린 채/스스로 香氣로운 한 떨기 蓮꽃이기도……//C女士는 生의
戰線을 單身으로 달리는/용감한 〈짠 · 따크〉란다//그대 C女士를 만나고 싶은
가, 〈蒼白한 안개〉의 門을 두드릴 것 없이/여기 누른 띠끌 이는 西大門〈로-
타리〉로 오라//C女士는 빈대떡을 붙이며, 그리고 또 손수 나르며/明朗한 愛
嬌마저 곁드리느니//무엇이, 우리 女士로 하여금 試鍊의 불길 앞에 섰으되/오
히려 平和와 微笑를 지니게 하느뇨//秘密은 여기에 있다/저는 〈어머니〉다 애
기들의 〈엄마〉다//그러기에 저는 사랑과 꿈에 살아/누른 티끌 속에서도 오히
려 五色의 무지개를 바라 눈부시어 하느니//저맑은 눈瞳子에 비친 恍惚한 〈이
메지〉를 보라/生活의 가시덤불에 핀 거룩한 사랑의 꽃이 아니뇨//아아, 〈어머

30) 김동명 『목격자』, 人間社, 1957, 124쪽. 여섯 번째 시집 『목격자』에 수록된 시 작품들
은 시전집 『내마음』(1964)에 「서울風物誌」초로 제목을 변경하여 재수록하였다. 또한
『목격자』와 시전집 『내마음』에 각각 실린 「초량역」의 내용이 약간 다름을 덧붙인다.

니)! 〈어머니〉여!/그대 위에 福이 있으라, 榮光이 있으라!

- 「C여사와 빈대떡」 전문[31]

앞에서 언급한 바와 같이 초허의 여섯 번째 시집 『목격자』는 그 당시의 사회 현실을 고발한 내용을 담고 있다. 이 시의 초반부에 'C여사와 빈대떡은/타협할 수 없는 개념'이라고 표현했다. 이것에 대해 이 시의 2연에서 그 이유를 충분히 논증할 수 있는 타당성을 보여주고 있다. 곧 'C여사의 깔끔한 麗態를,/빈대떡과 함께 생각하긴 정녕 싫다'가 해당되는 부분이다. 그러나 역사의 전쟁은 C여사를 생활전선의 '용감한 〈짠·따크〉로 만들었고, 이것은 위대한 어머니이고, 이 어머니를 향해 복(福)과 영광을 기원하는 것이다. 단순히 어떤 대상에 대한 빎이 아니라 'C여사는 어머니'라는 대등적 관계를 복원시킨 뒤 성스러운 어머니로 승화시킨 것으로 볼 수 있다. 이와 같은 주술적인 의식이 초허의 내면세계에 깊이 깔려 있음을 확인할 수 있다.

돋보기도 담배쌈지도 수달피 등걸이도 골패쪽도 막걸리 사발도 늙은 마누라도 손주 손녀도 다 버리고,/그 밖에 온갖 것 ㉠다 버리고 넘는 고개//장독대도 바느질 그릇도 鏡臺도 옷欌도 寶石反指도 남편도 아들 딸도 다 버리고/그 밖에 온갖 것 다 버리고 넘는 고개//生도 謀略도 中傷도 다 버리고/그 밖에 온갖 것 다 버리고 넘는 고개//靑春도 사랑도 꿈도 눈물도 悔恨도 希望도 歡樂도 懊惱도 다 버리고,/그 밖에 온갖 것 다 버리고 넘는 고개//아아, 彌阿里 고개는 저승 고개, 온갖 것 다 버리고 넘는 고개, 눈물의 고개라지/오늘 따라 가랑비에 함초록 젖는구료

- 「彌阿里고개」 전문[32]

주지하시다시피 위 시의 제목은 우리나라 가요 〈단장의 미아리고개〉에 나오는 고개 이름이다. 눈물과 사연, 슬픔과 한의 이미지를 담고 있는 '미아리 고

---

31) 앞의 책, 88~91쪽.
32) 앞의 책, 26~27쪽.

개'[33]이다. 6·25전쟁 때에 수많은 애국지사와 저명인사들이 쇠사슬에 묶인 채이 고개를 넘어 북으로 납치되어갔다. 초허는 이런 사연들을 시에 담아 종교적인 의식으로 그들의 영혼을 구원하고자 했다. 초허의 시 중에서 지금까지 기독적인 의식에서 비롯된 기도형의 발아 현상이 나타나는 작품을 본 글의 연구과정에서 다수 보아왔지만, 「미아리고개」는 흔하지 않게 불교적인 색채를 띠고있는 작품 중 하나이다. 전체 5연 11행으로 구성되어 있으며, 그중 1연~4연의각각 마지막 행에서 '온갖 다 버리고 넘는 고개'라고 반복적으로 강조하고 있다. 이것은 오랜 기간 동안 인간의 존엄성마저 말살되어온 일제 식민지의 억압과 이어지는 6·25전쟁으로 정신마저 피폐해진 초허의 현실 부정의 의식이 잘나타난 부분이다.

> (가)
> 어머니 病을 얻어/他鄕에 누으시니//마음은 옛 깃을 그려/구름 밖에 저물고//視線은 그리운 이들을 찾아/푸른 山에 막히도다//달빛이 샘물 같이 찬/귀또리 우짓는 밤에//님 홀로/눈을 어이 감으신고//아아, 세상에 슬픈 노래 한曲調/이리하야 끝 나단 말이⋯⋯//主의 城 밖에 외로이 이른 길손 한분/고이맞으시라, 비나이다!
>
> — 「哀詞」 전문[34]

> (나)
> 「아가야 門 열어라」
> 「누구요?」
> 「엄마다.」
> 「어머니 목소리가 아닌데요.」
> 「목이 쉬어 그렇구나.」

---

33) 『서울지명사전』에 따르자면 강북구 미아동에 있던 마을로서 미아 제7동의 불당곡(佛堂谷)에 미아사(彌阿寺)가 오랫동안 있었으므로 이 절 이름에서 마을 이름이 유래되었다고 한다. 원래는 서방정토에 있으며 모든 중생을 제도(濟度)하겠다는 대원을 품은 아미타불을 주불로 모시는 미타사(彌陀寺)가 있었는데, 이 미타사가 변하여 미아사가 되었다는 설이 있고, 또 지금의 정릉동 지역을 사을한리(沙乙閑里)·사아리(沙阿里)라고칭하였는데 사아리가 미아리로 전음(轉音)되었다고 추측하기도 한다.

34) 김동명, 『眞珠灣』, 文榮社(이화여대), 1954, 14~15쪽.

「그럼 여기 門 틈으로 손을 좀 보여 주세요.」

아아, 보기에도 기겁을 할 호랑이의 발톱!

그러나 우리의 不幸한 아기들은 미처 나무 꼭다기로 避身할 겨를도 없었다.

—「民主主義」 전문[35]

일상생활에서 우리들과 가장 가까운 것이 언어이다. 따라서 인간은 그 언어의 다양성, 또는 언어를 이용한 주술성(呪術性)을 쉽게 접할 수 있으며, 또 생활 속에 젖어 있다. 주술성은 어의(語意)의 변화 없이 불가와 세속에서 공히 쓰이는 언어다. 성경의 「창세기」 편을 보면 '빛이 있으리라 하니 빛이 있었다'라는 구절이 있다. 말로써 말이 가진 신통력에 의해 빛이 생겼다.『삼국유사』「가락국」의 「구지가」에서도 가야의 아홉 부족장이 구지봉에 올라 '거북아 머리를 내어라'라는 노래를 부르자 하늘에서 황금 알이 내려왔다고 한다. 무심코 한 말이 그대로 이루어지는 경우를 말한다. 이것을 '언어의 주술성'이라 한다.

이와 같이 초허의 두 작품 모두가 '언어의 주술성'[36]을 가지고 있다. 이 주술성은 곧 그 자체가 믿음이며 긍정이다. 마음으로 비는 기도도 언어라는 관점에서 볼 때 '언어의 주술성'은 결국 긍정과 믿음으로 시작되며 그것은 곧 이루어진다. 요컨대 무심코 한 말이 그대로 이루어지는 것을 말한다. 따라서 (가)는 어머니의 병이 빨리 낫게 해달라는 언어의 주술로 '主의 성 밖에 외로이 이른 길손 한분/고이 맞으시라, 비나이다!'의 부분이고, (나)는 「해와 달이 된 오누이」라는 전래 동화의 형식을 차용하여 쓴 시이다. 이 동화에서 "저희를 살려주시려거든 튼튼한 동아줄을 내려주시고, 저희를 죽이시려거든 썩은 동아줄을 내

93

한국 현대시에 나타난 기도형의 시

---

35) 앞의 책, 56쪽. 이 작품은 김동명문집간행회 편, 「삼팔선」초, 『내마음』, 新雅社, 1964, 327쪽에 앞의 시집에 실린 내용 그대로 실려 있다.

36) 무심코 한 말이 현실 그대로 이루어지는 경우이다. 이를테면 「도솔가」·「서동요」·「혜성가」·「원가」·「처용가」 등이 주술성이 강하다고 할 수 있는 작품들이다. 이러한 언어의 주술적 힘은 시가의 전통 속에서도 쉽게 확인된다. 「구지가」를 비롯한 몇몇의 향가나 고려가요는 물론 보다 전문적으로는 오늘날의 시 비평에 해당하는 시화(詩話)에서 죽음의 예감이나 전조를 형상화한 경우에 사용되었던 '시참(詩讖)·참언(讖言)·예언(豫言)' 등의 용어에서 살펴볼 수 있다. 상세한 내용은 정끝별, 『천 개의 혀를 가진 시의 언어』, 한국문학도서관, 2008, 16쪽을 참고 바람.

려주십시오"라는 오누이와 호랑이의 기원이 반복된다. 따라서 초허는「민주주의」에서 '민주주의'를 어머니라는 객관적 상관물에 이입하여 전래동화가 가지고 있는 기원의 주술성을 차용하고 있다.

이처럼 시라는 장르 자체가 가진 직관·정서·통찰·서정·리듬·은유와 상징 따위야말로 언어가 가진 주술성을 배가시키는 강력한 요소들이다. 이런 언어의 힘을 가장 잘 사용했던 사람이 옛날에는 제사장이나 무당이었다면 오늘날에는 시인이다.[37]

> 「어떻게 사느냐」고……//내 사람아,/여기 좋은 수가 있다./우리는 부처님처럼 눈을 내리 뜨고 가만이 앉어 있자/누가 와서/「웬 사람들이냐」고 무르면/「참 좋은 날시외다」하고 대답하자/아아, 내 사람아,/여기 더 좋은 수가 있구나/우리는 저 孤獨의 층층대를 밟고 나려 가서/노래의 샘물을 깃자/憂鬱은/사랑스러운 下女 같이/다소곳하고 수종 드리니……
>
> －「憂鬱」 전문[38]

앞에서 언어의 주술성을 논의해보았다. 다시 말하면 언어의 주술성이란 무심코 한 말이 그대로 이루어지는 언어의 마력을 의미한다. 따라서 초허는 우울한 날이지만 '참 좋은 날시외다'라며 역설적으로 표현함으로써 우울한 날에서 벗어나려는 의도를「우울」이라는 시에서 찾고 있다. 이 시에서는 다소 소극적인 명령법을 간직한 주술적 기능으로 이루어지기를 바라는 주력(呪力)이 보이고 있다. 기원이 주술의 범주에 속하며, 주술 또한 기원을 품고 있다. 따라서 초허는 초자연적인 힘이나 원칙에 의지하여 우울한 삶의 문제를 해결하려는 적극적인 태도를 보여주고 있다. 이렇듯이 언어의 주술성에 기대어 문학이 이루어진 것은 아득한 시절부터다.[39] 우주는 언어로 가득 차 있다. 그래서 '말이 씨가 된다'는 말이 있다. 또 타인을 저주하거나 비난하는 말은 상대방에게 미

제1부 언어는 실패함으로써 존재한다

---

37) 정끝별, 앞의 책, 16쪽.
38) 김동명, 앞의 책, 60~61쪽.
39) 김대행, 『문학이란 무엇인가』, 문학사상사, 1992, 164쪽.

치지 않으면 오히려 자신에게 화근이 돌아온다는 것이다. 이것은 말을 조심하라는 속언(俗言)의 뜻도 되지만 언어의 주술성을 일컫기도 한다.[40]

> 여인은
> 가장 華麗하게 몸을 꾸몄을 때
> 먼저 너를 안는다
> 아아, 행복스러운 꽃이여!
>
> 「그리스도」도
> 하마트면 너 때문에
> 詩人이 될번 하셨다
> 아아, 榮光스러운 꽃이여!
>
> －「白合花」 전문[41]

언어는 주술적 능력을 가지고 있어서 긍정적 사용은 상대에게 긍정적 효과를 가져다준다.[42] 이 작품의 전체적인 분위기는 매우 긍정적이다. 왜냐하면 「백합화」에서 사용된 시어들이 '화려하게', '행복', '영광'으로 부정어와 대립되는 단어들이기 때문이다. 그것은 긍정의 효과를 노린다는 말과 같은 것이다. 그러므로 작품 속의 여인을 일반적인 꽃이 아니라 '행복스러운 꽃'과 '영광스러운 꽃'으로 긍정한다. 이 '화려'하고 '영광스러운 꽃'으로 말미암아 하마터면 그리스도도 꼭 안아볼 뻔했다는 익살과 골계미까지 갖추고 있다. 그리고 이 영광스럽고 행복한 여인을 비유하는 '흰 백합'이라는 개관적 상관물이 지니고 있는 꽃말은 '순결', '순수', '신성'이다. 이런 의미의 정황들로부터 '흰 백합'은 '여인'이고, 여인은 '수녀'라는 결론을 어렵지 않게 얻을 수 있다.

시의 원초적인 모습은 언어가 가지고 있는 음악적 주술성에 있다. 언어를 계속적으로 반복하게 되면 거기서 주술적 마력이 생기고, 음악이 흘러온다.[43] 이

40) 이정자, 『고시가 아니마 연구』, 한국문학도서관, 2008, 24쪽.
41) 김동명, 앞의 책, 122~123쪽.
42) 이정진, 『언어와 문학』, 학문사, 2001, 89쪽.
43) 이운룡, 『한국시의 의식구조』, 한국문학도서관, 2008, 313쪽.

것에 대해 블레이크는 "시인의 말은 원초적인 언어로 이해하고, 주술성의 언어로서 성경과 복음보다 앞선다"[44]고 말한 바 있다. 초허의 「백합화」는 미개인(未開人)의 토템(totem)적 사유를 바탕으로 한 무속적 주술력에 근거하는 것이 아니라, 기원자의 지극한 덕과 정성에 감응하는 고등 종교적 힘에 바탕을 두고 있다.

이 밖에도 시집 『진주만』에 기도가 발아된 시로서 「해당화」, 「접중花」, 「향나무」, 「庭園行」 등이 있다. 특히 이 시집은 아내를 위한 기도서이다. 왜냐하면 「後記」에서 "오로지 아내의 지극한 정성과 숨은 노고가 끔찍했음을 밝히는 것으로써 스스로 滿足코저한다"고 말하면서 재차 "일즉이 시집 『삼팔선』이나 『하늘』이 다 그랬던 것처럼 이 시집—『진주만』—도 오직 안해(아내)의 극진한 마음씨로 말미암아 오늘의 세상을 보게 된 것"[45]이라고 아내에 대한 고마운 마음을 피력했다.

> 내게는 不滅의 香氣가 있다./내게는 黃金의 音律이 있다./내게는 永遠한 생각의 감초인 보금자리가 있다./내게는 이제 彗星 같이 나타날 보이지 않는 榮光이 있다.//너는 동산 같이 그윽하다./너는 大洋 같이 뛰논다./너는 微風같이 소군거린다/너는 處女 같이 꿈꾼다.//너는 우리의 新婦다/너는 우리의 運命이다./너는 우리의 呼吸이다./너는 우리의 全部다//아하, 내 사랑 내 희망아, 이 일을 어찌리,/내 발에 香油를 부어 주진 못할망정/네 목에 黃金의 목거리를 걸어 주진 못할망정/도리어 네 머리 위에 가시冠을 얹다니, 가시冠을 얹다니……//아하, 내 사랑 내 희망아, 세상에 이럴 법이……/우리는 못 났구나 기막힌 바보로구나./그러나 그렇다고 버릴 너는 아니겠지 설마,/아하, 내 사랑 내 희망아, 내 귀에 네 입술을 내여 다오.
>
> – 「우리말」 전문[46]

요한복음 12장 3절에 "그 때 마리아가 매우 값진 순 나르드 향유 한 근을 가지고 와서 예수의 발에 붓고 자기 머리털로 그의 발을 닦아 드렸다. 그러자 온

---

44) 송수권, 『송수권의 체험적 시론』, 문학사상, 2006, 83쪽.
45) 김동명, 앞의 책, 150~151쪽.
46) 김동명, 『하늘』, 崇文社(서울), 1948, 39~40쪽.

집안에 향유 냄새가 집에 가득 찼다"⁴⁷⁾라는 구절과 "그 때 예수께서 베다니아에 있는 나병환자 시몬의 집에서 계셨는데 어떤 여자가 매우 값진 향유가 든 옥합⁴⁸⁾을 가지고 와서 식탁에 앉으신 예수머리에 부었다. 이것을 본 제자들은 분개하여 '이렇게 낭비를 하다니! 이것을 팔면 많은 돈을 받아 가난한 사람들은 줄 수 있을 텐데'하고 말했다."⁴⁹⁾라는 구절을 차용한 것으로 판단된다. 또 '가시冠'이거나 '香油' 같은 용어도 성서에 자주 등장하는 단어라는 점에서 기도형의 발아와 깊은 관련이 있는 작품으로 볼 수 있다.

붉은 살이 드러 나도
아모 거리낌 없이
히쭉히쭉 웃으며 걸어가는 사나히,
작난패 아이놈들이 앞을 막고 嘲弄해도
그리스도 같이 태연하다.

女人도 없고 祖國도 없고
來日을 위한 염연들 있으랴.

다만 바람에 날리는 낙엽인양 지향 없이
그러나 히쭉 히쭉 웃으며 걸어가는 사나히,

나는 오늘에 네가 부럽구나.

－「狂人」 전문⁵⁰⁾

----

47) 대한성서공회, 〈예수께 향유를 부은 여자〉, 「신약성서」, 『성서』, 성덕인쇄사, 1986, 196~197쪽.
48) 이 '옥함'(Alabaster jar, 킹제임스 번역본)은 '향유를 넣는 병(Alabaster, 또는 Alabaster box, Alabaster vial)'라고 번역되어 있다. 이것에 대해 「마태복음」 26장 6~7절, 「루가복음」 7장 37~38절, 「마르코복음」 14장 3~4절에는 '향유가 든 옥함'이라는 구절이 각각 나온다. 「요한복음」 12장 3절에도 "그 때 마리아가 매우 값진 순 나르드 향유 한 근을 가지고 와서 예수의 발에 붓고 자기 머리털로 그의 발을 닦아 드렸다. 그러자 온 집안에 향유 냄새가 집에 가득 찼다."라는 구절이 나온다.
49) 대한성서공회, 앞의 책, 54쪽.
50) 김동명, 앞의 책, 60쪽.

절망적인 시 「광인(狂人)」에서 나타나는 시어 중에서 '그리스도'는 절대자에 대한 직접적인 표현의 단어이다. 즉 일반적으로 시 창작 과정에서 직접적인 표현이 될 수 있는 시어들은 사용을 꺼리는 경향이 있다. 왜냐하면 소위 현대시는 '감추면서 드러낸다'는 것으로 이것은 애매성과 난해성의 강조이며, '말하지 말고 보여줘라'는 것으로 대상의 이미지화를 창작의 특성으로 삼고 있는 까닭이다. 그런데 초허가 이렇게 직접적으로 '절대자'를 '그리스도'라고 나타낸 것은 그의 신앙심이 매우 높다는 것으로 치부할 수가 있다. 그런가하면 '女人도 없고 祖國도 없고'라는 시행에서 '여인'이 갖는 의미에 대해 여러 의견이 분분할 것으로 생각되지만, 원관념인 '성모 마리아'를 상징하는 보조관념인 것이다. 그 까닭은 앞뒤의 시행과 문맥이 말해준다. 요약하면 그 '사내'는 '예수'와 동일한 인물이며, 그 '여인'은 '조국'과 동일시된다. 그렇다면 '사내'는 '조국'을, '여인'은 성모 마리아를 상징하는 것이다.

제
1
부

언
어
는

실
패
함
으
로
써

존
재
한
다

> 깜아득 높은 곳에/힌 꽃 한 송이.//별 보라 피인 꽃을/이 무삼 욕심인고.//허나 나는 禁斷의 果實을 훔치던/이브의 後裔//손발에 피가 흐르도록/기어 오르기로 어떠리
>
> — 「情累」 전문[51]

이브(Eve)는 구약 성서에 나오는 인류 최초의 여자다. 그러나 생물학적인 의미로 볼 때 최초의 인류가 아니다. '야훼'를 처음 섬기기 시작한 인간으로 규정한다. 그러나 그는 낙원이었던 에덴동산에서 쫓겨나고, 금지한 선악과를 따먹은 죄로 '원죄'를 얻게 되었고, 그의 후예라고 할 수 있는 인간들도 원죄를 가지게 되었다. 이 원죄를 가짐으로 인하여 존재의 자각이 이루어지는 것이다. 초허는 이런 이브에 대해 자신을 그의 후예(後裔)라고 했다. 자랑스러운 후예가 아니라 원죄를 가진 후예이다. 따라서 그는 가지고 태어난 원죄를 속죄하는 의미에서 '손발에 피가 흐르도록/기어 오르'고 있다. 그러므로 그가 종교 의식이

---

51) 김동명, 앞의 책, 80쪽.

고양된 정신세계가 아니라면 이러한 인식의 존재, 자각의 존재, 그리고 반성과 성찰은 나올 수가 없는 것이다. 따라서 반성과 성찰이 선행될 때만이 간절히 바라는 기도가 이루어진다.

> 네 化粧은 이끼 돋은 옛 香氣를 풍기기엔 너머 慾되고
> 네 衣裳은 幽邃한 옛 꿈을 싸기에 너머 奢侈롭다.
>
> 네 머리는 三十六年式 포드 앞에 너머 가볍고
> 네 눈은 蔽履過客을 홀끼에 너머 거만 하다.
>
> 네 客室은 새벽 讀經을 듣기엔 너머 멀고
> 네 뜰은 禪味를 모르기 너머 심하구나.
>
> 念珠를 벗어 땅에 던지고 달 아래에 醉하기를 즐기던 너
> 이제 袈裟를 몸에 두룬 채 官員 앞에 揖하고
>
> 法家의 禁戒를 듣단 말이……
> 아아 南無阿彌陀佛!

－「歸州寺」 전문⁵²⁾

초허의 작품에서는 기독교적인 신앙의 태도만 보이는 것은 아니다. 불교 의식도 자연스레 나타나고 있다. 시인은 무릇 상상력이 풍부해야 하고 그 상상력을 확장하기 위해서는 사유가 고정되어 있어서는 안 된다. 따라서 초허는 풍부한 상상력으로 시적 대상을 세계화하기 위해, 또는 그런 사유를 밑바탕으로 하는 기원을 위해 초월적인 정신세계, 즉 모든 종교를 자유롭게 넘나들고 있다. 불교적인 사유에서 시작된 「귀주사(歸州寺)」는 총 10행 5연으로 된 시 작품이다. 주지하다시피 이 시에서 사용된 시어 중에서 '讀經', '禪味' '念珠', '袈裟', '南無阿彌陀佛' 등과 같은 불교적 용어들이 많이 차용되었다. 그는 이런 용어들을

---

52) 김동명, 앞의 책, 112~113쪽.

모아 기도 형식의 문장을 만들고, 또 이 같은 문장과 문장이 모아 한 편의 기도문 형식의 시를 썼다.

3. 상실감에서 비롯된 기도 형식

지금까지 초허의 작품 세계를 각 시집별, 또는 시기별로 살펴보았다. 그의 시 작품 속에 다수의 기도 형식을 갖춘 시와 또 그 내용을 담고 있는 시 작품들을 확인할 수 있었다. 또 기도 형식이 아니더라도 영적(靈的) 내용의 그것과 같거나, 흡사한 내용의 시 작품이 다수 존재하고 있음을 확인하였다. 따라서 이번 장(章)에서는 초허가 쓴 그 다수의 작품들에서 어떤 이유로 기도형의 시적 발아가 이루어졌는가를 심도 있게 고찰할 필요가 있다. 그 이유를 밝혀내는 일이 곧 초허의 개성적 언어 표현과 치열한 시 정신의 궤적을 찾을 수 있는 성과물이 되기 때문이다. 먼저 그 원인을 초허의 생애를 통해 통시적으로 요약해보면 다음과 같다.

첫째, 인간의 허무 의식을 종교적인 경건성(敬虔性)으로 극복하려고 노력했다. 초허는 일제의 암흑기에 기독교적인 경건성의 노래를 통해 인간의 허무 의식을 극복하여 절망을 딛고 일어서려고 하였다. 매사에 구속을 원하지 않은 자유인을 추구했던 그는 예언자적인 시인으로 민족의 생명력을 긍정한 인물이다.[53] 특히 그의 초기 시의 특성은 다분히 인생을 고민하는 허무적 경향[54]으로 흘렀다. 문단에 허무주의와 퇴폐풍조가 유행처럼 만연했던 것을 생각해보면 초허의 시적 경향이 허무주의에 맥이 닿았다는 것을 가히 짐작할 수 있다.

예술이 행동 · 관조의 종합[55]이라고 할 때 초허는 퇴폐적이거나 목가적 전원만을 안이하게 노래했던 낭만적인 시인은 아니었다. 그는 현실적 상황에 행동

---

53) 엄창섭, 앞의 논문, 17쪽.
54) 이성교, 「김동명 시 연구」, 김병우 외, 『김동명의 시세계와 삶』, 한남대학교 출판부, 1994, 14쪽.
55) 모로아, 『태초에 행동이 있었다』, 서정철 역, 瑞文堂, 1977, 123쪽.

으로 대처하는 시인이기도 했다. 초허의 시집 『파초』(1938)와 『하늘』(1948)을 살펴보면 그 속에 그러한 그의 시 의식이 잘 반영되어 있다. 이때 그는 전원에 살면서 자연물을 소재로 한 시를 많이 썼다. 하지만, 이들은 단순한 전원시가 아니라 심층에는 민족적 비애나 역사적 고뇌가 짙게 배어 있다. 즉, 우국의 고뇌와 정열을 전원적 이미지로 표현하였다. 어떤 평자는 자연으로 돌아가 자연에 묻혀 살면서, 자연과 인간의 친화와 자연의 아름다움을 노래한 초허의 시적 태도에 대해 현실도피라고 비판했다. 그러나 초허의 시에 일제강점기 현실에 대한 저항 정신이 깔려 있음은 부인할 수 없는 엄연한 사실이다.

> 내가 다시 젊어지기는 다만/그의 華奢한 옷 자락이/나의 무릎 밑에 감길 때……//이윽고 그의 우람한 두 팔이/나의 허리를 어루만질 때면/나는 나의 뼈가 흰 조각 같이/그의 품 속에서 반짝이는 幻覺에 醉한다.//나의 가슴을 조금만한 港灣에 비길 수 있다면/구비 구비 듸리 닫는 물결은/異國의 꿈을 싣人고 오는 나의 나그네,/나의 마음은 네의 품 속에서 海草 같이 일렁거린다.
>
> ― 「바다」 전문[56]

궤린(Guerin. W. L)은 "모든 생명의 근본이요, 영적 신비이며 영원성이요, 죽음과 재생[57]을 상징하는" 것이 '바다'라고 제시했다. 바다는 초허에게 생명의 근본이며 영적 신비이다. 그가 「바다」를 노래할 때 '바다'를 시의 소재로 삼은 이유에 대해 궤린의 지적이 우리들을 납득시키고 있다. 「바다」에서 '바다'가 가지는 의미는 영적 신비와 영원성의 완성이다. 이것으로 자신의 허무 의식을 극복하려고 노력했다. 또 다른 작품인 「밤」에서도 초허는 '바다'가 지니는 영적 신비와 영원성으로 허무를 극복하려는 시적 태도를 보였다.

---

56) 김동명, 앞의 책, 10쪽.
57) Wilfred, L. Guerin, *A Handbook of Critical Approaches to Literature*, Harper & Row, 1966, p.119.

밤은,
푸른 안개에 쌓인 湖水.
나는,
잠의 쪽 배를 타고 꿈을 낚는 漁夫다.

―「밤」전문[58]

「밤」은 1연 4행 27자로 된 매우 짧은 자유시이다. 비록 4행의 단시(短詩)이지
만 초허는 꿈의 세계를 노래했으며, 이것은 자신의 이상(理想)을 추구하는 생의
한 단면을 여실히 드러낸 시이다. 요약하면 이 시의 주제는 부단한 이상 추구
이다. 이러한 이상(꿈)을 실현하기 위해서는 필연적으로 갈망하는 기도가 필수
적이다. 즉 꿈은 바라는 것이다. 이것을 위해서 절대적 존재자에게 자기 자신이
바라는 일이 이루어지기를 빈다. 특히 대부분의 종교들은 모두 의무적인 기도
문을 반복 낭송하는 것이 공덕(功德)을 쌓는 일이라고 생각한다. 따라서 초허는
시 작품마다 반복적인 기도로 간청을 이루려고 했다.

그리스도교의 '주기도문'은 세 가지 요소를 가지고 있다. 찬양과 간구, 그리
고 죽음 뒤에 다가올 절대적인 신(神)의 나라에 대한 갈망이다. 이 세 가지의
요소 중에서 초허의 기도 유형은 '간구'이다. 국권 상실에 따른 자신의 무기력
한 모습으로부터 벗어나려는 빎이다. 그러나 이 빎은 일반적인 빎이 아니라 내
면으로의 저항이다. 즉 일제의 침략적인 정황(情況)에 동조하지 않으려는 의지
가 시(詩)로 대변[59]되었다. 이런 '간구'는 국가적이거나 개인적 일로 위급한 경
우 누구에게나 가능한 행동 양식이다. 한 예를 들면 솔로몬 왕도 꿇어앉은 자
세로 나라와 민족을 위하여 일곱 가지 간구[60]를 드렸다. 그 일곱 가지는 ① 사
회 질서를 위한 간구, ② 범죄와 패전에 대한 간구, ③ 가뭄에 대한 간구, ④ 온
갖 재난에 대한 간구, ⑤ 외국인들에 대한 간구, ⑥ 여호와의 군사적인 도우심
에 대한 간구, ⑦ 포로에 대한 간구로 분류할 수 있다.

---

58) 김동명, 앞의 책, 91쪽.
59) 엄창섭, 앞의 논문, 38쪽.
60) 「역대하」, 『개역개정 성경』, 6장 22~42절.

어디로 가리, 망설이다가,
십자가를 따라 언덕길을 더듬는다.

　　　　　　　　　　　　　　－「草梁驛」 일부[61]

　자의식의 상실 상태에서 초허의 미래는 암울하기만 할 뿐 아니라 의지할 곳
조차 찾지 못하고 있다. 이러한 그 당시의 현실에서 '어디로 가리, 망설이다'는
허무적인 심리가 작동하는 것은 누구에게나 있을 법한 일로 받아들여야 한다.
일제 치하에서 삶을 영위하는 지식인으로서 그에게는 세상의 진리나 인생 따
위가 공허하고 무의미할 수밖에 없었다. 인류의 오랜 역사 속에서 허무는 다른
많은 아름다운 삶의 요소들(죽음, 실패, 병, 늙음 등)과 함께 종신형을 선고받
았다. 때문에 그것이 삶의 무대에 나타나는 것은 죄악으로 여겼다.[62] 존재의 목
적을 상실한 초허라 하더라도 헝클어진 머리와 지저분한 용모, 무례한 행동과
누더기 차림으로 전통과 사회질서에 반항하는 1860~1870년대의 허무주의자
는 아니다. 적어도 그는 N.G. 체르니셰프스키와 같은 자유주의자들에게는 민
족사상 발전의 과도기적 요소, 즉 개인의 자유를 위한 투쟁의 한 단계이자 반
항적인 젊은 세대의 진정한 정신적 대변자이다.
　초허의 허무는 모든 형태의 폭압·위선·가식 등에 반대하고 개인의 자유를
옹호하는 투쟁의 상징으로 규정된다. 또 인간의 삶이 궁극적인 의지처가 될 수
있는 일체의 것, 즉 실재, 신앙, 도덕 등을 인정하지 않는 태도를 나타냈던 니
체의 허무주의와는 다른 허무를 보여준다. 이런 뜻으로 말할 수 있는 것은 '십
자가를 따라 언덕길을 더듬'는 초허의 행동에서 그 까닭을 읽을 수가 있기 때
문이다. 인간은 신을 생각하지 않는 어떤 방법으로도 구원될 수 없고 오직 신
으로부터 구원받을 수 있다는 점을 작품을 통해 확인시켜주고 있다. 이렇듯이
초허는 많은 작품을 통해 식민지적 상황 속에서 남다른 번민과 고통의 삶을 살
아왔음을 보여주었다. 이러한 삶 속에서 번민과 고통은 그의 작품 속에 고스란

---

61)　김동명문집간행회 편, 「서울풍물지」초, 『내마음』, 신아사, 1964, 507쪽.
62)　「집착과 허무」, 『법보신문』, 2004년 8월 10일자.

히 스며들게 했다.

둘째, 정신적인 상실감으로부터의 탈피를 기도형의 시가 발아된 원인으로 꼽을 수가 있다. 그는 허무에 이어 상실감에 빠져 있었다. 상실감이란 뜻은 무언가를 잃어버린 후의 느낌이나 감정 상태를 말한다. 그에게 상실감을 안겨준 원인은 대략 네 가지로 요약된다. 즉 ㉠ 국권 상실, ㉡ 부모 상실, ㉢ 부인 상실, ㉣ 고향 상실 등과 같은 것이다. ㉠은 국권을 일제에게 빼앗긴 것으로, 일제 침략의 정황에 동조하지 않으려는 의지가 시로서 대변되었다고 할 수 있다. ㉡은 1931년에 모친 신씨의 사망이다. 빈농의 아들에서 현대의 신지식인으로 태어나기까지는 그의 어머니의 역할이 컸다. 그는 1908년까지 강원도 명주군 사천면 하노동리 54번지에서 살았다. 그때까지 서당을 다녔는데 이것 또한 그의 어머니의 높은 학구열에서 비롯되었다. 그러므로 그에게 어머니의 죽음은 감당하지 못할 상실감이었다. ㉢은 초허가 세 번 결혼하여 두 번 사별한 데 따른 트라우마(trauma)이다. 첫 번째 부인 지(池)씨와는 1938년에, 두 번째 부인이었던 이복순(李福順) 씨와는 1959년에 사별했다. ㉣에 대해서 살펴보면, 그는 1900년에 태어나 여덟 살 되던 해인 1908년에 함경남도 원산으로 부모를 따라 이사를 했다. 그 후 그는 원산에서 소학교, 함흥에서는 영생중학교에 입학하는 등 유년 시절을 북쪽 지방에서 보냈다. 또 평안남도에서 교원으로 재직하는 등 1947년 월남할 때까지 오랜 기간을 북쪽 지방에서 생활했으며, 그러한 그곳은 친인척과 경제적 기반을 둔 제2의 고향이라고 할 수밖에 없다. 그와 같은 북한에서 단신으로 월남한 초허의 입장에선 두 번의 고향 상실이라는 트라우마는 당연한 것으로 사료된다.

이러한 상실감에서 시의 모티브가 된 작품들이 많이 있으나 그중에서 ㉠과 ㉡에 해당되는 정서를 노래한 시편을 먼저 살펴보면 다음과 같다.

(가)
어머니 병을 얻어
타향에 누으시니

마음은 옛 깃을 그려
구름 밖에 저물고

…(중략)…

主의 성 밖에 외로이 이른 길손 한분
고이 맞으시라, 비나이다!

—「哀詞」일부[63]

(나)
붉은 살이 드러 나도
아모 거리낌 없이
히쭉히쭉 웃으며 걸어가는 사나히,
작난패 아이놈들이 앞을 막고 嘲弄해도
그리스도 같이 태연하다.

女人도 없고 祖國도 없고
來日을 위한 염연들 있으랴.
다만 바람에 날리는 落葉인양 지향 없이
그러나 히쭉 히쭉 웃으며 걸어 가는 사나히,
나는 오늘에 네가 부럽구나.

—「狂人」전문[64]

(다)
서른 여섯 해 밟힌 설음,
다시 일러 무엇하리.
…(중략)…
또 하나의 다른 기적의
탄생을 빌자!

—「또 忠武路」일부[65]

63) 김동명, 『진주만』, 文榮社(이화여대), 1954, 14~15쪽.
64) 김동명, 『하늘』, 崇文社(서울), 1938, 60~61쪽.
65) 김동명문집간행회 편, 앞의 책, 410~411쪽.

(가)는 초허가 어머니의 병에 대해 쾌유를 비는 시이다. 이 작품은 1931년에 모친이 사망하고 난 후인 1954년에 출간된 『진주만』에 실려 있다. (나)의 「광인」은 정신적 상실감에 빠져 있는, 즉 ㉠~㉣까지 초허의 정서적 상황을 어느 작품보다 뚜렷하게 잘 나타낸 시이다. 이 시에서 '여인'은 세상을 떠나간 어머니와 사별한 두 아내이며 '조국'은 국권 상실의 부실한 대한제국이다. 이러한 상실감 속에서 '히쭉 히쭉 웃으며 걸어가는 사나히'는 오히려 초허에게 역설적으로 부러운 존재이다. 또 (다)의 '서른여섯 해 밟힌 설음'은 36년 동안 일제 식민지로부터 받아온 설움이다. 이렇게 초허는 기도 형식을 빌려 시를 쓰게 된 동기를 여러 시 작품에서 보여주고 있다. 앞의 전제에 대해 임영환(林永煥) 교수는 옹호하는 입장을 취해왔다. 즉 "그의 시가 비록 전원(田園)을 소재로 하고 있으나 그것이 노래하고자 하는 주지(主旨)는 목가적 서정이 아니라 국권 상실의 아픔"[66]이라고 지적했다.

문학은 항상 그 시대 삶의 반영이다. 당대의 문학은 그 문학작품을 창출한 사람들의 삶과의 연관성 위에서 고찰될 때 제 모습을 나타내게 마련[67]이다. 또 문학은 사회적 갈등이나 모순을 있는 그대로 표출하여 그것의 부정적 성격을 승화시키려 하며, 사회는 그것을 제도적으로 억압하려고 한다.[68] 불안과 상실감으로 점철된 시대적 상황 속에서 자신의 내면을 표현해야 하는 초허는 점점 왜소한 자기 속으로 함몰되어가는 자아를 다수의 기도형 작품으로 위안을 삼아 왔다. 그런 상실감에 대한 해결의 방법은 앞서 언급했듯이 초허에게는 '간구'이고, 그 방법은 기도 형식의 시를 쓰는 일이었다.

셋째, 신앙인으로서의 초허의 깊은 신앙심이다. 따라서 앞의 말을 전제로 하여 그의 작품에 기독교적인 정서가 흐르는 것에 대해 다음과 같이 몇 가지로 요약 분류할 수 있다.

먼저, 그가 1925년에 도일(渡日)하여 그해 3월에 일본 아오야마 학원 신학과

제1부 언어는 실패함으로써 존재한다

---

66) 임영환, 「김동명의 민족시적 성격」, 김병우 외, 앞의 책, 180쪽.
67) 윤명구 외, 『文學槪論』, 현대문학, 1990, 78쪽.
68) 한국사회과학연구소 편, 『藝術과 社會』, 민음사, 1981, 20쪽.

에 입학하고 1928년에 졸업을 한 것과 깊은 관련이 있을 것으로 판단된다. 더 나아가 그가 신학을 전공함으로써 불확실한 미래를 살아가는 데 필요한 좌우명 또한 "마음이 청결한 자는 복이 있나니 저희가 하나님을 볼 것이요, 화평케 하는 자는 복이 있나니……"(「마태복음」 5장 8절)라는 성서 구절을 좌우명으로 삼"[69]고 살아왔다는 점이다. 또 다른 한편으로는 독실한 신앙 생활과 관련된 부분을 생각해볼 수 있다. 그는 천주교인으로서 영세명(領洗名)이 성 프란치스코[70]의 이름을 딴 프란치스코이다. 오직 사랑과 청빈으로 영성을 실천해온 성인의 이름을 자신의 영세명[71]으로 삼은 일 또한 기도형의 시를 창작하게 된 동기와 무관치 않다는 것이다.

넷째, 전쟁이 가져다준 트라우마와 자유에 대한 갈망에서 비롯되었다. 인간이면 누구나 나약함으로 인하여 신이나 초자연적인 절대적 존재자의 힘에 의존하여 인간 생활의 고뇌를 해결하려고 하며, 또한 의지하려고 한다. 이런 의지는 바람을 갈구하는 기도를 낳았고, 종교를 탄생하게 만든 근간이 되었다. 또 그는 지역이나 민족, 또는 시대에 따라 각각 다른 애니미즘이나 토테미즘과 같은 원시 종교를 비롯하여 그리스도교, 불교, 이슬람교와 같은 여러 형태의 종교에 의지하였다.

---

69) 엄창섭, 앞의 논문, 11쪽.

70) 성 프란치스코(1182~1226)는 빈자(貧者)를 위해 오직 사랑과 청빈으로 영성을 실천한 성인이다. 거대한 포목상을 운영하는 집안에서 태어나 어린 시절부터 선천적으로 가난한 이들에게 관심이 많았다. 평생 허례허식을 거부하며, 빈자들의 친구로서 무소유로 살다가 44세에 땅바닥에서 운명했다.

71) 천주교회에는 핵심적인 전례(신앙 행위)라고 할 수 있는 일곱 가지의 성사가 있다. 그리스도교의 입문(기초) 성사인 '세례성사', 그리스도교의 군대로서 어른이 되는 '견진성사', 성체와 성혈을 받아 모심으로써 그리스도의 살과 피로 신자들을 양육하는 '성체성사', 그리고 치유의 성사로써 신앙인으로서 지은 죄를 용서받게 되는 '고해성사', 중병이나 노화로 고통을 겪고 있는 그리스도인에게 하나님의 특별한 은총을 베푸는 '병자성사(또는 종부성사)', 신자들에게 봉사하기 위해 거룩한 권능(교도직, 전례직, 통치직)을 받는 '신품성사', 부부 생활과 자녀 출산과 그 양육을 통해 서로 성덕에 나아가도록 도와주는 '혼배성사'를 말한다. 엄창섭 교수의 논문에 따르자면 초허는 개신교의 교인이었으나 사망 하루 전인 1968년 2월 20일에 천주교 신자로서 영세를 받은 것으로 기록되어 있다. 이것은 일곱 가지 성사 중에 죽음 직전에 받은 '병자성사'를 받은 것으로 판단된다.

초허는 또 실존적 유한성을 지니고 있는 그 시대적 인간의 행복 조건은 지배 세력에 대한 강력한 저항과 투쟁, 그리고 불굴의 의지로 비극적인 상황을 극복하는 일이라고 생각해왔다. 그리고 절망을 극복하고 현실을 초월하여 절대신(그리스도)과 동일화를 이루기 위해 이상적 자아와 현실적 자아의 화해를 추구하는 모습을 시 작품 속에 제시하였다.

(가)

내 말은 네가 모르고/네 말은 내가 모르고//분명히 낯익은 얼굴들인데/다시 보면 딴 사람 들이고/「解放」, 「自由」, 「民主主義」 조차/무슨 祝文이나 듣는듯 몸서리 치니//아아, 魔法師 아저씨,/열 일곱 해 情 들여 놓은 내 故鄕은 어디갔오

— 「異邦」 전문[72]

(나)

여기는 梨花高地,/때는 1950年 6月27日 한낮—//가쁜 숨을 돌리며 帽子를 벗어든다/잘 있거라, 202號! 나의 「센트 · 헤레나」島//나뭇잎 물결 속에 눈부신 흰 살결,/오, 女王이여! 누가 그대를 지키려나?/내다보니 天主堂 검은 尖塔이 가슴에 槍날인 양/罪? 이건 누가 이은 遺業인가?//오호, 運命의 都市여! 너는 듣고만 있을테냐?/저 사나운 짐승모양 울부짖는 砲聲을.//떠나지 않으련, 모도들 떠나지 않으련?/아가야, 가자, 우리는 어서 강을 건너자!

— 「出發」 전문[73]

(다)

먹장 구름이 喪布모양/하늘을 가린다//빛마저 匕首인양/푸른 날이 서로 닿는다//殺氣, 北岳을 누름은/울부짖는 砲聲 때문인가?//日沒이 다가올수록 더욱/자지러지는 遠雷!/金華山이 앓는 짐승마냥/빠따쇠소리를 連發한다//그러나 우리는 아모것도 아니란 듯이/아모 것도 몰라야 한다.//그러기에 怒濤같이 밀려드는 敵 앞에서도/베개를 높이하고 코를 골수 있을것이 아니냐?

— 「그 이튿날」 전문[74]

세 편의 시들은 정신적 분열 현상을 연상케 할 정도로 심리적으로 매우 산만

제1부 언어는 실패함으로써 존재한다

---

72) 김동명, 『진주만』, 文榮社, 1954, 54~55쪽.
73) 김동명문집간행회 편, 앞의 책, 482~483쪽.
74) 위의 책, 480~481쪽.

한 태도를 취하고 있다. 특히 「이방」의 3연에서 「解放」,「自由」,「民主主義」조차/무슨 祝文이나 듣는 듯 몸서리치니'라는 부분에서 우리들이 느끼는 시적 화자(話者)의 태도는 정신적으로 심각하리만치 전쟁에 대한 트라우마가 매우 크다. 이 시에서 초허의 기억력·주의력·집중력·사고력 등과 같은 지적 능력이 일시적으로 함몰되는 것을 감지할 수 있다. 그는 이런 정신착란증과 같은 고통으로부터 해방되는 방법을 기도형의 시작(詩作)을 통해 찾고자 했던 것으로 생각된다. 이에 대해 신익호(申翼浩)는 "예술은 현실의 고통을 승화시켜 현실에 만족하지 못하는 사람들에게 생존과 화해를 달성해준다"[75]고 했고, 이성교 교수는 "동명에게 문학은 이 시대를 살아갈 수 있는 유일한 탈출구였던 것"[76]이라고 주장한 바 있다.

초허의 작품은 도농을 막론하고 폐허와 혼돈, 인간의 죽음, 암흑의 세계, 전쟁에 대한 허무감과 비탄의 요소들, 그로 인한 참혹한 상처들을 구체적으로 형상화했다. 단순한 형상화가 아니라 무참히 희생된 사람들에게 보내는 연민과 슬픔의 노래이며, 이것은 후대의 우리들에게 평화의 소중함을 일깨워주고 있다. 한편으로는 전쟁으로 인한 인명 경시 풍조에 대해 비판적인 내용도 보인다. 많은 시 작품들을 통해서 그가 식민지적 상황 속에서 남다른 번민과 고통의 삶을 살아왔음을 알 수 있다. 이러한 삶 속에서 번민과 고통은 그의 작품 속으로 고스란히 스며들었다. 이것 역시 기도로써 해결하고자 했다.

다섯째, 부패한 한국 정치사회에 대한 일말의 성찰과 반성에서 비롯된 기도형식의 시작(詩作)이다. 일제 식민지의 종말이 오고, 그 후 한국 정치가 일대 혼란에 빠진 정치적 폭력에 대한 공포감과 이것에 정면으로 맞서 저항할 수 없는 자신의 무력감을 기도 형식의 시로 해소하고자 했다. 약소국가 민족들의 태생적 한계와, 또 황폐한 민족의 삶을 기원적으로 묘사했고, 공포와 위기의식을 고조시키는 강대국들의 패권주의에 대한 분노와 그에 따른 무기력한 자신에 대한 성찰의 시를 썼다.

---

75) 신익호, 앞의 책 79쪽.
76) 이성교, 앞의 글, 김병우 외, 앞의 책, 11쪽.

초허는 또 1946년 3월 13일 함흥 학생 의거로 투옥된 바 있다. 사흘 동안의 투옥 기간 중에서 그는 자유에 대한 소중함과 자신의 처신에 대해 새롭고 깊을 생각을 가지게 되었다. 이때 「옥중기 1」, 「옥중기 2」, 「옥중기 3」을 썼던 것으로 생각된다.

(가)
널 바닥 위에 두 무릎 꿇고/端正히 앉았다//進駐軍의 威勢에/「法」마저 行方不明이 된 오늘 날//누가 이 華麗한 客室로/나를 인도하였느뇨//主人 없는 손이길래 더욱/무시 무시해 지는 밤//想念은 벽에 부디쳐/날개를 잃는다

— 「옥중기 1」 전문[77]

(나)
우리 金將軍은/市廳 正門 지붕 꼭대기에서/「스탈린」大元帥를 보시고,/오늘도 비를 맞으신다./누구 雨傘을 좀 받어 줄 이는 없는가,/아니, 이제 그만 나려들 오시래두……

— 「비에 젖는 畵像」 전문[78]

(다)
두메 山골처럼 늑대가 갈개는지/밤이 유별나게 무시무시한 거리//銃 소리에 잠이 깨어 門고리를 단속하다가/닭 울음을 듣는 새벽//이윽고 아침이 오면 휘날리는 붉은 旗발 아래에/바들바들 떠는 太極旗의 눈물 겨운 同伴이여!//宣傳塔은 巡警처럼 뭇뭇이 서서 목이 찢어지는데/市民들은 초상 상재모양 정황 없는 얼굴로 輔道를 지난다.//淸, 羅津서 밀려 온 避難民은 또 어디로/가도 가도 뒤 따르는 屍體의 行列/옛날 憲兵隊 자리에서는/壁에 걸린 가죽 채쭉이 찌르륵찌르륵 절로 우는데//앞 바다엔 새로 들어온 輸送船이 여덟隻/어마어마한 巨艦가 눈에 가시일세

— 「輸送機 날으는 港市의 風景」 전문[79]

(가)는 초허가 함흥 학생 의거로 투옥당한 체험을 형상화한 시 작품으로 죽

77) 김동명, 『진주만』, 文榮社(이화여대), 1954, 62~63쪽.
78) 김동명문집간행회 편, 앞의 책, 378쪽.
79) 김동명문집간행회 편, 앞의 책, 331쪽.

제 1 부 언어는 실패함으로써 존재한다

음에 대한 불안감이 주조를 이룬다. 그가 철저한 반공투사가 된 것도 공산 치하에서 2년 동안 공산당의 전횡과 독재를 몸소 체험했기 때문[80]이다. (나)는 북한 체험기이다. 이 시는 분단의 주역을 신격(神格)으로 우상화한 것에 대한 비판이다. 이성교 교수는 「김동명 시 연구」라는 논문에서 "동명은 자신이 직접 반동분자란 죄목으로 감옥 생활을 경험하기도 했다"고 기술하고 있다. 이 시기에 그는 이념으로 민족상잔의 비극을 몰고 왔던 이항대립적인 이념의 문제를 풍자한 작품들을 많이 썼다. 또 이데올로기의 이방인이 되어버린 민족의 분열과 갈등을 치유하려는 의도에서 기도형의 작품이 내면세계에서 정제를 거쳐 언어로 표출되었다. 분단의 상황으로 몰고 가는 당대의 역사는 초허에겐 아픔이며, 이 아픔이 기도로 구원될 것을 갈망했다.

초허의 의지와 무관하게 역사는 기록되었다. 강대국에 의한 분단의 역사, 그리고 이념의 대립은 민족의 대혼란을 가져왔고, 그 속에서 그는 지식인으로서 고뇌하고, 괴로울 수밖에 없었다. 초허는 '내 말은 네가 모르고/네 말은 내가 모르고'는 이방인들의 한반도 점령으로 양분론적 대립의 통합을 기대하는 심정과 '열일곱 해 情들여 놓은 내 故鄕은 어디 갔오'라는 슬픔 정서를 언어로 통해 표출하고, 표출된 지향을 기원이라는 형식으로 노래했다. 따라서 초허에겐

> 자못 怪異한 歷史의 脚光 아래에/드디어 들어난/슬픈 正體!//네 이름은/삼십육년간은 고사하고, 삼천육백년을 더 종사리를 시킨대두/ 그저 그 꼴이 한양 그 꼴인듯한 「조선민족」!//세상이 요렇듯 히한한 「민족」이 있다는 것은/학문적으로는 하나의 공헌일지라도 모르나/「인간」의 명예를 위해서야 얼마나 면목없는 일이랴.//아아, 운명의 아들, 「카인」의 末裔여!/네 손으로 파는 네 무덤 위에도 날은 저므느냐./내 슬픈 탄식 위에도 흰 눈은 나리어__//아아, 너를 울며, 이 밤에 나는 바람벽과 마조 앉어/또 한 해를 보낸다.
>
> ―「一九四六年을 보내면서」 전문[81]

가 될 수밖에 없었다. 초허의 기도형의 시를 쓰게 된 발단은 끝이 어딘지 모르

---

80) 김병욱, 「시인의 현실참여」, 김병우 외, 앞의 책, 116쪽.
81) 김동명문집간행회 편, 앞의 책, 393쪽.

게 대립적 양상을 보여온 현실의 삶 속에서 '외로움'과 '조롱'과 '연민', 그리고 '상처'라는 감정으로부터 파생된 결과물에서 비롯된 것이다.

4. 성찰과 반성이 필연적인 기도 형식의 시작(詩作)

지금까지 초허 김동명 시인의 기도형의 시가 발아된 원인에 대해 살펴보았다. 초허의 시편들에 대한 면밀한 관찰을 통해 얻은 결론은 한 시인의 시적 경향은 그 시대의 환경에 지배를 받는다는 사실이다. 또 그의 시 작품에서 기도 형식을 빌리거나 기도를 모티브로 하는 작품이 많았다. 그의 시집 여섯 권을 발행된 순서대로 요약해보면 초허는 그의 시집 중에서 『파초』에 「수난」편이라는 별도의 장(章)을 마련하여 기도 형식의 시를 묶었다. 그 시편들은 「祈願」을 비롯하여 「無題」, 「어머니」, 「聖母 마리아의 肖像畵 앞에서」, 「受難」 등 다섯 편이나 된다. 특히 다른 시집보다 시집 『芭蕉』에 특히 많이 실려 있는 시편들을 열거해보면 「哀詞」, 「민주주의」, 「우울」, 「만가」, 「새 나라의 구도」, 「새 나라의 일꾼」, 「새 나라의 환상」, 「白合花」, 「해당화」, 「접중화」, 「향나무」, 「庭園行」 등이라 할 수 있다. 또 『하늘』에도 적지 않은 시편들이 실려 있다. 「하늘 3」, 「우리말」, 「狂人」, 「종으로도 마다시면」, 「정루(情累)」, 「歸州寺」, 「歸路」, 「바다」이다. 또 시집 『眞珠灣』에 같은 유형의 시 작품이 존재하고 있으며, 『目擊者』에도 동일한 유형의 여러 시편들이 수록되어 있다. 「彌阿理고개」, 「C女士와 빈대떡」, 「出發」, 「草梁驛」 등이 이에 해당된다.

이처럼 초허의 많은 작품 중에 기도형의 시가 발아된 여러 정황들을 종합해 보면 1919년 기미독립운동의 실패 이후 한국 문단에 대두된 비관주의적 문학 경향에서 비롯된 퇴폐주의 흐름이 그 출발점이었다. 다시 말하면 퇴폐주의가 기도 형식의 시세계를 이루어낸 것이 아니라 슬픈 민족의 주체에 대한 반전의 기회를 가지려고 기도형의 시를 썼다고 할 수 있다. 나약한 인간은 불안과 공포로부터 벗어나려는 목적의식에서 전지전능한 절대자에게 의지할 수밖에 없다는 것을 토테미즘이나 애니미즘 신앙에서 찾을 수 있다. 따라서 초허의 기도형의 시 쓰기는 인간의 허무 의식을 종교적인 경건성(敬虔性)으로 극복하려는 차원이었다. 또한, 인간은 정신적으로 결핍의 상태일 때 구원하거나 간청을 하게 되어 있다. 이 구원은 결핍을 채워줄 위대한 전능한 상대이고, 그 상대에게 그는 시로 간절히 간구했다.

주권을 빼앗긴 상실감과 더불어 짧은 기간 동안에 모친의 사망에 이어 첫 번째 부인과 두 번째 부인과의 사별에서 받은 상실감에서 기도형 시가 발아되었음도 알 수 있다. 그는 36년이라는 암울한 일제강점기를 살아오는 동안 정치, 경제, 군사, 문화적으로 일본 제국주의에 예속되어 독립국가로서의 자주적인 주권을 갖지 못한 국민의 한 사람으로 살아온 것에 대한 결핍이었다. 한국인으로서 정치를 포함하여 경제 식민지는 물론이거니와 문화 식민지라는 치욕적인 경험을 당한 것이 또한 기도형 시를 쓰게 된 동기이다. 또 초허는 부인에 대해 생각하는 마음이 남달랐다. 그 한 예로 그의 시집 『진주만』의 「후기」는 곧 아내를 위한 기도문이다. 그 「후기」의 시를 살펴보면 "오로지 아내의 지극한 정성과 숨은 노고가 끔찍했음을 밝히는 것으로써 스스로 滿足코저 한다"는 심정을 토로하고 있다. 이렇게 부인에 대한 남다른 애정을 쏟아오던 그였기에 두 번의 사별이라는 상실감 앞에선 당연히 구원의 기도가 나올 수밖에 없었다. 그것은 릴케가 정의했던 "시는 체험이다"라는 말로 논증이 가능하다.

친부모와 부인을 잃은 아픈 경험이 시 창작으로 이어지는 것은 필연적이었고, 그에 따른 상실은 곧 결핍이었다. 이뿐만 아니라 빈농의 아들로서 유년에 함경남도 원산으로 이주했던 고향 상실과 폭력적인 북한 체제로부터 삶의 터전을 온전히 버리고 월남한 디아스포라의 상실감도 해당된다고 볼 것이다. 그는 신학을 전공한 신지식인으로서, 그리고 종교를 가진 신앙인으로서 절대자에 대한 확고한 신념을 가지고 있었다. 이 신념을 가지고 살아가는 종교적인 삶 속에서 일제 식민지와 6 · 25라는 민족상잔의 전쟁으로 황폐화된 조국의 그 어두운 현실에 대한 존재론적 내면 성찰과 근대 주체를 회복하기 위해 기도형의 시가 무엇보다도 필요했던 것이다. 그러면서 그는 기도형의 시를 발아시키면서 편중된 종교관을 가지고 있지는 않았다. 구원을 위해서라면 어떠한 종교의 기도 형식도 차용했다는 점은 매우 특징적으로 받아들일 부분이다.

한편으로는 그가 주로 사용하는 기도는 간청의 의지로 암울한 현실의 극복이나 순수 종교의 확연한 도덕화나 절대자에로의 정진(精進)이다. 또한 초허가 그토록 갈망하는 간청의 목표는 구제·해방·억압·사별로부터 부활이며, 강자가 약자를 멸시하는 경향에 대한 비판적 기도이다. 동시에 초허의 기도는 전쟁으로 말미암아 무고하게 학살된 소시민에 대한 경의의 일부분이다. 그는 전쟁과 폭력으로 인한 살육 현장, 인권이 유린된 시대, 자유와 평등이 존재하지 않는 한 시대를 살아왔다. 젊은 군인과 민간인들의 희생은 그에게 또 다른 최악의 정신적 고통의 역사였다. 부연하면 8·15해방과 더불어 이념을 달리하는 민족 집단 간의 갈등, 미군정의 신탁통치 반대에 따른 사회적 대혼란, 그리고 급기야는 6·25전쟁과 같은 민족상잔의 역사적 공허는 그에게 벅찬 상실감을 안겨주었다. 이런 고통의 역사는 신지식인이라는 그에게 무기력함을 안겨주었고, 또 그를 심약하게 만들어 의지할 곳을 찾게 했다. 그것 또한 그가 기도 형식의 시를 쓰도록 만든 이유라 할 수 있다.

한편으로는 부패한 한국 정치사회에 대한 신지식인으로서 일말의 성찰과 반성은 필연적으로 기도 형식의 시작(詩作)을 부추겼다. 그 당시의 무력(無力)한 정치권은 장기집권을 위한 부정선거와 독재정권 기반을 굳히기 위한 계엄령 선포, 폭력을 동원한 국회 해산 등을 감행했다. 이와 같이 부정부패한 시대적 정치 상황은 그것으로 말미암아 초허의 시적 사유를 종교와 연결되는 시관으로 몰고 갔다. 그로 인해 간청의 형식을 빌린 기도형의 시를 썼다는 결론이다.

지금까지 논의를 거치는 과정에서 초허의 기도형이 발아된 시들을 다수 예를 들어보았다. 예를 든 시 작품들은 시대적 상황으로 보아 그가 시어를 상징적으로 처리하여 암시성을 띠게 했으므로 반투명성의 성질을 가지고 있다는 점을 글의 끝머리에서 밝혀둔다. 끝으로 본 글을 마치면서 아쉬움이 남는 것은 초허의 시 작품만을 중심으로 그의 기도형 발아의 시가 발생하게 된 원인을 규명했던 점이다. 따라서 향후 초허의 수필과 같은 산문 작품에도 기도형이 발아된 과정을 연구해야 할 과제로 남기며 글을 마친다.

제2부

해방과 저항을 희구하는 화자들

현대시와 식물적 상상력의 페미니스트

— 허난설헌 · 김명순 · 문정희 · 이선영 · 이혜미의 시

1. 페미니즘의 관련성

상상력과 이미지에 대한 연구는 주로 프랑스에서 활발히 전개되었다. 지그 문트 프로이트(Sigmund Freud, 1856~1939)의 정신분석학과 칼 구스타브 융(Carl Gustav Jung, 1875~1961)의 분석심리학을 내면화하여 시인들의 정신세계라 할 수 있는 상상 세계를 바슐라르가 깊이 있게 파고들어간 것을 선구적 연구로 받아들이고 있다. 여기다가 독일의 하이데거가 시인의 내면세계를 검토한 부분도 연구의 선편으로 여기고 있다. 이 영역에 발을 들여다 놓은 연구자들의 이름을 호명해보면 메를로 퐁티, 조르주 풀레, 리샤르, 로만 잉가르덴, 미켈 뒤프렌, 한스 가다머 등이다.

한국에서 이루어진 연구 성과로는 이승원의 「한국 현대시에 나타난 식물적 상상력에 대한 연구」가 있다. 그에 의하면 "역사주의 방법론과 분석주의 방법론을 문학사회학적 방법론에 경도되고 있는 연구와 구조주의적 기호학적 접근을 시도하는 일군의 연구로 대별"되는 것을 알 수 있다. 이 같은 연구와 함께 시인들은 시 작품을 통해 식물이 가지고 있는 시적 분위기나 아름다움을 묘사하기도 하고, 또 그 식물의 속성을 파악하여, 그 속성에 시적 자아의 내면세계를 반영하기도 했다. 다시 말해서 시적 자아를 식물로 대상화한다는 것이다.

그러므로 본 글에서 추구하는 목적은 시인들의 자아를 식물로 대상화하는

것 중에서도 특히 여류 작가들이 성(性) 해방 운동이나 여성 권리 신장을 요구하면서 식물을 대상화하여 목소리를 높인 경우를 살펴보고자 함이다. 특히 우리나라의 봉건적 가부장제와 같은 사회적 규범이나 관습, 그리고 그런 유사한 제도들이 오랜 기간 동안 여성을 억압의 대상으로 삼았다는 것은 주지의 사실이다. 역사적으로 살펴보아도 광복 이전에 여성의 신분에 대한 부정적 평가나, 남성 위주로 자행되어온 유교 사회의 폐쇄성, 그리고 문학적 특성조차 부정적으로 암시하는 대상으로 삼아왔다. 이러한 억압과 차별을 주도하는 행위가 일군의 남성들의 편견에서 비롯되었다는 것이 더 큰 문제이다. 이렇게 여성 작가들은 억압받는 여성들의 문제점을 식물이 가지고 있는 이미지를 대상화하여 표현하였다. 여성에 대한 이러한 억압이 설상가상으로 모든 사회에 존재하는 가장 보편적인 억압이라는 것과 더 나아가 근절하기 가장 어려운 억압의 형태라는 심각성을 대상 식물에 투영했다.

한편으로는 주지하듯이 시간이 지나감에 따라 현대사회를 여성 상위 시대라고 말하는 사람들이 점차 늘어나고 있다. 지난 과거와 비교하면 근래의 여성들의 지위가 급격히 향상되었다는 것은 부인할 수 없는 사실이다. 그러나 많은 변화 속에서도 여전히 여성 작가들의 페미니즘(feminism) 운동은 더 확대되었다. 그렇다고 해서 여성 작가들만 여성해방과 권리를 주장하는 운동을 펼치는 것은 아니었다. 다른 여러 분야의 여성들도 나름대로 부권주의 사회를 타파하려는 정신 운동에 매진하고 있는 것도 또한 사실이다. 그러나 이 글이 취하는 방향이 여성 문학과 페미니즘의 관련성이며, 그 매개가 식물을 대상으로 한다고 전제할 때, 이미지가 어떻게 시적 자아를 다양한 층위를 이루며 대상화하였는가를 짚어보는 계기가 될 것이다.

고찰의 방법은 통시적인 방법을 취하게 된다. 유교 사상이 지배하고 가부장제가 성행하던 시대의 허난설헌과 근대 개화기의 제1기 신여성이라고 칭하는 탄실 김명순, 그리고 광복 이후의 세대라 할 수 있는 여성 작가 문정희 시인, 최근 1990년대에 시작(詩作) 활동을 시작한 이선영 시인과 2006년에 데뷔한 이혜미 시인의 시 작품을 참고로 삼게 된다.

2. 문학과 페미니스트

여성 작가들은 식물의 생리를 시 작품에 투사하여 남성들의 가부장적인 행동과 방식을 은유 또는 상징으로 타파하려고 했다. 문학뿐만 아니라 다른 분야에서도 페미니즘 운동으로 여성의 사회적 지위는 분명히 변화의 양상을 보이고 있으나, 인식적 또는 의식적 차원에서도 그들의 지위가 상승되었고, 그만큼 존중받고 있는지에 대해 남성뿐 아니라 사회 구성원 모두가 진솔하게 되돌아봐야 할 일이다. 그만큼 그들의 기대 이상의 여성해방과 권리 신장은 현재까지 비약적인 결과를 가져오지는 못했다. 그러한 가운데에서도 우리나라에서는 80년대를 전후하여 페미니즘(feminism)이 태동했다.

먼저 이 페미니즘에 대해 간략하게 개념을 정리하고, 문학과 관련성을 연관 지어보는 일이 우선될 것이다. 그리고 페미니즘이 함의하고 있는 의미에 대해서 알아보고자 한다. 또 페미니즘 중에서도 여성 문학과 관련이 깊은 생태 페미니즘에 대해서도 짤막하게나마 정의를 하고 식물적 상상력에 의한 여성 작가들의 페미니즘의 활동을 알아보는 시간이 될 것이다.

1) 페미니즘의 정의 및 유래

사전적 의미로 페미니즘이란 여성이 불평등하게 억압받고 있다고 생각하여 여성의 사회, 정치, 법률상의 지위와 역할의 신장을 주장하는 주의(현대에는 여성 인권보다 성(性) 평등 사상으로서의 의미가 더 강조되면서 페미니즘은 여성주의라고 번역하기보다도 성 평등주의라고 번역하기도 함)이다. 다시 말하면 남녀의 성 차이에 의해 만들어진 제도적인 차별과 그것을 지지(支持)하고 있는 사회의 통념이나 사람들의 의식을 바꾸려는 운동이다. 이 운동에 여성 작가들이 다수 포함되어 있으며, 그들은 문학작품을 통하여 페미니즘의 활동을 지지하거나 직접적으로 앞장서는 경우가 있다.

소위 현대 페미니즘 운동의 역사적 측면을 고려해보면, 그 기원을 1848년에 있었던 '세네카 폴즈 집회'로 보는 게 일반적인 정설이다. 그해 7월 19일부터 20일까지 미국 뉴욕주(州)의 작은 마을 세네카 폴즈에 있는 웨슬리안 교회에서 약 300여 명(남자 40명 포함) 정도의 여성들이 모여 여성은 남성과 동등하게 태어났다고 선언하고, 미국 최초로 여성의 참정권을 요구하는 '세네카 폴즈 선언문'을 채택했다. 그 결과 1920년대 미국 정부는 미국 여성들에게 보통선거권을 부여했고, 이후 여성들에게도 대학에 진학할 수 있는 기회가 주어졌다. 체계적인 페미니즘의 운동은 1960년대 후반에 미국에서 비롯되었으며, 1970년대에 걸쳐 전 세계로 확산되었다. 특히 미국의 흑인 해방운동 시절에 여성의 권리도 함께 되찾자는 각성의 목소리가 이때부터 나오기 시작했다. 한국에서는 1980년대를 기점으로 태동하기 시작했다.

이와 같이 각국마다 민주주의의 발전과 정착, 그리고 소수 인종 우대 정책과 같은 소수 우대 정책에 여성들이 포함되면서 페미니즘은 급격히 확대되었다. 예컨대 남녀 간 임금 격차의 해소, 여성 CEO의 증가, 여성에 대한 공직의무할당제, 남성의 전유물로 생각해왔던 호주제 폐지와 같은 제도가 도입된 것을 페미니즘 운동의 결과로 볼 수 있다. 또 생활 풍습에서도 적지 않은 변화가 뒤따랐다. 산업화가 진행되면서 등장한 세탁기와 식기세척기, 그리고 청소기 등은 여성을 가사노동으로부터 해방시킨 변화 중에 가장 대표적인 예로 삼을 수 있다. 특히 한국에서는 김대중 정부 시절에 '여성부'라는 세계에 유례 없는 정부 부처를 신설하여 여성 우대 정책을 펼치기도 했다. 그러나 이런 사회 구성원 일부의 생각과 소수의 정책만 가지고 여성에 대한 억압이 완전히 해소되었다거나, 여성의 권리 신장이 완성 단계에 도달했다고 보기는 어렵다. 여전히 사회구조나 제도, 규범, 관습이 남성 중심적이고 가부장제가 곳곳에 도사리고 있는 현실에서는 여성에 대한 편견이나 해방이 온전히 이루어졌다고, 어느 누구도 자신 있게 말할 사람은 없다.

그런 까닭으로 여성 작가들은 문학을 통해 억압된 사회, 높은 장벽의 정치사회, 제도, 규범으로부터 벗어나려는 몸부림을 칠 수밖에 없다. 요약하면 시 작품을 통해 페미니즘의 경향을 뚜렷하게 드러내 보이는 여성 작가들이 다수라는 것이다. 그러나 그중에서 식물 이미지와 관련이 있는 여성 시인의 시 작품을 중심으로 고찰하고자 한다. 그것은 그들이 성(性) 해방운동이나 부권주의에 대한 문제점을 환기시키는 방법으로 자아의 내면세계나 의식을 대상 식물에 어떻게 반영했거나 또는 투사하였는가를 살피는 일이기 때문이다. 또 여성 작가들이 의식과 세계를 대상 식물에 반영하여 여성해방운동을 벌이는 것은 곧 여성에 대한 남성의 억압이나 착취가 자연파괴나 환경오염과 깊이 연관되어 있다는 주장과 연결되기도 한다. 이것도 일종의 페미니즘 운동이지만 더 정확하게 말하자면 페미니즘 운동 중에서도 생태(에코) 페미니즘에 해당된다. 따라서 이 글에서는 억압과 착취를 당하는 입장에서는 자연과 여성의 운명이 서로 유사한 점을 고려하여 생태 페미니즘의 입장에서 함께 생각해보기로 한다.

2) 생태 페미니즘(Ecofeminism)과 식물적 상상력

여성들은 마땅히 누려야 할 권리와 자유, 그리고 평등을 남성들의 우월적 힘에 의해 부당하게 침범당하는 사회적 모순에 대해 오래전부터 문학을 통해 변화를 꾀해왔다. 남성들이 휘둘러온 여성들의 대한 억압은 역사를 거슬러 올라갈수록 그 강도가 더욱 크다. 따라서 남성주의가 여성들의 권리를 억압했던 과거의 행적은 페미니즘의 입장에서 서술하고, 현재의 그 실상은 페미니즘과 생태 페미니즘이라는 두 개념의 바탕 위에서 이야기할 필요가 있다. 그런 까닭에 생태 페미니즘의 개념 정리가 당연히 필요한 것이다.

생태(에코) 페미니즘이라는 용어는 생태학(ecology)과 여성주의(feminism)가 만나면서 이루어진 합성어이다. 즉 '페미니즘(feminism)'에 환경 또는 생태를 의미하는 '에코(eco)'라는 접두사를 붙여 빚어낸 말이다. 이 개념이 등장하게 된 것은 환경운동을 해오던 에콜로지스트들과 여성운동을 주도하던 페미니스트들이 서로 자신들이 하고 있는 운동에 있어서 깨달음과 자연 해방, 여성 해방의 공동 전선을 펴는 연대 활동이 필요하다는 인식에 의해서였다. 이들의 주장에 따르면 자연에 대한 억압과 여성에 대한 억압 사이에는 놀라울 정도로 서로 같은 구조가 존재한다는 것이었다.

급진주의 페미니스트였던 슐러미스 파이어스톤(Schulamith Firestone)은 그의 저서 『성의 변증법(The Dialectic of Sex)』(1970)에서 페미니즘과 생태학의 연대 가능성을 처음으로 밝혔다. 그러나 생태 페미니즘이라는 용어를 처음 사용한 사람은 프랑스의 작가 프랑수아즈 도본(Francoise d'Eaubonne)이다. 그는 자신의 저서 『페미니즘 또는 파멸』(1974)에서 이 용어를 처음 사용하였다. 도본은 이 책에서 여성에 대한 억압과 자연에 대한 억압 사이에 직접적 연관성이 있다는 견해를 표방하면서, 하나의 해방이 또 다른 하나의 해방과 독립해서는 결코 성취될 수 없다고 주장한다. 부연하면 자연 파괴(억압)와 여성 억압이라는 두 개의 개념은 남성 중심 사회와 상호 관련이 있다는 주장이다.

프랑수아즈 도본이 이 용어를 만들어낸 지 10여 년이 흐른 뒤에 캐런 워런(Karen Warren)은 에코페미니즘의 중심적이고 핵심적인 가설들을 더욱 구체화하였다. 그가 주장했던 내용을 요약해보면 첫째, 여성 억압과 자연 억압 사이에 서로 연관성들이 있다는 점이며, 둘째로는 이 연관성들의 본질을 이해하는 일이 곧 여성 억압과 자연 억압을 제대로 이해하는 데 필수적이라는 것이었다. 셋째로는 페미니즘 이론과 실천에 생태학적 관점이 반드시 포함되어야 하며, 넷째로는 생태학적 문제들에 대한 해결책에는 페미니스트 관점이 포함되어야 한다는 지적이다. 워런의 주장 중에서 첫 번째와 두 번째 주장이 자연에 대한 억압과 여성에 대한 억압 사이의 연관성을 주장한 것이라고 한다면, 세 번째와 네 번째 주장은 페미니즘과 생태학의 결합을 통해서만이 당면 문제를 명확히 바라볼 수 있다는 점을 지적한 것이다.

이와 같이 에코페미니즘은 자연에 대한 억압과 여성에 대한 억압을 동일한 문제 설정의 관점에서 바라보고 생태학과 페미니즘이라는 두 가지 도구의 결합을 통해 이를 해결하려는 운동인 셈이다. 이런 문제들을 여성 문학 쪽에서도 시대적 흐름에 따라 생명 사상과 생태주의 문학 논의에 이어 자연과 여성성 회복을 동시에 일궈내려는 의도에서 생태 페미니즘 문학이 대두된 것으로 판단된다. 페미니즘의 이론가들이 생태 페미니즘을 '페미니즘'의 한 종류로 인식하는 또 다른 이유는 생태 페미니즘이 전통적인 페미니즘과 마찬가지로 여전히 남성 중심주의의 가부장제 질서를 타파할 것을 부르짖기 때문이라는 것이다.

3. 페미니스트 시인의 자아와 의식의 투사 방법

1) 비판의 자아가 대상화된 부용(芙蓉) – 유교 사회 이데올로기

가부장제가 극치를 이루던 조선 시대의 여성 작가를 꼽으라면 당연히 허난설헌이다. 그는 비운의 한 개인이며, 비운의 엄마이며, 비운의 아내이다. 그는 누구보다 식물 이미지를 많은 시의 소재로 삼은 시인이기도 하다. 단순하게 대상 식물에 자신의 정서를 담거나 이미지화한 것이 아니다. 유교 사회의 가부장제에서 여성이 시 쓰는 일에 대해 천시하는 안타까움과 시집살이에서 겪는 갈등, 그리고 남편 김성립의 외도, 두 아이의 죽음에 대한 난설헌의 정서는 고스란히 식물 이미지에 그대로 투사(投射)되었다.

아래에 예시된 「몽유광상산시(夢遊廣桑山詩)」는 그 시대의 여성이 가지고 있는 태생적 한계로 말미암아 생애 고뇌와 고달픔에 저항하는 강한 이미지로 페미니스트의 일면을 그대로 보여주고 있다.

> 碧海浸瑤海(깊고 푸른 바다가 변하여 뽕밭이 되면)
> 靑鸞倚彩鸞(청새는 고운 난새와 짝하여 놀련마는)
> 芙蓉三九朶(연꽃 스물일곱 송이)
> 紅墮月霜寒(달빛 찬 서리에 붉게 떨어지누나)
>
> — 허난설헌, 「몽유광상산시(夢遊廣桑山詩)」 전문(장정룡 역)

뽕밭과 부용(연꽃)의 식물 이미지에는 허난설헌의 자아 의식과 정신세계가 적극적으로 투영되어 있다. 이 시의 부용, 즉 연꽃은 단순히 아름답다는 미적 정서를 가져다주는 대상이 아니다. 시적 자아의 정신세계가 적극적으로 투영된 시적 소재임을 알 수 있다. 특히 연꽃은 난설헌 자신을 대상화한 꽃이다. 그는 자신의 운명을 예견이라도 하듯이 "芙蓉三九朶 紅墮月霜寒"이라고 했다. 연꽃 스물일곱 송이가 붉은 모습 그대로 진다는 의미를 담고 있는 표현이다. 이렇게 난설헌 허초희는 자신이 예견한 것처럼 스물일곱 살에 세상을 하직했다. 그러므로 부용(芙蓉)이라는 것, 즉 연꽃이라는 것은 '꽃'이라는 식물적 이미지로서 난설헌의 비운의 삶 그 자체의 한 단면이며, 정신세계로 해석이 가능하다.

또 이 「몽유광상산시」는 시적 화자가 꿈에 광상산에서 놀던 체험을 시로 표현한 것이다. 광상산(廣桑山)은 넓은 뽕나무 밭이 있는 산을 의미하며, '碧海浸瑤海'는 "푸른 바다가 가라앉으니 구슬 바다가 되다"라는 뜻으로 상전벽해(桑田碧海)의 또 다른 표현이라 할 수 있다. 즉 "뽕밭이 변하여 푸른 바다가 된다"는 뜻으로 세상 일이 덧없이 변천하는 일이 매우 심함을 비유하는 말이다. 요약하면 천지개벽하는 새로운 세상을 바란다는 뜻이다. 예컨대 억압받는 세상이 천지개벽이라도 한다면 허난설헌의 자신을 의미하는 청난(靑鸞, 청새)은 실제 지아비가 아닌 다른 사람을 뜻하는 채난(彩鸞, 난새)과 '세상이 바뀌면 잘 살아보겠다'는 의미로 해석된다. 곧 세상이 바뀌면 다른 사람과 잘 살아보겠다는 의지를 보여주는 시적 표현이다. 그 당시의 여성으로서는 감히 상상조차 할 수 없는 모험과 과감성을 지닌 의식이다.

이처럼 남성 중심의 억압받던 여성들은 시적 자아의 내면세계를 식물적 이미지로서 자연과 동화(同化)시켜 대상화했다. 또 '芙蓉三九朶'라는 표현에서도 '부용(芙蓉)'은 다른 말로 '연꽃'을 의미한다. 곧 식물 이미지의 '뽕밭'과 함께 꽃의 이미지인 '연꽃'에 자아 의식 또는 내면의 갈등을 투사하고, '자아'와 '세계'를 동화하여 화자의 의식을 드러냈다.

허난설헌처럼 조선의 여인들이 주로 지아비와의 소통을 거부당한 원인으로는 유교주의 이데올로기가 팽배했던 조선 시대의 가부장제를 가장 먼저 손꼽을 수 있다. 그 시대에 남성은 하늘이며, 여성은 땅이라는 이분법적 율법을 고착화시켜 '삼종지덕'의 굴레를 명분화시킨 것은 가장 좋은 본보기이다. 거기에다가 '여자는 재주를 버려서라도 글을 쓰게 해서도 안 되며, 글을 읽혀서도 안 된다'는 노예 윤리가 그 시대를 증명하는 산물이다. 지아비와 여인이 불통의 관계라는 기구한 운명을 가져다준 억압적인 사회구조에 대해 시적 화자는 「몽유광상산시」를 통해 '청새는 고운 난새(다른 남자)와 짝하여 놀련마는'이라는 역설적 표현으로 비판한다. 이것은 식물과 동물을 포함하는 자연적 상상력에서 얻어낸 소재를 통한 파격적인 가부장제 이데올로기에 대한 부정이다.

남성들의 작품에서도 간혹 여성성의 식물적 이미지를 통해 자아와 세계의 교섭이라는 측면을 보여주는 사례가 있지만 특히 여성들의 작품에서 '식물적 이미지'를 근간으로 하여 상상력의 모티브로 삼는 것은 제도 및 규범에 의해 남성보다는 여성들이 받아온 억압의 양상이 더 분명하고 다양하며 그 범위가 상상 외로 매우 크다는 데에 있다. 사회 통념상 그 당시의 사회 분위기에서는 모든 여성들이 사회의 주체가 아니라 객체에 머물 수밖에 없었다. 시부모와 지아비, 그리고 시댁 식솔들로부터 받는 냉대와 무관심, 그것은 생명의 좌절을 가져오기도 했고, 그 좌절로 인해 여성들의 고귀한 생명이 죽음으로 대체되는 경우를 우리들은 역사를 통해 흔히 보아왔다.

앞서 지적한 바와 같이 권위적인 가부장적 이데올로기는 문화, 역사, 정치 등을 철저히 통제해왔으며, 그 과정에서 여성들의 역할이 은폐되고, 그들을 문화의 변두리로 부당하게 내몰았다. 그러므로 "靑鸞倚彩鸞(청새는 고운 난새와 짝하여 놀련마는)"이라고 역설적 표현으로 내면의 갈등을 '청새'를 통해 구체화하고 있다. 이처럼 억압하는 모든 제도와 규범, 그리고 관습이나 인습에 대해 고금을 막론하고 여성 작가들은 문학이라는 매체를 이용하여 그 변화를 촉구했다.

한편, 남성으로부터 억압받는 일상적인 삶을 조선의 여인들은 전생(前生)에 자신이 지은 죄의 대가로 인식하고, 부부의 인연을 체념하는 사고방식의 틀에서 벗어나지 못하는 것이 그 시대의 여성들의 가치관이었다. 그러나 가부장제는 유독 여성들에게만 국한되어 폐해를 준 것은 아니다. 이 가부장제가 한 가정의 구성원이라고 할 수 있는 지아비로 하여금 조강지처에 대한 진정한 사랑의 가능성을 부정하게 만들고 그 시대의 하수인으로 위상을 전락시킨 장본인이기도 하다.

현대시와 식물적 상상력의 페미니스트

각설하고, 허난설헌의 「몽유광상산시」는 얼핏 보면 '서경적 서정시'로 이해가 간다. 그러나 의미를 내포적인 분석 방법으로 살펴보면 또 다른 '상징적 서정시'로 이해되어야 한다. 즉 '연꽃'이 함의하는 의미를 무엇으로 볼 것이냐에 따라 이 시는 무한하게 다양한 방법으로 해석될 수 있다. 왜냐하면 세태를 풍자하고 사회의 부조리를 고발하는 다른 시편들과 비교해볼 때 이 「몽유광상산시」는 근원적인 생의 본질까지 의미의 영역을 확대시키고 있기 때문이다. 즉 난설헌이 「몽유광상산시」에서 "芙蓉三九朵 紅墮月霜寒(연꽃 스물일곱 송이 달빛 찬 서리에 붉게 떨어지누나)"이라고 노래한 것처럼 1589년에 향년 27세의 꽃다운 나이에 이 세상과 하직하는 것에서 이해가 가능해진다는 점이다. 우연치고는 너무 고의적인 예단일 수밖에 없다. 따라서 허난설헌은 자아와 세계를 하나로 일체시키는 동일성 증명을 '연꽃'이라는 식물적 이미지로 대체했다.

난설헌은 이 세상을 하직하기 전에 세 가지의 한(恨)을 남겼다. "첫째, 이 넓은 세상에서 왜 조선에 태어났는가? 둘째, 왜 여자로 태어났는가? 셋째, 수많은 남자 가운데서 하필 김성립의 아내가 되었는가?"이다. 이 세 가지의 한을 생각하면서 가부장제 문화 속에서 빚어진 여성의 문제를 단순한 남성 · 여성 간의 이항대립적 관계로 보지 말고 역사적 맥락 속에 포함시켜야 한다는 사실을 우리들은 중시할 필요가 있다. 이런 까닭으로 '뽕밭'과 '연꽃'이라는 식물적 이미지를 통해 페미니즘의 경향을 가진 근세 여성 문학을 제외하고서 현대의 여성 문학을 논하기는 어려운 점이 바로 여기에 있다.

2) 갑신정변 이후 – 한국 여성 시에 나타난 식물 이미지

1884년 갑신정변 이후 청일전쟁에서 일본이 승리하게 되자 일본을 경유하여 서구의 문물이 우리나라에도 여과 없이, 그것도 여러 분야의 문화가 유입되었다. 이 '개화기'로 조선에는 새로운 문화가 형성되기 시작하였고, 따라서 서구 문학의 영향을 받은 신체시가 등장하였다. 이를테면 일본에서 유학하고 돌아온 '신여성'이 등장하는가 하면, 서구 자유 사상과 진보적인 정신을 수용한 여성 문학이 대두하였다. 이들의 공통점은 첫째, 일본 유학의 경험을 가진 자들이었고 둘째, 여성도 인간으로서 평등하게 살 권리와 자유를 가졌다는 데 자각한 여성이었으며, 셋째, 여성해방론과 계몽주의를 주창하는 페미니스트들이었다는 점이다.

1919년 3·1운동을 전후하여 개화기가 본격적으로 형성되었다. 이때 신여성을 대표하는 3대 작가가 바로 김명순·나혜석·김일엽이다. 이 중에서 새로움을 갈망하며 과거의 전통과 구습을 부정하고 근대 의식을 실천하고자 했던 탄실(彈實) 김명순(金明淳, 1896~1951)의 시 작품을 본 글에서 분석의 대상으로 삼았다. 그것은 식물적 상상력에 의한 자아실현의 의지를 시 작품에 투사시킨 부분이 세 여류 작가 중에서 가장 뚜렷하다는 이유이다.

또 다른 하나는 그의 시에는 성(性)의 갈등이 모성애 상실과 조국 상실로 확대되어, 겨레와 나라를 사랑하는 여성으로 나타났다는 점이다. 대부분의 남성들이 현모양처형(型)의 아내를 원하는 개화기에 신여성이 몸으로 부딪치며 겪었던 도전과 패배가 그의 생애와 시 작품에 잘 나타나 있다는 점에서 더욱 그러하다.

제1기 여성 작가의 대표적인 한 사람으로 평가받은 김명순은 평양에서 출생하였다. 그는 1925년『생명의 과실』이라는 시집을 간행한 한국 최초의 여성 시인이다. 또 일제강점기와 대한민국의 작가, 소설가, 시인이며, 언론인, 영화배우, 연극배우라는 다양한 직함의 소유자이다. 1917년 잡지『청춘』의 소설 현상 모집에 단편「의심의 소녀」가 당선되어 문단에 데뷔하였으며, 1919년 일본 도쿄에서 유학하던 중 전영택의 소개로『창조』지의 동인으로 참여하기도 했다. 그는 일본 유학 시절의 자유로운 연애 활동으로 화제를 불러일으켰으며, 이광수, 김일엽, 나혜석, 허정숙 등과 함께 자유연애론을 주장한 인물이기도 하다.

둥그런 연잎에 얼굴을 묻고
꿈 이루지 못하는 밤은 깊어서
비인 뜰에 혼자서 설운 탄식은
연잎의 달빛같이 희뜩여 들어

지나가던 바람인가 한숨지어라.

외로운 처녀 외로운 처녀 파랗게 되어
연잎에 연잎에 얼굴을 묻어.

— 김명순, 「탄식」 전문(『김명순 전집』, 2009)

다시 강조하자면 탄실 김명순은 화석화되어버린 남성 부권주의 사상에 저항하는 여류 시인이다. 그는 신문학의 대표적 여성 작가의 한 사람으로서 자의식과 성(性) 평등과 자유연애를 외쳤던 여성해방의 선구자이며, 조선의 남성 지식인 중심 사회의 냉대를 받으며 타자화된 신여성의 행로를 보여주었다. 그의 문학작품은 주인공의 내면 심리를 현실적이고도 치밀하게 묘사한다는 평을 받았다. 그러한 시적 자아는 꿈을 이루지 못하는 현실의 고독한 심정을 「탄식」에서 '연잎'이라는 식물적 이미지에 그대로 투영하고 있다. 단적으로 말하면 서정시의 장르적 특징 중의 하나라고 하는 자아와 세계의 동일화를 추구하는 일이 김명순의 시세계이다. 여기서 동일화란 자아와 세계의 일체감을 말함이다. 그러므로 김명순의 「탄식」에서 식물적 이미지로 이해되는 청순한 '연잎'은 청순한 처녀인 시적 화자의 고독한 자아의 상징으로 대상화한 것이다. 따라서 때 묻지 않은 청순한 '연잎'으로 자신의 고독한 자아를 상징화하여 화자는 현실에 부딪힌 여성이라는 한계에 대한 문제를 인식하고 탄식한다. 다른 한편으로는 이 시의 2연 2행의 "처녀가 새파랗게 되어"라는 시적 표현은 이루지 못한 꿈을 탄식하며 생긴 원망이 아니라, 극복의 과정에서 절제로 인하여 생긴 정신적 아픔이며, 고독한 자아를 숨긴 메타포(metaphor)이다.

연꽃은 불교에서 신성하게 생각하는 꽃 중의 하나이다. 특히 혼탁한 연못에서도 청아한 몸으로 피어난다 하여 옛 선비들로부터 큰 주목을 받아온 꽃이기도 하다. 주무숙(周茂叔)은 「애련설(愛蓮說)」에서 "연은 꽃 가운데 군자"라며 연꽃의 덕을 찬양한 바 있다. 또 강희안(姜希顔)도 『양화소록(養花小錄)』에서 연꽃의 품성을 "투명한 병 속에 담긴 가을 물이라고나 할까. 홍백련은 강호에 뛰어나서 이름을 구함을 즐기지 않으나 자연히 그 이름을 감추기 어려우니 이것은 기산(箕山)·영천(潁川) 간에 숨어 살던 소부(巢父)·허유(許由)와 같은 유(類)라 하겠다"라고 호평했다. 또한, 불교에서는 연꽃이 속세의 더러움 속에서 피어나되 더러움에 물들지 않는 청정함을 가졌다고 하여 극락세계를 지칭하는 꽃으로 여겨왔다. 이를테면 극락세계를 달리 부를 때에 '연방(蓮邦)'이라고 부르는 경우와 아미타불의 정토에 왕생하는 사람의 모습을 '연태(蓮態)'라고 표현하는 것들이 그것이다. 부처가 앉아 있는 대좌를 연꽃으로 조각하는 것도 이러한 상징성에서 기인하는 것이다.

아무튼 시인들은 모두 이구동성으로 자신이 추구하는 원관념의 의미를 보조 관념이라는 객관적 상관물을 불러와 비유한다. 탄실 김명순은 「탄식」에서 전달하고자 하는 정서를 연잎에 비유하고 있다. 곧 시인은 '연잎=외로운 처녀=새파랗게 질린'의 것과 같은 등식이 말해주듯이 관념적 이미지를 식물적 이미지로 대체하고 있다. 이것은 독자들에게 상상력을 확장시키는 역할을 한다. "외로운 처녀 외로운 처녀 파랗게 되어/연잎에 연잎에 얼굴을 묻어"버림으로써 '연잎'의 이미지는 마지막 연에서 어느새 화자와 일체가 되어버린다. 이렇게 동일화가 이루어질 때 비로소 시를 대하는 우리들은 '연잎'이 가지고 있는 식물적 이미지에 의해 서정 자아의 정서를 쉽게 읽어낼 수가 있다.

이처럼 식물적 이미지가 시의 소재로 많이 사용되는 것은 곧 시인들에게 몽상의 대상이기 때문이다. 김명순 시인이 식물 이미지에서 얻어내는 몽상도 '꿈 이루지 못하는 밤'을 이겨내는 힘이며, '설운 탄식'을 넘어서는 상상적인 매개체의 역할임을 알 수 있다. 앞의 「탄식」에서 처녀가 '꿈을 이루지 못하는'이라는 표현은 시적 자아가 처한 현실적 상황을 비유한 것이다. 이렇게 말할 수 있는 것은 독일의 라이너 마리아 릴케(Rainer Maria Rilke, 1875~1926)가 시를 정의함에 있어서 "시는 체험이다"라고 한 말에 근거하기 때문이다. 시 쓰기에서 그 기저(基底)는 개인적인 체험을 밑바탕으로 하되 일반 보편화해야 한다는 것을 전제로 할 때, 「탄식」의 시적 화자는 자신이 처한 상황을 '연잎'이라는 객관적 상관물에 투사함으로써 그 의미를 확대한다는 것을 알 수 있다.

근대라는 변화된 세상은 젊은 지식인들에게 꿈을 실현시킬 수 있는 무대가 되기도 했다. 하지만 근대 의식이 전 국민에게 전면적으로 이루어지지 않았던 당시의 환경에서는 여성의 꿈, 여성의 권리 행사라는 것은 뛰어넘을 수 없는 장벽에 불과했다. 여성들은 비록 꿈을 꾸고 있으나 새파랗게 질리도록 힘겨운 고통을 받으며 밤마다 둥그런 연잎에 의지하여 슬픔을 삭혀야 했다. 그런 의미에서 '연잎'은 시적 자아의 자신이며, 또 안식처이며, 절대 신(神)의 품과 같은 중의적인 이미지로 대상화되어 있다.

탄실 김명순 시인이 페미니스트라는 점에 대해 반론의 여지는 없다. 따라서 그런 전제하에 또 다른 작품을 살펴보면 다음의 시에서도 시적 자아가 화환, 즉 '꽃다발'이라는 식물적 이미지에 그의 의식을 그대로 투영, 즉 대상화하고 있다.

> 사랑하는 이여
> 나의 넓은 화원에서
> 오색으로 화환을 지어
> 그대의 결혼식에
> 예물을 드리려 하오니
> 오히려 부족하시면
> 당신의 마음대로
> 색색의 꽃을 꺾어서
> 뜻대로 쓰소서
> 그러나 나의 화원은
> 사상의 화원이오니
> 그대를 위하여
> 세련된 것이오니
> 아끼지 마소서
>
> — 김명순, 「朝露의 花夢」 일부(『창조』 제7호, 1920년 7월)

이 작품에서도 예외 없이 '꽃'이 시의 소재이다. 시적 화자는 '꽃'의 이미지를 사용하여 여성성을 부각시켰다. 즉 후반부의 시적 화자의 의지가 '꺾인' 부분을 명확하게 드러내기 위한 시적 전략이 숨어 있다. 다시 말해서 '꽃의 꺾임'과 '의지의 꺾임'이라는 두 이미지가 품고 있는 의미가 동일하다는 것을 효과적으로 드러내려고 한 것이다. 더 나아가 독자의 입장에서 상상력을 한층 더 확장해보면 '꽃=여자'라는 등식이 성립되며, '꽃의 꺾임'은 '여자의 꺾임'으로 확대할 수가 있다. 따라서 꽃과 여자는 등가(等價)의 원칙이 성립된다는 것을 가히 짐작할 수 있다.

이 「조로(朝露)의 화몽(花夢)」(『창조』 제7호, 1920, 7월호)의 시적 구조는 자기 의지를 관철하려는 내용이 담긴 전반부와 그 반대로 자기 의지를 축소하거나 체념, 상대방을 조롱하는 뜻을 지닌 후반부로 나눌 수 있다. 후반부의 의미를 여러 측면으로 생각할 수도 있지만 다른 의미보다는 '조롱'의 뜻을 가지고 있다. "사랑하는 이여/나의 넓은 화원에서/오색으로 화환을 지어/그대의 결혼식에/예물을 드리려 하오니"는 후반의 '조롱'을 더욱 강조하기 위한 조건 절(節)인 셈이다.

체념 내지 의지의 축소가 아니며, '조롱'의 뜻을 가지고 있다고 말할 수 있는 것은 '뜻대로 쓰소서'라는 부분에서 확인할 수 있다. 화환(꽃다발)은 시적 화자이다. 그렇다면 시적 화자인 '내'가 싫으면 "색색의 꽃"으로 대신하든 그대 '뜻(마음)대로' 하라는 경고 메시지와 다름이 아니다. 이것은 간접적인, 또는 우회적인 비판의 뜻을 내포하고 있다. "당신의 마음대로/색색의 꽃을 꺾어서/뜻대로 쓰소서"에서 '마음대로'와 '뜻대로'는 역설적 표현으로 남성부권주의에 저항하는 몽상이 빚어낸 의식에 하나이다. 즉 시적 자아의 자아 인식의 표상이다. 따라서 「조로의 화몽」의 '화환'과 '꽃'은 단순한 식물적 이미지가 아니라 시적 화자의 의도를 전달하는 매개체이다.

시의 세계는 환상적 세계이다. 또 가능과 가정(假定)의 세계이다. 그렇다면 머릿속에서 그려지는 관념적인 상상과 시적 화자가 선천적으로 타고난 몽상의 세계가 다분히 일치를 이룸으로써 시는 완성되는 것이다.

3) 근대-식물, 여성의 배제 및 타자화에 대한 비판의 매개체

앞에서 언급하였지만 다시 설명하자면 페미니즘이란 성(性)적 불평등에 기초해 있는 기존의 사회관계를 문제화함으로써 여성 문제를 가시화하고 해결 방안을 모색하려는 경향이며, 실천적 시도이다. 또한 근대의 합리적 지식 체계가 갖고 있는 남성 중심성과 여성의 배제 및 타자화에 대한 비판을 그 출발점으로 삼고 있다. 이런 명제를 앞세워 '유교 사회의 이데올로기와 페미니스트들'이라는 소주제를 설정하고 조선의 대표적인 페미니스트 난설헌의 「몽유광상산시(夢遊廣桑山詩)」와 김명순의 「탄식」과 「연잎」를 분석 대상으로 삼고, 시적 화자가 자아를 세계에 동화(同化)하거나 투사(投射)하여 자신의 내면세계나 또는 정신세계, 더 나아가 자아 의식을 식물적 이미지를 대상화하여 나타낸다는 결론을 얻었다.

유교주의가 팽배하는 조선 시대의 여성들이나 개화기를 거쳐 일제강점기의 신지식을 갖춘 여성들에게나 모두 남성우월주의 또는 인습된 제도와 규범 속에서 여성의 권리는 주어지지 않았다. 이런 폐습에 여성들은 저항했고, 그 저항의 방법 중에 하나가 문학작품을 통해 시도되었다. 그것도 작품의 소재인 식물 이미지에 자아의 의식이나 내면세계를 대상화하여 지속적으로 억눌려온 근본적인 문제점을 개선시키려고 노력했다. 따라서 이 장(章)에서는 해방 이후 여성 작가들의 시 작품과 그 이전의 시 작품 경향과 비교 분석하기도 하며, 또한 현대의 페미니스트들이 주장하는 여성해방운동의 의식을 대상 식물에 어떤 방법으로 투사하였는가를 살피고 있다.

제2부 해방과 저항을 희구하는 화자들

> 저 넓은 보리밭을 갈아엎어
> 해마다 튼튼한 보리를 기르고
> 산돼지 같은 남자와 씨름하듯 사랑을 하여
> 알토란 아이를 낳아 젖을 물리는
> 탐스런 여자의 허리 속에 살아 있는 불
> 저울과 줄자의 눈금이 잴 수 있을까
> 참기름 비벼 맘껏 입 벌려 상추쌈을 먹는
> 야성의 핏줄 선명한
> 뱃가죽 속의 고향 노래를
> 젖가슴에 뽀얗게 솟아나는 젖샘을

어느 눈금으로 잴 수 있을까

몸은 원래 그 자체의 음악을 가지고 있지
식사 때마다 밥알을 세고 양상추의 무게를 달고
그리고 규격 줄자 앞에 한 줄로 줄을 서는
도시 여자들의 몸에는 없는
비옥한 밭이랑의
왕성한 산욕(産慾)과 사랑의 노래가

몸을 자신을 태우고 다니는 말로 전락시킨
상인의 술책 속에
짧은 수명의 유행 상품이 된 시대의 미인들이
둔부의 규격과 매끄러운 다리를 채찍질하며
뜻없이 시들어가는 이 거리에
나는 한 마리 산돼지를 방목하고 싶다
몸이 큰 천연 밀림이 되고 싶다

　　　　　　　 — 문정희, 「몸이 큰 여자」 전문(『오라, 거짓 사랑아』, 2001)

　문정희의 「몸이 큰 여자」는 페미니즘 중에서도 특별히 생태 페미니즘과 깊은 관련이 있다. 일반적인 페미니즘은 남성들의 우월주의에서 시작된 억압과 성 차별을 비판하고 폭로하는 데에 그치는 반면, 생태 페미니즘은 여성과 자연의 존귀함이 남근 중심 사회가 휘두르는 패권주의에 의해 파괴되었고, 그 파괴된 것에 대해 여성과 자연이 동시에 회복을 추구한다는 특색을 가지고 있다. 그러 므로 자연 속에서 자유롭게 생명력을 키워가야 하는 식물과 모순된 사회구조 속에서 동등한 권리 회복을 추구하는 여성을 동일시한다는 점에서 문정희 시 인을 생태 페미니스트 시인으로 분류한다.

　그는 "저 넓은 보리밭을 갈아엎어/해마다 튼튼한 보리를 기르고/산돼지 같 은 남자와 시름하듯 사랑을 하여/알토란 아이를 낳아 젖을 물리는/탐스런 여 자의 허리 속에 살아 있는 불", 그 뜨거움을 "저울과 줄자의 눈금"으로는 잴 수 가 없다. 여성들에겐 '보리밭을 갈아엎'는 일은 삶을 영위하기 위해 남성이 해야 할 육체적 노동을 '여성들'이 대신해야 하는 착취나 같은 불평등의 노동이다. 더구나 '산돼지 같은 남자와 시름하듯 사랑'하는 일은 성(sex)의 노동이며, '아이를 낳아 젖을 물리'는 일은 출산의 노동이다. 이 같은 여성들의 노동에 대한 가치와 대가는 그 어떤 무엇으로도 가늠할 수가 없다. 그러나 생산의 책임은 여성들에게 있고 부권주의에 길들여진 남성들은 오로지 소비의 주체다. 이런 불평등의 의미를 '보리밭', '알토란', '상추' 등과 같은 식물 이미지를 소재로 삼아 확대하고 있다.

예컨대 1연 첫 행에서 남성들의 강요에 의해 여성들이 "저 넓은 보리밭을 갈아엎어"야만 하는, 그리고 자연에 대한 폭력적인 일은 곧 여성과 자연이 함께 당하는 갈취와 억압이다. 이것을 동일시하는 생태 페미니즘이 문정희 시인의 입장이다. 앞에서 생태 페미니즘이 가지고 있는 뜻을 정의해보았듯이 그가 추구하는 시 의식은 자연에 대한 파괴와 여성에 대한 억압 사이에는 서로 같은 구조가 존재한다는 페미니스트들의 주장과 같은 맥락이다. 또 여성들의 노동에 의해 얻어지는 생산물은 '자연'이라는 공간에서 얻어지는 것이고, 이 자연은 곧 여성이라는 공간으로 확대 해석된다. 이 여성들이, 이 공간이, 이 '천연 밀림'이 가부장제로부터 자유로워질 때, 또 인간으로부터 훼손되지 않을 때 여성들은, 공간은, 천연 밀림은 건강해진다는 것이다. 즉 시적 화자는 생태와 여성의 권리, 여성의 해방론을 주장하는 생태(에코) 페미니즘의 정신을 「몸이 큰 여자」를 통해 갈망하고 있다. 이렇게 시적 화자가 동경하는 '천연 밀림'이 되는 일은 부당한 억압으로 해방되는 치유의 본질로 상징되는 식물 이미지를 그 대상으로 삼고 있다.

다음과 같은 시구 속에서도 시적 화자가 가지고 있는 불평등 의식을 투사하여 표현한 것을 알 수 있다. "상인의 술책 속에/짧은 수명의 유행 상품이 된 시대의 미인들"을 위해 "뜻 없이 시들어가는 이 거리"에 강한 야성의 산돼지를 방목하고 싶은 억압적인 내면세계를 '시들어가는' 꽃의 이미지에 투영하고 있다. 따지고 보면 시인의 상상력은 모두 비현실적이다. 그러나 이런 비현실은 반드시 개연성을 내포하고 있다는 점을 간과해서는 안 된다. 첨언하면 문학은 허구성을 지니고 있지만 현실에서 얼마든지 일어날 수 있는 개연성을 가진 사건의 기록물이다. 그것을 논증이라도 하듯이 문정희 시인은 강요된 희생과 억압을 치유하고자 "몸이 큰 천연 밀림이 되고 싶"은 욕망을 '천연 밀림'이라는 식물 이미지에 투사하여 자아와 세계를 동화(同化)하고 있다. 다르게 설명하면 화자가 자신의 이상을 구현하기 위해 제시하는 '천연 밀림'이라는 식물적 이미지는 대상과 세계의 적극적인 상징 질서에 의해 교섭이 이루어지도록 희망하는 공간이다.

비록 "저 넓은 보리밭을 갈아엎어/해마다 튼튼한 보리를 기르고/산돼지 같은 남자와 시름하듯 사랑을 하여/알토란 아이를 낳아 젖을 물리"는 단순한 일로만 생각할 때면 그들은 나약한 여자로 보이지만, "탐스런 여자의 허리 속에 살아 있는 불"은 뜨겁다. 이 뜨거운 불의 질량을 "저울과 줄자의 눈금"으로는 도저히 잴 수가 없다. 그것은 여성의 몸이 미답의 신비와 스스로의 치유 능력을 지닌 푸른 초원과 넓고 큰 '천년 밀림'인 까닭이다. 따라서 세계가 이원론적 정신에 의해 자행해온 약자에 대한 억압, 특히 여성들에 대한 집요한 구속, 그리고 착취의 역사에 「몸이 큰 여자」는 강하게 저항하고 날카롭게 비판한다. 그러나 '한 마리 산돼지를 방목'하는 일로 자아와 억압의 세계가 화합하는 새로운 관계 정립에도 노력한다.

화자는 「몸이 큰 여자」에서 '문화'가 무엇인지를 정의하며 또한 여성 문학이 이 시대에서 담당해야 할 역할이 무엇인가를 들려준다. 여기서의 문화란 남근 중심주의적 사회, 문화 질서의 의미이다. 이러한 유교주의 가부장제도하에서의 여성들은 자신의 내면세계를 드러내거나 표현할 방법이 그리 마땅치 않았다. 언어에 의지하는 일이 유일한 방법이고, 그 의지를 우회적으로 표출하는 방법이 식물 이미지에 기대는 일이었다. 그런 까닭에 '보리밭', '알토란', '상추', '양상추', '천연 밀림'과 같은 소재에 자아의 정서를 대상화한 것이다.

앞에서 인용된 시의 3연 중에 "몸을 자신을 태우고 다니는 말로 전락시킨/상인의 술책 속에/짧은 수명의 유행 상품이 된 시대의 미인들이"라는 이 시적 표현이 우리들에게 시사(示唆)하는 바가 매우 크다. 그것은 다름이 아닌 여성에 대한 남근 중심주의적 사회, 문화 질서에서의 생물학적, 성적(性的), 혹은 문화적으로 거세당한 여성들의 실체를 드러냄이며, 간접적인 비판과 개선의 촉구이다. 이 비판의 성격은 곧 여성의 권리를 찾으려는 외침과 함께 여성해방운동의 일환이다. 다시 말해서 "상인의 술책 속에/짧은 수명의 유행 상품이 된 시대의 미인들이"라는 시적 자아의 시 의식은 여성이 가부장제의 한낱 부품에 불과하다는 종속성의 이면에 존재하는 또 다른 폭력적인 힘과 문화 이데올로기를 인식하고 나아가 이러한 현상을 근절시킬 수 있는 방법들을 모색한다는 의의를 지니고 있다.

화자는 「몸이 큰 여자」에서 '보리밭과 산돼지', '산돼지와 천년 밀림'에 '자의식'을 투영하고, 이것을 거점으로 억압적인 세계를 탈출하고자 한다. 이것은 곧 여성들이 나아갈 방향을 제시하는 암묵적인 계시(啓示)이다. 또 서정 자아를 상상력으로 불러온 식물에 투사하여 남근 중심 사회가 안겨준 고통으로부터의 자기 구원이다. 시인의 상상력에 의해 대상화된 식물들은 모두가 여성이 가지고 있는 나약함과 유사하며, 이것은 곧 그 나약함을 극복하려는 노력의 결과물이다. 이렇듯이 시적 자아의 유토피아는 '시들어가는 이 거리'가 아니라 개방된 생명들, 즉 보리밭과 상추, 천년의 밀림이라는 공간이다.

> 미안하지만, 백장미 홍장미여
> 나는 날마다 새로 피는 꽃이다
> 나는 지는 꽃이 아니요
> 떨어지는 꽃잎도 모른다
> 누군가 시든 꽃잎을 허옇게 빼물며 나에게 물었다
> 날마다 다른 빛깔 때론 다른 모양의 꽃잎을 다는 게 귀찮지 않느냐고
> 그저 웃을 뿐이지만
> 나에겐 그 하룻동안이면 끝자락이 처지는 한철이다
> 하루가 채 가기도 전에 나는 벌써 나를 새로 그리고 싶어진다
> 나는 무언가 늘 모자라고 어딘가 늘 고칠 데가 있는 것이다
> 알아챘는가, 나는 날이 새면 종이에 다시 그려지는 종이꽃이다
> 나는 늙는 게 싫어서 종이에게 내 영혼을 팔았다

나는 종이 위에서 날마다 조금씩 색깔과 모양을 바꾸며
언제까지나 젊고 새로울 것이다
나는 늙지 않고 진행 중인, 젊음을 향해 수정중인 꽃이다
백장미 홍장미여,
담홍의 추억도 나는 종이에다 말리련다
멀찌가니 저쯤에 날아가지 않는 남호접 한 마리를 그려넣어다오

　　　　－이선영, 「조로(早老)의 화몽(花夢)」 전문(『일찍 늙으매 꽃꿈』, 2003)

　M. 아널드는 시에 대해 "가장 아름답고, 인상적이고, 다양하게, 효과적으로 사물을 진술하는 방법"이라고 정의한 바 있다. 이 명제에 우리들이 이해하고 공감할 수 있는 것은 시인들이 사물을 진술하는 방법에 있어서 이처럼 다양하고 보다 효과적인 방법을 갈구한다는 점이다. 그런 까닭에 많은 시인들은 식물적 상상력을 이용하여 식물을 대상화하고 그 대상화에 의식을 투사하는 방법을 사용해왔다.

　지금까지 살펴본 바와 같이 시인들이 여성을 식물에 비유하는 것이 일반적인 관례이고 보면, 이처럼 식물적 상상력을 동원하여 자아를 투사하는 근저에는 그들이 지향해나가는 시세계가 능동적인 과시가 아니라 수동적인 입장에서 타아(他我)를 끌어안음으로써 완벽한 자기 세계를 개진해나가고자 하는 의도가 있다.

　식물을 소재로 하여 시적 자아의 정서를 반영하고 식물과 관련된 시인의 관념이나 정감을 형상화하는 시인과 시가 우리 문단에 많이 분포되어 있다. 그러나 페미니즘과 관련된 시 작품들은 일부 특정한 시인에게만 국한되어 있다. 그 이유는 시인의 시세계, 또는 시 의식의 문제와 깊은 관련이 있기 때문이다. 그렇다면 이선영 시인은 어떠한가. 그가 지니고 있는 시세계의 밑바탕에는 여성 해방운동이나 여성의 성차별, 또는 현대에 이르러서도 부권주의가 가져다주는 사회 폐해 현상들에 대해 이렇다 할 비판적인 글이나 저항하는 흔적이 깔려 있지는 않다. 따라서 그를 페미니스트의 범주에 안착시키는 것이 그리 쉬워 보이지는 않는다. 그러나 「일찍 늙으매 꽃꿈」에서 여성의 문제에 대해 '꽃'을 대상

현대시와 식물적 상상력의 페미니스트

식물로 삼아 능동적이고 적극적인 의식을 담아내고 있다. 이 작품이 앞에서 살펴보았던 탄실 김명순 시인의 「조로(朝露)의 화몽(花夢)」을 이선영 시인이 「조로(早老)의 화몽(花夢)」으로 변주한 작품이다. 다시 말하자면 이선영의 시집 중에 『일찍 늙으매 꽃꿈』이라는 제목의 시집이 있다. 이 시집에 「일찍 늙으매 꽃꿈」이라는 시가 수록되어 있다. 더 설명하자면 이선영의 시집『일찍 늙으매 꽃꿈』은 김탄실(명순)의 「조로(朝露)의 화몽(花夢)」을 「조로(早老)의 화몽(花夢)」으로 변주한 것이고, 이것을 다시 순수 우리말로 「일찍 늙으매 꽃꿈」으로 쉽게 해석해 놓은 것이다. 그런데 이 작품을 본 글에서 다루고자 하는 것은 백장미와 홍장미 같은 꽃을 통해 여성의 권익과 관련된 문제들을 비평할 수 있는 가치를 지니고 있는 시 작품이라는 점 때문이다. 이 시가 갖는 특징은 이선영 시인만이 가지고 있는 사유와 시적 발랄함이다. 특히 그는 자신의 내면적 지향점을 꽃의 이미지에 투사(投射)했다. 외부적인 대상인 꽃에 시적 자아의 내면세계를 그대로 반영하여 표상하고 있다. 예컨대 '백장미', '홍장미', '꽃', '꽃잎', '종이꽃' 등과 같은 외부적 대상이라고 할 수 있다. 「일찍 늙으매 꽃꿈」의 마지막 행에 나타나는 '남호접'도 따지고 보면 시적 자아의 의식이 투영된 대상 식물로서의 외부적 대상이다. 이 외부적 대상들은 시적 화자의 출생과 성장, 그리고 죽음을 대체한다. 그러나 화자의 희구는 오로지 현재에서 진행되는 '성장'이거나 '갈망'이다. 그는 먼저 핀 꽃들을 모두 부정하며 "나는 날마다 새로 피는 꽃이다"라고 외친다. "나는 지는 꽃이 아니요/떨어지는 꽃잎도 모른다"라는 의식은 시작과 끝, 즉 출생과 죽음의 그 자체에 대한 일체의 부정이다. 오로지 '현재'의 가치에 대한 갈망이다.

한편으로는 낡은 관습이나 인습에 좀처럼 얽매이지 않으려는 신여성다운 자유 사상이 '꽃의 이미지'에 깊숙이 깃들어 있다. "누군가 시든 꽃잎을 허옇게 빼물며 나에게 물었다"를 읽어보면 낡은 전통적인 방법으로 삶을 영위하려는 태도에 대해 그가 스스로 거부한다. 그 부정은 '지는 꽃'과 '떨어지는 꽃', 그리고 '시든 꽃'이 가지고 있는 속성에 대한 저항이다. 이런 부정은 결국 결핍에서 온다. 이런 결핍의 상태는 초월적인 사유가 아니면 절대 불가능하다. 따라서 시적 자아는 "나는 무언가 늘 모자라고 어딘가 늘 고칠 데가 있"다고 토로한다. 그것은 늙어가는 과정에서 신여성만이 느낄 수 있는 인식의 차원이며, 그 인식에서 깨달은 '젊음'의 결핍이다. 인간의 '출생'과 '삶', 그리고 '죽음'이라는 이런 생애의 과정들이 꽃이 '개화하고, 만개하고, 낙화'하는 일련의 과정과 유사하다는 반복의 깨달음이고, 이 반복의 지겨움은 남근 중심 사회에서 그 단초를 찾는다.

앞의 시 「일찍 늙으매 꽃꿈」의 꽃들은 이선영 시인의 적극적이고 능동적인 상상과 의식을 보여주는 매개 역할을 한다. 이런 매개를 통해 보여주는 자아는 과거 지향도 아니고, 미래 지향도 아니다. 오직 현재 진행형만을 바라고 있다. 왜냐하면 여성의 자유와 권리는 일찍이 과거에도 없었고, 미래에도 없다는 불신 때문이다. 따라서 그가 생각하는 꽃의 궁극적인 본질은 개화(開花)도 아니고 낙화(落花)도 아니다. 꽃의 완성은 과거나 미래가 아닌 오직 현재에 진행되는 '만개(滿開)'이며, 이것은 여성의 불평등 해소가 '현재'에 이루어져야 한다는 당위성에 대한 갈구이다.

근자에 들어와서 식물적 상상력으로 폭력을 행사하는 자와 폭력을 당하는 자의 사회적 관계와 심리 상태를 소재로 삼아 시작(詩作)하는 시인들이 다수 보이고 있다. 물론 이선영 시인의 「일찍 늙으매 꽃꿈」은 폭력을 소재로 쓴 시는 아니다. 그가 문제시하는 것은 억압의 당사자인 여성성(性)의 권리 회복이다. 따라서 '꽃꿈'은 이선영 시인이 한 개인으로서의 꾸는 꿈이 아니라 모든 '여성의 권리 회복'을 기원하는 꽃꿈이다. 그가 '여성해방'을 '꽃꿈'에 투사한 것은 과거의 남성우월주의와 불확실한 미래의 여성 권리에 대한 불신을 제기한 의식과 같은 것이다.

지금까지 살펴본 것처럼 식물적 상상력으로 시를 쓴 대부분의 시인들은 가부장제의 적폐를 비판하거나 개선을 촉구한다. 그리고 여성의 권리 신장을 저해하는 남근 중심주의가 가져다주는 폭력과 공포로부터 여성의 참다운 실존을 찾고자 하는 의식이 중심을 이룬다.

또 다른 한편에서 시적 화자는 비록 지금의 현실은 '종이꽃'이지만 언제나

'수정 중인 꽃'으로 살고 싶은 욕망을 '꽃'을 대상화하여 적극적으로 여성의 문제를 이슈화한다. '종이꽃'은 꽃으로서의 기능을 상실한 한낱 생명이 없는 비(非)생명체이다. 비록 '종이꽃'이지만 '수정 중인 꽃'은 성스러운 여성성을 대상화한 매체이다. 수정의 기능을 상실한 '종이꽃'이라도 '수정 중인 꽃'으로 희구하는 이면(裏面)에는 남근 중심 사회의 문제를 비판하는 정신이 들어 있다. 따라서 화자는 '수정 중인 꽃'이 되려고 과거도 아니고 미래도 아닌 현재에 "남호접 한 마리를 그려 넣어" 달라는 목마름을 호소한다.

> 너를 안으니 상한 꽃 냄새가 난다 손톱이 파고든 자리마다 푸르게 갈변하는 초승달들, 희게 진물 토해내는 상한 눈빛들
>
> 내 오래된 침대 위에 고인 흉한 냄새들이여 너에게 입 맞추는 동안 검은 잇몸들이 줄지어 늘어섰다 사람의 반대편에서 괴사한 공중이 온통 얼룩져 내리고
>
> 손가락을 버리고 빈 곳을 움켜잡고서야 만개(滿開)를 짐작한다 나무들이 자신이 가진 초록을 모르듯 버려진 잎사귀들 잘린 혀로 꿈틀대다 조용히 자신의 색을 잊어가듯
>
> 죽은 성기를 밟고 죽은 계절이 온다 너의 입술이 열려 이 밤 가득 썩은 목련들로 낭자해질 때 갓 태어난 시체 위로 내려앉는 눈송이가 자신의 온도를 모르듯이
> 순간들 사이에 거처를 마련하고 사라지는 방들을 내어주면 상한 달무리들 일제히 쏟아져 들어와 도사리는 저 검고 깊은 아가리 속
> — 이혜미, 「목련이 자신의 극을 모르듯이」 전문(『창작과비평』, 2014, 겨울호)

생태 페미니즘은 새로운 출구를 여성만의 고유한 문화에서 찾으려고 한다. 그리하여 그들의 목적은 남성의 생산에 대항하는 여성의 재생산(생식), 모성, 양육적 기질의 강조이다. 그리고 이른바 여권 신장을 내세우며, 여성과 자연을 동일시하려는 의도를 강조한다. 그들은 또 억압받는 여성과 자연의 위기가 동일하게도 남근 중심 사회에서 비롯되었다는 동일한 견해와 이 문제를 동시에

해결해야 한다는 같은 맥락의 의식을 가지고 있다.

이혜미의 「목련이 자신의 극을 모르듯이」는 온통 부정의 의미를 지니는 시어들로 구성되어 있다. 예컨대 '상한 꽃 냄새', '갈변하는 초승달', '진물 토해내는 상한 눈빛', '흉한 냄새', '검은 잇몸', '괴사한 공중', '잘린 혀', '죽은 성기', '죽은 계절', '썩은 목련', '시체', '상한 달무리', '검고 깊은 아가리 속'과 같은 것들이다. 이렇게 한 편의 시에서 온통 부정어가 쓰인 것도 매우 이례적이다.

시적 화자가 「목련이 자신의 극을 모르듯이」에서 보여주는 시적 태도는 단순한 부정이 아니라 부정 속에서 긍정(진실)을 찾으려는 몸부림이다. 부연하면 '죽은 성기'들은 목련꽃이 오직 '죽은 계절'로 살기를 강요하는 남성들의 억압에 대한 비판이다. 더 큰 문제는 목련이 극점을 모르도록 만든 부권주의를 남용하거나 남발하는 '저 검고 깊은 아가리 속'들이 그 극점을 더더욱 알 턱이 없다는 데에 있다. 예컨대 "너를 안으니 상한 꽃 냄새가" 나는 것도 그렇고, "사람의 반대편에서 괴사한 공중이 온통 얼룩져 내리"는 것도, "죽은 성기를 밟고 죽은 계절이"라는 표현이 그들의 심각성을 대변한다. 저 검은 아가리 속에 살고 있는 동안 이 지상으로 "죽은 성기를 밟고 죽은 계절"은 계속 찾아온다. 따라서 시적 화자의 주장은 자신들의 그릇된 행위 자체를 모르고 사는 '저 검고 깊은 아가리 속'의 '죽은 성기'를 살리기 위해선 '죽은 계절'을 먼저 살리는 일이 필연적으로 선행되어야 한다는 지적이다.

4. 남근 중심 사회로부터 일탈하려는 예술적 고뇌

지금까지 유교주의 사상이 지배하였던 조선 시대의 난설헌의 시 작품과 일제강점기와 그 이후의 시대에 살았던 신여성의 제1기라고 칭하는 김명순의 시 작품, 그리고 현존하는 현역 시인으로서 왕성한 작품 활동을 하고 있는 문정희 시인, 그리고 이선영 시인, 이혜미 시인의 시 작품을 살펴보았다. 그 기준은 시적 자아의 의식이 식물 이미지에 어떤 표상으로 대상화되었는가 하는 점이었다. 결론적으로 식물적 상상력이 시 속에서 발현되고, 발현된 상상력이 각각

시적 자아가 의도하는 이미지로 형상화되어 의미를 창조하고, 또 그것을 어떻게 밖으로 나타내는가를 살펴보았다.

난설헌의 시 작품에 차용된 부용(연꽃)은 식물 이미지로서 자신을 상징적으로 대상화하여 그의 운명을 예측하는 소재이다. 또 그는 여성의 신분으로는 뛰어넘을 수 없는 남성 중심의 현실적 사회구조의 부당성을 만천하에 알리려고 노력했다. 또 그는 "芙蓉三九朶(연꽃 스물일곱 송이)/紅墮月霜寒(달빛 찬서리에 붉게 떨어지네)"이라며 자신의 운명을 연꽃에 대상화하여 죽음을 예견하였다. 우연치고는 너무도 우연하게 1589년에 27세라는 젊은 나이에 절명하였다. 또 김명순도 '연잎'이라는 식물 이미지를 구원처 또는 피난처로 대상화하고, "외로운 처녀 외로운 처녀 파랗게 되어/연잎에 연잎에 얼굴을 묻"는다는 표현을 통해 남성편협주의에 충실한 모든 유교 사회구조와 제도, 그리고 규범의 겁에 질린 여성을 묘사했다. 요약하건대 자신의 얼굴을 묻은 '연잎'은 그의 피안의 공간이면서 절대 신(神)과 같은 구원의 주체였다. 그러나 그는 문학을 통해 부권주의에 통렬하게 저항했으나 끝내 패배했다.

페미니스트 문정희 시인의 「몸이 큰 여자」도 살펴보았다. 그에겐 식물적 이미지와 무관한 「남자를 위하여」라는 시가 있다. 이 시의 전반부를 잠시 살펴보면 "남자들은/딸을 낳아 아버지가 될 때/비로소 자신 속에서 으르렁거리던 짐승과/결별한다"며 남성우월주의를 신랄하게 비판한다. 그는 「몸이 큰 여자」에서도 평등의 기회를 잃어버린 여성들의 실태를 '보리밭'과 '상추', '천년 밀림'과 같은 식물 소재에 의식을 투사(投射)하여 날카로운 인상을 보여주었다.

특히 그는 여성해방운동보다도 부권주의의 상징이라고 할 수 있는 가부장제의 타파를 부르짖었다. 그의 또 다른 시 중에 「다시 남자를 위하여」가 있다. 이 시 또한 소재가 식물 이미지와는 무관하다. 그러나 시의 3연에서 페미니스트의 면모를 강하게 보여주었다. "여권 운동가들이 저지른 일 중에/가장 큰 실수는/바로 세상에서/멋진 잡놈들을 추방해 버린 것은 아닐까"와 같이 역설적으로 가부장제를 매우 강도 높게 비판했다.

이선영 시인은 김탄실(명순)의 「조로(朝露)의 화몽(花夢)」을 「조로(早老)의 화몽(花夢)」으로 변주한 것이고, 이것을 순수 우리말로 풀이한 「일찍 늙으매 꽃꿈」
이라는 것으로 자신의 일상생활에서 발견한 '현재'의 실존을 희구하는 태도를
'꽃'을 통해 대상화하였다. 또 최근 발표작(『창작과비평』 2014, 겨울호)으로 이
혜미 시인은 「목련이 자신의 극을 모르듯이」는 많은 부정어를 사용하면서 패
기 있고 감각적인 표현으로 '저 검고 깊은 아가리 속'을 '상한 꽃 냄새'와 연관
지어 부조리한 현실 사회를 고발했다. 이 작품에서 '목련'에게 투사된 의미는
비정상적인 사회를 의식하지 못하는 우리들을 대상화한 것이다. 특히 이혜미
시인은 우주에 존재하는 모든 것은 그 밖의 모든 것과 상호 깊은 관련을 맺고
있음을 설파했다. 즉 A의 억압은 B의 억압이며, B의 파괴는 A의 파괴라는 등식
으로 독자들에게 공감을 호소했다. 곧 그는 억압의 자연과 억압의 여성을 동
일한 입장으로 보는 생태 페미니즘의 양상을 보여주었다.

　이상으로 다섯 여성 시인의 시 작품을 놓고 제유적인 성격의 속성을 빌려
식물적 이미지가 시적 자아와 어떤 상관관계가 있는가를 살펴보았다. 이 과
정에서 얻은 결론을 다음과 같이 요약할 수 있다.

　첫째, 시에서 차용되는 식물은 완전한 대상성으로 존재하고 감각적인 표현
을 위한 도구로서 확고한 위치를 차지한다는 것이다. 예를 들면 시 창작의 목
적을 지닌 시인이 어떤 식물을 선택하였을 때, 그 식물에 시인이 드러내고자
하는 의식을 투사(投射), 또는 반영한다는 사실이다. 따라서 선택된 식물 소재
를 중심으로 시인의 상상력은 전개될 수밖에 없다는 것이다.

　둘째로는 서정 자아와 대상 식물과의 관계가 서정시의 중요한 부분을 차지
한다. 김명순(탄실)의 「조로(朝露)의 화몽(花夢)」에서 시의 소재로 사용된 '연잎'
이 그 좋은 예라 할 수 있다. 서정 자아와 대상 식물, 즉 '연잎'과의 관계가 시의
중심 모티브를 이룬다는 것이다. 이 시의 '연잎'은 불교적인 측면에서 생각해
볼 때 부처의 품이며, 또한 남성우월주의가 자행하는 폭력으로 겁에 질린 자신
을 대상화한 것이기도 하다. 따라서 이 연잎과 합일하려는 자신의 관념을 형
상화한다는 것을 알 수 있다. 이같이 시에서 동일화 지향성이 요구하는 것은
두 대상이 가지고 있는 미의식, 또는 정신적 가치를 동화(同化)하려는 목적에

서 비롯되었다.

끝으로 페미니스트적인 여성 시인들의 작품에 식물적 상상력이 어떤 기여를 했는가를 살펴보았다. 가부장제에 저항하는 정신의 지향점이 대상 식물에 투영되어 대상 식물과 동일화를 이루려고 했다는 사실을 발견할 수 있었다. 과거에도 그랬지만 근래에 들어와서 식물적 상상력에 의한 시 쓰기를 시도하는 시인들이 활발하게 증가하는 추세이다. 특히 여성 시인들이 남성 시인보다 더 활발하다. 그것은 식물이 가지고 있는 이미지가 여성의 이미지와 유사하다는 점에서 그 이유를 찾을 수 있다. 또 식물을 소재로 하는 시 쓰기는 자신들이 겪어온 성(性)불평등의 해소와 권리 신장의 요구, 그리고 남근 중심주의 사회제도를 타파하려는 일종의 페미니즘의 운동이었다.

시의 소재는 무한하다. 그 무한한 것 중에서 다섯 여성 시인들이 식물 이미지를 선택한 것은 불평등한 남근 중심 사회로부터 일탈하려는 예술적 고뇌가 그 원인이었다.

인간에 대한 절망, 그 절망에 대한 미적 저항
— 고형렬, 『나는 에르덴조 사원에 없다』

1. 에르덴조 사원을 들어서며

　문학이 인간의 삶을 다룬다는 점에서 역사이며, 철학이라고 말할 때, 시는 표현의 양식에 해당된다. 특히 고형렬 시인의 시집 『나는 에르덴조 사원에 없다』(창비, 2010)에서 발견된 표현의 새로움이란 휘어짐이 없는 문학 정신, 또는 맑은 날 수평선의 날카로움 같은 진술의 기쁨이다. 시가 극단적인 주관의 산물임에도 불구하고 객관적이고 보편화하려는 의도가 강하게 와 닿는다. 이것은 당연히 독자들의 자유로운 상상력의 확장으로 연결된다. 또 이 시집이 가져다주는 독백은 독자들에게 불볕더위의 와중에 한 시간가량 쏟아진 팔월의 소낙비와 같은 청량감을 주는 진술이다. 일반적으로 시인은 일상의 세계나 자연의 세계를 시적 대상으로 삼아 노래한다. 즉 내면의 세계를 노래하는 경우는 그리 흔하지 않다는 말이기도 하다. 그러나 고형렬 시인은 시집 제목에서 말해주듯이 인간의 '내면세계'를 조용히 탐구하고 있다. 그가 이 시집 한 권을 통해 보여주는 것은 결국 자신의 진정한 '자아 부정'이다. 이것이 시집 제목처럼 '나는 에르덴조 사원에 없다'는 결론이다. 그렇다면 이쯤에 자아란 무엇인가를 묻지 않을 수 없다. 아더 T. 저어실드(Arthur T. Jersild)는 『자아의 탐색』(1988)에서 "자아란 인간이 그의 개인적 존재를 알고 그가 누구이며 무엇인가에 대한 개념으로 구성된 사고와 느낌들의 혼합물이다"라고 했다. 이렇게 자아는 개인적 존재를 아는 일이다. 그의 말처럼 고형렬 시인은 개인적 존재가 무엇인가를 찾고 있다. 자기의 것이라고 말할 수 있는 모든 것의 총화가 자아라면 고형렬 시인은 이 시집을 통해 시적 자아의 체계·태도·가치 및 책임이 무엇인가를 찾고 있다. 그것의 가치는 어떤 가치이며, 책임은 또한 어떤 책임인가의 대한 해답을 이 시집은 말한다. 따라서 "자아란 인간의 전체의 주관적인 환경이며 경험과 의미의 중심이다. 자아는 나 아닌 모든 다른 사람과 사물로 구성되는 '외계(外界)'와 구별된 개인의 '내적 세계'로 구성된다"는 저어실드의 말을 음미하며 『나는 에르덴조 사원에 없다』는 시집 한 권을 조심스레 펼쳐본다.

2. 에르덴조 사원엔 주마등이 없다

굳게 닫힌 『나는 에르덴조 사원에 없다』의 철문을 열고 들어가 시적 화자를 찾아보았다. 그는 퍼소나(persona, 가면)를 벗고 웃는 얼굴로 우리를 맞이한다. 첫 만남으로 「투명유리컵의 장미」를 만나기로 했다. 은밀한 눈빛으로 투명한 유리컵 속 장미를 들여다보았을 때 에르덴조 사원의 장미는 매우 붉고 일상적이었다. 창백한 얼굴의 장미도 가끔 보였다. 정중하게 인사를 하고 그와 대면하기 시작했다.

제
2
부

해
방
과
저
항
을
희
구
하
는
화
자
들

> 장미 밑둥이 흙탕물을 게운다
> 꽃병의 물이 탁해지기 시작했다
> 파란 줄기가 계속 구토를 한다
> 그 물을 어리석은 장미 줄기가
> 다시 위로 빨아올리려 한다
>
> 이미 지난날
> 장미는 모든 오욕을 다 마셨다
>
> 장미에게 더 이상 남은 것이 없다
> 가시가 피 묻은 아침의 눈을 뜬다

햇살이 장미 곁에서 피를 흘린다
오전 해가 창문을 넘기 전
장미는 물을 마시려 컵을 든다

―「투명유리컵의 장미」 전문

고형렬 시인의 시집『나는 에르덴조 사원에 없다』는 현실이 반영된 작품들로
구성되어 있다. 그러나 이 시집이 현실을 반영한다고 해서 당대의 현실이 문
학에 직접적, 또는 그대로 드러난다는 것은 아니다. 작가 자신이 시대의 문제
를 파악하여 그 전형적인 모습을 작품을 통해 보여주며, 또한 있는 현실을 넘어
서 있어야 할 현실을 작품화할 때 비로소 진정한 반영에 이른다고 할 수 있다.
반면에 한 작품이 시대적 현실을 외면했을 때 그 작품의 한계를 지적할 수밖에
없다. 그러나『나는 에르덴조 사원에 없다』는 현실을 바탕으로 현대인의 삶의
궤적과 시대적 현실과 문학적 현실 사이의 관계를 끝까지 살피고 있다.

복잡한 현대사회에 길들여져 어쩔 수 없이 순응하는, 다시 말해 꽃병 속에
가두어져 그 환경에 순응하며 살아가는 억압의 장미와 자본주의 사회가 부추
기는 욕망을 실현하려는 '장미'라는 두 가지 측면으로 생각할 수 있다. 그러나
시적 화자가 우리들에게 들려주는 이미지는 전자보다 후자에 더 가깝다. 그 까
닭은 구토를 하던 장미가 그 물을 다시 마신다는 것은 변명의 여지가 없는 장
미의 자기 배반이기 때문이다. 그리고 후자 쪽으로 무게를 더 두는 또 다른 이
유는 '가시가 피 묻은 아침의 눈을 뜬다'는 것과 '햇살이 장미 곁에서 피를 흘린
다'는 시행에서 찾을 수 있다. 장미 밑동이 게워낸 흙탕물로 꽃병 속의 물은 혼
탁하다. 이 혼탁한 물을, 끝이 보이지 않는 욕망에 젖어 있는 '어리석은 장미줄
기가/다시 위로 빨아올리려고' 안간힘을 다 쏟고 있다. 오늘날 인간은 환상에
비길 데 없는 욕망을 채우기 위해 '선과 악'에 대한 선택의 여지를 두지 않는
다. 그야말로 닥치는 대로이다. 그것은 자신이 뱉어낸 흙탕물을 다시 빨아 마
시더라도 장미꽃을 피워내야 하는 절대 욕망 때문이다.

이 욕망에서 헤어나지 못하는 장미는 인간의 자화상으로써 우리들을 일깨
워 안타까움에 사로잡히게 한다. 이 작품의 '장미'가 가리키는 원관념은 도대

체 무엇을 지칭하는 것일까? 장미는 매우 아름답다. 그리고 정열적이다. 그러나 아름다움 뒤에는 인간이 늘 그랬듯이 추악함이라는 것이 함께 공존한다. 구토한 물을 다시 마신다는 것은 '미(美)'와 '추(醜)'라는 장미의 양면성과 반복을 보여주는 것이다. 이러한 현상에 대해 누군가는 인간의 모순이라고 말할지 몰라도 그것보다 이런 태도는 절대 위선이라고 말함이 더 옳은 듯하다. 그것도 아주 순백한 위선이다. 따라서 시적 화자는「투명유리컵의 장미」를 통해 인간의 양면성을 비판하고 있다. 이것은 일종의 알레고리(allegory)다. 이 알레고리는 이성이나 논리에 호소하는 것이 아니라 상상에 호소하는 표현 양식이다. 이 작품은 풍유와 같은 맥락으로 풍자·비판·교훈적이라는 내용을 필요로 한다. 또 비판은 '건전한 비판 의식'을 반드시 전제로 한다. 이「투명유리컵의 장미」에서도 본래의 뜻을 감추고, 표현되어 있는 것, 그 이상의 깊은 내용이나 뜻을 짐작하게 하는, 즉 교훈이 담겨 있다. 이와 같은 풍자는 특히 사회가 이원적 구조를 이루고 있을 때 하부구조가 상부구조를 공격하기 위한 수단으로 사용되기도 하며, 전통 사회의 도덕이나 조직이 권위를 잃지 않고 잔존할 때 새로운 사회의 도덕이나 조직이 거세게 반발하거나 공격적인 태도를 취하기도 한다.

풍자는 또한 도덕적, 지적으로 열등한 대상이나 상태를 공격한다는 점에서 기지(機智)와 유머, 아이러니 등과도 다르다. 풍자의 궁극적인 목적은 교정과 개량을 위해 그 대상을 비판하고 공격한다는 것이다. 따라서「투명유리컵의 장미」는 부조리한 이 사회, 또는 가짜가 진짜의 앞을 가리고 내가 진짜라고 말하는, 즉 가짜가 판치는 사회를 교정하고 개량하기 위해 현실을 건전하게 비판하고 공격하는 양상으로 볼 수 있다. 요컨대 직접 말하지 않고 간접적으로 사회나 인물의 결함, 죄악 같은 것을 조소적으로 드러내어 비판하고 있다. 이런 표현 방법에는 역설, 반어, 과장, 축소 등의 방법과 해학, 그리고 기지와 같은 골계적인 말투가 동원된다. 즉 반어를 비롯하여 모순어법이 총망라된 것이라 할 수 있다. 고형렬 시인의『나는 에르덴조 사원에 없다』는 시집 속에 담긴 시 의식을 좀 더 명확하게 이해하기 위해 한 가지 예를 더 살펴보면

이 작은 상류를 독식해 살았으나 숨을 곳이 없다

-「가재」 일부

에서 역설적인 건전한 비판 의식이 숨어 있음을 알 수 있다. 강의 상류를 독식한다는 기쁨보다 생존의 문제가 더 절박하다. 이것은 절규이며, 통곡이다. 또 상식을 뒤엎으면서도 시적 진실을 추구하는 표현 방식인 가진술(假陳述)의 방법을 취하고 있다. 이런 표현들은 인간과 자연 사이에서 발생하는 외적 갈등이라는 두 성격의 대립적 현상을 의지적으로 비판하는 시관(詩觀)인 것이다. 또 다른 특이점으로 이 시행에 숨어 있는 시적 화자의 진술은 '객관화된 자기 가치 감정'으로 시 전체에 깊숙이 배어 있다. 특히 그는 「투명유리컵의 장미」에서 그것도 자극적인 표현으로 '가시가 피 묻은 아침의 눈을 뜬다'고 했다. 이처럼 인간은 물질을 향유하는 욕망에 매우 만족해한다. 반면에 '채움'이 곧 자신의 '버림'이라는 인식에 도달하지 못한다는 또 다른 문제점을 안고 있다. 이것은 자기 계율의 위반이고, 위반하는 자기 계율의 대한 충실이다.

옥타비오 파스(Octavio Pas)는 『활과 리라』에서 "시는 모든 시편들의 합계가 아니다. 모든 시적 창조물은 그 자체로 자기충족적인 단위이다. 부분이 곧 총체"라고 했다. 고형렬 시인의 「투명유리컵의 장미」라는 이 한 편의 시가 보여주는 사회의 비판은 곧 부분적이지만 곧 총체적이다. 그의 작품 중에 묘사적인 시, 즉 회화시 보다는 진술시가 많은 이유 중에 하나가 교시적인 성격의 시 의식을 가지고 있기 때문이다.

저 충북 어디 가면 미선나무들이 많이 산다지

그녀들 이름은 상아미선나무 분홍미선나무 혹은 둥근미선나무/라지 그 중 푸른미선나무도 있다지

영원히 봄에도 푸른미선나무 여름에도 푸른미선나무라지/겨울 눈이 좋지 않은 요즘도 푸른미선나무는/자신의 미선나무 나의 미선나무는 되지 않는다지

교목처럼 높지도 않고 위태롭지도 않아 키는 고작 일 미터/향기도 짙지 않은
푸른미선나무는/항상 기슭에 살아도 자신이 왜 푸른미선나무인진 모른다지

그 자리에 거침없는 잎사귀와 관다발만 수없이 만들었지 그 끝없는 사계의
반복만이 그의 산에 사는 즐거움이라지

처녀 같은 푸른미선나무들 자줏빛 반질한 가지 꽃봉오리는/이듬해나 꽃 먼
저 터트리는 푸른미선나무

그 푸른미선나무는 충북 어디 산기슭에만 산다지

— 「푸른미선나무의 시」 전문

미선나무는 세계에서 단 한 종류밖에 없으며, 한국에서만 자라는 희귀한 특
산식물이다. 열매의 모양이 부채를 닮았다 하여 꼬리 미(尾), 부채 선(扇)을 써서
미선나무라고 하는데, 드라마 사극에 나오는 임금 뒤의 시녀들이 들고 있는 부
채와 흡사하다. 시적 화자는 「푸른미선나무의 시」에서 반복과 반복 사이의 차
이만 발견할 뿐 그 차이에 대한 결론을 말하지 않는다. 차이를 지속적으로 연
기할 뿐이다. 예컨대 '상아미선나무'와 '분홍미선나무', 그리고 '푸른미선나무'
에 대해 차이를 말하지 않는다. 그 '차이'를 말한다는 것은 그 즉시 각각의 실체
가 지닌 가치의 균형이 무너지기 때문이다. 다시 말하자면 고형렬 시인이 추구
해왔던 노마드(nomad)적 사유에 대한 정체성 논란이 불가피하기 때문이다. 그
'차이'는 어떤 '우월과 열등' 또는 '귀족과 천민' 내지 '백인과 흑인'이라는 수직
적 위계질서 상의 차이가 아니다. '나'와 '너'의 '평등으로서의 차이'를 모색해왔
다. 다시 말해 질 들뢰즈(Gilles Deleuze)가 추구해왔던 것과 같은 서구적 삶의 양
식을 향한 발전이 아닌 것, 즉 모든 열등한 문화가 서구를 본받아야 온전하게
개화되어간다는 우월적인 발전 사상이 아니다. 수많은 것과 다양한 것들 사이
의 차이만이 계속 '반복'된다는 것으로, 이것이 역사라는 것이다. 따라서 고형
렬 시인은 「푸른미선나무의 시」에서 들뢰즈와 같은 '그 끝없는 사계의 반복만
이 그의 산에 사는 즐거움'이라는 '가치로서의 차이'를 노래한다. 이 시집에 실

린 몇 편의 시에서 그러한 '차이와 반복'의 흔적이 곳곳에서 발견된다.

> 목구멍에 송장을 걸고 사는 나, 송장에 빌붙어 잠자는 자/송장을 먹여살리
> 느라 평생을 바치는 나/송장을 업고 다니는 자들, 대로 송장을 따라다니는
> 가문/쥐가 되었다, 새가 되었다 변신하는 자들/송장의 송장들, 송장뼈의 송장
> 뼈들//대퇴골이며 다리뼈며 복사뼈며 두개골이며 손뼈며/척추며 이백여 개
> 괴상한 돌출의 뼈들, 뼈들/혼란스러운 존재들, 불가사의한 구조, 천변만화의
> 아름다움//지금은 인간인 존재들, 잠시만 인간인 존재들,의 책 같은/고단한
> 죽음의 꿈을 꾸는 자들, 저 문명 바깥의/페이지가 다 붙어버린 절어 붙은 커버
> 같은/돼지가 된다는 건 꿈도 못 꾸지, 벌레가 된다는 건 상상도 못할 걸/돌이
> 나 쇠붙이처럼, 인간들은/그런 인간들은 하지만, 화려한 변신을 돌리는 회전
> 부채의 존재들/마술의 거짓말들, 도시냄새를 풍기는/돌아도 돌아도 더 새로
> 워져, 무한히 낡지 않는/무한궤도 같은, 죽어 새로 태어나는 존재들, 몸을 바
> 꾸는 이상한/존재들, 원래부터 그랬던 이름들 나, 그들//인간, 그것의 사이에
> 있는 인간들/형상의 껍데기를 찾아 자신의 몸을 끼우고 송장을 허파 속에 거
> 는/거지 생명들, 거지 행적들, 거짓 실재들의 현실, 거리/어둠의 횡단보도를
> 절뚝이는 외투 속의 남자/이것만이 의심할 수 없는 나, 통쾌한 나, 나/저 자연
> 의 여여함이 얼마나 싫증나고 아름다운가//죽음은 이런 꿈을 망각으로 처리
> 하기 위한 게임을 인정했다/목구멍에 송장을 걸고 돌아와, 평생 같이 잠잘 꿈
> 꾸는,/곤한 자들
>
> — 「한번 불러본 인간 송장의 노래」 전문

위의 시에서도 그는 환상 가로지기를 하며, 계속 미끄러지며 횡단한다. 표층
에서 미끄러지는 그 자체가 본연의 그의 모습이다. 좀처럼 언어를 가지고 표층
에서 중심으로 뚫고 들어가려고 하지 않는다. 오히려 핵심으로부터 벗어나려
고 한다. 시 의식이 안에서 출발하는 것이 아니라 바깥에서 출발한다. 예컨대
'대퇴골이며 다리뼈며 복사뼈며 두개골이며 손뼈며'라는 표현들은 모두가 탈
근대적인 병렬적 접속을 시도하고 있다. 이것은 중심이 여러 개 존재하는 것으
로 다원주의 사상이 배어 있음을 알 수 있다. 그의 시 의식에는 지휘탑이 없다.
성찰 · 반성 · 통찰의 깊이가 생기고 언어의 밀도가 높아지는 포스트모더니즘
의 연장선상에 서 있다. 그런가 하면 '모두 서 있다, 나의 고독한 내장의 일체/

뼈와 뼈 사이의 뼈 뒤의 뼈 위의'(「서 있는 내부의 빌딩」 일부)는 시어에 대한 차가운 자각, 선명하고도 회화적인 이미지의 조형(造形), 이것을 한마디로 요약하면 내적 갈등이며, 외적 분출이다.

이러한 고형렬 시인의 시적 태도는 전통적인 시에 대한 반동이다. 이 시집에서 그는 탈중심적인 다원적 사고와 탈이성적 사고를 강조한다. 그는 대립적인 관계를 지속시키는 경계를 허물고 있다. '남양주시는 모른다, 이런 문장은 맞는 문장이 아니다/나는 이 안 되는 문장을 계속 만들려고 한다'는 진술로 시작하여 그는 남양주시 메인 도로를 통과하며 '남양주시의 햇살의 정오를 밀치고 장님의/남양주시가 되려고 한다'고 불가능성을 가능성으로 몰고 간다. 매우 미래 지향적이며 중심을 해체하고 있다. 그 해체 방법은 단순히 또는 우연에서 비롯된 것이 아니다. '절망 속에서 햇살을 잡고 의문을 시작'하면서부터이다. 그가 허물어버린 '남양주시는 가을 하늘 밑에서 혼자 불타고' 있으므로 '나도 남양주시가 되어가'고 있다. 따라서 '슬픔과 기다림의 감정이 삭은 남양주시의 가을 정오'에 남양주시를 통과하는 그는 남양주시로부터 소멸되고 있다. 이것은 자아 소멸이며 불이(不二/異) 사상을 제시한다고 볼 수 있다. 이 자아 소멸은 '공(空)'의 세계를 지향한다. 그는 허무의 세계에 도달하기 직전의 '공'의 세계, 즉 '무(無)'의 세계를 지향하고 있다. 이러한 정신의 중심에는 그의 인간적 소탈한 모습이 보인다. '나는 말한다, 나의 장난감은 나뿐이다/두려울까, 나의 친구는 나밖에 없다'(「조그만 수조의 형광물고기」 일부)며, 인간이 마지막으로 싸워야 할 고독에 대한 불안한 심정을 토로한다. 인간은 고독해서 고독한 것이 아니다. 내가 '나'라는 존재가 무엇이라고 분명하게 알아차릴 때 고독의 실체가 나타난다. 고독은 고독으로 즐겨야 진정한 고독을 만난다. '나'를 알지 못하는 순간에 맞이하는 그 고독은 결코 고독이 아니다. 다만 '소외감'일 뿐이다. '나'를 찾는 일은 곧 '나'를 버리는 일이고, '나'를 버리는 일은 '나'와 '고독'이 분리되지 않는 무의 세계인 것이다. 이러한 무의 세계를 성취했을 때 비로소 '이제 풀의 소리를' 들을 수 있는 귀를 갖게 된다.

㉮ 어느 날 풀이 보이지 않는다, 나는 놀란다

풀들에게 눈이 있었다, 계속 풀을 뽑아 던지자 풀들이 눈치가 생겼다
풀들은 없어진 것이 아니고 어딘가로 숨는다, 나는 처음엔 은유를 알지 못
했다

㉯ 풀들은 나의 발소리를 들으면 지금도 두려움에 떤다

풀들을 찾는다, 풀들이 보이지 않는다, 풀들이 사라졌다, 풀들은 영민해지고
나의 눈은 어리석어졌다, 낮 속에서 풀들은 밝아지고 나의 눈은 어두워진다
이 둘은 끝없이 도망하고 추적한다

나는 풀들에게 모든 것을 노출한 채 잔디밭에 앉는다, 한숨 쉰다
풀들은 광선 같은, 어둠 속 눈부처의 움직임에 존재하며 존재하지 않는다
그 법을 그들은 체득했다, 나는 제자리걸음이다

㉰ 나는 이제부터 이 끓음의 제자리걸음으로 버틸 작정이다

풀들은 보이지 않는 박테리아보다 민감하게 움직인다
그러니까 풀들은 나의 눈에서 눈 깜짝할 사이 사라진다, 하지만 나는
풀들이 어딘가에 들어가 있다는 것을 알고 있다

㉱ 나는 그 나이, 이제 풀의 소리를 듣는다

　　　　　　　　　　　　　　　　　　　　　　－「풀이 보이지 않는다」 전문

위의 인용된 「풀이 보이지 않는다」는 결코 짧은 시가 아니다. 그런데도 전문
을 싣는다. 그것은 이 시의 구성상 전반부·중반부·후반부로 나누어볼 때 그
가 의도하고자 하는 핵심적인 표현들이 중간중간에 끼어 있으므로, 이 핵심적
인 표현들이 앞뒤의 시행들과 밀접한 관계로 형성되어 있다는 것을 좀 더 분
명하게 알고자 함이다. ㉮행에서 '어느 날 풀이 보이지 않는다, 나는 놀란다'
는 인식은 ㉱의 '나는 그 나이'와 관계가 깊다. 여기서의 '나이'는 '나이'가 아니
다. 불이사상 또는 무(無)의 세계 쪽으로 그의 인식이 닿아 있음을 말해주는 개

인적 상징이다. 따라서 ㉠의 표현은 ㉣의 '나이' 즉 불이사상이나 무(無)의 세계를 추구하기 이전의 의식이었으므로 풀은 보이지 않는 것은 당연한 것이다. 그러나 풀은 그를 보고 있었다. 즉 그의 눈엔 풀이 보이지 않지만 풀은 그를 보고 있었다. 여기에서 그를 보고 있는 풀의 존재가 중요한 것이 아니다. 아직까지 풀의 존재를 파악하지 못하는 행위의 당사자가 문제인 것이다. 이렇게 보이지 않던 풀의 존재가 보이기 시작한 것은 ㉢'풀들은 나의 발소리를 들으면 지금도 두려움에 떤다'는 시적 화자의 인식에서 비롯된 것이다. 그때부터 그는 풀을 보기 시작하였고 그때가 바로 '나는 그 나이'인 것이다. 풀이 지닌 존재와 비존재의 생활 방식이 중요한 것이 아니다. 이 「풀이 보이지 않는다」는 시가 지닌 인간의 성찰의 문제가 본질이 되어야 한다. ㉠와 ㉡, 그리고 ㉢의 '이제부터 이 곯음의 제자리걸음으로 버'팀이 ㉣'나는 그 나이'가 되고, 그 나이가 되어 비로소 인간애 · 인간미 · 자아 성찰로 '이제 풀의 소리를 듣는다'는 것이다. 그러면서 그는 혼잣말로 중얼거린다. '욕망하게 하는 것은 저 백화점의 불빛들'(「저 깊은 곳, 비밀 백화점에서」 일부)이라고 한다.

> 사랑이 없고 약속이 없다/창자가 다 보이는 나는 형광물고기/뱃속에 불을 켠 독거 생명체/희미한 형광등 불빛을 뱃속에 달고/물속을 건너가는 작은 물고기/끊어진 실 같은 자궁과 상처와/나는 말한다, 나의 장난감은 나뿐이다/두려울까, 나의 친구는 나밖에 없다/반복과 헛됨의 옷을 벗어버린 물고기는/저쪽이 없는 고독한 물고기/지하의 환한 투명수조 속을 가고 있다,/아 작은 용적의 물이 있는 한……/수초도 없는 물속을 다가오는 나/뱃바닥과 주변 물을 밝히는 물고기/닳아버린 망사의 지느러미를 흔들며/은빛 낚시도 없고 미끼도 아닌/미세한 물속의 먼지에 입질을 해본다/투명물고기, 자신의 죽음만 있는/숨막히는 적막만 가득한 물속의/영혼의 물고기, 형광물고기
>
> — 「조그만 수조의 형광물고기」 전문

그는 주위를 의식하지 않는다. 주위를 의식하지 않는다는 것은 그의 삶의 형식이 유아독존의 방식을 추구한다는 의미가 아니다. 「조그만 수조의 형광물고기」에서 그는 '나의 장난감은 나뿐이다/두려울까, 나의 친구는 나밖에 없다'고

노래한다. 유전자를 조작하여 이 세상에 내놓은 형광물고기를 수조에 넣어두고 그것을 마냥 아름다움으로 바라보는 인간의 어리석음을 우회적으로 비판한다. 이렇게 인간의 욕망에 의해 유전인자가 조작된 형광물고기의 원시성을 믿으라는 강요에 대해 그 어느 누구도 믿을 수 없는 현실을 바라보는 시적 화자는 '나의 장난감은 나쁘다'라고 말할 수밖에 없다. 그는 인간이 추구하는 욕망의 세계를 믿을 수 없으며, '형질이 변경된 자연'을 '친환경적인 자연'이라고 전시 강요하는 불신에 대해 저항한다. 그럴 바에 차라리 '내'가 '나'를 가지고 노는 장난감이 된다.

> 반복과 헛됨의 옷을 벗어버린 물고기는
> 저쪽이 없는 고독한 물고기

시적 화자의 진술처럼 형광물고기는 '저쪽'이 없다. 어느 누가 '저쪽'이 무엇이냐고 묻는다면 그 물음에 두 가지로 답할 수 있다. 먼저 인간의 지나친 욕망에 의해 유전인자가 조작된 형광물고기의 상실된 본질을 문제 삼아야 하는 '저쪽'이다. 다시 말하면 학명은 어디로 분류되어야 하며, 물고기라는 본래적 작위를 획득할 수 있는가라는 문제이다. 즉 그의 출생의 비밀이 두꺼운 욕망으로 더욱 가려져 물고기라는 고유한 생명체의 상실에서 오는 비루함이다. '저쪽'이 갖는 또 다른 의미는 형광물고기가 누구도 아닌 시적 화자의 자신인 '나'라는 것에 대한 따른 상실감과 원시성을 띠고 있어야 할 물고기가 유전인자 조작으로 이 세상과 어울릴 수 없는 형광물고기로 만든 그 장본인 역시 '나'라는 두 가지의 상실감이다. 이러한 정황들로 보아 고형렬 시인은 철저한 실존주의 사상을 가지고 있다. 이 시「조그만 수조의 형광물고기」한 편으로 실존주의 사상에 깃들어 있다고 말한다는 것은 좀 성급한 판단이라고 말할 수 있으나, 『나는 에르덴조 사원에 없다』는 그의 시집 속 작품 곳곳에서 '인간의 행동을 통해 정의'하는 그 흔적을 찾는 것이 그리 어렵지 않기 때문이다.

3. 인간적 소탈한 모습 – '나는 말한다'

담천의 서울 한 아파트 거실에서

한 동물이 허리를 구부리고 고집의 발톱을 깎고 있다/딱, 딱, 딱 손톱 끊어지는 소리 절벽 밖으로 사라진다/그의 생에서 유례가 없는 평일, 그는 자신이/생각하기도 전에 자신이 동물이라는 사실을/내심 확인하고 즐거워한다 왜 그는 이렇게 된 것일까/자신을 동물이라고 생각하는 순간, 성선설이 맞는 것일까

하 나는 동물이다 발톱을 깎는, 무릎을 세우고/아주 세심하고 사색적으로, 흐린 아침 공기를 마시며/부족함이 없다, 그 발톱은 벌써 늙었으나/그것은 그가 이 도시에서 많이 걸어왔다는 것을/유일하게 그가 동물이라는 사실을 말해주는 증표다/어떤 시들은 그 까닭을 표하지 않고 끊어버린다/동물의 이 시도 그런 유의 시에 해당할지 모른다

수심(獸心)은 벽을 타는 빗방울 소리를 듣고 있다/조용, 이제 손톱을 자른다, 손톱은 희고 길고 귀엽다/종목을 횡목의 칼날이 끊는다, 손톱이 톡, 톡, 톡/무엇부터 쓸까, 동물은 잎처럼 너울, 너울거린다/손톱을 깎는 아침은 모든 것이 틀려먹었다 생각한다/인간으로 이의없이 살아가고 있는 지금처럼/우리는 최선의 문명으로 진화되어왔다고 믿는다

내가 동물의 기억을 하는 것이 아니라/원래 나의 동물이 인간의 나를 기억하겠느냐는 것으로서/나여, 고개를 숙이고 발톱 깎는 아침은 하여간 염염해

─「손톱 깎는 한 동물의 아침」 전문

이 시에서 시적 화자는 자신의 정체성을 분명한 어조로 밝히고 있다. 2연에서 '자신이 동물이라는 사실'이란 표현으로, 3연에서 '나는 동물'이라고 직설적으로 자신의 정체성에 확실성을 부여하고 있다. 머뭇거리지 않는 확신에 찬 진술이다. '나의 동물'인 '내가 동물의 기억을 하는 것이 아니라', '원래 나의 동물인 인간의 나를 기억하'는 것으로서의 '나'임을 강조하고 있다. 여기서 '나'는 완전한 '동물 = 나'의 관계가 아니라 '나'와 '동물'의 등가성(等價性)을 회복하려는 노력이다. 이렇게 등가성을 회복하려는 노력을 밑바탕으로 한 그의 시

적 진술에서 그의 시 쓰기의 근본 정신이 해체주의와 같은 맥락임을 확인할 수 있다. 또 '이 거울은 자신의 얼굴을 맞춰보는 영혼의 집, 가족은 모두 저 평면거울에서 태어났다'(「우리 집 전신거울의 여자」 일부)에서도 같은 진술임을 알 수 있다. 바로 '평면거울'이라는 시어다. '거울'이라고 하면 될 것을 굳이 '평면거울'이라는 단어를 '왜 사용했을까'라는 의구심을 가져볼 만하다. 이 단어는 고형렬 시인이 시 쓰기 순간에 의도적으로 사용했다고 보기보다는 평소 가슴에 담고 있는 이항대립적인 관계를 해체하려는 사유에서 비롯됐다고 보는 편이 더 적확(的確)할 것이다. 이 '거울'이 갖는 의미 또한 정직성이고, 이 정직성은 해체와 인접하는 유(類)의 의미를 지닌 어휘다. 이것은 미물이라도 생명의 가치를 존중하는 그의 시적 태도이다. '아침 햇살이 산 속의 작은 분지에 들어오자/뜻 없이 밀친 커튼 뒤에서 뜻밖의 나방들이 먼지처럼 날아올랐다/이것이 오늘의 나의 불행한 아침의 노래이다'(「나방과 먼지의 시」 일부)에서도 그는 현 시대에서 자행되는 인간의 인명 경시 풍조를 비판한다. 한낱 나방이라는 곤충에 불과하지만 그 곤충은 자기 자신이 사는 동안만큼은 최선을 다한다. 어찌 보면 인간의 수명보다 짧다는 이유로 더 치열하게 사는지도 모른다. 아무런 의미 없이 밀쳐낸 커튼이지만 그 뒤엔 나방들이 먼지처럼 날아오르며, 생명의 호흡을 하고 있다.

이런 사유는 햇살보다 더 따뜻한 감성에 의한 자각이다. 한낱 미물조차 경시하지 않는 그의 마음속에는 늘 꽃이 피어 있으리라는 확신이 간다. 따라서 시집 『나는 에르덴조 사원에 없다』는 부정의 부정으로 긍정의 의미를 드러낸다. 아르헨티나의 시인 호르헤 루이스 보르헤스가 "화법을 배워라 누군가 말했지, 장기를 둘 땐 장기를 말하지 않는다"고 했듯이, 고형렬 시인은 '사랑할 땐 사랑이란 말 절대 하지 마'라며 '광합성만 열심히 하면 돼'(「광합성에 대한 긍정의 시」 일부)라고 했다. 사랑에는 말이 필요 없다. 필요한 것은 광합성뿐이다. 출생과 더불어 죽을 때까지 인간은 모든 삶의 과정에서 에너지에 직접 의존하여 살아간다. 생물이 존속하기 위해서 에너지가 필요하듯이 사랑할 때는 말이 필요한 것이 아니라 사랑이라는 에너지가 필요할 뿐이다. 그의 말은 매우 현실적이다. 바꿔 말하면 현실적이라는 것은 과거에 집착하지 않는다는 말이다. 고형렬 시인은 과거와 현재, 그리고 미래 중에서 현재를 중요시한다. 어찌 보면 과정을 매우 중요하게 생각한다고 볼 수 있다. 시작과 결과에 집착하는 것이 아닌 과정의 중요성을 역설적으로 강조한다. 광합성 자체가 생물이 살아가는 한 과정이다. 일반적으로 사회조직에서도 구성원들의 과정을 중요하게 여긴다. 이것은 탈근대로서의 한 과정의 일부분이다.

나는 지금 에르덴조 사원에 없다/이 문장은 성립하지 않고 시상이 전개되지 않는다/나는 지금 에르덴조 사원에 없다는 말은/상상할 수 없는 걸 상상하므로 항상 제기되는 문제다/그러나 나는 에르덴조 사원에 있다/증명할 길이 없지만 나는 지금 에르덴조 사원에 있다/에르덴조 사원에서 에르덴조 사원을 생각하거나/나는 지금 에르덴조 사원에 없다고 생각하는 사람을/생각하려다가 생각을 못하고 놓친다/그들은 먼 나의 생각 사이를 교묘하게 빠져나간다/문장 성립은 둘째 치고 나는 늘 이렇다/나는 이 사유 자체의 어려움에서 벗어나지 못한다/나는 에르덴조 사원에 없다는 말이 꼭 성립해야 하는가/길을 가면서, 나는 혼자, 그 생각에 골몰한다/분명하게 말해서 나는 지금/에르덴조 사원에 있는 것처럼 에르덴조 사원에 있다/그래 에르덴조 사원에 내가 있다는 것은/에르덴조 사원이 없다는 것과 진배없다/나에게 에르덴조 사원이 있다는 것은 에르덴조 사원이/없다는 것과 동급의 문제로 제기될 수 있다/문제될 일이 아무것도 없다는 사실에 문제가 발생한다/허나 에르덴조 사원에 없는 내가 너무나 고독하다/음률을 맞추며 고통스러워하는 자의 행보/왜 나는 왜 에르덴조 사원에 없는 나를 생각하고 있는가/나는 이 문장을 떠올리면 슬퍼진다/에르덴조 사원에 없는 나는 어디를 헤매고 있는지/그런데 그대여 왜 그대는 에르덴조 사원에 없는 건가/나는 지금, 그때, 에르덴조 사원에 머물고 있어라/나는 정처가 없어서 나무처럼 외로워 보인다/나 없는 사막 입구의 산처럼 나는 하늘을 쳐다본다/에르덴조 사원의 하늘에 나타난 눈부신 구름처럼/나는 말을 이해하지 못하고 있는 것이다

―「나는 에르덴조 사원에 없다」 전문

위의 시 「나는 에르덴조 사원에 없다」는 불교 『반야심경』의 색즉시공 공즉시색(色卽是空 空卽是色)의 근본을 담고 있다. 이것은 불교의 핵심 사상으로서 108자 중에 8자에 불과하다. 모든 유형(有形)의 사물(事物)은 공허(空虛)한 것이며,

제 2 부 해방과 저항을 희구하는 화자들

공허한 것은 유형의 사물과 다르지 않다는 윤회 사상이다. 곧 '色'은 '空'이고, '空'이 '色'인 것이다. 즉 있는 것이 없는 것이고, 없는 것이 있는 것이다. 지금 고형렬 시인은 불교 사상의 하나인 아상(我相)을 방하착(放下着)한다. '명예', '권력', '재물', '부귀'와 같은 것들에 대한 집착을 내려놓고 있다. 우주의 삼라만상은 제행무상(諸行無常)과 제법무아(諸法無我)이다. 즉 시간적으로 일체 모든 것들은 변하지 않고 고정되어 있는 것이 없으며, 세상에 존재하는 모든 사물은 인연으로 생겨났고, 변하지 않는 참다운 자아의 실체는 존재하지 않는다. 즉 에르덴조 사원에 내가 없다는 것은 내가 있다는 것의 역설이며, 내가 있다는 것은 내가 없다는 것에 대한, 또는 모든 것에 대한 역설적 표현이다.

그는 고독하다고 말한다. 무엇인들 버리고 나면 고독하지 않으랴. 생(生)에서 사(死)로 변하고, 사는 생으로 가고, 미(美)는 추(醜)로 변해가고, 다시 추는 미로 흘러가고, 장(長)은 단(短)으로, 단은 장으로 가고, 귀(貴)는 천(賤)으로 변하고, 천은 귀로 가고, 증(增)은 감(減)으로, 감은 증으로 변해가는데, 고형렬 시인의 고독은 고독에 갇힌 고독이 될 수밖에 없다. 에르덴조 사원에 내가 없다는 것은 내가 있다는 의미이고, 내가 고독하다는 것은 고독하지 않다는 모순어법이다. 그는 '가장 낮은 밑바닥의 안쪽에 겹쳐'(「너와 나의 밑바닥의 밑에서」 일부) 있으면서 '개의 눈은 인간의 눈보다 맑다'(「빼이징의 모래 한 알의 시」 일부)는 인식에 도달하고 있다. 이런 인식은 자신을 「바늘구멍 속의 낙타」로 변신시킨다. 바늘구멍 속으로 걸어간다는 것은 불가능에 대한 도전이며, 가능성에 대한 연속이다. 또 구도(求道)의 길이고, 구도의 길은 제도(濟度)의 뜻을 함의한다. 그래서 그의 시 쓰기는 구도자의 태도이며, 제도의 길이다.

우주를 대우주(Macro cosmos)라고 하고 인간을 소우주(Micro cosmos)라고 한다. 그렇다면 인간은 카오스(Chaos), 즉 지하 세계인 타르타로스(Tartaros)의 심연에서 벗어난 코스모스(cosmos)이고, 이런 인간은 죽음을 가짐으로써 코스모스가 된다. 따라서 죽음은 우주이고, 우주가 죽음이 되는 제법무상(諸法無常)인 것이다. 예컨대 인도의 철학에서 그랬듯이 우주의 근원(자아)을 브라흐만(Brahman)이라고 하고 나의 근원(자아)을 아트만(Ātman)이라고 할 때 두 근원의 일치를 범아일여(梵我一如)라고 한다. 이 범아일여로써 죽음이 극복된다. 따라서 죽음은 영원한 질서인 동시에 우주인 것이다. 고형렬 시인의 에르덴조 사원에 '내가 없다'는 것은 곧 불교의 제행무상이며, 제법무아이다. 이 무아는 곧 자아 부정이고, 이 자아 부정은 '실체로서 〈我〉가 없다'는 자아 부정이다.

> 그는 새벽하늘에 불을 켜놓고 시를 쓴다/시를 쓴다는 것은 무언가를 지우는 것/핏속에 담아 감금하는 고통처럼/끝없이 지워도 지워지지 않는 영혼 반복의,/그 살아있는 순간을 경험하지 않길 원한다/샌드페이퍼로 살을 깎듯, 혼자 라식수술을 하듯/새벽까지 저 하늘에서 불을 밝혀놓고/언어의 꿈을 꾸는 저 기형의 한 남자를 보라,

> 저 불면이 얼마나 우스꽝스러운지 모르는/시가 도달할 수 없는 핏빛 절망의 벽/혈액 같은 파지는 생생한 손에 들려 있어도/노을보다 진한 투과를 아는가, 내심/공중에 걸려 내려오지 못하는 허상의 복명들/결국 남자는 새벽에 도착할 것이다,/상처투성이 산을 허물어뜨리며/형상할 수 없는, 뜻밖의 언어 부재 속으로/굴러 떨어지듯 첫 지하철이 밑을 통과할 때

> ─「우스꽝스러운 새벽의 절망 앞에」 전문

그는 '나'의 실체를 부정한다. 시를 쓴다는 것은 '핏속에 담아 감금하는 고통'인데 '언어의 꿈을 키우는 저 기형의 한 남자'가 있다. 그는 스스로 자신의 실체를 부정하는 '기형의 남자'가 된다. 이것은 실체의 부정인 자아를 지우는 일이다. 그는 또 이 불면이 '시가 도달할 수 없는 핏빛 절망의 벽'이라는 것을 안다. 그러므로 그의 시 쓰기는 때로는 절망이고 이런 절망으로 자괴감에 빠지기도 하지만, '결국 남자는 새벽에 도착'한다. 이 한 편의 시 역시 자신의 실체를 부정하는 모습이다.

> 아버지가 물구나무서기를 즐긴다/얼마전부터 아버지가 물구나무서기를 시작했다/공중으로 번쩍 다리를 쳐들고/뒤에서 보고 있는 우리를 아랑곳하지 않는다/벽에 발꿈치도 대지 않는다/우리는 아버지를 보고 웃었다 거꾸로 선 아버지라고/아버지는 책상에서 뭔가를 하루 종일 쓴다

깜박 잊고 엇차, 하는 소리 들려 돌아보면 아버지는/영락없이 물구나무서기를 한다 하루에 몇번씩/물구나무서기를 잊지 않으려고 물구나무서기를 한다

최근엔 물구나무서기 시간이 길어지고 있다/식구들은 물구나무서기 하는 아버지에게 관심이 없다/조만간 우리 집은 해체될지 모른다/우리 집은 아버지가 무언가를 쉬지 않고 쓰는 집/아버지가 물구나무서기를 하는 집/아버지는 대체 뭘 저렇게 써놓는 걸까/아버지는 저렇게 물구나무서기만 하다 돌아가실 건가

그런데 아버지가 우리를 빤히 들여다보고 있다

―「물구나무서기하는 나」 전문

우리 집은 멸망의 집이다
수많은 아버지의 머리가 깨져나간다

―「기막힌 가계」 일부

새로운 세상을 찾아보려는 아버지의 물구나무서기에 세상 사람들은 관심을 보이지 않는다. 이런 점에서 고형렬 시인의 시 쓰기는 몰락하는 우주의 구원이고, 세계의 구원이다. 그러나 세계는 '우리 집이 해체될지도 모른다'는 기우에 젖어 있다. 한발 더 나아가 '우리 집은 멸망의 집'이라고 비탄에 빠지기도 한다. 이러한 세계를 인식시키지 못하는 자신의 시 쓰기는 한낱 고통에 불과하다. 그러나 '망측한 칼날 연장이 내 몸 속을 돌다'녀도 그는 '망측한 칼로 구두를 신'고 '언어가 다 쓰고 지나간 흔적을 남기지 않아도 아직도 쓰리게 칼날 지나가는 소리로 살아 있음을 뒤늦게 느'(「시퍼런 칼날의 세월」 일부)끼고 있다. 이제 그의 시 쓰기는 그의 눈이다. 그의 시 쓰기는 그의 두 팔이다. 그의 시 쓰기는 그의 아내이며, 가족이다. 이 시 쓰기는 그의 전부다. 그러나 그가 아니다. 그가 시 쓰기를 시작할 때면 한 점의 바람도 범접하지 못한다. 그가 시 쓰기 할 때면 자신도 자신에게 선뜻 다가서지 못한다.

그것은

추웠다 화장실로 뛰어 들어섰다 찡한 두통이 왔다 변기에서
아 이 지겨운 슬픔의 성욕과 살기
살아야 한다는 절박함이 여기엔 남아 있었다
지린내가 콧속을 찔러 분기탱천했다, 일부 슬픔이 얼었다
첫겨울 화장실에서 얼마 만에 맡는 서울내
이놈 저놈 놓고 뛰어가 버린 아침
괴춤에 대강 넣고 촘촘히 사라져간 노폐물이다
오늘은 왠지 겨울 자라가 된 적막하고 썰렁한,
요가 약냄새가 남고 숙취 붙는 이상야릇한 화장실의
그 악취가 달았다
배출하는 요 양만큼 체온만큼 몸이 열리는 지렁이만한 살구멍
천호동 현대백화점 6번 출구로 가다가 얼른 들춘 추위
때 낀 귀에지 같은 변기 요도의 머나먼 길을 찾아온
2005년식 화장실, 암모니아내
신장과 핏줄과 오줌길로 이어지는 저 난로를 놓은 화장실에서
나는 무변(無邊)을 맛본다 짜릿한 살이 떨리는 변기 앞
혀를 자르고 뱉을 보이면서 살아가는
귓바람이라도 막겠다고 코트깃을 세우고 사라지는 사람들
요도 끝이 아팠다, 아내여
　　　　　　　　　　　　　　　　　　　ー「지하 천호역 화장실」 전문

라는 시 쓰기에 대한 고통 내지 아픔이 우리들이 느끼는 것보다 더 큰 아픔을
가지고 있기 때문이다.

4. 에르덴조 사원을 나오며

　고형렬 시인의 『나는 에르덴조 사원에 없다』를 조심스레 살펴보았다. 에르덴
조 사원에 들어설 때 철문이 굳게 닫혀 있어 경내를 살펴보는 일은 그리 쉬운
일은 아니었다. 곳곳에 시어들이 무장을 한 채 삼엄한 경비를 하고 있었고, 사
원 내의 길은 미로 같았다. 우리들이 온몸을 적시는 이 땀을 흘려야 했던 일은
참선에 들어간 시 작품들을 깨워 그들의 손금을 들여다보는 일이었다. 어떤 시

제 2 부 해방과 저항을 희구하는 화자들

작품들은 허락하기도 했지만 대부분은 침묵으로 일관했다. 암호문을 해독하듯 이 손금 따라 페이지를 넘겼다. 난삽한 시맥은 애매한 맥박으로 뛰었다. 그러나 시적 표현들은 무척 친절하면서도 매우 낯설었다.

시 작품마다 발칸포가 배치된 진지가 구축되어 있었고, 냉전의 전쟁터를 방불케 했다. 목적지를 알려주는 안내 푯말들이 시행마다 정갈하게 세워져 있고, 나뭇가지에는 알 수 없는 상처들이 걸려 있었다. 적나라하게 진술하던 시적 화자는 목이 쉬어 있었고, 시적 표현들은 단단한 철근 덩어리였다. 복면을 한 원관념은 상징을 고집하며 이 세상에 실체를 나타내기를 거부했다. 에르덴조 사원에 그는 없었고, 본질을 앞서는 실체로 서 있었다.

고형렬 시인의 『그는 에르덴조 사원에 없다』라는 시집 제목이 가지는 암시성은 내면세계를 탐구하는 흔적 그 자체이다. 이것은 수목적 사유를 필요로 하는 모더니즘의 연장선에 서 있다는 말이고, 또 다른 하나는 차연을 반복하는 포스트모더니즘이라는 것이다. 이항대립적인 것을 해체하여 탈중심주의를 전제로 하는 인간의 가치를 반복함으로써 그 차이를 낳았다. 그 차이는 '장/단, 미/추, 귀/천, 증/감, 생/사'의 두 반복에서 비롯되었다. 에르덴조 사원에 그는 없었다. 황폐해져가는 현대인의 정신의 빛을 나누어주려는 '차이와 반복'을 위해 먼 길을 떠도는 중이었다.

인간에 대한 절망, 그 절망에 대한 미적 저항

광인(狂人)은 상식 밖의 세계를 제시한다

— 신경림·권현수·양승림의 시

1. 낙관론이자 행동의 독트린

본질보다 실존을 앞세우는 신경림 시인은 '예술을 위한 예술'의 반대편에서 '인간을 위한 예술'을 추구하고 있다. 그렇게 반대편에 서 있었던 날들이 어제오늘의 이야기가 아니다. 낭만주의니, 모더니즘이니 하는 것과는 일정한 거리를 두었다. 화려한 예술성보다는 정갈한 이념의 목소리를 냈다. 그의 시에서 "등교하는 학생들과 얼려 공중화장실 앞에 서서/발을 동동 구르다"가 청자들에게 들려주는 의미는 집단 정서에 의한 공동체적 동일성의 수용이다. 한국 문단에 발을 내디딤과 동시에 지금까지 늘 그는 그래왔다. 공광규 시인은 「신경림 시의 창작 방법 특징」이라는 글에서 "한국 현대시사에서 서정시의 창작을 방법적으로 혁신하고, 서사시의 창작실천을 통하여 방법적으로 확장하였으며, 현실 문제를 시에 반영하는 데 있어서 다양한 방법적 확대를 시도한 중요한 시인"이라고 해석한 바 있다. 여기서 말하고자 하는 논지는 공광규 시인의 글에서 말하는 세 번째 특징인 현실 문제를 시에 반영하고 있다는 사실을 이해하는데 있다. 그는 현실 참여라는 명제를 내걸고 인간의 본성보다 인간의 조건을 더 즐겨 노래한다. 왜냐하면 가난이 인간의 본성이 아니라는 사실을 믿었기 때문이다. 그는 가난에 구타당하는 것이 아니라 함께 동고동락한 것이다. 그러므로 그의 가난은 본질이 아니라 실존이라고 말 할 수 있는 이유다.

떠나온 지 마흔 해가 넘었어도
나는 지금도 산비알 무허가촌에 산다
수돗물을 받으러 새벽 비탈길을 종종걸음 치는
가난한 아내와 부엌도 따로 없는 사글셋방에서 산다
문을 열면 봉당이자 바로 골목길이고
간밤에 취객들이 토해놓은 오물들로 신발이 더럽다
등교하는 학생들과 얼려 공중화장실 앞에 서서
발을 동동 구르다가 잠에서 깬다
지금도 꿈속에서는 벼랑에 달린 달개방에 산다
연탄불에 구운 노가리를 안주로 소주를 마시는
골목 끝 잔술집 여주인은 한쪽 눈이 멀었다
삼분의 일은 검열로 찢겨나간 외국잡지에서
체 게바라와 마오를 발견하고 들떠서
떠들다 보면 그것도 꿈이다
지금도 밤늦도록 술주정 소리가 끊이지 않는
어수선한 달동네에 산다
전기도 안 들어와 흐린 촛불 밑에서
동네 봉제공장에서 얻어온 옷가지에 단추를 다는
가난한 아내의 기침 소리 속에 산다
도시락을 싸며 가난한 아내보다 더 가난한 내가 불쌍해
오히려 눈에 그렁그렁 고인 눈물과 더불어 산다

세상은 바뀌고 또 바뀌었는데도
어쩌면 꿈만 아니고 생시에도
번지가 없어 마을사람들이 멋대로 붙인
서대문구 홍은동 산 일 번지
나는 지금도 이 지번에 산다

– 신경림, 「가난한 아내와 아내보다 더 가난한 나는」 전문
(『창작과비평』, 2011, 여름호)

신경림 시인은 도처에서 자행되는 인간의 비열함과 매우 수상쩍은 은밀함, 그리고 메스꺼운 사회제도에 극렬 저항한다. 이것은 그의 휴머니즘이며, 따라서 그는 정적주의(靜寂主義)와도 적극 대립의 각을 세운다. 또한 근원적인 절망으로부터 출발하는 실존주의자이다. 이렇게 말하는 까닭은 세계를 이기려면 자기 자신을 먼저 이겨야 한다는 신경림 시인의 암묵적 의지를 강조하려는 것이다. 그는 「가난한 아내와 아내보다 더 가난한 나는」에서 자조적이고 자괴적인 어조로 현대 부르주아 사회의 위선과 비진정성을 꼬집는다. 부연하면 생산적 가치보다 교환적 가치가 득실대는 이 세계는 그 자체가 '참혹한 테러'라는 것이다. 예컨대 부르주아 사회의 자본가들의 욕망은 곧 소시민에게 언제든지 자행될 수 있는 테러라는 의미이다. 이와 같은 부르주아의 참혹한 테러에 저항하기 위해 그는 앙가제(engagée, 혹은 pensée engagée)하는 것이다. 그는 "무엇을 위해 앙가제하는가?"라는 물음에 지배계급에 의해 자행된 피지배계급들이 받아온 피치 못할 정한의 갈등 구조를 문학으로 풀어내려고 한다고 할 수 있다.

작가의 개별적 문학 정신은 그 작가의 작품 속에 고스란히 육화(肉化)되어 있다. 그래서 문학의 정신세계와 작품의 경향을 굳이 분리해서 이야기한다는 것은 불필요한 일인지도 모른다. 그러나 문학의 정신세계를 하드웨어라고 한다면 작품 내용을 소프트웨어라는 아주 단순한 논리로 분리해보자는 것이다. 다시 말해서 신경림 시인의 문학 정신이라는 큰 틀 속에서 그의 문학작품이라는 작은 틀을 찾아보려는 의도로 생각하면 그렇게 큰 무리가 아닐 것으로 생각된다. 그의 작품 속에는 역사적·사회적·정치적·경제적 현실이 고스란히, 그리고 흠뻑 배어 있다. 이런 현실들을 독백적 진술로써 정서화 내지 감각화, 그리고 문제화시키고 있다. 그의 작품이 독자들에게, 더 나아가 사회에 끼치는 파장은 결코 작은 소용돌이가 아니다. 부조리하고 혼탁한 사회와 그 제도, 그 인습에 대한 정화(catharsis)의 기능을 가진다.

「가난한 아내와 아내보다 더 가난한 나는」에서는 가난을 결핍의 의미로 드러내지 않는다. 가난과 만남을 즐거움으로 여긴다. 특히 그의 문학을 이해하려면 문학사회학 측면에서 고려되어야 한다. 그가 바라본 부르주아의 사회는 교환가치의 모순이 항상 문제였다. 이 모순된 제도는 개인을 억압하고 결핍으로 내몰았다. 이런 문제들에 대해 그가 무조건적으로 부정하는 것이 아니다. 가령, "번지가 없어 마을사람들이 멋대로 붙인/서대문구 홍은동 산 일 번지"에서 문학적 구조와 사회적 구조가 서로 동형을 이루고 있다는 것과, 또 다른 하나는 그의 첫 시집『농무』(창작과비평, 1973)의 재간본이 간행될 때 자신의「후기」에서 "무엇을 해야겠다고 주먹을 쥐어보는 것이지만 내 주먹은 너무 야위었고, 내 손은 너무 희다는 것을 깨닫고"라는 진술에서 그의 문학 정신이 무엇인지를 알 수 있다.

신경림 시인은 문학을 어떠한 선전 도구로 사용하지 않는다. 다만 작품을 통해 그의 문학적 세계관을 말하려고 하고, 작품에 현실을 반영할 뿐이다. 현실의 문제를 표현하면서도 자신의 심정을 애써 감추려고 하지 않는다. 그는 솔직한 사실적 묘사를 한다. 따라서 그의 창작 기법은 묘사보다는 진술 쪽으로 많이 기울어져 있다. 그가 묘사를 꺼리는 이유는 묘사로 시적 의미를 전달할 경우 산뜻한 이미지는 주지만 깊은 맛, 깊은 의도를 분명하게 드러나지 못한다는 데에 있다. 그렇기 때문에 그의 시를 대하면 인간의 공정함이 무엇이며, 그 공정함을 공정하게 분배시키지 못하는 그 주체와 그 까닭에 사실적으로 날카로운 돌팔매질을 하는 것을 알 수 있다.

신경림 시인의 가난은 개인적인 차원의 가난이 아니다. 인류의 가난이며, 우리들의 가난이다. 그의 무소유는 육체만 가난할 뿐, 정신은 풍요롭다. 소유는 오히려 정신의 폐허가 된다. 바꿔 말하면 소유의 욕망은 무소유의 육체적 결핍을 더욱 부추긴다. 그러므로 문학은 부조리한 현상에 파괴적이어야 한다는 것이 그의 주장이다. 지금 신경림 시인은 '자기와의 일치를 이루는', 또는 '지금 있는 그대로의 존재'인 즉자(對自, Fürsich)를 실현하려고 한다.

2. 동(動)을 그쳐 지(止)에 돌아가려니

최근에 사람들의 관심이 선(禪) 쪽으로 이동되고 있음은 주지의 사실이다. 이런 관심은 단순히 학문적 연구라는 이유가 아니라 현대의 불확실성, 복잡성 등과 같은 문제로 정신적 지주로서 기대고 싶은 마음, 또는 선이 갖는 메시아적 기대에서 비롯된 것이 아닐까라는 생각을 해본다. 이러한 까닭에 선시(禪詩)에 대해 말하려면 선(禪)이 무엇인가라는 질문으로부터 시작하여, 그 주제에 대해 다양한 방법으로 접근할 필요가 있다. 선은 자신을 각성시켜 인간 존재의 심연에 이를 수 있는 방법을 우리들에게 제공한다. 다시 말해 깨달음의 경험을 갖게 한다. 이것을 스즈키 다이세쓰(鈴木大拙)는 선의 진수(眞髓)라고 했다(그러나 선종(禪宗)에서, 조사(祖師)가 수행자를 인도하기 위하여 제시하는 과제라 할 수 있는 공안(公案) 또한 진수 못지않게 중요시했다).

도겐 선사(道元禪師)는 선에 대해 이렇게 말했다. 선은 "물고기가 자유롭게 노니는 데서 물고기와 닮고, 유유히 나는 새들에게서 새와 함께 하는 일"이라는 것이다. 주지하다시피 선은 수행에서 오는 깨달음, 또는 체득이다. 따라서 선은 불립문자(不立文字)를 강조할 수밖에 없다. 수행에 있어서 언어보다 실천이 강조되기 때문이다. 선이란 무엇인가, 그리고 선시란 무엇인가에 대해 권현수 시인의 작품을 통해 그것에 대한 일반적인 견해를 요점 정리 차원으로 살펴보기로 한다.

　　　-꿈 夢이고
　　둥근 해는 이미/동쪽 하늘을 채웠는데/기운 달은 여직/하늘 가운데 미적거린다/밤새 뒤척이다/기지개 하며 창문을 여니/잣나무 꼭대기 박새 한 마리/꿈속인 듯 날아오르네.

　　　-환상 幻이고
　　늦여름 기운 햇살을/차양 넓은 모자에 얹고/뒷산 중턱을/숨 고르며 오르려니/기다리는 산새소리는/이파리 사이로 숨어버리고/눈빛 사나운 들고양이 한 마리/부러진 가지를 흔드네

　　　-물거품 浦이고
　　깊은 산 소식으로는/서리가 내렸다는데/건널목 얼음가게는/한결같이 붐빈다/미처 다 익지 못한/은행나무 열매 하나/서두르는 내 발아래/저 먼저 떨어지네.

－그림자 影이고

　가랑잎 한 무더기/초겨울을 품에 안고/밤바람 뒤쫓아/골목길을 달린다/귀
밝은 강아지가/도둑이야 짖어대니/멀어지는 발자국소리/달그림자 속으로 숨
어드네.

　　* 夢幻泡影 : 금강경 제32분

　　　　　－ 권현수, 「그림자 없는 나무 아래서 1」 전문(『시와세계』, 2012, 봄호)

　권현수 시인은 선시에 관한 사실 정보를 전하는 일보다는 궁극적이고 포괄
적인 보편의 진리로 가는 길을 제시하며, 그런 일에 관심을 두고 있다. 그는 출
가하여 선을 수행하는 자가 아니다. 그러나 그가 내놓은 작품 속의 지혜에서는
깊은 선불교의 종교성이 선명하게 비쳐 나온다. 그런 연유로 그의 작품들은 우
리들에게 감명을 주지 않을 수 없다. 앞의 「그림자 없는 나무 아래서 1」에서 노
래했던 '기지개 하며 창문을 여니/잣나무 꼭대기 박새 한 마리/꿈속인 듯 날아
오르네'는 선에서 말하는 무분별의 분별이다. 즉 동(動)을 그쳐서 지(止)에 돌아
가려니, 지는 점점 크게 동한다는 의미의 깨달음이다. 즉 일반적인 인간의 마
음이 아니라 유심(有心)에 대한 무심(無心)의 마음에서 비롯된다는 것이다. 즉
심상(心相)에 대한 심체(心體)와 나(我)에 대한 무아(無我)이며, 유무(有無)의 마음
에 대한 비유비무(非有非無)의 마음이다. 또 '기다리는 산새소리는/이파리 사이
로 숨어버리고/눈빛 사나운 들고양이 한 마리/부러진 가지를 흔드네'는 행(行)
쪽에서 보면 무행(無行)의 행이며, 무작(無作)의 작(作)이다. 따라서 마음(일반적
인, 자심계[自心計])을 초월하지 않으면 마음(非有非無)이 될 수 없다.

　또 「그림자 없는 나무 아래서 1」의 '물거품 泡이고'라는 부제가 달린 시의 일
부분인 '미처 다 익지 못한/은행나무 열매 하나/서두르는 내 발아래/저 먼저
떨어지네'는 육신이 대상을 따라가는 것이 아니라 마음이 대상을 따라간다. 즉
'옳다 그르다'는 원래 없다는 것이다. 즉 객관적 사물이나 대상, 이를테면 대경
(對境)에는 옳고 그름이 본디 없다는 것이다. 이런 선시적 표현들은 일반적인
마음이 아니라 비유비무의 마음에서만 가능하며, 생사는 덧없음을 초월한 상

태에서만 가능하다. 권현수 시인은 영원히 변치 않는 실체를 찾고 있다. 그것
도 수행으로서의 좌선과 공안, 체험 목표로서의 깨달음으로 찾고 있다.

> 물너울 잠든 밤바다에
> 갈잎 하나 맴돌고 있다
> 먼 길 달려온 별빛 한 줄기
> 나들이 나온 달빛 한 아름
> 마른 가슴에 저며 안고
> 갈잎 하나
> 물너울 잠든 밤바다를
> 맴돌고 있다
>
> 맴을 돌고 있다.
>
> ─권현수,「그림자 없는 나무 아래서 2」전문(『시와세계』, 2012, 봄호)

　위의 시 제목은「그림자 없는 나무 아래에서 2」이다. 아이러니 하지 않을 수
없다. 그림자가 없다는 것은 나무의 존재가 스스로 자신이 나무인 것을 알지
못한다는 것과 같다. 그것은 빛이 나무와 잎을 통과하지 못할 때 비로소 나무
는 그림자로 자신의 존재를 알 수 있기 때문이다. 어느 누구도 알지 못했던 세
계, 아무나 갖지 못하는 깨달음을 갖는 자, 선을 수행하는 자이고 견자로서 시
인인 것이다. 우리는 다시 선에 대해 한 예시로 이해하려면　스즈키 다이세쓰
가『선(禪)의 진수』에서 말했던 것을 이해해야 한다. 즉 "대지가 산을 받들고 있
으면서도 그 대지는 산의 고고함과 험준함을 모르는 데 있다. 또 돌이 옥(玉)을
내포하고 있는 것과 같은 것이다. 돌이 옥에 티를 모르는데 있다"는 것과 같은
맥락으로 받아들일 수 있다.「그림자 없는 나무 아래에서 2」의 6행~8행인 '갈잎
하나/물너울 잠든 밤바다를/맴돌고 있다'는 것에서 권현수 시인의 초월적 개
인임을 알 수 있다. 이것은 권현수 시인이 물리적 또는 인과적의 속박으로부터
벗어나고 싶은 요구이거나 기원을 하고 있는 것이다. 색신(色身)은 일정한 시간
을 거쳐 생로병사, 즉 노쇠하고 무너져가지만 시적 화자는 제약을 초월하여 죽

음이 없는 것, 본질을 체득하고 싶은 마음을 염원하고 있다.

> 원앙이 새끼가 아파트 9층에서/뛰어 내린다/방금 깨어난 눈으로/날개 같지
> 도 않은 날개로/나는 것이 아니라 뛰어 내린다/눈먼 시계공의 나침판은/공기
> 구멍 밖 희미한 빛줄기 너머/바쁘게 부르는 어미의 목소리 하나/목숨이 있다
> 는 책무란/그렇게 막무가내라/제 키의 수백길이 넘는 아득함도/뛰어내려 떨
> 어져야 한다/떨어져 부딪히는 곳, 그곳은/차갑고 단단한 맨 바닥이지만/나침
> 반이 가리키는 바늘 끝은/위가 아니면 아래 일 뿐/우리가 견디어 내어야할 生
> 이/거기 있으니 그저 아래로/뛰어내려려야 할 뿐이다/원앙이 새끼 한 마리가/또
> 뛰어내린다.

> * 리차드 도킨스의 책 제목
>
> ─권현수, 「눈먼 시계공*의 나침반」 전문(『시와세계』, 2012, 봄호)

위의 「눈먼 시계공의 나침반」에서 느끼는 감각은 길 가던 당나귀가 우물을
엿보는 것이 아니라 우물이 당나귀를 엿보는 현상과 같은 경우이다. 즉 역설이
다. 휠라이트는 역설이 현대시에 경이감과 신선감을 불러오는 중요한 방법이
라고 강조한 바 있다. 역설은 표층적 역설과 심층적 역설, 그리고 표현과 암시
의 역설적 상호작용으로 구분하고 있으나 제시한 앞의 문장들은 표층적 역설
에 해당된다. 즉 모순어법이다. 예를 들면 '찬란한 슬픔', '가는 것이 오는 것이
다', '소리 없는 아우성'과 같은 것들이다. 이것에 대해 이지엽 교수는 『현대시
창작 강의』(2009)에서 "역설적 의미가 시의 구조로서 존재하지 않고 시행에 국
한되어 있다는 점, 논리적 유추로 충분히 설명될 수 있다"는 점을 들었다. 그
는 또 비록 진지한 고찰에 의해서 그 모순되는 의미가 해명된다고는 하나 습관
적 어법으로 때 묻은 사물의 의미에 신선한 충격을 준다는 장점을 지니고 있다
고 했다. 권현수 시인의 '위가 아니면 아래일 뿐'이라는 시구는 세련된 언어 능
력과 깊은 사고 능력이 발현된 부분이다.

이처럼 권현수 시인은 일반적이고 통념적으로 옳다고 생각하는 것 속에 담
긴 모순과 부조리를 발견하고 있다. 따라서 역설은 일반적인 인식의 통념성을

깨닫게 하는 가장 효과적인 수단이라 할 수 있다. 이런 역설과 반어의 사용 방법을 권현수 시인은 오래된 숙련공처럼 문장을 조탁하고 있다. 또 새로운 창작의 현상으로 받아들일 수 있는 것은 외면적으로 나타난 행동에서는 아무것도 변함이 없지만 사람의 마음을 움직임에는 반드시 윤리적인 것과 종교적인 것이 있다는 것을 분명하게 말하고 있다. 특히 '우리가 견디어 내어야할 生이/거기 있으니 그저 아래로/뛰어내려야 할 뿐이'라는 것은 상식적인 논리의 영역은 아니다. 즉 무의미를 말한다. 이렇게 의미를 알 수 없는 곳을 노리는 것이 선(禪)이다.

> 손에 익은 가방을 챙겨 들고/발에 익은 신발을 골라 신고/눈에 익은 골목을 나선다/차가운 모퉁이를 돌아/뜨거운 언덕을 넘어/낯선 길을 만나도/귀 익은 소리를 따라/입에 익은 맛을 따라/몇몇 生의 흔적을 따라 가노라면/낯선 길이 곧 낯익은 길이다/그 길이 곧 그 길이다//거기가 여기이고/여기가 거기이다.
>
> ─권현수, 「수레바퀴를 따라」 전문(『시와세계』, 2012, 봄호)

위의 시 「수레바퀴를 따라」를 세밀히 들여다보면, 이 작품에서도 역설의 표현들을 쉽게 찾을 수 있다. '낯선 길이 곧 낯익은 길이다'와 '거기가 여기이고/여기가 거기이다'가 역설적 표현에 해당되는 시구이다. 곧 'A는 A인 동시에 A가 아니다'의 형식을 갖는다. 앞의 예시된 두 문장은 통사 규칙에서 멀리 벗어나 있다. 어찌 보면 말이 안 되는 내용이다. 그러나 그 같은 진술은 말이 된다는 사실에 주목해야 한다. 이런 「수레바퀴를 따라」에서 사용된 역설은 복합적 정황을 전개하고, 생의 무상함을 간접적으로 드러내고 있다.

> 청옥산 계곡의 자작한 물길에
> 방금 길어 올린 물오리나무 수액을
> 고루 섞는다
> 내려앉은 햇살 한소끔 뿌리고
> 지나가는 바람 한줄금 비벼서
> 고루고루 버무린다

엊그제 눈비비고 일어난
새 순의 그 눈빛.

─ 권현수, 「오월의 빛」 전문(『시와세계』, 2012, 봄호)

위의 시에서 표현된 부분 중에서 '엊그제 눈비비고 일어난/새 순의 그 눈빛'을 '엊그제 눈비비고 일어난/세상의 그 눈빛'이라고 표현했으면 하는 아쉬움이 크다. 그러나 「오월의 빛」 작품 전체를 놓고 보면 묘사와 진술의 어울림이 균형을 이룬다. 시인은 시를 짓는 사람이다. 하지만 일반적인 사유, 또는 일상적인 생각으로 시를 짓는 사람은 아니다. 견자로서 새로운 것을 발견하는 자여야 한다. 그것도 어느 누구도 발견하지 못한 새로운 세계, 미지의 세계를 발견하는 것이다. 예술이란 태양 아래 하나밖에 없는 것을 창조하는 행위이다. 그러나 「오월의 빛」 중에서 '엊그제 눈비비고 일어난/새 순의 그 눈빛'은 시인이 발견한 새로운 세계이며 하나의 깨달음이다.

권현수 시인의 다섯 편의 작품을 즐겨 감상해보았다. 큰 울림으로 감동을 불러일으킨 것은 사실이다. 그러나 굳이 오래도록 기억에 남게 하는 시 작품이 어떤 것인가라고 누가 묻는다면 지식을 제공하는 것이 아니라 지혜를 제공하는 시라고 말할 수 있다.

3. 거침없는 독설

거기에서는, 다 뜬다. 배도 뜨고 집도 뜨고 찌푸리기도 뜨고 고양이와 강아지도 뜨고 할머니와 할아버지도 뜨고 땔나무도 뜨고 물에다 씻어버린 생선비린내도 뜨고 은과 주석이 2대 8로 섞인 술잔도 뜨고 별과 달도 뜨고 메콩강 상류에서 떠내려온 쇼팅 깡통과 22인치 중국산 흑백 TV도 뜨고 오줌도 뜨고 구멍난 철조망도 뜨고 막내 삼촌 비명도 잡아먹은 발목지뢰도 뜨고 어망에 꽂힌 리알도 뜨고 토종닭과 집오리도 뜨고 앙코르왓도 일몰도 뜨고 시엠립 국제공항도 뜨고 선박용 엔진 오일도 뜨고 크메르 루즈 군도 뜨고 심지어 떠 있던 물까지 한 번 더 뜨고

마음에 부력만 있으면, 무조건 다 뜬다. 죽은 사람들과 거기를 슬프게 바라
보고 있는 나만 가라앉는다

거기에서는 콘돔도 쓰지 않는다. 모든 걸 물로 씻어버린다

－양승림, 「수상가옥」 전문(『시와세계』, 2012, 봄호)

양승림 시인의 「수상가옥」은 개념의 동일성과 부정적 조건을 반복하고 제시
한다. 반복하는 것 중에 '뜬다'의 의미는 대칭적이라고 할 수도 있으나 '뜬다'
의 동사 앞의 명사들은 비대칭적이다. '뜬다'의 동사는 동태적 반복이고 그 앞
의 명사들은 정태적 반복이다. '뜬다'의 동사는 진화하지 않지만 그 앞의 명사
들은 진화한다. 이를테면 '배도 뜨고 집도 뜨고 찌푸리기도 뜨고 고양이와 강
아지도 뜨고'에서 동사는 변하지 않는다. 그러나 '뜬다'의 앞에 명사들은 시시
각각으로 변하고 있다. 정리하여 말하면 개념의 내용은 바뀌어도 행위의 내용
은 바뀌지 않는다. 따라서 반복의 이중성을 엿볼 수 있다. 균등함은 불균등이
있으므로 존재한다. 또 느림이 있으므로 빠름이 존재하고, 악이 있으므로 선이
존재한다는 것이다. 반복의 이중성은 불균등하게 보일지는 모르지만 정작 그
는 균형을 잡으려고 애를 쓴다. '마음에 부력만 있으면, 무조건 다 뜬다'는 말
을 놓고 단순한 의미로 받아들일지도 모른다. 그러나 '부력이 있다'면이라는
전제 조건이 있다. 그것은 뜨는 것은 쉬우나 '부력'이 있어야 한다는 것이다.
균형이 잡혀야 뜰 수 있고, 떠야 생존할 수가 있다. 그러나 마음의 부력이 문제
이다. 무엇이든 '마음의 부력'이 생존의 조건이다. 이것은 일체유심조의 의미
를 강조하고 있다고 볼 수 있다.

특별히 양승림 시인의 「수상가옥」에서 보여주는 특이점은 자아 성찰의 태도
이다. 그는 마음의 부력을 가진 모든 것은 다 뜨지만 마음이 없는 '죽은 사람들
과 거기를 슬프게 바라보고 있는 나만 가라앉는다'고 자신을 통찰하고 있다.
실존주의자 장 폴 사르트르는 "남의 얼굴은 어떤 의미를 가지고 있지만 내 얼
굴에는 그것이 없다. 내 얼굴이 잘생겼는지 아닌지를 판단할 수조차 없다"(『구
토』, 1999)고 말한 바 있다. 이렇게 거울을 이용하지 않고 '나'의 얼굴을 바라보

는 일은 불가능하다. 곧 '자신을 바라본다'는 일은 결코 쉬운 일이 아니라는 것
이다. 성찰은 '나'를 낮출 때 가능해진다. '나'를 높이면서도 성찰할 수도 있으
나, 이때는 진정성이 문제가 되어 결코 상대방으로부터 공감을 얻을 수 없다.
따라서 양승림 시인은 '나'를 잔뜩 낮춘 상태에서 자아 성찰을 함으로써 독자
들에게 공감을 얻고 있다. 그에게는 진정성이 흔들리지 않는다. 양승림 시인의
작품 한 편을 놓고 '진성정이 있는 자아 성찰'이라고 의미를 부여하는 것은 많
은 문제점을 야기 할 수가 있겠으나, 그의 시세계는 모순된 사회에 대해 자신
이 먼저 성찰한다는 데에서는 동의가 가능할 것이다.

　또 다른 특별함은 현대시의 기능으로서 사회비판적 기능을 충실하게 이행하
고 있다는 점이다. 그는 부조리한 사회 모순에 대해 과감하게 메스를 들이댄
다. 그의 다섯 편의 시가 갖는 주제를 통해서도 알 수 있으나, 지금까지 지면을
통해 보아왔던 대부분 작품들은 문제를 제기하는 쪽으로 기울어져 있다. 이것
이 그만의 고집스러운 시론이다. 양승림 시인은 가상이 현실을 구원하는 시뮬
라시옹(Simulation)의 시세계를 보여준다. '거기에서는 콘돔도 쓰지 않는다. 모
든 걸 물로 씻어버린다'는 것은 가상의 세계이다. 이런 가상의 세계를 현실보
다 더 리얼하게 그려놓고 있다. 현실 속에서 모조품이 갖는 부정적인 이미지와
는 달리 「수상가옥」이라는 시뮬라시옹을 제시하여 그것 자체가 원본과는 또 다
른 가치를 생산해내고 있다. 그곳에서는 '콘돔'을 사용하지 않는다는 그의 진
술은 이항대립적인 것에 대한 저항이다. '콘돔'은 억압이다. 둘의 관계를 유착
시키는 것이 아니라 하나의 제도로서 분리 작용을 돕는다. 분리는 이분이다.
이분되는 두 요소를 합치게 되면 단일성을 띠게 되고, 이들이 완전히 합쳐지게
되면 전체가 된다. 이 단일성과 전체성이 진리의 개념을 유지한다(『모데르니테
모데르니테』, 1999)는 것이다. 따라서 마음의 부력만 있으면 무엇이든 뜰 수 있
는 「수상가옥」은 콘돔을 쓰지 않는 곳이다. 다원적인 사회, 계층 구조가 허물어
진 사회, 그런 사회를 구현하고자 하는 것은 그의 시 의식이 본원적 가치를 중
히 여기는 탓이 아닐까라는 생각을 하게 만든다.

광인(표스)은 상식 밖의 세계를 제시한다

어제 나는 칼 융을, 식칼로 읽었다

하지만 제삼자가 관여해선 안 된다

나는 질량 없이 태어났고
몇 가닥 실선에 불과하다

내가 읽은 칼 융도 뭔가를 잘못 읽었는지,

TV 뒷면처럼 납작하다

―양승림, 「크로키」 전문(『시와세계』, 2012, 봄호)

예시된 작품은 양승림 시인의 「크로키」 전문이다. 크로키(croquis)라는 것은 주지하듯이 움직이고 있는 동물이나 사람의 형태를 짧은 시간 동안에 빠르게 그리는 것, 세부 묘사에 치중하지 아니하고 대상의 가장 중요한 성질이나 특징을 표현하는 데 역점을 두고 있다. 그렇다면 양승림 시인은 짧은 시간 동안에 빠르게 무엇을 크로키하고 있는 것일까? 현대성(modernity)을 크로키하고 있다. 그렇다면 크로키하는 현대성은 무엇인가에 관심을 돌리지 않을 수 없다. 그것은 현재에 위치한다는 것이 무엇인가에 대한 예측이며, 현재의 유토피아이고, 현재의 미래이다. 또 현대성은 예술을 예술의 역사와 혼동한다. 앙리 메쇼닉(Henri Meschonnic)은 현대성을 "끊임없이 새로 시작되는 일종의 투쟁"으로 보았다. 첨언하면 신구의 전통적 대립과 단절의 소극, 그리고 기적을 가져온다. 그 까닭은 주체, 주체의 역사, 주체의 의미가 무한정으로 새로 생겨나기 때문이다.

일주일 내내 술만 먹고 다녔더니, 드디어 아내에게서 문자가 왔다. 야, 이 개놈아. 난, 뭐니? 고현정이랑 나랑 동갑내기라는 건 알기나 하니? 내가 좀 내기 싫었던 건, 간장 한 종지라도 맛있게 밥을 지어. 입 찢어지게 서로 떠먹여 주다 보면, 니 볼에 붙은 밥알도, 이빨 새 낀 고춧가루도, 고현정 목에 걸린 보석 못지않을 것이라 믿어, 무언가 속에서 치밀어 오를 때, 그래도 항문 열고

방귀 터줄 이 너밖에 없을 것 같아서…나머지는 메일로 보냈으니까, 누까리로
보든지 말든지, 아이, 씨팔, 손가락 아파!

—양승림, 「아내의 편지」 전문(『시와세계』, 2012, 봄호)

프로이트는 유머를 정신의 '해방자'라고 했다. 양승림 시인의 「아내의 편지」
는 정신의 해방자 역할을 수행한다. 해학 속에 풍자가 들어 있는 「아내의 편지」
는 이기적인 남성들의 실태를 스케치한 알레고리이다. 바꿔 말하면 아내의 갈
망이 무엇인지를 말하고 있다. 또 갈등을 주제로 하는 시 작품이 아니라 이미
아내와 화해의 지점을 이루고 있다. 진부한 제목의 「아내의 편지」는 한 남자 개
인의 억압되지 않는 자유와 온전한 현실의 무한한 자유를 추구하는 한 여자의
욕망이 교차되는 '숭고한 지점'이다. 또 인간과 인간의 관계에서 필연적으로 갈
등은 빚어지고, 이 갈등은 파멸의 길로 치닫는 것이 아니라 한쪽의 일방적인 화
해의 백기를 들고 나오며, 다른 한 쪽의 관용을 기대하는 양상을 보여준다. 그
러나 단순한 화해의 제스처가 아니라 성찰하는 예리한 정신이 들어 있다. 이것
은 한 개인과 개인이 빚어낸 갈등이 아니라 세계와 인간 사이의 화해를 원하면
서 동시에 부인하기도 한다. 한 인간이 세계에 대해 전적인 믿음을 가질 때, 그
신뢰에 대한 응답으로 세계가 문득 숨겨진 부분을 드러내 보여주는 순간이다.

생각보다 문짝은 가벼웠다

걸음을 옮길 때마다 문고리가 연신 달그락거렸다

그때 이미 문짝은 알고 있었던 것이다

매일 자신을 여닫던 그 남자의 채무는
영원히 소멸되지 아니할 거라는 걸, 자신 또한 더 이상 문짝이 아니라는 걸

—양승림, 「썩은 문」 일부(『시와세계』, 2012, 봄호)

위의 「썩은 문」에서 시적 화자는 자유 시장의 본질적인 문제에 대해 비판적
이며 대립적인 태도를 보여준다. 이 사회 속에서 보편적 타당성을 지니는 일

광인(狂人)은 상식 밖의 세계를 제시한다

련의 가치들이 무엇인가를 묻고 있다. 여기의 가치들이란 경쟁적인 시장경제의 존재 자체를 대변하는 자유주의적 개인주의의 가치들이다. 이러한 가치들이 자본이라는 굴레 속에서 타락된 방식으로 이루어지게 되고 그 주체들은 도피라는 반작용을 일으킨다. 우리는 이 「썩은 문」에 대해 가설적 도식이라고 말할 수도 있겠지만 이것은 부르주아가 주체가 되는 자본주의의 현실을 대변한다. 그럼에도 불구하고 물상화된 부르주아 사상은 그 나름의 주된 가치를 지니고 있다. 즉 개인주의와 관습적인 가치 개념(루카치는 이것을 허위의식이라 불렀음), 자기기만(Self-Deception)과 같은 것들이다. 이처럼 부르주아 사상의 기본 특징인 합리주의는 예술을 하급의 형태로 인식함으로써 예술의 존재마저 무시한다. 따라서 예술가는 '매일 자신을 여닫던 그 남자의 채무는/영원히 소멸되지 아니할 거라는 걸' 깨닫는다. 특히 예술인을 무직의 직업군으로 분류하는 저급한 이 사회, 이 땅 말고 또 어디에 있을까? 무지한 자의 편견에서 오는 예술인의 안타까운 현실이 오늘날 한국의 문화 수준의 현주소다. 이런 현실에서는 '자신 또한 더 이상 문짝이 아니라는 걸' 아는 것처럼, 더 이상 예술인은 자신이 예술인이 아니라는 걸 애써 믿으려고 한다.

인간의 모든 면을 다루고 있는 문학 세계는 어느 하나의 관점으로 설명될 수 없을 만큼 깊고도 복잡하다. 그러므로 시의 대상은 자신의 내부에 자리 잡고 있으며, 스스로 자기를 증명하는 반영 매체가 된다. 신경림 시인은 실천적 타성태(惰性態)에 대한 '문제 제기적인 개인'으로, 권현수 시인은 일상에서 체득된 깨달음으로, 양승림 시인은 시 쓰는 행위가 자기실현이며 자기동일화의 과정임을 보여준다. 세 시인의 공통점은 자기동일성 증명의 희구를 추구하며, 참된 자아를 찾는 과정을 보여준다는 것이다. 요약하면 신경림 시인은 자신의 작품에 현실을 반영하여 인간의 본성보다 인간의 조건을 강조한다. 권현수 시인은 인생과 우주의 깨달음에 이르기 위하여 언어를 버리고 마음을 닦는 수행 방법, 즉 언어 문자에 의지하지 않고(不立文字) 언어에 의하여(不離文字) 깨달음에 이르는 모순성이 선의 본질임을 보여주고 있다, 양승림 시인은 비판적 사유의 생동성이라는 특이점을 지니고 있으며, 형식적 논리보다는 비판적 사유의 생동성을 두드러지게 나타낸다. 이렇게 분명한 색깔을 지닌 세 시인의 시세계는 대립적인 아닌 상호보완적인 기능으로 독자들에게 다가가고 있다. 교정(校庭)으로 청춘들이 몰려다니는 춘니(春泥)의 계절, 세 시인의 시 작품으로 더욱 따스해지고 있다.

광인(狂人)은 상식 밖의 세계를 제시한다

언어 현상을 지배하는 미학

─ 박해람 · 안수아 · 강윤순 · 홍재윤의 시

1. 자아의 객관화를 위한 언어유희

박해람 시인의 「배꽃을 불어 달을 본다」을 비롯하여 다른 작품에서도 느끼듯이 특별한 언어의 무게를 짚어볼 필요가 있다. 여기서 언어란 소리와 의미 내용상 사이의 대응 관계를 맺어주는 규칙의 체계를 말한다. 언어학에서는 음운·통사·의미의 구조적 층위와 그 유도 과정을 연구한다. 역사적으로는 기원전 4세기에 이미 인도에서 언어 연구가 활발하여 파니니(Panini)라는 학자가 간결한 산스크리트(Sanskrit) 문법을 썼으며, 특히 음성학과 단어의 내부구조에 대한 연구가 깊었고, 문법기술에 있어 간이성(簡易性)을 추구하는 모범을 보였다. 이렇다고 볼 때 박해람 시인의 「배꽃을 불어 달을 본다」에서 나타난 '월백(月魄)', '음화(淫畵)', '척독(尺牘)', '도록(圖錄)', '단장(斷腸)', '화농점점(化膿點點)', '흉몽(凶夢)', '음몽(淫夢)'과 같은 언어들이 의미의 구조적 층위를 이룬다는 것이다. 그리고 시구의 간이성이 상당히 돋보이는 작품이다. 그 예로 '木의 棺', 'Siam쌍생아'와 같은 것을 들 수 있다. 또 기교가 개입된 난해한 시로 볼 수도 있겠지만 시적 상황을 현실과 연결해보면 무슨 의미를 전달하고자 하는지 이해가 쉽다는 장점이 있다. 삶에 있어서 가장 중요한 부분은 자신을 있는 그대로 방치하지 않는 것이다. 그의 작품들이 그렇다.

해 진 뒤 어두워 떠 온 한 대접 물에 배꽃이 떠있다

잠결이 돌려놓은 고개 쪽으로 꿈이 깨어나곤 합니다/숲은 이부자리마냥 밤 새 버석거리고/대접에 우러난 배꽃 湯藥엔 月魄이 환하여/똑똑 목을 딴 甘菊은 검은 구름만 받치고 있습니다/머릿속에 물길이 빨라 고여 있으라 보내 준 날을 버리지도 못하고 있지요

배꽃을 후후 불어 달을 본다

淫畵는 주름이 가득해서 細筆의 毛가 몇 가닥 떨어져 있다/밤늦은 체위를 새벽에 본다/지난가을 감나무 밑에서 보낸 몇 통의 尺牘은/붉게 터져 씨가 드러나 있다/드러난 길이 새벽 문 앞까지 왔다가는 날이 어느덧./길의 옆으로는 아직 냉기가 가득 피어있다/담 안의 감나무는 두고 오래 바라볼게 못되었었다/먼 곳의 저녁처럼 뚝뚝 잎이 지더니/근래에는 그 튼 살에 민망한 봄볕을 찍어 바르고 있다

지난가을 경박한 淫畵展 열었더이다. 一族과 벗들은 야심에 다녀가고 문밖의 부끄러움들이 많았더이다. 그대에게는 차마 圖錄을 보내지 못하고 짧은 尺牘만 그것도 멀리 돌아가는 인사에게 인편으로 보냈더이다. 필선은 다 어디로 가고 무너진 데생만 넘칩니다.

동쪽으로 머리맡을 정하고 맨 먼저 凶夢과 淫夢을 불렀습니다./淫夢은 그 어느 맨살도 데려오지 않았고/흉몽만 침소를 적시다 돌아갔습니다.

창문을 눕히려 눈을 감는다

안 보이는 것들만 바쁩니다/한 낮을 위해 아지랑이는 땅속에서 몸을 휘고 있고/고로쇠나무는 피가 빨리 돌아 어질어질한가봅니다/창문을 눕히려 나도 눕습니다./추위를 딱 하고 끊은 것들,/이봄 끊어야 되는 것이 어디 손끝의 구름만 있겠습니까./나는 가는 길을 지울 테니/거기는 오는 길을 지우기 바랍니다.

— 박해람, 「배꽃을 불어 달을 본다」 전문(『시와세계』, 2009, 여름호)

위의 시는 서정적 통념만 가지고 접근해서는 아무것도 얻어낼 수 없다. '안 보이는 것들만 바쁩니다'가 던지는 의미는 아이러니(irony)다. 산업사회에서 누

구나 '바쁘다'는 고정된 편견에 대해 일침을 가하는 구절이다. '창문을 눕히려고 나도 눕습니다'와 '나는 가는 길을 지울 테니/거기 오는 길을 지우기 바랍니다'라는 것은 상대방의 행위에 대해 강제적으로 권유적 진술을 하기보다는 자신이 먼저 행위를 취함으로써 공감을 이끌어내는 이해나 설득의 목적이 독특하다. 현대시가 이전의 시보다 난해하고 시인 자신의 의도를 노출시키기를 기피하는 경향으로 시인의 본질적 의도가 쉽게 감지되지 않는 경우가 많으나, 박해람 시인은 자신의 정서나 의도를 과감히 노출시킴으로써 전형의 구속을 받지 않으며, 일반 독자와의 친밀감을 유지하고 있다는 점이 특별하다.

꽃들이 다 창밖을 내다보고 있다/花色이 가득한 창문은 열두 달을 열고 닫을 수 없으니/떨어진 꽃잎들이 제 방향을 서로 교환하고 있는 사이 가을이 한 장씩 다 날아가고/나뭇가지들이 창문을 다 닫아 걸고 있다

나무의 自殺은/그 木管 속에 미세한 길이 생겼기 때문일 것이고/哈은 미세한 고통이고/날개에 분가루가 있는 것들에게는 소리가 없듯/자살한 나무로 만든 악기에는/죽은 것들의 후렴을 잡아둘 수 있는 木의 棺이 있다

열두 달을 거느린 달 밖의 달/서른세 줄을 조율하는 달의 날들/一年 밖의 일 년이 흔들리는 곳, 휘어진 현이 펴지는 저 쪽/음악은 그곳에서 서서 쉰다.

접은 옷소매에 음이 끼여 있군요. 밤을 지나왔군요. 악몽을 지나왔군요. 철사처럼 굽어 있는 밤, 팔을 몇 번이나 흔들어 허공을 지휘 했나요? 궁금했어요. 아팠군요. 나무들은 손가락을 두드리고 있군요. 손이 맵군요, 귀가 빨개지도록. 주머니에는 긁을 수 없는 간지럼이 가득하군요.

음들은 주머니에서 오래 만져질수록 더 싱싱해 지고, 머리통은 아직 걷기를 생각하며 썩어가고 있다/긴 무늬의 현들은 다 휘어져 있다./어린 음들은 아직 첫 달에도 못 들고 있으니/바람의 인이 한참은 더 박혀야 하리

마주 등을 댄 창문은 꼭 안쪽만 눈물을 흘린다./일월에서 십이월까지 가려면 안 울고는 못가지

—박해람, 「자살하는 악기」 전문(『시와세계』, 2009, 여름호)

앞의 시는 웹진『시인광장』 2009년 올해의 좋은 시에 선정된 시(詩)다. 이 작품을 보면서 색즉시공 공즉시색(色卽是空 空卽是色)의 의미를 급히 떠올릴 수 있다. '나무의 자살(自殺)은 그 목관(木管) 속에 미세한 길이 생겼기 때문'처럼 이미 있는 것이 없는 것이고 없는 것이 있는 것이다. 자살은 죽음이고 이 죽음이 새로운 소리의 생명체를 만들어내는, 음(音)의 탄생이라는 것이다. 그런데 '음'은 그냥 탄생하는 것이 아니라 '미세한 고통'이라고 화자는 호소한다. 넋이 창조되고 있다. 결국 박해람 시인은 정신이 몸을 만들어냄으로써 마음 따라 몸도 영원히 드러나게 하고 있다. 앞에서 말한 '색(色)'은 물질을 의미하는 육진(六塵 : 색깔, 소리, 냄새, 맛, 감촉, 의미)으로 정신을 뜻한다. 그러므로 박해람 시인의 시 의식 속에는 반(反)인간, 반생명을 부정하는 인간 생명의 존엄성에 대한 결연함으로 채워져 있다.

6연의 "마주 등을 댄 창문은 꼭 안쪽만 눈물을 흘린다./일월에서 십이월까지 가려면 안 울고는 못가지"에서 보여주는 창문은 유리를 경계로 안과 밖의 부분에서 성에는 늘 안쪽에서 낀다. 이렇게 내면의 세계는 갈고 닦아도 때가 잘 끼듯이, 또 잘 끼인 만큼 잘 닦아야 한다. '일월에서 십이월까지'는 어쩌면 인간의 전 생애를 의미하는지도 모른다. 그러므로 그 전 생애를 살면서 한 번도 울지 않은 사람이 있겠는가? 여기서 우리는 평범한 진리나 상투적인 표현을 깨뜨리는 전위적인 시 의식을 통해 박해람 시인의 철학과 사상의 층위를 가늠할 수 있다.

> 잠은 대부분 귀로 들어온다고 한다/하루 동안 원으로 돌다가/눈에서 한 번 꽃피운 다음 영영 꽃잎을 닫고 일어나지 않는다/매년 같은 꽃을 골라지는 봄/ 잠과 죽음은 Siam쌍생아 같다/한 쪽이 잠든 후 한 쪽의 샴은 그 잠을 지킨다고 한다

> 죽을 때에는 꽃잎 따기를 할까? 한사람이 두 송이의 꽃을 들고 나 하나 나 하나 서로 꽃잎을 똑똑 따다가 마지막 잎에 먼저 다다른 얼굴이 먼저 죽을래?

> 알파벳을 손에 묻히고 엘피판을 골라내던 시간과 만나는, 年代를 따지며 앉

아있던 찻집, 구름 커튼이 창을 가릴 때쯤, 일출을 기다리는 창문의 안쪽 面, 갸우뚱 경사면의 생각, 그 때 쯤의 잠./주머니가 가득한 밤/알 수 없는 얼굴들이 뒤척인다/아무리 나에게 낯익은 얼굴을 데려와도 나를 모르는 그들의 잠 속,

아쨌든 휘어진 가지 끝에서도 우린 잘 놀았다/얼굴을 돌려쓰고 서로의 볼을 쓰다듬으며 무료하면 서로의 눈가에 매달린 눈물방울을 물어 세면서/얼굴의 끝에서 우리는 잘 놀았다

지나간 물살을 잡고 강가에 한동안 앉아 있었다/당신은 외겹의 눈을 닫고 생각을 하고/나는 외겹의 잠을 덮고 잠드는 그때 쯤,

한 번쯤 더 쳐다본 것들을 지금 생각해보니 모두 쌍꺼풀 없는 생이었다.

　　　　　　　　　　－박해람, 「우리는 Siam」 전문(『시와세계』, 2009, 여름호)

위의 작품은 과거의 감정과 현재의 감정을 동화(同化)시키는 데에 성공한 시다. 또 자기 성찰을 통해 내면의 잠 속에서 늘 깨어 있는 박해람 시인의 생각 주머니는 늘 가득한 밤일까. 그는 스스로 '나'의 얼굴을 알 수 없는 얼굴로 외면하려 한다. 모든 문학이 추구하는 궁극적인 목적 중에 하나가 청자의 상상력을 극대화시키는 데 있으므로 박해람의 작품들의 구조는 무기교가 기교를 낳는 듯한 철저한 계산에 의한 관습적 상징(Public Simbol)으로 무장되어 있다. 이것은 개인적인 상징과는 달리 대중들의 공감의 폭을 넓혀준다. '아무리 나에게 낯익은 얼굴을 데려와도 나를 모르는 그들의 잠 속'의 나는 부정을 하여도 어쩔 수 없이 '우리는 Siam'인 것이다. 이것이 바로 '자아의 객관화'이다. 암시와 그 암시의 파장이 일으키는 상상의 역동성이 그의 시가 담고 있는 특징 중에 하나다.

눈과 귀는 한 길을 왕래한다고 한다. 입은 지름길이고 먼저 건너간 믐의 등에는 삽날이 찍혀 있다고 한다.

내게는 누군가의 말을 선해서 듣는 병이 있다/아직 돋아나지 않은 그 말을 먼저 모셔오듯, 먼저 괴어내듯/내가 내게 먼저 건네는 독설

허공에도 층층이 있어 저마다 듣는 바람의 소리에 높이가 있다/땅에 내려 놓은 半身은/멀리서의 으스스함을 먼저 알아차린다/개미는 아침을 건너 비를 피했으며/독설이 생기기 전 마른 잎에는 그 어떤 침도 고이지 않았다/모든 선 험은 독설의 후렴/제각각 후미가 있듯/나는 내 말의 후미를 바라본다

먼곳의 雨氣를 알아차리는 뼈들의 마중/어떤 습기가 잎을 건너 저 뼈들을 설레게 했을까/뒤늦은 몇 번의 빨래가 젖듯/흠뻑 젖어서야 잠드는 뼈들/깃들 수 없는 몸에 붉은 독이 마르고 있다

저가 흔들릴 허공을 마련하지 못한 것들이 쉽게 부러지고 있다/몸속의 뼈 들을 한 번씩 휘어본/등 굽은 늙이 건너가고 있다/내가 업힐 수 없음으로 내가 업고 가는 강 건너/한 번도 가리키지 않은 말들이 기다리고 있다

―박해람, 「독설」 전문(『시와세계』, 2009, 여름호)

이 시에서 주목해야 할 것은 자신을 바라보는 시인의 시선이다. 예술가든 시인이든, 그리고 철학가든 그 누구를 이해하려면 우선 오늘의 내가 과거의 그들을 기억하고 있어야 한다. 그러한 과거의 체험들을 연결시킨 다음 그들과의 현재의 교응이 내게 전하고, 환기시켜주는, 내가 겪은 유사 체험들을 연결시킬 줄 알아야 한다. 그러므로 모든 선험은 독설의 후렴인 것이다. 우리는 지금 팽배된 개인주의로 인해 통속화되어 있는 것이 사실이다. 또 물질주의와 이기주의가 극도의 상황을 이르고 있다. 이런 정신 상황에서 출산된 시는 결국 그 부산물에 지나지 않을 수밖에 없다. 그러나 박해람 시인은 순수한 인간성을 복구해야 한다는 당위성을 역설한다. 그래서 침이 고이지 않으면 독설도 생기지 않는다. 이처럼 시는 의사 전달의 도구만으로는 만족할 수 없고, 고유의 감동을 확대 또는 유지케 하는 수단이어야 한다.

벽에다 그림자를 남겨놓고/꽃은 바깥을 넘겨다보고 있다/네 속셈은 이 골목을 빼다 닮았구나/새로 생긴 가지 하나에 차마 두드리지 못할 문 하나를 또 틔웠구나/오래 흔들려 기운이 빠진 그늘은 콘크리트벽 속으로 묻혔는데/어느새 기침이 온 얼굴을 장악했구나

배꼽을 내려다보면 난 끝내 혼자일 것이라는 확신이 든다/몇 개의 斷腸이 지나간 흔적/맨 처음 창자가 끊어진 그 흔적을 몸에 두고/멍든 자국이 보랏빛으로 싱싱하다/보고 보낸 시절이 골목뿐이라고, 어쩌겠냐고

어쩌면 말릴 수 없는 開花들은/화농이 가장 심할 때라는 것/길은 잃은 골목이 가지를 휘청, 휘게 만들고/라일락, 라일락 그 냄새나는 음률은 네가 만들고 네가 흔들릴 바람이겠다

化膿點點 사월이 아물고 있고 몸에는 꽃 진 흔적이 꼭 쌍으로 있어 빈곳이 없다/나무들의 탈장이 울긋불긋하다/누구나 맨 처음 창자를 끊어 그 흔적으로 살듯,

꽃이 끊어진 자리/네 한철도 끝이다.

—박해람, 「단장」 전문(『시와세계』, 2009, 여름호)

언어는 그 용도에 따라서 '과학적 용법의 언어'와 '정서적 용법의 언어'로 구분된다. 객관적 사물이나 사건은 언어, 달리 말해 과학적 또는 사전적 의미의 언어에 의해 구현될 수 있고 또 이해될 수 있지만, 이와는 달리 감지된 자신의 감정을 표현하거나 또는 수용자의 정서를 환기시켜 미학적 교류를 통해 감동을 공유하기 위한 수단으로 사용되는 정서적 언어, 즉 시적 언어는 일상어와는 분명히 변별된다. 따라서 「단장」에서 나타난 '화농점점(化膿點點)'이라는 용어는 박해람 시인 자신의 감정을 표현하기 위한 수단으로 사용되는 '정서적 용법의 언어'라 할 수 있다. 이것은 논리를 초월한 특수한 용도의 언어라는 점이 박해람 시인의 언어의 일차적 특징이라 할 수 있다. 그는 '開花들은 化膿이 가장 심할 때'에 꽃들이 열매를 맺을 수 있을 거라는 확신을 심어주고 있다. 즉, 헤르니아(hernia, 탈장)의 고통을 수반한 뒤에 나무는 나무로서 곧게 뻗어갈 수 있다는 것과 같은 것이다.

2. 퓨전 언어의 해체

안수아의 시 정신은 "시는 썩어도 나는 썩지 않는다. 그러나 나는 썩을 뿐 시는 썩지 않는다"는 것이다. 언어는 틀이다. 그 틀 속에서 벗어나려는 것은 언어의 정체성에 문제를 제기하는 일이다. 비(非)논리가 문학을 구원하듯이 그가 억압으로부터의 탈출은 오히려 시적 한계로부터 구속인 동시에 불가능성에 대한 싸움이라 할 수 있다. 그러는 안수아 시인은 그의 작품 세계를 통해 인간의 자기기만(自己欺瞞)을 날카롭게 고발하고 있다. 특히 안수아 시인의 시 의식 속에는 창조라는 말 대신에 제작이라는 언어를 사용하여 그의 작품을 물건화하지 않는다. 그것은 작품을 제품화시키는 조건 자체에 대해 언어를 해체하며 극렬하게 싸우고 있기 때문이다.

Ⅰ
끔찍이 좋아해/이름만 들어도 까무라치지/햇살은 일제사격을 날리고/능소화는 가곡을 노래하지/따끔거리는 눈꺼풀/되풀이되는 타령조에 귀를 묻고/툭, 떨어뜨리는 능소화

Ⅱ
텅 빈 공원 고장 난 시소/바깥 세계로 가는 티켓이지/보이지 않는 반환점/붉은 혈관이 퍼진 맨드라미 혓바닥일까/너무 숨이 차/거북이 껍질을 뒤집어 쓴 채 갸우뚱/먼지 속 코맹맹이는 거북해

Ⅲ
한숨은 말이 닿지 못하는 곳까지 다다르지/맥락이 끊긴 여러 가닥의 생각이/나 자신이면서 동시에 다른 사람으로/유배시키기도 해/잡으려는 순간/한쪽 길에서 벗어나고/주름과 의문투성이로 맴도는/비포장 도로

Ⅳ
잠, 잠, 온통 잠에 젖어 있어/소심증이 덜컹거리는/망각의 밀림지대/가려진다고 되는 건 아냐/뜨거운 피 냄새가 태양빛 속에 퍼져/마취제로 몰려오는 열기/번개는 부끄러운 줄 모르고/하늘의 지퍼를 열지/초록나무 아래 웃음 반, 불평 반/안절부절 달래곤 하지

V

능소화가 반짝, 하는 동안/타격을 가하는 달콤한 구름/팔월은 지쳤어/숨 막히는 열기와 먼지와 긴장감/꿈도 꾸지 못하게 퍼져가는,/엉덩이 밑에서 튕겨져 메아리치는 층계/윙 소리와 함께 미끄러졌지

　　　　　　　　　　　　　　　　　　－안수아, 「8월의 다카포」 전문(『시와세계』, 2009, 여름호)

　　다카포(Da Capo)는 이탈리아어로 악보에서, 악곡을 처음부터 되풀이하여 연주하라는 말이다. 안수아 시인의 다카포는 8월이다. 8월의 다카포를 그토록 갈구함으로써 그의 '팔월은 지쳤'을 수밖에 없다. 또 망각의 밀림 지대에서 그는 왜 텅 빈 공원의 고장 난 시소를 타고 있을까? 시인에게 필요한 정신적 덕목인 다양한 변화의 주체적 주도를 위해 그는 집합된 언어를 해체해야 하기 때문이다. 이것은 안수아 시인의 일상의 관념 세계로부터의 일탈이며 앞에서 언급한 바와 같이 그는 비논리가 문학을 구원한다는 철저한 믿음을 가지고 있다. 그리고 그는 충실한 고답파적 요소를 함께 지니고 있다. 즉, 감성을 배격하고 이지적이며 실증적인 정신을 중시하였으며, 현실과는 거리감이 있는 예술 지상주의를 펼치고 있다고 할 수 있다. 즉 불가능한 꿈이 아름다우면 아름다울수록 삶은 비천하고 추함을 스스로 역설하고 있다.

　　　　질주하던 스텝이 끝났어요/겹겹이 쌓은 궤도를 찾아 더듬지요/벼랑 아래로/우뚝 서 날 굽어봐요

　　　　공허하고 열렬한 박수,/감미로운 목소리와 두근거리는 발꿈치/아름다운 대가를 치러야 한다지요/설핏 홍조라든가 새하애진 안색이라든가/일순간 웃다 울게 만들어요

　　　　발을 헛디디기 일쑤에요/시간이 없어요/눈물은 무시되고 아픔은 당연해요/두려움이 비난받고 믿음은 조롱당해요/고통은 기쁨을 맛보아야 드러나죠

　　　　눈이 멀듯 환한 햇살인가요/한 발 내딛지 못하는 그림자에요/이곳은 두려움을 익사시키는 곳이지요/숨이 멎고 입이 열려요/키스와 울음이/고요와 함성이 껴안아요

그림자를 벗어던져야 하나요?/나는 누군가이거나 아무나이지요**

* 피겨스케이팅에서 코치와 선수가 앉아 경기결과를 기다리는 곳
** 호르헤 루이스 보르헤스 「고요함을 자랑하기」

　　　　　　　　　　－안수아, 「Kiss & Cry Zone」* 전문(『시와세계』, 2009, 여름호)

위의 작품 「Kiss & Cry Zone」에서 그는 문학은 인간의 진실을 드러내기 위해 형식보다는 내용이 중요하다고 반박하고 있다. 다시 말해 '문학은 무엇에 대하여 고통스러워하는가?'에 대한 강한 환상적 어필이다. 그래서 인간을 억누르는 억압의 정체를 뚜렷하게 밝히고 있다. 그러나 김현이 『한국문학의 위상』(문학과지성사, 1991)에서 언급했듯이 문학은 억압하지 않는다. 그러나 그것은 억압에 대해서 생각하게 만들 뿐이다. 그렇다면 예술은 억압된 자의 즐거움에 대해 항의함으로써 안수아 시인은 '그림자를 벗어던져야' 했던 것이다. 또 이 시에서 포착되는 회화성에는 '고요와 함성이 껴안고' 있는 현장성이 완벽하게 자리잡고 있다. 또한 '그림자를 벗어 던져야 하나요?'라는 설의법은 이미 답을 내려준 의문형이다. 바로 그 답은 이른바 버림의 미학이다. 버림으로써 자유를 노획하는 것이다. 또한 자유를 얻기 위해 안수아 시인은 '나는 누군가이거나 아무나이지요?'에서 일체의 무엇에 간섭을 배제하고 있다. 그는 능동적 행위자이다. 또 「Kiss & Cry Zone」에서 존재의 실존적 가치를 주입시키려고 한다. 만유존재와 나누어 가진 생명, 여백을 통한 가득 채움, 핵심적 어휘의 단직(單直)적 제시는 안수아 시인의 특권이며 의무인지도 모른다.

　　수백만 개의 모래가 귀띔을 했지

　　맙소사, 미주알고주알
　　덜컹이는 귓속에서 부스스 떨어지는 말들

　　찢겨진 지도를 펼쳤어 물고기들도 멀미를 할까? 동대문구엔 동대문이 없지
　　뛰어도 제자리걸음만 하는 강철신 버클이 반짝이네

　　　　　　　　　　－안수아, 「스푼여자」 일부(『시와세계』, 2009, 여름호)

안수아 시인을 현대문학의 여러 경향 중에서 특별히 전위적이고 실험적인 유파인 모더니즘(modernism) 계열의 시인으로 분류함에는 큰 의의가 없을 것이다. 왜냐하면 한 작가가 위대하다는 것은 혹은, 위대하게 남는다는 것은 궁극적으로 시적 경향을 무엇으로 선택하는 것인데, 그는 분명히 모더니즘이라는 단단한 창고 속에 스스로 갇혀 있기를 원하기 때문이다. 그것을 뒷받침하는 근거가 그의 '미주알고주알'이라는 통사 규칙의 파괴에서 찾아볼 수 있다. 통사법이란 낱말과 낱말이 결합되어 하나의 문장을 이루는 법칙을 뜻한다. 그런데 모더니티(Modernity)에 의해 시를 창작하는 시인들이 통사 규칙을 파괴하는 이유 중에 하나가 자유로운 사고를 구속하는 틀에서 벗어나려는 것이다. 이에 안수아 시인의 작품 역시 띄어쓰기 무시, 구두점을 찍지 않는 등, 이런 현상들이 보편화되어 있다. 또한 난해성, 내면 의식, 기교의 변화 등도 함께 인지됨을 알 수 있다. 이렇다고 볼 때 우리는 현대시의 한 특징이라고 할 수 있는 인식적 능력―존재론적 해방이라는 주제로부터 외면해서는 안 된다. 시의 존재론적 해방이란 삶의 존재론적 해석과 다를 수는 없다. 궁극적으로는 어떻게 살 것인가라는 상황의식이 배면에 깔림으로써 정당화되는 명제이다. 어느 시대, 어느 곳에서든 모든 예술의 구심점은 인간의 문제였으므로 안수아 시인이 제기하는 인간의 문제가 그의 작품 세계에 면면히 흐르고 있음을 다음의 시에서도 찾아볼 수 있다.

전원을 꺼버렸어요/과부하에서 벗어나기 위해/한때 팽팽한 줄다리기를 즐겼죠/탈출을 감행 했어요/계곡 어디에서 고개를 기웃거리려도/보이지 않는 공중요새도시로

당신이라면 뭘 하겠어요?/도망치는 걸 멈춰야 했고/게임에 뛰어들어야 했나요?/소금호수에 머리를 처박은 홍학처럼/게걸스럽진 않았을까요?

새로운 판초는 곧 닳아질 거예요/당신은 피사로처럼 강요 했죠/그 묵직한 목소릴 감당할 수 없었거든요/홀연히 등 돌려놓고/마지막 콘도르의 날갯짓을 새겨놓아야 할까요?

폐부에 한 방울씩 누적된/이 거대한 결핍증/만약을 마시고, 만약을 들먹이
며/물주기만을 기다리다/말라 비틀어진 옥수수는 아니었을까요?

왜소해진 나는/수만 장의 광고지로 휘날리었고/실바람도 드나들 수 없는/
마추픽추 돌 틈에/잘려나간 팔다리를 구겨 넣고 있죠

— 안수아, 「잃어버린 고원」 전문(『시와세계』, 2009, 여름호)

일반적으로 시적 진술은 독백적 진술과, 권유적 진술, 해석적 진술로 구분한
다. 안수아의 「잃어버린 고원」은 인식 주체가 스스로 대상이 되어 반성하고 기
원의 형태인 독백적 진술이다. 독백적 진술의 구조 중에서도 과거를 통해 현
재를 반성하는 형태로 회고적 시점에 해당된다. 특히 2연의 '게걸스럽지 않을
까요?'와 3연의 '마지막 콘도르의 날개를 새겨 놓아야 할까요?', 그리고 4연의
'말라 비틀어버린 옥수수는 아니었을까요?'는 의문형의 독백적 진술이다. 특
히 4연의 '결핍증'이라는 언어가 차용된 결핍은 허욕을 부정하는 구체적인 화
자의 진술이다. 이 시에서 '왜소해진 나는/수만 장의 광고지로 휘날리었'던 것
은 시인 자신의 공소성(空疏性)을 벗어나기 위한 또 하나의 몸부림이다. 그것은
그의 무의식에서 기인된 결과일 것이다. 무의식이란 인간의식 활동이 약화된
결과이다. 그러나 프로이트(Freud)는 오히려 인간의 의식은 무의식에 의존한다
고 했다. 그러나 그는 무의식 속에서 '실바람도 드나들 수 없는' 이 참혹한 작
은 공간에서 '미추픽추 돌 틈에/잘려나간 팔다리를 구겨 넣고 있'는 것은 사라
진 잉카 문명에 가슴 아파하는 인간의 본질 문제를 조용히 건드리고 있다. 이
렇듯이 시는 상상을 통한 미적 쾌락의 기록이며, 언어를 수단으로 한 삶의 재
연이다.

발가락이 머리를 흔들어요/거침없이 뻗어나가요/뱀처럼 자라죠/오늘 다
시 태어나요/그림자들은 매일 만나기로 했어요/오래 전부터 발가락은 먼 곳
을 바라봤죠/잠깐 자일리톨 하나 주세요/당신이 없는 일요일은 바람이 가득
해요/당신을 빼곤 아무 것도 앉힐 수가 없네요/첫 주와 셋째 주 일요일에 수
영장은 쉽니다/먼지가 꼬리를 달고 다녀요/발가락이 유턴을 했죠/오늘은 팔

랑나비로 날아다녀요/당신은 목련으로 피어나죠/TV 속 블랙유머들이 거침없이 걸어오네요/그림자들은 밤에 피어나요/불빛에 끌린 발바닥은 젖어있죠/멈추지 않을 거예요/이천 년 후 한낮으로 자라날 거예요/아, 그런데 내 그림자를 누가 삼켜버렸나요?

　　　　　　　 ─안수아, 「일요일 오후의 목련」 전문(『시와세계』, 2009, 여름호)

안수아 시인의 자아는 TV 속 블랙유머이고, 밤에 피어나는 그림자이다. 「일요일 오후의 목련」의 마지막 행인 '아, 그런데 내 그림자를 누가 삼켜버렸나요?'에서 알 수 있듯이 현대 산업사회가 낳은 부산물로 인하여 소멸되어가는 자신의 자아를 언어로 폐기하고 있다. 이것의 근거로 이승훈은 「우리시의 모더니즘─미래주의 기법을 중심으로」(『현대시사상』, 1980, 겨울호)에서 "미래파 시인들은 시인으로서의 자아를 폐기한다. 이 자아는 심리적 실체이므로 그것은 현대적 삶을 표상하는 물질 세계를 표현함에 방해가 되기 때문"이라고 지적했다. 이처럼 안수아 시인은 '삶을 표상하는 물질 세계를 표현'하는 데에 방해가 되는 자아를 스스로 폐기하고 있다고 봐야 할 것이다. 또 이 작품에서 주목해 볼 일은 모든 문학이 목적으로 삼는 인간 내면의 자체가 표현 수단으로서의 언어를 거치게 된다는 것이다. 안수아 시인 역시 시적 표현을 형용사나 부사가 극도로 배제된 상태에서 미래파적인 명사, 동사, 또는 동명사 형식으로 사용함을 알 수 있다. 그러면서도 문학 본연의 기능 중에 하나라고 할 수 있는 비판기능의 실종 내지 부재의 문제를 극복했다고 볼 수 있다. 안수아 시인은 직면하고 있는 시대의 이면에 감추어진 근원적인 문제들과 치열하게 대결하면서 그 극복 가능성을 타진하고 개진하는 작품으로 자리매김하고 있다.

3. 소멸을 통한 인간 생명성의 복원

대체로 전통적인 서정시가 정서적 감정에 의존하는 데 비해 소위 현대시는 지성 또는 이지(理智)적인 면을 중시해 새로운 시의 지평을 열고 있다. 이른바 허무로부터 벗어나기 위한 움직임이다. 그 근원적 뿌리가 된 것은 세계대전 이후에 나타난 주지시(主知詩)로 엘리엇이나 헉슬리가 이런 경향의 대표적인 인물에 속한다. 이들은 인간의 심리뿐만 아니라 도덕적 의식도 감정이나 의지보다는 지적인 요소가 주도적 역할을 함으로써 완성된다고 보는 합리적인 사상에 기초하고 있다. 이러한 말을 전제로 강윤순은 그의 작품 「그림자 낙엽」에서 자신의 본의(本意)를 은폐하고 상황과 반대되는 우회적 표현을 통하여 예술성을 확보하려고 한다.

강을 끼고 있는 가로수의 이파리가 물너울 속에 나비처럼 잠겼다 그림자에 잠기지 못하는, 잠기지 않는 낙엽이 떠돌았다 땅이 거문고처럼 울었다

길에서 길을 물었다 내일 속에 어제가 버둥거렸다 그림자 없는 가로등을 저주했다 매일 오늘이 죽었다

땅이 달려와 박치기를 했다 흑인가수가 부른 재즈가 이마에 흘러내렸다 신호를 삼킨 백차가 탱고를 추었다

희고 푸른 전등 떼가 몰려왔다 이마에 만개한 포르말린이 향기를 남발했다 천장이 와락 날아들었다 가운 때문은 아니었다

한밤 한 낮 동안 무지개를 피웠던 눈꺼풀의 아래 위가 바뀌었다

울었다 거문고처럼 땅이 떠돌았다 잠기지 않는 낙엽이 잠기지 못하는 그림자가 나비처럼 잠겼다 물너울 속에 이파리가 가로수의 강을 끼고

흰 수건을 던졌다 부등호의 전라는 등호와 다를 게 없었다 뒷목에 전신주를 매단 p의 코웃음을 긍정으로 접수했다

오늘 저녁 내가 쌓았던 나의 굴욕이 온천으로 솟을 것이다
　　　　　　　　　　　　－강윤순, 「그림자 낙엽」 전문(『시와세계』, 2009, 봄호)

상황과 반대되는 표현을 함으로써 본래의 의도를 관철시키려는 우회적 기법으로 현실에 참가해야만 시는 시로서의 예술성이 확보된다. 이러한 맥락으로

생각해볼 때 강윤순 시인은 철저히 자기를 숨기며 본의를 드러낸다. 이 사실만으로 상황적 아이러니인 것이다. 또 대상에 자기 감정을 이입함으로써 공동운명체로서의 비애를 한층 더 절실하게 형상화했다고 볼 수 있다. 그림자와 낙엽은 죽음이라는 동질의 의미를 내포한다. 따라서 이와 같은 초월적 시니피에를 시적 대상으로 삼을 때 비로소 예술의 극치가 빛을 발한다고 할 수 있다. 그리고 「그림자 낙엽」의 마지막 결구에서 보여준 '나의 굴욕이 온천으로 솟을 것이다'라는 것은 인식의 주체가 인식의 대상을 완전히 수용함으로써 상호 혼연일체의 조화를 이룰 수 있다는 것이다. 이렇게 내면세계를 탐구하던 화자는 부동자세의 굴욕이 온천으로 반전되는 현실 상황을 수용하는 역동성을 극명하게 보여주고 있다.

> 달빛 받은 박꽃처럼 당신이 피어나고 있습니다 소한입니다

> 내 머리 위에 당신의 그림자가 키운 설화도 한창입니다 아이젠처럼 내 팔에 끼워졌던 아이들이 눈덩이로 부풉니다 눈사람의 한쪽 눈이 감겨져 있습니다

> 어제 램브란트의 사스키아 그림에서 당신이 솟구쳤습니다 따뜻한 의자와 그 의자 사이에 있는 빙벽이 흔들렸습니다

> 두렵습니다 재채기도 허락하지 않은 내게서 당신이 몰래 빠져나갈까봐 허물만 남은 내가 거미줄처럼 흔들릴까봐

> 꽃이 꽃이 아니어도 좋습니다 태양이 태양이 아니어도 좋습니다 당신은 천지에 물들이지 않아야 합니다 우리는 우는 백조이어야 하니까요

> 눈이 된 내가 눈이 된 당신으로 내립니다 날이 밝으면 배롱나무가지 마다 가시새울음이 피어있을 것입니다.

> —강윤순, 「소한」 전문(『시와세계』, 2009, 봄호)

무한한 시공(時空) 속에 존재하는 모든 생명체, 심지어는 관념적 존재까지도 스스로 의지를 지니게 함으로써 자아와 인연된 세계를 무한히 확대할 때, 시

는 그만큼 건강한 자기 모습을 현시(顯示)할 수 있다. 또한 사물과 인간의 한계를 순수한 상상력을 통해 극복함으로써 좀 더 긴밀한 존재로 다시 태어나게 할 때 비로소 그 감정의 교류를 통해 시인은 물론, 시를 대하는 모든 이들까지 삶의 만족감을 쟁취하게 된다. '내 머리 위에 당신의 그림자가 키운' 설화는 종점으로 향하는 강윤순 시인의 생의 나이테이며, 언어로도 기워낼 수 없는 역경의 흰 무늬인 것이다. 그 설화는 '내 팔에 끼워졌던 아이들을 눈덩이'처럼 부풀게 했다. 특히 강윤순은 어떤 그림자가 가져온 어둠에 의해 내면적으로 파괴되었던 가족 관계의 부활을 심미적으로 나타내고 있다. 그리고 그 그림자가 가져다준 흰 머리카락을 '설화'라는 이미지를 내세워 자신의 삶을 고귀하게 미학화하고 있다. 따라서 그는 복잡하고 번거로운 시적 대상을 의도적으로 단순화시켜 사물과 사물 사이의 이질성을 극복하고자 한다.

> 면도날 위를 지나갈 달팽이가 있습니다
> 달팽이관에 형광도료가 입혀져 있습니다
> …(중략)…
> 관중들의 뇌리에 그 극치의 울림이
> 보석처럼 박힙니다 나의 시계가 장엄 앞에
> 기를 내립니다 가장 조신한 긍정처럼
> 무릎을 꿇습니다
>
> −강윤순, 「독주회」 일부(『시와세계』, 2009, 봄호)

시를 단순한 삶의 기록이나 넋두리의 도구로 전락시키는 것은 시인이 할 일이 아니다. 이 말에 대해 확인이라도 시켜주듯이 강윤순은 그의 「독주회」를 통해 시인의 사회적 역할이 무엇인지를 분명하게 보여주고 있다. 또 그의 시는 일종의 자신을 벗어 던지기부터 시작한다. 그가 작품에서 보여주는 긍정의 힘은 그 어떤 무엇보다 거대한 힘을 가지고 있다. 그의 작품 「독주회」에서 굳이 '긍정'이라는 어휘를 생각하기 이전에 장엄한 시계 앞에 자신의 '기'를 내리는 광경을 눈여겨봐야 하는 이유가 있다. 그것은 다름이 아닌 오만과 교만이 점철된 '기'와 '무릎'이 아닌 일상 내면세계에서 언어에 의한 자기탐구이다. 그래서 강윤순은 전통적인 시의 반역이며, 새로운 시의 지평을 여는 시인으로 그 의미를 부여하고자 한다.

> 잣대를 가늠할 눈금이 보이지 않는다구요
> 이미 예상했던 일이에요
> 어둡고 찬 납덩이에서 찢겨졌으니까요
> 발목엔 가난한 바벨이 채워져 있었어요
> 배밀이 능선엔 배고픈 봄이 쪼그리고 앉아 있죠
> 곰팡이꽃 화사한 쪽방에선
> 달이 흘려주는 눔물은 호사였어요
> 응애의 자식이라 불릴때마다
> 나비의 심장을 날로 뜯어 먹었어요
> 들썩이는 어깨춤이 세상을 움직였어요
> 세상이 움직였지요 바그미띠 강가 신의
> 아이들과 즐겨 놀았지요
> 멜라민 빵이라도 얻는 날이면 흙과자로
> 배를 채웠어요 별이 태양이
> 우주를 가득 메웠어요 은행나무 그림자로 얽힌
> 반 지하방 얼룩마다 붐비던 소울음
> 태양은 늘 뒤편으로 기울었고 우리의 바램은
> 비웃고 짓이겨졌어요 이해해요
> 당신, 반쩍이는 그 손이
> 어떻게 동정을 담을 수 있겠어요 더께에
> 더께가 앉은 무게를 어찌 감당할 수 있겠어요
>
> ─강윤순, 「황금저울」일부(『시와세계』, 2009, 봄호)

발목에 가난한 바벨을 채우고 배밀이 능선에 배고픈 몸이 쪼그리고 있지 않았다면 강윤순은 찬란한 황금저울을 가질 수가 있었을까. 그는 의인화(personi-fication)를 통해 유대감이 인격화된 시적 대상의 위상을 높이고 있다. 이러한 강윤순의 시세계는 역사란 거울 앞에 서서 자신의 과거를 뒤돌아보는 일상성에서 자기 발견을 한다는 데에서 화자의 시선이 빛을 발하고 있다.

오늘날 한국의 사회적인 측면의 현실뿐만 아니라 문예, 즉 문학 예술 측면에도 정(情)을 근간으로 하던 인본주의가 아닌 비인간화의 경향이 두드러지고 있다. 이것은 이른바 현대화라는 사고 자체가 통찰이 아닌 분석 위주의 이른바 대수(代數), 곧 합리주의가 인간의 정신을 지배하기 때문이다. 여기에 강윤순은 해체나 분석이 아닌 동물이 죽어서 오히려 식물의 영양분이 되는 통찰로 인간의 내면세계를 언어로 끄집어내는 시인이라는 점이다. 인간이 절대 고독으로부터 벗어날 수 있는 것은 오직 예술과 종교라고 한다면, 그래서 시는 인간이 살아가는데 수단이 되어서는 안 되는 이유 중에 하나다. 그렇다면 인본주의의 숭배자라고 치부할 만큼 강윤순의 시세계는 한 점의 바람도 범접하지 못하는 따뜻한 황토방을 가지고 있다.

> 맹물처럼 보이나요/투명한 과거라고 말하지 않을게요/찾아 든 곳이 낡은 지붕 끝이었고/신발을 던져버린 이후니까요
>
> ―강윤순, 「오래된 고드름은 나이테가 있다」 일부(『시와세계』, 2009, 봄호)

오래된 고드름의 나이테는 시적 화자가 걸어온 흔적이며 시간의 무늬이다. 이 작품을 대하면서 예루살렘의 어느 마구간에서 태어난 예수의 탄생을 연상케 한다. 예를 들면 맹물(원죄), 투명한 과거(고해성사), 낡은 지붕(마구간), 맨발(신발을 던져버린 이후) 등과 같은 맥락의 시어(詩語)로 하나의 신화를 예감할 수 있다. 그리고 「오래된 고드름은 나이테가 있다」의 전체적인 알레고리(allegory) 또한 성탄 전야를 연상케 한다. 즉 그는 시를 신화적 단계의 세계로 환원 시키고 있다. 그래서 강윤순이라는 시인의 손에 거쳐 가는 모든 무생명은 생명으로 태어난다.

인위적인 조작을 통해 집을 짓지 않는 순수함엔 논리가 존재하지 않아야 한다. 그러므로 이 작품에서의 화자는 최소한 과학적인 잣대로 분석하려 하거나 도덕적인 기준을 내세운 판단을 운운하는 것은 부당하다는 것을 익히 알고 있다. 특히 강윤순 시인은 자신의 연정(戀情)이 어떻게 전개되어 어떤 결과를 가져올지를 이미 예감하고 있다. 결국 화자의 분별심이 「오래된 고드름은 나이테가 있다」라는 작품을 지배하고 있다는 것이다. 한편으로는 언어와 사물은 일대

일로 대응하지 않는다. 이 말은 이미 후기구조주의 언어학에서 입증된 사실 관계이다. 여기서의 고드름은 초월적 시니피에로서 '삶'이라는 언어와 일체 대응하지 않는다. 언어와 사물이라는 객체로 함께 동행하는 과정일 뿐이다.

4. 은폐를 통해 표현된 관조의 미학

홍재운 시인의 작품에 대해선 사물을 통해 자기 성찰을 관조하는 미학적 접근 방법으로 살펴봄이 필요하다. 그는 시적 대상물인 '고시텔'과 '나', 그리고 '세탁기'와 '소녀', '부동산'을 통해 자신을 철저히 은폐하고 있다. 그 은폐된 공간을 바라보며 문명이 창조한 비인간적인 도덕성에 대해 묵묵히 자기 성찰을 하고 있다는 것이다. 특히 시적 대상이 '나'와 '소녀', 그리고 '고시텔'과 '세탁기', '부동산'으로 인간과 사물이라는 두 개의 대상으로 확연히 양분되어 있음을 알 수 있다. 그러나 그의 시적 대상이 '사물'이라고 하지만, 홍재운은 그 사물의 외면을 관찰하고 기록하는 리얼리즘을 부정하고 엄정한 모더니즘의 형식에 입각한 순도 높은 메타포(metaphor)를 통해 삶의 폐부를 날카롭게 직관하고 있다.

시는 어느 특정한 개인의 소유물에서 벗어나 있을 때 충분한 가치를 지닌다. 그것은 문학의 덕목이 보편적 가치를 추구하기 때문이다. 그러므로 홍재운의 시 작품 역시 보편적 가치를 가지고 있어 시적울림이 매우 크다는 것이다.

> 내 몸에 착! 휘감기는 너와 거꾸로 매달린 향기와 흐린 눈동자, 정말이지 난 가제트가 된 기분이야 암갈색 침묵과 늘어나는 팔, 어느 곳 어느 것이든 내 손 안에 있어 너덜거리는 하루가 착 착 안기는 방//직사각형 가제트가 누운 방 나는 고찰 19호가 되었어 내 몸이 착착 자동으로 접혀져 녹슨 관절이 텔, 텔, 삐걱 조용히 해요! 고시텔을 긁었지 정말이지 조용하게 폭행하는 게시판을 피해 날 피해 더,더,더, 접고 벽으로 착! 뒤꿈치를 들어 막다른 복도 끝 19호를 향해 직사각형을 향해 우아한 백조처럼 백조//정말이지 난 백조가 되었어 고시 꿈을 꾸는 한달을 계약하는 그림자 인형처럼 가벼울 거야 나는 새가 될거

야 텔레비전의 볼륨을 죽이고 핸드폰 진동도 죽이고 모두 눌러 죽이고 가제트
가 거야 술래가 되는 거야 틈과 틈 사이에서 무궁화 꽃이 되는 거야 가제트 고
향으로 텔, 텔, 텔 종이상자 속으로 종이 그림자 속으로 도망치다 도망치다 새
털구름이 되어 도망자가 되어 아무도 모를거야 비가 된 네가 구름이 된 네가
오네 오늘은 두 명이 비야~너는 왜~ 하며 오네 가네 정말 새가되어 날아가네
가제트 팔들이 태어나네 한 밥통이 되어 한 지붕이 되어 우린 날개를 다는 거
야 가제트 놀이를 하는거야

— 홍재운, 「즐거운 고시텔」 전문(『시와세계』, 2009, 봄호)

예술가는 광기에 중독되어야 한다고 전제할 때 이 명제에 홍재운의 「즐거운
고시텔」이라는 작품이 그렇다고 흔쾌히 말할 수 있다. 이 「즐거운 고시텔」의
시적 상관물이라고 할 수 있는 '새와 고시텔'은 가두는 것과 갇히는 것, 날아다
니는 자유가 있는 것과 부동의 자세를 가질 수밖에 없는 부자유의 것, 아름다
운 목소리를 내는 것과 침묵하는 것으로 각각 상반된 의미를 지닌 대립적 관계
로 놓여 있다. 이렇게 서로 다른 가치를 가지면서 서로 공존할 수 있게 만드는
홍재운의 시세계는 불교의 일체유심조(一切唯心造) 사상과 깊은 관련성을 외면
하기 어렵다. 왜냐하면 반 평 남짓한 고시텔이 결코 즐거움을 제공하는 공간은
아닐 텐데 즐거운 고시텔이라고 노래하는 시적 화자의 차가운 깨달음이 그 의
미를 뒷받침해준다고 볼 수 있기 때문이다.

나의 시선이 나의 얼굴을 만졌다 훔쳤다 아니 핥고 있었다 소리가 입안에
갇히고 있었다 오래된 성곽의 돌처럼 지워지지 않는 나의 혀가 뭉개지고 있었
다 유리창에 반사되는 넥타이, 허리띠, 높은 하이힐, 썩지 않는 것에서 악취가
났다 나의 이야기는 언제나 붉은 모래가 언덕을 이루고 있었다 온몸을 던지며
움켜쥔 붉은 손톱이 내 얼굴을 녹이고 있었다 그리고 오랫동안 붉은 침묵이
흘렀다

나는 나를 조금씩 등 뒤로 감추었다 나는 가슴에서 흘러나오는 더듬이를 꺼
내 가위로 잘랐다 검은 피가 쏟아졌다 그렇게 보지 말아요 내가 말하자 기억
이 되살아났다 나는 어디로 가는 것일까 여기가 어디지? 갑자기 사방에서 빛
이 쏟아졌다 어색한 웃음이 흩날리고 있었다 연극은 언제나 덜 익은 시처럼

녹슨 철판처럼… 나와 나의 경계가 사라졌다 나는 그렇게 나에게 길들여졌다
다시 입이 열렸다

-홍재운, 「나에 대한 나의 의한」 전문(『시와세계』, 2009, 봄호)

여기에서 특별한 사상이나 정서를 나타내기 위해 제시되거나, 또는 객관적
으로 존재하는 어떤 외부의 사실들인 넥타이, 허리띠, 그리고 높은 하이힐은
'나'라는 일인칭에 대한 객관적 상관물이다. 이렇게 홍재운 시인은 인간이 노
획한 구체적인 현대 문명을 통해 화자의 정서나 감정을 간접적으로 환기시키
고 있다. 또 이 시적 상관물인 넥타이와 하이힐을 놓고 「나에 대한 나의 의한」
이라는 작품을 살펴보면 아니마(anima)와 아니무스(animus)의 대립적인 경계를
허물고 있는 특별한 광경이 목격되기도 한다. 그 경계를 허물고 있는 시적 화
자는 「나에 대한 나의 의한」의 4연에서 '나와 나의 경계가 사라졌다/다시 입이
열렸다'고 노래한다. 이것은 깜깜한 몸 속 나의 자아와 외부의 사실들, 즉 넥타
이, 허리띠, 하이힐들과 소통되지 못하는 대립적인 갈등의 요소를 화해를 통해
제거하고 있다. 특히 '다시 입이 열렸다'에서 사람의 신체 구조상 오직 하나로
존재하는 '입'을 객관적 상관물로 선택했다는 것은 인간이 서로 소통하지 못하
는 모든 갈등의 경계를 허물어뜨린 통합의 의미를 부여하고 있다는 것을 여실
히 보여주는 대목이다. 이것은 곧 끈질기게 추구해온 홍재운 시인만의 독특한
데리다식의 해체적 사유와 일맥상통하는 시세계인 것이다.

그 통에선 언어가 끓어올랐다 젖은 다리와 팔들이 덜거덕거리는 행렬이 되
었다 빙글빙글 흔적을 따라 빠져나가는 언어들 중얼거리는 말들이 물결을 만
나 뭉치고 다시 흩어졌다 둥근 창이 물방울을 고백하며 뜨거운 시간을 풀고
있다 언어와 언어가 만나 순교하는 소리 오염이 거품을 만나 아우성치는 소리
제자리를 맴돌던 말들이 수챗구멍을 향해 빠져나갈 때 내 몸의 한 부분도 끓
어올랐다 지난날 내 삶을 적시며 내 목을 빠져나갔던 언어들

지금 어느 강, 어느 하늘을 흐르며 또 다시 맴돌고 있는 가

-홍재운, 「언어를 돌리는 드럼 세탁기」 전문(『시와세계』, 2009, 봄호)

삶은 그 자체가 아우성이다. 드럼 세탁기 속의 세탁물조차 삶의 기호로 아우성이다. 언어 또한 일종의 기호다. 이 언어를 생성하고, 소멸시키는 것은 목숨이 붙어 있는 자들의 자유에 대한 권리이며, 그 자유로운 아우성은 억압으로부터 해방을 알리는 함성으로 이어지는 과정인 것이다. 세탁기 속의 언어가 끓어오르고, 기호들이 중얼거리기도 하지만 드럼 세탁기는 말이 없다. 그는 다만 내 목을 빠져나간 언어들의 언어를 경청만 하는 태도로 일관하고 있다. 이쯤에서 드럼 세탁기가 어떤 의미의 경청을 하고 있는지를 상세히 이해할 필요가 있다. 경청 중에는 가장 낮은 수준의 배우자 경청(spouse listening)이 있고, 말하는 상대방의 주의를 기울이거나 공감해주지 않고 말하도록 놔두는 경우의 수동적 경청(passive listening)이 있으며, 말하는 사람에게 주의를 집중하고, 공감해주는 적극적 경청(active listening)이 있다. 그러나 드럼 세탁기는 적극적 경청에 의해 언어들의 아우성을 듣는 것이 아니라 말하는 사람의 의도·감정·배경까지 헤아리며 듣는 맥락적 경청(contextual listening)을 하고 있다. 그런 연유로 홍재운의 언어는 언어를 만나 순교하는 걸까. 이렇게 인간의 아우성을 서술적 이미지로 처리한 홍재운 시인은 언어라는 관념으로 시를 작품화하는 제요소로 삼았다는 것에 대해 우리는 주목할 필요가 있다.

　　머리에 터번을 두른 소녀가 날 보고 있고/그녀는 아무 말도 하지 않고/푸른 천이 그녀의 머리카락을 모두 감출 수 없었음인지/남은 머리를 노란 천으로 감고 또/감고 있던 끝 부분이 등 뒤로 흘러내리고/가만히 멈추었고 나는/흑갈색 소녀의 등을 지나 나는/진주 귀고리 아래 나는/길을 잃고 나를 잃고/새하얀 그녀의 저고리 깃은/풀 먹인 듯, 꼿꼿하고/정갈해 보이고 볼이 통통한/그녀의 오른쪽 귀는/보이지 않고 붉은 입술이 조금/열려있고 그 사이로 숨은 말들이/하얗게 빛나고/검은 눈동자가 내 등뒤를 담고/그 빛이 무언가 말하고 있는 듯, 망설이고/우물처럼 깊은 눈동자가 깊어지고/속삭이듯, 말하고 있고/물음과 대답사이를 흐르는 침묵이 있고/흐린 시간이 있고 그 시간의 잔향같은 시선이 오고/숨긴 말들은 때로 고통스럽고/모나리자, 저 편은 오래된 중세의 신비를 닮았고/두꺼운 일기장에 숨은 단어를 닮았고/마른꽃처럼 바스락/바스락 부서질 것 같고/저편, 저 은빛 귀고리/문득, 고개 돌릴것 같고/걸어올 것 같고 그러나/곧 사라질 것 같고/거친 내 발이 보일 것 같고/흐트러진 머리카락

을 숨겨야 할것 같은 나는/광장동에 못 박혀 있고

　　　　　　　－홍재운, 「진주 귀고리 소녀」 전문(『시와세계』, 2009, 봄호)

　낡은 질서를 거부하는 모더니즘은 고독과 예술의 자립성을 강조한다. 이러한 모더니즘의 정체를 더욱 확립하고자 홍재운은 소녀를 모나리자가 아닌 모나리자의 신비를 형상화한 「진주 귀고리 소녀」에서 시의 복잡성을 부추긴다. 이 복잡성은 그가 철저한 모더니티(modernity)를 획득한 하나의 근거라 할 수 있다. 굳이 또 하나의 특징을 끄집어낸다면 이미지를 시각적 이미지가 아닌 감각적 이미지로 시의 구조를 견고하게 짰다는 것이다. 이 감각적 이미지는 독자로 하여금 소녀라는 의미를 영혼으로 느낄 수 있게 만든다. 즉 홍재운은 존재의 본질을 찾고 있다.

　　　콘크리트 날개를 단 나의 계단을 생각하면, 꼼짝 않는 아버지가 생각나네 산은 거짓말을 안 한다, 도망가지 않아, 나는 아버지 산을 믿고 그렇게 굳게 믿고, 한곳을 향해 달리네

　　　창문 밖은 절벽, 지하주차장으로 몰려드는 붉은 눈, 벽속에 갇혀 꼼짝 않는 아버지, 나는 차렷! 두발을 철근 깊숙이 박았네

　　　바람은 어디서 불어오는 게 아니란다, 아버지는 지붕을 기어오르고, 기와를 찍으며, 벽돌을 쌓고, 또 쌓았네

　　　나는 벽돌의 끝을 잡고, 기와를 잡고, 일어서네 일어선 무릎에서 치마계단이 자라네 나의 두발은 푸른 내 발바닥에 불을 붙였다네 그런데

　　　아버지 왜 나는 현수막처럼 이렇게 펄럭이나요? 다닥 다닥 붙은 창들이 흔들려요 신도시가 들썩거려요 미친 듯 올라가요 미친 듯 떨어져요

　　　떨어져도 겁내지 마라, 산은 산 이란다, 나는 아버지의 손을 놓지 못하고 말을 놓지 못하고 오랫동안 아버지 벽에 갇히네 침체에 빠지네

　　　지하주차장 밑, 기계실에서 으르렁 그르렁 나는 울고 있네 내 몸의 혈관들

이 지하에 엉켜있네 누군가 자꾸 닮아가네 움직이지 않는 콘크리트 날개를 생
각하면, 사라진 나의 계단을 생각하면,

— 홍재운, 「이상한 부동산」 전문(『시와세계』, 2009, 봄호)

홍재운 시인은 행진곡을 발라드풍의 형식으로 부르는 시인이다. 이 말을 잘
못 이해하면 궁합이 맞지 않는 시적 대상과 창작 기법을 구사한다는 것으로 받
아들일 수 있다. 그러나 여기서 전달하고자 하는 우리의 의도는 홍재운의 시작
(詩作)법이 발라드풍의 형식으로 행진곡을 부르듯 매우 아방가르드적이며 신선
하고 발랄한 상상력으로 점철되어 있다는 것이다. 첨언하면 사물의 피상적인
외양 너머에 숨겨져 있는 새로운 모습을 드러내게 하는 현대시의 중요한 기법
인 아나모르포즈(Anamorphose)를 사용하고 있다는 사실이다. 또 하나는 단절
된 소통으로 고독한 현대인의 의식을 비판과 풍자로 일깨우고 있다. 가령 "아
버지! 왜 나는 현수막처럼 펄럭이고 있나요?"라는 말로 자신의 내면세계를 드
러내며, 이것은 고독한 현대인의 삶의 방식을 교정하는 말이기도 하다. 그는
부동의 자세를 가질 수밖에 없는 콘크리트 날개를 매개로 하는 내적 교감으로
아버지의 영혼과 계속 교신하고 있다. 이것은 자기 성찰을 위한 수많은 내적
필연성들이 심정적 교차로 밀려와 일으키는 병목현상을 대화로 소통하려는 것
과 같다.

시는 섭취가 아니라 배설의 수단이다. 응축의 문법이다. 여백을 필요로 하는
수묵화다. 시는 많이 배설할수록 편안하다. 그리고 끝까지 진실로 일관해야 한
다. 그것도 사실과 확연히 구분된 진실이다. 전자저울에 양심을 달면 진실의
눈금이 나와야 그것을 우리는 시라고 한다.

삼겹살을 뒤집게 하는 개들의 쇼

— 원구식 · 서안나의 시

1. 반인반수들의 사회

한국은 자본주의 사회 구성체이다. 이것은 기본적으로 폭력 지향적이다. 그 까닭은 부르주아적인 시민들의 이전투구(泥田鬪狗)가 시장에서 전개되기 때문이다. 시장에서 '만인(萬人)의 만인에 대한 투쟁'을 벌이는 '시민사회의 지배계급'은 국가권력의 이름으로 '자본 · 패권의 해외진출'을 시도한다. 그 결과 제국주의의 횡포, 즉 수탈과 함께 전쟁 내지 분쟁이 발생한다. 다시, 오늘날의 사회는 잔인하고 비도덕적이고 파괴적 존재다. 극단적으로 말하자면 반인반수(半人半獸)들이 모여 사는 사회다. 즉 전쟁 · 범죄 · 방화 · 살인 등으로 광란의 난장판이다. 병들고 타락한 현세(現世)를 이런 표현만으로는 분명히 부족하다. 그래서 광기 · 야수성 · 증오 등, 그칠 줄 모르는 욕망에 포로가 된 자들의 몸부림이라고 한마디 더 붙인다. 더구나 이 같은 일들이 자비, 사랑, 우정, 복지, 상생을 표방하는 기만적인 수법으로 흔하게 자행된다는 것이 놀랍다. 이렇게 자행되어서는 안 될 이러한 행태가 반복적으로 지속되는 이유 중에 하나가 비도덕적인 행위를 구속할 사회적 제도적 장치가 너무나 허술하다는 데 있다. 즉 허술한 규제와 제도 탓이다. 물론 사회 구성원의 저급한 의식의 문제도 한몫을 한다. 그러나 우선 순위에 두어야 할 가장 큰 이유는 바로 법규나 제도를 만든 장본인들조차 규범을 지키지 않는 것과 이기적인 행위가 타락된 사회를 낳기 때문이다.

다른 한편으로는 사회를 떠받들고 있는 정치, 경제, 문화라는 세 분야에서 정치와 경제 쪽에서 비도덕성이 야수처럼 더 판을 친다. 그래서인가, 문화 중에서 문학, 문학 중에서 시를 짓는 시인들이 비도덕적이고 타락한 사회, 그리고 타락한 시민사회부터 변혁을 꾀하고자 사회참여라는 이름하에 참여시를 쓰게 된 것은 부조리한 사회의 정화에 그 목적을 두고 쓰는 것이다. 역사적으로 보아도 1840년경 프랑스 낭만주의 역시 시민혁명을 겪으면서 인간의 비정함, 사회의 냉혹성, 잔인성에 절망을 느낀 작가들에 의해, 그 당시 잔혹의 희열을 작품으로 그려낸 적이 있다.

시인은 각자 다른 목적으로 시를 쓴다. 어떤 시인은 독자들에게 박수갈채를 받기 위해 고양된 정신세계를 걷는 경우도 있으나, 한편으로는 소위 실존주의자들이 목소리를 높였던 앙가주망(Engagement)의 태도를 취하는 경우도 있다. 특히 장 폴 사르트르는 "작가라면 독자를 인도(引導)할 수 있다"(『문학이란 무엇인가』, 2006)고 주장한 바 있다. 그는 또 작가는 오막살이 집 한 채를 묘사함으로써, 독자로 하여금 거기에서 사회부정을 보게 하고, 독자의 분노를 자아낼 수 있어야 한다고 강하게 주장했다. 전쟁을 불러일으키기 쉬운 자본주의 사회 구성체를 평화 지향적인 구성체로 탈바꿈시키기 위해서는 그 기본 구성 단위인 시민사회가 변혁하지 않으면 안 된다. 그것은 변혁을 통한 시민사회의 평화구축 없이 자본주의 사회 구성체의 평화를 기대할 수 없는 까닭이다. 따라서 이와 같은 전제 속에 원구식 시인과 서안나 시인은 시 작품을 통해 우리들에게 분명한 그 어떠한 메시지를 전하고 있다.

2. 감각적인 것, 그 너머의 것

> 오늘밤도 혁명이 불가능하기에
> 우리는 삼삼오오 모여 삼겹살을 뒤집는다.
> 돼지기름이 튀고,
> 김치가 익어가고
> 소주가 한 순배를 돌면

불콰한 얼굴들이 돼지처럼 꿰액 꿰액 울분을 토한다.

삼겹살의 맛은 희한하게도 뒤집는 데 있다.
정반합이 삼겹으로 쌓인 모순의 고기를
젓가락으로 뒤집는 순간
쾌락은 어느새 머리로 가 사상이 되고
열정은 가슴으로 가 젖이 되며
비애는 배로 가 울분이 되는 것이다.

그러니까, 삼겹살을 뒤집는다는 것은
세상을 뒤집는다는 것이다.
모든 것이 살아 움직이는 이 불판 위에서
정지된 것은 아무것도 없다.
너무나 많은 양의
이물질을 흡수한 이 고기는 불의 변형*이다!

경고하건대 부디 조심하여라.
혁명의 속살과도 같은 이 고기를 뒤집는 순간
우리는 어느새 입안 가득히
불의 성질을 가진 입자들의 흐름을 맛보게 되는 것이다*
세상이 휙까닥 뒤집혀 버리는
도취의 순간을 맛보게 되는 것이다.

　　　* 바슐라르『불의 정신분석』참조

　　　　　─원구식,「삼겹살을 뒤집는다는 것은」전문(『현대시』, 2013, 6월호)

　　위의「삼겹살을 뒤집는다는 것은」은 시적 발상이 매우 신선하고 아이러니하
다. 그리고 시어들이 강렬성을 보여준다는 점이 또한 매우 인상 깊다. 특히 이
시는 인습적 금기와 전통적인 도덕의 고삐로부터 풀려나 있고, 또 합리주의에
마비된 인간의 정신을 두드려 깨우는 경종의 메시지이다. '경고하건대 부디 조
심하여라', '혁명이 불가능'하기에, '세상을 뒤집는다는 것'과 같은 직설적인 표
현은 일종의 '충격요법'으로 독자들에게 의식을 불어넣고 있다. 또 이런 표현

들은 어느 누구나 공감할 수 있는 범위 내에서 강렬성을 가져다주는 특성을 지닌다.

어찌 보면 원구식 시인은 시에서 시종일관 거칠고 강한 어조로 노래하는 것으로 이해할 수도 있다. 그러나 그 내면에는 섬세하고 감각적인 표현들로 짜여 있음도 주지의 사실이다. 강렬성은 앞에서 언급한 표현들을 그 예로 삼을 수 있고, 섬세함과 감각적인 표현들은 '모든 것이 살아 움직이는 이 불판 위에서/정지된 것은 아무것도 없다'와 '쾌락은 어느새 머리로 가 사상이 되고'라는 진술과 같은 것이다. 이런 것들은 그야말로 '주장'이나 '구호'의 차원에 머무는 것이 아니라 내면 깊숙이 자리 잡고 있는 인간의 정서를 건드려 시적 감동을 불러오는 역할을 한다.

> 너무나 많은 양의
> 이물질을 흡수한 이 고기는 불의 변형이다!

특히 위의 시구는 혁명도 유전조작으로 변형이 가능하며, 이미 '존재하는' 고통이 아닌 '있는' 고통에 대한, 따라서 이것은 아무도 걷잡을 수 없는 변형된 형태의 커다란 사태 발생 가능성을 예고하는 것을 의미한다. 그러나 이 '불의 변형'은 아무 공간에서나 이루어지는 것은 아니다. 다만 윤리적 평가 기준 따위가 살아 있는 사회에서만이 가능하다. 왜냐하면 삼겹살을 뒤집는 주체 세력은 삼겹살을 구워 먹는 소시민이라는 점 때문이다. 그들은 불순한 혁명가도 아니요, 정권탈취를 목적으로 하는 이익집단이 아니다. 그들은 오직 윤리가 살아 있는 사회를 요구할 뿐이다. 또 위의 「삼겹살을 뒤집는다는 것은」의 시에서는 폭력성과 관련된 시어를 찾아볼 수 없다. 그것은 곧 무저항의 혁명이며, 이혁명을 위해 어떠한 무기도 필요로 하지 않는다는 의미이다. 다만 삼겹살을 뒤집는 행위로, 즉 평화적인 방법으로 세상을 뒤집고자 윤리가 추락한 이 사회의 어두운 면을 고발한다.

삼겹살은 구워지는 그 자체가 새로운 화합물의 생성이다. 이 화합물이 형성되기 위해서는 필요한 분자들이 모여야 하고, 이 분자들이 모일 때 그 예기치 못한 힘이 발생한다. 이를테면 삼겹살이 구워지는 곳에는 늘 사람이 모여든다. 따라서 원구식 시인은「삼겹살을 뒤집는다는 것은」을 통해 예술적 방법의 강렬성, 즉 용해 작용을 일으키는 압력의 강렬함을 보여준다. 또 그가 이 시를 통해 바라보는 오늘날 사회의 관점이 정신의 본질적 단일성에 대한 형이상학적 이론과 불가분의 관계에 있다. 이것은 논리학 · 인식론 · 미학 · 윤리학 등, 다른 연구 분야와 상호작용하기 때문이다.

형이상학은 문자 그대로 '감각적인 것 너머의 것(tà metà tà physicà)'이다. 바꿔 말하면 자연 저편의 것에 관한 학문이다. 이것은 명칭상 자연, 곧 경험 대상의 총체를 넘어서는 것으로 '초감성적인 것에 관한 학문'이다. 다시 말해 도(道)를 탐구하는 학문이라는 뜻으로 해석한다면, 원구식 시인은 보편적 진리를 추구하는 하나의 형이상학적 이론이「삼겹살을 뒤집는다는 것은」이라는 시 작품 바탕에 깔려 있음을 알 수 있다. 따라서 그는 삼겹살을 구워 먹는 신선놀음에서 초극적인 자세로 '혁명'을 사유하고 있다.

3. Dog은 毒

다음과 같이 서안나 시인의 작품에서도 앙가주망의 흔적으로 고달픈 순환적 일상의 노래가 발견된다.

개가 열흘을 사람처럼 울었다
붉은 눈으로
먹이를 먹고
다시 월요일의 개로 돌아왔다

명품 개를 만들기 위해선
도베르만 핀셔는
전체 귀길이의 5/8을 남기고 자른다

보스턴 테일러는 3/4을 남긴다
슈나우져와 브뤼셀 그리포는
귀의 반을 남긴다

윤기나는 모피 한 벌을 위해
여우, 토끼, 밍크, 너구리는
숨이 끊어지기 전에 털을 벗긴다
붉은 살이 꿈틀거린다
명품 가죽은 가끔 피가 돈다
올해의 최고 경영자는
직원의 반을 잘랐다

개의 발톱을 바짝 자르면 피가 난다
발톱을 짧게 자르면 혈관도 후퇴한다고
저명한 학자가 말했다

독쇼가 시작된다
— 서안나, 「독쇼(Dog Show)」 전문(『현대시학』, 2013, 6월호)

서안나 시인의 「독쇼(Dog Show)」도 독자들의 분노를 충분히 자아낼 수 있는
시 작품이다. 그는 졸렬한 시인처럼 전형(典型)을 노래하지는 않는다. 이 「독쇼
(Dog Show)」 역시 비본질적인 것이 본질적인 것으로 가짜 노릇을 하는 것에 대
한 비판이다. 잘못된 본질을 거울 앞에 데려와 비춰보고 교정하고 있다. 그러
나 그 잘못된 본질은 자신의 모습을 보고도 반성을 하지 않는다. 그래서 그는
이런 행태를 '개들의 쇼(Dog Show)'라고 정의했다. 일반적으로 시인의 의무 중
에 하나가 어떤 대상을 새롭게 창조하는 행위이고, 새롭게 발견하는 일이다.
그렇다면 서안나 시인은 어느 누구도 발견하지 못한 병리적인 사회현상이라는
새로운 세계, 미지의 세계를 발견하고, 그것을 일반 보편적인 세계로 재생시
키고 있다. 이런 결과는 직관과 진정한 용기만이 가능하게 한다. 또 그는 '개가
열흘을 사람처럼 울'다가 '다시 월요일의 개로 돌아왔다'고 소시민들의 고달픈
순환적 일상을 노래한다. 좀 더 사실적으로 표현하자면 소시민들이 명견(名犬)

이 되기 위해 사용자들에 의해, 아니면 이 타락한 사회에 의해 조련받고 있다는 의미의 시적으로 정의를 내리고 있다. 이런 일들은 그들에게는 숙명적이라고 치부하는 자들에 대한 항변과 어둠 속으로 빨려 들어가는 진실을 밝히려는 서안나 시인의 강직한 앙가주망이다.

> 도베르만 핀셔는
> 전체 귀길이의 5/8을 남기고 자른다
> 보스턴 테일러는 3/4을 남긴다
> 슈나우져와 브뤼셀 그리포는
> 귀의 반을 남긴다

과거 우리들은 신체발부 수지부모(身體髮膚 受之父母)라고 하여 머리털 하나 함부로 여기지 않았다. 지금은 그런 일들이 고리타분한 이야기로 변질되었고, 욕망이 극에 달한 현세에는 그 욕망을 충족하기 위해 귀를 자르는 등, 인간의 존엄성을 망각한 행동들이 다반사로 일어나고 있다. 이윤 앞에선 도덕이 무너진다. 사용자들이 생각하는 이윤은 그들의 숭배 대상이고 신격화이고 우상화하는 종교이다. 그러므로 앞의 시구가 전하고자 하는 뜻은 소시민들에게는 생존을 위한 아픔이며, 또 한편으로는 반대편에 서 있는 사용자들의 욕망을 채워주는 일이다. 다시 말해 사용들에게 채워진 욕망과 소시민들의 아픔은 반드시 정비례한다는 슬픈 이야기이다. 서안나 시인은 현상과 실재 사이의 근본적인 차이를 인식하며, 현실 세계의 가변적이고 기만적인 실재를 거부하고, 불변이라는 참된 이데아의 세계를 꿈꾼다. 따라서 그는 소시민들의 일상적 괴로움과 그 괴로움의 이유를 밝히려고 예지(叡智)의 세계에 참여하고 있다.

또 그는 '명품 가죽은 가끔 피가 돈다'와 '개의 발톱을 바짝 자르면 피가 난다'는 선험적 논증으로 서로 정합적인 기본 가정에서 출발하여 일련의 결론을 도출해낸다. 이런 결론은 우리들의 일상에서 찾아볼 수 있는 지극히 보편적인 성격을 띠며, 이 경험에서 나온 사실의 진술이라기보다는 사고의 전형이 되는 소시민들의 아픔을 포괄적으로 주장하는 언어적 행위이다.

명품 가죽은 가끔 피가 돈다
올해의 최고 경영자는
직원의 반을 잘랐다

위의 인용된 시구는 서안나 시인의 「독쇼(Dog Show)」의 일부분이다. 이것은
교환가치가 사용가치에 우선하는 현세의 타락된 사회를 적나라하게 묘사하고
있다. 뤼시앙 골드만이 「구조발생론적 분석」에서 지적했듯이 교환가치는 사용
가치와 일체가 되지 못하는 거짓된 가치가 되어버리고, 타인과의 인간관계의
문제에 대한, 더 나아가 사회 전체에 대한 고려는 온전히 배제되고 있다. 서안
나 시인이 노래했듯이 '여우, 토끼, 밍크, 너구리'가 죽음으로써 남긴 '명품 가
죽은 가끔 피가' 돌 수밖에 없다. 인간의 진정한 가치가 무엇인지를 알면서도
'최고의 경영자'가 함께 동고동락을 해오던 직원들을 절반으로 자르는 행위,
즉 '경제인간의 합리적 이기주의'를 신랄하게 비판한다. 따라서 이 사회는 '독
쇼'가 지배할 수밖에 없다. 「독쇼(Dog Show)」의 독은 'Dog=毒'으로서 사회를 경
직되게 만든다.

사전적 의미로 참여시를 정치나 사회 문제 등 현실에 대하여 비판적인 의식
을 가지고 그 변화를 추구하는 내용을 담은 시라고 정의하면서, 또 그것을 전
제로 원구식 시인의 「삼겹살을 뒤집는다는 것은」과 서안나의 「독쇼(Dog Show)」
를 앙가주망의 입장에서 살펴보았다. 그러나 두 시인의 시 작품을 살펴보는 출
발점이 한국 문단에서 중요한 쟁점이 되고 있는 '순수와 참여'의 이분법적 논
점에 입각한 가치 판단의 측면을 논의하려는 것은 아니다. 그러나 「삼겹살을
뒤집는다는 것은」과 「독쇼(Dog Show)」는 분명히 참여시의 성격을 띠고 있는
것만은 사실이지만 두 시인이 지금까지 각각 활동해온 시세계를 통해 판단하
건대 참여시인이라고 명명하기에는 석연치 않다. 다만 두 시인이 추구하는 시
세계의 다양성을 파악함으로써, 그들의 시 작품들이 지니는 문학적 가치와 의
미를 되짚어보고자 했다. 결론적으로 말하자면 두 시인의 시세계는 순수성을
고집하는 '예술을 위한 예술'과 사회참여를 요구하는 '인간을 위한 예술'의 성
격이 그들의 시세계에 공존한다는 것과 또 그 경계를 넘나들고 있다는 것을 알

수 있다.

어느 모 일간지에서 오세영 시인이 인터뷰를 한 적이 있다. 그때 누군가가 '좋은 시'가 어떤 것이냐고 물었을 때 그가 말하기를 "우리가 경험하지 못한 세계를 개척하는 문제적 작품이거나 독자들이 읽고 감동을 받아 새로운 인간으로 거듭나는 작품이라야 좋은 문학작품"이라고 했다. 그러면서 "둘 중 적어도 한 가지는 해내야" 한다고 피력했다. 따라서 원구식 시인과 서안나 시인은 전자나 후자 어느 쪽에 속하는 것이 아니라 전자와 후자 모두 속한다고 볼 수 있다. 그러므로 두 시인은 '순수'와 '참여'라는 문학적 사유의 다양한 자율성을 우리들에게 엄중히 드러내 보인다. 그런 점이 두 시인의 시 작품이 독자들에게 후렴함을 주는 까닭이다.

제 2 부 해방과 저항을 희구하는 화자들

제3부

가상이 현실을 구원하는 시뮬라르크

타락된 사회에서 타락한 이야기

— 김영준 · 배한봉 · 안성덕 · 성은경 · 이난희의 시

최근에 들어와서 풍자적인 신작시가 눈에 띄게 많이 발견된다. 이 현대시들은 부조리한 사회와 모순된 제도, 그리고 인간의 생명을 경시하는 현실 사회에 대해 매우 비판적이다. 이런 풍자시들은 이상과 현실이 낳은 차이를 날카롭게 인식하는 데에서 비롯되므로, 당연히 독자들의 지대한 관심을 끌 수밖에 없다. 특히 풍자는 인간이 지향하거나 인간이 저지르는 행위와 같은 인간과 관계된 것 외에는 관심을 두지 않는다. 따라서 독자들이 많은 관심을 가질 수밖에 없는 풍자적인 시편만을 골라 본 글의 논의 대상으로 삼고자 한다.

풍자시는 저항문학이다. 덧붙이면 폭정이나 다른 나라의 지배를 받는 일에 대항하여 자유와 해방을 지향(指向)하는 입장의 저항문학이다. 이것은 필연적으로 공격성을 본질로 하므로, 이에 따른 풍자시 역시 저항시의 일종으로 당연히 공격성을 지니고 있다. 이런 풍자시를 사전적 의미로 정의해보면 사회나 삶의 모순되고 불합리한 점을 날카롭게 폭로하고 비웃는 내용의 시라고 풀이가 가능하다. 김준오 교수도 그의 저서 『시론』(2009)에서 풍자에 대해 "일반적으로 인간의 어리석음과 악덕, 부조리한 사회 현실을 폭로하고 비판하는 문학 형태"[1]라고 정의한 바 있다. 그는 곁들여서 풍자를 사회적 기능을 수행하는 사회적 문학 양식으로 보았다. 그러나 일반적으로 풍자는 폭로나 비판 그 자체가

---

1)　김준오, 『시론』, 삼지사, 2009, 264쪽.

목적이 아니다. 현실 사회의 부조리한 형태, 부패와 윤리적인 것과 도덕적인 것과 그리고 악덕에 대한 문제가 개선되도록 적극 관여하는 데에 목적이 있다. 이러한 풍자의 시편들은 현실 사회의 부조리와 부패, 참된 종교의 모색이라는 이유로 풍자되기도 하고, 사법제도와 법조인, 정치가, 교육자, 재벌에 대한 풍자 등과 같은 다양한 주제에 대해 비평하기도 한다.

또 사회, 인물의 결함, 죄악, 모순 등을 정면에서가 아니라 여러 가지 비유 등의 표현을 사용하고, 또 재치를 활용하여 어르거나 혹평 또는 폭로하는 등 우회적 방법을 취한다. 이런 까닭에 풍자 시편들은 대부분 자유가 구속되고, 언론이 탄압받고, 그리고 암담하고 억압받는 시대에 많이 발생한다. 그런즉 풍자시는 단순히 현상을 김빠지게 만들어 독설을 뿜어낼 뿐만 아니라, 현상의 그늘에 숨겨진 본질을 꼬집어내는 뚜렷한 비평 정신을 드러내야 한다. 특히 현대의 풍자시는 풍자 그 자체에 의미를 두기보다도 시로서의 기능을 충분히 다하면서, 그 속에 풍자 정신을 두는 전통시보다는 좀 더 복잡한 구조를 꾀하고 있다.

가령 현실을 날카롭게 비판하며 노래하는 것도 있고, 명확한 이미지와 리듬을 살리는 것도 있다. 그러나 그 어떤 것이든 기능적 측면에서 본다면 쾌락과 교훈적으로 시의 아름다움을 잃지 않고 인간의 마음을 감동시키는 데 풍자시의 드높은 위치와 가치가 있다. 즉 현상의 결합을 비판하고 폭로할 뿐만 아니라 결과적으로는 인간의 행복을 기원하는 목적에 결부되어야 한다는 것이다. 이 같은 명제를 전제하여 다섯 편의 시편을 골라 살펴보고자 한다.

1. '너의 악덕, 나의 이익'의 풍자

풍자와 풍자시가 본 글의 주된 논의의 대상이라는 차원에서 그것의 개념이 무엇이고 어떤 속성을 지녔으며, 그리고 어떤 방법으로 비판하는지 서두에서 장황하게 설명을 했다. 그 결과, 풍자의 핵심은 그 대상을 조롱하거나 비꼬는 일, 그리고 깎아내리는 일과 같은 것을 절대적인 목적으로 삼지 않는다는 것을 알았다. 즉 풍자 그 자체가 목적이 아니라 모순된 사회구조나 제도 및 규범, 상황에 따라서 사회 구성원의 인식의 문제까지 개선하는데 그 목적이 있다는 것이다. 그러면 어떤 형식과 방법으로 그 사회의 모순된 부분을 개선하려고 하는지 다음에 예시된 시 작품에서 찾아보기로 한다.

　　　2013년 12월 넬슨 만델라가 95세의 일기로 사망하였다. 인권과 화해의 대명사인 그는 1999년 12월에 노벨평화상을 수상하였다 80년대에는 미국의 레이건이 테러리스트 목록에 그를 넣었다

　　　안중근은 1909년 12월은 물론 1910년 12월에도 감옥에 있었다고 다음해 3월에 처형되었다. 이토 히로부미는 그에게 있어 민족의 역사의 인류의 원흉이었다 일본은 아직도 그를 테러리스트라 떠들어대고 있다

　　　2008년 12월 용산에서는 경찰과 철거민들이 대치하고 있었다 다음해 1월 철거민들은 도심 테러라는 이름을 달고 불구덩이 속에서 산화하였다. 그 잿더미 속으로 생존권은 사라졌고 공권력은 아직 여전히 한파처럼 호기롭다

　　　12월의 바람은 어디로 몰려가는가 쪽방 노인은 어느 이불 아래에서 숨죽이며 36년 만에 태양계를 탈출한 보이저 1호는 이 추운 날 어디쯤 가고 있을까

　　　　　　　　　　－김영준, 「12월 두 개의 문」 전문(『시사사』, 2014년, 3-4월호)

　위의 시는 왜 12월에 두 개의 문이 있을까라는 의문점에서 그 주제파악이 선행적으로 이루어져야 한다. 「12월 두 개의 문」이 지니는 시적 짜임은 역사적 사건들을 시간 및 주제별로 병치시켜놓은 것이다. 각 연끼리 대립적인 관계가 아니라 각각의 연마다 가지고 있는 두 개의 주제를 역사적 사실로써 풍자화한 장면들을 열거형식으로 늘어놓았다. 극적인 효과를 노려야만 하는 풍자 기법은 원래 현실의 중요한 정치적 또는 사회적 현안에 초점을 맞춰 그 정곡을 찌름으로써 독자들의 인식에 새로운 충격을 줄 수 있어야 한다.[2] 서두에서 전제했던 명제에 맞게 김영준 시인은 「12월 두 개의 문」을 통해 삐뚤어진 현대 정치사회

타락된 사회에서 타락한 이야기

―――――
2)　　김정훈, 『임화시 연구』, 국학자료원, 2001, 132쪽.

를 비판하고 있다. 예를 들면 넬슨 만델라가 노벨평화상 수상자라는 것과 테러리스트라는 두 개의 상반된 이미지를 대조시키면서 현실 정치를 비판한다. 그러나 어느 것이 '참'이고, 어느 것이 '거짓'인지를 찾아내는 일은 순전히 독자의 몫으로 돌리고 있다. 공정한 기준을 가지고 인류의 평화에 기여한 공이 지대한 자에게 주어지는 노벨평화상과 힘의 논리로 세계를 쥐락펴락하는 강대국의 무소불위의 폭력적 행동이라는 두 배경을 빗대어 풍자한다.

위의 시 작품의 2연에서도 마찬가지로 안중근 의사의 조국에 대한 의로운 행동을 테러리스트라고 자국의 이익을 쫓아 해석하며 반성하지 않는 강대국의 비열한 태도를 풍자하고 있다. 얼핏 보면 풍자는 누구의 손을 들어주는지 태도가 분명치 않다. 그 까닭은 풍자가 대상을 공격할 때 공격성을 가지지만 매우 우회적이기 때문이다. 즉 풍자의 본질은 다른 것에 빗대어 그 대상을 공격하기 마련이라는 데에서 그 이유를 찾을 수 있다. 「12월 두 개의 문」은 거대한 힘을 가진 강대국의 약소국가에 대한 핍박적인 행동과 물리적 폭력을 비판하는 전형적인 풍자의 한 장면이다. 모두(冒頭)에서 언급하였듯이 저항문학의 일종인 풍자문학은 그 풍자 대상의 체면을 드높여주는 것이 아니라 냉정하게 조롱하거나 격하시키는 본질을 추구한다. 즉 체면을 깎아내리는 그런 문학이다. 따라서 풍자시에선 진지성을 찾아볼 수 없다.

3연에서도 여전히 강자와 약자라는 대척점을 두고 작품을 전개해 나아간다. '생존권은 사라졌고 공권력은 아직 여전히 한파처럼 호기롭다'는 말로, 가진 것이라곤 맨손밖에 없는 도시의 철거민들과 공권력의 대립적 양상을 극명하게 보여줌으로써 독자들에게 강자의 비윤리적인 행동에 대해 철저하게 부정(否定)할 것을 요구한다. 이 부정을 더욱 강조하고 미적 거리를 객관적으로 유지하기 위해 시인은 보이지 않는 시적 화자를 내세운다. 그 시적 화자는 '12월의 바람'도, '쪽방 노인'도, '태양계를 탈출한 보이저 1호'도 '이 추운 날 어디쯤 가고 있을까'라는 진술로 인간이 안고 사는 본질적 문제를 캐묻는다. 힘없는 자가 힘있는 자로부터 받은 억압에서 느끼는 존재의 한계를 김영준 시인은 「12월 두 개의 문」에서 구체적으로 비판한다.

각기 다른 이미지들을 병치시켜놓은 네 개의 연 중에서 3연은 가장 최근에 일어난 역사적 사건이다. 이 시의 시간의 흐름을 통시적으로 살펴보면 국외 사건에서 국내 사건으로 범위를 좁혀오고 있다. 이것은 다름이 아닌 국내 사건을 부각시키기 위한 시적 전략의 한 장치이다. 또한 국내 사건이라도 먼 시간에 일어난 사건에서 가까운 현재에 일어난 사건으로 순서화하고 있다. 그것은 두 가지 측면에서 고려해볼 문제이다. 첫째는 거시적 안목에서 인류 문제로 바라봐야 한다는 의미로 넬슨 만델라의 사건을 1연으로 구성하였다. 두 번째로는 가까운 우리들의 문제를 더욱 부각시키기 위해 국외 문제를 국내 사건의 바탕에 깔았다고 볼 수 있다. 어찌 보면 우리들 주변의 문제가 더욱 심각하다는 것과 다급히 시정 내지 개선되어야 한다는 점을 현시하기 위한 전략이다. 또한 우리들의 문제를 우리들에게 더 가깝게 어필하려는 시적 전략으로 국내 문제를 전면에 내세움으로써, 지배소(dominant)의 역할을 하게 한다. 즉 인류 전체의 문제에도 관심을 가져야 하겠지만 우리들 주변에서 일어나는 소시민들의 아픔을 적극 드러내려는 노력이다.

또 김영준 시인은 인간이 만든 제도에 의해 인간이 억압받는 문제점을 강력하게 비판하는 정신을 보이고 있다. 요컨대 실천적 타성태(惰性態)에 대한 지적이다. 장 폴 사르트르는 "인간이 이 세상에 출현하기 전에 다른 사람들에 의해서 만들어지고, 비유기적인 타성에 의해서 지탱되고 있으며, 인간이 사회적 존재로서 잔존하기 위해서는 반드시 그 속으로 편입되어야 하는 모든 것을 가리킨다. 건물이나 교통수단과 같은 좁은 의미의 제작물뿐만 아니라, 전통, 사회조직, 문화적 유산과 같은 정신적 대상도 포함한다"[3]고 지적한 바 있다. 이와 같이 실천적 타성태는 인간을 규정하고 지배한다. 이것이 반목적성(적대적인 힘)의 형태로 인간들을 제도하고 규정할 때, 인간과 물자와의 사이에 주객 전도 현상(원시적 소외)이 발생한다. 다시 말해 다양한 구체적 인간소외의 근저에는 항상 이 원시적 소외가 있다는 뜻이다. 부연하면 구체적 소외의 근저

타락된 사회에서 타락한 이야기

---

3) 정명환, 「사르트르 또는 실천적 타성태(實踐的 惰性態)의 감옥」, 『사회비평』 18호, 1998, 276쪽.

에 있는 것은 '인간의 행동이 스스로의 무력함을 확인하는 하나의 비인간적인 목적을 위해, 즉 가공된 물질을 위해 스스로 수단이 된다'고 하는 원시적 소외를 뜻한다.

인간이 이 사회에서 생존하기 위해서는 가공된 물질, 예를 들면 생산물, 도구, 기계, 생산 양식, 정치기구, 제도, 사회구조 등의 요구에 따르고, 스스로 그 수단이 되지 않으면 안 된다. 다시 말해서 임금노동자는 생활하기 위해서 어떤 견디기 어려운 것이 있어도 기계의 요구에 따라 행동하여 노동하지 않으면 안 된다. 단지 하나의 상품으로서 자본의 증식 과정에 봉사해야 한다. 이를테면 노동자의 물상화, 자본의 증식을 위한 노동력의 상품화, 관료제에 의한 인간관계의 소외 등이 그것이다. 오늘날 타락된 세계에 사는 우리들은 모두 타락되어 있다. 그런데, '타락된 세계' 속에서 살고 있는 김영준 시인은 '그 세계(자신이 속한 집단)'에서 뛰쳐나와 '예외적인 개인'으로서 새로운 인식을 가지고 '그 세계'를 바라보고 있다. 즉 그가 속한 집단이 안고 있는 문제점에 대해 문제를 제기하는 비판적 인식을 가진 작가라는 점이다. 이러한 작가를 뤼시앙 골드만은 '위대한 작가'라고 정의했다. 동시에 그가 말하기를 "문제는 이 세계에 있는 것이지 문제아에 있는 것은 아니다"라는 것이다.

이처럼 김영준 시인은 세계가 문제의 중심에 서 있는 것에 대해, 즉 사회 모든 계층의 기만과 인간 본성에 대한 기성 도덕의 위선적 행동에 대해 「12월 두 개의 문」에서 비판과 풍자로 그 문제를 적시하고 있다. 분명히 '평화주의자'로서, 혹은 '의사(義士)'라는 것을 역사가 증명하는 엄연한 사실과 반대편에 서 있는 다른 세력집단들이 '테러리스트'라고 주장하는 것에 대해 김영준 시인은 전자의 입장에서 가공된 물질(제도)에 얽매여 사리분별이 불확실한 후자 집단을 향해 강한 어조로 비판하고 있다. 특히 3연이 가져다주는 의미는 공권력의 남용과 후진성을 탈피하지 못한 정치문화에 대한 풍자이다. 사회 구성원의 하나인 개인이나 소수집단의 이익은 무시되고 다수의 이익을 위한다는 명분 아래 자행되는 노련한 정치인들의 위선에 대한 폭로이다. 이처럼 「12월 두 개의 문」은 인간의 위선적인 모습을 벗겨내고 참모습을 찾아 드러내고자 하는 노력의 산물이다.

　김영준 시인은 또 4연에서 '12월 바람은 어디로 몰려가는가'라며 매우 불안한 어조로 노래하고 있다. 그 바람으로 인하여 쪽방 노인은 이불 속에서 숨을 죽이고 있다, 제아무리 문명이 발달했다고 하더라도 태양계를 탈출한 보이저 1호도 추운 것은 마찬가지이다. 이렇게 정치 풍자시는 냉소적인 적개심을 과도하게 표출하는 경향이 매우 농후하다. 따라서 김영준 시인의 「12월 두 개의 문」도 역사적 사실을 통해 부정적인 세계의 부정한 역사의 흐름을 풍자하며, 그 풍자 속에는 날카로운 시정의 목소리를 높이고 있다. 그러나 과거와 현재라는 시간 속에서 지탱되는 삶에 대해 반성하는 모습은 보이지만 완성된 윤리성, 도덕성이 존재하는 사회를 간절히 희망하는 기원의 초점이 모아져 있음도 탐색할 수 있다. 또 이 시는 시적 대상에 대한 시인 나름의 이해와 비판의 형태를 지니며, 객체 중심의 탐구와 비판으로 감각적 인식을 직접 가청화하는 특징을 보여준다.

　우리는 지나온 역사를 살펴보면 인간과 인간의 관계가 '상호성'을 가지고 있음을 알 수 있다. 그러나 이 인간관계라고 하는 것은 대부분의 경우가 '지배-피지배, 혹은 주종 관계'와 같이 매우 부정적이고 적대적인 형태를 취해왔다. 주지하다시피 기본적인 인간관계라고 할 수 있는 '상호성'이 '적대성'이라는 부정적 관계로 전환하는 것에 대해 사르트르는 전환의 조건으로 '희소성'이라는 것을 채택했다. 특히 일차적 욕구에 대한 물자의 희소성의 틀 내에서 타자는 나의 생존을 위협하는 적대적인 존재로서 나타난다. 그리하여 적대적 인간관계, 또는 폭력적 인간관계가 희소성의 환경 속에서 발생하게 되는 것이다.

2. 사회 반영물로서의 시세계관

　다음의 시 작품에서는 시적 대상에 대해 풍자와 비판이라는 논평을 지향한다는 점에서는 앞의 「12월 두 개의 문」과 같은 맥락으로 이해할 수 있으나, 배한봉 시인의 「포옹」은 역사와 정치성에서 벗어난 일반적인 사회의 모순된 구조를 풍자하여 비판한다는 점이 다르다. 특히 「포옹」은 사회적이고 윤리적인 해석을 바탕으로 한 풍자적인 진술로 일관된다는 사실이다.

금방(金房) 보도블록 틈에 괭이밥풀 웅크리고 있다

흔하디흔한 풀도 귀해서 휴대폰카메라로 나는 사진을 찍는다
금방이 배경인 풀

사람들은 풀을 보지 않고 금방만 자꾸 보고 간다
배경이 좋지 않다고 한탄하던 이웃 한 사람은, 배경에 혹해 혼사 치렀다가 1년도 채 못 넘겼지만 여전히,

풀 따윈 안중에 없다

안중에 없어서 목이 마르고 안중에 없어서 안중에 없어서 뿌리 뽑히지 않은 괭이밥풀을

햇살 몇 줄기가 꽉,
그렇게 한참, 한참 그렇게 새파랗게 끌어안고 있다

— 배한봉, 「포옹」 전문(『시사사』, 2014, 3−4월호)

배한봉 시인의 「포옹」은 괭이밥풀과 금을 파는 금방(金房)이라는 두 대상을 전경화하였다. 그리고 두 개의 이미지를 대비적인 관계로 구성하여 그에 따른 결과를 풍자한 시이다. 보도블록 틈에 끼여 웅크리고 앉아 있는 괭이밥풀의 배경은 곧 금방이다. 이 '금방이 배경인 풀', 즉 괭이밥풀은 어떤 목적을 달성하기 위해 뒤에서 받쳐주는 세력이나 연줄을 속되게 이르는 백(back)이 아니다. 다시 말해서 괭이밥풀의 배경은 무대, 또는 ㉠ 풍경의 'background'이고, '배경이 좋지 않다고 한탄하던 이웃 한 사람'이라는 시행에서 드러내는 배경은 어떤 목적성을 품은 ㉡ 세력의 'background'이다. 따라서 ㉠과 ㉡이 갖는 의미는 완전히 다른 속성을 지닌다고 할 수 있다. 전자는 사회적 목적을 취하지 않으나 후자는 경제적 내지 사회적 욕망을 달성하려는 특별한 목적을 가진 'background'이다.

시 작품 「포옹」의 목적은 이러한 차이점을 시의 지배소로 노린 것으로 판단된다. 즉 부의 양극화 현상에 대해 우회적으로 가하는 풍자적 비판이다. 팽이밥풀은 욕망의 인간이 욕망을 채울 때 필요한 ⓒ 백(back)이 될 수 없다는 점이다. 그러므로 그 같은 부류에 속하지 못하는 고독한 존재로 이 사회는 '팽이밥풀'을 더불어 살 수 없는 소외계층으로 내몰고 있다. 따라서 사회가 억압하는 소외는 곧 고통이며, 폭력인 것이다. 이 고통 내지 폭력은 한 개인에게만 가해지는 것만은 아니다. 가족 구성원 모두에게 배당된다. 이 일로 인하여 한 가족의 해체로 이어지고, 한 가족의 해체는 사회가 해체되는 일이고, 한 사회의 해체는 한 국가가 해체되는 위험한 사회문제인 것이다. 「포옹」은 이런 문제점을 지적하며, 함께 더불어 살아갈 것을 우리 모두에게 주문하고 있다.

일반적으로 시적 발상은 대부분 시인의 직접 또는 간접적인 체험 속에서 일어난다. 「포옹」은 이 개인적인 체험을 일반 보편적인 사회문제로 확대시키고 있다. 또 이 시적 화자의 비판적 태도는 우리들에게 인간 존재에 대한 참다운 이해를 가지도록 하는 데 잠시도 머뭇거릴 수 없게 만든다. 즉 사랑과 진실된 마음의 교류를 갖게 한다.

다른 한편으로 「포옹」은 일반적인 소시민들이 지향하는 도덕적 행위들을 전면에 내세우는 듯하나, 실제로는 이에 반(反)하는 행동을 서슴없이 취하는 이기적이고 배타적인 지배계급들을 비판한다. 그런가 하면 「포옹」은 현실에서 일어나고 있는 문제적 사실을 예화로 지적하거나, 또는 간접적으로 비판하는 장치라고 할 수 있는 우화 형식을 빌려 비판한다. 아래와 같은 시구에서는 배한봉 시인의 날카로운 풍자 정신을 엿볼 수 있다. 이처럼 시인이 시적 대상에 대해 비판적 태도를 취하느냐 그렇지 않느냐, 또는 미적 승화냐 그렇지 않느냐 하는 것은 순전히 시인의 인식 수준에 의해 결정된다.

> 배경이 좋지 않다고 한탄하던 이웃 한 사람은, 배경에 혹해 혼사 치렀다가 1년도 채 못 넘겼지만 여전히,//풀 따윈 안중에 없다

위의 풍자가 우리들에게 들려주는 의미는 경제적인 욕망과 사건 해결을 위

한 목적을 지니고 있는 'background'를 갈망하는, 그리고 여전히 반성하지 않는 인간의 실체를 꼬집는 내용이다. 바꿔 말하면 타락한 우리들이 타락한 사회에서 타락된 방법으로 살아가는 이야기를 들려주고 있다. 풍자적 비판은 타락한 사회의 타락한 인간의 실체를 들려주는 그 일에 목적을 두지는 않는다. 그런 일들의 개선 또는 시정을 요구할 뿐이다.

어느 누구든 불안한 세계 속에서 무규정적(無規定的)인 존재로 머물러 있기를 원하지 않는다. 모두가 이 사회에서 특별한 지위나 신분을 가진 특별한 존재로 추앙받으며 살아가기를 원한다. 이것이 무분별한 욕망을 불러오는 이유이고, 더 나아가 사회가 타락하고 세계가 타락하게 되는 원인이다. 이 점을「포옹」은 외유내강한 어조로 질타하고 있다. 이렇게 모순된 세계를 지적할 수 있는 것은 아무나 갖지 못하는 시와 시인만의 용기이며, 사회적 역할과 의무라는 앙가주망(engagement)의 정신에서 비롯된다.

위의「포옹」속 시구 중에 '사람들은 풀을 보지 않고 금방(金房)만 자꾸 보고 간다'가 들려주는 가청화된 진술에서 '금방'은 배금주의자들의 상징이고, '괭이밥풀'은 소시민들의 상징이다. 따라서 배한봉 시인이 괭이밥풀을 통해 제시한 요구 사항은 다름이 아닌 물질만능주의에 젖어 현대를 살아가는 불특정 다수인에게 반성과 각성을 촉구하는 일이다. 자신이 자신을 위해선 한없이 관대하고 무한한 애정을 보였을지언정, 타인을 위해서는 온전한 온정의 손길 한번 보내지 않은 이타성(altruism)을 잃은 우리들에게 던지는 질타이다. 특히 이 시는 작가의 깨달음을 토로하는 형태로 내성적(內省的) 자각의 성격을 갖는다고도 할 수 있다.

> 안중에 없어서 목이 마르고 안중에 없어서 안중에 없어서 뿌리 뽑히지 않은 괭이밥풀을//햇살 몇 줄기가 꽉,/그렇게 한참, 한참 그렇게 새파랗게 끌어안고 있다

온정의 손길 한번 보내지 않은 우리들에 비해 '햇살'은 타인을 위해 자신이 줄 수 있는 모든 따스함을 나눈 후에, 어둠 속으로 묻히는 희생양이다. 나눔을

온몸으로 실천하는 '햇살'과 다른 사람의 행복을 위해서 호의적인 행동이 함몰된 이기적인 현대인들과의 대비를 통해, 현대사회를 비판함과 동시에 현대인들에게 부끄러움이 무엇인가를 인식시키고 있다. 이 시가 던지는 메시지는 흔한 것이 귀한 것이라는 햇살, 어쩌면 귀한 것을 흔한 것으로 착각하며 살아가는 우리들의 인식의 오류를 교정해주고 있는지도 모른다. 그러나 이 시는 태생적 한계를 안고 있는 소시민들의 고통을 절망과 좌절로 끌고 가지는 않는다. 현대사회가 안고 있는 모순을 통해 진실을 찾으려고 몸부림친다.

우리들, 즉 인간은 자기모순과 자기 잘남을 인지하지 못하는 어리석음을 늘 지니고 산다. 이것은 불행이며 자기부정이다. 이 불행으로부터 해방시키고자 배한봉 시인은 「포옹」을 통해 모순으로 가득 찬 우리들을 공동체 의식이 무엇인가를 깨닫게 한다. 이것을 인간의 가장 본질적인 문제로 삼아 독자로 하여금 참여토록 유도한다. 이 시를 읽은 독자는 그 어떠한 설명을 듣지 않아도 스스로 깨닫게 만든다. 이것은 일반적인 유인이 아니라 고도의 시적 전략이 숨어 있는 비평이다. 다른 측면으로 고려해보면 「포옹」의 시적 의미는 어떤 쾌락적 기능을 가지고 있다고 보기보다는 교훈적 기능이라는 목적성이 강하게 나타나는 작품으로 이해된다. 따라서 「포옹」은 부조리한 사회를 폭로 및 비판하는 것보다는 모순된 사회를 알레고리적으로 풍자한다는 말이 옳을 것이다. 이것은 대상에 대해 미적 가치보다는 우리들의 삶의 윤리적 또는 도덕적 가치에 무게를 둔 비평으로 분석되기 때문이다.

배한봉 시인의 「포옹」은 타산적이고 계산적인, 그리고 교묘하게 계략적인 현대인들의 행동에 대한 날카로운 지적이다. 배한봉 시인의 「달리는 사람」의 시 작품도 「포옹」과 같은 유사한 맥락의 경향을 띠고 있다. 이렇듯이 배한봉 시인의 전체적인 시세계를 참여문학이라고 논의하기는 너무 이른감이 있다. 그러나 앞서 말한 바와 같이 『시사사』(2014) 3-4월호에 실린 두 작품만큼은 '누구를 위해 시를 쓰는가'를 확실하게 보여주는 앙가주망의 시적 태도라 할 수 있다.

문학은 사회의 반영물이다. 시인들은 직설적인 표현으로 현실 세계의 부조리와 부도덕성을 신랄하게 비판하기도 하지만 때로는 풍자라는 간접적인 형식을 차용하여 조롱하거나 비꼬는 경우도 있다. 다음의 시 작품도 우리들의 삶이 반영된 작품으로, 시인은 모순된 사회구조 속에서 살아가는 현대인의 자화상을 형상화하여 우리들에게 성찰과 반성을 촉구한다.

3. 모순된 규범과 제도 개선에 필요한 행동

공원 벤치에 사내가 앉아있다
모서리에 엉덩이를 걸치고 돌아앉아 있다
서류가방 밀쳐놓고
어깨의 각을 접어 둥그런 방패를 만들고 있다

경전처럼 무릎 위에 받들까 망설이다가
미수금대장, 끝내 팽개쳤을 것이다
똑바로 쳐들 수 없는 고개
빵 부스러기 물고 가는 발밑개미떼가
오래 눈길을 끌고 갔을 것이다
무어라 변명이라도 하려고 가방은
반쯤 열렸을 테고

세상을 향해 백기를 들고 있나
멜빵 없는 지게를 지고 있나
미동도 없는 저 사내 언제부터 앉아 있었는지
수그린 어깨에 녹청이 내렸다
퉁퉁 부은 제 발등이나 핥고 있는 등이
저물녘 쇠잔등이다 고분고분
등판만으로도 움푹 꺼진 눈매를 알겠다

방패처럼 웅크리면
칼날도 창끝도 다 견딜 수 있을까,
또 누군가 하릴없이 내 등이나 읽고 있을 텐데
추스를 틈도 없이 자꾸만
어깨가 흘러내린다

돔방한 바짓단, 사내의 발목이 희다

－안성덕,「등을 읽다」 전문(『시사사』, 2014, 3－4월호)

현대사회의 문명의 발달은 우리들에게 편리함을 제공한다. 그러나 한편으로
는 여러 문제점을 안고 있다. 예컨대 환경오염과 대기오염 문제, 사이버상의
인터넷 중독, 이혼 문제, 아동학대 문제, 인성보다 지식을 우선으로 하는 지식
정보 사회, 노인 문제, 청년실업 문제, 종교적 갈등, 가난한 자의 소외 문제, 인
간의 경험을 상품화하는 자본주의에서의 정보사회, 그리고 부의 양극화 문제
등이다. 안성덕 시인의「등을 읽다」는 현대사회가 안고 있는 그 많은 문제점 가
운데에서 "자본주의 사회는 결코 부의 양극화를 해결할 수 없는가"에 대한 물
음이다. 이 작품 전반부에서 보여주는 시적 상황은 매우 비판적이다. 가령 공
원벤치 모서리에 엉덩이를 겨우 걸치고 앉아 있는 사내의 모습을 불안정하게
묘사한 부분이 그것이다. 그 사내가 겉으로 보여주는 불안정한 자세만큼 심리
적으로도 매우 불안해 보인다. 어찌 보면 전신이 불안 그 자체이다. 그는 자기
보호적 방어를 위해 '어깨의 각을 접어 둥그런 방패를 만'든 것이 아니다. 그것
은 현실과 자신이 꿈꾸어왔던 이상(理想) 사이에서 오는 괴리감을 극복할 수 없
는 역부족에서 오는 허탈감이다.

그 사내 자신이 경전(經典)처럼 떠받들어야 할 미수금대장을 내팽개치는 일
은 곧 '세상을 향해 백기를' 드는 일이라는 것을 안다. 더 나아가 가족 구성원
이 해체될 것이라는 극단적인 사태도 안다. 그런 그가 이 세상에 대해 백기를
드는 것은 자신의 의지와 상관없이 이 사회가 그렇게 내몰고 있는 것에 편승하
는 것이다. 오늘날 조직 사회는 인간에게 반복과 반복을 거듭하는 기계화를 요
구한다. 물론 인간의 삶 자체가 일상적인 반복이다. 그러나 자본주의 사회가
요구하는 것은 집에서 직장으로, 직장에서 식당으로, 식당에서 다시 회사로,
회사에서 집으로, 집에서 다음 날 직장으로 향하는 윤택한 삶의 질과 관계없는
반복된 자본주의 시스템에 길들여지기를 원하는 일이다. 이런 일상의 반복적
이고 시스템화된 사회에서 개미 떼가 물고 가는 빵 부스러기조차 얻을 수 없는

냉엄한 현실을 안성덕은「등을 읽다」에 투사시키고 있다.

경색된 혈관으로 현대사회는 '미동도 없는 저 사내 언제부터 앉아 있었는지/ 수그린 어깨에 녹청이 내'리듯이 이 사회도 온통 녹물만 쏟아내고 있다. 이러하듯이 그에게 절망을 안겨준 주체가 오늘날 자본주의 사회라고 말할 수 있는 이유는 앞서 주지한 바와 같이 "이 모든 문제는 개인에게 있는 것이 아니라 세계에 있다"는 뤼시앙 골드만의 말을 상기할 필요가 있다. 어떤 평자는 인간을 '개인적 동물'로서 자신의 삶에 그 자신이 주도적이어야 한다고 말하는 경우도 있다. 물론 지당한 말이다. 그러나 냉엄한 현실은 그들이 딛고 일어설 계단조차 허용하지 않는다. 그 대표적인 예가 학원가의 선행학습이다. 그 선행학습을 하지 않으면 결코 동급생을 따라갈 수 없는 문제점을 낳는다. 이 같은 사회제도가 자신의 삶을 자신이 주도적으로 끌고 갈 수 없게 만든다. 선행학습은 결국 많이 가진 자의 사회적 특권이라는 가치를 가진다. 이런 특권이 없는 자는 삶의 한계를 가질 수밖에 없는 자본주의의 한계라는 굴레에 갇히게 된다.

사람이 사는 세상에는 사람이 절대적으로 필요하다. 군이 불교의 인연설(因緣說)을 빌려 말하지 않아도 '선'이 존재하기 위해서는 '악'이라는 비교 대상이 존재해야 한다. 한 예를 더 들어 설명하면 전봇대가 '길다'는 의미를 가진 존재적 지위를 획득하려면 반드시 다른 것과 비교하여 '길다'라는 것을 증명할 수 있는 그보다 짧은 '이쑤시개'가 존재해야 한다. 이것이 소위 불교에서 말하는 인연설이다. 다시 인연설에 따라 설명해보면 부자라는 지위를 가지려면 가난한 자가 있어야 가능한 것이다. 부의 행복을 누리는 자는 절대 빈곤이라는 비교 대상이 있어야 지위를 얻을 수가 있다. 그렇기 때문에 인간은 인간을 필요로 한다. 즉, 이 사회에는 어떠한 것도 필요하지 않는 것이 없다. 어떤 절대강자도 홀로 살아갈 수는 없다. 인간은 사회적 동물로서 소속된 조직 사회에서 조직 구성원들이 정해놓은 각종 규범과 제도 속에서 그것을 준수하며 살아간다. 그러나 인간이 인간을 배척하거나 소외시키는 것은 사회 규범을 준수하는 것과는 별개의 문제이다. 곧 아리스토텔레스가 주장한 "인간은 사회적 동물이다(Man is a social animal)"라는 명제를 부정하는 꼴이다. 이런 점에서 안성덕 시인은 「등을 읽다」를 통해 현대인의 인간성 상실에 따른 사회적 폐해 현상을 주도하는 세력에 대한 각성을 요구한다.

로마 시인 호라티우스(Horatius, Horace)는 "시인은 인류의 최초 스승"이라고 했다. 이 말은 시의 의미를 두 가지로 집약한다. 첫째는 공리적 기능이고 두 번째는 순수한 예술적 기능으로 축약할 수 있다. 전자는 본래 정치, 사회, 경제, 종교적 생활에 깊은 영향을 주는 총체적 기능을 가지고 있고, 후자는 문학적 기능만 가지고 있다. 이 두 개의 기능 중에서 안성덕의 「등을 읽다」는 후자가 아닌 전자의 기능을 수행한다. 즉 정신세계를 표출해내는 정신적 탐험 작업으로서 시의 역할이다. 또 보들레르는 "감옥에서 시는 폭동이 된다. 병원의 창가에서는 쾌유에의 불타는 희망이다. 시는 단순히 확인만 하는 것이 아니다. 재건하는 것이다. 어디에서나 시는 부정(不正)의 부정(否定)이 된다"(『로만파 藝術』)고 말했다. 안성덕의 「등을 읽다」는 바로 보들레르가 지적했던 시의 정의에 대한 확인이다. 때문에 모든 시인들은 안성덕 시인이 노래한 것처럼 고통의 산물을 시 창작에서 기피의 대상으로 삼지 말아야 한다.

참여문학을 옹호하는 시인들은 당연히 문학이 부당한 사회에 대해 분노하기를 원한다. 그 분노는 때론 비정상적인 사회와 모순된 규범과 제도 개선에 필요한 행동을 유발할 것을 기대하기도 한다. 가령 사회참여를 부르짖기도 하고, 누구나 누려야 하는 아름다운 삶이 파괴되거나 유린당할 때 예방, 혹은 구원 차원에서 분노하거나 영향력을 행사하며, 또는 양식화하기도 한다. 또 약자와 강자, 지배계급과 피지배계급 등과 같은 이들이 맺고 있는 상호적인 관계망의 결핍에 대한 회복을 요구하며, 그에 따른 비판을 서슴지 않는다.

안성덕의 「등을 읽다」가 도시의 한 샐러리맨의 고통스러운 삶을 형상화하여 노래했다면, 다음에 예시되는 성은경의 「무릎 없는 무릎」은 생의 의미를 상실한 피지배계급을 통해 모순으로 가득 찬 사회를 꼬집고 있다.

4. 외경감을 불러들이는 숭고미

무릎 사이로 온몸을 구겨 넣은 사내
지하도 계단에 단단히 박혀 있다
바짓단 안에 감춘 무릎
지상을 디딜 수 없는 주검으로 딱딱해지고
오래전 두고 온 구두의 낡은 코처럼 희미해지고

지레짐작한 근심 드러나 보이듯 삐죽
배고픈 쪽을 향하던 관절도
가파른 계단 아래선 늘 치명적이어서
양은그릇이 담은
찌그러진 허공 한 줌에 잡혀 들숨만 쉰다

잘그락, 가벼운 동전 소리
무릎 없는 무릎 위로 떨어진다
호기심으로 다가오는
살아 있는 것들의 발소리는 휘발성이 강하다
식어가던 도시의 밤은 차갑고 물컹거려
오래 만지던 생각도 주머니에서 굳어버렸다

빠르게 부화한 어둠들
멀그레한 지상의 자양분 삼키려 달려드는 시간
발소리만 자부룩 빨려드는 지하 쪽으로
버둥거리던 하루, 또다시 무너진다

　　　　　　　　　－성은경, 「무릎 없는 무릎」 전문(『시사사』, 2014, 3−4월호)

　소설처럼 현대시에서도 현실이 반영된 작품들을 어렵지 않게 접할 수 있다. 그러한 시 작품들은 당대의 부조리를 작품에 반영하여, 독자들에게 고발하며 인간의 다양한 삶과 그것을 바라 볼 수 있는 관점을 제공해왔다. 이것은 시인 들이 시를 통해 모순되고 부조리한 현실 세계에 대해 교화와 개선의 목적을 둔 창작 행위로 판단된다. 성은경 시인도 예외가 아니다. 그의 「무릎 없는 무릎」은 제도 개선과 교화라는 두 기능에 초점이 맞춰져 있다. 그는 '무릎 사이로 온몸을 구겨 넣은 사내/지하도 계단에 단단히 박혀 있다'고 현장감 있게 사회적 문제를 부각시켜 공론화의 불을 지피고 있다. 이것은 원칙은 없고 오직 사건만이 존재하는 사회에 대한 일침이다.

오늘날은 많이 가진 자들이 지극히 꺼리는 '나눔'의 공식이 사라진 냉엄한 현실 사회이다. 성은경 시인은 냉엄한 현실 속에서 겨우 비집고 살아가는 가난하고 소외받는 계층에 대한 배려는 거의 찾아볼 수 없는 현실에 대한 안타까움을 시를 통해 피력하고 있다. 그가 외치는 호소의 대상은 불특정 다수인이며, 양심과 정의 구현을 위해 행동할 것을 호소한다. 개인의 양심만으로는 부패한 사회를 개선하는 데에는 한계가 있음을 직시한 그는 '살아 있는 모든 것들'에 대해 호소하고 있다. '무릎이 없는 무릎'을 가진 그들이 필요로 하는 것은 호화스러운 집과 음식이 아닌 딛고 일어설 계단이다. 왜냐하면 '오래전 두고 온 구두의 낡은 코처럼' 그들의 희망이 '희미해지'는 일과 '배고픈 쪽을 향하던 관절도/가파른 계단 아래선 늘 치명적'이기 때문이다.

앞에서 말한 바와 같이 인간은 사회적 동물로서, 또는 관계적 동물로서 혼자 살아갈 수 없음은 누구나 인식하는 부분이다. 즉 구성원들이 서로 관계를 맺기도 하고, 상대적 조화를 이룰 때 비로소 완성된 사회를 이룰 수 있다. 이런 점을 「무릎 없는 무릎」이 우리들에게 상기시키고 있다. 따라서 '빠르게 부화한 어둠들/멀그레한 지상의 자양분 삼키려 달려드는 시간/발소리만 자부룩 빨려드는 지하 쪽으로/버둥거리던 하루, 또다시 무너'지는 사회에서 벗어날 수 있는 방법은 상호텍스트성을 가질 때만이 가능하다는 것이다. 성은경 시인의 이러한 숭고미가 우리에게 외경감(畏敬感)을 불러들이기에 충분하다는 생각이다. 3연 전반부의 '잘그락, 가벼운 동전 소리/무릎 없는 무릎 위로 떨어진다'는 것은 부패한 사회와 개인의 양심에 충격적인 질문을 던지는 소리의 역설이다. 오늘날 인간 사회의 단절과 분열로 사회가 타락하는 것은 피지배계급이 아닌 지배계급에서 비롯되었다. 그래서 그들의 발소리는 '휘발성'이 강할 수밖에 없다.

문학은 인문학으로써 인간의 본질 그 자체를 다루는 학문이다. 즉 인간 본질을 탐구하는 예술이라는 것과 동시에 다가올 새로운 인간 사회 건설을 위한 혜안을 제시하는 역할을 한다. 이것은 부패한 사회에 대한 경고이다. 이것을 하나의 당위성으로 우리들이 받아들일 때 「무릎 없는 무릎」은 비극적인 인간들의 주체적 각성과 그들이 지니고 있는 비극적인 운명을 개선하고자 하는 노력의 산물이며, 부패한 사회에 대한 개선의 경고이다. 문학이 추구하는 궁극적인 목적은 휴머니즘이다. 그 까닭에 문학은 부조리한 사회에 대해 비판과 조롱을 하지만 결국은 그 사회를 소멸시키거나 스스로 소멸되는 것도 원하지는 않는다. 지금 성은경이 노래한 「무릎 없는 무릎」도 근본적인 사회 문제점을 지적하며 비판하지만 궁극의 목적은 부조리한 사회를 소멸시키는 일이 아니라 시정의 요구이다.

성은경 시인은 '잘그락, 가벼운 동전 소리'라는 풍자로 모든 지배계층의 기만과 그들의 본성에 대한 위선적 태도에 흥분한다. 이것은 개인이나 집단 내부에 팽배하게 자리 잡은 모럴 해저드(moral hazard)에 대한 성토이다. 즉 법과 제도의 허점을 이용하여 자기 책임을 소홀히 하거나 집단적 이기주의를 보여주는 모습이나 행위에 대한 풍자이다. 스탕달은 "누구든 저속하게 생각하는 자를 나는 부르주아라고 부른다"고 했다. 그가 말하는 부르주아란 사회의 특정 계급을 지칭하는 것이 아니라 범속하고 진부한 것에 대한 역겨움을 표시하기 위해서 사용했다.[4] 그는 자신이 부르주아의 집단에 속하는 일원임에도 불구하고 자신이 속한 계급에 대해 경멸감을 드러냈다. 이것이 '예외적인 개인'으로 위대한 작가의 조건이다. 다시 말해서 '위대한 작가'란 자신이 속한 집단을 빠져나와 그 집단의 문제점에 대해 그 문제를 제기하는 자를 말한다. 이 「무릎 없는 무릎」이라는 한 편의 시 작품만을 가지고 성은경 시인을 위대한 작가라고 단정할 수는 없다. 그러나 단정하지 않더라도 적어도 시인의 사회적 역할에 충실하거나 적극적인 것만은 사실이다.

제 3 부 가상이 현실을 구원하는 시뮬라르크

---

4) 李東烈, 『문학과 사회묘사』, 민음사, 1988, 11쪽.

5. 물리적 거리와 개인의 불확실성

지금까지 현실 사회에 팽배하고 있는 사회적 문제들을 비판과 풍자라는 시적 장치를 빌려 폭로하거나 고발하는 시 작품들을 살펴보았다. 그들의 공통점은 여러 가지 문제점을 안고 있는 이 사회에 대해 비판하거나 부정하는 그 자체가 목적이 아니라는 것이다. 그 시 작품들이 보여준 것은 문제적인 사회제도나 규범, 그리고 특히 자본주의 체제가 지니고 있는 구조적 허점 등과 같은 것에 대해 개선을 명령하는 일이었다. 곧 칸트가 주장했던 정언명령(定言命令)에 따르라는 개선의 요구이다. 이처럼 지금까지 살펴본 네 편의 시 작품이 비판의 목소리를 높인 것에 대해 종합적으로 대변하는 시 작품이 있다. 그 시가 이난희의 「모래지도」이며, 이 시 작품을 분석하면 다음과 같다.

밤새 뙤약볕처럼 쏟아진 불빛에 묶인 나무물고기가 흔들린다

어젯밤 꿈속을 밟고 물방울이 몰려다닌다
물길이 펼쳐졌다 지워져도 괜찮다
뜻밖에 만난 유령비를 순식간에 놓친 것도
버려할 기억이었으므로 괜찮다

기억을 버린 채 건기를 지나는 어항에도
강물을 건너온 궤적으로 한 줌 모래다
사라지는 것들이 무늬를 만든다고
어깨 너머 바람의 말이
겹겹이 돌아누운 둔덕을 넘어온다

발자국이 바람에 지워질까
세수대야를 덮어 놓았다는 사막의 여자*처럼
심장 속에 파묻은 질문을 꺼내 답을 썼다, 지울 때

어둠은 필사적으로, 어제의 악몽을 다시 펼쳐든다

* 인위쩬 : 중국 네이멍구 사막을 숲으로 가꾸었다

　　　　　　　　　－이난희, 「모래지도」 전문(『시사사』, 2014, 3－4월호)

　앞서 살펴본 네 명의 시인들은 '불빛에 묶인 나무물고기가 흔들'리기 때문에 비판의 외침을 높일 수밖에 없었다. 흔들리는 그 자체도 그들에겐 고통인데, 더구나 묶여서 흔들린다. 이 「모래지도」의 첫 연의 첫 행을 읽고 있노라면 미래파 박남철 시인의 「권투」라는 풍자시가 문득 떠오른다. 이 작품에서도 '한 선수의 두 손을 묶어놓고 권투시합이 벌어졌다/손이 자유로운 선수가 묶인 선수를 이겼다/관중들이 열광했다'는 구절과 유사하다. 다만 박남철 시인의 「권투」는 자본주의의 문제점을 노골적으로 비판하는 풍자시이고, 이난희 시인의 「모래지도」는 풍자시이거나 현실 사회를 비판하는 시는 아니다. 이 장(章)에서 두 작품이 '풍자시다 아니다'라는 문제를 놓고 상호 비교할 문제도 아니다. 다만 두 시인이 각자 자신의 시 작품에서 전달하고자 하는 의미가 단순히 유사하다는 점에서 일맥상통을 찾으려는 것뿐이다.

　아무튼 '어젯밤 꿈속을 밟고 물방울이 몰려다닌다/…(중략)…/뜻밖에 만난 유령비를 순식간에 놓친 것'이라는 것은 현대인들의 악몽을 표현한 것이다. 이 현대인을 지배하는 것은 행복, 이성, 합리적 사고 등과 같은 것이 아니라 욕망과 공포, 그리고 갈등과 소외라는 불행이다. 이런 상황 속에서는 자신의 진정한 초상을 발견할 수가 없다. 왜냐하면 에즈라 파운드가 노래했던 것처럼 '군중 속에 유령처럼 나타나는 이 얼굴들'이기 때문이다. 이난희 시인이나 에즈라 파운드도 모두가 도시 또는 산업사회의 그늘이나 또는 그 어둠을 노래한 작품이다. 특히 「모래지도」는 행간과 행간 사이, 각 행이 담고 있는 의미들이 모두가 고통이다. 한 시구를 예로 들면 '기억을 버린 채 걷기를 지나는 어항'과 같은 표현들이 대표적이라 할 수 있다. 고통으로 시작하여 마지막 연의 끝맺음도 고통으로 매듭을 짓는다. 한번쯤은 현대인의 주변으로부터 사라질 것으로 알았던 저 '어둠은 필사적으로, 어제의 악몽을 다시 펼쳐'들고 찾아와 맴돈다.

　역사를 생성하는 인간은 죽으면서도 '무늬를 만든다고' 어깨 너머 바람이 우리들에게 전한다. 피를 본 역사적 사건일수록 기록할 많은 내용을 제공하며 교훈을 들려준다. 그런가 하면 고통의 역사일수록 거울의 역할을 한다. 그러나 사막의 「모래지도」 속의 '모래지도'는 영원성을 지니지는 못한다. 그것은 사막의 길은 언제나 불확실성을 지녔기 때문이다. '모래지도'는 물리적 거리의 불확실성과 존재의 불확실성을 모두 가지고 있다. 그래서 모래바람이 불어오면 사라지는 '모래지도'는 불확실성이라는 한낱 부유물에 불과한 것이다. 이 점이 「모래지도」가 모순된 사회에서 살아가는 현대인에게 전하고자 하는 메시지이다.

모순된 사회 구조는 그 당시에 실존하는 모든 사람들에게 역사적으로 봐도 늘 고통을 안겨주었다. 이 고통은 곧 비극으로 귀결된다. 이 비극은 인간이 무엇 때문에 태어났는가라는 슬픈 물음을 제기하게 만든다. 이 물음에 동서고금을 통하여 명쾌한 해답을 내놓은 성인도 현인도 없다. 인간이 왜 태어났는가라는 물음에 대한 대답을 내놓지 못하는 이유는 인간이 무목적으로 태어나기 때문이다. 우리 모두가 그 목적 없이 태어났기에 '나는 왜 태어났으며, 어디로 가고 있는가'라는 문제만 제기하다가 죽음을 맞이한다. 그리고 보면 이 죽음이 목적이 될 수도 있다. 즉 인간이 태어나는 이유는 죽기 위해 태어난다. 그래서 죽음은 인간을 완성시키는 결과이다. 이런 명제들로 인하여 인간의 삶, 그 자체가 늘 비극적일 수밖에 없다.

시인들은 이렇게 비극적인 문제들의 이야기를 시적 대상으로 삼아 시혼을 불태운다. 이것에 대해 아리스토텔레스는 "비극은 그 자체로서 진지하고 장엄하며 완전함이 있는 행동의 모방이다. 비극은 연민과 공포를 불러일으키고 그것을 통해서 정서를 정화시켜 준다"(「시학」, 2006)고 지적했다. 그렇다. 인간은 비극적인 동물이다. 시인은 인간이 태어난 목적이 죽음이고, 이 죽음은 이별을 낳고, 이 이별은 비극을 낳음으로써 인간의 삶 그 자체가 진지한 비극인 셈이다. 시인들은 바로 이 점을 노리고 비극적인 이야기를 소재로 삼는 경우가 많다. 비극적인 노래를 하는 일, 그 자체가 목적이 될 수는 없다. 또 수단이 되어서도 안 된다. 다만 인간의 정서를 정화시키는 일이 협의의 개념으로서 사회의 정의(定議)를 바로잡는 일, 즉 개선하는 일인 것이다.

모든 인간 행위는 어떤 특수한 상황에 의미 있는 대답을 주려는 기도(企圖)

이다. 바로 그로써 행동의 주체와 그 행동이 미치는 대상, 즉 주위의 외계(外界) 사이에 균형을 이룸을 지향한다. 그러므로 작가는 문학을 통해 가치의 균형, 부의 균형 등과 같은 것을 이루려고 기도(企圖)하는 방법 중에 하나가 타락된 사회를 비판하는 일이다. 요약하면 평면적인 사회의 구성에 되도록 적극 참여하는 일이다. 따라서 뤼시앙 골드만의 주장대로 문학이 다른 상품과는 다른 것은 분명하다. 그러나 다른 가치를 발휘하려면 시인은 타락된 가치(타락된 사회) 속에 들어가서 함께 유통되어야 한다. 한 예를 들어 설명하자면 발자크(보수왕당파 작가)는 『농민들』이라는 소설 속에서 작가 자신이 속한 계급을 옹호하지 않고, 오히려 농민들의 혁명을 정당화함으로써 자신의 왕당파적인 이데올로기의 모습들을 드러낸다는 점을 적시했다. 그래서 루카치는 발자크를 천부적인 '위대한 작가'로 평가했다. 이렇듯이 '인간을 위한 예술'을 하는 작가는 모름지기 문제의식이 있어야 한다. 곧 문제의식을 갖는 일이다. 시인이 모순되고 부조리한 현실 세계를 교정하기 위해 비판적인 시 쓰기를 하거나 풍자시로 부조리한 사회를 탈바꿈하는 과정이야말로 시인의 사회적 역할을 충분히 해내는 것으로서, 소위 문학 외적 측면을 강조하는 새로운 문학의 창조라고 말하는 이것이 바로 참여문학의 진수인 것이다.

정리해보면 다음과 같다. 김영준의 「12월 두 개의 문」은 역사적인 사건을 역사의 거울에 비추어 현상의 결함을 꼬집을 뿐만 아니라 결과적으로는 인간의 기본권인 행복을 기원하는 외침으로 받아들여야 한다. 그의 비판은 비판에서 비판으로 끝나는 무목적의 비판이 아니라 어디까지나 인류가 지향해야 할 진정한 평등의 가치와 존엄에 대해 인류, 즉 모두가 함께 공통된 인식을 갖자는 주문이다. 시인이 인식한 새로운 세계를 4연에서 보여주기 위해 1연과 2연, 그리고 3연의 역사적 사건을 제시했다. 각 연마다 강조된 의미는 비극이며, 이 비극을 개선하자는 차원의 비판이다.

배한봉 시인 역시 「포옹」에서 비극적인 우리들의 일상적 삶을 간접적이고, 우회적으로 비판했다. 흔히 일상에서 발견되는 사소한 사건을 부각시켜 매너리즘에 빠진 우리들에게 일종의 경종을 울리는 시 작품이다. 또한 현실이 반영된 전형적인 시 작품이다. 6연 중에서 5연이 가장 격렬한 어조를 보이고 있다. 그의 시적 전략은 그가 제기해오던 사회의 문제점을 5연에서 끝내고 비로소 6연에 이르러서 국면 전환을 통해 강력할 메시지를 던지고 있다. 이를테면 1연에서 5연까지는 부정적 진술로 이어오다가 6연에 와서 새로운 시적 상황을 제시하여 부화뇌동(附和雷同)하는 현대인들에게 시의 주제를 각인시키고 있다. 다른 측면에서 생각해보면 「포옹」의 시 작품은 절망에서 희망으로 전개한다는 점에서 배한봉 시인의 시가 늘 따뜻하게 느껴지는 이유다.

안성덕의 「등을 읽다」는 현대에 살고 있는 샐러리맨의 자화상을 형상화한 것이다. 이 샐러리맨(salaried man)의 어원적 유래는 로마 시대 기사들이 보수를 금전이 아닌 소금(salt)으로 받아가던 일로부터 시작되었다. 따라서 곧 샐러리맨은 소금이다. 이 소금의 역할은 썩고, 부패한 사회에 대해 소금으로써 직분을 다해야 하는 것인데, 오히려 자본주의라는 굴레에 갇혀 제 구실을 하지 못함으로 해서 사회는 더욱 부패할 수밖에 없다. 다시 말해 본인의 의지와 상관없이 썩은 사회에서 자신의 역할을 다하지 못하는 소금에 대한 자기부정이다.

성은경의 「무릎 없는 무릎」은 매우 절망적인 분위기를 연출한다. 이것은 시를 읽는 독자들로 하여금 큰 울림을 주는 요인이 되기도 한다. 시적 대상자가 만약 노숙자(장애자)라면 태생적 한계를 지니고 있다. 이 역시 자신의 의지와 전혀 상관없는 개인의 불행이므로, 이 사회는 그들이 일어설 수 있는 계단을 마련해주어야 한다는 것, 즉 개선되어야 한다는 점을 강한 어조로 질타한 노래이다.

불교에 대해 미천(微賤)하기 그지없는 본 평자가 앞서 인연설에 대해 언급한 바 있다. 가령 비장애자라는 것은 장애자가 있으므로 가능하다. 즉 장애자가 있어 비장애자가 있고, 비장애자가 있어 장애자가 있다. 요약하면 비장애자의 실존은 장애자들이 존재함으로써 현존이 가능하다는 의미이다. 그들이 없으면 우리들은 비장애자라고 할 수 없다. 이러한 측면을 노래한 시가 「무릎 없는 무릎」이다. 성은경 시인이 이와 같은 의미를 전달하는 방법에서 설명문이 아닌 시라는 장르적 매체를 사용한 까닭은 시가 가지고 있는 고유의 특성 때문이다.

즉, 시적 진술에서 독백은 자아 성찰과 반성을 근간으로 한다는 점을 놓고 「무릎 없는 무릎」의 시를 주시할 필요가 있다.

이난희 시인은 「모래지도」를 통해 앞의 네 시인이 비판했던 사회적 문제가 품고 있는 원인이 어디에 있음을 암시했다. 인간 삶의 궁극적인 목적은 죽음인데, 행복으로 착각하는 잘못된 사유에서 오는 욕망이 비극을 부르고, 이 비극은 피지배계급이나 소시민들에게 고스란히 떠넘겨지는 사회의 모순된 구조에서 비롯된다는 것에 대한 지적이다. 예나 지금이나 잘못된 세계나 모순 구조를 가지고 있는 현대사회에 대해 비판하거나 풍자하는 시인들이 많다. 한국의 문단 역사에 풍자시로 깊은 인상을 남긴 조선 시대의 김삿갓(본명 김병연)을 비롯하여, 오늘날 오탁번(「굴비」 외), 황지우(「심인」 외), 박남철(「주기도문」 외) 등을 대표적인 시인으로 꼽을 수 있다. 그들의 공통점은 모순된 현실 사회 전반에 관하여 신랄한 비판 정신을 드러낸다는 점이다. 또 세상 밖으로 눈을 돌려보아도 괴테, 아폴리네르, 자크 프레베르 등도 우수한 풍자시 여러 편을 남겼다. 과거에는 풍자 그 자체에 의미를 두기보다도 시로서의 기능을 충분히 드러내어 그 속에 풍자 정신을 두었다. 그러나 소위 말하는 현대의 풍자시는 한층 복잡한 구조를 띠고 있다. 모순된 사회구조를 날카롭게 분석하여 달콤한 음악적 흥미를 물씬 풍기는 아리아(aria) 노래처럼 들려주는 경우도 있으며, 선명하고 명확한 이미지와 리듬을 살려 읊은 시도 있다.

어떤 시든 그 나름의 목적과 기능, 그리고 가치를 지니고 있다. 호라티우스는 "시는 아름답기만 해서는 모자란다. 사람의 마음을 뒤흔들 필요가 있고, 듣는 이의 영혼을 뜻대로 이끌어나가야 한다"고 말한 바 있다. M. 아널드 역시 "시란 본질적인 면에서 인생의 비평"이라고 지적했다. 모두 시의 효용론의 입장에서 한 말이다. 이같이 비판과 풍자는 분명한 효용성을 가진다. 앞의 다섯 시편들도 각기 목적이 분명하다. 그 목적은 비판과 풍자를 통한 혼탁한 사회의 정화이다. 또 형평성을 잃은 사회의 지배 구조와 약자를 배려하지 않는 사회 풍토에 대한 비판이다. 그러나 오늘날 현대인들은 모순되고 문제적인 사회를 비판하면서도 수용해야 하는 딜레마에 빠져 있다.

제3부 가상이 현실을 구원하는 시뮬라르크

누구를 위한 슬픔인지 창밖에는 비가 많이 내린다. 아프다. 가슴이 아프다. 매우 아프다. 그러나 우리보다 더 아픈 가슴은 세월호(世越號) 침몰 희생자 가족들이다. 그들을 생각하며 세월호 희생자의 무사귀환을 빈다. 앞의 다섯 시편과 같은 앙가주망의 시 작품들이 많을수록 우리들의 아픔이 줄어들 것이라는 기대를 함께해 본다.

공감과 소통, 혹은 다양한 층위의 표현

— 김규진 · 정석원 · 정푸른 · 이담하의 시

건축물을 짓는 데에 있어서 반드시 필요한 것은 건축설계 도면과 목수이다. 글쓰기에 있어서도 소쉬르(F. Saussure)의 기호 연산식에 따르자면 기의(記意)가 기표(記標) 위에서 주도권을 행사한다. 이런 논거를 전제로 하여 말하면 건축설계 도면은 외계에 의해 인지된 의미 표상을 대체하는 형식으로 시니피앙(signi-fiant, 記標)이거나, 또는 건축의 결정 사항이나 지시 사항일 뿐이다. 더 이상의 융통성이라는 것은 없다. 더 이상 빠져나갈 틈이 보이지 않는다. 이것은 억압이며, 어떤 의미도 갖지 않는다. 뿐만 아니라 단적으로 말하면 어떤 의미도 가질 수가 없다. 우리가 눈으로 볼 수 있는 이미지 그 자체이다. 즉 시각적 또는 청각적 이미지만을 가질 뿐이다. 예를 들면 건축설계 도면에 H빔으로 건물기둥을 세우라고 어떤 기호로 표시되어 있다면 한 치의 오차도 허용됨이 없이 그 치수대로 시행하여야 한다. 따라서 언어학에서 말하는 시니피앙, 즉 기표가 건축설계 도면이다.

목수는 건축설계 도면과는 다른 의미를 지닌다. 그는 개념이 언어에 의해서 표시된 표상체로서 말에 있어 소리로 표시되는 의미를 지닌 시니피에(signifie)와 같다. 즉 언어가 담고 있는 의미인 것이다. 가령 '냇물'이라는 시니피앙은 어떤 의미, 즉 이미지를 상기시킬 수는 역할은 할 수 있어도 설명하기는 용이하지 않다. 그 까닭은 '냇물'이라는 개념은 시내, 강(江), 내(川)와 같은 또 다른 시니피앙들과의 관계 속에서 그 의미를 파생시키기 때문이다. 따라서 목수는 건축설계 도면에 표시된 H빔을 세우되, 제품을 생산한 회사, 그에 관계되는 가장 적합한 어떤 종류의 H빔을 선택할 수 있는 권한을 가지고 있다. 그에겐 선택할 권한과 자유는 무한정이다. 기둥의 크기, 길이, 너비 등은 기표로서 더 이상의 다른 재로로 대체가 불가능하겠지만 건축의 모양과 색깔, 무늬 등의 아름다움을 장식하는 것은 목수의 생각(사유)에 달려 있다.

목수와 건축설계 도면이라는 두 개의 개념을 이렇게 여러 측면으로 설명하는 이유는 두 개의 개념이 지니고 있는 역할에 대해 명확히 구별짓기 위함이다. 건축설계 도면과 목수를 놓고 볼 때 전자는 시의 구조가 될 뿐 시인은 될 수 없다. 그러나 목수는 시를 짓는 시인으로서의 역할과 다를 바 없다. 집은 목수가 지니는 사유로부터 미의 창조가 시작된다. 건축설계 도면은 원으로 된 창문을 만들라고 할 뿐 창틀에 꽃무늬를 입히고, 스테인드 글라스 유리창을 끼우는 것들은 목수의 생각(사유)에 달려 있다. 건축설계 도면은 시를 지을 때 필요한 형식을 제공할 뿐 어떤 내용의 시를 지으라고 지시를 할 수 없다. 시어의 선택이라든지 사유의 방향이 서정적이든 서사적이든, 아니면 아방가르드를 추구하든, 모더니즘을 시도하든, 아니면 키치(kitsch)든 그것은 순전히 마음대로 결정할 수 있는 권한은 목수에게 있다.

본 글에서 지난 2014년 1−2월호에 실린 『시사사』의 신작시 코너에 실린 다수의 작품 중에서 특별히 제각각 색깔이 다른 목소리를 내는 사인사색의 시 작품을 선별하여 살펴보려고 한다. 각각의 시 작품들은 원색의 빛깔로 제 모습을 소리 높여 노래했다. 어떤 시인은 은유적 목소리로, 어떤 시인은 성찰의 목소리로, 누구는 스토리 형식의 서사적 목소리로 가일층 높였다. 이런 점을 감안한다고 해도 네 편의 시 작품을 선정하는 데에 많은 고심이 따랐다. 그중에서 선별의 기준은 독특한 제 목소리로 분명한 메시지를 전달하는 작품들을 선정했다. 그 작품들은 김규진의 「진안(鎭安)에서」, 그리고 정석원의 「꿈의 대화」와 정푸른의 「떠도는 문장」, 이담하의 「분열하는 가위」이다. 이 네 작품의 고유한 색깔의 목소리를 리뷰하고자 한다.

1. 해체, 노마드적 사유

포장도로가 문화와 예술의 혼합이라면, 길은 자연과 철학의 합금이다. 이 같은 명제를 상기해볼 때 김규진은 「진안(鎭安)에서」를 통해 길의 존재와 인간의 삶과는 독립된 실체임을 증명하며, 그런 가운데에서 상호 관련성을 가지고 있는 동일성의 원리를 일깨워주고 있다. 길의 세계에 대한 독자들의 새로운 인식의 가능성을 이해시켜줄 뿐만 아니라 더 나아가 길은 자연이요, 자연이 길임을 설파한다. 그리고 그에겐 또 길이 삶이요, 삶이 길이다. 또 자연이 길이요, 길이 자연이라는 자연철학의 근본적인 가치를 우리들에게 심어줌으로써, 인간은 자연철학과 나눌 수 없는 연관관계를 맺고 있음을 확인해준다. 길은 어떠한 것이든 이동의 공간이다. 길은 천·지·인(天·地·人)의 모두에게 있다. 하늘에는 항로와 천상의 계단(내적인)이 있고, 땅에는 오솔길, 신작로, 포장도로, 언덕길 등이 있다. 심지어 바다에도 바닷길이 있다. 심지어 허공도 바람들이 흐르는 강이면서 동시에 길이다. 그러나 인간 내부에는 어떤 길이 존재할까. 바로 이 인간의 삶 속에서 거미줄처럼 연결되어 있는 길, 그 길이 무엇인가를 진술하는 김규진의 「진안에서」를 살펴보자.

까마득한 산촌에
목판화(木版畵) 같은 밤이 온다.
밤이 되면 모든 길들은 돌아간다.
어떤 길은 신발을 끌며 천천히 골짜기 속으로 걸어 들어가고
들어가 낙엽을 덮어 눕고,
어떤 길은 생선 몇 토막 흔들며 게딱지 엎드린 지붕 밑으로 사라진다.
어둠보다 늦게
고단한 길 하나는 개울에서 황톳빛 하루를 씻어내고 냉갈내 나는 마을을 바라본다.

네온 아래 헤매임 없는 곳.
밤이 되면 모든 길들은 아침에 걸어 나왔던 제자리로 돌아간다.
길섶의 들꽃만 저희들끼리 남겨져

시린 어깨를 부벼댄다.
불이 켜지고, 달그락달그락 숟가락 소리 들리고
아홉시 뉴스의 쌀값 떨어지는 소리 들리고
어떤 길은 아직 돌아오지 않은 길의 발자국 소리를 기다린다.

오늘 오후, 산기슭에 묻힌 늙고 구부러진 길 하나도 있었다.

서편에는 사과조각 같은 하현달을 야금야금 갉아먹는 산등성이.

하나둘씩 불빛 가라앉고
어떤 길은 한숨으로 홑이불 같은 어둠을 눈썹까지 끌어올리고
어떤 길은 슬금 다가오는 술 취한 손을 팽하니 뿌리치며 돌아눕고
어떤 길은 옹이진 다른 길을 껴안으며
새삼 불룩해진 아랫배를 쓰다듬는다.
— 이 길은 어디를 걸어갈까
   이 길도 나처럼 힘겨울까

슬픔도 기쁨도 하나인 듯
어둠속에서는 결국 한 색깔이 되고
부다다다 —.
갑자기 광포한 다다이즘처럼
낄낄대는 파란 길들이 어둠을 가르며 순식간에 지나간다.
갈라진 어둠을 황급히 뒤 채우며
아무 일 없었다는 듯이 다시 꽁꽁한 어둠.
문득, 오늘 아무 데도 가지 않은 길 하나가 부스럭 일어나
길게 깜박이는 불빛 하나를 밝힌다.

하늘에는 서로 떨어지지 않으려고 안간힘으로 팔을 뻗는 별자리들.
문득, 손 놓친 별 하나
밤하늘에 사금파리처럼 날카로운 금을 긋고.

　* 다다이즘(Dadaisme) : '다다'는 '아무 뜻이 없다'는 말. 1차 대전 말 모든 가치와 질서를
　　　　　　　부정한 실험적이고 전위적인 예술운동

　　　　　−김규진, 「진안(鎭安)에서」 전문(『시사사』, 2014, 1−2월호)

공감과 소통, 혹은 다양한 층위의 표현

길이란 어떤 곳에서 다른 곳으로 이동할 수 있도록 땅 위에 존재하는 일정한 너비의 공간을 뜻한다. 이런 정의는 단순히 사전적 정의에 포함된다. 그러나 김규진 시인은 '어떤 길은 아직 돌아오지 않은 길의 발자국 소리를 기다린다'고 다르게 말한다. 이 메시지는 인간 내면의 길이라는 것을 일깨워주는 경구와 같다. 이를테면 운명의 길이며, 죽음의 길이며, 현세 우리들의 삶의 길이며, 그리고 타락의 길과 욕망의 길이다. 달리 말하면 누구에겐 황폐한 길인 반면 누구에겐 꽃길일 수도 있다. 또 어떤 길은 악취가 진동하는 길인가 하면 어떤 길은 가로수가 있고, 그 나무에 새들이 지저귀는 길이다. 따라서 길은 삶의 그 자체이며 통로이다. 그리고 역사와 함께 늘 뻗어 있다. 길은 역사를 담고 있는 필사본이다. 또 우리들의 삶이 표출되는 자연과 철학의 집합체이다.

김규진 시인에겐 '아홉시 뉴스의 쌀값 떨어지는 소리 들리'는 일도 길이다. 이 쌀값 떨어지는 소리에 '어떤 길은 아직 돌아오지 않은 길의 발자국 소리를 기다'리고, 쌀값 떨어지는 소리에 '오늘 오후, 산기슭에 묻힌 늙고 구부러진 길 하나'가 생겨나기도 한다. 김규진 시인이 사유하는 길은 삶과의 동일성 증명이고, 모든 인간의 아우성이다. 그러므로 '어떤 길은 슬금 다가오는 술 취한 손을 팽하니 뿌리치며 돌아눕고/어떤 길은 옹이진 다른 길을 껴안으며/새삼 불룩해진 아랫배를 쓰다듬'고 있다. 그러면서 우리들은 아직도 끝이 어딘지를 모르는 자신의 길에 대해 질문을 하는 경우도 있다.

> 이 길은 어디를 걸어갈까
> 이 길도 나처럼 힘겨울까

김규진 시인은 일찍이 인간이 나약하다는 것을 증명이라도 하듯이 '밤이 되면 모든 길들은 아침에 걸어 나왔던 제자리로 돌아'가는 귀소본능을 지니고 있다는 것을 알면서 또 묻는다. 결국 성경구절처럼 인간은 흙에서 나왔으니 흙으로 돌아간다는 의미이다. 길을 통해 태어나고 길을 통해 죽어간다. 세월이 흘러 '밤이 되면 모든 길들은 돌아'가는 반면에 '문득, 오늘 아무 데도 가지 않은 길 하나가 부스럭 일어나/길게 깜박이는 불빛 하나를 밝히'는 일도 있다. 극히 자연의 섭리이고, 이치이지만 그러나 김규진 시인이 말하는 길은 그 이상의 무엇을 담고 있는 상징성을 내포하고 있다. 그는 상징을 통해 독자들에게 미처 깨닫지 못한 새로운 정신세계를 제시해줄 뿐만 아니라 '길'의 의미를 해석하는 진술을 일관되게 주장하고, 그 분위기를 조성하고 있다.

표면적으로는 길의 의미가 이런 것이라는 주장이겠지만 내면적으로 독자들에게 수용의 태도를 권유한다. 때로는 회피할 수 없는 죽음에 대한 것, 때로는 필연적인 탄생의 환희, 그리고 우리들의 삶을 떠받치고 있는 애환을 수용하라는 권유이다. 어찌 보면 통속적인 표현 방법이거나 진부한 소재의 선택이라고 치부할 수도 있으나,「진안에서」가 독자들을 고민에 빠지게 하는 것은 두 가지의 그 무엇을 가지고 있다. 첫째는 다름이 아닌 '길섶의 들꽃만 저희들끼리 남겨져/시린 어깨를 부벼댄다'는 표현에서 이해가 가듯이 곧 성찰이다. 즉 길을 통해서 우리들에게 성찰이라는 숲으로 인도하고 있다. 그렇다면 성찰이란 무엇인가. 가톨릭대사전에 따르자면 '고해성사를 받을 준비를 할 때 먼저 성령의 도움을 구하고, 자기 양심을 살피어 죄를 범한 것들을 생각해내는 일이며, 사랑의 계명이 금하는 바를 감히 행함으로써 범한 죄뿐만 아니라, 그 계명이 명하는 바를 이행하지 않음으로써 의무를 다하지 못한 잘못도 반성해야 한다'고 기록되어 있다. 그런데 인간이 아닌 '길섶의 들꽃'들은 어깨를 맞대고 산다. 따라서「진안에서」는 우리는 지금 이웃과 어깨를 맞대고 사는가라는 물음과 함께 자신의 일을 반성하며 깊이 살피는 일에 게을리해서는 안 된다는 메시지를 전하고 있다.

두 번째로 우리들을 깊은 고민에 빠지게 하는 것은 '슬픔도 기쁨도 하나'라는 시구이다. 그는 '슬픔'과 '기쁨'이라는 두 개의 대립적 관계를 해체하고 있다. 흔히 말하는 포스트모더니즘에서 나타나는 계층 구조의 타파와 다원주의의 흡수이다. 한편으로는 두 개의 단어가 지니고 있는 고유한 주체 및 경계의 해체이다. 다시 말해 슬픔과 기쁨이 가지고 있는 기존의 정의와 개념을 해체하고 있다. 가령 '슬픔'은 부정적인 감정 표현의 하나이다. 이것은 탈력감(脫力感), 실망감이나 좌절감을 동반하고 가슴이 맺히는 등의 신체적 감각과 함께

공감과 소통, 혹은 다양한 층위의 표현

눈물이 나오고, 표정이 굳어지며, 의욕, 행동력, 운동력 저하 등이 관찰된다. 또한 눈물을 흘리며 말로 할 수 없는 소리를 내어 '우는' 행동이 나타난다. 이에 반해 기쁨은 욕구가 충족되었을 때 가지는 감정이나 느낌이다. 행복의 일종으로도 볼 수 있다. 심리학에서의 기쁨은 긍정적인 피드백의 원동력으로 기술된다.

이렇듯이 두 개념은 확연히 다른, 그리고 별개의 성질을 지니고 있는데도 불구하고, 김규진 시인은 두 개의 개념을 동일한 성질의 것으로 보고 있다. 이런 경우를 두고 그를 다원주의라고 할 수 있는 것이다. 하나로의 통합이며, 결코 파괴가 아니다. 또 무엇인가를 조형하는 행위는 근본 바탕을 풀어 헤치지 않으면 불가능한 일로 결론이 나버린다. 즉 기존의 입장을 답습하는 관습적이고, 인습적인 행위로는 결코 진정한 창조를 이루어낼 수가 없다는 김규진 시인의 남다른 예술 정신이다. 따라서 '슬픔'과 '기쁨'을 해체하려는 그를 단지 파괴라는 부정적인 면을 넘어 긍정으로 표현되어야 하는 이유가 여기에 있다. 요약하면 김규진 시인이 의도하는 해체는 단순히 파괴하고 분리하고 떼어내는 행위가 아니라 함께 있어야 하는, 그래서 하나로 통합되는, 이 통합에 의해 새로움을 창조해내려는 행위로서의 해체이다.

해체주의의 사유가 발아된 상태에서 그가 「진안에서」를 노래했다면 더더욱 해체주의의 특징을 진지하게 살펴볼 필요가 있다. 그것은 대체적으로 세 가지로 구분한다. 먼저 절충주의가 있으며, 두 번째로 탈형식주의, 세 번째가 콜라주 개념이다. 절충주의는 기존의 형태를 파괴하거나 단순한 형태로 조합, 중첩, 회전 등을 시키며, 다양한 의미를 담아낸다. 또 탈형식주의는 결과물들이 하나의 공통된 모습을 가지지 않고 각각 새로운 소재와 기법을 사용하는 것을 말한다. 이것은 양식화된 틀에 얽매이는 것을 방지하기 위한 것이다. 콜라주 개념은 단편화된 이미지를 조합하는 개념이다. 부연하면 역사적 이미지, 다양한 이미지를 단편화시키고, 이를 재구성하여 혼성의 상태로 만들어보려는 의도에서 발생된 것이다.

김규진 시인이 사유하는 해체주의에 특징을 요약 정리하면서 그는 절충주의에 입각한 해체를 시도하고 있다. 그 이유는 '슬픔'과 '기쁨'이라는 단순한 개념을 '슬픔이 기쁨의 하나'라는 중첩 내지 조합을 하고 있기 때문이다. 지금도 김규진 시인의 길은, 아니 우리들의 길은 고향에서 등 떠밀려 나온 뒤 계속적으로 '가고', '떠나고', '비우고', '미끄러지고', '흐르고', '지워지는' 방랑의 운명 그 자체로 존재한다.

2. 반복, 혹은 차이의 생성

우리들의 일상은 반복의 연속이다. 반복적으로 아침이면 해가 뜨고, 저녁이면 해가 진다. 달이 반복적으로 뜨고 지고, 반복적으로 절기가 찾아오고 간다. 매양 아침마다 아침식사를 반복적으로 하고, 어두워지면 반복적으로 수면을 취하기 마련이다. 다만 반복의 주체마다 질료가 조금씩 다르다는 것뿐이다. 예를 들면 어제 저녁은 밥을 먹었다면 오늘 저녁은 빵을 먹었다는 차이를 낳는다. 그러므로 이런 유(類)의 반복은 차이를 낳는다. 일상성은 반복이 반복을 낳으며 차이를 생성한다. 따라서 들뢰즈에 의하면 차이는 두 반복 사이에 있다. 그러나 역으로 반복이 또한 두 차이 사이에 있으며, 이 두 반복은 내적이며 풍요로운 반복이다. 곧 내적 반복과 외적 반복의 구분은 차이를 낳느냐 그렇지 못하느냐에 달려 있다. 외적 반복은 재현에 불과하다. 재현은 창조성을 이루어낼 수가 없다. 과학은 반복이 가져다주는 질서를 거느리고, 그것은 다시 탐구의 기본적인 근간이 된다. 그러나 내적 반복에서는 외적 반복과는 다르게 반복이 내적 존재들로 수축하면서 질적인 차이를 생성한다. 이것이 정석원이 「꿈의 대화」에서 나타내고자 하는 차이의 생성이다. 이런 점이 그의 「꿈의 대화」를 비평의 대상으로 삼은 이유이다. 따라서 그는 반복과 반복 사이에서 무엇을 추출하고 어떻게 우리의 삶과 연결시킬 것인가를 고민한다. 그의 시를 살펴보자.

> 여기 수기한 상처가 있습니다
> 우리 모두를 제어하는 공통의 것입니다

진입합니다 손을 놓지 마세요

동지의 흉곽, 상자 속에 누운 내가 보여
쓸린 가슴과 외로운 등, 그 누가 사랑하는 목덜미

위선과 정치에 대해

나는 말한다, 소년의 이름은 희였다 발자국이 되려고 했다 칡소가 일어설 때까지 누워 있었다 그는 엉겅퀴처럼 눈을 뜨고 한 발 한 발 국가를 분할하기 위해 최선을 다해 전진했다 의지가 국가를 파괴할 수 있다고 믿었다

권력과 투쟁에 대해

다른 나는 말한다, 정육점은 벌써 닫혔어요 안에 고기가 없어요 마지막으로 샀어요 우리에게는 잡아먹을 것이 많아요 육즙이 풍부한 살점을 나눠 드시죠

폭동과 현실에 대해

나는 다시 말한다, 당신의 말을 탔어요 같이 탔어요 활성탄처럼 욕망이 달그락거리고 말 위의 두 두상도 행복했죠 근육이 생기려고 했어요 우리의 책임은 무한해요

눈물과 봉기에 대해

제3의 나는 말한다, 파란 자두가 매달려 있구나 다 익을 때까지 기다릴게 우리의 단결과 우리의 패퇴 우리의 결탁 도가니 속에는 삶의 커다란 욕구
　푸딩과 한 여자 기라지 거라지 미라지 더럽고 숨가빠

나의 복수들이 말한다, 최초의 영양분을 준 권력자의 가슴팍에 슬픔이 피어오르네 두 아이의 아버지라지 나는 흐믈거리는데 그는 게맛살답네 사랑과 굶주림이 만나 자두는 붉어졌지 정말로 져버렸지 버러지가 파먹었지 육체에 구멍 구멍 그곳에서 근원이 기립했고 독재자는 돌아오고 나의 울음 후엔 부스러기

파괴와 건설에 대해

나는 말한다, 순종하라 나의 순정한 순록들이여 껍질을 벗겨 내가 피륙으로
쓰겠다 맹인의 성기 앞에 앉아 있는 그녀도 맹인인데 그녀가 나를 보고 있네
볼 수 없는데 큰 것을 보는 능력 그녀가 나를 뚫었네 피가 줄줄 샜지 배경에서
내가 분리되고 스며들고 화려해지고 나는 사라지고 나는 붉은 점이 되어 떨어
지고 선연한 것 그녀의 송곳

모국과 사회에 대해

우리가 최후로 말한다, 망치 낫 그녀의 내부에서 흘러내린 붉은 제국의 동
토 들어차는 맹인의 육체 냄비 빗자루 슈크림빵 빵꾸 난 약속 거덜 난 지갑 벌
어진 입 찢어진 옆구리 스테인레스 스위스 소망원의 은사시나무들 수다의 은
사시들 오후 네 시에 발언하는 잎사귀들 지저귀는 잎새들 민중의 입 우리들의
구순구개열

—정석원, 「꿈의 대화」 전문(『시사사』, 2014, 1-2월호)

위의 정석원의 「꿈의 대화」를 보면 도무지 멈출 줄을 모른다. 지속적이고 계
속적으로 반복하며 미끄러지고 또 횡단한다. 주지하듯이 '위선과 정치에 대해'
에서부터 시작하여 '모국과 사회에 대해'라는 그의 시가 끝날 때까지 일관되게
'~대해'라는 말을 반복한다. 들뢰즈가 말하기를 "차이는 두 반복 사이에 있다"
고 했듯이 반복 속에서 그는 차이를 낳는다. '위선과 정치에 대해', '권력과 투
쟁에 대해', '폭동과 현실에 대해', '눈물과 봉기에 대해', '파괴와 건설에 대해',
'모국과 사회에 대해'라는 시의 소제목에서 보듯이 정석원 시인은 반복과 반복
사이에서 차이를 낳으며, 횡단한다. 낳는다는 것은 곧 생성이다. 앞에서 살펴
본 바와 같이 이렇게 그는 노마드(Nomad)적 사유로 「꿈의 대화」를 끌고 간다.
이런 점이 한 곳에 머무르기를 거부하는 탈영토화이다. 그래서 자신을 옭아매
려는 일체의 코드를 거부하는 유목민의 모험과 도전정신의 사유를 표출한다.

유목의 길을 선택한 정석원 시인에게 공간이란 말뚝을 박아 금줄을 치고 기
둥을 세워 벽을 만들기 위한 '기하학'적인 조건이 아니다. 그는 붙박이 문화 안
에서 코드화된 사람들과는 전혀 다른 종류의 시를 노래한다. 또한 유목의 길을
선택한 그에게 삶이란 모험이자 도전이고 새로운 경험이자 끝없는 해방의 과

정이다. 그가 '위선과 정치에 대해-국가를 분할하기 위해 최선을 다해 전진했다. 의지가 국가를 파괴할 수 있다'는 것은 차이의 한 질서로부터 다른 한 질서로 이동하게 만든다는 점에 대한 강조이다. 그래서 프랑스의 사회학자 가브리엘 타르드(Jean Gabriel Tarde, 1843~1904)가 지적했듯이 변증법적 전개 역시 반복이다. 이 반복은 어떤 일반적 차이들의 상태로부터 독특한 차이로 옮겨가는 이행이며, 외적 차이들로부터 내적 차이로 향하는 이행인 것이다.

한편, 그는 「꿈의 대화」에서 일률적인 것을 거부하며 다양성을 강조한다. 이를테면 이성을 중시하며 등장한 모더니즘이 추구한 정치적 해방과 철학적 사변도 하나의 이야기(서사)에 지나지 않는 것에 대한 비판이다. 그는 '눈물과 봉기에 대해'의 부분에서 이성을 자기 보존 수단이면서 타자를 배제하는 독단의 세계로 인식하며 비판한다. 가령 '나는 말한다, 파란 자두가 매달려 있구나 다 익을 때까지 기다릴게 우리의 단결과 우리의 패퇴 우리의 결탁 도가니 속에는 삶의 커다란 욕구/푸딩과 한 여자 기라지 거라지 미라지 더럽고 숨가빠'라고 비판한다. 이 시구를 읽으면서 일전에 소설을 영화화한 〈도가니〉가 떠오른다.

정석원의 「꿈의 대화」가 가지고 있는 또 다른 특성은 대칭적인 구조를 가진 모더니즘과 다르게 비대칭적이다. 따라서 그의 시 작품은 늘 열려 있고, 언제나 이어져갈 수 있다. '~대해', '~대해', '~대해'라고 이어간다. 이런 시를 소위 열린시로 분류가 가능하다. 이것은 들뢰즈의 리좀(rhizome) 사유와 맥을 같이하며, 현대적 사유의 주체로서 근대적 사유를 파괴한다. 그의 「꿈의 대화」가 지니는 시적 사유는 어떤 중심도 없는 장의 관계들이 펼쳐져 있는 '그리고'로 이해되어야 한다. 중심이 없는 장은 탈계층 구조를 뜻한다. 이것은 다시 카오스(chaos)에서 코스모스(cosmos)가 형성되기도 하고, 변형되기도 하고, 해체되기도 한다.

세계는 늘 흘러가고 있으며, 탈주하고 있다. 언제나 누수(漏水)가 있고 언제나 탈주선(脫走線, ligne de fuite)이 흐른다. 이런 흐름을 고착적인 기계적 배치와 언표적 배치로 가로막아 규제할 때 영토화(領土化)와 코드화가 성립한다. 이 영토화는 탈영토화를 늘 힘겹게 누른다. 그러나 한 영토를 벗어난 흐름이 다른 영토와 접속하여 재영토화되는 것 또한 사실이다. 따라서 탈영토화는 재영토화로 귀결된다. 그러나 영토화는 다시 탈영토화에 의해 누수된다. 이같이 「꿈의 대화」가 앞에서 논의했던 영토화와 탈영토화를 반복하며 누수되고 있다. 이를테면 '권력과 투쟁에 대해'라는 영토화는 누수로 인한 탈영토화로, '폭동과 현실에 대해'라는 재영토화가 반복되고 있다. 차이의 생성과 고착화의 영원한 투쟁이 정석원 시인이 추구하는 시세계가 존재해야 하는 이유이다.

정석원 시인은 리좀 사유를 통하여 삶의 역동적 흐름을 따라가면서 '그리고'를 형성하고 세우고, 변형시키고, 해체시킨다. 이것은 차이로부터 생성을 도입하는 일이다. 논의한 바와 같이 '~대해'라는 반복은 '그리고'로 이어진다. 이런 리좀은 여러 존재들이―'위선과 정치에 대해', '권력과 투쟁에 대해', '폭동과 현실에 대해', '눈물과 봉기에 대해', '파괴와 건설에 대해', '모국과 사회에 대해'―복잡하게 접속되면서 '그리고'를 만들어간다. 그러면서 외적으로 부과되는 억압적 코드들로부터 탈출하는 장(場)이 된다.

그의 「꿈의 대화」는 우리들에게 또 다른 의미를 일깨워준다. 분절(화)(articulation), 또는 절편성(segmentation)이다. 여기의 분절(화)(articulation), 절편성(segmentation)이라 함은 삶을 일정한 방식으로 분할하는 방식을 뜻한다. 즉 분절화는 '잘라(分)―붙임(節)의 뜻'이다. 대부분의 사물들은 한 덩어리가 아닌, 또 완전한 파편들도 아닌 분절(分節)된 하나, 즉 마디들을 가진 하나로 되어 있다. 대나무가 그 대표적이다. 이런 분절들의 개수와 분포가 사물의 구조를 결정하는 핵심이 된다. 따라서 「꿈의 대화」는 몇 개의 마디를 가지고 있으며, 분절되어 있다. 이런 마디들은 우리들의 삶의 마디를 만들어낸다. 그리고 마디들의 형성과 변환, 그것들이 함축하는 의미, 욕망, 권력, 역사를 파악하고 있다. 이렇게 정석원 시인의 「꿈의 대화」는 외부적 차이들로부터 어떤 요소나 경우들이 서로 내밀한 관계를 맺지 않고, 즉 떨어져 있는 관계가 아니라, 내부로 수축한 차이로 이행하는 것이다. 또 정석원이 「꿈의 대화」에서 분절화 또는 절편성을 시적 구조로 삼은 것은 시의 짜임이 느슨해지고 전지적 작가 시점보다는 '나는 말한다'에서처럼 '나'라는 1인칭 시점을 채택함으로써 현실감을 증대시키고 독자의

공감과 소통, 혹은 다양한 층위의 표현

상상력을 확장시키기 위한 것으로 생각된다. 지금 정석원 시인은 인습과 관습으로는 태양 아래 하나밖에 없는 것을 절대 이루어낼 수 없다는 예술의 극치를 이루려는 태도가 역력하다.

3. 블라종 기법, 여성의 몸

16세기 초·중반에 유행했던 여성 몸의 블라종(blason) 기법을 상기시키는 작품이 정푸른의 「떠도는 문장」이다. 이 블라종은 1535년경에 유행했던 것으로 에로틱한 풍자시의 일종이다. 이것은 16세기 전반에 걸쳐 광범위하게 널리 퍼져 유행되었다. 그 당시 시인들은 블라종 기법으로 몸을 소재로 삼은 작품이 아닌 것은 찾아보기 힘들 정도였다. 그것은 몸이라는 신체에만 국한된 것만은 아니었다. 인체의 일부는 마땅히 소재로서 사용되었지만 의상 장식(머리핀이나, 거울 등)도 대상이 되었다. 특히 프랑스 시인 클레망 마로(Clément Maro, 1496~1544)가 쓴 「예쁜 유방」과 「추한 유방」은 크나큰 반향을 일으켰다.

블라종의 기법으로 여성의 신체 부위를 소재로 하는 시들은 어떠한 존재, 혹은 현실 풍자와 찬양하는 이중적 본질을 가지고 있다. 대상에 대한 끝없는 찬미와 찬송, 그리고 욕설과 비난이다. 그 당시 유럽의 시인들은 여성의 몸을 찬미하는 태도를 보이는 것(시)을 블라종으로 보았고, 풍자적 비난을 반(反)블라종으로 보았다. 이런 형태의 글쓰기와 초현실주의가 정푸른 시인의 「떠도는 문장」과 어떤 관련성을 맺고 있는지, 그것에 대한 이해를 얻기 위해 앙드레 브르통, 폴 엘뤼아르, 보들레르, 셍 존 페르스 등이 즐겨 사용했던 블라종 기법에 대해 먼저 설명하고자 한다. 블라종은 프랑스어로 문장(紋章), 가문(家紋), 문장학(紋章學)이란 뜻이다. 혹은(의자의 두 앞다리를 연결하는) 조각으로 장식된 가로재(材), 즉 16세기 시 형식의 일종으로 찬사, 비난의 표현에 사용하기도 했다. 영어로는 해럴드리(heraldry)이다. 그 유형으로는 첫째 인체의 블라종이 있고, 두 번째로는 반(反)블라종이 있으며, 세 번째로는 인체에 아닌 주제에 관한 블라종이 있다. 첫 번째의 것은 인체의 부위를 찬양하는 것이고, 두 번째의 유형은 인체의 부위를 폄하하는 표현을 말한다. 세 번째의 것은 인체의 부위를 폄하하지도 않으며, 그렇다면 찬양하지도 않는다. 곧 시의 주제로 삼을 뿐이다. 그러면 정푸른의「떠도는 문장」은 세 번째에 해당된다고 볼 수 있다. 다시 말해 그는 인체 부위를 찬양하지도, 그렇다고 폄하하지도 않는 주제에 관한 블라종이다. 앞에서 주장했던 조건을 전제로 할 때만이 정푸른의「떠도는 문장」을 온전하게 평가 할 수 있다.

고속도로는 질문을 유기하기 좋은 곳이다

세상의 고막을 향해 길을 떠나는 미아들
이 길은 세상의 긴 성대다
달리는 동안 나는 자음이고 모음이며
이지러진 말들의 비루한 모성이다

나는 속도와 내통한 여자
온몸이 성기인 속도를 끌어안고
산란하지 못한 질문들을 풀어낸다
하혈의 문장 속에 갇힌 토막 난 속내가
가로수에 걸려 미친 듯이 펄럭인다
스피커는 신생아처럼 찢어질 듯 울어대고
룸미러 속에서 먼 배경으로 멀어지는 허기진 질문들
구겨진 질문들이 세상 모든 구석을 떠돈다
나는 상행선과 하행선 사이 키가 자라는
분리대를 끼고 끝없이 달려간다

바람만이 행방을 아는 흩어진 행려의 날들

터널 속에서 어둠을 삼킨다
가시로 된 기도를 중얼거리며
피 냄새가 밴 페달을 밟는다
이 모든 것이 한 몸인 문장에 흰 꽃핀을 달고
창을 내린다

나는 삶이라는,

젖이 붙지 않는 시간을 유기하고 있다

　　　　　　　　－정푸른, 「떠도는 문장」 전문(『시사사』, 2014, 1－2월호)

　정푸른 시인의 시적 탐험은 자신의 몸과 맞닿아 있다. 즉 그의 「떠도는 문장」
의 시세계는 몸이다. 정 시인은 여러 질문을 통해 자신의 몸을 풍경으로 보여
주고 있다. 또 그가 질문하는 주제들이 신체와 결부되어 있으며, 이것은 몸과
풍경의 동일화 현상이라고 말할 수 있다. 그의 시는 정적이면서도 매우 역동
적이다. 폐쇄적인 것 같으면서도 개방적이다. 환대하면서도 도망가는 그의 '몸
－풍경'은 시인 자신의 시적 자아로서 시세계에 그대로 반영되어 있다. 그래서
그는 '도로와 몸'을 '관계' 내지 '결합'하고자 한다. 가령 '길은 세상의 긴 성대'
라든지 '온몸이 성기인 속도', 또는 '모든 것이 한 몸인 문장'이나 '피 냄새가 밴
페달', 그리고 '젖이 붙지 않는 시간'들이 그것이라 할 수 있다. 요약하건대 그
의 몸과 세계가 경계를 허물고 '질문'으로 확장되는 우리들의 존재 가치를 묻
는 일이다.

　누구든 삶에 대한 탐구는 인간의 권리가 아니라 의무이다. 생성하고 변화하
는 세계와 한 몸을 이루며 살아가야 하는 의무이다. 정푸른 시인은 자신의 '몸
과 도로의 관계'를 통해 변화하고 생성하는 수많은 관계를 역동적으로 형상화
하려고 노력한다. 그의 「떠도는 문장」에서 어떤 무엇과 결합하려고 할 때 늘 여
성의 신체 부위가 동반된다. '성대', '신생아', '키', '피', '몸', '젖'과 같은 것들
이다. 이런 것들을 결합하고 관계하려는 이유는 한 몸을 이루면서 살아가는 인
간의 의무 그 자체이기 때문이다.

　다른 한편으로 생각하건대 정푸른 시인은 다양한 질문을 통해 미완성의 몸
을 완성의 몸으로 이끄는 풍경을 보이고 있다. 그런 가운데에서 '온몸이 성기
인 속도를 끌어안고/산란하지 못한 질문들을 풀어'낼 때 '문장에 흰 꽃핀을 달
고/창을 내리'고 있다. 그는 또 질문 속으로 광란의 질주를 한다. 예를 들면 '산
란하지 못한 질문들'이나 '룸미러 속에서 먼 배경으로 멀어지는 허기진 질문
들'이며, '구겨진 질문들'이다. 그런데 그 무엇이 산란하지 못하는 질문, 허기

진 질문, 구겨진 질문을 하게 했을까. 그에겐 모든 것이 한 몸이다. '바람만이 행방을 아는 흩어진 행려의 날들'도, '하혈의 문장 속에 갇힌 토막 난 속내가/ 가로수에 걸려 미친 듯이 펄럭'이는 일도 한 몸이다. 길이 성대이고, 모성이다. 혹은 길이 되기도 한다. 그러나 하나의 몸이다. 정푸른 시인이 이렇게 블라종 기법을 사용한 것에 대해 두 가지 측면에서 이해할 수 있다. 독자들에게 인상 깊은 강렬한 이미지와 극도의 긴장감을 일으켜 독자들을 흡입하기 위한 시적 전략으로 판단된다. 그것도 '젖이 불지 않는 시간을 유기하'면서 말이다.

4. 분열, 그리고 트라우마

현대는 분열의 시대이다. 19세기 산업혁명이 가져다준 분업화가 오늘날의 분열을 가속화한다. 의학의 분열, 핵의 분열, 전문성, 핵가족, 심지어는 인간의 정신까지 분열하는 양상이 도처에서 일어나고 있다. 분열은 정신적인 측면에 서 보면 분명히 트라우마이다. 재해를 당한 뒤에 생기는 비정상적인 심리적 반 응이다. 외상에 대한 지나친 걱정이나 보상을 받고자 하는 욕구 따위가 원인이 되어 외상과 관계없이 우울증을 비롯한 여러 가지 신체 증상이 나타나는 심적 외상도 포함된다. 여러 시 작품 중에 심각한 정신적 외상을 통해 현대인이 감 수해야 할 삶의 무게, 그리고 떨쳐버릴 수 없는 업보의 무게를 가지고 살아가 는 사람들의 이야기를 노래한 시들이 많이 있다. 병마와 싸우고 난 뒤 세상을 바라보는 새로운 안목으로 시를 쓰는 시인도 있고, 불특정 다수에게 가해지는 물리적 폭력과 제도, 그리고 법의 옷으로 갈아입은 채 자행되는 교묘한 현대사 회의 폭력에 대한 트라우마를 안고 시를 쓰는 시인들도 있다. 이처럼 각각 사 회적이든 정치적이든, 아니면 개인적으로 병마와 시달린 트라우마를 가진 시 인이든, 자신의 시 속에 트라우마를 용해시킨 시인들이 특히 70~80년대에 주 류를 이루어왔다. 그것은 시대적 상황이 잘 대변해준다. 그 당시 정치적 상황 이 격동의 세월이었던 점이 그 원인으로 꼽을 수 있다.

시는 시인의 특별한 체험을 모티브로 삼을 것을 요구한다. 그중에 하나가 실로 시인들의 내면에 들어차 있는 외상들이다. 이런 외상은 충격적인 사건으로 입은 경우도 있지만 사소한 일로도 크게 받을 수도 있다. 이 트라우마는 특정한 사람들에게 공존하는 외상 증후군이 아니라 일반적인 모든 사람들이 안고 있는 증상이기도 한다. 다만 시인은 그 트라우마를 시적으로 표출할 뿐이고, 시인이 아닌 일반적인 사람들은 가슴에 품고 있을 뿐이다. 이 트라우마는 정치적인 억압을 비롯하여, 소위 학교생활에서 흔히 발생하는 왕따라든지, 성추행과 성폭력 등과 같이 심리적, 정신적, 경제적 등 모든 부분에 총망라되어 있다는 것을 누구나 다 아는 사실이다. 우리가 더 경계해야 할 부분은 이것으로 인하여 무기력증과 자기부정, 현실 감각의 퇴행을 가져올 수 있다는 것이 의학계의 중론이다.

이담하의 「분열하는 가위」는 전문용어로 '외상 후 스트레스 장애'라고 불리는 현대인이면 누구나 한 번쯤 겪었던 아픈 증상에 관한 이야기를 인간 해방의 역사라는 도덕적, 정치적 차원의 이야기로 전환시킨 작품이다. 따라서 우리들은 이 한 편의 시를 감상하고, 그 감상에 머무를 것이 아니라 이 트라우마에 대해 생각하고 이해하는 방식을 근본적으로 변화시킬 새로운 인식을 가져야 한다. 이것은 예고 없이 찾아오는 불청객이며, 우리들 주변에서 늘 배회하고 있기 때문이다. 인간이 폭력 앞에서 얼마나 무력한지, 그리고 인간은 얼마나 사악할 수 있는지를 「분열하는 가위」가 고통스럽게 보여준다. 고통의 심연을 드러내는 이담하 시인의 증언과 인간 심리에 대한 그의 깊은 통찰력은 인간 조건의 한계와 가능성을 동시에 보여준다.

몇 달째 거꾸로 매달린 비방

몇 겹의 종이를 접고 자르면 그만큼 분열하는 것/다산하는 뱃속에 가위가 있어/가족들도 결국엔 증식과 분열을 반복한다

단절과 외연을 지닌 가위/무뎌져서 병원에 보낸 지 여러 날 째/꽃을 자르거나 오릴 수 없다

무딘 날이 지나간 자리/뼈 없는 나비들이 꽃 머리를 들추고 꿀을 빤다

가위에 눌려 잠이 든 꽃밭/누가 붙인 벽보에서/이무치치 내한공연이 끝날 시
각/두고 온 아이울음 소릴 내는 고양이의 불안으로/허영이 사라지는 봄

개업 때 들어 온 돈나무 대신 잡풀이 커가는 여름/지정거린 빗물이 새도 꼭
꽃잎에만 떨어지는/염병하게 추운 곳은 염병하게 더운 곳

어디선가 잔가시가 많은 생선 굽는 냄새/나와 나의 꽃처럼 습기와 곰팡이에
게 붙들리려고/반지하로 들어온다

태어날 때부터 집을 갖고 있는 달팽이는 왜/축축한 이 집으로 들어올까

벽에서 포스터 떨어지는 소리/철모르고 핀 꽃들이 깨기 전에 꽃밭을 옮겨야
한다
    —이담하, 「분열하는 가위」 전문(『시사사』, 2014, 1−2월호)

위의 「분열하는 가위」 중에 2연의 '몇 겹의 종이를 접고 자르면 그만큼 분열
하는 것/다산하는 뱃속에 가위가 있어/가족들도 결국엔 증식과 분열을 반복'
하는 것은 가위의 이중적 분열에 대한 비판이다. 피하고 싶고 더 이상 경험하
고 싶지 않은 트라우마는 두 가지의 길을 보여준다. 먼저 그 기억과 과거 때문
에 자신에게만 집중해서 항상 회피하고 싶은 공포로 만들어간다. 그것을 어디
에 '두고 온 아이울음 소릴 내는 고양이의 불안으로/허영이 사라지는 봄'으로
위안을 삼는다. 다른 하나는 자신을 버리고 자신에게 다가온 트라우마를 객관
적으로 살펴보려고 하는 노력 속에서 오히려 타인에 대한 배려와 공감을 형성
하고 있다. 그래서 그는 '단절과 외연을 지닌 가위/무뎌져서 병원에 보낸 지 여
러 날 째/꽃을 자르거나 오릴 수 없다'고 분열하는 가위의 이중성을 비판한다.
하나는 가위가 가지고 있는 폭력성이고 다른 하나는 무디어져서 더 이상 자를
수 없는 자기모순적인 정당성이다. 뱃속의 가위는 폭력성의 트라우마이고, 그
로인해 가족들이 증식하고 분열하는 것은 이 지구를 떠받칠 종족 번식의 본능
을 이해하려는 정당성의 트라우마이다.

가위는 트라우마의 절대적 가해자이다. 이런 가위가 날이 무뎌진 것은 가위의 자업자득의 모순성이다. 트라우마를 위한 트라우마를 지닌 것이다. 이런 모순된 트라우마를 치료하기 위해 가위를 병원으로 보낸 시적 화자는 스스로 '어디선가 잔가시가 많은 생선 굽는 냄새/나와 나의 꽃처럼 습기와 곰팡이에게 붙들리려고/반지하로 들어'가고 있다. 이처럼 '분열된 주체와 무의식'에서 비롯되는 트라우마는 후기자본주의 시대를 살아가는 현대적 주체들의 욕망과 억압된 무의식, 피로감에서 비롯되었다. 그의 의문점은 '태어날 때부터 집을 갖고 있는 달팽이는 왜/축축한 이 집으로 들어올까'이다. 이것은 자기모순에 대한 성찰의 역설적 표현이다. 무한 경쟁을 부추기는 자본의 잔혹한 힘에 매몰되어 허우적거리는 의식. 그리고 그 가면 뒤에서 끝없이 탈주를 꿈꾸는 욕망을 비판하고 성찰한다.

특히 한국의 여성들은 누구나 트라우마를 하나쯤 가지고 있다. 아직도 유교주의에서 비롯된 가부장제적인 권위 의식과 남존여비 사상은 여전히 여성들의 정신적 외상을 가져다준다. 그래서 시적 화자는 밤마다 '가위에 눌려 잠이 든 꽃밭'이 된다. 가위는 부정적인 의미를 품고 있으며, 꽃밭은 긍정적인 의미를 지니고 있다. 비록 가위에 눌린 밤이지만 꽃밭이 되는 자기모순을 숨김없이 표출한다. 이렇게 한국의 여성 시인들은 시 창작이라는 고양된 정신세계를 통하여 자신들의 마음속에 응어리진 트라우마를 표출하고 히스테리 혹은 신경증을 극복한다. 또 심리적 또는 정신적 억압이나 일상생활에서 오는 과도한 긴장을 풀어주는 해방 차원으로서의 시적 장치는 분열되는 현대사회에서 그것의 역할은 매우 의미가 있어 보인다. 피하고 싶고 더 이상 경험하고 싶지 않은 것, 더구나 치료하기 힘든 트라우마를 이담하 시인이 「분열하는 가위」를 통해 이 같은 우리들에게 상기시키는 이유는 무엇일까. 첫째는 자기모순에 대한 성찰이며, 둘째로는 시를 통한 자기 구원이며, 우리들의 비루한 삶에 대한 구원이다. 이와 같이 시에서 구체적인 메시지가 분명할 때만이 독자들에게 공감을 얻을 수 있다는 점을 모두가 간과해서는 안 될 일이다.

사인사색의 시편들을 두루 살펴보았다. 시인들은 문학성 내지 작품성, 또는 예술성을 끊임없이 격상시키려고 일상 언어와 다른 형태로 시적 대상을 형상화한다. 그래서 어떠한 것보다도 시만큼 다양한 비유적인 표현들도 드물다. 이런 표현들은 무한한 상상력을 제공하고, 이 상상력은 시인으로서 확장시켜야할 시 쓰기의 1차적인 목표가 된다. 그러나 아무리 상상력이 시 쓰기의 1차적인 목표라고 해도 인간의 언어는 소통을 목적으로 한다. 그런 의미를 염두에 두고 지금까지 논의했던 네 시편들의 색깔을 요약하면 다음과 같다.

김규진 시인은「진안(鎭安)에서」라는 시를 통해 인간 내면의 길이 무엇인가를 알려준다. 이를테면 우리들의 내면에는 운명의 길과 죽음의 길, 가야 할 길과 가지 말아야 할 길이 있음을 알려준다. 현세의 삶의 길이 무엇이며, 그리고 타락의 길과 욕망의 길은 또 무엇인가를 말한다. 같은 길일지라도 누구에겐 '생선 몇 토막 흔들며 게딱지 엎드린 지붕 밑으로 사라' 지는 길이 있는가하면, 누구에겐 '아직 돌아오지 않은 길의 발자국 소리를 기다' 리는 길도 있다. 인적이 끊어지는 저녁이면 '한숨으로 홑이불 같은 어두운 눈썹까지 끌어올리' 는 길이 있다. 그러나 밤이 오면 되돌아가야 하는 길은 우리들이다. 그의 「진안에서」는 공감과 감동을 일시에 몰고 온다. 프랑스의 역사가 샤를 세뇨보(Charles Seignobos)도 길에 대해 "문명이란 결국 길, 항구, 그리고 부두"라고 한마디 거들었다. 아무리 문명이 발달해도 길은 우리들이 떠나가고 찾아오는 항구이다. 김규진 시인이 「진안에서」에서 던지는 화두는 예나 지금이나 우리들은 오로지 길에서 일상적으로 마주치는 평범한 경험을 통해 현대인의 기본 태도를 배워야 한다는 점을 일깨워준다.

정석원 시인은 「꿈의 대화」에서 반복을 통해 차이를 발견한다. 그는 여섯 개의 테마를 가지고 반복하고, 미끄러지고, 횡단하며 놀이를 한다. 그의 사유는 노마드적이다. 반복하며 차이를 발견하지만 결과를 지속적으로 연기한다. 그 속에는 복수(複數)의 자아가 우글거렸다. 즉, 그의 목소리는 단일 자아가 아니라 복수의 자아이다. 위선과 정치에 대해서도 결론은 없었다. 다만 최선을 다해 전진할 뿐이며, 그저 '나는 말' 할 뿐이다. 그는 위선과 정치로부터 권력과 투쟁으로 미끄러진다. 미끄러진 지점에서 멈추는 것이 아니라 폭동과 현실로 이동한다. 이동하는 방식은 놀이하는 형식을 취한다. 정석원 시인은 '다시 말한다'로 운을 뗀다. '우리의 책임은 무한'하다는 말을 남기고 '눈물과 봉기'로 이동한다. 그는 '제1의 나'에서 '제3의 나'가 되었다. 익지 않은 파란 자두를 먹어치운 자들에 대해 복수(復讐)의 방법은 설명하지 않았다. '나의 복수들이 말'하는 것은 겨우 그의 '울음 후엔 부스러기'뿐이다. 그는 '나는 말한다'고 말하지만 실상은 복수(複數)의 자아들이 모여 한 목소리로 비판의 기관총을 쏘는 중이었다.

정푸른 시인의 「떠도는 문장」이 특별하다는 것은 앞에서 논의했듯이 16세기에 유럽의 시인들이 즐겨 사용했던 여성의 신체 일부를 노래한 것이라는 점이다. 여성의 몸에 대해 찬양하는 시편들도 있지만 비판과 비난, 폄하하는 시 작품도 있다. 그리고 찬미와 찬양도, 폄하도 비판도 아닌 단순히 시의 주제로 사용하는 시가 있다. 정푸른 시인의 「떠도는 문장」은 세 번째에 해당된다. 이것 또한 여성의 몸을 소재로 삼았던 유형의 시 창작으로 풍자가 목적이었다. 여성의 몸을 풍자하는 일이 아니라 여성의 몸을 빗대어 부조리한 사회의 모순된 점과 같은 것에 대한 비판이었다. 그는 몸의 풍경을 보이면서 비루하게 축적된 시간들을 훌훌 떨쳐버리기 위해 종종 낯선 공간과 조우를 시도한다. 그 속도는 관조하는 자세가 아닌 매우 숨 가쁜 태도로 일관한다. 김규진 시인이 「진안에서」에서 물었던 '이 길은 어디를 걸어갈까', 또 '이 길도 나처럼 힘겨울까'라는 질문을 곱씹으며 그는 고속도로를 질주한다. 그의 질문들은 구체적이다. 허기진 질문이고, 구겨진 질문이다. 그러면서 그는 은연중에 '나는 속도와 내통한 여자이고' '온 몸이 성기인 속도를 끌어안'는다. 이것은 현대의 삶이 과속을 필요충분조건으로 제시하기 때문이다. 때로는 '터널 속에서 어둠을 삼키'는 날도 있었고, '피 냄새가 밴 페달을 밟'는 날도 있었다. 한참 달려온 그는 '젖이 불지 않는 시간을 유기하'는 '나'로 굳어 있었다.

이담하 시인의 「분열하는 가위」는 현대인이면 누구나 하나쯤 안고 사는 트라우마에 대한 고통을 노래했다. 분열은 하나로 존재하던 사물이나 집단, 사상 따위가 갈라져 나누어지는 것을 말한다. 그래서 분열은 곧 아픔이다. 이 분열은-분열성 인격장애, 분열형 성격장애, 분열성 동정애, 단합이 아닌 조직의 분열, 남북분단과 같은 일종의 이별—등과 같은 것으로 다양한 아픔이다. 이 같은 아픔을 가위를 통해 치유하고자 했다. 그는 '철모르고 핀 꽃들이 깨기 전에 꽃밭에 옮'기는 일을 서두른다. 무엇이든 '옮기는 것'도 분열이다. 이곳에서 저곳으로 가는 것도 이별이고, 아픔이고 분열이다. 그러나 이담하 시인은 장소를 옮김으로서 생존을 지키려 한다. 척박한 땅에서 생존의 환경이 조성된 꽃밭으로의 이동이다. 이것은 트라우마를 한 번쯤 겪은 자만이 할 수 있는 생존 비결이다. 그는 '몇 겹의 종이를 접고 자르며 그만큼 분열하는 것'을 경험해왔다. 그러나 분열은 증식을 위한 조건으로 분열의 아픔을 긍정하는 면도 보였다. 이런 사유는 초월적인 시 정신의 발로로 받아들여진다.

네 시인의 시편들을 살펴보았다. 시인들의 목소리 모두가 독특한 색깔로 이 세상을 밝게 하려는 의도를 표출했다. 이런 행위는 시인만이 할 수 있는 권리이고 동시에 부여된 의무이다. 이렇게 세계가 부여한 책무를 충실하게 수행하는 시인은 아름다울 수밖에 없다. 아름답기에 예술인이고, 문인이고, 메시아이고, 견자(見者)이다. 러시아 자연문학의 완성자로 평가받는 투르게네프 시인은 시를 "신의 목소리"라고 했다. 시인들을 늘 괴롭혀온 시의 정의다.

카리스마가 내재하는 문학

— 성배순·강영은·김기택의 시

인간이 싸우는 이유 중에 하나가 다른 사람들로부터 신분 내지 직위를 인정을 받으려고 하기 때문이다. 그러므로 인간의 역사는 투쟁의 역사라 할 수 있다. 주관적인 입장에서 싸우는 것은 '개인(나)'을 위한 싸움이며, 객관적인 입장에서 싸우는 것은 '전체(너)'를 위한 싸움이다. 이런 싸움들 중에는 물리적인 힘에 의한 싸움뿐만 아니라 물리적인 힘이 배제된 상태에서 남을 지배하는 싸움, 즉 카리스마(charisma)가 있다. 카리스마를 사전적 의미, 또는 사회학적 측면에서 해석해보면 추종자들이 지도자가 갖추고 있다고 믿는 경외(敬畏)의 속성이나 마력적인 힘, 또는 사람을 강하게 끌어당기는 인격적인 특성이다. 이 카리스마라는 용어는 독일의 사회학자 막스 베버(1864~1920)에 의해 학술적인 용어로서 본격화되었고, 그의 저서 『경제와 사회 *Wirtschaft und Gesellschaft*』(2003)에서 카리스마적 권위를 전통적·법률적 권위와 구별되는 형태의 권위로서 정식화했다. 이런 권위가 변형되는 과정을 '카리스마의 일상화'(routinization of charisma)라고 그는 표현한 바 있다.

인간은 자유를 추구하면서도 근본적으로 나약하기 때문에 은연중에 카리스마를 희구(希求)하는지도 모른다. 이러한 카리스마가 일반적인 사회 체제에서만 존재하는 것이 아니라 문학 세계에서도 존재한다는 점이다. 많은 독자들을 감동으로 휘어잡거나 심복하게 하는 능력이나 자질을 갖춘 작품들이 그러하다고 할 것이다. 따라서 각각의 특색을 지닌 세 작품을 통해 그들이 가지고 있는 독특한 작품 세계를 살펴보기로 한다.

1. '이긴 자가 진다'는 것에 대해

> 우리나라 마을마다 들판마다 봄이면
> 솜방망이 꽃이 활짝 핀다
>
> 상반신은 사람이고 하반신은 말인 켄타우로스가, 검은 켄타우로스가, 흰 켄타우로스가, 워커 신은 켄타우로스가, 구두 신은 켄타우로스가, 꽃냄새를 맡고 히힝, 히히힝, 정원까지 들어와 뛰어다니는 동안, 한옆에 가지런히 놓여 있던 도가니들이 하나하나 금이 가고 깨져 버렸다.
>
> 법원 앞 화단에 솜방망이 꽃이 잔뜩 피어서 그 냄새가 코를 찌르는 동안
>
> —성배순, 「켄타우로스 공화국」 전문(『현대시학』, 2012, 1월호)

성배순 시인은 「켄타우로스 공화국」을 통해 감동이라는 힘의 카리스마로 독자들을 지배하려고 한다. 바로 사회의 모순된 제도와 극렬하게 싸우고 있는 문학적 힘을 우리들에게 보여주고 있는 것이 그러한 것이다. 소위 무전유죄 유전무죄가 존재하는 세계와 싸우고 있다. 그것도 물리력이 완전히 배제된 문학의 본질이라 할 수 있는 감동과 비판의 도구를 가지고 싸운다. 그는 싸움에 있어서 어떤 대가나 보상을 요구하지 않으며, 전관예우를 고집하지도 않는다. 오직 문인으로서 「켄타우로스 공화국」에 충실할 뿐이다. 따라서 그는 법원 앞 화단에 솜방망이 꽃이 잔뜩 피어 있다는 표현으로 의식이 남루해져가는 현대사회의 모순을 비판한다.

켄타로우스가 정원을 휘젓고 다니고, 솜방망이 꽃이 법원 앞 화단에만 피는 게 아니라 마을이나 들판에도 피어 있다. 검은 켄타우로스이든, 흰 켄타우로스이든, 워커나 검은 구두를 신은 켄타우로스이든 그런 켄타우로스가 존재한다는 것, 그리고 솜방망이가 온 천지에 피어 있다는 것은 이 사회가 분명히 병들어 있음을 암시한다. 그러나 앞의 「켄타우로스 공화국」에서 병든 사회를 주

도하는 주체에 대해 직접적으로 언급하지 않는 것은 현대시가 '감춤과 드러냄'이라는 고유의 기능을 가지고 있는 까닭이라고 말할 수도 있지만, 성배순 시인은 「켄타우로스 공화국」을 통해 사회 구성원들 간의 반목과 불신이 아닌 통합을 원하기 때문이다. 상호 불신하는 유기적 관계가 아니라 상호 신뢰하는 새로운 질서, 약속을 요구하고 있다. 새로운 질서, 약속이라는 것은 상식이 통하는 사회를 말한다. 지금 그는 한 개의 펜으로 부르주아의 총체성에 대항해서 싸우며, 부조리한 사회에 대해 증인이 되고자 한다.

솜방망이 꽃이 피는 공간적 배경이 '마을마다 들판마다'에서 '법원 앞 화단'이라고 분명히 제시하여 독자들의 시선을 집중시키는 의도를 품고 있는 것도 「켄타우로스 공화국」이 지니는 하나의 특징이라 하겠다. 그리고 그는 비판의 대상과 매우 짧은 심리적 거리에서 '내'가 아닌 '너'를 위해 싸우고 있다. 이것은 '승자가 진다'는 사회를 '패자가 이긴다'는 사회로 반전 시키려는 시인의 중대한 노력이다.

2. 죽음은 자신에 의한 타살

차 유리창을 노크 했을 때/머리를 맞댄 두 죽음이 입을 벌리고 있었다/텅 빈 입 속에서 뇌조가 튀어나왔다/수 천 미터의 상공으로 날아오른 뇌조는/날카로운 쇳소리로 울부짖었지만/구름을 뚫지 못한 지층은 그 소리를 듣지 못했다/뇌조가 이 세상의 초록빛 말을 버리는 순간/허공이 무덤을 팠으므로 허공이 제 몸을 뒤집어/뇌조의 행방을 알려주기 전까지/죽음의 배후에 입이 있다는 것을/입이 입을 껴안는 방식은 귀에 있다는 것을/귀가 말의 무덤인 것을 알지 못했다/뇌조가 빠져나간 몸을 알코올로 적실 때마다/입에서 흘러나온 악취에 얼마나 자주 젖어야 했던가/입과 귀가 통하지 않는 세상과 만날 때 마다/그 구멍을 솜으로 틀어막아야 했다/뇌조 속에서 돋아나온 기표들/세상에 뿌려놓은 입들이 무성하게 자라나도록/귀의 행방을 오래도록 더듬을 것이다/아직 태어나지 않은 초록빛 귀에 대하여/사람들은 죽음 뒤편의 말을 골라 먹을 것이다/무덤 속에 든 입을 꺼낸 것처럼

―강영은, 「검시관」 전문(『시인광장』, 2012, 1월호)

인간이 지니고 있는 죽음이 파멸적인가 아니면 구원적인가를 놓고 우리는 한번쯤 깊은 고민에 빠져볼 필요가 있다. 그것은 우리 모두가 죽음 하나를 안고 살아간다는 데 그 이유가 있다. 때로는 사람들은 "모든 인간은 다 죽어도 나는 죽지 않는다"는 착각을 하며 살아가지만 인간은 분명히 죽는다. 그런 가운데에서 죽음이 끝인가, 아니면 시작인가를 놓고 논자들은 열띤 공방을 하고 있지만 그러한 논쟁마저 끝이 날 기미가 보이지 않는다. 이러한 죽음에 대해 강영은 시인의 「검시관」은 상징적인 비유로 한 인간의 죽음의 깊이와 폭이 얼마나 깊고 넓을 수 있는가를 인상 깊게 들려주고 있다.

이 작품은 우리들에게 검시하는 검시관의 입장에 서게 한다. 아주 당황할 만한 새롭게 제기되는 의문은 아니지만 인간의 죽음이 무엇으로부터 비롯된 것인가를 비판적으로 묻고 있다. 간혹, 죽음은 자연의 제(諸) 법칙을 따르지 않는 경우도 있다는 가설을 설정한다. 가령, 생로병사가 아닌 그물망처럼 얽혀 있는 인간 내부에 존재하는 5관에 그 사인(死因)을 둔다는 데 있다. 그 5관 중에서도 입이다. 죽음을 대좌하는 검시관은 '죽음의 배후에 입이 있다는 것을/입이 입을 껴안는 방식은 귀에 있다는 것을/귀가 말의 무덤인 것을 알지 못'한 채 '입과 귀가 통하지 않는 세상과 만날 때마다/그 구멍을 솜으로 틀어막아야 했'던 것이다. 사인에 대한 측량과 평가는 검시관 개인의 지배적인 기준의 개념에 비추어야만 가능하다는 논리를 뒤집고 있다.

죽음에 대한 직접적인 원인이 합리적이고 과학적인 것이 아닌 검시관이 가지고 있는 고정관념이 잣대가 되고, 그로 말미암아 상이한 결과가 나올 수도 있다는 자조 섞인 상징성을 보이고 있다. 삶은 위기의 연속이며 이 위기의 극복은 죽음이다. 이 죽음은 자신에 의해 타살하는 형식의 방법을 취한다. 따라서 '사람들은 죽음 뒤편의 말을 골라 먹'고 있다. 죽음 이전에 죽음의 원인에 대해 알 권리를 가진 한 인간임을 말하고 있다. 인간의 죽음이란 자신이 알지 못하는 애매한 일종의 실험인 것이다.

3. 우연과 유희

　　높은 바람과 구름을 타고 다니는 독수리 날개의 넓고 튼튼한 부력만을 골라 냉장 숙성시킨 후에 구웠습니다.

　　하루 중 가장 차갑고 맑은 시간에 터져 나오는 새벽닭의 힘찬 울음만을 엄선하여 바삭바삭하게 튀겼습니다.

　　시속 111킬로미터로 달리는 치타의 근육이 만들어내는 팽팽한 탄력만 가려내 담백하게 고았습니다.

　　발톱과 이빨이 간지러워 우는 고양이의 갓난아기 울음에서 애절한 눈빛만 솎아내 고소하게 볶았습니다.

　　수천 미터 밖 물살의 힘과 방향을 읽는 물고기 지느러미를 푹 끓여 고감도 감각만을 진하게 우려냈습니다.

　　두근거리는 토기의 심장에서 연한 놀람과 어린 두려움을 떨림이 살아있는 그대로 발라낸 갖은 양념에 무쳤습니다.

　　주인을 향해 막무가내로 흔들어대는 개 꼬리에서 명랑하게 들뛰는 유전자만을 갈아 즙을 냈습니다.

　　씹지 않아도 녹아서 핏줄로 전율하며 스며드는 육질과 육즙의 싱싱한 발버둥만을 양념으로 사용했습니다.

　　　　　　　　－김기택, 「오늘의 특선 요리」 전문(『현대시』, 2012, 1월호)

　　건축 분야에서 시작된 포스트모더니즘의 세계는 '우연'과 '유희'를 추구한다. 다시 말해 탈중심화이다. 휴 실버만 교수 역시 포스트모더니즘에 대해 '중심으로부터의 무한한 분산작용'이라고 했다. 동질성보다는 이질성을, 화술(speech)보다는 기술(writing)을 탈인간화한다. 따라서 포스트모더니즘은 근대 세계의 '이성'을 비판하면서 완결된 작품 추구를 포기한다. 포스트모더니즘이 이성을 비판하는 것은 자기 보존 수단이면서 타자를 배제하는 독단의 세계라는 인식에서 비롯되었고, 또 완결된 작품을 추구하지 않는 것은 이성(주체, 나)과 광기(타자)가 서로 다른 것이 아니라 '차이'가 있을 뿐이라고 인정한다는 데 있다.

김기택 시인의「오늘의 특선 요리」는 포스트모더니즘의 시이다. 결론부터 말하자면 작품의 완결성을 포기하고 있다. 이것은 새로운 패러다임으로 세계(현실)를 설명하려고 한다. 이를테면 그의 입장에서는 근대적인 모델(모더니즘)로는 모든 제도(현실)을 설명할 수 없다는 것이다. 즉 낡은 전통 방법에서 벗어나 새로운 모델로 모든 제도(세계)를 설명해야 한다는 시대적 요구에 따르고 있다. 따라서 계층적 구조를 타파하는「오늘의 특선 요리」를 내놓기 위해서는 그에겐 포스트모더니즘이라는 형식이 절대 필요했다. 그는 단일한 자아로 중심을 탐구하는 것이 아니라 복수의 자아로 미끄러지며 차이를 연기한다.「오늘의 특선 요리」는 모두 8연으로 구성되어 있다. 8연을 끌고 오면서 중심으로 들어가 무엇을 찾아낸 것이 아니라 표층에서 계속 미끄러지고 있다. 그는 여러 개의 목소리로 각 연과 연의 차이만 얘기할 뿐이지 서로 대립하지 않는다. 따라서 작품 속의 시적 화자는 단일한 자아가 아니라 복수의 자아가 존재한다. 또 요리의 재료들을 다양한 방식으로 재해석하고 있다. 그래서 유연하고 해석적이며 자기 의식적으로 대화적인 태도를 취한다.

제4부

아방가르드의 필연적 불안의 징후

피에타의 분석과 절망의 논리

― 이승훈론 (1)

1. 대상의 내면에서 불모성

사전적 의미의 피에타(pietà)[1]는 그리스도와 성모 마리아의 생애 가운데 감동적인 여러 면에 대한 당대의 관심을 시각적으로, 그리고 가장 통렬하게 표현한 것으로 회화 및 조각 분야에서 널리 다루어왔다. 이 같은 '피에타'의 원형 속에서 이승훈은 장엄함과 고통, 위대한 순종, 절망을 확인하려고 한다. 그는 대상이 어떻게 존재하고 있는가를 시적 대상으로 삼는다. 따라서 이승훈은 인식론자이고 그의 인식론은 현상학적 존재론에 가깝다. 대상이 어떻게 존재하는가를 따지자마자, 대상은 일상적인 윤곽을 잃고 무정형의 것이 되어버린다.[2]

이승훈은 환상을 통한 일종의 초월을 꿈꾸었고, 이 초월이 그가 노래한 비대상의 세계이다. 개인적 내면세계를 노래한 그의 첫 시집『사물 A』(1969, 삼애사)는 '밝은 세계'(1960년대 초반)와 '어두운 세계'(1960년대 후반)로 양분된다. 이것은 다시 에로스(Eros)와 타나토스(Thanatos)의 세계로 나누어진다. 그러

---

1) 슬픔, 비탄, 그리고 '자비를 베푸소서'라는 뜻의 이탈리아어로 기독교 예술의 주제 중의 하나이다. 성모 마리아가 십자가에서 내려진 예수 그리스도의 시체를 떠받치고 비통에 잠긴 모습을 묘사한 것을 말하며 주로 조각 작품으로 표현된다. 대체로 종교미술은 17세기 이후 쇠퇴했으나 피에타는 그 특별한 감정적 호소력으로 인해 19세기까지 생생한 주제로 계속 다루어졌다.

2) 김현,「어두움과 싱싱함의 세계 : 이승훈」,『보이는 심연과 안 보이는 역사전망』, 문학과지성사, 2003(3쇄), 274쪽.

나 타나토스는 한국적 삶과 관련된 피해 의식과 깊은 관련이 있으며, 이 피해 의식이 그의 두 번째 시집『환상의 다리』(일지사, 1977) 제1부「감옥」의 세계로 드러나 있다. 이를테면 첫 시집『사물 A』의 타나토스가 '바다'의 이미지로 제시되었다면 두 번째 시집『환상의 다리』는 '감옥'의 이미지로 제시되었다. 그리고 감옥으로 표상되는 내적 갈등의 세계에서 그가 최초로 마주친 하나의 형이상학적 명제는 절망이다.

이승훈은 존재의 부정에 의해 스스로의 리얼리즘적 존재를 거부한다. 존재의 기계화, 또는 유기적 메커니즘에 대한 부정, 그리하여 이승훈의 시는 끝없는 비극적 정서를 드러내면서 동시에 끝없는 해체의 몸부림을 보여준다.[3] 다음은 이승훈의 시 작품「피에타 1」의 전문이다. 그가 이 작품을 통해 무엇을 말하려고 하는가를 알 수 있다.

> 아버지는 바람을 일으킨다/나는 바람 속에 처박힌다/벌판에서 벌판의 피를 뜯어가지고/나는 다른 벌판을 만든다//아버지는 홍수를 일으킨다/내가 만든 벌판이 떠내려 가므로/나는 홍수 속에 처박힌다/홍수의 얼굴을 뜯어가지고//나는 커다란 푸른 담요를 만든다/아버지는 火災를 일으킨다/내가 만든 담요가 불에 탄다/나는 불 속에 처박힌다//나는 불 속에서 불의 손톱을 뜯어/공기를 만든다 불 속에서 내가 만드는/공기를 아버지는 짓밟는다 나는 火傷을/입는다 공기는 재를 털고 가까스로 일어나면//새벽, 아버지는 악어를 찾아 떠나고/나는 악어가 되어 헤맨다/아아 하얗게/빛나는 피에타,/아버지가 나를 찾을 때까지/나는 내 흔적이나 계속 지워야겠다
>
> ─「피에타 1」전문[4]

위의 시는 그의 두 번째 시집『환상의 다리』에 실린「피에타 1」의 전문이다. 이 시에서 '아버지'와 '나'의 관계는 대립적이다. 그 대립적 관계는 보편적 상징물인 '바람', '물', '공기', '불' 등에 의하여 전개된다. 시적 화자인 '나'는 개인적 내면의 세계에서 '어머니'를 부르고 있었지만, '나'는 아버지와 나와의 관계를

제4부 아방가르드의 필연적 불안의 징후

---

3) 박민수,「이승훈의 상상력과 심상, 그 전환적 양상」,『한국 현대시의 리얼리즘과 모더니즘』, 국학자료원, 1996, 281~291쪽.
4) 이승훈,『환상의 다리』, 일지사, 1976, 164~165쪽.

생각하기 시작한다. 단순히 어머니를 부르고 있던 세계가 개인적인 무의식이다. 인용된 「피에타 1」은 이승훈의 시 작품 중에 '비대상'과 가장 밀접한 관계가 있는 것 중에 하나다. 그는 신화-원형적 세계에서 발견한 신화적 지평 속에서 밝음을 예감한다. 이승훈의 '비대상'이 갖는 다른 또 하나의 의미는 자아의 내면성, 그리고 신학적 의미의 원형이다. 또 대상과 비대상의 문제에서 그의 시는 왜 대상을 배제하는가에 대한 질문에 '비대상(非對象)의 공간은 환영의 공간[5]이기 때문이라고 말할 수 있다. 이런 환영의 공간의 움직임에 의해 태어나는 형태들은 일상생활에서는 허망한 것이 되고 마침내 사멸하고 만다.

이 「피에타 I」은 이미지의 '비극성'으로서의 짙은 정서적 색채를 보여준다. 비극적 의식에 있어서는 등급이나 이행 혹은 접근 같은 개념이 없으며, '더' 혹은 '덜'의 개념은 무시된다. 비극적 의식은 오로지 '전체'와 '무(無)'의 개념에만 관심을 집중시킨다.[6] 이 「피에타 1」은 단순히 죽은 예수를 무릎에 안고 있는 마리아의 이미지로 생각할 수도 있다. 그러나 그것은 이승훈 개인적인 고통의 세계가 바로 인류의 고통과 직결된다는 자각을 환기하는 것이다. 즉 이승훈 자신의 내면성인 어두운 죽음, 또한 그러한 충동이 그의 개인적이 고통이 곧 인류의 고통임을 고백한 시이다. 이와 같이 그는 정신적 내면성을 통해 보편적 상징성을 지향한다. 또 「피에타 1」에서 이승훈은 아버지가 떠난 그 자리에 내가 있고, 내가 있는 내 자리에 나의 흔적을 지우려는 것으로 바깥의 실체보다 내면의 실체를 드러낸다. 단순히 시세계가 개인적인 무의식의 산물로서 '아버지'와 '나'의 구조적 관계를 노래한다는 의미는 원형-신화의 구속으로부터 벗어나지 않는 실존적인 자신만의 내면세계를 구현[7]하려는 것이다.

이 같은 사실을 뒷받침할 수 있는 이론적 근거는 실존 의식이란 대상과 시인의 대립이 동기가 되지만, 내면을 열면 풍요한 세계가 전개된다고 보는 것이 일반적인데, 이승훈은 그 반대로 대상의 내면에서 불모성을 본다는 점이

---

5)   이승훈, 「말의 새로운 모습」, 『한양어문』 제1집, 한양대학교 국어국문학과, 1974, 49쪽.
6)   뤼시앙 골드만, 『숨은 神』, 송기형·정과리 역, 연구사, 1990, 71쪽.
7)   이승훈, 『시적인 것도 없고 시도 없다』, 집문당, 2003, 27쪽.

다. 그는 생성을 준비하고 있는 것이 아니라 보편적이라는 것을 깨닫게 되며, 원형-신화의 세계로 나아가게 된다. 그는 '개인적인 고통과 승화를 어떤 원형으로 제시'하고 싶어진 것이다. 그 원형의 밑에 깔린 것은 '개인적 고통의 세계가 바로 인류의 고통'과 직결된다는 생각이다.[8] 이것은 개인의 이미지를 원형적 이미지로의 전환이다. 그는 어떤 대상의 세계도 노래하지 않으며, 어떤 대상의 세계도 존재하지 않는다고 본다. 대상이 없다는 것은 이승훈의 내면세계만이 형상화된 것이라고 할 수 있다. 그러나 그 같은 내면세계는 일종의 실존 의식과의 결합이다.

　이승훈은 자신의 내면세계가 어두운 죽음, 또는 충동이 개인적인 것이 아니라 보편적이라는 점을 깨닫는다. 그가 원형-신화의 세계로 나아가게 되는 것은 마침내 대상의 근거가 허구였다는 인식론적 각성과 더불어 시적 대상의 세계를 제로(zero) 상태에 놓고 출발한다. 그것은 일종의 현상학적 태도다. 또 대상이 어떻게 존재하는가를 따지자마자 그 대상은 그 일상적인 윤곽을 잃고 무정형이 되어버린다. '아버지'와 '나'와의 대립적 관계인 「피에타 1」에서 강조하는 것은 '아버지'와 '나'라는 대상이 분명하게 설정되어 있다. 대상이 없는 이승훈의 초기 시는 무의식과 의식의 싸움에서 무의식이 가지는 애매성, 추상성, 특수성, 의식이 가지는 논리성, 구체성, 객관성으로 기울어지고 있다. 이것은 자신의 시를 의식화시키려는 노력이다. 이것에 대해 이승훈 시인은 다음과 같이 주장하고 있다.

　　나는 보편적 상징의 세계를 나대로 심화시켰어야 옳았을 터인데, 그러한 노력의 흔적은 겨우 제2부 〈야곱〉에서 단편적으로 엿보일 뿐이다. …(중략)… 실존의 적나라한 리듬이 환기하던 어떤 허망함이 신적인 세계와 결합되면서 가까스로 극복되는 것 같았다. 그것은 개인적인 상징의 세계에서 보편적 상징의 세계로 변모되는 내 의식의 한 유형이었다. 비대상의 논리는 그리하여 70년대 후반에 실존신학적인 측면을 노정했다. 비대상 자체가 환기하던 일종의 실존

---

8)　김현, 『분석과 해석 : 보이는 심연과 안 보이는 역사 전망』, 문학과지성사, 1992, 274쪽.

적 현기가 신학적 지평을 발견하면서 조심스럽게 지양되고 있었다.[9]

결국 이승훈의 내면성 증명은 그것을 증명하는 언어들의 해석에 의해 가능한 것이 아니라, 개별 시가 드러내고 있는 비극성으로서의 정서적 색채의 분석으로 가능하다. 이승훈의 시적 대상은 구체적으로 어떤 개인적 원인에 의해 비롯된 어떤 상징성의 것인가를 드러내기를 거부함과 동시에, 개별 작품들을 통해 유추할 수 있는 비극성이 변별적 집합으로 형성하지 않음으로써 여전히 '존재 드러내기'의 기대 지평마저 거부하는 양상을 보인다. 특히 초기 시에 해당하는 제1집 『사물 A』에서 일정한 자기 증명의 언어들에 의해 그 존재의 실체가 어느 정도 확인될 수 있는 것이지만, 제2집 『환상의 다리』, 제3집 『당신의 초상』 (문학사상사, 1981)에 이르러서 이것마저 부정함으로써 더욱 강한 부정 정신을 보여준다. 이것은 현실을 비극적으로 수용하면서 시적 자아와 현실의 리얼리즘적 만남을 거부하는 끝없는 부정 정신의 자기 반영이다.[10] 이 「피에타 1」의 원형은 정서적 비극성을 가진 성모 마리아의 일곱 가지 슬픔, 예수 그리스도의 수난, 그리고 십자가의 길, 제14처[11]에 해당하는 예수의 처형과 죽음을 나타내는 주제를 안고 있다.[12]

일반적인 상상력의 법칙은 내면을 열면 풍요한 세계가 전개된다고 보는 일이다. 그런데 이승훈은 대상의 내면에서 불모성을 보는 반대되는 시각을 가지고 있다. 생성을 준비하고 있는 것이 아니라 그의 시적 대상은 죽음을 준비하고 있는 것이다. 그러나 어두운 죽음의 충동이 어느 누구의 개인적인 것이 아

9) 이승훈, 『당신의 초상』, 문학사상사, 1981, 116쪽.
10) 박민수, 「강원시인연구·3-이승훈론」, 『관동향토문화연구』 제10집, 춘천교육대학교, 1992, 43쪽.
11) 라틴어로는 Via dolorosa, '슬픔의 길', '탄식의 길'이라는 뜻으로서 예수가 본디오 빌라도의 법정에서 골고다 언덕에 이르기까지 겪은 십자가 수난을 말한다. 본디오 빌라도에게 재판을 받은 곳으로부터 십자가를 지고 골고다를 향해 걷던 약 800m의 길, 그리고 골고다에서의 십자가 처형에 이르기까지의 전 과정을 말한다.
12) 이 주제는 문학적인 근원에서 생겨난 것이 아니라 14세기경 독일에서 처음 나타났고, 그 특유한 비장미와 주제로 인해 많은 예술가들이 자주 표현하는 주제로 널리 사용하였다. 그중에 가장 유명한 〈피에타〉는 성 베드로 대성당에 있는 미켈란젤로의 조각상(1499)이다.

니라 인류의 보편적이라는 것을 그는 깨닫는다. 이런 이유들이 그가 원형—신화의 세계로 나아가게 된 까닭이다. 말하자면 그는 '개인적인 고통을 어떤 신화적인 원형으로 제시하고자 했다. 이렇게 어두운 충동의 세계에 '어떤 밝음'이 들어온다. 이 '밝음'은 그가 원형적 세계에서 발견한 신학적 지평 속에서 온 밝음의 예감이다. 그러므로 그의 비대상이란 곧 대상의 내면성, 그리고 그 속에 있는 신학적 의미의 원형과 같다.

이처럼 이승훈의 시 의식은 가톨릭의 사순절의 의미와도 상통한다. 사순절 첫날 재의 수요일에 머리에 재를 얹는다. 그것은 인간은 언제가 재가 되어버리는 인생의 허무함을 경고하려는 의식이다. 따라서 이승훈 시인이 일상의 세계나 자연 세계를 노래하지 않고, 내면세계(대상)를 노래한 것은 결국 허무이고 자기소외와 같은 맥락으로 볼 수 있다. 모든 고통에는 뜻이 담겨 있다. 인간으로 태어난 이유와 상실감에 빠져 있던 이승훈의 불안은 절망으로 이어지고, 이 절망은 다시 갈등으로 이어진다. 결론적으로 모든 것을 버리고 나서 해결로 이어지는 역설의 방법으로 자기 증명을 하고 있다. 따라서 이 불안은 부정이고 절망이다. 이 절망은 다시 갈등이기도 하다. 이 갈등은 우리 인간이 성모가 되지 못한 이유에서 해답을 구한다. 이「피에타 1」은 이승훈 개인의 자기 성찰을 위한 몸짓이며, '나'가 '나'일 것을 주장하는 냉혹한 시도와 같은 것이다.

> 소리 지르는 푸른 얼굴들이/내 속에 산다/하염없이 빛나는 하염없음/아무래도 잘못된 모양이다

> 소리의 나라에 말들이 뛰고/학살되고 엄청난 달이 가득/들어가 박힌다 헤매는/하염없이 빛나는 하염없음

> 아무래도 잘못된 모양이다/한사코 이 밤을 완성치 못하고/어디론가 떠나는 나/아무렇게나 빛나는 달/아무렇게나 빛나는 생

> 혹은 파괴의 애무의 절정의/꽃잎 하나 뜯어 먹으면/하염없이 빛나는 하염없음/아무래도 잘못된 모양이다

무엇이 의지를 버리고 무의지와 나를/만나게 한다 하염없이/빛나는 하염없음 소리 푸른 말들이/뛰는 이 스산한 밤의 미소!

— 「피에타 2」 전문[13]

이 「피에타 2」에서 안정과 변화의 대립이 구체적으로 어떤 모습을 띠고 있는지를 살펴보기 위해서는 이 시의 중심이 되는 낱말을 찾아볼 필요가 있다. 그 중에서 '소리 지르는 푸른 얼굴'이다. 이것은 구체적인 현실의 세계를 지시하지 않고, 시인의 내면을 암시하는 일종의 상징에 해당된다. '소리 지르는 푸른 얼굴'은 밝고 긍정적인 이미지가 아니라, 어둡고 기괴한 부정적 이미지이다. 한편으로 「피에타 2」에서 느끼는 감정은 뭉크의 〈절규〉가 연상되기도 하지만, 에곤 실레의 침묵의 절규와 더 근접한 유사성을 띤다. 이승훈과 에곤 실레, 그리고 뭉크는 '절규'라는 내용적인 면에서는 같다고 할지라도 표현의 방법에서는 완전히 다른 것이 된다. 이승훈과 에곤 실레의 절규는 현대인의 내면적 고통, 또는 충격, 불안, 경악, 절망감 등과 같은 동질성을 갖는다. 그러나 뭉크의 경우는 밖으로 드러내는 절규로서 안으로 침잠된 이승훈과 에곤 실레의 침묵의 절규와는 차원이 다르다.

이승훈은 삶과 죽음의 경계선에 놓인 매우 불안정한 예술인이다. 뭉크와 에곤 실레가 불안과 공포를 해소할 수 있는 유일한 방법이 그림 그리는 것이었다면 이승훈에겐 시를 쓰는 일이다. 앞에서 인용된 「피에타 2」는 내면적 갈등을 제시하며 시작된다. 소리 지르는 푸른 얼굴은 존재론적으로는 불안, 혹은 공포의 형상화일 수도 있다. 이 같은 내면적 갈등은 대립적 구조로 드러난다. 그가 대립적으로 대상에 대해 부정하는 것은 일종의 실험적 체험에서 화자가 발견하는 생에 대한 허망감, 생애에 대한 불신감 때문이다.[14] 화자는 체험으로부터의 도피 혹은, 초월을 꿈꾼다. 즉 지금까지 지켜왔던 세계에 대한 확신을 버리려는 노력이다. 이것은 다시 도피나 초월을 반영한다. 관능의 세계를 탐닉하는

277
피에타의 분석과 절망의 논리

13) 이승훈, 『환상의 다리』, 일지사, 1976, 166~167쪽.
14) 앞의 책, 79쪽.

것은 실존의 공포로부터 도피하는 또 하나의 양식이다. 가장 아름다운 육체와의 만남은 역시 생의 허망함, 불신감만 깨닫게 된다. 그러나 화자는 공포(소리지르는 세계)의 확신과 허망(하염없는 세계)의 대립을 포기한다. 대립을 포기한다는 것은 의식과 의지를 포기한다는 것이고, 무의식의 세계, 무의지의 세계를 지향한다는 것이다.

이처럼 무의지, 무의식의 세계에서 화자는 새로운 희망을 발견한다. 그것이 5연에 나오는 '미소'의 세계이다. 그러나 희망적이고 밝고 명랑한 '미소'의 세계는 바로 황량한 밤과 결합된다. '스산한 밤의 미소'는 어떤 의미인가. '스산함'은 어두움이며, '미소'는 밝고 따뜻한 세계이다. 이 두 세계는 대립할 수밖에 없다. 그러나 이 시의 결말에서 서로 대립되는 두 세계의 종합을 발견할 수 있다. 여기서 「피에타 2」의 구조를 문장과 행의 관계에 따라 살피면 다음과 같은 도표가 성립된다.

〈보기 2〉[15]

연＼행	구분		
1	갈등	갈등	해결
2		갈등	해결
3		해결	갈등
4		갈등	해결
5		갈등	(갈등)

괄호 속의 갈등은 갈등의 지속이면서 동시에 갈등의 해결임을 의미한다. 〈보기 2〉의 밑줄 친 부분은 구조적으로 유일하게 해결이 강조됨을 뜻한다. 1연에서 5연까지의 3연을 제외하면 갈등이 해결에 앞서 제시된다. 즉 갈등이 강조된다. 그러나 2연에서 4연까지는 갈등과 해결이 명백하게 대립됨을 알 수 있다. 다만 3연에서는 해결이 앞에 놓임으로써 갈등보다는 해결이 강조된다. 또한 2

---

15) 앞의 책, 82쪽.

연과 4연에서는 갈등이 앞에 놓임으로써 해결보다 갈등이 강조된다는 결론이다. 그러나 5연에서 이러한 대립적인 구조는 극복되거나 지양된다. 따라서 갈등만이 지속적으로 제시되는 것 같으나 마지막의 느낌표는 이 갈등이 갈등 자체의 논리에 의하여 지양됨을 암시한다. 그것은 해결과의 대립이 아니라 갈등이 해결될 수 있다는 역설이다.

우리는 「피에타 2」의 구조를 분석하면서 두 가지 객관적 사실을 염두에 두지 않을 수 없다. 먼저 시의 표제인 '피에타'의 의미이다. 다른 하나는 구조분석에서 도출된 실존적 체험의 양상이 특수한 개인의 것이기보다는 보편적인 인류의 것으로 해석됨을 암시한다. 결국 피에타의 분석은 이승훈의 시의 분석이고, 이승훈의 삶의 분석이고, 또한 인간의 보편적인 삶의 분석이기도 하다. 이렇게 결과적으로 정리해보면 그가 불안과 절망, 그리고 비극적 세계관에 깊게 침윤된 시인임을 확인할 수 있다. 그러나 때로는 그의 비극을 바라봄으로써 마음에 쌓여 있던 우울함, 불안감, 긴장감이 해소되기도 한다.

2. 냉소주의 · 신경증 · 공격성

절대를 욕망하는, 그러나 동시에 존재하는 것을 회의하고 부정하는 근대 시인은 기존의 종교와 철학이 제공했던 절대의 추구 방식을 거부한다. 왜냐하면 세계를 불신하거나 세계를 자신과 절대 사이의 방해물로 간주하여 파괴하고자 하기 때문이다. 따라서 시인은 자신의 수단으로 자신의 목적에 따라 독창적인 절대의 세계를 구축하는 일에 착수하며, 그 결과 시인과 시의 신화화가 이루어진다. 반시의 주체는 신이 떠나버린 세계의 억압성과 비진정성에 맞서 의미를 찾기 위한 절망적 투쟁을 전개하지만 존재 의미, 불의, 희망의 부재와 같은 근본적인 문제들 앞에서 출구를 발견하지 못한 채 존재론적, 가치론적 위기 속에서 냉소주의, 신경증, 공격성을 드러낸다. 생활 현실 속에 놓인 시적 자아는 소외된 보통 사람들의 진부함과 권태, 한계로 가득한 관습적 세계 속에서 때때로 하찮은 것들에 집착하거나 쾌락을 제외한 세상의 모든 일에 무관심을 보이는 타락한 존재(ser degradado)로 그려진다. 이제 이승훈은 자연을 노래할 수도, 인간을 찬양할 수도 없다. 또 신에게 영광을 바칠 수도 없다. 언어에서 시작한 모든 것이 문제가 되기 때문이다. 결국 모든 것은 현실에 대한 환멸과 총체적 허무주의로 귀결되며, 반시의 주체가 동원할 수 있는 유일한 무기는 유머와 빈정거림뿐이다.

　존재란, 그리고 존재를 태어나게 하는 기분의 영역인 불안 · 권태 · 절망 등은 퇴폐적인 기호가 아니라 인간의 인간으로서의 근원적인 경험의 기호다. 즉 참다운 사유(思惟)가 비롯하는 어지러운 장소다. 그는 시의 본질이 비대상의 세계임을 줄곧 주장해왔다. 첨언하면 시는 무(無)의 세계라는 것과 부재의 세계라는 것, 그리고 죽음의 세계라는 것이다. 다시 말해 시의 출발과 고독의 심부에 무와 죽음, 흔적 없는 대상인 비대상이 있을 뿐이라는 주장이다. 결국 시작(詩作)이란 끊임없는 절망의 반복적 행위에 지나지 않는다. 절망이라는 기호는 부정적 측면에서 운위(云爲)되기에 자기 증명의 삶을 목표로 할 때 비로소 드러나는 기호다. 한마디로 말하자면 존재나 절망의 문제는 산업사회에 있어서 좌절과 실의를 경험한 인간들이 스스로의 의미를 터득하기 위한 방법이다. 이승훈의 정신은 불안이며, 이 불안은 그의 시 쓰기의 승리이다. 그가 느끼는 불안은 강렬한 의식이다. 무 · 불안 · 우수 · 절망이라는 유개념(類概念)은 근본적으로 지향성 · 가능성 · 결단성을 갖게 한다. 이런 연유로 이승훈은 시를 쓰고, 그의 시 쓰기는 절망과의 싸움이고, 무와의 싸움이라는 것을 알 수 있다. 불안의 대상이 무(無)라는 사상은 무로의 희귀가 아니라 무로부터의 이탈이라는 삶의 양식과의 만남이다.

제
4
부

아
방
가
르
드
의

필
연
적

불
안
의

징
후

　　이승훈의 자아탐구는 부정정신의 산물이다. 물론 한 사람의 시인이 대상은 말할 것도 없고 자기 자신까지도 완벽하게 부정을 하고 나면 남는 것은 죽음뿐이다. 그런데 이승훈은 상징적으로 말하자면 안과 바깥이 하나의 양면이라는 생과 우주의 모순성과 역설성을 그 누구보다도 잘 이해하고 있었기 때문에 그가 비록 부정정신에서 출발한 시인임에도 불구하고 그가 파악한 부정은 단선적인(단면적인) 부정으로 끝나지 않고 긍정의 가능성을 항상 내포한 양면성을 가지고 있다. 부정(긍정)을 통해 긍정(부정)도 수용할 수 있었던 시인, 그런 가 하면 부정과 긍정의 이분법을 넘어설 수 있었던 시인이 이승훈이다.[16]

이승훈의 부정 정신은 무목적적 부정이 아니라 긍정의 가능성을 내포한 양면성을 지닌다. 이것은 그가 일체의 대상을 허상 또는 헛것으로 간주하여 모든 것을 부정해버리고, 오직 현재에 존재하는 그 자신의 실존만을 긍정하며, 그것을 만나는 일이다. 또 일체의 대상을 버리고 유일하게 그가 만난 것은 이승훈 자신이다. 그때부터 자신과의 만남, 자신에 대한 탐구, 그리고 자기 존재의 증명이라는 양상을 수용한다. 절망과 기교 사이에 걸려 있는 것이 문학 세계다. 어느 시대에나 그 현대인은 절망한다. 절망이 기교를 낳고 기교 때문에 또 절망한다.[17] 따라서 이승훈 시인이 추구하는 절망은 자기 동일성을 증명하려는 무서운 욕망이라 할 수 있다.

> 절망의 논리를 읽는 것, 그 내면성의 이해는 그렇기 때문에 부정의 원리, 즉 권태의 힘에 더욱 밀착되어 나타나는 삶의 운동이라는 역설을 낳는다. 그리고 이 역설의 증명이 시작(詩作)이요, 증명은 벌써 초월을 의미한다.[18]

달콤한 감정의 영역을 떠올리게 하면서 우리들에게 끝없이 카타르시스(catharsis)로 다가오던 시, 그러나 이 한 편의 시를 이제는 절망·불안·공포·허무의 기호로 읽어야 한다. 특히 절망의 기호로 읽어야 한다. 절망이라는 기호는 부정적인 측면에서 운위되기에 좀 더 열렬한 삶, 자기 증명의 삶을 목표로 할 때 비로소 드러나는 기호다. 이같이 한국의 현대시 가운데 비교적 절망에 침윤된 시인은 이상(李箱)과 김수영(金洙暎), 그리고 이승훈을 그 예로 들 수 있다.

  삼천만 대의 트럭이

---

16) 정효구, 앞의 책, 211쪽.
17) 서준섭, 『창조적 상상력』, 서정시학, 2009, 215쪽.
18) 이승훈, 앞의 책, 188쪽.

해골을 가득 싣고
달려간다

삼천만 대의 트럭이
죽은 아기 뼈다귀를
가득 싣고

안녕하세요?

달려간다
손을 흔들며

―「삼천만 대의 트럭」 일부

위에서 인용한 「삼천만 대의 트럭」를 통하여 그는 자기동일성을 증명하려는 무서운 욕망의 입을 벌리고 있다. 이 욕망의 입을 벌리게 하는 것이 절망이 갖는 의미인 것이다. 이처럼 이승훈은 절망의 도피라고 부를 수 있는 소극적 절망의 개념에서 초월, 혹은 비약이라고 부를 수 있는 적극적 절망의 개념을 깨닫는다. 또 여기 모든 존재의 아름다움이 은밀하게 도사리고 있다면, 이 같은 절망의 변증법 강조를 망각하고는 결코 절망을 바르게 이해한다고 말할 수 없는 태도를 보이고 있다. 다시 말해 절망의 논리를 읽는 것, 그 내면성의 이해는 그렇기 때문에 부정의 원리, 권태의 힘에 더욱 밀착되어 나타나는 삶의 운동이라는 역설을 낳는다는 것이다. 그리고 이 역설의 증명이 시작(詩作)이며, 증명은 벌써 초월을 의미한다고 할 수 있다.

제4부 아방가르드의 필연적 불안의 징후

욕망의 언어와 시니피앙

— 이승훈론 (2)

1. 시니피앙과 시니피에의 대응부정

언어란 무엇인가? 언어란 고독한 개체로서 이 세계에 존재하게 된 인간과 세계, 그리고 타인 사이에 의미 있는 관계를 만들어줌으로써 고독을 해소하고 연대감으로써 안정감을 가질 수 있게 해주는 최선의 기능이다.[1] 이처럼 언어는 인간이 태어나면서부터 자연스럽게 습득하고, 죽을 때까지 습득하는 인간에게 없어서는 안 될 중요한 의사소통의 수단이다. 인간은 언어라는 것을 아주 중요하게 생각하고 항상 언어를 사용하고 있지만 언어에 대해 한 문장으로 정의한다는 것은 쉬운 일은 아니다. 따라서 언어란 무엇인가를 사전적 의미로 정의해보면 '사상 · 감정을 나타내고 의사를 소통하기 위한, 음성 · 문자 따위의 수단. 또는, 그 음성이나 문자의 사회 관습적인 체계'라고 할 수 있다. 다시 말하면 언어는 음성 또는 문자를 수단으로 하여 사람의 사상, 감정을 표현하고 의사를 전달하는 수단과 체계를 말한다.

언어는 말하기 또는 글쓰기의 형태로 나타나는 관습적 기호의 체계이다. 또 언어는 의사소통을 위하여 발생된 전달체이다. 언어란 실제 발화(發話)된 언술의 총체가 아니다. 그것은 구체적 언술의 총체 속에 실현되는 추상적 형식이

---

1)　김승옥, 「문학이란 이런 것」, 『조선일보』, 1999년 2월 28일자.

다. 따라서 언어를 구성하는 요소는, 물리적으로 구성할 수 있고, 감각적으로 인지되는 실체(substance)일 수도 없다.[2] 이같이 인간은 언어를 사용하여 사회집단의 구성원으로서, 또는 문화에 대한 참여자로서 의사 전달을 한다. 또 구조주의 측면에서 바라본 언어란 소리와 의미 내용 사이의 대응 관계를 맺어주는 규칙의 체계이다.[3] 즉 소리와 개념 사이의 연결 관계는 자의적(恣意的)이라서, 필연 관계가 없기 때문에 서로 다른 나라 말들이 존재하고, 같은 개념의 표시에 서로 다른 기호 체계가 가능하다.

언어는 자의적인 기호에 의하여 결정된다. 여기서 언어의 자의성이란 언어의 내용과 표현 사이에는 절대적이거나 필연적인 관계가 없다는 뜻이다. 가령 한국어의 '어머니'라는 단어는 영어에서는 'mother'이고, 불어에서는 'mere'로 각각 다르게 발음되면서도 같은 개념을 나타낸다. 이들 호칭 가운데 어떤 것이 다른 것보다 '어머니'라는 실체를 더 적절·적확(的確)하게 나타냈다고 볼 수 없다. 의성어조차 그 구성 요소가 해당 언어의 통상적인 음성으로 이루어져 있는 것을 생각하면 부분적으로는 관습적이라는 것을 알 수 있다. 즉 언어 사회의 임의적인 약속으로 이런 관계가 맺어진다. 또 국어학의 선각자 주시경은 『대한국어문법』(1906)에서 "말이 무엇이뇨'라는 물음에 "뜻을 표하는 것이니라"는 대답으로 언어를 정의한 바 있다.

사회 구성원에 의해 약속된 언어는 그 구성원의 한 개인이 마음대로 바꿀 수 없다. 왜냐하면 언어의 생성과 사용, 변천과 소멸의 모든 과정은 그 언어를 사용하는 사회 구성원, 즉 언중(言衆)의 약속에 의해서만 가능하기 때문이다. 즉 언어 속에는 그 언어를 사용하는 사회 구성원들의 합의와 관례가 들어 있다. 이것을 언어의 사회성이라 한다. 또 언어는 시대에 따라 변하는 성질을 가지고 있다. 이것을 언어의 역사성이라 한다. 이를테면 '겨차(까닭)', '즈믄(천, 千)', '가람(강)'과 같은 것들이다. 첨언하면 언어는 정체된 현상이 아니라, 필요에

2) 홍재성, 「소쉬르 언어학의 몇 가지 개념」, 『언어과학이란 무엇인가』, 문학과지성사, 1982, 115쪽.
3) 이정민, 「언어의 본질과 과학」, 『언어과학이란 무엇인가』, 문학과지성사, 1982, 3쪽.

따라 끊임없이 바뀌고 변화한다. 그리고 '지혜의 표현'으로서의 언어는 실재, 근본, 혹은 절대의 언어가 아니라, '연기(緣起)의 언어'이다.[4]

언어는 본능이 아니라 습득된 의사 전달의 도구다. 모든 언어는 많은 양식으로 존재한다. 언어는 가장 독창적이며, 유연하며 그리고 생산적이다. 언어는 생각을 담는 질그릇이다. 인간의 사유, 단순한 정서나 감정이 아닌 논리적인 사고는 언어 없이는 불가능하다. 이러하듯 인간은 언어를 통해 세계를 인식하기도 하고, 언어를 통해 새로운 개념을 형성하기도 한다. 현대에 들어와서 언어에 반영된 사회적·문화적 상황을 이해하고 재조직하여 활용하는 능력과 태도가 더욱 필요해졌다. 이 같은 능력과 태도는 문학작품을 능동적으로 감상하기 위해서도 필요하다. 그것은 문학작품도 사회적·문화적 상황의 변화를 다양하게 반영하는 언어 활동의 산물이기 때문이다. 이처럼 언어는 단어가 모여 구(句)가 되고, 이 구가 모여 문장을 만드는 것을 가능하게 해준다. 미국의 언어학자 에이브럼 노엄 촘스키(Avram Noam Chomsky)는 새로운 문장을 생산해 내는 능력이 언어를 사용하는 창조적인 면모의 한 부분이라고 주장했다.

언어는 인간에게만 주어진 고유의 특권으로서 인간은 언어를 습득하여 활용할 수 있는 특별한 존재이다. 또한 인간은 유한한 규칙을 터득하면 무한한 수의 문장을 생성할 수 있는 생산성을 가지고 있다. 결국 인간의 언어란 인간 심리의 실재를 나타내는 창의적이고 생산적인 규칙 체계를 갖춘 발화의 연결체이다. 다시 말해서 언어란 인간의 사고에 대한 표현(mental representation)이며, 동일한 언어를 공유하는 사회 구성원 간의 의사소통을 위한 수단(communication tool)이다. 언어로 인간의 사고를 표현한다는 측면에서 보면, 언어는 정신 활동(mental act)이다. 이와 같은 정신 활동을 이승훈은 끊임없는 사유를 통하여 새로운 생각 구조(mental structure)를 구축해나간다. 지금까지 언어란 무엇인가에 대해 살펴보았다. 언어에 대한 충분한 이해가 있어야 이승훈의 언어 부정을 온전히 살펴볼 수 있기 때문이다. 이승훈은 자칭 언어파 시인이다. 다음의 인

---

4)   전재성 역, 『쌍윳따 니까야』 제2권, 한국빠알리성전협회, 1999, 31쪽.

용된 시는 언어 부정 이전의 작품으로 그는 이 시를 통해 언어에 대해 절대 신뢰성을 갖는 태도를 보이고 있다.

> 세상엔 노트에 시를 쓰는 사람도 있고 백지에 쓰는 사람도 있고 나처럼 구겨진 메모지, 탁상일기, 원고지 뒷장, 읽던 책 여백 닥치는 대로 쓰는 사람도 있다. 이름을 내려고 쓰는 사람도 있고 조국을 위해 쓰는 사람도 있고, 애인을 위해 쓰는 사람도 있고 나처럼 할 일 없어 쓰는 사람도 있다 내 시의 단점은 내키는 대로 한 번에 쓴다는 것과 좀처럼 고치지 않는 것 그리고 무엇보다도 나도 알아볼 수 없게 글씨가 작다는 것 그러므로 잡지사에 보낼 때는 내가 쓴 글씨를 나도 읽을 수 없어 고생을 한다 물론 이건 내가 바란 것도 아니고 사실 난 이런 시를 쓰며 바라는 게 없다 그저 언어가 있으므로 시를 쓴다
>
> —이승훈, 「언어가 있으므로 시를 쓴다」 전문[5]

시기적으로 중기에 접어들어 이승훈은 언어에 기대어 시를 썼다. 그는 언어로 구성된 시야말로 단절된 세계와의 화해가 가능하게 한다고 보았다. 그의 말대로 '언어가 있으므로 시를 쓴다'는 사유를 바탕으로 언어에 대해 절대적으로 신뢰했다. 이와 같이 그에게 문제가 되는 것은 언어를 대하는 태도였다. 모든 사물들이 언어를 떠나서는 존재할 수 없다는 인식론적 세계를 그는 노래했다. 그 한 예로서 초기에는 자신의 비대상 시의 모티브를 '대상, 사물의 부정'에 기반을 두었다.

> 비대상 회화는 시의 경우 두 가지 유형의 비대상 시와 관계된다. 하나는 발이 생각하는 추상시, 다른 하나는 내가 생각하는 비대상 시이다. 둘 모두 대상, 사물을 부정한다. 그러나 이런 부정에 상응하는 것이 전자는 언어의 부정이고 후자는 언어가 아니라 대상, 사물의 부정이고 전자는 인간이 소멸하는 추상의 공간이고 후자는 의식이 소멸하는 무의식의 공간이다. 그런 점에서 전자는 추상시, 후자는 비대상 시라고 부르는 게 좋다는 입장이다.[6]

제4부 아방가르드의 필연적 불안의 징후

---

5) 이승훈, 『이것은 시가 아니다』, 세계사, 2007, 98쪽.
6) 이승훈, 『시와세계』, 2006, 봄호, 83쪽.

위의 인용문은 『현대시』(2005, 12월호)에 기고했던 「선과 다다이즘」의 일부분이다. 이 글에서 이승훈은 일본의 획기적 미술 운동인 모노파의 창시자이며 동양사상으로 미니멀리즘의 한계를 극복한 이우환 화가의 관계항(Relatum) 작업에 관심을 가지게 된 이유를 설명하고 있다. 그러나 이 글에서도 언어 부정의 징후는 나타나지 않는다. 이때가 2005년으로서 오히려 '대상, 사물의 부정'에 대해 말한다. 2006년에 들어와서도 그가 자아를 찾아 나선 것이 그 후 오히려 자아가 허구, 환상, 이미지, 가짜, 꿈이라는 사실을 발견하고 자아도 현실도 언어도 대상도 시 쓰기도 환상이라는 생각을 가졌다. 그는 이 환상에 벗어나기 위해 환상 가로지르기의 시를 썼다. 첨언하면 '비대상 시', 다시 말해 자아 찾기, 즉 무의식 탐구의 극한에서 이승훈은 자아 소멸과 만나고, 따라서 대상도, 자아도 사라지고 이때부터 언어가 시를 쓴다는 명제를 '시적인 것은 없고 시도 없다'는 시론과 '비빔밥 시론'에서 주장했다.

그는 처음부터 대상을 지향한 것이 아니라 대상을 제거했고(추상), 자아가 없다는 사유를 토대로 언어와 만났다. 언어를 만나면서 언어에 대해 회의하고 언어가 결여(욕망)를 낳고 이런 언어가 주체를 낳기 때문에 언어가 시를 쓴다는 것[7]이다. 그러나 그는 『현대시의 종말과 미학』(2007년)의 「언어도 버리자」와 「언어여 침을 뱉어라」 등에서 자아의 허구성을 인식하고 언어 부정의 양상을 나타내기 시작했다. 또 하나는 그의 시집 『이것은 시가 아니다』(2007)에서도 언어를 옹호하는 시 작품들이 대부분 실려 있으나 예시되는 다음의 시에서는 언어의 신뢰성에 대해 틈이 벌어지는 양상을 나타내기 시작했다. 따라서 『현대시의 종말과 미학』(2007)과 『이것은 시가 아니다』(2007)의 출판 연대가 동일하므로, 언어 부정은 2007년부터 시작되었음을 알 수 있다. 그는 언어에 대한 심경을 다음과 같이 밝히고 있다.

중요한 건 언어와 언어 사이에 틈이 있다는 것 물론 기표 사이에도 틈이 있지 이 틈이 문제야 언어는 완전한 게 아니지 현실도 완전한 게 아니야 언어는

---

7) 이승훈, 「환상 가로지르기」, 『시와세계』 2006, 겨울호, 91쪽.

비정상 언어에 저항하는 편집증 환자 시인 화가들이 정상이지 정신병(?)이 정상이다 오오 언어는 비정상 말과 말 언어와 언어 사이에 틈이 있고 이 틈이 욕망이다.

―「모두가 언어다」 일부[8]

완전하지 못한 언어는 필연적으로 결핍을 가지고 있다. 바꾸어 말하면 불완전하다는 것은 곧 비정상이라는 의미를 갖는다. 이같이 언어가 불완전하다는 것은 비정상이라는 뜻이고, 이러한 비정상적인 인식을 이승훈은 전복하고자 한다. 그가 탐구했던 자아와 세계가 언어적 허구라는 것이고, 언어마저 의사소통의 진행에 한낱 도구에 불과하다는 사유에서 언어 부정은 비롯된다. 철학의 해체 이론에서도 서양 형이상학이 근거로 하는 암암리의 가치 판단 또는 편견을 밝히기 위해 많은 위계적 대립 관계, 가령 원인과 결과, 존재와 부재, 말하기와 글쓰기 등을 탐구한다. 해체 이론은 작가들이 그들의 주장을 펴는 데 사용하는 언어의 논리를 분석함으로써, 모든 글은 그것이 주장하려는 것과 정반대의 다른 견해들의 '흔적'을 무의식 중에 지니는 경향이 있다. 그로 말미암아 자신의 주장을 훼손하게 된 것을 밝혀낸다.

해체 이론은 '말 중심주의(logocentrism)'[9]의 허실을 파헤친다. 이 같은 견해에 따르면 어떤 글의 '의미'란 작가의 의식적인 의도와는 우발적인 관계밖에 맺고 있지 않은 것이 된다. 해체 비평이 가져온 결과 중 한 가지는 언어를 개념과 대상으로부터 해방시킨 것이다. 많은 미국 학자들은 해체 이론을 신비평(텍스트 그 자체를 중시하는 비평)으로부터의 논리적인 진일보로 본다.

> 「나는 돌이 되어 간다」
> 「나는 마치 돌이 되어 가는 것 같다」
> 「나는 돌이다」

---

8) 이승훈, 『이것은 시가 아니다』, 세계사, 2007, 109~110쪽.
9) 진실성·동일성·확실성과 같은 개념의 타당성을 입증할 근거가 되는 근원적인 '말'에 초점을 맞추는 것, 좀 더 일반적으로는 이성과 합리에 대한 신봉, 즉 의미는 그것을 말로 나타내려는 인간의 시도와 무관하게 본래부터 세계에 내재한다는 믿음이다.

휘날리며 눈발이 말한다

　*

「나는 언어를 만들어 내고 있다」

「나는 언어를 만들어 내고 있다」

「나는 언어다」

휘날리며 눈발이 말한다

　*

그는 허공에서

언어를 끄집어 낸다

그가 허공에서

언어를 끄집어 내면

갑자기 휘날리는 눈발

　　　　　　　　　　　　　　　　　－「휘날리는 눈발」 전문[10]

　언어가 어디에도 쓸모없는 '돌'인 줄 알았다가 눈발이 휘날리며 '돌'이 '언어'라고 일깨워주었을 때 이승훈은 '대상'을 버리고, '자아'를 버리고, 남아 있는 '언어'에 대해 '나는 언어를 만들어내고 있'고 '나는 언어'였다. 따라서 위의 시는 언어에 대한 신뢰, 또는 믿음이 매우 높았음을 입증하는 작품이다. 다시 말해서 '자아/대상/언어'에서 '자아/(대상)/언어'를 하고, 다시 '(자아)/(대상)/언어'를 했을 때 오직 믿을 수 있었던, 유일하게 기대고, 의지하여 시 쓰기를 할 수 있었던 것은 '언어'일 뿐이라는 믿음 그 자체였다. 그러나 이러한 언어에 대해 한낱 떠도는 시니피앙에 불과하다는 결론을 얻은 그 이후부터 언어에 대해 의구심을 갖게 된다. 즉 언어에 대해 강한 부정으로 일관한다. 언어는 하나의 헛것이라는 것, 허구라는 것이다. 이 같은 언어 부정에 대해 여러 가지 이유가 있겠으나, 모리스 블랑쇼(Maurice Blanchot)[11]의 영향을 많이 받은 것으로 파악된

10)　이승훈, 『길은 없어도 행복하다』, 세계사, 2000(3쇄), 18쪽.

11)　모리스 블랑쇼는 『수수께끼의 사나이 토마스(Thomas l'obscur)』(1941), 『아미나다브(Aminadab)』(1942) 등과 같은 철저한 반사실주의적 성격의 소설로 주목을 받았다. 문학을 인간 존재의 원질적(原質的) 심부(深部)를 탐구하는 것이라고 주장한다. 논문 형식으로 되어 있는 평론집 『불꽃의 문학(La Part du feu)』(1949), 『문학의 공간(L'Espace litté-raire)』(1955), 『와야 할 서적(Le Livre à venir)』(1959) 중에 하나는 죽음과 허무로 특징되는,

다. 이에 대해 이승훈은 다음과 같이 술회한다.

> 무엇보다 그것은 대상의 세계란 언어로 명명될 때 죽거나 이미 부재한다는
> 명제와 관계된다. 처음 시를 공부할 때만 해도 나는 언어가 있기 때문에 대상
> 이 존재한다는 생각을 하고 있었다. 그러나 블랑쇼의 에세이를 읽으면서 이런
> 견해는 뒤집혔다. 블랑쇼의 어떤 글을 어디서 읽었는지 기억은 분명치 않지
> 만, 언어가 개입될 때 대상이 존재하지 않는다는 것은 나에게 시사(示唆)하는
> 바가 컸다.[12]

이승훈은 아방가르드로서 전위적인 문학 활동을 한다. 이것에 대해 그가 모
리스 블랑쇼의 전위적인 문학의 흐름과 맥을 함께한다는 사실이다. 또 그가 모
리스 블랑쇼의 에세이에서 영향을 받았다는 진술에서 그 일치성을 찾을 수 있
다. 따라서 그가 언어를 부정하게 된 이유 중에 하나가 블랑쇼의 전위적인 문
학 정신에 영향을 받았다는 사실이다. 시는 무(無) · 죽음 · 비대상의 세계에 지
나지 않는다. 그러나 이런 비대상의 세계는 인간의 경우 인간을 파괴하면서 동
시에 인간의 본질을 깨닫게 한다. 언어의 이 같은 아이러니를 블랑쇼는 의식의
자기소외와 관련시킨다. 다시 말해 예술은 자기의식이 없는 형식을 탐구하는
의식이며, 꿈속에서처럼 자기소외를 경험하는 의식이다.[13] 이처럼 예술이 자기

도달 불가능한 극점(極點)에의 접근을 실천한 작가들, 즉 횔덜린, 말라르메, 릴케, 카프
카, 프루스트 등에 관한 논문이고, 또 다른 하나는 이 존재의 궁극의 밑바닥에 결부되
어 있는 상상적인 '문학 공간'의 극점을 이론적으로 해명한 논문이다. 그는 작가이자
사상가로서 철학 · 문학비평 · 소설의 영역을 넘나들었다. 문학의 영역에서는 말라르메
를 전후로 하는 거의 모든 전위적 문학의 흐름에 대해 깊고 독창적인 성찰을 보여주었
고, 또한 후기에는 철학적 시론과 픽션의 경계를 뛰어넘는 독특한 스타일의 문학작품
을 창조했다. 이로써 그는 현대 비평의 특징인 '심부(深部)의 비평'의 대표적 존재이기
도 했다. 주요 저서로는 『토마 알 수 없는 자』, 『죽음의 선고』, 『원하던 순간에』, 『문학
의 공간』, 『도래할 책』, 『무한한 대화』, 『우정』, 『저 너머로의 발걸음』, 『카오스의 글쓰
기』, 『나의 죽음의 순간』, 『기다림 망각』, 『정치평론』 등이 있다. 모리스 블랑쇼, 『문학
의 공간』, 이달승 역, 그린비, 2010, 작가 소개 참조 바람.
12) 이승훈, 『한국현대시론사』, 고려원, 1993, 310쪽.
13) G. Hartman, "Maurice Blanchot", *The Novelist as Philosopher—Studies in French 1935~1960*, ed,
by J. Cruickshank, Oxford Univ. Press, 1962, p.150.

소외를 경험하는 의식이라는 그의 주장은 비대상의 아이러니와 통한다. 언어를 중심으로 하는 비대상의 시란 자기소외를 경험하는 의식의 세계에 지나지 않기 때문이다. 이런 의식의 세계는 블랑쇼가 말하는 꿈과 관련된다. 꿈꾸는 자는 잔다. 그러나 꿈꾸는 자, 그는 잠자는 자가 아니다. 그렇다고 그는 다른 자, 다른 사람인 것은 아니다.[14]

> 나도 없고 대상도 없고 언어만 남았다. 그러나 이 언어도 버려야 하리라. 언어도 버리는 심정으로 이 심정도 버리는 심정으로 시를 써야 하리라. 언어는 나를 사랑하지 않고 나는 언어에서 벗어날 수도 없다. 오늘도 바람 부는 세상 해질 무렵 시 한 줄 쓴다.[15]

언어도 버려야 한다는 것은 언어도 버리는 심정으로 시를 쓰는 태도이고 다시 이런 심정도 버리는 태도를 뜻한다. 다시 말하면 언어도 헛것이지만, 언어가 헛것이라는 생각도 버리는 심정으로 시를 쓰는 행위이다. 초기에는 "나도 없고 대상도 없고 언어만 남았다"고 하던 이승훈은 분명히 있을 거라는 믿음과 의지로 탐구하던 '대상'은 결국 '없다'는 결론을 내리고, 다시 '자아'에 기대여 시 쓰기를 한다. 그러나 그 '자아'도 실체로서의 '나'가 '없다'는 결론을 얻은 뒤 언어를 찾아나섰으나, 그 언어로 명명될 때 대상의 세계는 죽거나 부재하다는 명제와 관계가 된다는 것의 획득은 블랑쇼의 문학적 사유에 의해서이다.

> 이 언어에 경의를 표하고 축하하고 감사하고 언어 축복 저주 유죄도 언어 무죄도 언어 개구리 개구리 춘천교대 교수 시절 초여름 밤 석사동 논에서 울던 개구리 소리도 언어다 나는 이 언어들을 버리려고 이제까지 시를 썼다 아 아 힘이 든다
>
> — 「언어를 버리고」 일부[16]

14) 모리스 블랑쇼, 「잠과 밤」, 『문학의 공간』, 박혜영 역, 책세상, 1970, 369쪽.
15) 이승훈, 「시인의 말」, 『비누』, 고요아침, 2004.
16) 이승훈, 위의 책, 82쪽.

위의 인용된 시는 결국 언어에 대한 불신을 나타내는 심정을 담고 있다. 곧 언어에 대한 부정이다. 이승훈의 언어 부정은 곤경에 빠진 언어를 해방시키는 일이다. 부정변증법적 측면에서 바라본 이승훈의 언어 부정 시론을 설명하기 위해서는 아도르노의 부정변증법의 설명은 불가피하다. 부정의 부정이 긍정일 수 없는 근거에 대해 아도르노는 "만일 전체가 속박이고 부정적인 것이라면, 그 전체로서 총괄 개념을 이루는, 부분들에 대한 부정도 여전히 부정적이다", "부정된 것은 사라질 때까지 부정적이다"[17]라고 했다. 따라서 이승훈의 자아 속에서는 오랫동안 억압이 승리를 했으며, 그가 언어를 부정하는 것도 이런 억압으로부터 해방되려는 한 방책이다. 언어 부정의 상황을 부정함으로써 긍정적 언어를 만들어내리라는 기대는 그에게서만큼은 원칙화될 수 없다. 이승훈의 언어 부정은 그 언어가 사라질 때까지 부정적이다. 이 말은 향후 부단한 언어와의 싸움을 예고하는 말이며, 새롭게 제기되는 언어 부정의 사유에 긍정의 색깔을 입히거나 덧칠해서는 안 된다는 말이기도 하다. 그는 또 자아 부정에서부터 대상 부정을 거쳐 언어 부정으로 넘어감으로써 특정한 시론에 대한 자신의 부정마저 무력화한다.

이승훈의 시론들은 부정으로 일관한다고 해서 막다른 골목으로 향해 달려가는 것은 아니다. 다시 말해 실패한 시론에서도 긍정적인 요인들을 발견하고 추후 다른 시론에 활용함과 동시에 시론에 내재하고 있는 부정성을 구체적으로 비판하여 극복하는 가운데 시론의 전체적 의미를 평가하고, 그 성격을 개조해가고 있다. 즉 그의 어떤 시론에 대해서는 긍정하고 어떤 시론에 대해서는 신성하다고 말하기는 곤란하다. 다만 이승훈의 언어 부정은 '모든 언어는 대상을 기호화하지 않는 것'에 대한 부정이다. 사르트르가 문학의 구조 특성을 밝힌 글 중에 산문이 언어를 도구화하는 데 반해서 시의 언어는 사물이라고 한 바 있다. 여기서 시의 언어가 사물이라는 것은 그것이 한 사회의 전통, 인습으로 흐르고 있는 의미 내용과 독립되어 있음을 뜻한다. 이승훈의 시의 언어도 마찬

제 4 부 아방가르드의 필연적 불안의 징후

---

17) 테오도르 아도르노, 「해방적 실천은 충분히 해방적인가」, 『부정변증법』, 홍승용 역, 한길사, 2003, 31쪽.

가지로 의미의 차원이 아니라 존재의 차원을 지향한다.

> 남들이 언어와 세계, 혹은 언어와 대상에 대해서 생각할 때 나는 언어와 자아 혹은 언어란 무엇인가에 대해서 생각한 셈이다.[18]

사전적 의미를 빌리자면 불립문자(不立文字)란 문자에 집착하지 않고 보편적 명제의 형태로 정언(定言)을 세우지 않는다는 입장의 표방이다. 또 경전의 문구에 대해서 형식에 집착하지 않는 자유로운 태도를 취한다는 의미를 가진다. 이승훈은 대상을 부정하고, 자아도 부정하고 난 다음, 언어가 바로 '나'라고 한다. 이렇게 그의 자아 소멸은 해체적 자아이고, 차연(差延, Différance)적 자아이다. 따라서 그는 자아, 언어, 무의식의 상태에서 벗어나 자아가 언어에 지나지 않는다는 사유로 자아 소멸의 해체시로 발전하게 된다. 그의 시에서는 언어에 의해 자아가 소멸되고 언어가 시를 쓴다. 그의 시론을 초기·중기·후기로 나누어 생각하면 이 언어 부정은 자아 부정과 함께 중기에 해당된다. 이처럼 그의 언어 부정이 시기적으로 중기에서부터 시작되었음을 알 수 있다.

이승훈은 대상에 대하여 규정하려고 하면 할수록 그 대상의 실체가 언어 밖으로 빠져나가게 되는 체험을 하게 된다. 구체적으로 말하면 대상이나 대상이 존재하는 현실은 인간의 정신이나 능력으로 파악하기에는 매우 복잡하고도 불확실한 속성을 갖고 있는 데다가 언어는 그러한 것마저 온전히 표현할 수가 없어, 대상이나 현실을 언어로 규정하려고 할 때, 그것들의 실체가 없어 언어 밖으로 빠져나가게 된다.[19] 이처럼 이승훈은 구체적인 대상이나 현실에 대해서 어떠한 규정도 하지 않으면서 순수하게 논리적인 언어의 세계를 보여주려고 한다. 앞의 인용문을 전제로 한다면 이승훈이 생각하는 언어는 세계에 대해서 말하기를 포기하고, 세계가 숨기고 있는 어떤 질서를 보여줄 수 있을 뿐이다.

욕망의 언어와 시니피앙

---

18) 이승훈, 『포스트모더니즘 시론』, 세계사, 1991, 260~261쪽.
19) 이경호, 「시쓰기 밖의 시쓰기」, 이승훈, 『길은 없어도 행복하다』, 세계사, 2000(3쇄), 151쪽.

세계의 질서를 보여준다는 것은, 자아와 세계가 공유하는 가능성으로서의 질서를 제시하는 일에 지나지 않는다[20]는 자각이다.

2. 언어 부정의 양상

어떤 대상에 대해서도 말하기를 포기한다는 것은 결국 대상이 아니라 대상과 자아가 공유하는 가능성으로서의 질서를 노래한다는 뜻이다. 그러나 언어로 그러한 가능성을 노래한다는 것이 어떻게 가능한가라는 의문에 대한 해답은 언어의 형식이 말하는 세계가 아니라 보여주는 세계라는 데에 있다. 요약하면 언어는 세계에 대해 말하지 않고, 세계와 자아가 공유하는 숨어 있는 정신적 구조를 보여줄 뿐이다. 또 언어는 순수한 형식을 지향한다. 순수한 형식으로서의 언어 속에는 구체적 대상의 흔적이 소멸하고, 그 소멸 뒤에 남는 것은 언어를 사용하는 자아의 추상성, 곧 선험적 자아뿐이다. 따라서 언어가 개입될 때 대상은 이미 존재하지 않는다.[21] 그런 점에서 대상의 세계에 언어가 작동하면 그것은 이미 비대상의 세계이다. 언어를 중심으로 했을 때, 비대상의 세계란 결국 대상과의 관련이 탈락된 언어들의 공간이다. 말하기는 구체적 현실이나 대상을 전제로 한다. 그것은 구체적 현실이나 대상을 언어로 그리는 행위이다. 그러나 우리가 바라보는 구체적인 현실은 그야말로 혼돈 · 불확실성 · 애매성으로 덮여 있다. 언어는 이러한 혼돈의 세계를 그릴 수가 없다. 따라서 이승훈은 점차 언어에 대해 믿음을 잃고 언어에 대해 신뢰하지 못하는 언어 부정의 형태로 시 쓰기의 한계성에 봉착하게 된 것으로 여겨진다.

> 내가 삽을 들면
> 너는 달려온다
> 너는 없지만

---

20) 이승훈, 앞의 책, 261쪽.
21) 이승훈, 『한국현대시론사』, 고려원, 1993, 310쪽.

너는 어디에나 있다
너는 방에 누워있고
너는 울고 있고
너는 거울을 보고 있고
너는 머리를 빗고 있고
너는 머리를 흔들고 있다
너는 추억 속에 있고
너는 혁명 속에 있고
너는 펑펑 쏟아지고 있고
고독 속에 살고 있다
너는 눈발 속에 있다
너는 희망 속에 있다
너는 희망 속에 덤벙 댄다
내가 덤벙대면
나는 삽을 던지고
나는 너를 껴안고
숨을 쉬는 게 아니라
숨을 죽이고
나는 너를 삼킨다
과연 너는 누구인가?

― 「너는 누구인가」 전문[22]

이승훈은 시는 말하는 세계가 아니라 보여주는 세계라는, 그의 나름대로 확신을 가지고 있다. 그는 1986년 다섯 번째 시집 『당신의 방』(1986)에서 말하기를 포기 한 다음에도 시 쓰기의 새로운 가능성을 가질 수 있다는 태도를 보인다. 즉 언어를 버리고도 시 쓰기가 가능하다는 뜻이다. 따라서 『당신의 방』의 시집은 이런 점에서 비대상의 개념을 새로운 방향으로 지향했다는 그 나름의 의의를 갖는다. 김춘수는 언어와 세계의 관계를 부정하고 해체하지만 이승훈의 경우엔 기표와 기의의 관계를 부정함으로써 새로운 세계를 창조하기 위한 해체 양상이라는 차이점을 가진다. 초현실주의의 기법에 해당하는 몽타주, 통

---

22) 이승훈, 『당신의 방』, 문학과지성사, 1986, 20~21쪽.

사의 해체, 병치 은유 등의 다양한 방법을 사용한다는 것은 김춘수의 무의미를 어느 정도 계승한다고 볼 수 있으나 이런 것들—통사의 해체, 몽타주, 병치 은유 혹은 병렬—의 사용은 전통적인 것과 일상적인 것으로부터의 부정이다.

　시는 언어에 자신을 의탁할 때 자신의 전모를 일시에 의탁하는 것은 아니다. 시가 그렇게 하고 싶어도 언어는 불완전한 인간의 것이기 때문에 시의 전모를 일시에 다 담을 수 없다.[23] 또 시의 창조 과정에서 마주치는 문제는 언어와의 싸움이며, 그 언어와의 싸움은 한 편의 시라는 형태를 창조하기 위한 싸움이다.[24] 언어 바깥에서의 사유가 불가능한 상황에서 시인이 할 수 있는 것은 '언어와 놀며 싸우는 일'이다. 이것은 언어에 대한 절대적인 믿음보다는 그것에 대한 회의와 해체를 드러낸다. 또 언어 자체를 부정하는 것이 아니라 그것이 어떤 대상을 드러내기에는 온전하지 못하다는 것의 의미이다.[25] 따라서 해체주의에서는 소쉬르(F. Saussre)가 언어의 구성 원리로 보았던 시니피앙과 시니피에의 필연적 연관성을 부정하면서 의미는 단지 시니피앙의 차별성에 의해 형성된다. 이는 시니피에와 무관한 시니피앙의 자율성의 지적이다.[26] 이 언어를 의미에 두지 않고 시니피앙의 자율성에 의해 이승훈은 언어로 시를 쓰는 것이 아니라 언어로 삽화를 그린다. 그것은 그가 언어로는 표현이 불가능하다고 생각하기 때문이다. 또 그는 시의 형태, 형식, 스타일과 치열하게 싸운다. 이것은 결국 자신과의 치열한 싸움이며, 늘 자신의 시를 부정하고, 자신까지도 부정한다는 것이다.

> 난 시만 붙들고 살아온 것 같이는 않아. 그림은 못 그리지만 언어를 가지고 그림을 그리고 싶어 위대한 선승들이 붓을 던져도 그림이 되듯이 나도 낱말을 던져도 시가 되는 그런 경지까지는 가야 하지 않을까. 벌써 40년 넘게 썼으니 말이지.[27]

---

23) 김춘수, 「시의 전개」, 『詩의 表情』, 문학과지성사, 1979, 118쪽.
24) 이승훈, 「발견으로서의 수법」, 『반인간』, 조광출판사, 1975, 128쪽.
25) 이재복, 「유에서 무로 무에서 무로」, 『작가세계』, 2005, 봄호, 105쪽.
26) 오세영, 『현대시와 불교』, 살림, 2006, 21쪽.
27) 김이강/대담, 「나오는 대로 쓴다」, 『詩針』, 2009, 창간호, 29쪽.

과거가 이승훈을 구성하는 게 아니라 이승훈의 자신이 과거를 구성하고 언어가 이승훈을 구성한다. 그는 직관적으로 포착한 미적 판단 내용을 상상력의 내면으로 삼으면서도, 그것이 이성적 판단이나 제재상의 리얼리티에 지배되지 않는, 자유로운 연상 작용으로서 상상력 전개라는 또 다른 방법을 생각한다. 여기서 자유로운 연상 작용이란 시인의 창조적 의식의 해방, 또는 언어(시니피앙)의 시니피에로부터의 독립 등을 전제로 한 것으로, 무엇보다도 의미의 구조적 진술, 또는 사실 리얼리티의 시적 수용을 거부하는 것이다.[28] 이승훈은 사르트르식의 대자(對自)가 아니라 즉자(卽自)로서 존재하고자 한다. 그러나 존재를 실현하는 언어는 본질적으로 대자를 지향한다. 대자는 의식적인 자아로 의식 자체인 언어의 추상성 때문에 필연적으로 무의식적 자아로부터 멀어진다. 그러므로 무의식적 실체인 즉자가 되고 싶은 인간의 노력인 시작(詩作)은 언어와의 싸움을 야기했고, 이승훈 또한 초현실주의적 자동기술, 무의식과의 싸움, 내면 의식의 표현, 실존의 투사(投射), 즉자로서 존재한다.

> 있습니다 연구실은 그가 연구실인 걸 모릅니다 그는 언어를 모릅니다 이 연구실은 언어 저쪽에 있는 무엇입니다 언어에 저항하는 이 무엇이 계속됩니다 이 무엇이 글을 씁니다 이 무엇이 명령을 합니다 어서 글을 쓰십시오! 치욕은 잊어버리고! 어서 사물이 되시오! 오늘도 서러운 말을 먹고 사는 이 문학이라는 애처로운 놈 앞에서! 우린 실어증에 걸려야 합니다 그러니까 사물의 편에 서십시오
> 　　　　　　　　　　　　　　　　　　　　－「사물의 편에서」 후반부[29]

> 언어에 대해서 난 할 말이 없다 언어는/나와 관계가 없다 난 우연히 언어 속/에 처박히고 당신 속에 처박히고 이/따신, 알 수 없는 골짜기에 처박히고
> 　　　　　　　　　　　　　　　　　　　　　　－「언어 1」 전반부

라캉은 프로이트에 의한 정신분석학적인 문학 해석의 한계를 뛰어넘어 심

---

28) 김춘수, 『의미와 무의미』, 문학과지성사, 1980(4판), 52~53쪽.
29) 이승훈, 『인생』, 민음사, 2002, 68~69쪽.

리 구조에서 언어학의 개념을 도입하여 새로운 문학 해석 방법을 연구한 사람으로 인간의 정신적인 삶을 기호학적으로 풀어냈다. 따라서 앞의 인용문을 통해 알 수 있는 것은 이승훈의 언어에 대한 의식은 라캉의 정신분석학에서 비롯되었다는 것이다. 라캉의 상징계에서 억압으로 인해 무의식이 생긴다. 예컨대 '우유'라는 외부 물질을 이미지로 가지고 있다가 그것이 '우유'라는 언어로 표현된다는 것을 알게 된다. 이 과정에서 이승훈은 매우 강압적이라는 억압을 의식하게 되고, 바로 언어는 억압이고, 의식이므로 언어에 기대어 시를 쓰던 행위에서 언어의 허구성을 발견하고, 언어를 의심하기 시작한다. 따라서 언어에 기대어 시 쓰기 하던 그가 억압된 상태에서는 언어를 믿을 수 없고 언어로는 마음속에 담아놓은 '심상'을 이미지화할 수 없다는 주장이다. 이승훈은 언어가 허구이고, 실체가 없는 한낱 기호에 불과하다는 태도를 취한다. 예컨대 '나', 'H' 등이 실체 없는 기호일 수밖에 없다면 언어를 버려야 한다는 주장이다. 시는 언어(상징계)에 뚫린 구멍으로 생각한 이승훈은 언어와 문화로 이루어진 보편적 질서의 세계인 상징계를 벗어나 실재계를 찾으려고 한다. 또 이 상징계는 인간이 가지고 있는 선악의 판별이 불가능한 충동을 규칙과 규율로써 억압한 세계로서 억압된 충동은 사라지는 것이 아니라 매우 다양한 형태로 표출된다. 때문에 이승훈의 억압된 충동 역시 다양한 표출을 위해서는 언어를 버릴 수밖에 없었다.

> 시인도 없고 시도 없고 언어도 없고
> 듣는 이도 없고 말할 것도 없고 그
> 러므로
>
> ―「시」 전반부[30]

한 언어가 우리에게 주는 힘이 이와 같다고 한다면 대개의 언어들은 시가 깃들 수 있는 가능성을 지녔다고 할 것이고, 시는 바로 개개의 언어, 그것이라 할

---

30) 이승훈, 『인생』, 민음사, 2002, 74~75쪽.

것이다. 그러나 한 언어는 고립하여 제 구실을 다할 수 없다. 언어와 언어의 관계 속에서 제 구실을 보다 발휘할 수 있는 것이라면, 이는 마치 고대 그리스의 신들과 같다.[31] 개개의 언어들은 자기 자신을 주장하기도 하고 자기 자신을 희생시킬 수만 있다. 따라서 이승훈 역시 언어 부정을 통해 자기 자신을 희생시키기도 하고, 자기 자신을 주장하기도 한다. 언어가 시에 봉사했다면 이승훈은 언어 부정을 통하여 언어에 봉사하는 것이다.

> 언어를 버리자 언어에서 도망가자 遺棄가 진리다 경련하는 언어여 나는 시를 쓰지 않으려고 한다. 나는 이 종이를 찢고 싶다 언어는 억압이다 마침내 나는 웃는다 이 글씨들, 이 작은 무덤들, 무덤들의 웃음 속에 이 글이 계속되고 나도 계속된다 시는 나쁜 장르이다. 미치기 위해 글을 쓰고 글쓰기가 미쳐가기 때문이다 그러므로 중요한 건 웃음 그 동안 난 웃음을 잃고 웃음이 또 무덤이다.
>
> ─「시는 나쁜 장르이다」전문[32]

그러나 그가 언어를 버리고, 언어에서 도망가는 것은 언어에 대한 불신과 저항 의식이다. 이런 이승훈의 시 쓰기의 출발점은 지독한 자의식에서 출발한다. 또 다른 하나는 불안에서 비롯된다. 따라서 언어를 버리려는 행위는 첫째, 불안을 떨쳐내기 위한 방법 중의 하나와 그 언어로는 억압된 자신을 밖으로 뿜어내는 일, 즉 더 이상 표현한다는 것에 한계를 느끼기 때문이다. 그는 그의 시집『당신의 방』(1986)「빨래」에서 '나의 삶의 원칙은 피로였다'고 자기규정을 재확인하고 있다. 요약하면 그의 시 쓰기는 '불안 · 실존적 현기 · 강박관념' 등이 지배하는 무의식의 세계인 내면성 세계의 창조에서 출발한다.

> 모든 서정시는 언어의 감옥에서 탈출하기 위한 안타까운 시도인지 모른다. 언어가 감옥에 지나지 않는다는 생각은 비트겐쉬타인의 언어 인식을 떠 올린다. 그에 의하면 언어는 처음 현실을 그리는 그림으로 인식되고, 다음 자율적

31) 김춘수,「시의 전개」,『詩의 表情』, 문학과지성사, 1979, 117쪽.
32) 이승훈, 앞의 책, 86쪽.

욕망의 언어와 시니피앙

인 규칙의 세계인 운동 경기로 인식되고, 마침내 파리가 갇힌 유리병 혹은 사다리로 인식된다. 유리병 속에 갇힌 파리들, 그것이 우리 인간들의 초상이다.

참된 삶을 살기 위해서는 그렇기 때문에 이 유리병을 깨뜨리지 않으면 안 된다. 사다리 역시 일단 목표물까지 오르게 되면 버려야 한다. 언어를 감옥으로 인식하는 태도와 언어를 유리병으로 인식하는 태도는 같다. 언어의 감옥에서 탈출할 수 없는 것, 언어의 유리병을 깨고 나올 수 없는 것―이것이 우리들의 삶의 조건이다. 우리는 유리병 속에 갇힌 파리들에 지나지 않는다. 어떻게 이 유리병을 깨뜨릴 것인가.[33]

이승훈은 언어 사용을 거부하는 사람이며 단번에 그 사람이 사용하는 도구로서의 언어와 인연을 끊는다. 이것은 곧 그가 말을 기호로서가 아니라 사물로서 본다는 시적 태도를 단호하게 선택한 시인이라는 의미를 갖는다. 또 그에게 언어는 외적(外的) 세계 구조이다.[34] 이것 또한 말을 사용하는 이승훈은 언어적 상황 속에 처해 있고, 언어 바깥에 있다는 의미와 같다.

나도 없고 대상도 없고 언어만 남았다. 그러나 이 언어도 버려야 하리라. 언어도 버리는 심정으로 시를 써야 하리라. 언어는 나를 사랑하지 않고 [35]

그는 이제까지 사용해온 시적 언어, 즉 은유나 상징이 환기하는 비유성, 상징성, 이중성, 깊이, 다의성을 버리고 언어를 사용한다. 그것은 그가 바라보는 언어는, 또는 사유하는 언어는 공(空)/무(無) 자체가 되어야 하는 까닭이고, 이 언어는 본질, 깊이, 심오한 의미가 있는 게 아니라 언어는 오직 소통을 위해 잠시 빌려 쓰는 도구에 지나지 않기 때문이다. 그는 시적 의미든 사회적 의미든 모든 의미를 무거운 짐으로 본다는 데에서 언어 부정을 이해할 수 있다. 이같이 이승훈은 언어를 버려야 한다는 인식에 도달함으로써 마음도 한결 가벼워지고, 시도 한결 가벼워지는 것으로 귀결지을 수 있다. 결국 언어를 버린다는

33) 이승훈, 『당신의 방』, 문학과지성사, 1986, 표4.
34) 장 폴 사르트르, 『문학이란 무엇인가』, 정명환 역, 민음사, 2006(15쇄), 17~19쪽.
35) 이승훈, 「시인의 말」, 『비누』, 고요아침, 2004, 5쪽.

것은 언어의 의미를 버린다는 뜻과 같다. 의미가 버려진 언어는 시니피앙과 시니피에의 거리가 소멸하는 언어이고 기표가 곧 기의가 되는 언어이다. 가령 카메라에 필름을 넣지 않고 셔터를 누르는 바르트식과 같은 것이다.[36]

현실, 세계, 언어(상징계) 질서에 구멍이 뚫리고 이 구멍에는 의미가 없다는 시적 언어에 대한 최근의 그의 성찰은 기호는 자의적 성질을 지니고 있다는 주장이다. 이것은 시니피에와 결부되는 시니피앙의 본래적 특성이 아니라 오직 관습에서, 즉 사회적 제약에서 기인하기 때문이다. 사회적(사람들) 동의에 따라 한 단어가 다른 단어로 대체될 수 있다. 그러나 규약이 제정되면 관습이 존중되어야 한다. 그러나 기호가 자의성으로 인하여 관습을 따라야 함이 필수적이지만, 소쉬르의 의하면 기표(signifiant)의 기의(signifié) 관계를 순간마다 변화시키는 요인들에 맞서, 언어는 스스로를 방어하기에는 근본적으로 무력하다. 이 같은 명제를 바탕으로 이승훈의 언어 부정에 대해 요약하면 다음과 같다.

첫째, 언어를 버리는 심정으로 시를 쓴다는 것은 행위나 사건을 있는 그대로 옮긴다는 것이다. 어떤 의미를 부여하지도 않고 어떠한 의미를 찾지도 않고 시를 쓴다는 뜻이다. 이때의 언어는 투명해야 한다. 또 언어를 버린다는 것은 의미를 버리는 것인데, 이때 언어는 투명한 언어가 된다는 의미를 나타낸다. 투명한 언어는 다의성이 아니라 일의성(一義性)을 강조하고, 이 일의성도 버리고 나아가 기표와 기의의 거리가 소멸하고 이런 소멸이 공(空)과 만난다. 따라서 언어를 부정하는 것은 결국 공을 만나기 위한 것임을 알 수 있으며, 그의 언어 부정이 선시(禪詩)로 넘어가는 단초가 되는 이유다.

둘째, 최근에 그가 대화를 인용하는 것은 언어가 아니라 파롤을 강조하는 것이다. 소쉬르의 입장에서 말하면 언어(langue)는 말(parole)이 아니다. 전자는 말들의 추상적·보편적 법칙을 뜻하고 후자는 개별적·구체적 발언 행위를 뜻한다. 모든 인간은 랑그(langue)와 파롤(parole)의 관계 속에서 살아간다. 그중에서 랑그는 우리가 흔히 말하는 단어 그 자체이다. 그러므로 개인적이고 주관적인

---

36) 이승훈, 『현대시의 종말과 미학』, 집문당, 2007, 65쪽.

파롤과는 달리 랑그는 일차적이고 고정적인 관념이 된다. 그러나 시인들은 이런 언어를 강조하지만 파롤은 이런 언어를 해체하려고 한다.

셋째, 아이러니의 문제이다. 시적 아이러니가 서로 배반되는 두 요소의 변증법적 종합을 지향한다면 그가 생각하는 아이러니, 이른바 선(禪)적 아이러니는 그런 종합을 모르는, 그런 종합과 싸우는 아이러니이다. 종합은 이성의 산물이고 종합 부정은 그 같은 이성·논리·인식과 싸우고 이런 아이러니가 불이(不二) 사상과 만나고, 공(空)과 만난다.

넷째, 그가 언어를 버리는 심정으로 쓰는 시가 노리는 것은 결국 공(空)의 발견이고 삶과 시, 시와 비시도 불이(不二/異)의 관계에 있다. 그가 바라보는 시에는 자성이 없고 이름, 언어, 제도만 있다. 시와 삶이 따로 노는 행위에 대해 이중적 시인의 존재에 그 이유를 두고 있다. 따라서 영원성을 부정하고 소멸의 진리를 주장하는 것은 그의 시 쓰기의 최종 목적지가 선(禪)이고 선을 위해서는 언어를 버려야 하고, 이 행위는 곧 공(空)이고, 이 공은 불이 사상(不二.思想)을 완성하려는 의도로 생각할 수 있다.[37] 이것에 대해 김춘수는 언어에 대한 견해를 다음과 같이 피력했다.

> 언어는 되도록 시의 이모저모를 담기 위하여 무던히도 봉사하여 왔다. 이제 이 정도에서 그치자는 시와 언어 사이에 어떤 계약이 성립될 수 있을까? 언어에 과중한 부담을 주지 말아야 할 것이 아닌가? 언어가 담을 수 있는 능력에는 한도가 있다는 것을 시의 쪽에서도 이제는 양해해야 하지 않을까? 지금은 시도 피곤하고 언어도 피곤한 것 같다.[38]

이 인용문에서 알 수 있듯이 언어가 시에 대해 봉사해왔다는 의미로 받아들일 수 있다. 그러나 이것은 언어도 언어로 담을 수 있는 능력의 한계에 대한 언어 부정이다. 이승훈의 언어 부정과는 많은 차이를 보이고 있으나, 시가 의지하던 언어의 한계성을 지적하는 차원은 같다고 할 수 있다. 다시 말해 이승훈

제4부 아방가르드의 필연적 불안의 징후

---

37) 이승훈, 「비대상에서 선까지」, 『현대시의 종말과 미학』, 집문당, 2007, 66~68쪽.
38) 김춘수, 앞의 책, 118쪽.

의 언어 부정 시론과는 약간의 차이성을 보이고 있으나 김춘수를 비롯하여 많은 시인들이 언어에 대해 의심을 하기 시작했고, 따라서 언어가 믿음을 상실한 것만은 사실이다. 문덕수 역시 언어에 대해 다음과 같이 지적하고 있다.

> 시는 언어 예술이긴 하나, 언어가 지닌 오랜 역사적 퇴적(堆積)에 대한 집착을 버리고, 그 언어를 떠나서, 또는 언어 이전의, 사물의 있는 그대로의 참모습을 표현해야 한다. …(중략)… 언어는 허구에 지나지 않는다. 나가르주나 언어를 허구 즉, 거짓꾸밈으로 보고 있으므로, 언어를 믿지 말고 그것에서 떠나야 한다는 것을 강조한다. 언어를 부정하면 사유도 부정하게 된다. 사유는 사물의 실재와 관계없는 언어의 허구에 의해서 발생하기 때문이다.[39]

이 글에서 언어에 대한 회의론, 언어에 대한 불신론이 얼마나 강력한가를 알 수 있다. 문덕수의 지적처럼 시는 '언어 예술'이라는 근대시의 명제도 부정될 수 있다. 특히 나가르주나(nagarjuna)는 언어에 집착을 버리고, 언어를 떠나서 사물을 순수하게 직관할 것을 주문한다. 다시 말해 나가르주나는 언어를 허구, 즉 거짓 꾸밈으로 보고 있으므로, 언어를 믿지 말고 그것으로부터 떠나야 한다는 것이다. 또 언어를 부정하게 되면 사유(思惟)조차 부정하게 된다는 주장이다. 그 까닭은 사유는 사물의 실재와 관계없는 언어의 허구에 의해서 발생하기 때문이다. 언어에 대한 회의주의, 언어에 대한 불신은 현대시에 있어서 언어 파괴와도 관련이 없지 않은 모더니즘의 극단적인 형태인 무의미 시(nonsense verse) 이론과도 접맥되는 부분을 갖는다.[40] 무의미 시론을 펴왔던 김춘수의 시 작품에서도 언어 부정의 경향을 볼 수 있듯이 사물과 언어의 불일치 문제를 극명하게 보여주는 김춘수의 「꽃」이라는 시는 앞에서 논의된 문제들이 사물 쪽에도 있고, 언어 쪽에도 있고, 그리고 언어 주체(사람) 쪽에도 있음을 암시한다.

욕망의 언어와 시니피앙

---

39) 문덕수, 『모더니즘을 넘어서』, 시문학사, 2003, 12쪽.
40) 위의 책, 12쪽.

내가 그의 이름을 불러 주기 전에는
그는 다만
하나의 몸짓에 지나지 않았다.

내가 그의 이름을 불러 주었을 때
그는 나에게로 와서
꽃이 되었다.

— 김춘수, 「꽃」 일부[41]

예시된 앞의 「꽃」을 두고 말하고자 하는 의도는 어떤 사물(꽃), 즉 절대 존재, 사람, 연인 등에 이름을 불러주기 이전과 이름을 불러준 이후의 차이라는 구조를 가지고 있다는 것이다. 이 시에서의 '꽃'은 그의 이름을 불러주기 전에는 하나의 물상에 지나지 않았지만, 그의 이름을 불러주었을 때에는 '나에게 와서 꽃이 되었다'는 것에서의 '이름'은 동식물이나 사람, 또는 무기물 등 상호 간을 구별하기 위하여 부르는 명칭, 성명이나 명의(名義) 등으로 사전적 의미라기보다는 특별한 관심, 즉 동정, 연민, 사랑, 믿음 등을 가지는 어떤 존재(신, 절대자, 연인, 친구, 존경의 대상)에 대한 특별한 명칭이나 가치에 대한 명칭, 또는 호칭[42]이다. 이 시에서 이름을 불러주기 전의 '몸짓'은 이름을 불러준 이후의 '꽃'과는 매우 엄격하게 구별된다. 그것은 이름을 불러주기 이전에는, 또는 이름이 없는, 언어 이전의 사물에 불과한 하나의 '물상'에 지나지 않는다. 그러나 '꽃'이라는 이름을 명명해주는 언어이지만 사물의 참모습을 완전하게 표현하지 못하는 불완전성을 지니고 있다. 따라서 언어는 지나치게 불완전한 존재이다. 그러므로 이 언어의 불완전성으로 말미암아 이승훈은 언어에 대해 집착을 버릴 때 비로소 사물의 참모습, 사물의 진리를 볼 수 있다는 주장을 펴고 있다.

---

41) 김춘수, 『김춘수 시전집』, 현대문학, 2008(2쇄), 178쪽.
42) 문덕수, 앞의 책, 18~19쪽.

3. 언어와 지시물의 관계

결론부터 말하자면 언어와 대상(지시물) 사이엔 필연적 관계가 없다. 이 말은 개개의 낱말들이 자의적(恣意的)인 차이를 나타낸다는 뜻이다. 여기서 자의적이라는 것은 기표와 기의의 결합이 필연적인 것이 아니라는 의미이다. 이를테면 책상이라는 낱말에서 기표인 /책쌍/과 기의인 '그 뜻'은 필연적으로 결합하여 '책상'이라는 낱말이 된 것이 아니다. 다만, 한국어 내부에서는 /책쌍/은 오직 하나의 기의와 결합하여 쓰이는데, 소쉬르는 이것을 자의적 필연성이라고 한다. 그의 의하면 말이라는 것은 지칭 대상에 대응되는 상징이 아니라 오히려 종이의 양면처럼 두 개의 부분으로 구성되어 있는 '기호'이다. 문어(文語)이건 구어(口語)이건 '지시어(signifiant)'라고 하는 표지와 지시 대상(signifieé)이라고 하는 개념(표지가 될 때 생각되는 것), 다시 말해서 소쉬르는 다음과 같은 등식, 즉

$$심볼 = 사물$$

을 반대하고 다음과 같은 모델을 제시한다.

$$기호 = \frac{지시어}{지시 대상[43]}$$

사물은 앞에서 인용된 모델 어느 곳에서도 찾아볼 수 없을뿐더러 어디에도 들어갈 곳이 없다. 언어의 모든 요소들이 말과 사물들 사이의 어떤 연결의 결과 때문에 의미가 생성되는 것이 아니라 관계 조직의 부분이기 때문에 생겨난다. 또 언어는 하나의 체계로 존재하기 때문에 개별적인 문법적 요소보다는 요소와 요소 상호 간의 관계를 통해 설명되어야 한다. 가령 한국어의 소리의 층위에서 'ㅂ' 소리는 그것 혼자로는 어떤 가치도 없으나, 그것과 'ㅃ' 및 'ㅍ', 나

---

43) 레이먼 셀던, 『현대문학이론』, 현대문학이론연구회 역, 문학과지성사, 2008, 88쪽.

아가 'ㄷ', 'ㄱ'과의 대립 관계에서 그 가치가 생성된다. 이런 현상은 언어와 언어 간의 밀접한 관계 체계, 그리고 언어의 내면에 심리적 요인과 언어적 요인의 관계가 상존하는 구조가 있기 때문이다. 다시 말해 한 체계의 구조가 체계 내의 구성 요소를 결정한다. 예컨대 'A'를 'A'로서 결정짓는 것은 'A' 자체가 어떤 고유한 의미를 가지고 있어서가 아니라, 그것에 인접한 'B'와 'C' 등의 다른 기호들과의 차이 때문이다. 그렇다면 언어는 기호 체계로 보는 것이 마땅하다. 다시 소쉬르가 말했던 언어의 기호 체계에 대해 살펴보면 그가 말했던 교통 신호 체계[44]를 다음과 같은 모델로 생각해볼 필요가 있다.

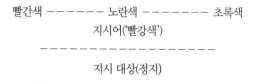

제 4 부 아방가르드의 필연적 불안의 징후

위에서 말하는 기호들은 '빨강=정지'로 보고, '초록색=출발'로, '노란색=빨간색 또는 초록색 신호에 대한 준비'라는 체계 속에서만 의미를 가진다. 즉 지시어와 대상 사이의 관계는 임의적이다. 다시 말해 빨간색과 정지 사이의 관계가 당연하게 느껴진다고 하더라도 전혀 당연한 결속 관계에 있는 것은 아니다. 색깔이 그 의미를 지니는 것은 그 색깔이 가지는 독자적이고 단일한 의미 때문이 아니라 차이, 즉 반대와 대조로 그 구조를 이루고 있는 하나의 체계 속에서의 구별 때문이다. 그렇다면 신호등의 '빨간색'은 바로 '초록색이 아님'이고 '초록색'은 '빨간색이 아님'이다. 언어란 무엇인가? 소쉬르의 이론에 의하면 일반적으로 기호와 지시물과의 관계를 말하고, 이런 언어를 자연 언어라 한다.[45]

---

44) 레이먼 셀던, 앞의 책, 86쪽.
45) 이승훈, 「언어와 욕망」, 『현대시학』, 2010, 1월호, 124쪽.

토끼는   귀가 길고 뒷다리가 발달했다.
① ─ →S = R
　　S　　　　　　　　　R

이 자연 언어는 기호와 지시물이 일치된다. 여기서 '토끼'는 기호(S)이고, '귀가 길고 뒷다리가 발달했다'는 토끼의 특성을 지시하는 지시물(R)이다. 그런데 이런 지시성은, 다시 말해 지시 의미론은 절대적인 게 못 된다. 왜냐하면 '모래 발자국' 같은 기호의 경우엔 이 등식(S=R)이 깨지고 말기 때문이다.

지나간 사람들(R)
② ─ ─ ─ ─ ─ ─ ─ ─ ─ ─ ─ ─ ─ ─ →S ≠ R
모래 발자국, 흔적(S)

기호에 해당하는 '모래 발자국'은 지시하는 게 없다. 이 발자국의 지시물은 없고 그 흔적뿐이다. 따라서 자연 언어는 기호와 지시물이 긍정적인 관계이고, 흔적은 부정적인 관계다. 그런데 이 흔적이 의미를 환기한다. 그래서 자연 언어, 즉 지시물이 의미를 생산한다는 주장에 한계가 있고, 이런 한계를 극복하기 위해 '언어 = 기호', 즉 언어는 기호라는 이론이 탄생한다. 언어 기호란 언어를 기호로 간주하는 것이다. 예컨대 기호 'H'가 '수소'를 의미하지만 'H'는 수소와 아무 관계가 없다. 언어는 자의적 · 변별적 기호 체계이다. 이 체계는 의미를 생산한다. 다시 언어는 기표(SA)와 기의(SE)로 구성되지만 자의적 · 변별적 관계로 드러내고, 체계 곧 내적 관계와 외적 관계를 통해 의미를 생산한다. 문제는 언어 기호는 지시물과 관계가 없다는 데에 있다

수소(SE)
③ ─ ─ ─ ─ ─ ─ ─ ─ ─ ─ →SA = ≠ R(지시어)
H(SA)

이처럼 자연 언어의 한계를 극복하기 위해 언어 기호가 등장한다. 이 언어 기호란 언어를 기호로 간주한다는 뜻이다. 이것이 소쉬르의 이론이고 기호학

의 토대다.[46] 언어의 본질은 결여이며, 결핍이고 욕망이다. 기표/기의 관계에서 기의는 미끄러지고 지연된다. 즉 차연(差延, Différance)의 관계이다. 프랑스의 철학자 자크 데리다가 만든 신조어인 '차연'은 차이와 지연이라는 두 가지의 의미를 가지고 있다. 이 차연이 내포하고 있는 두 가지의 의미가 어떻게 작용하는가에 대한 행위를 문제 삼지 않을 수 없다. 즉 어떤 단어는 그것이 아닌 다른 단어에 의해, 즉 단어들 간의 차이에 따라 정의되고, 그러한 정의는 의미의 한계성을 가지게 된다. 그러므로 의미의 가능성은 필연적으로 지연될 수밖에 없다. 그것은 단어가 다른 단어에 의해서만 정의되는데, 그 다른 단어 역시 또 그와 다른 단어로 이루어진 정의를 필요로 하는 것처럼 합의 명제가 없는 부정변증법으로 끝이 없기 때문이다. 따라서 언어를 버려야 한다는 것이 이승훈의 언어 부정의 이유 중에 하나다.

이와 같은 사실을 바탕으로 그가 주장하는 대상의 세계는 언어로 명명될 때, 즉 언어가 대상을 지시할 때 비로소 살아나는 것이 아니라 오히려 소멸해버린다. 이 말에 대해 이제까지 믿어왔던 그가 '언어는 존재를 건설한다'는 하이데거적인 명제를 의심하기 시작한다. 따라서 언어는 존재를 건설하기보다는 존재를 파괴한다는 결론에 다다르게 된다. 요컨대 언어는 대상을 구성하는 것, 대상을 지시함으로써 의미를 부여하는 것이 아니라 대상을 부정하는 것, 대상을 지시함으로써 의미를 파괴한다.[47] 따라서 언어는 언제나 이승훈에겐 절망이다.

하이데거는 언어를 '존재의 집'이라고 했다. 즉, '언어는 사물을 존재하게 한다'는 의미를 지닌다. 언어와 사물의 관계는 자의적이지만 사회적 약속이기도 하다. 그러나 시의 언어는 이런 사회적 약속을 깨뜨린다. 그렇다면 시의 언어는 왜 사회적 약속을 깨뜨리는가? 그것은 언어가 사물 그 자체가 아니기 때문이다. 또한 사물의 공통적인 속성에 자의적으로 이름 붙여진 이름(기호)에 불과하기 때문이다. 따라서 언어는 추상적이고 불안전하다. 그러나 시는 일상의

46) 이승훈, 앞의 책, 124쪽.
47) 이승훈, 「비대상 시」, 『시적인 것은 없고 시도 없다』, 집문당, 2003, 39쪽.

언어가 지닌 추상성과 불안정성을 언어를 통해 극복하려고 노력한다. 시의 언어는 의사소통을 위한 언어가 아니다. 시의 언어는 체험하게 하는 언어이다. 특히 언어는 행위 요구의 기능을 가지고 있다. 이승훈은 언어가 요구하는 행위 요구 기능을 거부한다고 생각한다. 이것이 그가 말하는 언어 부정이다. 언어는 객관성을 초월한다. 지시 대상에서 오류가 크더라도 정서를 일으킬 수 있는 효과가 큰 것이라면 문제가 되지 않는다. 이승훈의 언어는 지시어와 지시 대상과의 결합이라는 언어 고유의 특성, 언어의 함축성이나 애매성 등의 시어 고유의 특성들과 관련 없이 전개된다. 언어 그 자체가 자기 고립 혹은 자족적 실체로서 있을 뿐이고, 그러한 실체 속에서 아무 의미도 발견할 수 없다. 기호들의 놀이, 기호들의 연쇄 과정만이 의식의 아무 간섭 없이 나열된다.

현대시의 가장 큰 본질로 파악되는 것은 '긴장과 부조화'이다. 현대시는 그 '애매성(obscurité)'과 '난해성(hermétisme)'으로 독자를 당혹하게 만들면서 동시에 매혹시킨다.[48] 언어는 다의성을 갖지 않을 수 없기 때문에 다의성은 애매함을 낳는다. 이 다의성과 애매성을 빚어낸 의미의 압축은 시인의 의도적 작업의 결과이다. 이 애매성(Ambiguity)'은 '모호성'이라고도 하며, 형식주의자들이 핵심 시학으로 규정해온 시어의 특질이다. 또 추론이나 화법에서는 논리나 어법의 오류로 간주되지만, 문학적인 산문이나 시에서는 언어의 풍부함과 미묘함을 증가시키고 복잡성을 띠게 하는 기능을 하며, 이 복잡성은 원래의 진술이 담고 있는 문자적인 의미를 넓혀준다. 윌리엄 엠프슨의 '애매성의 일곱 가지 유형'을 상기해보면, 이처럼 시에서 애매한 표현을 사용하는 것은 시어의 애매성이 곧, 상반되고 모순되어 있는 인간의 심리를 있는 그대로 반영하기 때문이다.

이승훈의 언어 부정 또한 순수하지 못하고 복잡한, 그리고 모순된 인간의 마음을 시로 표현하여 인간에 대한 존재론적 인식에서 비롯된다. 이승훈은 과거가 나를 구성하는 게 아니라 내가 나를 구성하고 언어가 나를 구성한다고 주장하며, 데리다와 라캉의 사유를 자신의 서사 속으로 데려와 함께 서술해나갈 정

---

48) 심재상, 『노장적 시각에서 본 보들레르의 시세계』, 살림, 1995, 24쪽.

도로 강렬하게 기호적(嗜好的) 지성에 의지하는 시인이다.[49] 소쉬르의 지적과 같이 언어가 대상을 지시하는 데에는 필연성이 없다. 이른바 자의성(arbitrariness)이 존재할 뿐이다. 그러므로 언어는 기표(significant)와 기의(signifié)가 표리의 관계를 이루는 기호이며, 이 기호는 대상의 세계와는 자의적인 관계를 띤다. 다시 말하면 대상, 기표와 대상 사이에는 자의적 관계가 존재[50]한다.

> 결국 나는 대상의 세계에 대해서 할 말이 없다. 그것은 현실에 대해서 할 말이 없다는 뜻도 된다. 대상의 세계와 단절된 상태에서 시를 쓴다는 것은, 언어를 중심으로 하면, 대상과의 관련성이 탈락된 언어, 이른바 탈지시적 언어로 시를 쓴다는 말이 된다. 모든 언어는 대상을 지시한다. 그리고 모든 언어가 의미를 지니는 것은 이런 지시성 때문이다. 예컨대 '산'이란 언어는 '▲'이라는 대상을 지시하고, 또 그 대상을 지시할 때만 의미가 있다. 우리의 삶은 이런 교통을 전개한다. 언어와 대상이 1 : 1의 관계로 대응된다는 이런 언어관은, 문학의 경우, 리얼리즘의 문학론을 지탱하고 있다. 언어와 대상이라는 말을 문학과 현실이라는 말로 바꾸었을 때, 이런 언어관에 따르면, 문학은 현실을 반영하고 지시한다.[51]

문학론의 경우, 언어와 대상을 문학과 현실이라는 말로 치환하면 문학은 현실과 무관하게 된다. 남는 것은 특수한 언어 공간뿐이다. 언어를 중심으로 했을 때, 비대상의 세계란 결국 대상과의 관련이 탈락된 언어들의 공간이다. 시의 언어는 관련 대상을 지시하는데 효과적인 것을 목적으로 하지 않는다. 다만 우리에게 얼마나 효과적으로 정서를 빚어낼 수 있는가를 염두에 두고 쓰일 뿐이다. 그러므로 이승훈의 언어는 있는 것에 대한 표현이 아닌 없는 것에 대한 표현을 필요로 한다. 즉 부재 욕망의 표현이다. 또 그의 대상의 인식 방식이 감각을 물질화 감정으로 의미화하거나 무의식, 또는 추상화하게 한다.

---

49) 김상미, 「이상한 토양에 이상한 거름으로 된 이상한 꽃」, 『작가세계』, 2005, 봄호, 42쪽.
50) 이승훈, 앞의 책, 103쪽.
51) 이승훈, 앞의 책, 101~102쪽.

제4부 아방가르드의 필연적 불안의 징후

ⓐ 사나이의 팔이 달아나고 한 마리의 ⓑ 흰 닭이 구 구 구 잃어버린 목을 좇아 달린다. 오 나를 부르는 깊은 명령의 겨울 지하실에선 더욱 ⓒ 진지하기 위하여 등불을 켜놓고 우린 생각의 따스한 닭들을 키운다. ⓓ 닭들을 키운다. ⓔ 새벽마다 쓰라리게 정신의 땅을 판다. 완강한 시간의 사슬이 끊어진 새벽 문지방에서 소리들은 피를 흘린다. 그리고 그것은 하이얀 액체로 변하더니 이윽고 목이 없는 한 마리 흰 닭이 되어 저렇게 많은 아침 햇빛 속을 뒤우뚱거리며 뛰기 시작한다.

– 「사물A」 전문[52]

언어는 인간의 코스모스(Cosmos)적 구조를 상징하는 중심 매개체이다. 카오스(Chaos)를 유영하는 의식일지라도 그 카오스를 드러내기 위해서는 방법적 장치를 빌려야 한다. 때문에 사물의 현상이 아니라 본질을 위한 카오스일지라도 코스모스의 지시적 언어로서 비로소 가능하다. 예컨대 ⓐ '사나이의 달아난 팔', '잃어버린 목을 좇아 달리는 ⓑ 흰 닭', ⓒ '진지하기 위하여 등불을 켜놓고', ⓓ '닭들을 키운다', ⓔ '새벽마다 쓰라리게 정신의 땅을 판다', '많은 아침 햇빛 속' 등의 부분적 진술이 「사물A」를 비대상 시로서 자유롭지 못하게 하는 까닭은 코스모스의 지시적 언어를 빌려야 하기 때문이다.[53]

52) 이승훈, 『사물A』, 삼애사, 1969, 54쪽.
53) 진순애, 「해체의 시간을 건너는 카오스의 언어」, 이승훈, 『아름다운A』, 황금북, 2002, 120쪽.

의미가 상실된 무의식의 언어

― 이승훈론 (3)

1. 욕망의 언어와 언어 부정

이 장(章)에서는 이승훈 시인이 언어 부정을 하게 된 이유 중에 하나인 욕망의 언어가 그 언어 부정에 끼친 영향에 대해 살펴보고자 한다. 처음엔 주지적 서정을 바탕으로 한 내면 의식의 비유적 형상화와 새로운 언어 구조 질서를 찾기 위한 실험적 모색을 보여주었다.[1] 텍스트 속에 숨은 언어와 욕망의 관계, 무의식의 본질, 상징계와 주체의 관계에서 발생하는 문제들을 이해할 때만이 비로소 이승훈의 욕망의 언어와 언어 부정의 실체를 알 수 있다. 따라서 라캉의 욕망 이론을 본 글을 통해 온전히 이해할 필요가 있다. 우리는 여기서 정신분석학의 무의식적 경험을 본 연구의 골격 중의 하나로 삼으며, 이승훈의 의식적, 또는 무의식적으로 표현하고자 시도하는 그의 무의식적 욕망의 의미를 정리하며 그 욕망의 이미지를 고찰하고자 한다.

이승훈은 이상(李箱)의 뒤를 이은 전위적인 시인이며, 냉소적이고 이성이 날카로운 아방가르드, 그리고 모더니스트로서 어떠한 이론 위에도 군림하려고 하지 않는다. 또한 어디에도 얽매이지 않으려 한다. 후기 시 쓰기에 들어와 주체의 내면적 주관성 대신 초월적인 구조와 형식을 강조하는 그의 시론은 구조

---

1) 김재홍, 「60년대 시와 시인」, 『한국 현대시 연구』, 민음사, 1989. 『이승훈의 문학탐색』, 174쪽에서 재인용.

주의와 연통(連通)하지만, 그는 자신이 구조주의자로 분류되는 것도 원하지 않는다. 다만 정신분석학으로부터 언어학과 철학을 차용해 현대시를 재해석하고 쇄신하는 데에 맨 앞줄에 선다. 그는 프로이트의 무의식과 라캉의 상상계·상징계·실재계를 받아들여 한국 문단의 새로운 시론의 지평을 열었다. 또 지금까지 자신의 욕망과 싸웠고 그 욕망과 절대 타협하지 않았으며 욕망의 종말이 어디까지인지 가보고자 했던 진정한 시인이며, 비평가이다.

언어와 담론을 사용하지 않는 작품이 내적이든 외적이든 표현하고자 하는 바가 작가 자신의 욕망이다. 그 욕망은 작가의 존재에게 부족하거나 또는 바라는 바이다. 그 욕망을 표현하기 위해 사용되는 수단 중 하나가 이미지이다. 존재의 내밀함 속에는 수없이 많은 강박적인 욕망들이 있다. 그 욕망들 가운데 몇몇은 사회, 현실 세계에 의해서 허락되지 않기 때문에 의식을 넘어서 무의식에 억압되어 있다.[2] 라캉은 인간을 결코 채울 수 없는 '욕망(desire)'을 채우려는 운명적인 존재로 본다. 라캉이 말하는 언어화된 '욕망', 다시 말해 은유와 환유의 형태로 등장하는 '욕망'의 개념을 이해하기 위하여 인간의 탄생이 전제된다. 인간은 환경에 미숙하고 나약한 불완전한 미숙아이다. 즉 결핍된 존재로 태어난다. 다른 동물들은 태어나자마자 약동하여 생존의 원천을 찾지만, 인간은 막연히 누워 울음을 통해 자신의 '욕구(need)'를 담은 의사 표현인 '요구(demand)'에 의해 자신이 의존할 대상인 타자를 '욕망'한다. 이때 아기의 생물학적인 '욕구'가 언어에 의한 '요구'로 굴절되면서 전자와 후자 사이에는 극심한 간극이 생긴다.[3] 예컨대 라캉식으로 말하면 유아가 최초로 젖을 달라고 보채는 시간, 이 순간이 말하는 시간이다. 유아는 젖을 달라는 말, 즉 요구를 통해 최초로 자신을 확인한다. 즉 그는 욕망의 주체가 된다. 이처럼 이승훈의 언어 부정은 이 욕망에서 비롯된다.

2) 홍선미, 「미술, 욕망의 언어로써」, 『라캉과 현대정신분석』논문, 한국라캉과 현대정신분석학회, 제8권 2호, 2006, 215쪽.

3) 이규명, 「프로이트, 융, 라캉의 관점에서」, 『예이츠와 정신분석학』, 동인도서출판, 2002, 166쪽.

라캉식에서 남근은 남성의 실제 성기를 가리키는 것이 아니며, 성적 쾌락과 연관지어 상상하는 특정 대상도 아니다. 라캉은 남근이라는 용어를 도입하면서 프로이트의 생물학적이고 해부학적인 경향과 달리 상징적 기능을 중시한다. 라캉의 남근은 대타자에 속한 것, 대타자의 욕망을 상징하는 절대 기표다. 그러나 이 같은 욕망은 근원적으로 결핍이다. 이 결핍의 욕망은 대상이 허구화될 때, 또는 사라졌을 때 다시 불타오른다. 이승훈의 욕망 역시 대상이 닿을 수 없을 때 다시 일어난다. 즉 '나'(기표)는 '기표−기의'가 아니라 '기표−기표 · 기표……'이다. 바로 그 '나'(기표)와 타자의 기표들과의 관계가 나타나는 곳이 '무의식'이다. 따라서 '나'의 무의식 속에는 '나'(기표)뿐만 아니라 타자들(기표 · 기표……)도 있다. 이때 '타자성의 주체'의 무의식 속에서 기표들의 연쇄가 일어나게 하는 힘이 '욕망'이다.[4] 라캉은 이 욕망을 환유라고 했다.

이승훈의 욕망은 라캉의 욕망과 같이 환유적이다. 따라서 이승훈의 주체는 자율적인 것이 아닌, 대상으로서 기표의 지배를 받는 것으로 무의식 속에서 생겨나 끊임없이 타자를 욕망한다. 또 그는 언어적 구별을 토대로 주체 분열의 논리를 정교하게 발전시켜, 담론의 주체 혹은 자아인 '언표 주체'와 사라짐을 통해서만 존재를 드러내는 욕망의 주체인 '언술 행위의 주체'를 구분한다. 라캉은 주체가 어머니의 욕망에 종속된 상상적 동일시에서 벗어나 아버지가 부과하는 상징계의 질서로 편입되는 과정을 오이디푸스 과정이라고 부른다. 다른 말로 부성 은유라고도 하는데, 주체가 '아버지의 이름'을 수용하고, 이 기표에 동일시함으로써 시니피앙의 주체로 탄생하는 과정이다. 대타자는 주체가 동일시하는 대상이다. 아이가 만나는 최초의 대타자는 어머니이며, 아버지는 어머니와 아이의 상상적 이자 관계(二者關係, dyadic relationship)를 깨뜨리면서 등장해 상징계의 대표자로서 두 번째 대타자 역할을 한다.

아버지는 남근(팔루스)을 소유한 자로 간주되며, 남근이라는 특권적 기표를 얻고자 하는 것이 주체의 욕망이다. 즉 생물학적인 '욕구'는 언어적 '요구'를 통

4)　나병철, 『모더니즘과 포스트모더니즘을 넘어서』, 소명출판사, 1999, 310쪽.

해 완전히 실현되지 못하며, 그 잔존하는 잉여가 '욕망'이라는 무형의 에너지로 환원되어 무의식에 잔류한다. 이렇듯 무의식은 언어를 통해 자신의 일부를 표출하고 그 잔존한 '욕망'을 배태하여 인간을 '반복 충동'하게 한다.[5]

> 무의식적 실체와의 싸움은 최초로 언어에 의하여 수행되었다. 언어는 新칸트주의적 명제에서처럼 바로 의식 자체였던 것이다. 무의식과 의식의 싸움은 어지러운 심리의 세계인 무의식적 실체를 언어에 의하여 표현하려는 노력이었다. 언어는 대치의 개념을 그 본질로 하였다. 모든 언어는 구체적 세계가 아니라 끝끝내 추상적 세계, 곧 단순한 하나의 기호의 세계에 지나지 않았다. 단순한 기호는 극단적으로 하나의 과학, 곧 추상을 지향하는 것이 아닌가. 궁극적으로 모든 언어는 구체적인 세계로부터의 소외를 운명으로 하였다. 여기서 모든 언어의 한계가 대두되었다.[6]

무의식의 자체는 언어에 의해 표현될 수 없다. 언어 경기론(Language-game)에 의하면 언어의 의미는 관습이나 어떤 규칙을 따를 때 나타난다. 이 말은 경기에서 규칙이 지켜지듯이 언어에서도 언어의 규칙이 지켜져야만 함을 의미한다. 그러나 언어의 규칙은 관습이고, 화자가 언어 경기의 규칙에 따를 때 언어는 의미를 획득한다. 그러한 일상적 용법에서 벗어날 때 언어는 무의미의 위험과 마주치게 된다. 이처럼 이승훈의 언어 사용은 궁극적으로 언어의 일상 적용법, 곧 언어 경기의 규칙에서 벗어난다. 따라서 이승훈은 언제나 무의미한 위험과 마주치는 시인이다.

우리가 정신분석학을 이승훈의 시론과 그의 시 작품에 적용하려고 하는 이유는 존재의 무의식적인 경험을 말함으로써 욕망을 들추어내고자 하는데 그 목적이 있기 때문이다. 또한 그 욕망의 억압은 무의식적인 경험의 인식에 의해서 표출되고, 그 표출은 재료나 상황을 넘어서 수단과 방법을 가리지 않고 이루어진다. 이승훈 시인 자신이 가지고 있는 의식과 이성보다도 무의식과 욕망

---

5)　이규명, 「프로이트, 융, 라캉의 관점에서」, 『예이츠와 정신분석학』, 동인도서출판, 2002, 167쪽.
6)　이승훈, 「무의식과의 싸움」, 『비대상』, 조광출판사, 1983, 85쪽.

을 강조하면서 정신적 차원의 작용(operation d'ordre psychique)의 한 본질로 무의식을 고려한다.

> 내게는 결국 이 모든 것들이 이렇게 되어 버리고 만 것입니다. 즉 무엇인가 어떤 것을 다른 것과 관련 지어 생각하거나 말하는 능력이 상실되어 버리고 만 것입니다. 내게는 모든 것이 붕괴되어 부분이 되고, 그 부분이 또 붕괴되어 다시 부분이 되어 이제는 하나의 개념으로조차 묶을 수가 없게 되어 버렸습니다. 말 한 마디 한 마디가 내 둘레를 맴돌고 있습니다. 그리고 그것이 응결되어 눈이 되었습니다. 그 눈은 나를 응시하고 있습니다. 그 눈의 깊숙한 바탕을 응시하지 않을 수가 없습니다. 그것은 소용돌이입니다. 들여다보면 멀미가 납니다. 그것은 끝임 없이 맴돌고 있습니다. 그 속을 뚫고 나가도 거기에는 공허밖에 없습니다.[7]

위에서 인용한 글은 이승훈이 주장해왔던 언어 부정에 대한 그 속뜻의 이해 차원이다. 물론 이 글이 강조하는 요지는 언어의 문제이다. 관계를 상실한 언어, 또는 낱말은 세계와의 관계를 상실할 뿐만 아니라 낱말과 낱말의 관계도 상실한 언어라는 것이다. 이 같은 언어는 부분으로 떠돌고 표류한다. 중요한 것은 이렇게 관계를 상실한 언어가 응결하여 눈이 되고 이 눈이 소용돌이고 이 눈을 보면서 그가 멀미를 느끼고 그 소용돌이 너머에는 공허만이 있다는 사실이다. 이런 낱말들의 소용돌이는 외적 세계를 재현하지 못하고 오직 전체성이 파괴된, 혹은 관계가 파괴된 새로운 시대의 삶을 혹은 삶의 내면을 암시할 뿐이다.[8] 이승훈은 시니피앙의 작용을 통해 의미의 세계인 상징계가 만들어져 주체의 운명이 규정된다고 본다. 또 시니피앙의 연쇄적 결합과 상호작용에 의해 상징계가 구성된다. 상상계는 주체가 자신의 이미지들로 구성하는 세계를 말하며, 세상을 대상화하는 표상적 태도를 갖게 만든다. 그러나 실재계는 상징계가 주체의 의미 세계인 현실로부터 배제한 부분으로, 상징화를 벗어나는 모든 영역이 실재라고 할 수 있다.

제4부 아방가르드의 필연적 불안의 징후

---

7)　마이어, 『세계상실의 문학』, 장남준 역, 홍성사, 1981, 19쪽.
8)　이승훈, 『이승훈의 현대회화 읽기』, 천년의시작, 2005, 19~20쪽.

브루스 핑크[9]는 "언어는 나로 하여금 내가 말하는 것과 정확히 상반된 것을 전달하게 만든다"[10]고 했다. 이것은 단어를 이용하여 '나'는 '내'가 실제로 말하는 것과 전혀 다른 것을 전달할 수 있다는 뜻이다. 예컨대 나는 친구에게 '지금까지 내가 만난 사람 중 가장 훌륭하다'고 말할 수 있지만 내 말투는 정확히 그 반대를 의미할 수도 있다. 이승훈의 자아는 프로이트식으로는 오이디푸스 단계를 수용하면서 정립되는 주체이고 라캉식으로는 상상적 자아에서 상징적 주체로 나가며 분열된 주체이다. 따라서 그의 시는 대상과도 언어와도 손잡지 못한 자아의 딜레마가 되고 상징(언어)의 구속도 자유(대상으로부터의 탈주)도 받아드릴 수 없는 난경(難境)에 빠지게 된다. 이에 대해 송기한은 다음과 같이 지적한다.

> 시적 언어의 양상에서 볼 때 우리는 이승훈이 주체가 되기에 성공했다고 말할 수 없을 것이다. 그는 자아의 내면을 탐색해 들어갔지만 무의식의 흔적들이 무질서하게 뒤섞여 있는 모습에서 자아의 구조화된 모습은 찾아보기 힘들기 때문이다. 그렇다면 '욕망하는 기계'와도 같이 자체 운동하는 자신의 언어를 두고 이승훈은 욕망의 탈주에 의한 해방감을 느꼈을까?[11]

이에 대해 이승훈은 "나의 경우 이런 무의식의 흔적들은 내가 자아의 내면을 탐색한 결과이지 그의 말처럼 자아의 내면을 탐색해 들어갔지만 예상과는 달리 무의식의 어지러운 흔적들을 만난 게 아니다. 나는 이런 흔적에서 자아의 구조화된 모습을 찾으려던 것이 아니다"라는 입장이다. 그렇다면 그가 말하고자 하는 것은 무엇인가? 그것은 도대체 왜 무의식의 흔적들이 무질서하게 뒤

9) 브루스 핑크(Bruce Fink)는 라캉학파 분석가로서 분석지도를 맡고 있으며, 펜실베니아 주피츠버그의 두케인 대학 심리학과 교수이다. 그는 『라캉의 주체 : 언어와 주이상스 사이에서 The Lacanian Subject : Between Language and Jouissance』와 『라캉의 정신분석학에 대한 임상론 : 이론과 기법 A Clinical Introduction to Lacanian Psychoanalysis : Theory and Technique』이라는 라캉에 관한 두 권의 저서를 집필하였다. 또한 그는 라캉의 글들을 번역해왔으며, 2006년 『에크리』를 완역하였다.
10) 브루스 핑크, 『에크리 읽기』, 김서영 역, 도서출판b, 2007, 174쪽.
11) 송기한, 「타자적 언어와 대결 구도 속에서의 찾아찾기―이승훈론」, 『현대시』, 2005, 9월호, 203~204쪽.

섞여 있는 모습에서 자아의 구조화된 모습을 찾아야 하는가라는 반문이다. 자아의 내면에는 무의식의 흔적들이 있을 뿐이고, 이 흔적들은 자아의 구조화된 모습이 아니라 그런 구조화에 저항하기 위한 것이라는 표현이 더 정확하다.

> 오 이 바다의 도시들이여,
> 나는 당신들의 언어를 이해하지 못하는 사람들에 의해
> 팔과 다리가 꽁꽁 묶여 있는
> 당신네 사람들을 보고 있소.
> 슬픔이나 자유를 잃었다는 상실감은 눈물 섞인 불평이나 한숨,
> 서로의 탄식 속에서만 그 모습을 드러내게 될 것이오.
> 당신을 결박하고 있는 사람들이 당신의 언어를 이해하지 못하고
> 당신 역시 그들을 이해하지 못할 것이기 때문이오.
>
> — 라캉, 「배내옷을 입은 아이들에 대해」 전문[12]

주체는 자신의 고유한 이름으로 인해 사회가 아닌 언어 구조에 종속되어 있다. 이 종속되어 있는 언어 구조로부터 탈피하려는 욕망을 가진다. 언어는 사물을 지칭하는 기표와 지칭을 당하는 대상인 기의로 이루어진다. 그리고 언어는 차이(혹은 관계)에 의해 변별의 기능을 갖는 자의적 체계이다. 이 두 가지의 정의는 각기 기호학과 구조주의로 가는 토대가 되는데 앞의 것은 기표와 기의의 관계가 1 : 1의 정확한 대응이 되지 못하고 기의가 미끄러져 의미가 수없이 확산되는 언어의 비유성 쪽으로 나간다. 그러나 뒤의 것은 은유와 환유의 두 축으로 정립되어—예컨대 bill과 pill에서 b와 p는 대치 · 압축 · 은유이고, ill은 인접 · 전치 · 환유이다.—정(正) · 반(反)의 대립항이라는 구조주의 시학을 낳는다. 라캉은 이 두 가지를 모두 적용하여 주체와 욕망을 해석한다.

주체에게 발생하는 거세(Spaltung)를 통해 남근은 기표가 되고 남근의 개입으로 말미암아 주체는 분열을 겪게 된다. 다시 말해 주체는 자신이 나타내고자 하는 모든 것을 억압(Barring)할 때 비로소 자신을 드러낼 수 있다. 주체의 분열

---

12) Leonardo da Vinci, *Codice Atlantico*, p.145.

로 인해 발생하는 욕망은 의식적 언어로 벗어난다. 또 주체는 남근을 억압함으로써 상징적 질서로 들어가 기표가 되고 바로 이 억압된 언어 때문에 무의식이 발생한다.[13] 그 무의식적 욕망의 언어는 원초적 장면과 같이 우리의 무의식 속에 잠재되어 있던 무의식적 경험으로부터 야기되고 각인된 인상들이 우리를 '바라보게' 하고 그 인상들을 자극할 수 있는 새로운 인상들과의 만남들이 작가를 창작의 세계로 이끌고 우리들 또한 해석하게 만든다. 언어를 지배하는 욕망은 숙명적이다. 이미지를 위해서 언어는 발생하고 욕망은 확실해진다. '결핍된 욕망'이 담겨 있는 원초적 장면을 가지고 그 결핍된 욕망을 표현하고자 하는 욕망에 따라서 언어에 항상 욕망이 담겨 있다. 무의식적 욕망은 원초적 이미지가 표현하거나 재구성할 수 있는 힘을 가져야만 언어의 기표들과 기의들의 요소들과 협상한다. 여기서 모든 예술은 정신분석학적으로 '억압의 회귀(le retour du refoulement)', '욕망의 대체 만족(le substitut a la satisfaction du desir)' 또는 '욕망의 승화(lesublimation du desir)'로 고려된다.[14] 라캉은 무의식에 잠재된 욕망 에너지를 주이상스(jouissance)라고 부른다. 이 주이상스는 무엇보다도 쾌락의 원리 너머로 가보려는 전복적인 충동이다. 이것은 또 자아의 쾌락이 상처를 향유하고 있다는 점에서 고통을 동반하며, 궁극적으로는 죽음을 향한 욕망이다. 따라서 이승훈의 언어 부정은 결핍을 채우기 위한 것이고, 이 결핍은 욕망이고, 이 욕망은 환유가 된다. 쾌락 원리는 가급적 적게 향유하도록 한계를 설정할 수밖에 없는데 그렇지 않으면 쾌락은 불쾌가 되기 때문이다. 그러나 주이상스는 쾌락 원리를 위반하여 그 너머로 가보려고 하기 때문에 본성상 파괴적이다.

이승훈의 언어 부정의 이유 중에 하나가 언어는 나로 하여금 내가 말하는 것과 정확히 상반된 것을 전달하게 만든다는 데에 있다. 브루스 핑크의 말에 따르면 단어를 이용하여 '나'는 내가 실제로 말하는 것과 전혀 다른 것을 전달

---

13) 자크 라캉, 『욕망 이론』, 민승기 외 역, 문예출판사, 1994, 269쪽.
14) 홍선미, 「미술, 욕망의 언어로써」, 『라캉과 현대정신분석』 제8권 2호, 한국라캉과현대
    정신분석학회, 2006, 216쪽.

할 수 있다. 이를테면 만약 내가 서울로 간다고 친구에게 말을 했을 때, '나'는 서울이 아닌 완전히 다른 말의 뜻을 전달할 수 있다. 왜냐하면 그 친구는 '내'가 언제나 '그'를 속이려 한다는 것을 알고 있기 때문이다. 한 가지 예를 더 들어보면 '나'는 어떤 아무개에 대해 "당신은 지금 내가 만난 사람 중에 가장 훌륭하다"고 말할 수 있지만 '내' 어조는 정확히 그 반대를 의미할 수도 있다. 즉 'minister'를 'muenster'와 같이 비슷하게 들리는 단어로 대체할 수 있다. 또 배와 돛은 말이나 사고에서 종종 연계되는데 하나를 다른 하나로 대체하는 것은 이러한 결합에서 단어 대 단어가 갖는 환유적 속성에 근거한다. 바로 이렇게 하나의 기표가 다른 기표를 대체하는 것을 라캉은 은유의 본질로 간주한다.

이같이 은유의 시적 섬광(閃光)은 전혀 상이한 두 개의 상들의 단순한 병치보다는 하나의 기표가 다른 기표로 대체될 때 생성된다. 가령 정치적 알레고리(allegory)에서 '선거' 대신 '악취경연대회'를 사용한다거나, 또는 '보아즈' 대신 '다발'을 제시하는 것이다. 하나의 단어가 다른 단어의 자리에 들어간다는 것은 후자가 사라지는 것이지만 그 의미는 어느 정도 전자 속에 보존된다. 이것은 앞의 단어를 뒤의 단어가 부정하는 것이고, 그들을 부정한다는 것은 곧 단순히 그들을 다른 차원으로 옮겨놓는 일이다.[15] 이승훈의 시 작품들 중에서 다른 단어가 다른 언어를 대체하는 예를 들어보면 다음과 같다.

> 허나 너는
> 내가 아니다
> 깊은 밤
> 약으로 뒤덮인
> 내가 아니다
>
> ─「다시 황혼」 일부[16]

예시의 시는 이승훈의 「다시 황혼」의 일부이다. 이 시에서 '너'는 '내'로 대

---

15) 브루스 핑크, 『에크리 일기』, 김서영 역, 도서출판b, 2007, 176.쪽

16) 이승훈, 『길은 없어도 행복하다』, 세계사, 2000, 118쪽.

체된다. 앞서 라캉의 말을 언급했듯이 언어는 나로 하여금 내가 말하는 것과
정확히 상반된 것을 전달하게 만든다. '너'라는 언어는 '나'로 대체되고, '너'는
'나'를 내세워 부정한다. '너'는 '나'의 부정의 은유다. 또 '너'를 '나'라는 다른
차원으로 옮겨지고 있다.

아래에 예시된 「이승훈이라는 이름을 가진 3천 명의 인간」이라는 시에서도
그림이 언어를 대체하는 것을 목격할 수 있다. 이것은 '상반된 의미의 전달'이
라기보다는 언어에 대한 부정의 의미가 부각된다. 더 이상 언어는 불완전하므
로, 언어의 불완전성은 그림으로 대체될 수밖에 없다. 하나의 언어가 다른 언
어로 대체되면, 그 후자의 언어는 사라지지만 그 의미는 어느 정도 전자의 언
어 속에 보존된다. 그러나 이승훈의 시 작품처럼 하나의 언어 자리에 그림이
들어갈 때는 이 언어의 의미는 완전히 소멸하고 만다는 것이 라캉의 '상반된
것을 전달'하는 경우와는 다른 현상을 이승훈은 보여준다.

– 「이승훈이라는 이름을 가진 3천 명의 인간」 전문[17]

17) 이승훈, 『나는 사랑한다』, 세계사, 1997, 122쪽.

앞에 인용된 시처럼 하나의 언어가 다른 언어로 대체되는 것은 언어에는 어떤 본질이나 혹은 보편적 특성이 없기 때문이다. 언어가 어떤 본질이나 보편적 특성이 없다는 것은 곧 언어의 유희에 빠질 수 있다는 뜻이다. 이처럼 언어의 전락에 대한 두려움이 이승훈을 언어 한계라는 문제에 봉착하게 만든다. 욕망은 결핍이고, 상상계에서 나타나는 이 결핍을 채우려는 것이다. 어머니가 없다는 사실에 대한 본능적 행위로서 놀이를 하고, 이 놀이로서 좌절과 결핍을 충족하려고 한다. 이 놀이가 이승훈의 글쓰기이며, 글쓰기는 언어 행위이고, 이 언어 행위는 끝없는 자기소외의 과정이다. 따라서 이승훈은 이 자기소외 극복을 위해 글쓰기를 하고, 이 글쓰기가 그에게 고통일 수밖에 없다. 이러한 고통은 욕망을 불러온다. 이 욕망을 채우려는 행위, 곧 언어 부정이라는 극단적인 태도를 보인다. 언어를 버린다는 것, 이것은 마음을 버리라는 것이고, 이 또한 자아를 버리는 것과 같다. 결국 그 자신을 버리는 것인데, 이것이 이승훈의 타나토스(Thanatos)인 것이다.

반복되는 말이지만 누구든 욕망은 고통이다. 더구나 아방가르드인 이승훈에겐 더 큰 고통이다. 인간이 사회 또는 역사의 실체로 간주되는 경우도 있으나 일시적으로 존재하는 한낱 허구에 지나지 않는다. 왜냐하면 역사가 굴러가는 동안 사회 체제는 남지만 인간은 모두 죽어가기 때문이다. 따라서 인간은 마땅히 부정되어야 하고 인간이 사용하는 도구인 언어마저 부정되어야 한다. 이것 또한 언어는 하나의 체계이며, 모든 체계는 그것을 구성하는 요소들의 관계로 인식되기 때문이다. 글쓰기를 하거나 말을 하는 것이나 모두가 자신을 증명하고 싶은 욕망을 거느리는 결과이다. 결국 이 욕망은 이승훈에게 있어 자기소외의 극복 차원이며, 의지의 표현이다. 「이승훈이라는 이름을 가진 3천 명의 인간」이라는 이승훈의 시 작품을 통해, 그가 강조하는 것은 시(詩)와 비시(非詩)라는 경계와 이승훈과 코카콜라병이라는 경계를 해체하고 더 나아가 고유명사 이승훈/일반명사 인간/코카콜라병의 경계를 해체하는 일이다. 그러나 또 다른 시각에서 고찰할 것은 그가 언어의 예술이라는 일반적인 시의 정의를 전위적으로 조명하고 있다는 점에 새로운 의미를 부여해야 한다. 이처럼 이승훈 그가 하나의 그림으로, 다른 언어로 대체시키는 것은 자신의 글쓰기는 텍스트에 중점을 둠으로써 타인과의 변별성 획득에 있다. 다른 하나는 그가 기대하는 환유적 '욕망의 대체 만족(le substitut a la satisfaction du desir)'에 근접하려는 남다른 전위적인 예술성이다. 이런 측면을 고려하여 그를 아방가르드라고 하는 까닭이다.

우리는 작가의 감추어진 내면의 이미지와 그 이미지로부터 솟아오르는 이승훈의 무의식의 영향을 찾아보려고 한다. 언어의 욕망을 고찰하면서, 이미지가 그의 무의식적 욕망의 고유한 표현임을 살필 수 있다. 무의식적인 흔적, 그것은 전복된 결핍의 욕망에 의한 것이다. 이승훈의 무의식이 표현하고자 하는 것은 그가 잃어버린 낙원이다. 그의 시작 행위는 그를 무의식적 욕망으로 회귀하게 해주는 한 수단이다.

우리가 이승훈의 「이승훈이라는 이름을 가진 3천 명의 인간」이라는 시를 대면할 때 아도르노가 말하는 형식이란 단순한 스타일이나 테크닉이 아니고 예술의 내적 조직 전체, 곧 관습적인 의미 양식을 재구성할 수 있는 능력을 말한다. 따라서 이승훈은 예술의 자율성을 무엇보다 중요한 요소로 삼는다. 그렇다면 이승훈의 「이승훈이라는 이름을 가진 3천 명의 인간」이라는 시는 앞서 아도르노가 무엇보다 중요하게 여기던 예술의 자율성이 근본을 이룬다. 비판 이론가들은 대중문화의 부정적 효과로부터 벗어난 진정한 문화와 예술은 어디에 존재하며, 어떤 성격을 가진 것인가 하는 물음을 제기한다. 비판 이론가들이 생각하는 진정한 예술은 부정적인(negative) 성격을 가진다.[18] 다시 말해 진정한 예술이란 '비동일성의 사고'를 통해 현실을 초월함으로써 현실에 대한 비판적 조망을 갖는 그 어떤 것이다.[19] 이런 것들이 곧 예술의 자율성이며 이승훈 시인이 추구하는 예술적 가치의 하나이다.

18) 송무, 『영문학에 대한 반성』, 민음사, 1993, 230쪽.
19) 김유동, 『아도르노 사상 : 고통의 인식과 화해의 모색』, 문예출판사, 1993, 110쪽.

2. 콜라주 기법과 언어 부정

이승훈의 언어 부정을 이해하려면 콜라주(Collage, 붙이기) 기법을 이해하는 것으로부터 시작되어야 한다. 콜라주 기법을 이해하려면 파피에−콜레(Papiers−Collès, 종이와 부착물)에 대한 이해가 선결 조건이다. 따라서 파피에−콜레가 가지고 있는 뜻과 의의, 그리고 그것이 콜라주 기법에 미친 영향은 무엇이며, 이승훈의 언어 부정과의 어떤 관계를 맺고 있는지를 알아보는 일이 이 글의 근원적인 목적이다. 다시 말해 이승훈의 언어 부정을 알아보는 데에 있어서 반드시 콜라주 기법의 충분한 이해가 필요하다. 또 파피에−콜레는 콜라주 기법을 이해하는 데 필수불가결하다. 요약하면 파피에−콜레는 이승훈의 언어 부정을 이해하는 데 단초가 됨을 알 수 있다. 따라서 콜라주 기법과 이승훈의 언어 부정과의 관계에 대해 심도 있는 살핌이 필요하다.

입체파(cubisme) 화가들 사이에서 시작된 회화의 기법인 파피에−콜레는 다다이스트, 초현실주의자들에게 깊은 영향을 끼쳤다. 파피에−콜레를 처음 시도한 화가는 브라크(Braque)이다. 1906년경부터 브라크와 피카소는 지저분한 톱밥, 마분지 상자, 샌드페이퍼, 거울 조각, 이쑤시개, 녹슨 옷핀 등을 재료로 사용했다. 파피에−콜레의 재료로서 드렝(Derain)은 접은 신문지를, 미로(Miro)는 우표 조각들을, 마송은 너덜거리는 카탈로그 표지들을 사용하여 일부러 헐렁하게 접착시켰고, 에른스트는 나무 조각·금속·잡동사니 등을, 피카비아(Picabia)는 금박 틀과 여러 가지 색깔의 실을, 뒤페(Dubuffet)는 옛 그림들에서 오려낸 조각들, 로랑스(Laurens)는 울긋불긋한 나무, 금속판, 철 등을 사용했다. 이러한 파피에−콜레는 몇 가지의 특징을 갖는다.

파피에−콜레를 사용한 화폭은 상이한 요소들이 미완성인 상태로 집합하여 그것들 사이에서 기이한 만남을 이룬다. 또 화폭에 새로운 공간을 만들어낸다는 점에 그 의의가 있다. 그러나 색채의 풍부함이나 반듯한 선(線), 절제되고 숙련된 기술이 결여되어 빈약해 보인다. 그러나 화가의 의도가 배제되어 있고 붓의 기교와는 무관한 공간은 '공간 이전의 넓이', 어떤 의미에서는 '존재하면서도 부재하는' 공간이다. 또 미(美)를 경멸하고 황홀감을 거부한다. 폐허가 된 집과도 같은 잡동사니들에서 드러나는 이미지들, 충격들, 또는 어떤 경고의 느낌이 그대로 관람자에게 전이되도록 내버려둔다. 이처럼 파피에—콜레는 전통적인 관점에서는 추악한 것들, 형태가 일그러진 것들, 일상의 하찮은 것들이 관람자들에게 은밀히 건네줄 비밀, 메시지를 보유하고 있는 중요한 기호들이다.[20]

콜라주 기법은 파피에—콜레에서 발전한 회화 기법으로 회화와 조형미술뿐만 아니라 문학의 영역에서도 시도되었다. 화폭에 두 가지 이상의 이질적인 요소들을 결합시키는 콜라주는 파피에—콜레보다 좀 더 대담하고 체계적인 방법이다. 이것은 하우스만, 호크 등 다다주의자들에 의해 처음 시작되었고 에른스트에 의해 다양하게 개발되었다. 또 이 기법은 시각에 의해 다른 영역의 감각까지 자극하고 뒤흔들어 풍요로운 공명을 일으킨다. 콜라주에 사용되는 재료들의 상이성은 화폭에 깊이를 주게 되고, 볼륨과 농축의 상징에는 수학적인 엄밀성이 가미되기 때문에 화폭에 무게가 담기게 된다. 콜라주에 의해 산출되는 이미지는 초현실주의적이다. 왜냐하면 관습적인 시선에는 엉뚱하고 파괴적이고 아이러니컬하게 보이는 그 이미지가 역으로 현실의 외형적인 모습들의 진정성에 대해 의문을 제기하기 때문이다.

이 같은 내용을 바탕으로 할 때 여기에서 이승훈의 언어 부정이 콜라주 기법과 어떤 관계인가를 밝히고자 한다. 되찾은 자유를 흠씬 느끼게 할 수 있는 것은 오직 꿈의 영상뿐이기 때문에 많은 예술가들은 그들의 영감을 단어보다는 색으로 표현한다. 그림은 사실 외부 세계의 형상을 있는 그대로 묘사하지 못할까 하는 염려에서 벗어나기만 한다면, 시에 막대한 영향력을 행사한다. 시각에 기쁨을 주는 일이 그림의 목적일 수는 없다. 그림의 목적은 바로 우리의 막연한 인식을 일보 진전시키는 것이다. 이승훈이 콜라주 기법을 사용한 이유가 여러가지가 있겠으나, 그는 진일보한 인식을 진전시키기 위해 콜라주 기법을 사용한다. 또 이승훈은 무의식의 신비를 환기시키는 일과 현실을 뒤엎는 일이 결합

의미가 상실된 무의식의 언어

---

20) 신현숙, 『초현실주의』, 동아출판사, 1992, 108쪽.

된다. 그에게 중요한 것은 시적 또는 철학적 측면이 아니라 진정으로 중요한 것은 자신의 내적 풍경이다. 그가 시에 대한 역할은 자신 속에 보이는 것을 무의식으로 포위하여 투사하는 일이다. 내부 세계의 밑바닥에 잠재 상태로 묻힌 상응하는 현상과 현상들을 분산시켜 뛰어난 형태로 외부 세계에 투사한다. 사실 시는 복잡한 전체 속에 사유 작용의 운명을 포괄한다. 이 사유 작용은 시를 중심으로 선회하며, 시는 사고를 승화시킨 후 그것을 뛰어넘어 마침내 부정하기에 이른다.[21]

이승훈이 그동안 써온 시들은 자아 탐구−자아 소멸−자아 불이로 요약되고, 시 쓰기를 구성하는 자아−언어−대상의 관계를 중심으로 말하면 초기에는 대상이 없는 시, 즉 비대상의 시를 썼고, 중기에는 자아가 소멸하므로 언어가 시를 썼고, 후기, 즉 최근에는 언어마저 헛것, 환상, 허상이라는 생각에 이르렀다. 따라서 그는 언어도 버려야 한다는 입장이다. 초기 시론에서는 시에는 본질이 없고 언어와 제도만 있다고 했지만, 그는 '자아 부정'을 끝낸 후 언어로는 더 이상 표현이 불가능하다는 결론을 내렸고, 이것이 그의 언어 부정이다. 이것은 모든 것을 불이(不二/異)로 보려는 하나의 방편이다. 즉 불이의 시론으로 모든 것을 해체하여 통합의 시대를 열어보려고 한다는 것으로 해석할 수 있다. 완전은 불완전한 사태를 완벽하게 기술할 수 있지만, 역으로 불완전한 인간은 저 완전이라고 명명되는 절대적 동일성을 완벽하게 기술할 수 없다.[22]

> 나는 시론을 쓰는 심정으로 이 시를 쓴다 언어도 버리자 언어는 존재의 집이 아니라 존재의 짐이므로 집도 버리고 산도 버리고 거리도 버리고 저 거울도 버리고 나는 그 동안 대상을 버린 시를 썼다 비대상은 억압, 충동, 욕망의 구토였다 구토는 지루함이 억압들을 펼쳐 보이는 하얀 식탁보가 아니고 욕망의 전환이 아니다 그건 내가 길들여진 야수적인 고통 나는 타자의 욕망을 상상하기 때문에 이 고통을 견딘다 그러므로 토할 때는 나는 다른 누구이고 길을 잃고 헤매지만 헤맴, 방황, 유랑이 희열이고 쾌락이고 주이상스(향락)이다 그러므로 나도 버리자 나도 버리고 나도 버리고 남은 건 언어 이 황량한 언어

---

21) 이본느 뒤플레시스, 『초현실주의』, 조한경 역, 탐구당, 1993, 84~85쪽.
22) 김석준, 「동일성과 비동일성」, 『유심』 35호, 2008, 12월호.

언어가 나이므로 언어도 버리자 언어도 버리고 언어도 버리고 시를 써야 한다
언어를 버리는 심정으로! 이런 심정도 없는 심정으로!

- 「언어도 버리다」 전문[23]

시는 언어라는 것, 언어는 늘 무상하게 변하는 것, 그래서 지난 시대의 죽은
언어, 그 의미를 쓰는 시는 죽은 시이다. 이것은 '보수다', '혁신이다' 하는 그런
유(類)의 말이 아니다. 그 나름의 시의 밑바탕이 되는 시론을 말한다. 그의 예
술성은 시대가 지나가버린 시, 죽은 시는 시가 아니라고 본다. 그것은 시의 반
성적 이해로써 아방가르드를 지향하는 시인으로서의 지론(持論)이다. 반동(反
動)하는 시의 사조, 아방가르드인 그의 이런 반동에 반동은 또 반동한다. 그것
은 그의 시가 무의미하기 때문이다.

> 언어를 버려야 한다는 것은 언어를 버리는 심정으로 시를 써야 한다는 것이
> 다. 좀더 구체적으로 말하자면 시의 언어가 무엇인가 하는 질문에 가장 확실
> 한 해답으로 제시되는 것 중의 하나는 소위 '존재의 언어'라는 개념이다. 후설
> (Husserl)은 일상적 의식을 선험적인 것으로 환원시킴으로써 이 세계를 순수한
> 현상으로 드러내게 할 수 있다고 믿었던 반면, 하이데거는 의식조차도 버리고
> 의식의 그 안쪽, 즉 '근거의 근거(Grund des Grunges)'로 거슬러 올라가 존재를
> 바닥없는 '공(空, Abgrund)' 혹은 하나의 '무(無, neant)'로 되돌릴 때 비로소 가
> 능하다고 믿었다.[24]

이승훈의 시론은 지향성과 환원이 서로 화합할 수 있는지를 문제 삼는다. 이
지향성은 의식 주체가 일정한 관점에서 대상을 지향함으로써 형성되는 관계
개념으로서 후설(Edmund Husserl)의 개념과 같은 것으로 볼 수 있다. 또 앞의
인용문에서 알 수 있듯이 그가 '부정'을 일관성 있게 유지하기 위한 하나의 방
법으로 '반복'이라는 방법을 취한다. 지금까지 그의 시론의 역사를 통시적으로
살펴보았듯이 부정을 일관되게 주장해왔음을 알 수 있다. 이승훈의 시론이 매
우 부정적인 편향을 가지고 있는 것은 아도르노가 벤야민에게서 차용한 짜임

23) 이승훈, 『비누』, 고요아침, 2004, 47쪽.
24) 오세영, 『현대시와 불교』, 살림, 2006, 2쪽.

관계(Konstellation)의 개념에서 그 이유를 찾을 수 있다. 즉 대상이 처해 있는 짜임 관계 속에서 대상을 인식한다는 것은, 대상이 자체 내에 저장하고 있는 과정에 대해 인식하는 것이다. 이론적 사상은 자신이 해명하고자 하는 개념의 주위를 맴돈다. 마치 잘 보관된 금고의 자물쇠처럼 그 개념이 열리기를 희망한다. 이때 하나의 개별적인 열쇠나 번호가 아니라 어떤 번호들의 배열에 의해 열리는 것이다.[25]

> 언어가 시를 쓴다? 물론 어려운 명제입니다. 자아탐구가 모더니즘의 세계라면 자아소멸은 포스트모더니즘의 세계에 해당하고 따라서 언어가 시를 쓴다는 것은 자아소멸과 장르해체의 양상으로 전개되고 이런 사유는 시론「시적인 것은 없고 시도 없다」, 「비빔밥 시론」으로 요약됩니다. 그러나 이상해요. 언어가 시를 쓴다지만 문득 언어도 헛것이다. 언어도 버리자는 생각이 들고 그 무렵 선과 만나게 됩니다. 그러니까 결국 소생의 시 쓰기는 시를 구성하는 세 요소, '자아/대상/언어'를 하나씩 죽이는 과정이고 결과적으로 그렇게 된 것이고 그건 어디까지나 후기구조주의 철학자들, 특히 데리다나 라캉 같은 철학자들을 매개로 한 사유의 결과였습니다.[26]

언어로 시를 쓰던 이승훈은 '언어도 헛것이다', '언어를 버리자'는 사유로 말미암아 언어에 대해 의심을 하기 시작한다. 지금까지 자아를 버렸고, 대상을 버렸고, 마지막으로 언어를 버린다. 그 이유에 대해서는 데리다나 라캉과 같은 철학자들의 사유에 영향을 받았다. 물론 당대의 철학자들의 깊은 사유에 많은 영향을 받았다는 것에 대해 앞의 인용된 글 속의 진술로 가늠할 수 있다. 이처럼 그러한 철학자들에게 받은 사유에는 그의 예술성이 녹아 있다. 그는 전통적인 시작법(詩作法)으로는 어떠한 언어를 가져다 붙여도 한 폭의 그림이나 사진보다는 더 세밀하고 정확할 수 없다는 주장이 언어에 대한 부정, 즉 불신을 초래하게 된 이유이다. 그것을 뒷받침할 수 있는 그의 작품을

제4부 아방가르드의 필연적 불안의 징후

---

25) 아도르노, 「해방적 실천은 충분히 해방적인가」, 『부정변증법』, 홍승용 역, 한길사, 2003, 35쪽.
26) 이승훈, 『현대시 종말과 미학』, 집문당, 2007, 20쪽.

살펴보면 다음과 같다.

- 「준이와 나」 전문[27]

이승훈의 「준이와 나」라는 위의 시에서 '준이와 나'라는 시니피에를 나타내기 위한 시니피앙은 그 어떤 것보다도 적확(的確)한 것이 있을 수 없으며, 그것이 이 작품에 녹아 들어갔을 때 차이를 나타낼 수밖에 없다는 논리를 보여준다. 그리고 그 차이라고 하는 것은 계속 연기되고 이 연기가 반복됨으로써 더욱 커다란 격차를 나타내게 된다. 결국 작품에서 말하는 주체 의식과 겉으로 드러난 시니피앙 사이에는 어떠한 공통점도 발견할 수 없게 되고 작품은 그냥 그 자체로 남게 되는 사물에 불과한 것이다.[28] 따라서 준이와 나의 관계, 또는 '준이'와 '나'의 개별적 의미를 나타내는 데에는 언어를 버리고 그림을 따오는 콜라주 기법의 방법밖에 없다는 것으로 판단된다. 언어는 하나의 기표이다. 이 언어는-기호는 시니피앙(소리)과 시니피에(의미)로 구성되어 있지만 그 두 사이-자의적 관계만 성립한다. 기호는 어떤 의미, 본질, 또는 심층을 지지하지 않고 언어라는 체계 속에서 다른 기호들을 지시할 뿐이다. 따라서 이 시니피앙과 시니피에가 이에 속하며 또 두 관계를 차연(差延)이라고 할 수 있다. 이런 명제에 충실했다라고 보는 시의 대표적인 작품이 바로 「준이와 나」이다.

27)   이승훈, 『나는 사랑한다』, 세계사, 1997, 112쪽.
28)   허혜정, 「이승훈도 없고 이승훈 씨도 없다」, 『시인시각』, 2007, 겨울호, 65쪽.

우리는 실재 어떤 대상을 표현하기 위해서 언어를 사용한다. 그러나 아무리 우리가 언어를 통해서 그 실재 대상을 그럴듯하게 정의 내리고 표현한다고 해도 존재 그 자체의 본질을 완전히 표현해내지는 못한다. 다시 말해 실재는 표현되기 위해서 인간의 언어 행위 속에서 반드시 기표로 등장한다. 이러한 의미에서 실재는 궁극적으로 고정된 의미에 도달할 수 없는 기표, 즉 순수 차이라고도 할 수 있다. 그의 시가 언어에 의해 자아가 소멸되고 언어가 시를 쓴다는 인식을 넘어서는 곧 자아 소멸의 해체시가 한층 심화되어 주체와 언어의 해체에 이르게 된다. 그는 그의 시집『나는 사랑한다』(1997),『너라는 햇빛』(2000)에서 사진이나 그림을 인용하면서 시를 구성하는 차원의 끼워 넣기(embadings) 형태로 시의 제도성을 해체하는 사진시나 그림시를 발표한다. 이것은 사진이나 그림을 인용하지만 시를 구성하는 이해 차원에서 끼워 넣기 형태로 나타난다. 따라서 언어는 하나의 기표일 뿐 더 이상의 의미를 나타내줄 수가 없으므로, 이승훈은「이승훈이라는 이름을 가진 3천 명의 인간」, 「쏘파 이야기」, 「어느 스파이의 첫사랑」, 「나는 사랑한다」 등의 시 작품을 통해 언어의 완전성을 부정한다.

> 신경에 거슬려 책을/못 읽고 1년이 갔다 이런 말을 하는 건 자랑이/아니다 쏘파를 다시 연구실로 옮길 수도 없고/(무엇보다 아내가 얼마나 속으로 나를/비웃겠는가?) 어제는 위치만 바꿨다 쏘파/위치만 바꾸고 현재 쏘파는/

> 처럼 놓여 있다. 어색하게 놓여 있다 어색한/위치에 놓였습니다 쏘파는 낡은 잿빛 쏘파는/아내는 버리라고 하지만 책상을 향해 놓아/야지요 책상을 보고 있어야지요 책상은 서향/창을 보고 쏘파는 책상 옆에 있는 책꽂이를/보고
>
> – 「쏘파 이야기」 일부[29]

29) 이승훈,『나는 사랑한다』, 세계사, 1997, 42쪽.

이 「쏘파 이야기」에서 확인할 수 있는 것은 이승훈은 시니피에만 가지고는 이미지의 본질을 그리지 못하므로 초현실주의자들이 사용해왔던 콜라주 기법을 차용한다는 것이다. 즉 기표를 상용하는 것이다. 이처럼 그는 불확실한 언어를 부정할 수밖에 없다. 그것은 앞서 언급한 바와 같이 언어로 표현된 상징계는 끊임없이 움직이는 불완전한 체계이기 때문이다. 언어를 통해 존재의 본질을 정의하며 사는 우리는 상징계에 살고 있다. 그러나 우리가 정의 내리는 이 상징계는 당연히 끊임없이 수많은 기표를 사용해야만 존재의 본질에 접근할 수 있다. 즉 아무리 수많은 기표를 사용한다 하더라도 결국 존재의 본질에 완전히 다다를 수는 없다. 그러므로 상징계는 끊임없이 움직이는 불완전한 체계이다. 우리가 살고 있는 이 세계는 그래서 끊임없이 요동치는 불완전한 상징계의 모습을 띠고 있다. 이로 인해 나타나는 주체의 무의식 속에서 존재하는 내적인 인접성의 원리에 따라 이루어지는 것으로 정의할 수 있다.

솔직이 말해서 난 밤에 일찍 잔다 겨울 밤엔/ 열 시 반이면 잔다 TV뉴스는 9시부터 10시까지다/뉴스를 볼 때 난 TV 앞에 앉아 혼자 맥주를 마신다/뉴스를 본다 담배를 피운다 재떨이에 재를 턴다/술에 취한다 뉴스를 본다 아나운서는 도대체 무슨/ 말을 하고 있는거야? 뉴스를 보며 술에 취하고/뉴스에 취하고 한 시간 동안 취한다 술을 마시며/뉴스를 보면 뉴스 내용이 하나도 들어오지 않는다/그러나 뉴스를 보고 왜냐하면 뉴스를 알아야 살 수/있으므로 그것도 한 시간 동안 보고 뉴스가 끝나면/⋯(중략)⋯/마른 어깨에 입술을 대고 싶구나

— 「어느 스파이의 첫사랑」 일부 [30]

30) 이승훈, 앞의 책, 65쪽.

시는 나의 의지를 넘어선다
그것은 나로 하여금 그 자신이 원하는 것을
쓰게 만든다

이승훈

－「시」 전문[31]

　이승훈은 아도르노의 부정변증법의 핵심인 동일성을 지양하고 비동일성을
지향한다. 아도르노의 입장에서 볼 때 변증법이란 비동일성의 의식 이외는 다
른 어떤 것도 아니다. '시적인 것은 없고 시도 없다'는 사유에서 그의 비동일
성이 발견된다. 근래에 들어와 우리 시단에 상투적인 시들이 무분별하게 쏟아
져 나오는 현실에 대한 우려와 그런 점에서 진정한 시들이 사라지는 위기의식
에서 오는 비동일성의 주장이다. 그런 점에서 그는 지쳤다는 점이다. 이런 소
박한 의미로 시는 없다는 주장을 했고, 또 모든 시든, 문학이든, 무슨 본질이
든, 순수한 기원이 있다고 믿는 태도를 비판하면서, 그 자체가 문학적인 텍스
트도 없다는 견해이다. 다시 말해 문학도 없고 시도 없다는 것이다. 비시(非詩)
가 시이며, 시가 비시이다. 따라서 시는 부정을 먹고 산다는 것이 시를 바라보
는 이승훈의 의식이다. 그의 시는 시가 아니며, 시가 아닌 것이 시다. 따라서
시는 시를 부정한다.[32]

　보편적으로 시는 언어를 필요로 한다. 언어에 의해 구(句)를 이루고, 이 구가
모여 문장이 구성되는데, 이 문장은 통사 규칙을 따르게 된다. 그런데 이승훈
은 그의 시집 『나는 사랑한다』(1997)에서 극렬하게 장르를 해체하며, 미적 자율
성에 대한 반기를 들고 나선다. 그는 일반 보편적인 시가 통사 규칙을 준수하

---

31) 이승훈, 앞의 책, 11쪽.
32) 이승훈, 「비빔밥 시론」, 『나는 사랑한다』, 세계사, 1997, 124쪽.

는 것과는 달리 파괴하는, 더 나아가 문법적 요소를 전혀 고려하지 않는 극한 상황으로 몰고 간다는 데에서 문제가 있다. 앞에서 보아온 여러 시편에서 특히 찾아낸 것은 글쓰기의 자율성 회복이다. 이것은 상징계에서 자아를 억압하는 언어에 대한 부정이다. 이승훈의 시 의식은 인식이 아니라 의식을 주제로 삼기 때문에 대상을 고정시키는 것이 아닌 운동하는 것, 그리고 모순과 갈등으로 차 있는 것으로 파악된다. 이것은 아도르노의 부정변증법적 차원을 따르는 뜻과 같다.

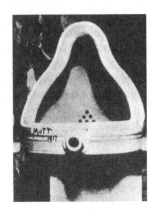

– 「뒤샹의 〈샘〉?」 일부 [33]

이승훈에게는 「뒤샹의 〈샘〉?」의 작품은 그림이 언어다. 이 그림의 언어는 비유나 상징의 과정을 거치지 않고 있는 그대로 시의 언어로 전이된다. 이 같은 그림의 언어가 시의 언어로 지칠 줄 모르게 전이시키는 데 있어서 이승훈은 초현실주의 창작 기법에 해당하는 몽타주, 콜라주, 혹은 병렬 등을 통하여 다양한 방법으로 표현한다. 이처럼 예기치 못한 그의 글쓰기 행위가 곧 언어에 대한 강한 불신이며, 믿어왔던 언어에 대한 신뢰성 상실이며, 곧 언어 부정이다. 이것은 과거와 현재간의 친밀성과 친화력이 배제된 상태이다. 그러나 인간은 그림의 언어로든, 아니면 시의 언어이든, 언어를 통해 지속적으로 소통을 시도하지만 그것은 근원적으로 '결핍'을 만들어낼 뿐이다.

---

33) 이승훈, 앞의 책, 117쪽.

욕구는 요구를 만들어내지만 언어를 통한 요구는 그 욕구를 정확하게 충족할 수 없다. 그리고 그 과정에서 모자란 결핍의 부분이 곧 '욕망'이다. 그러나 이 '욕망'에 대해 '부정적'으로 해석하면 안 된다. 그것은 욕망(desire)이 욕구(demand)와 요구(needs)의 불일치 혹은 차이처럼 나타나기 때문이다. 다시 이 차이는 구조적인 것으로 라캉은 이것을 욕구와 요구의 분열(Spaltung)이란 말로 지칭한다. 욕구와 요구의 분열은 사물의 살해 위에서 구축되는 상징계의 본성에서 비롯되며 주체는 이를 결여의 형태로 체험한다. 이것은 특정 대상의 결여가 아니라 존재의 결여이다.

제 5 부

실패하는 쪽으로 완성하는 사유

생을 긍정하는 능동적 허무주의자
— 이승훈·김추인·이영주·이운진·김언·송용배의 시

우리들의 1g의 생애엔 다층적이고 복합적인 100kg의 허무가 들어 있다. 이 명제를 논의의 화제로 삼기 위해, 또 인간의 삶에 대한 이해와 허무를 바탕으로 객관적인 비판과 비평을 시도할 수 있는 시 작품 여섯 편을 선정해보았다. 이승훈 시인의 「시는 어떻게 씁니까?」와 김추인 시인의 「사이에 누가 있다」, 이영주 시인의 「흙과 노인」, 이운진 시인의 「빈 방 있어요」, 김언 시인의 「외로운 공동체」, 송용배 시인의 「달궁달궁 달궁이야」가 해당된다. 이 여섯 시인들의 작품들은 니체가 주장했던 수동적 니힐리즘(nihilism)이 아닌 삶의 의미를 적극 긍정하면서 기성 가치의 전도를 지향하는 능동적인 니힐리즘의 노래이다.

이 여섯 시인은 각각 자신들의 작품을 통해 허무가 특정 목표를 달성하기 위한 수단으로 테러와 파괴를 정당화하는 방편으로 타락된 모습이 아니라 삶에 있어서 실패와 좌절이라는 고단함이 있을 때 쉬어가는 쉼터라고 정의할 수 있다. 가령 밤늦도록 술을 마시면서, 고단한 삶을 토로하며 좌절에 빠지지만 아침에 일어나 출근하며, 언제 그랬냐는 듯이 직무에 충실한 것과 같다. 그들은 허무를 사랑하지만 체념이나 절망에 빠져 헤어 나오지 못하는 상태를 노래하지는 않는다. 조금 외람된 말이지만 한국 사람들이 흔히 말하는 인생무상(人生無常)이니, 일장춘몽(一場春夢)이니, 또는 공수래공수거(空手來空手去)와 같은 이야기에서 발견되듯이 우리들에게 허무주의가 보편적으로 널리 지배하고 있다.

식자(識者)들은 동양의 불교나 노자 사상이 지향하는 무(無)나 공(空)의 사상이 이에 해당되는 것으로 보고 있다. 또 유럽에서는 그들의 근대사회나 그리스도교 문명을 부정하는 사상으로 19세기 후반 러시아의 문예사조나 혁명 사상, 니체의 철학 등에서 제시된 바 있다. 이렇게 동서를 막론하고 허무주의는 일상의 삶 속에 깊이 뿌리박혀 있고, 우리들은 그 허무를 즐기며 살고 있다. 그러므로 우리들의 일상 속에서도 늘 허무는 존재하며, 시인들의 시 작품 속에도 허무주의가 흐르는 경향이 다수 발견된다. 그러나 각각의 나라와 지역과 또는 개인이 주장하는 '허무'가 가지고 있는 면면 속에는 제 나름의 특징적 속성을 가지고 있다.

니체가 주장했던 허무주의는 정신의 나약함의 징후로 나타나는 수동적 허무주의와 정신의 강함의 징후로서의 능동적 허무주의의 두 가지로 구분된다. 이 글에서는 삶을 긍정하는 허무주의, 즉 후자의 능동적 허무주의와 관련된 작품들을 골라 살피기로 한다. 따라서 앞서 언급한 바와 같이『시사사』 67호에 게재되었던 시 작품 중에 여섯 편의 시 작품을 선정하여, 그 시 작품을 중심으로 살펴보기로 한다.

1. 니힐리즘은 삶의 생필품

이승훈 시인의 시 쓰기는 일상의 세계나 자연을 노래하지 않는다는 것은 주지의 사실이다. 그동안 그의 시 쓰기 형태는 자아 탐구 → 자아 소멸 → 자아 불이(不二思想)로 요약된다. 부연하면 초기의 시 작품들은 '자아 탐구'의 형태를 지닌 모더니즘 계열의 시들이다. 그러나 그 후엔 자아 불이와 해체론을 앞세운 포스트모더니즘과 선시, 그리고 영도 시 쓰기의 경향을 보여왔다. 일반적인 시 쓰기의 구성 요소인 '자아－대상－언어'의 관계를 중심으로 보충 설명하자면 이승훈 시인은 초기에는 대상이 없는 시, 곧 비대상의 시를 썼으나, 중기에 들어서서 자아 부정, 즉 자아가 소멸함으로써 언어가 시를 썼고, 후기에 접어들어 언어도 환상 내지 헛것이라는 결론에 도달함으로써 언어도 버려야 한다는 사유의 전환이 뒤따랐다. 시적 대상도 버리고, 자아도 버리고, 언어도 버린 상태에서 무엇으로 시를 쓸 것인가.

> 시는 어떻게 씁니까? 무얼 쓰면 좋겠습니까? 신문이나 잡지에 나오는 시들
> 을 모방하면 됩니까? 평론가들의 말을 따라 쓰면 됩니까? 선생님. 그는 종이
> 를 들고 거리에서 바다에서 식당에서 계단에서 시장에서 아무나 보고 물으며
> 정처 없이 길을 걸으며 고민하며 어떻게 쓰면 유명해집니까? 시를 써서 유명
> 해 질 수 있습니까? 시를 써서 돈을 벌 수 있습니까? 하루 종일 물으며 시집을
> 내면 돈이 생깁니까? 시를 쓰면 여자들이 좋아합니까? 시를 쓰면 결혼할 수
> 있습니까? 하루 종일 물으며 시집을 내면 돈이 생깁니까? 시를 쓰면 내 친구
> 처럼 교수가 될 수 있습니까? 몸을 떨면서 웃으면서 기왓장을 보면서!
>   – 이승훈, 「시는 어떻게 씁니까?」 전문(『시사사』, 2013, 11 – 12월호)

위의 시는 비유적인 표현으로 어떠한 오해를 불러올 소지가 없는 시구들로
짜여 있다. 시 쓰기에서 불필요하게 느껴지는 시의 요소들을 버린 상태에서 쓴
「시는 어떻게 씁니까?」는 당연히 시의 체중이 가벼울 수밖에 없다. 특히 이 같
은 시는 언어를 버리고 쓴 시이다. 이렇게 말할 수 있는 것은 언어에는 심오한
의미와 어떤 본질이 없다는 이승훈 시인의 개인적 사유에서 비롯된 것으로 볼
수 있다. 특히 그는 언어라는 시 쓰기의 도구에 기대지 않고 깨달음으로 쓴다.
이것이 '영도의 시 쓰기'이며 '선(禪)의 시학'으로 가는 출발점이기도 하다. '대
상–자아–언어'가 소멸하고, 부정되고, 어쩌면 버린 상태에서 '행위'로만 시
쓰기 하는 시학이다. 이것은 나아가 '불이 사상(不二思想)'으로 발전하게 된다.

[표 1]

❶ 대상 소멸 – ❷ 자아 찾기 – ❸ 자아 소멸 – ❹ 불이 사상
    | | | |
㉠ 대상론   ㉡ 자아론   ㉢ 언어론   ㉣ 영도론

이승훈의 시세계는 자신에 대해서는 의미를 찾지만 생애에 대해서는 결코
의미를 찾지 않는다. 이 명제는 자기중심적인 세계관을 가지고 있다는 사실의
증명도 되지만, 허무와 더 깊은 관련성을 가지고 있다. 또 불교나 노자 사상이
지향하는 무(無)나 공(空)의 사상인 허무주의(불교의 공이나 무의 사상과는 차

이가 있다)에 따르는 경향을 보이고 있어, 그의 불이 사상(자아 불이)도 허무주의에 깊게 연이 닿아 있다. 이것은 불이 사상의 핵심적인 키워드는 이분법적 구분으로는 궁극적인 깨달음을 얻을 수 없다는 것이고, 또 그 깨달음 뒤에는 늘 진리와 허무를 동반한다는 사실이다.

이렇게 이승훈 시인은 불이(不二) 사상을 통해 절대 평등의 경지에 이르고 나서야 깨달음을 성취한다. 불이 사상이 품고 있는 실상의 진리는 형상이 없고, 생각할 수도 없고, 말할 수도 없는 공(空)의 경지이다. 이러한 궁극적인 깨달음은 언어문자를 초월한다. 앞의 [표 1]이 말해주듯이 이승훈의 영도론은 불이 사상(자아 불이)을 전제로 한다는 것을 알 수 있다. 그렇다면 『유마경(維摩經)』에서 출발한 불이 사상은 불교와 관련이 있다는 이야기이고, 이 '영도론'은 불교에서 나온 불이 사상과 깊은 관련성을 찾을 수 있다. 이것은 또 불교 중에서도 선종(禪宗)과 깊은 관련이 있는 것에 주목할 필요가 있다.

그의 불이 사상이 강조하는 것은 무/유의 경계를 해체하는 변증법적의 종합까지도 초월하는 공(空)의 세계이다. 즉 공이 있고/없음의 초월이다. 앞에서 지적했듯이 이분법적 구분으로는 궁극적인 깨달음을 얻을 수 없다. 이처럼 영도 시론에 대한 개념 정의를 앞세우고 이승훈 시인의「시는 어떻게 씁니까?」를 살펴보면 이해가 한결 수월해진다. 어찌 되었건 이승훈 시인의 시세계의 흐름은 허무에 대한 사랑으로 귀결된다. 이항대립적 관계에서 하나가 되려는 통합의 부단한 노력이다. 이렇듯이 그가 보여주는 허무에 대한 사랑은 삶을 긍정하는 일이다. 이것은 무의 사상과 공의 사상을 지향하는 일이며, 해체의 다름이 아니다. 그의 해체론은 완성품에 대한 파괴가 아니라 새로운 것에 대한 창조 행위이다. 결론적으로 그의「시는 어떻게 씁니까?」는 입체적인 허무의 은유라고 할 수 있다.

2. 긍정적인 허무의 본질을 제시

나라의 봄과 밀레니엄 사이에 누가 있다

밀밭 내와 논두렁 풋콩 내 사이에 누가 있다
어제와 오늘 사이에 끼인 너는 누구니?

느티목 그루터기에 앉아 나이테를 읽는다
길고 부드러운 하절무늬와 짧고 촘촘한 동절무늬의
아른아른 길을 따라가며 읽는다
햇살과 물소리와 눈발 비켜나는 시간을
흔들리고 꺾이며 폭풍우와 맞서던 견딤의 시간을
느티 그늘아래서 두런거리던 촌로村老들의 시간을

봄에서 겨울까지 그리고 다시 봄
나무는 제 나이테 사이에 시간의 기억을 새긴다

흔들림과 무심 사이에 누가 있다
젊음과 늙음 사이에 누가 끼어 있다
언제였더라
부끄러움과 설렘 사이의 웃음무늬 아 울음무늬
책갈피 사이에서 마르는 그대의 꽃반지는
제 푸르던 시간을 말리고 있나 본데

떠나온 내 구름의 시간들
뇌실 어느 기억의 빗금 위에 앉아 잔물지고 있겠다
아른아른 혹은 촘촘촘

— 김추인, 「사이에 누가 있다」 전문(『시사사』, 2013. 11−12월호)

김추인의 「사이에 누가 있다」는 고정된 시간이 아니라 '탈(脫)시간'이라는 개념을 지닌 시간과 시간 사이에 우리들이 살고 있다는 것에 대한 증명이다. 나무가 '제 나이테 사이에 시간의 기억을 새'기듯이 우리들도 지상에 기억을 양각하고 있다. 그 기억의 무늬들은 '부끄러움과 설렘 사이의 웃음무늬 아 울음무늬'와 같이 다양할 수밖에 없다. 시간과 시간 사이에 끼여서 우리들은 웃고, 우는 희로애락을 먹으며 산다. 이것은 인간의 평범한 삶의 한 단면이다. 이처럼 사이와 사이에 끼여 사는 우리들은 '기억의 빗금 위에 앉아 잔물지'는 '구름의 시간들'이다. 결국 '푸르던 시간을 말리고 있'는 우리들의 생은 모두 허무를 즐기는 중이다. 지난날의 겪어온 고통의 '흔들림과 무심 사이에' 우리들의 자화상이 걸려 있고, '젊음과 늙음 사이에' 우리가 끼어서 세속적인 성취에 목을 매기도 한다. 이런 유형으로 생의 아우성을 노래한다는 것은 삶을 긍정하는 능동적 허무의 일종이다. 사이와 사이의 공간은 일장춘몽이고, 한 조각의 구름이고, 인생무상이다. 때로는 동화적 상상력이라 할 수 있는 '책갈피 사이에서 마르는 그대의 꽃반지'도 '사이'에 끼여 자신의 의도와는 상관없이 지속적으로 생을 허물고 있다.

오늘도 김추인 시인은 '흔들리고 꺾이며 폭풍우와 맞서던 견딤의 시간'으로 사이와 사이를 채우고 있다. 이런 진술은 삶을 긍정하며, 누구나 한번쯤 가져볼 만한 허무주의의 모습이다. 우리 모두 허무주의자이다. 가끔씩 우리들의 삶속을 파고드는 '허무'를 김추인 시인은 총체적인 긍정으로 승화시키고자 한다. 어떤 경우라도 결코 정지할 수 없는 본질적인 습성을 가지고 있는 시간에 대해 인간은 저항하고 있음을 보여준다. 이것은 죽음에 대한 불안을 해소하고자 하는 저항이다. 이런 행위가 아무 소용 없는 짓인 줄 알면서도 인간은 나약함을 스스로 드러내며, 동시에 어느 누구도 본 적이 없는 시간에 대해, 그것은 어떤 형태를 가졌으며, 어느 쪽에서 왔다가 어느 쪽으로 흘러가는지를 모르면서 저항한다.

일반적으로 시간의 개념을 정의하기 위해서는 "시간은 일직선상으로 흐른다"는 종교주의자나 역사주의자들의 가설을 빌릴 수밖에 없다. 이런 가설 위에서 '시간'이 무엇인가를 정의할 수 있다. 따라서 김추인 시인은 순환적 시간의 개념이 아니라 일직선상으로 흐르는 시간의 개념을 바탕으로 하는 삶의 현실을 통시적으로 노래한다. 어느 누구나 어제와 오늘 사이에 끼여 내일로 간다. 시적 화자는 '어제와 오늘 사이에 끼인 너는 누구니?'라고 묻는다. 그 '누구'는 시간과 시간 사이에 끼인 김추인 시인이고, 희로애락이고, 그 시간과 버무려진 우리들이다. 그러한 시간과 시간 사이로 흘러가는 세월을 안고 김추인 시인은 '봄에서 겨울까지 그리고 다시 봄'으로 이어지는 생을 찬미하고 있다. 따라서 김추인은 「사이에 누가 있다」를 통해 고뇌하는 우리들에게 긍정적인 허무의 본질을 제시한다. 다시 말해서 성찰하는 사고를 통해 자기 극복과 자신의 운명에 대해 위버멘쉬(Übermensch, 超人)적 존재임을 스스로 긍정하도록 촉구한다. 또 인간이 자신을 창조하고 해석하는, 그래서 운명을 사랑하는 초인적인 존재로 자각하고, 그렇게 살기를 의지하는 실존적 결단을 통해서 허무주의가 극복됨을 시사한다.

3. 절대적인 긍정이며, 포기하지 않는 이성

몰래 걸어 다니는 밤이 지났다

움직이는 운명은 아파한다

원형적인 내부에서

속이타서 까매진 얼굴과 눈이 마주친다

어디로 가려고 나는 여기에 와 있는가

각자의 말들로 서로를 물들일 수 있는가

나는 그의 어둠과 다른 색

오래 전 이동해온 고통이 여기에 와서 쉬고 있다

어떤 불행도 가끔은 쉬었다 간다

탄 자국이 그을린 얼굴 옆에 앉는다

노인은 지팡이를 놓고서 태양을 바라보고 있다

흰 이를 드러내며 나는 웃고

우리들의 혼혈은 어떤 언어일지 생각한다

　　　　　　　　　　　－이영주,「흙과 노인」전문(『시사사』, 2013, 11－12월호)

허무주의란 무엇인가? 그것의 특징은 회의적인 사고방식이 과격해져 급기야는 절대부정을 하는 것을 말한다. 실재, 신앙, 도덕 등을 인정하지 않는 태도를 나타낸다. 온갖 이상과 질서가 부정되지만 이것을 대신할 만한 새로운 것이 창조되지 않는 것, 요약하면 무정부 상태이며, 혼돈의 그 자체를 말한다. 자신을 긍정하고 싶으면 부정하고 부정해야 한다. 따라서 이영주의「흙과 노인」은 이원론적 세계관으로부터 발생한 유물론적 허무주의를 부정한다. 이것은 이 항대립적 관계로부터의 이탈의 시도다. 이 시 작품에서 보여주는 이탈은 분리나 분류, 또는 구분과 해체가 아니다. 하나가 되려는 분류이고 분리이며 해체이다. 곧 불이 사상(不二思想)의 경지로 향한다. 이 불이 사상은 섞임의 미학도 함께 추구한다. 따라서 섞임의 미학이 수혈된 혼혈은 불이 사상의 한 가운데에 서 있는 상징물이다. 이를테면 이 시 작품 속의 '나'와 '노인'은 불이(不異)로서 자아 일체(一體)를 위한 번뇌의 주체를 의미한다. 원초적으로 혼혈의 언어를 가질 수밖에 없었던 고통은 '그의 어둠과 다른 색'과 함께 섞여 쉬고 있다. 그곳에 '어떤 불행도 가끔은 쉬었다' 가기도 하지만 '어디로 가려고 나는 여기에 와 있는가'에 대한 해답 찾기를 모색한다.

이영주 시인은 '어디로 가려고 나는 여기에 와 있는가'라고 묻는다. 그에 대한 해답 찾기의 유일한 방법은 '탄 자국이 그을린 얼굴 옆에 앉는' 일이다. '탄 자국'과 '그을린 얼굴'은 상호 유사성을 가지면서 한편으로는 차이성을 드러낸다. 이 차이성을 극복할 수 있는 방법은 '혼혈의 언어'가 되는 일이고, 이런 번뇌는 일체의 깨달음에서 오고, 이 깨달음 뒤에는 진리와 허무가 동반한다. 그의 존재 가치는 '나의 흰 치아'가 '흰 치아'로부터, '까만 얼굴'이 '까만 얼굴'의 속박으로부터 벗어나는 일이고. 그 방법은 곧 불이(不異/不二)의 상태일 때만이 가능하다. 깨달음이 없는 불이 사상은 허상이며 환상이다. 허무를 동반하지 않는 깨달음, 깨달음이 없는 허무는 긍정의 허무주의자라고 할 수 없다.

1870년대의 허무주의자는 무례한 행동과 헝클어진 머리, 지저분한 용모, 누더기 차림으로 전통 윤리와 사회질서에 반항하는 자로 여겨졌다. 그러나 작금의 능동적 허무주의자들은 이영주 시인과 같이 '움직이는 운명은 아파'해야 하는 개인의 자유를 위한 투쟁의 한 단계이자 반항적인 젊은 세대의 진정한 정신적 대변자 역할을 한다. 또 다른 층위에서 살펴보면 전통적 세계 해석을 탈피한 인간이 어떻게 다시 자신의 세계 안에서의 위치를 정립시킬 수 있는가에 대한 정당성의 관철이다. 또 이영주 시인은 모든 순간의 필연성의 의미를 모든 순간의 영원성으로 설명하고자 한다. 혼혈은 복수 자아를 의미하는 다양성 속의 통일성, 우연성 속의 필연성, 그리고 통일성과 우연성이 혼합된 영원성이다. 환언하면 인간의 삶과 세계에 대한 절대적인 긍정이며, 포기하지 않는 이성이다.

4. 허무는 너무나 인간적인 질병

방 하나를 갖고 싶어요
주소도 없고
어떤 후일담도 도착하지 않는 곳
벽에는 못자국이 없고
구석에는 우는 아이가 없고
문 앞에는 딱 한 켤레의 신발만 있는 곳
잘 손질된 폐허 같은
빈 방이 있으면 좋겠어요
한 방울씩 떨어지는 물방울처럼 하루가 가고
젖은 성냥을 그어대는 밤
내 등뼈의 램프에 불을 붙이고 잠든
당신들의 꿈보다 멀리
가고 싶어요
잠긴 집안의 정원보다
열린 방 한 칸의 어둠이
따뜻해 보이는 곳
바위를 깎아
그 안에 만든 방이라면 더 좋아요
부서진 봄 여름 가을 겨울
나와 나 자신과 단둘이 살
그런 빈 방 있나요

― 이운진, 「빈 방 있나요」 전문(『시사사』, 2013, 11 ― 12월호)

생을 긍정하는 능동적 허무주의자

현대인은 고질적인 질병인 허무와 우울, 공허와 회의가 넘쳐나고 있는 시대에 살고 있다. 이러한 암울한 시대에 필요한 것은 "인간이 덧없이 죽을 운명에 있다는 것을 염두에 두고 어디까지나 겸허히 인간적인 것을 긍정한다"는 테리 이글턴(Terry Eagleton)의 말이다. 이것은 삶의 무의미함이 곧 삶의 진경(珍景)이라는 의미를 담고 있는 말이다. 서구의 모든 철학, 종교, 도덕은 결국 허무주의로 귀결된다. 따라서 이글턴의 말처럼 삶의 진경을 무의미, 곧 허무로 해석할 수도 있으나, 그러나 모험을 감행하고 냉철한 인식을 통한 자유 의지로 자아완성을 실천해가는 니체의 능동적 허무주의의 뜻도 함께 담고 있다. 삶에서 얻은 진정한 고통이 없는 허무주의자는 존재할 수 없다. 그렇다면 이 삶의 고통을 허무로 치유할 수 있을까. 가능하기 때문에 이운진 시인은 허무를 즐긴다. 이것이 능동적 허무이고, 생을 긍정하는 허무다.

이운진의 「빈 방 있나요」는 니체가 주장한 두 유형의 허무주의에서 능동적 허무주의에 더 가깝다. 그의 소망은 '내 등뼈의 램프에 불을 붙이고 잠든/당신들의 꿈보다 멀리/가고 싶'은 심정이다. 또 아파트처럼 폐쇄된 '잠긴 집안의 정원보다/열린 방 한 칸의 어둠이/따뜻해 보이는 곳'이라는 표현은 자신이 살고 있는 현실의 삶이 주는 고뇌와 기쁨을 그대로 받아들이고, 그 순간에 충실할 때 생의 자유와 구원이 가능함을 읊은 노래이다. 특히 「빈 방 있나요」는 현대사회의 불확실한 미래의 불안으로 영원한 인간의 정신도 가치도 상실당한 현실에 대한 감정을 표출한 시이다. 동시에 현 시대에 살고 있는 인간의 단순한 갈등 제시가 아니라 절망과 불안의 시대와 대결하려는 고양된 시 정신을 드러내고 있다. 이런 시적 진술은 그가 스스로 '빈 방'에 대한 주인이 되거나 그 이상이 되고자 하는 강한 의지와 내면화의 뜻을 지니고 있다.

이운진은 「빈 방 있나요」에서 허무주의 사유가 과학에 대한 신앙에서 특정 목표를 달성하기 위한 수단으로 테러와 파괴를 정당화하는 방편으로 타락하지 않았음을 보여준다. 또 삶에 부정적인 가치 체계로부터 삶에 긍정적인 가치 체계로의 전도이다. 이 시 작품은 진정한 생의 가치 판단의 근거를 찾지 못하고 방황하는 병리적 중간 상태, 즉 불완전한 허무주의, 또는 소극적 허무주의의 경험이 아니라 적극적이고 완전한 허무를 즐긴다. '잘 손질된 폐허 같은/빈 방이 있으면 좋겠어요'라는 것은 부정하려는 의지를 실제에 대한 긍정으로, 또는 긍정하는 생성에 대한 절대적인 디오니소스(Dionysos)적 긍정의 의지로 인간의식의 전환과 같은 것이다. 다른 시인들과 마찬가지로 이운진 시인도 수동적 허무에서 탈피하여 안식처를 찾은 곳은 '바위를 깎아/그 안에 만든 방'이다. 그 방은 적막하고 섬돌이 있는 시골 마을의 한옥집 '문 앞에 딱 한 켤레의 신발만 있는 곳'이면 된다. 이 얼마나 능동적 허무로부터 얻은 자유로움인가.

더 나아가 '주소가 없고/어떤 후일담도 도착하지 않는 곳', 다시 말해 바쁘고 복잡한 현대인들이 원하는, 어떤 문명도 거부하는 무인도, '나와 나 자신과 단둘이 살' 이곳이 그의 안식처이다. 이처럼 이운진 시인은 자신의 초월적인 체험이나 인식을 사유화하지 않는다. 그것은 모든 사람들의 공통적 정서의 패턴에 흡수시켜 현실적인 공감대를 높이는 특징을 지닐 수밖에 없다. 그는 허구적인 것을 현실화하는 데 최선을 다한다. 어느 누구든 그 자신의 삶은 한 방울씩 떨어지는 물방울'이다. 또 그렇게 보낸다. 그러나 좌절하는 것이 아니라 '젖은 성냥을 그어대는 밤'을 보낸다. 젖은 성냥으로 불꽃을 피우지 못하는 불필요한 행동이 아니라 절망과 좌절의 늪으로부터 탈피는 젖은 성냥이라도 그어대야만 하는 생을 긍정하는 능동적 허무를 보여준다. 이것은 능동적인 허무주의의 대한 모험을 감행하는 일이고, 냉철한 인식을 통한 자유의지로 자아 완성을 실천해가자는 삶의 제안이다. 따라서 허무는 인간적이고, 너무나 인간적인 질병이다.

5. 당신의 흥미는 왜 동어반복인가

미묘한 시간대를 살고 있다.
알 수 없는 기름을 흘리고 있다.
당신의 흥미는 왜 동어반복인가.
악수를 청한다. 악수!
엽서 한 장도 안 되는 몸무게가
굳어지기 전에 찍어달라고

말없이 백기를 흔든다.
외계의 손을 흔든다.
아무도 외롭지 않은 풍선을
들고 뛰어갔다.
시간이
무한정 들어간다.
도착하고 싶은 곳이 없다.
당신의 눈은 크고 넓고
함정이 많은 동네.
태어나기 위해 창문을 닫았다.
아무도 외롭지 않은
당신의 각오는 왜 혼자인가.
적과 흑이 나란히 걷고 있다.
가끔 죽은 사람이 되살아났고
당신은 눈을 깜박인다.
여기가 어디냐고.

－김언, 「외로운 공동체」 전문(『모두가 움직인다』, 2013)

　김언 시인 역시 「외로운 공동체」에서 허무주의 사유가 과학에 대한 신앙에서 특정 목표를 달성하기 위한 수단으로 테러와 파괴를 정당화하는 방편으로 타락하지 않았음을 보여준다. 그는 과학에 의해 탄생한 '외계의 손을 흔'들며, '아무도 외롭지 않은 풍선을/들고' 죽음 뒤에 새롭게 찾아올 환생을 생각하며 뛰어간다. 우리는 어깨를 맞대고 「외로운 공동체」에 사는 구성원으로서 '엽서 한 장도 안 되는 몸무게'로 살아간다. '당신의 흥미는 왜 동어반복인가'에서 '동어반복'은 무료(無聊)함을 강조하는 역설이다. 이 무료함은 일상에서 오고, 이 일상은 반복적이다. 따라서 반복은 무료함이고, 허무를 가져올 수밖에 없다. 그러므로 이 무료는 우리들을 '말없이 백기를 흔'들게 하는 때도 있다.

　반야부 계통에 속하는 『유마경』은 현실의 국토를 불국토라고 규정했다. 다시 말해 불국토는 이상적인 세계가 아니라 우리들이 현재 살고 있는 이곳이다. 그런즉 「외로운 공동체」는 '태어나기 위해 창문을 닫는' 폐쇄적인 공간이 아니라 '눈을 깜빡'이며 살아 있는 현재인 것이다. 따라서 우리가 살고 있는 이곳이 현실 국토인 셈이다. 삶에서 얻은 진정한 고통이 없는 허무주의자는 없다. 그렇다면 이 삶의 고통을 허무로 치유가 가능할까. 가능하기 때문에 김언 시인은 허무를 즐긴다. 이것이 능동적 허무이고, 긍정의 허무다. 따라서 김언 시인의 「외로운 공동체」 역시 삶에 부정적인 가치 체계로부터 삶에 긍정적인 가치 체계로의 전도다. 생의 가치 판단의 근거를 찾지 못하고 헤매는 병리적 중간 상태, 즉 불완전한 허무주의, 또는 소극적 허무주의의 경험이 아니라 적극적이고 완전한 허무주의를 즐긴다. '아무도 외롭지 않은/당신의 각오는 왜 혼자인가' 라는 것은 부정하려는 의지를 실제에 대한 긍정으로, 또는 긍정하는 생성에 대한 절대적인 디오니소스적 긍정의 의지로 인간 의식의 전환과 같은 것이다.

6. 절대 긍정, 혹은 디오니소스적 긍정

모여야 살 수 있다는 화톳불을 토닥이다
온몸에 불을 끌어 덮은 사내의
만개한 눈웃음을 보았다.
밤새 개그가 되는 노동의 깃발
생존이 꽃샘추위에 단단해질수록
만발한 꽃잎은 연기로 발가벗겨졌다
한 번도 마음껏 착지해보지 못한
죽어서야 겨우 타는 저 불꽃은
산자를 위해 건네주는
뜨끈뜨끈한 국밥이다
너무 두려워서
소주 몇 잔에 어깨 걸고
함께 가자고 외치는 사람 구호가
어허 달궁 봉분 메고
달궁달궁
달궁질이다

　　　　　　　　　　　　　　 －송용배, 「달궁달궁 달궁이야」 전문(『시사사』, 2013, 11－12월호)

러시아 무정부주의 지도자 표트르 크로포트킨(Peter Kropotkin) 공(公)도 허무주의를 모든 형태의 폭압 · 위선 · 가식 등에 반대하고 개인의 자유를 옹호하는 투쟁의 상징으로 규정(『회고록(Memoirs)』)한 바 있다. 죽음은 생존자에 대한 폭력인가 아니면 새로운 세계의 결정인가라는 질문에 송용배 시인은 '생존이 꽃샘추위에 단단해질수록/만발한 꽃잎은 연기로 발가벗겨'져서 '산자를 위해 건네주는/뜨끈뜨끈한 국밥'이라고 대답한다. 이것은 죽음이 산자에 대한 폭력이 아니라 새로운 세계의 결정이다. 이런 영원 회귀는 창조적으로 우리의 새로운 운명을 결정하며, 이렇게 결정된 우리의 운명에 대한 긍정이다. 또 송용배 시인의 「달궁달궁 달궁이야」는 유한한 것에 대한 영원한 순환의 노래이다. 그에겐 죽음은 영원 회귀이기에, 따라서 극단적으로 삶의 종결과 심판은 없다.

영원 회귀의 영원성은 바로 순간으로부터만 파악된다. 그러므로 생성하는 세계와 인간에 대한 절대적 긍정, 즉 디오니소스적 긍정을 가능하게 한다. '너무 두려워서/소주 몇 잔에 어깨 걸고/함께 가자고 외치는 사람 구호가/…(중략)…/달궁달궁/달궁질'을 하지만 '온몸에 불을 끌어 덮은 사내의/만개한 눈웃음을'을 진지한 눈으로 바라본다. 이렇게 송용배 시인이 「달궁달궁 달궁이야」에서 우리들에게 위버멘쉬의 완성된 주체성을 제시한다는 점에서 주체성의 형이상학을 완성시키며, 능동적 허무주의의 정점을 극명하게 보여준다.

송용배 시인이 우리들에게 던지는 인상적인 사유는 '소주 몇 잔에 어깨 걸고/함께 가자고 외치는 사람 구호'를 외치게 한 주체가 '죽어서야 겨우 타는 저 불꽃'이다. 환생하는 '저 불꽃'이 우리들에게 시사(示唆)하는 바는 디오니소스적인 긍정이다. 첨언하면 인간은 거대한 모순의 집합체이다. 그러나 이러한 모순의 집합체들이 시달리는 생의 갈등을 해소하는 힘과 지혜를 안겨주는 「달궁달궁 달궁이야」이다.

진정한 허무주의자이든 혹 그렇지 않은 허무주의자이든 그런 이분법적인 구분을 떠나서 생각해 본다면 우린 모두 능동적 허무주의자이다. 이런 허무주의자들의 안식처는 어디라고 말할 수 있을까? 이승훈 시인은 「시는 어떻게 씁니까?」라는 역설적인 물음 속에서 찾았다. 그에겐 시 쓰는 일에 대한 물음도, 유명

세도, 결혼의 물음도, 모두 깨달음에서 오는 허무이다. 누군가가 아방가르드가 무엇이냐고 물어도 가장 먼저 '그것이 나의 안식처' 라고 해답할 사람 또한 이승훈 시인이다. 김추인 시인은 '흔들리고 꺾이며 폭풍우와 맞서던 견딤의 시간' 과 '느티 그늘아래서 두런거리던 촌로(村老)들의 시간' 이 곧 그의 안식처이다. 이영주 시인은 자신의 안식처를 '탄 자국이 그을린 얼굴 옆에 앉는' 행위에서 찾으려고 한다. 이운진 시인도 수동적 허무에서 탈피하여 안식처를 찾은 곳은 '바위를 깎아/그 안에 만든 방' 이다. 그것도 적막하기만 하고 섬돌이 있는 시골마을의 한옥집 '문 앞에 딱 한 켤레의 신발만 있는' 빈 방이다. 아니면 '나와 나 자신과 단둘이 살' 그런 방이다. 어디 비길 데 없는 허무다. 그러나 이 허무는 간섭받지 않는 현대인들이 목 놓아 갈구하는 자유이다. 김언 시인은 '도착하고 싶은 곳이 없다' 는 것으로 허무를 역설로 말하고 있다. 모든 인간은 '반복' 이라는 일상과 그 반복에서 새로운 것을 찾는 동어반복으로 생을 연명하고 있다. 송용배 시인의 안식처는 '산자를 위해 건네주는/뜨끈뜨끈한 국밥' 이고 불꽃이다.

앞의 여섯 편의 시는 삶의 모든 것을 긍정하는 초인을 열망하는 인간의 근본적인 특징을 보여준다. 이를테면 자신으로의 도피, 현실에 대한 부정의 의미가 아닌, 인간은 자신을 더욱 인간적이고 현실적인 존재, 즉 자신의 책임의 짐이 무엇인지 깨닫게 되었을 때 비로소 초인이 될 수 있음을 노래한다. 다른 질감으로 다시 표현하자면 이런 시를 감상하는, 또는 느끼는 우리들은 운이 없어도, 운이 고갈되어도 인생을 버틸 수 있는 능동적 또는 생을 긍정하는 허무주의로 인해 매우 건강할 수밖에 없다.

이토록 가끔씩 니체의 능동적 허무, 아니면 생을 긍정하는 허무를 즐기는 여섯 시인은 이 세상과 인류의 아름다운 면, 위대한 면, 용기 있는 면, 지혜의 면을 바라보며, 극복해나가기를 우리들에게 간절히 바라는 능동적 허무주의자들이다. 수동적 허무주의자는 어떤 것인가? 허무의 진정한 가치를 모르는 자, 허무를 이유 없이 비판하는 자가 수동적 허무주의자다. 고단함에 지친 현대인들에겐 허무는 생필품이다. 허무는 성찰이고 깨달음이고 안식처이고 봄이고, 여름이고 가을이고 겨울이다. 따라서 허무는 비판, 또는 증오의 대상이 아니라 사랑의 대상이다.

생을 긍정하는 능동적 허무주의자

투명한 정체성을 수호하는 시세계

— 황인찬 · 강신애 · 조하혜의 시

　누구든 '무엇을 위해 글을 쓸 것인가'라는 질문에 대해 명징하게 대답하기란 쉬우면서 매우 어려운 것만은 사실이다. 왜냐하면 작가 의식의 문제와 관련이 깊기 때문이다. 작가의 의식이 분명하지 못하다는 것은 그의 문학 세계가 방황 덩어리라는 것과 같다. 분명치 않은 정체성을 가지고 있다는 것은 분명치 않은 문학 세계관을 나타낼 수 있다는 염려와 같다. 물론 필자의 주장에 전적으로 동의할 수 없는 경우도 있겠지만 일반적으로 생각할 때 그러하다는 것이다. '예술을 위한 예술'이냐, 아니면 '인간을 위한 예술'이냐는 작가 자신이 어떠한 태도, 정체성을 가지고 있느냐에 따라서 전자와 후자로 결정된다. 즉 뚜렷한 문학적 성향을 알 수 있는 계기가 된다. 여기서 양자의 성향을 놓고 어느 시인이 이쪽이냐 저쪽이냐를 흑백논리로 논의하자는 것은 아니다. 자신이 추구하는 문학 세계는 분명하게 나타낼 필요가 있다는 것을 말하고자 함이다. 따라서 다음과 같은 세 작품은 그들 나름의 세계를 분명하게 드러내고 있다.

1. 무언의 경고, 그리고 성찰의 자아

　　밤새 눈이 많이 쌓였다 나는 어제 본 풍경을 걷는다 끝없이 늘어선 나무들 사이로 발자국이 지나간다

사람의 발자국과 개의 발자국이 늘어선 모양,
어제 누가 그곳을 걸었고 나는 그것을 따라 걷고 있다

발자국에 발자국을 겹치면서
발자국이 발자국을 지우면서

밤새 쌓인 눈이 조금씩 녹고 있다 한 바퀴 돌고나니 발자국이 보이지 않았다

끝없이 늘어선 나무들과
끝없이 늘어선 나무들의 그림자가 서로 부딪히는 아침이다

흰 눈 위의 희박한 자국들

나는 어제 본 풍경으로 들어간다
손에는 빈 목줄을 쥐고

나는 서서히 늙고 있다 흰 머리에 검은 머리가 섞이고 있다

-황인찬, 「구획」 전문(『현대시』, 2011, 10월호)

황인찬의 「구획」은 화자와 청자가 동일한 인물로 설정되어 있다. 동일한 인물의 설정이라는 것은 화자가 말하고 그 말을 듣는 청자도 화자라는 것이다. 이렇게 화자는 독백적 진술로 행위의 직접적 개입과 자기 감정에 몰입하여 대상과 거리를 좁히고 있다. 「구획」은 인물의 갈등에 대해 가장 전형적이고 보편적인 태도를 취함으로써 객관적 거리를 유지하는 특징을 보인다. 객관적인 거리를 유지할 때 성찰의 의미가 분명하게 드러나기 때문이다. 황인찬 시인이 「구획」에서 노래하는 '발자국에 발자국을 겹치면서/발자국이 발자국을 지우'는 일은 일상에서 체험하는, 또는 체험했던 구체적인 현상이다. 이 체험은 객관적인 현실들이다. 시의 구조가 반복되는 말로 짜여 있어 단순성을 지닌 듯하지만 인간이 무한정으로 쫓는 욕망을 '허무'로 귀결되는 '늙음'이라는 의미로 제어하고 있다. 또 개인적인 의식의 깨달음을 내세워 염결성(廉潔性)에 의거하여 앞만 보고 달려가는 인간의 결점을 반향(反響)하고자 한다.

황인찬의「구획」은 인간의 발자국이 어디서 시작되었고, 어디쯤이 끝인지를 말하지 않는다. 오직 진행되는 과정을 보여준다. 왜냐하면 '성찰'이 없는 삶의 시작과 끝은 아무 의미가 없기 때문이다. 의식이 깨어 있는 청자들에겐「구획」은 비가(悲歌)로 들릴 수밖에 없다. 황인찬 시인은 현대인들이 간혹 간과하는 문제들을 본질적이고 근원적인 문제로 삼아 조용히 질타한다. 또 개인의 체험이나 인식을 사유화시키지 않으며 모든 사람들의 보편적 정서의 패턴에 흡수시킴으로써 현실적 공감대를 높이고 있다. 냉혹한 자기 성찰, 악의 유혹을 모르면 결코 좋은 시를 쓸 수 없다는 자기 확신을 보여준다.

2. 앙가주망으로 현실 정화

산벚꽃나무가 지층을 울리며 쓰러진다

기계톱이 동강난 아침,
휑한 땅바닥이 질린 듯 드러나자
119 구급대가 공기안전매트를 깔고 슉슉 바람을 넣는다
그것은 금새 고래처럼 부풀어 올라
어떤 비극도 받아낼 듯 출렁이는 침대가 된다

낡은 아파트 7층 외벽,
팬티바람의 사내는 자신을 태우고
어딘가 날아갈 듯 다가오는 노란 고래를 고래고래 야유하며
그리스도처럼 착 달라붙어 있다

크고 폭신한 침대를 깔아주려고
눈 깜짝할 새 우람한 나무 두 그루를 베어낸 사람들
경찰들 애원하는 주민들에게
뜻밖인 듯, 몇 시간째 저러고 있다

가난은 늘 절그럭거리는 소리를 내고
시선을 요구한다

가까스로 베란다 난간을 기어오른 사내는
최후로
자신의 벌거벗음을 설교하곤
아슬아슬, 악에 바친 진원지로 사라진다

매트를 걷어내자
산지사방 흩어진 버찌알들이 또르르…… 핏방울처럼 굴러다닌다

−강신애, 「버찌가 무르익은 아침」 전문(『현대시학』, 2011, 11월호)

    지조 없이 매수되어버린 벼슬자리, 부조리한 사회, 불평등한 규범, 모순이 들끓는 사회구조 등, 이런 모든 것들은 인간의 행복추구권을 강화시킨다는 명분으로 인간을 구속하는 덫이다. 그러나 이 덫을 만든 소수의 인간은 이 덫에 걸리지 않는다. 왜냐하면 덫을 빠져나가는 방법을 알기 때문이다. 미련스럽게, 순수라는 본심이 최고인 양 그런 제도를 숭배하는 소시민들만 희생양이 될 뿐이다. 강신애의 「버찌가 무르익은 아침」은 앙가주망(engagement)의 일선에 서 있는 시다. 인간이 만들고, 인간이 그 덫에 걸리는 모순과 부패를 비판한다. 강신애 시인은 이 사회가 지니는 가난이 '늘 절그럭거리는 소리를 내고/시선을 요구'하는 이유가 무엇인지 조용히 직시한다. 탁월한 참여시인은 먼저 개인적인 정직성, 부패한 사회에 대한 열화(熱火) 같은 분노, 편협하거나 옹졸하지 않으며 군색한 데가 없는 겸허와 정의감, 빗나간 양심에 고뇌하는 저항 등을 필요로 한다. 이렇게 현대시는 주지하듯이 비판적 기능을 갖는다. '산지사방 흩어진 버찌알들/핏방울처럼 굴러'다니듯이 소시민들은 발가벗은 채 날마다 베란다에 매달려 가난을 설교하고 있다.

    시인은 독자들에게 사회적 부정의 주체가 무엇인가를 눈치채게 하고 독자의 분노를 자아낼 수 있어야 한다. 여기에 강신애 시인은 「버찌가 무르익은 아침」을 통해 문학의 틀 속에 갇히려 하지 않고, 바깥세상의 산 역사에 참여하고 있다. 또 그는 '나'의 비열함을 모르며, 진실 또한 매우 뜨겁다.

3. 존재는 잡음 속에서 들리는 감각

목련이 지는 것을 본 적이 있다

목련은 잎을 천천히 떨어내거나 벚꽃처럼 흩날리는 게
아니라 뭉텅뭉텅 온몸으로 저를 밀어내고 있었다

텅텅텅 소리를 내지 않는 것은 목련이 온몸으로
떨어지기 때문이다

온몸으로 소리를 비우는 것이다

가령 지상의 주파수를 통해 세상에 존재한 적 없는
감각을 듣게 된다면 주파수에 기대어 눈을 감으리라

주파수의 감각에 익숙해지는 동안 그대는 눈이
멀었다는 것을 알게 된다

순간 그대는 행성처럼 차갑고 딱딱하다
이별통신을 제작하는 구성작가처럼 시무룩하리라

그러나 어느 날 생은 오로지 듣거나 만질 수 있는
감각이라는 것을 알게 된다면 생의 잡음을 듣게 되리라

존재는 잡음 속에서 들리는 감각이다

수억 광년을 떠돌아다닌 소행성처럼 잡음 속에서 듣는다

한밤 중 개 짖는 소리와 청천벽력같이 천둥과 번개가 만나
내지르는 고함 소리, 칠흑 같이 까만 밤의 정곡을 찌르는
작은 풀벌레의 울음소리

온몸으로 소리를 채운다

덜덜거리는 오래된 냉장고는 더 오래 기억하기 위해 떨었다
덜덜덜 떨면서 사라지고 있었다

온몸으로 소리를 멈추었다
　　　　　－조하혜, 「떨림 0시 59초」 전문(『시와세계』, 2011, 가을호)

　조하혜 시인은 「떨림 0시 59초」를 온몸으로 쓰고 있다. 그가 온몸으로 시를 쓴다는 것은 이 세상을 온몸으로 받아들임의 총화이다. 그는 또 최선이라는 수단으로 온몸을 활자화하고 있다. 소리를 내는 일도 온몸이고, 소리를 멈추는 일도 온몸을 사용한다. 조 시인에겐 '시작'도 '과정'도 '끝'도 모두가 완결을 위한 몸부림이다. 침묵조차 온몸으로 침묵하고자 하는 치열이다. 특별히 조하혜 시인의 「떨림 0시 59초」에서 주목되는 것은 자아 완성이라는 점이다. 자아를 완성시키려면 불가능이라는 어떠한 한계상황을 극복해야 하고, '온몸'이 담보가 되는 필수 조건을 지녀야 한다. 그가 생각하는 '완성'은 단순한 형상화 작업이 아닌, 자아와 세계가 하나가 되는 완전한 자아의 완성을 의미한다. 이런 일은 참으로 힘겹고 힘든 작업이 아닐 수 없다. 이것은 완성된 예술을 위해서는 목숨과 맞바꿀 수 있어야 한다는 시인의 의지이다. 또 예술을 우주와 등가의 개념으로 받아들임이다.

　조하혜 시인이 자아를 완성시켰다고 말하지는 못하더라도 최소한 시를 통해 완성하려고 부단한 노력은 하고 있다. 따라서 작금의 시단이 보여주는 언어적 기교로 시를 완성하려는 태도와 조하혜 시인의 온몸으로 시 쓰기 하는 정신을 비교해볼 필요가 있다. 어느 시인이든 자신의 삶과 시, 시론을 일치시키려고 한다. 그러나 시인은 자신의 삶과 시, 그리고 시론을 일치시키지는 못하더라도 「떨림 0시 59초」와 같이 완성된 자아를 이루려는 의식은 가져야 한다. 벼락 같은 천둥소리이든, 작은 풀벌레 소리이든, 모두들 온몸으로 자기 완성을 위해 죽을힘을 다한다. 「떨림 0시 59초」에 대해 비약된 비평이라고 할지라도 그것은 무엇이든 완성시키려는 자유의 개념이나 새로움의 추구, 정직성을 가지고 있는 것만은 분명하다. 이처럼 「떨림 0시 59초」는 온몸으로 예술이 가지고 있는

투명한 정체성을 수호하는 시세계

미의 극치를 보이고 있다.

　사르트르는 '쓴다는 것은 무엇인가', '무엇을 위한 글쓰기인가', '누구를 위하여 쓰는가'라는 물음에 대해 황인찬의 「구획」, 강신애 시인의 「버찌가 무르익은 아침」, 조하혜 시인의 「떨림 0시 59초」의 네 편이 그 해답을 제시하고 있다. 세 편의 시를 분석하고 해석하지 아니해도 시 작품을 한 번쯤 읽는 것만으로도 그들이 무엇을 말하려고 하고, 무엇을 전달하고자 하는지를 알 수 있다. 최소한 그들은 시인이 무엇을 해야 하는지, 즉 누구를 위하여 쓰는가'라는 물음에 대해 대답할 수 있는 답안지를 가지고 있다.

생성과 소멸의 아우성, 혹은 디아스포라

— 권혁웅 · 김미정 · 함태숙 · 박일만의 시

문학은 어떤 분야이든 수단이 될 수 없다. 따라서 문학은 목적이어야 한다. 이 현실의 가소로움이나, 부조리, 억압, 그리고 음지를 적당히 취급하거나 그곳으로 시선을 주지 않는다면 죽어가는 세계는 구원되지 못한다. 이런 폐허의 세계를 극복하고 구원을 위해선 정신의 원시화(元始化)가 필요하다. 그 구원의 주체가 한 편의 시가 될 수도 있다. 이 같은 한 편의 시는 현대 문명의 엄청난 속도감의 질주 속에 방향을 잃은 현대인의 한 줄기의 빛이 되어야 한다. 즉 본질과 근원을 상실한 현대인의 모습, 그 인간의 회복을 가져와야 한다. 그 방법은 실존주의 장 폴 사르트르와의 만남이 될 수도 있고, 생명이 없는 물체의 입을 열게 하는 시인의 은유에서 비롯될 수도 있고, 붕괴되는 지성의 탑을 바로 세울 수 있는 양심의 타워크레인의 역할이라고 해도 좋다. 아니면 다다이즘이나, '초현실주의 선언'에서 브르통을 만날 수도 있고, 아도르노의 '침잠'을 만나도 될 일이다. 이런 작은 명제 앞에 생성과 소멸의 아우성을 역설로 표현하는 시인이 있다.

1. 결합은 분리를 전제로 한다

먼저 권혁웅은 공리주의적 정의를 노래한다. 교화와 감화의 기능이 되살아나는 것에 대한 회의를 주저시킨다. 인간이 가지고 있는 불리한 조건에 대한 원망의 노래가 아니라 집착하는 욕망에 대한 지성을 일깨우는 일침, 또는 다독거림이다. 그는 기억이 지니는 격렬한 감정에서 출발하여 초연한 자세의 극점을 이루는 시를 짓고 있다. 모든 시가 그러하듯이 클렌스 브룩스가 주장했던 '정직성과 통찰력과 정신의 완전성'을 권혁웅 시인은 형상화하려고 한다. 그의 시가 우리들에게 특별히 보여주는 것은 전경(前景)과 배경(背景)의 관계 속에서 구성되는 역동적 시스템이다. 특히 그의 시 작품 속에는 규범을 속박시키며 영원불변의 진리를 추구하는 경향이라기보다는 인간성 회복이라는 분위기가 지배소(dominant)를 이룬다.

제5부 실패하는 쪽으로 완성하는 사유

너의 박수가 후렴 너머를 향해 있다는 건
진즉에 알았다
나의 18번을 네가 먼저 부를 때
나는 탬버린처럼 소심해져서 바닷바람을 맞는
화면 속 여자나 쳐다보는 것이다
사무실 의자가 멈춰 서서 두리번거리는 두발짐승이라면
여기 놓인 소파의 기원은 파충류여서
언제 내 손을 물고 첨벙대는 무대로 끌고 갈지 모른다
그렇다면 부장 앞에서
피처링을 하겠다고 달려드는 저 사원들은
악어새가 아니면 새끼 악어들,
내 예약곡 다음에 우선예약을 누르는 악다구니들,
너는 취해서 잘못 누른
옛 애인의 번호처럼 옆방에 들러 한 곡 부르고 온다
네 이웃의 마이크를 탐하다니
남의 손가락 사이에 타액과 DNA를 묻히고 오다니
나는 미러볼처럼 어리둥절해져서
세 번째 10분 추가 안내문을 멀뚱히 쳐다본다
그제 부른 노래를 또 부르는 너
와우, 어디서 좀 놀았군요, 감상문이 가리키는 곳이
바로 여기였음을 너는 모른다
나는 WHITE를 마시던 손가락으로

간주점프를 눌러 몰래 복수나 하는 것이다

　　　　　－권혁웅, 「금영노래방에서 두 시간」 전문(『시와세계』, 2011, 여름호)

　개별적인 특수한 범례들은 무차별하게 상위에 있는 유(類)에 포섭되어버리거나 포섭하려고 한다. '나의 18번을 부른 너'는 '탬버린처럼 소심해진' 나를 포섭하고, 피처링하겠다는 이유를 내세운 '사원'은 '부장'이라는 특수한 범례를 포섭하려고 한다.

　　(A)
　　나의 18번을 네가 먼저 부를 때
　　나는 탬버린처럼 소심해져서 바닷바람을 맞는

　　(B)
　　그렇다면 부장 앞에서
　　피처링을 하겠다고 달려드는 저 사원들은

　　(C)
　　나는 WHITE를 마시던 손가락으로
　　간주점프를 눌러 몰래 복수나 하는 것이다

　따라서 (A)와 (B)는 시적 구조상 (C)에 포섭되고 있다. (C)의 '복수(復讐)'라는 개별적인 특수한 범례는 상위에 있는 유(類)로서 '나'와 '너'를 가르고, 나누는 분열이 아니라 싸안고 껴안는 동일성을 획일화하려는 시도이다. 여기서의 획일화는 '하나'라는 개별이 깨지면 다자(多者)가 생겨나는 것에 대한 예방 차원의 수단이다. 노래방이라는 물리적 공간은 사람을 사람답게, 그리고 흥겹게 살도록 만들었으나 그 노래방은 인간의 의도와 다르게 때로는 인간을 우울하게 한다. 예컨대 학교가 교육을 파괴하고, 병원이 환자를 만들어내는 것과 같은 맥락이다. 우리는 이것을 인식론의 측면에서 바라볼 때 주체와 객체의 화해(통일)는 불가능하고 오직 주체와 객체의 분열에 대한 의식만이 가능하게 한다. 그러나 「금영노래방에서 두 시간」의 시적 화자는 비동일적인 것, 비개념적인 것, 비언어적인 것들을 구제하려 한다. 이러한 인식도 현대시가 보여주는 "일상어에 가하는 조직적인 폭력", 즉 비틀고 변형시킨 시어로 권혁웅 시인은 '낯설게 하기(defamiliarization)'를 절대 옹호하는 편에 서 있다. 이것으로 타성적이고 관습적으로 작용하는 인간의 의식을 새롭게 각성시키고 있다는 말로 해석된다. 이 「금영노래방에서 두 시간」에서 말하고자 하는 예술이란 난해성을 창조해내야 하며, 이 난해성을 인식하는 것이 미학적 체험임을 드러낸다. 따라서 예술의 목적은 사물들이 알려진 그대로가 아니라 지각되는 그대로의 감각을 부여하는 것이다. 또 예술의 여러 기법은 사물을 낯설게 하고 형태를 어렵게 하고, 지각을 어렵게 하고, 지각하는 데 소요되는 시간을 지연시키려고 한다. 이 「금영노래방에서 두 시간」이 보여주는 특이점은 일상적인 세계나 자연적인 세계를 자신과 대립시키지 않고 이미 주어진 하나의 공통된 명제로 인식한다는 점이다. 이러한 시적 태도가 다음의 시 작품에서도 나타난다.

누가 이 양떼들을 연옥불에 던져 넣었나
수건을 돌돌 말아 머리에 인 어린 양과
불가마 속에서도 코를 고는 늙은 양들로 여기는 만원이다
올 가을에는 기어코 성지순례를 가겠다고
삼년 째 돈을 붓는 아마겟돈 회원들,
종말을 팥빙수와 바꾸고 나자 어린아이 머리통 같은
구운 계란이 굴러 온다
천국에서도 남녀칠세는 부동석이어서
파란 수건은 왼쪽, 빨간 수건은 오른쪽이다
당신 옆의 빨간 수건이 사라졌다면
그게 휴거다, 그는 당신이 갈 수 없는 곳으로
어쩌면 펄펄 끓는 화마지옥으로
아니라면 게르마늄 천국으로 갔다
아, 두고 온 사람을 돌아보느라
소금기둥이 된 이들로 이루어진 소금동굴도 있다
바짝 마른 양피지들이 바이오세라믹 공정을 거쳐
기신기신 기어 나온다

미역국처럼 몸을 푼 이들, 조물조물
몸을 빤 이들, 배를 두드리며 제자리에서 뛰며
냉온을, 말하자면 겨울과 여름을
교대로 겪는 이들로 여기는 만원이다
그들이 벗어둔 양털이
기와로 벗겨낸 피부처럼 땟국물을 이루어 흘러간다
한 세상 떠돌던 꿈처럼
행불자가 되고 싶었던 생시처럼

옆 마을 어딘가에는 무릉이 있을 것이다

　　　　　　－권혁웅, 「불가마에서 두 시간」 전문(『시와세계』, 2011, 여름호)

이 「불가마에서 두 시간」에서의 '불가마'는 인류가 그 어떤 무엇으로 뒤엉켜 있는 현실 세계다. '삼년 째 돈을 붓는 아마겟돈 회원들,/종말을 팥빙수와 바꾸고 나자 어린아이 머리통 같은/구운 계란이 굴러 온다'의 현실 세계는 연옥이고, 이 연옥은 어떠한 기도로도 구원될 수 없는 곳이다. 이곳에서의 탈출은 오직 옆집의 '무릉'를 생각하는 일이다. '연옥불=불가마=여름'은 고통, 슬픔, 역경 등과 같은 악의 의미를 갖는 시어인 반면, '성지순례=휴거=무릉'은 기쁨, 휴식, 도피 등과 같은 선의 의미를 갖는 시어들이다. 따라서 우주는 음양을 이루고, 그 속에 선과 악은 상동구조관계를 이루고 있다. 기쁨이 존재하려면 슬픔이 있어야 하고, '나'가 있으려면 '너'가 존재해야 한다. 그러므로 '선'의 존재는 '악'의 존재를 성립시킨다. 즉, 분리는 결합을 전제로 한다. 「불가마에서 두 시간」의 시에서 '두 시간'은 휴식의 두 시간과 대립되는 개념이며 어쩌면 '한 평생'이라는 시간의 개념인지도 모른다. 따라서 두 시간은 한 평생이다. 그동안 '바짝 마른 양지피들이 바이오세라믹 공정을 거쳐 기신기신 기어' 좀비(zombie)처럼 마냥 어디론가 걷고 있다. 그들은 어디로 가는 걸까? 이 물음에 대한 해답은 성지순례와 휴거, 또는 무릉도원을 찾아 떠나는 것이다.

오늘날 폐허가 된 정신세계에서 인간은 누구나 지쳐 있고 쉬고 싶어한다. 이렇게 권혁웅 시인의 시 의식은 상처 난 현실 세계를 노래며, 노마드적 차연

생성과 소멸의 아우성, 혹은 디아스포라

(差延)이며, 각성이다. 중심주의를 부정하고 다원주의를 취한다. 이 시에서 시적 화자는 '옆 마을 어딘가에는 무릉이 있을 것이다'라고 했다. 이 말은 들뢰즈의 리좀(rhizome)을 생각하게 한다. 이 리좀이라는 말을 모더니즘의 '수목형(樹木型)'과 대비적으로 사용한다. 리좀은 관계를 맺는 방식이 보다 자유로운 쪽으로 갈 때 성립하고, 수목형은 관계를 맺는 방식이 이항대립적(binary) 방식으로 화(化)할 때 성립한다. 그러나 「불가마에서 두 시간」의 시적 화자는 수목형에서 리좀형으로 가려고 현실을 무릉과 이항대립 관계로 몰고 가지는 않는다. 이항대립적인 관계를 극복하려고 보다 자유로운 접속 가능성을 취하고 있다. 이 시에서의 느낌은 어쩌면 일상적 차원으로부터의 해방일지도 모른다. 이 해방은 오직 해탈(깨달음)만이 가능하게 만든다. 결국 이 시가 품고 있는 테마의 노른자위는 날카로운 알레고리(allegory)이다.

김춘수는 "詩가 '모방 기술'의 하나라고 한다면, 무엇을 모방하든 모방의 대상이 문제가 아니라, 모방하는 기술이 문제가 될 법 하다"(『詩의 表情』, 1979)고 주장한 바 있다. 이 입장은 시에 대한 태도의 진화이자 시작법에 대한 태도의 진화이다. 이것은 시를 대하는 태도를 말한다. 요컨대 권혁웅 시인은 시를 위한 작법이 아니라 작법을 위한 시를 쓴다. 즉 작법이 시라고 생각하는 태도를 말한다. 모든 기술은 형태를 위해 존재하고, 모든 형태는 시를 위해 존재한다. 이런 까닭에 권혁웅 시인은 우리들에게 사물에 대하여 새로 눈을 뜨게 하는 매력을 가지고 있다.

> 네가 술래라 해도 이 수건을 둘 데는 엉덩이밖에는 없겠다 하나씩 교대로 일어서는 수평선에 관해서는 말하지 않겠다 제비야 때가 되면 오겠지 너에게 마련된 운명을 미리 앞질러 가서 기다릴 필요는 없겠다 마음을 놓은 자들만이 돌아온 소식에 분통을 터뜨리지 연금이니 보험이니 하는 거, 타들어가는 심지 끝에 조바심을 걸고 사는 일이니, 그 대신 **대방교회 춘계 야유회 2011. 4. 1.** 수건 한 장 받는 것도 나쁘지는 않겠다 우리는 그렇게, 둥글게 둥글게, 빙글빙글 돌아가며 조그만 정성 하나를 한 사람에게서 다음 사람에게로 건네주는 것이다
>
> ─권혁웅, 「춤에 부침 3」 전문(『시와세계』, 2011, 여름호)

이 「춤에 부침 3」은 술래가 원을 그리고 앉은 사람들의 엉덩이에 수건을 갖다놓는 '수건돌리기' 놀이를 소재로 하고 있다. 이 작품에서도 몇 가지의 특징이 발견된다. 첫째로 '접속의 원리'이다. 좁은 골목일수록 지붕이 낮은 집들은 어깨를 맞대며 산다. 그리고 그 골목의 모든 것들은 다 낮다. 건물도, 마음도, 자세도 높은 것은 찾아볼 수가 없다. 원형을 이루고 둘러앉아 놀이를 하는 그들 역시 모두가 낮은 자세로 어깨와 어깨의 접촉을 시도한다. 그리고 그들은 모두 하나의 원을 이루는 점들이다. 이렇게 리좀처럼 어떤 다른 점과도 접속될 수 있고 접속되어야 함을 「춤에 부침 3」에서 그는 노래하고 있다. 두 번째로 이질성의 원리이다. 낯선 사람들끼리 둘러앉아 있든, 낯익은 사람들끼리 둘러앉아 있든, 모든 것들과의 새로운 접속 가능성을 허용한다. 여기서의 접속은 어떠한 동일성도 존재하지 않으며, 다양한 종류의 이질성이 결합하여 새로운 이질성을 창출해낸다. 끝으로 다양성의 원리이다. 접속하는 선의 수가 증가하면 증가한 만큼의 다양성 내지 복잡성도 따라 증가하는 일종의 자기 유사성을 갖는 기하학적 구조인 프랙탈(fractal)한 다양체를 보여준다. 즉 '수건돌리기'라는 놀이 속에서 삶의 유사성과 불규칙하고 혼란스러워 보이는 현상을 배후에서 지배하는 규칙을 찾아내고 있다. 그들이 완성시킨 원은 점들이 꿈꿔왔던 '하나'라는 절대적 의미이다. 이 하나가 되기 위해 새로운 접속을 계속 시도한다. 술래는 '수건'이라는 '정성'을 가지고 우리들을 긴장시킨다. 이렇게 긴장된 삶 속에서 시적 화자는 이렇게 노래한다.

> 우리는 그렇게, 둥글게 둥글게, 빙글빙글 돌아가며 조금만 정성 하나를 한 사람에게서 다음 사람에게로 건네는 것이다.

예시된 「춤에 부침 3」의 끝 부분에서 권혁웅 시인의 시 의식, 또는 시세계가 어디에 닿아 있는지 누구나 눈치챌 수 있다. 이 세 편의 시 속에서 찾아 낸 것은 "나는 왜 시를 쓰는가?"에 대한 결론이다. 실존이 본질을 앞선다는 명제에 동의한다면 점은 원을 앞선다. 아무런 의미 없이 단순히 '바싹 마른 양피지'

로 살아온 것이 아니라 역설적인 의미의 '바싹 마른 양피지'로 살아왔다. 그는 또 '시간'에 대한 개념을 귀히 여긴다. 그 까닭은 권혁웅 시인의 시 의식엔 시간의 개념이 늘 자아를 괴롭혀왔기 때문이다. 세 편의 시 제목에서 두 개의 작품이 시간에 대한 시어를 즐겨 사용했다. 그것도 '며칠'이거나, 또는 '몇 년'이 아니며, '긴 세월'은 더더욱 아니다. 「금영노래방에서 두 시간」, 「불가마에서 두 시간」이다. 쾌락과 연옥의 시간, 그리고 환상적인 삶의 길이와 넓이가 오직 두 시간이다. 그런 연유로 선자들은 한 생을 '一場春夢'이라고 했을까? 이렇듯 이 권혁웅 시인의 시 작품마다 우리들의 삶의 체험이 부드럽게 육화(肉化)되어 있다.

> 파도에 떠밀려온 외투 한 벌을 본다 이 물컹물컹하고 독한 옷을 누가 입었던 것일까 소금물로 된 사람이 수평선 너머로 걸어간 걸까 시비 끝에 웃옷을 홀렁 벗어버린 사람처럼 그는 난바다로 갔을 것이다 내 신장은 한 번 폐허가 된 적이 있다 짜고 지린내 나는 얼룩이 내 몸에 묻어 있었다고 한다 노란 거품이 까무라칠 듯 쏟아졌다 한다 들숨과 날숨이 실어 나르지 못한 것들은 파도가 되어 되밀려온다 유에프오처럼 해안선을 새하얗게 덮는 무리들, 소금물과 요산이 만들어낸 SF의 기억들, 누가
> 이 누더기를 내다버린 걸까
> 중국집 요리에도 올라오는 이 조각난 단백질을
>
> ─권혁웅, 「해파리」 전문(『시와세계』, 2011, 여름호)

오랫동안 머물지 않았는데도 이미 우리들의 외투는 누더기가 됐다. 자기희생을 통한 자기 변혁과 그 과정에서 겪어야 하는 고통을 스스로 감내하고 있다. 여기 '누구'는 '나'의 역설이며, 시간이 그 주체가 된다. 권혁웅 시인은 모든 사고, 모든 의식이 사회적 과정들과 뒤엉켜 있는 사회적 편견을 초월하고, 그 편견에 얽매이지 않는다. 그의 시 제목에서도 드러냈듯이 작품의 공간적 배경이 매우 폐쇄적인 생활 공간이다. '노래방'이라는 것도 그렇고, '불가마'도 그렇고 모두가 폐쇄되어 있다. 따라서 그는 어느 곳이든 오래 머물지 않으려고 한다. 그리고 그의 시 의식은 마냥 미끄러진다. 이 미끄러짐은 폐쇄로부터 탈출

이다. '금영노래방'에서 두 시간 머문 다음 '불가마'로 미끄러지고, '불가마'에서 두 시간 머물다가 어느 바닷가에 한 벌의 외투로 버려진다. 이것은 노마드적이고, 비대칭이고 따라서 포스트모더니스트로서의 사유다.

우리는 모두가 두 시간 동안 금영노래방의 단백질이었다가, 두 시간 동안 불가마의 단백질이었다가 종국엔 중국집 요리로 올라오는 단백질일 뿐이다. 인간이 물화되고 사물이 물신(物神)이 되는 오늘날, 권혁웅 시인이 허심탄회하게 노래하는 그의 시세계의 가치를 우리들이 겸허하게 수용할 이유는 분명히 존재한다. 따라서 우리는 그의 작품 속으로 침잠될 필요가 있다.

2. '자아'와 '세계'의 동일성의 증명

김미정의 작품을 엿보려면 시인의 시 쓰기 기법이 한 편의 시로 탄생하기 위해 '형식'과 '내용'이 분리될 수 있는가라는 물음에서 출발해야 한다. 문학에서 '내용'과 '형식'은 분리될 수가 없다. 그럼 김미정 시인은 어떠한가? 결론부터 말하자면 그는 분리될 수 없는 '형식'과 '내용'을 분리하려고 애를 쓰고 있다. 그러나 그는 '형식'과 '내용'이 분리되지 않은 상태에서 시를 통해 자신의 의도를 충분히 전달하고 있다. 다시 말하자면 결합되어 있는 '내용'과 '형식'을 분리하여 이미지를 전달하려고 한다는 말이 더 정확하다. 이 말은 한 편의 시에서 시인은 시의 대상, 소재, 사상, 그리고 어떤 의도가 전제되어야 한다는 '내용'에 대한 일반적인 논리를 새롭게 주지시킴과 동시에 언어(형식)의 기교가 곧 예술성이라는 뜻이 되기도 한다. 그러나 시가 그렇게 하고 싶어도 언어는 불완전한 인간의 것이기에 시의 전모를 일시에 다 담을 수 없다. 따라서 그의 시 작품에서 모든 형태는 시를 위하여 있고 모든 기술은 형태를 위하여 존재한다고 볼 때 김미정 시인은 형식주의 입장에 더 가까이 있다는 느낌을 준다. 특히 그는 언어의 구조화를 독특하게 이루고 있다. 그가 언어를 독특하게 구조화를 이룰 수 있는 것은 시어를 실용적인 언어로부터 이탈시키고, 왜곡시킴으로써 가능했다. 그러나 T. S. 엘리엇은 그의 논문 「전통과 개인의 재능」에서 "문제가 되는 중요한 것은 그 시의 구성 재료인 정념(情念)의 위대함이라든가, 깊이가 아니라 재료(材料)가 결합하고 융합하기 위하여 주어져야 할, 말하자면 압력이 될 예술 작용의 깊이인 것이다"라고 했다. 그렇다면 김미정 시인의 '예술 작용의 깊이'를 '형식'과 '내용' 중 어디에서 찾을 수 있는가라는 또 하나의 물음이 가능하다.

예술가의 체험은 실제적이든, 상상의 것이든 어느 한쪽에 구애됨 없이 모두 그 시인의 작품 속에 남아 최종적으로 응집된다. 이렇게 응집된 '예술 작용의 깊이'를 결정하는 주체는 작품을 창작해낸 작가가 아니라 작품 그 자체가 독자의 당연한 관심사가 된다. 따라서 그들은, 즉 독자들의 관심인 '예술 작용의 깊이'를 형식에서 찾는 게 아니라 내용에서 찾는다는 것이다. 이와 같이 내용에서 관심을 찾는 독자들의 성향을 존중하는 김미정 시인의 시 다섯 편 모두가 실제적인 체험 위에 특히 현대시의 기능에 충실한 상상된 체험에 바탕을 두고 있다.

> 정원에는 빌딩이 만발했지
> 바닥엔 붉은 신호등이 꽃잎으로 피어나고
>
> 한 조각의 코와 한 조각의 눈이 반짝이는 거리, 난 하이힐을 타고 다녀 긴 속눈썹 같은 밧줄을 잡고 이 빌딩 저 빌딩으로 날아다니지 구멍 숭숭 구름도 넛을 뱉으며 분열하는 창문들처럼 난 곧 튕겨나갈 거야 정원을 떠날거야 햇살의 속도는 너무 깊어 만질 수 없고 굵은 밧줄은 내려오지 않지 누군가 소리 없이 뛰어내리고 누군가는 하이힐이 빚어내는 소리에 탭댄스를 추지 빌딩 사이 발바닥의 통점들이 자랄 때 너와 나 맞잡은 손이 블록처럼 깨져나가지
> 조각난 얼굴을 밟고 서성이는 태양 아래
> 꽃들은 웅성거리고 하이힐은 점점 하이하이!
>
> ―김미정, 「하이힐은 높아 밧줄을 내려」 전문(『시와세계』, 2011, 여름호)

로맨틱한 보헤미안 스타일의 옷을 입고, 사회의 규범이나 관습을 무정형화하는 「하이힐은 높아 밧줄을 내려」의 시는 자유로운 느낌의 집시이다. 첨언한다면 개인의 내재화(內在化)된 규범이 전통 규범과 새로운 규범 사이에서 갈등

을 이루는 규범의 상대화 현상을 일으킨다. 또 김미정 시인의 시 의식은 '인간'이라는 공통된 근원에서 출발하고 있다. 그 시세계 속에는 독특한 분위기를 지닌 자유롭고 정신적인 풍요를 강조하는 이미지를 떠오르게 한다.

　　노자의 『도덕경(道德經)』에서는 "도(道)를 도라고 할 수 있으면 영원한 도가 아니요, 이름에 이름을 붙일 수 있으면 영원한 이름이 아니다(道可道非常道 名可名非常名)"라고 말한 바 있다. 즉 인위적인 것은 위선이라는 것이다. 김미정 시인의 「하이힐은 높아 밧줄을 내려」가 어쩌면 인위적, 혹은 제작된 작품으로 인식의 오류를 범할 수도 있겠으나, 이런 추론은 매우 곤란한 지적이다. 그의 시는 생동감 있는 만상(萬象)의 모습이며, '난 하이힐을 타고 다녀 긴 속눈썹 같은 밧줄을 잡고 이 빌딩 저 빌딩으로 날아다니지'와 같이 남을 의식하지 않는 '자유'의 본질이 무엇인가를 잘 나타내고 있다. 또 '구름도넛을 뱉으며 분열하는 창문들처럼 난 곧 튕겨나갈 거야'는 오랜 세월 동안 반복되어온 행위 준칙인 관습을 거부한다는 의미를 담고 있다. 때로는 법과 도덕의 공통점을 찾으며, 그 사이에서 방황하기도 한다. 하이힐은 원피스나 투피스와 같이 정형화된 사유가 아니라 낡은 전통을 거부하며, 전위적인 의식의 흐름을 주도하는 주체인 것이다. 이런 하이힐을 신고 있는 김미정 시인은 의식의 감각과 조형을 형상화하여 현실 재생 기능을 강조하는 '형태주의(Formalism)' 경향의 후기모더니즘으로 시세계를 급속히 이동시키고 있다. 특히 부르주아의 경제적인 실리를 추구하며 고정성과 폐쇄성이라는 구속된 자율을 가진 '빌딩' 그리고 '붉은 신호등'과 보헤미안이 추구하는 정신적인 자유를 의미하는 '하이힐'이라는 두 개의 이미지를 무리 없이 결합시켜 섞임의 미학을 자신의 의도대로 관철시키고 있다.

　　　　구멍마다 휘파람소리가 흘러나오고
　　　　아름다운 이야기를 가진
　　　　램프의 불빛 아래

　　　　몇 개의 썩은 과일들처럼

　　　　당신의 머리맡을 기어다니는

혀 없는 고양이
운동화 끈을 물고 도망가요
멀리 달아나는 계단에서

여러 갈래의 시간을 타고 돌고 도는
춤추는 붉은 맨발
오래전부터
구름의 목소리를 지닌

부서진 달의 운석이
날아가요 찢어진 풍선과
함께 불온한 해변을 거닐던
종이 물고기 한 마리

내일은 너무 낡아서 부스러기가 나와
깊은 웅덩이 혹은, 그 속에 가라앉는
바람의 검은 모자
그래 나야, 나
　　　　　　　　　　　　　　—김미정, 「후아유?」 전문(『시와세계』, 2011, 여름호)

　인간은 '자아'와 '세계'와의 갈등 관계로 늘 혼란을 겪어왔다. 그런 까닭에 동서고금의 시인들은 '나는 누구인가', '나는 어디로 흘러가는가'라는 자아 탐구의 노래를 했다. 그러므로 작금의 시인들은 일상의 세계나 자연의 세계를 시적 대상으로 노래하기에 앞서 '나는 누구인가'라는 물음에서 시 쓰기가 출발되어야 한다.

　인간이 세상에 내보이는 외적 인격의 상징물이기도 한 「후아유?」라는 이 시의 퍼소나(persona)는 계속 묻고 있다. 후아유? 즉 너는 누구냐고, 그리고 시적 화자는 '그래 나야 나'라고 스스로 대답을 내려놓는다. 퍼소나는 혀 없는 고양이다. 아니 '바람의 검은 모자'다. 그는 탈을 쓰고 자유롭고 멋있고, 되는대로 행동을 하다가 결국 탈을 벗는다. 탈은 두 가지의 기능을 가지고 있다. 그중에 '벗어남(脫)'이라는 것과 '뜻밖에 일어난 걱정할 만한 사고(頉)'라는 두 가지 그

이상의 의미를 내포하고 있다. 따라서 탈을 쓴다는 것은 이중적 자아를 가진다는 것과 같다. 여기 「후아유?」에서는 구속이나 억압으로부터의 탈출이지만 다른 의미의 '탈'은 자아가 부정적일 때 인간은 자기 봉쇄적 방법의 일환으로 탈을 쓰게 된다. 어두운 표정 위에 가장 밝은 탈을 쓰든, 성자의 정결한 탈을 쓰든, 퍼소나는 가끔 인간을 대신하려고 한다. 그런 까닭에 인간은 그의 얼굴을 믿는 것이다. 여기 「후아유?」에서 시적 화자의 선과 악을 구별하자는 논지는 아니다. 다만 '주체'와 '객체'의 동일성을 증명하려는 행위이다. 다시 말해 '너'가 '나'라는 것과 같은 인식적 차원의 자아의 동일성을 의미한다. 탈속의 '너'와 탈 밖의 '나'는 결코 다를 수가 없다는 사실 증명이다. 이렇게 시적 화자가 '너'와 '나'의 자기동일성을 증명하려고 애쓰는 그 이유는 탈이란 탈을 잘 쓸 때에만 탈이 없다는 증명이고, 그것은 자신의 모습에 대한 고백적 진술인 것이다.

> 휘어진 질문은 누구의 혀를 낚을 것인가 당신의 입에서 게임은 시작된다 튕겨져 나온 질문이 허공에 매달리고 나는 숨을 몰아쉬며 '통과'를 외친다 앗! 은빛 지느러미가 바탕화면 사이로 미끄러진다 화면 가득 출렁이는 물 속 비릿한 진실들이 푸드득 거린다 숨을 곳이 없다
>
> 화면은 좀처럼 꺼지지 않는다 물고기는 아직 깨어 있는 것일까
>
> 정답은 어떤 소리로 빛날까 낚시 바늘은 여전히 휘어져 있고 당신의 질문은 계속 된다 내 혀는 날마다 낡고 일그러진다 통과한 시간들은 언제나 썩은 내를 풍기며 지연된다 거실을 담고 있던 시계가 바늘을 쏟아놓는다 화면 가득 담고자 했던 것은 출렁이는 물이었을까 물고기 한 마리였을까 '통과'하고 외치는 그 번쩍이는 순간이었을까
>
> ─김미정, 「퀴즈쇼」 전문(『시와세계』, 2011, 여름호)

인용된 「퀴즈쇼」는 현실 재생 기능을 강조하는 내용보다 언어에 기대는 형식을 우위에 두는 예술적 입장을 취하는 시 작품이다. 진술이 낚시 바늘에 낚아지기를 기다리는 진실 규명에 소극적인 자세를 보이다가 중반부에 들어서면서 적극적인 시적 태도를 보이는 「퀴즈쇼」는 한마디로 갑작스럽게 우리들을 놀라

게 하는 비명과 같다. 예컨대 물속의 물고기는 늘 깨어 있다. 사찰의 풍경(風磬)이 물고기이고, 사찰의 종루나 누각에 걸어놓고 아침·저녁 예불 때 치는 불구(佛具)가 목어 모양을 하고 있다. 이 불구의 형태의 유래에 대해 중국 당나라 때의 문헌인『백장청규(百丈淸規)』에 따르면 물고기는 항상 눈을 뜨고 있으므로 수행자가 졸지 말고 도(道)를 닦으라는 뜻에서 물고기 모양으로 만들었다고 한다. 이처럼 늘 깨어 있는 물고기에 대해 '물고기는 아직 깨어 있는 것일까'라는 의미로 시적 화자는 현대인의 죽어가는 의식을 계속 깨우고 있다.

각성은 부끄러운 자탄을 이끌며, 스스로 성찰하게 하는 특성을 지니고 있다. 이처럼 우리들에겐 가끔 뒤돌아보며 자문자답을 통해 각성하는 시간이 필요하다. 그것은 우리들의 삶의 전체가 탈속의 얼굴이고, 한낱 '퀴즈쇼'에 불과하기 때문이다. 앞서 말했듯이 김미정「후아유?」에서도 '너는 누구냐?'라는 질문을 던져놓고, '너'는 '그래 나야 나'(「후아유?」)라고 고백하고 있다. 이것은 이미「후아유?」에서 자아를 찾는 퀴즈쇼를 하고 있었다는 하나의 방증(傍證)이다. 퀴즈(quiz)는 개인이나 팀이 어떤 질문에 올바르게 답해야 하는 심리 오락의 일종이고, 쇼(show)의 기본 의미는 '모습을 보여주다'의 뜻을 갖는다. 사람이 모습을 보여주는 것은 '나타나다'이고, 물건을 보여주는 것은 '전시·진열·공연하다'이다. 그렇다면 김미정 시인의「퀴즈쇼」는 '질문에 올바른 해답을 나타내다'라는 의미를 지닌다고 할 때, 그의「퀴즈쇼」의 '나'는 누구인가를 알아맞히기 게임인 것이다. 따라서 곧 '너 = 나'로 귀결되고, 이것은 자기동일성 증명인 것이다. 자아 탐구의 시는 일종의 모더니즘 계열의 시로서 표층에서 심층을 뚫고 들어가 그 중심에 있는 그 무엇을 찾아내는 일이다. 지금 김미정 시인은 '너'를 찾고, '나'를 찾아, '너'가 '나'임을 증명하는 데 주력하고 있다.

어항의 입구가 벌어진다

그 넓이만큼 퍼진 귀의 식욕이 수면을 바라본다
①물고기가 투명한 소리를 뱉는다 ; 삼킨다

언젠가 말하지 못한 고백처럼
우린 어항 주변을 맴돌고 있었다

어항이 꿈틀거린다
투명한 울림, 소리의 본적이다
입술을 떠나 어디론가 사라지는

힘껏 던져도 깨지지 않는 혀를
②너는 내민다 ; 넣는다

입 모양만으로 알아들을 수
없는 당신의 말들이
쌓이고 쌓여 어항을 채운다

사다리가 늘어나고 큰 자루가 필요하다
③소리가 움직인다 아래 ; 위

 잎사귀들이 함께 넘친다
이제 귀는 떠난 소리를 그물로 떠올리고 있다

물고기들이 강을 따라 흘러간다

어항의 침묵이 시끄럽게 들리는 오후
누군가 유리컵을 두드리고

헐거워진 귀가 바닥에 떨어진다

　　　　　　－김미정, 「투명한 대화」 전문(『시와세계』, 2011, 여름호)

　위에서 논의되었던 대로 문학에서 '내용'과 '형식'은 분리될 수 없다. 그러나 김미정 시인이 한편으로 언어학의 새로운 경향에서 출발한 형식주의를 옹호하는 흔적이 시 작품 곳곳에서 발견된다. 형식주의에서 형식이란 그 자체가 목적이므로, 그 형식 자체를 미적으로 정당화시킨다. 이 「투명한 대화」 역시 '내용'보다는 '형식'에 더 많이 치우쳐 있다. ① '투명한 소리를 뱉는다 ; 삼킨다'와 ②

'너는 내민다 ; 넣는다', 그리고 ③ 소리가 움직인다 아래 ; 위'의 대립되는 언어에서 그 형식의 아름다움을 찾고 있다. 특히 형식주의자들이 주장하는 '낯설게 하기'는 일상적 인식의 습관적 대상이 되어버린 사물에 대한 인식력을 우리에게 다시 되돌려주는 일이다. '뱉는다'는 것은 '삼킨다'는 의미가 없었다면 존재가 불가능하다. '내민다'는 시니피에는 '넣는다'는 시니피앙이 선행적으로 존재할 때만이 가능하다. 또 '아래(下)'가 있음으로 하여 '위(上)'가 존재한다. 김미정 시인이 이와 같은 방식을 취하는 까닭은 언어에 의한 기술로서의 예술성 확보에 있으며, 감각 작용을 난해하게 만드는 데 있다.

우리들은 일상어에 너무나 익숙해져 있어서, 인식이나 자각에 매우 둔감하다. 그러므로 인식의 전환을 위해 예술 창작의 목표는 새로운 것을 만들어내는 것이 아니라 너무 익숙해져서 우리가 느끼지 못하는 것을 낯설게 느끼도록 만들어주는 일이기도 하다. 따라서 김미정 시인은 언어에 기대어 시 쓰기를 하고, 이 언어가 심상을 그려내는 데 완전성을 담보한다는 믿음으로 시의 아름다움을 추구하려고 한다.

> 비로소 나의 손목은 가벼워지고
> 저녁의
> 풍경이 시작되었다
>
> 끝없이 휘어진 길을 따라
> 천천히 어두워지는 바퀴들
>
> 무슨 색 풍선을 고를까
> 노래는 끝나고 분수는 멈췄어
> 목마에서 손을 흔들어봐
> 머리 열두 개 달린
> 엉덩이는 진동하고 회전하지
>
> 옆으로
> 옆으로

풍선이
투명한 웃음을 보낼 때
멈춘 듯 사라지는 순간이 펼쳐지지

내가 풍선을 골랐을 때
한 사람은 웃었고
한 사람은 울었다

언제 가는 나를 떠났던 말도 아직 돌고 있을까
이건 오랜 약속처럼 달빛을
흔들어대는 어떤 리듬감처럼

또 다른 밤의 이야기
되돌아오는 밤밤밤
내일 솟지 않는 밤
이젠 노란 풍선의 시간이야
빨강은 너
노랑은 안개

난, 오늘 빨강
빨간 풍선이 될거야
하지만 파란 풍선이 된다면
웃어줄까? 넌

손바닥을 마주치고
빛나고 따뜻한 입술을 내밀지
가느다란 손목에 풍선
가느다란 손톱에 풍선
아! 무슨 색이었던가?

다시 입술을 모아 풍선을 부풀린다
잠시 뱉었다 한꺼번에
목구멍으로 빨려 들어오는 하품처럼

노랑은 엄마
파랑은 그림자
천개의 풍선을 싣고
어제의
그 어제의
목마가 목마가 달린다

오늘 또다시 엉덩이를 때리며
옆으로
옆으로
하늘 한번 바라보고
옆으로
한 바퀴 돌고
또 돌아가는
위대한 달려라 달려

—김미정, 「회전목마」 전문(『시와세계』, 2011, 여름호)

　오늘날 낡은 예술은 이미 죽어 있으나, 새로운 예술은 태어나지 않고 있다. 즉 하나밖에 없는 새로움이 태양 아래서 발견되지 않는다는 말이다. 우리는 세계에 대해 무감각하게 생각해왔고, 모든 것은 죽어가고 있다. 이 말에 부정하는 「회전목마」는 예술의 새로운 형식은 말초적 형식조차 신성화함으로써 창조된다는 것을 보여준다. 또 새로운 예술 형식의 창조야말로 세계에 대한 인간의 낡은 인식의 치유와 죽어가는 사물을 살리며, 비극을 물리칠 수 있다고 본다. 문학의 형식은 언어이고, 이 언어는 아름답다. 이 언어를 통해 형식을 미적으로 승화시킨다는 사실이다. 우리는 「회전목마」에서 파악된 김미정 시인의 시 의식은 밖으로 드러낸 뭉크(E. Munch)의 '절규'가 아니라 에곤 실레(Egon Schiele)가 말했던 "얼마나 좋은가! 살아 있는 것들은 모두 죽어가고 있다"는 침묵의 절규이다. '언젠가 나를 떠났던 말도 아직 돌고 있을까'라는 물음은 '그렇다'는 뜻이 함의되어 있다. 인간은 살아 있는 한 회전목마를 타고 허무의 원을 그려야 한다. 아니, 허무의 원을 그릴 수밖에 없다. 그러면서 회전목마의 자유를 구속하는 회전축으로부터 이탈하지 않는 정직성을 보여준다.

회전목마가 허무의 원을 그리는 것은 '회전축'이라는 사회 규범 때문이다. 깃대에 매달려 '소리 없는 아우성'을 치는 깃발과 같다. 깃대가 사회의 규범적 제도를 의미한다면, 이탈을 허용하지 않으며 회전목마를 구속하는 '회전축' 역시 인간이 만들어놓은 규범이다. 인간은 이 규범에 스스로 순응하는 태도를 취하지만, 때로는 이 제도로부터 이탈을 꾀하기도 한다. 하지만 스스로 구속되기도 한다. 이것이 인간의 한계다. 이런 인간의 한계마저 회전목마는 '끝없이 휘어진 길을 따라/천천히 어두워지는 바퀴'를 굴리며 사랑하고자 한다. 현대사회는 인간의 자유와 개성을 말살하려는 조짐을 보이기 시작한다. 이러한 전체주의로서의 사회 전이현상은 인간의 자율성을 억압하고 인간 스스로의 존엄과 정의를 말살하려고 한다. 야만적 사회이고, 이런 사회구조는 변화되고 변경되어야 한다는 「회전목마」의 의지는 매우 현실 참여(engagement)적이다. 또 「회전목마」는 제도나 규범에 의해 속박된, 즉 인간의 자율성을 방해하는 현실의 제도에 대한 부정의 상징이다. 이쯤 우리는 마르크스가 말했던 "인간은 단순히 자연존재일 뿐 아니라, 인간적인 자연존재"라는 말을 상기할 필요가 있다.

마지막으로 논의될 문제는 문학만이 가지는 독자적인 성격은 언어의 사용 방법에 있다고 보는 것이다. 그리고 그는 후기 낭만주의에서 볼 수 있었던 진부한 영혼성을 「회전목마」를 통해 거부한다. 그러므로 김미정 시인은 독특한 언어사용으로 문학적 '기교'가 기능을 발휘하는 데 필요한 문맥을 제공해준다고 믿는 편이다. 즉 작가의 기술적 역량과 기교적 재주를 강조하는 문학이론의 기술로서의 예술성이다. 시를 읽는다는 것은 그 시인의 사상의 위대함 때문이 아니다.(물론 그렇게 생각하는 사람도 있겠지만) 그들만의 독특한 기법(技法) 내지 기량(技倆)이라고 말할 수 있는 스타일 때문일 것이다. 따라서 오늘날 많은 사람들이 현대시에 왜? 집착하는가에 대한 해답을 앞의 두 시인이 들려주고 있다.

3. 비동일성에서 동일성의 희구

시적 화자는 '지표를 따라 이동하는' 기억으로 시적 대상과의 적당한 심리적 거리를 두고 관조하고 있다. 이 적당한 거리는 사물의 윤곽을 분명하게 한다. 또 분명한 윤곽의 사물은 직관적 상상력이라는 사유를 유발하게 만든다. 따라서 함태숙 시인은 「검은 새」를 통해 '갱도'와 '만년설'이라는 두 매체를 비동일성에서 동일화하고 있다. 다시 말해 무관계를 관계가 있도록 만든다. 이것은 초현실주의자들이 즐겨 사용했던 데페이즈망 기법이다. 브르통은 생이란 해독되기를 기다리는 암호문이라고 생각했다. 함태숙 시인은 브르통의 말에 적극 동조라도 하는 편이라면 「검은 새」를 통하여 생의 암호문을 해독하고 있다.

해발 4천 미터, 정상에서 본 까마귀 한 마리
날개 칠 적마다, 석탄가루 떨어진다
무너진 갱도, 사방 한 쪽을 밀어
수직으로 깎여나간 북벽
인간이 인간에게 합당치 못했던 일들이
제각기 광물성으로 돌아가는 동안
침목 위, 소금결정처럼 내려앉은 만년설
기억은 지표를 따라 이동하고
머리 위, 전혀 다른 시간들이 하늘을 떠받치고 있다
그 어느 막다른 곳으로부터 너는 와서
활강하는가? 비유여
각국에서 던진 탄성과 과자부스러기
관광사진 속에 너는 무수히 찍혀 나오지만
그 검은 심장은 한 번도 꺼내진 적 없다

자유란 오로지 죽은 육체에만 매장되었다는 듯이
날개란 단연코 제가 제 바닥을 치고 오른 선언

융프라우 산 정상을 검은 새 한 마리가 제압한다
카악카악 울 때마다, 각혈하는 전망이 있다

　　　　　　　　　　　－함태숙, 「검은 새」 전문(『시사사』, 2011, 9－10월호)

우연은 겉으로는 객관적인 양상을 추구하지만 어떤 필연성을 일체 감춘다. 시인이 사유했던 검은 까마귀와 '무너진 갱도', '소금결정처럼 내려앉은 만년설'은 객관적 우연, 혹은 우연한 습득물이다. 이 '우연한 습득물'은 인간의 갈망을 객관화하는 상징적 오브제가 되어 외부 세계와 내부 세계를 하나로 연결해주는 열쇠가 된다. 이 두 개의 객관적 상관물은 충돌하지 않으며, 동일성을 찾으려는 시인의 억압되지 않은 자유와 온전한 현실의 무한한 자유가 교차된다. 그가 두 개의 사물에서 동일성을 찾으려는 목적은 인간의 노력이 은폐되는 현실을 드러내고자 하는 갈망에 대한 응답이다. 인간의 부정적 본질로부터 긍정적 순화로 해방시키고자 하는 노력이다.

함태숙 시인은 현실을 직시하는 수단을 인식이 아니라 의식을 주제로 삼는다. 그래서「검은 새」의 공간적 배경은 동서양을 넘나든다. 즉 대상이 고정되어 있는 게 아니라 유동하는 것으로 모순과 갈등을 해결하려고 한다. 인간의 노력이 은폐되는 현실은 '제각기 광물성으로 돌아가는' 일이다. '광물성'과 '만년설'은 지하와 지상이라는 서로 상반되는 삶의 공간을 제공받지만 '죽음'이라는 공통점을 지니고 있다. 그러나 이 '죽음'은 시적 화자를 통하여 위대한 삶으로 재생된다. 결코 '검은 새'는 부정의 의미를 지닌 생명체가 아니다. 거대한 융프라우 산을 제압하는 한 마리의 새다. 붉은 객혈을 하지만 그에게 '전망'이 있다. 이와 같이 함태숙 시인이 사유하는 것은 간접적으로 체험하고 체득했던 '무너진 갱도'의 세계와 눈앞에 전경화되는 '소금결정처럼 내려앉은 만년설'이라는 두 세계를 하나의 세계로 통합하는 것이다.

시인은 시적 자아가 외적 현실에 의해서 상처받거나 고통당하는 것을 원하지 않는다. 인간은 때때로 자신의 현실을 남루하고 비루한 감옥으로 생각하기도 한다. 그러나 우리는 함태숙 시인의「검은 새」를 통해 절망의 가면을 벗을 필요가 있다. 그것은 한 편의「검은 새」가 억압당하고 있는 우리들에게 정신의 해방자 역할을 하기 때문이다. 따라서 문학 중에서도 시는 근본적으로 매우 주관적인 감정을 표출하는 표현 예술이라고 하더라도 분명한 것은 사회적 행위의 하나인 것을 알 수 있다.

어느 시인이든 합리적 사유나 형식논리학적 사유만을 가지고서는 시적 대상물에 접근할 수 없다. 특히 이성에 근거한 합리주의적 사고방식은 그 욕망을 억압하고 세계를 편협한 질서의 틀에 억지로 가두려 하기 때문이다. 더구나 이성은 자기 보존 수단이면서 타자를 배제하는 독단의 세계라는 점에서 더욱 그러하다. 그것은 부정적인 현실성을 비판, 극복할 수 없는 이유이기도 하다. 시인은 흔히 볼 수 있는 새라는 관습적인 시선에 일정한 폭력을 가해 '검은 새'라는 낯선 세계를 발견한다. 그리고 절대 녹여질 수 없는 시인의 고통 속으로 대상을 통과시켜 예술을 생성하고 있다. 예술은 전통적 · 합리적인 모든 가치들을 강렬하게 전복할 때만이 탄생한다. 문학은, 또는 시는 인간이 주도하는 사회적인 생산품인 동시에 억압이 배제된 자율적인 정신의 생산물이다. 또한 기존에 생산된 생산물에 대한 역행이다. 그러나 인간은 그 내면에 방대한 욕망의 바다를 가지려고 기존의 예술을 모방하는 행위는 반예술 행위에 속한다.

이성적 판단이나 제재상의 리얼리티에 지배되지 않는, 자유로운 연상 작용으로서의 상상력을 전개하는「검은 새」가 지니는 의미는 현존하는 현실 부정과 갈망하는 자유다. 즉 창조적 의식의 해방이다. 또한 시적 화자가 바라보는「검은 새」는 사회적 현상과 같은 것이다. 그러므로 이 시는 내면 의식의 탐구가 아니라 현실 의식을 직시하고 있다. 따라서 '검은 새'는 현실적 인식과 확인이 가능한 사물로서의 리얼리티이며, 이성이 오히려 도구화되어가는 우려에 대한 비판이다. 함태숙은「검은 새」를 통해 인간과 세계를 부정하는 정태적 틀 속에 고정시키려는 현실을 받아들이지 않는다. 두 세계를 이항대립적인 구조로 고집하지 않는 해체적 입장에서 세계를 일원론적으로 바라보고 있다..

4. 모더니즘의 비판적 모더니즘

끝이 없어 보이는 것은 광활한 우주의 공간만이 아니다. 인간의 내면에 도사리고 있는 자아의 욕망도 포함된다. 끝없는 공간을 가질 때 우주는 우주답고 그 기능을 다할 수 있다. 그러나 인간의 욕망은 넓을수록, 클수록 그 욕망에 지배당하는 인간은 자신도 모르는 사이에 스스로 황폐해져간다. 이 같은 인간의 여러 현상들을 흔히 볼 수 있는 게 현실이다. 과속으로 치닫는 위험한 현대인들의 욕망을 잠시나마 제어해줄 수 있는 한 편의 시가 있다. 바로 박일만의 「계단」이다.

오늘날 현대시의 기능은 비판에 있다. 이 비판은 부조리한 사회의 교정에 그 목적이 있다. 그러나 맹목적인 비판은 오히려 구성원들 간의 불신만 키운다. 따라서 문학의 기능을 다하면서, 현대시의 기능까지 겸한 박일만 시인의 「계단」을 오르고 욕망의 체중을 줄여보고자 한다.

> 이 발밑에 단단한 짐승은 무엇인가
> 꼿꼿한 등뼈를 자랑하며 앞발을 치켜들고
> 부동자세의 근본을 마스터한 짐승
> 누군가는 이 길을 따라 출세에 오르고
> 누군가는 이곳을 거쳐 퇴장도 했겠지
> 땅 속에 아랫도리를 깊이 박고 포효하는 짐승
> 수많은 발들이 육중하게 오가도
> 끄떡 않는 선천성,
> 힘과 근육이 적나라한 태생이다
> 난간을 레일 삼아 층층이 달려가는 고속열차다
> 시간도 여기서는 힘을 보태며
> 생의 속도를 가늠해 보기도 한다
> 야성의 본능을 유감없이 발휘하는 견고한 짐승
> 멈춤을 모르는, 질주에 익숙한 근성
> 한때 나에게도 저런 유전자가 있었던가
> 이곳에 기대어 상승의 욕망을 키운 적 있었던가
> 등뼈를 타고 오르내리는 식솔들의 눈총을 맞으며
> 숨차게 페달을 밟기도 했겠지
> 들숨 날숨 없이 건물 한 곳을 덥석 물고
> 초원을 회상하며 돌진하는 태세의 외로운 짐승
> 천상과 지하세계를 수없이 넘나든다, 짐승

-박일만, 「계단」 전문(『시사사』, 2011, 3-4월호)

생성과 소멸의 아우성, 혹은 디아스포라

박일만은「계단」에서 인간 존재의 근원적 상황과 모더니즘의 사회, 즉 '관리되는 사회'를 모더니즘의 시각에서 변증법으로 비판하고 있다. 이 모더니즘의 사회는 주객 단절, 즉 인간관계의 '총체성의 상실'은 고립된 개인을 만들어낸다. 총체성이 깨진 '파편화된 삶' 속에서 개인이 고립되는 일, 이것을 '소외'라고 한다. 이렇게 주객 단절과 소외, 그리고 인간의 총체성이 와해되고 파편화된 원인 제공자는 '도구적 합리성'이다. 이 도구적 합리성이 갖는 의미는 '목적이 이미 설정된 상태에서 그 목적에 도달하는 수단에 관한 것만을 논의하는 것'을 말한다. 이것은 주어진 목적을 달성하기 위해 가장 효과적인 수단을 선택한다. 이때 수단의 당위성이나 합법성은 전혀 고려하지 않는다. 이것이 문제점으로 지적되는 사안이다. 예컨대 "너 가고 싶은 대학이 있어?" "있어요." "그럼 돈만 내놔." "어떤 수단을 불문하고 내가 네가 원하는 대학에 가도록 해줄게"와 같은 것이다. 이 도구적 합리성에는 상대의 행위 변화에 따른 전략이 생긴다. 다시 이 도구적 합리성은 아도르노가 비판했던 동일성의 논리이다. 따라서 「계단」은 끝을 모르는 채 욕망하는 자들의 수단이다. 여기엔 수단의 정당성이나 합법성은 전혀 고려되지 않는다. 과정은 무시되고 결과를 중요시하는 행위의 주체들은 목적 달성을 위해 위법도 마다하지 않는다. 이보다 더 경계해야 할 문제는 도구적 합리성이 우선될 때 인간마저 도구로 전락하게 된다는 점이다. 그런 까닭으로 박일만 시인은 '계단=짐승'이라고 정의했다. 그렇다면 계단은 인간이 만든 상승의 수단이고, 그 계단은 현대에 있는 우리들의 자화상이다.

어떤 진화이든 모든 질서를 요구한다. 시인은 「계단」을 통하여 '마스터한 짐승 → 포효하는 짐승 → 고속열차 → 견고한 짐승 → 외로운 짐승 → 천상과 지하 세계를 수없이 넘나든다, 짐승'으로 진화를 거듭하며, 자기 인식을 병렬로 드러내고 있다. 한편으로는 박일만 시인이 '계단'을 '짐승'으로 보는 상상력은 분명히 일반 사람과 사뭇 다르다. 그가 '계단'을 계단으로만 볼 수밖에 없다면 그것은 상식에 대한 집착이며, 고착화이다. 그러나 집착을 버릴 때, 비로소 사물의 참모습이 발견된다. 예컨대 '계단'을 '짐승'이나 '고속열차'로 의미를 전이

하는 것은 필연적으로 직관에 의한 것이다. 따라서 시인은 탐욕이나 애욕을 버린 상태이고, 이 상태가 세계의 참모습, 혹은 사물의 진리를 찾아낸 것이다. 더나아가 그는 언어에 집착을 버리고, 언어를 떠나서 사물을 순수하게 직관함으로써 미지의 세계를 발견할 수 있었던 것으로 판단된다. 이런 태도가 박일만 시인의 입장에서는 언어에 대한 방하착(放下著)이며, 곧 '마스터한 짐승', '포효하는 짐승', '고속열차', '외로운 짐승', '천상과 지하 세계를 수없이 넘나든다, 짐승'은 동일성의 '계단'에서 비동일성의 '계단'의 발견인 것이다. 결국은 대상에 대한 탐구에 앞서 집착을 버리는 행위가 먼저여야 하고, 발견 이전에 탐구가 선행되어야 한다는 전제를 전폭 수용했음을 알 수 있다.

시는 이념이나 비루한 목적에 봉사해서는 안 된다. 이념이나 목적의 도구가될 때 시의 미학은 그 순간부터 소멸된다. 따라서 시의 미학은 그 자체에서 출발해야 한다. 이런 명제를 전제로 할 때 박일만 시인의 「계단」은 그 시 자체에서 미학을 찾고 있다. 이를테면 한낱 '계단'이 '부동자세의 근본을 마스터한 짐승'은 '땅속에 아랫도리를 깊이 박고 포효하는 짐승'이었다가 '야성의 본능을 유감없이 발휘하는 견고한 짐승'이었다가, 결국 '초원을 회상하며 돌진하는 태세의 외로운 짐승/천상과 지하세계를 수없이 넘나든다, 짐승'이라고 상징주의적 수법으로 인간의 도구적 합리성을 비판하는 것을 그 예로 들 수 있다. 이것은 비동일성의 의식을 통해 동일성 논리를 파괴하고 있다 함이 옳을 것이다.

오늘날 주로 모더니즘이라는 이름 아래 포괄되는 문학 활동들은 세계시장의 등장으로 박차를 가한 자본주의 사회의 성립과 그 발전의 제 국면을 근본적으로 새로운 현상으로 인식한 데 근거한다. 자본주의적 생산 양식과 그에 따른 정치·사회적 제도변화가 가져온 외적 현실의 변화와 주체적 조건의 변화를 근본적인 새로움으로 포착하여 표현하고자 하는, 종래의 문학을 극복 쇄신하고자 하는 새로운 문학 생산 양식으로 등장한 것이다. 이같은 모더니즘의 사회 조건에 대해 아도르노는 '관리되는 사회'라고 했다. 이 사회는 도구적 합리성과 교환가치라는 사회 체제의 모순이 인간관계를 총체적으로 저해하는 사회를 말한다. 이런 사회를 박일만 시인은 모더니즘의 시를 통해 모더니즘의 사회를 꼬집고 있다. 또 일상생활의 자동화에 맞서서 예술은 '낯설게 하기'를 통해 사물에 대한 생생한 지각을 회복시켜준다. 즉 '낯설게 하기'의 원리는 수식처럼 기계화된 지각 과정을 훼방하여 어떤 사물을 마치 처음 보는 듯한 느낌을 갖게 된다. 이 일에 박일만 시인도 동참하고 있다.

제6부

너를 환영(幻影)이라고 부르고 싶다

아나키즘의 정원 속 뮤즈들

— 송종규 · 김소연 · 최정애 · 정겸의 시

1. 온몸이 탈근대적 악기의 시세계

분꽃은 시적 화자의 동경의 나라이고 도달 불가능한 절대적 이상향(理想鄕)의 세계이다. 즉, 현실적으로 존재하지 아니하는 관념적으로 생각해낸 현실 밖 피안의 세계이다. 그러므로 언어가 목표에 도달하면 완성된 세계가 있는 줄로 알았던 송종규 시인은 그 언어로 세계에 들어가려고 애를 쓰지만 근대적 언어로는 동경의 나라로 들어갈 수 없음을 안다. 그래서 그의 사유의 방향은 역시 근대적인 인간의 모든 것을 완성된 것으로 보지 않을뿐더러 근대적 사유로는 타고 건너갈 어떠한 언어도 존재하지 않는다. 존재하지 않는다고 말하기보다는 송종규 시인 스스로가 근대적 언어를 제공하지 않는다. 그것은 자신이 꿈꾸어왔던 아름다운 동경의 세계 또는 이상적인 유토피아가 어떤 근대적 사유로 인하여 상실될까 염려하기 때문이다.

> 당신의 나라에 가려면 햇빛 지붕과 모래알들의 무덤을
> 건너야 하고 검푸른 세월인 내 안의 물살을 건너야 하지만
> 나는 낙타도 없고 코끼리도 없고 거룻배 한척도
> 가지지 못 한 걸요
> 물과 빛과 억겁의 찰나가 그 나라의 국경을 세워 올렸겠지만
> 슬픈 피리 한 소절도 불어 드릴 수가 없어 스며드는 안개처럼

거기에 다다를 수 없네요

햇빛이 튀고 있는 호숫가였죠
못물의 결이 너무 좋아 등불을 켜들고 나는
내 안 찰랑거리는 우물 속으로 걸어 들어갔죠
등불은 이내 꺼지고, 거기 환하던
당신 나라의 깃발과 방언 그리고 무수한 빛의 사금파리들, 아주 잠깐
그곳이 당신이 세운 나라라는 걸 처음으로 알게 됐죠
그러나 내가 어떻게 문을 열고, 내 안으로 다시 들어갈 수 있는지
이제는 도무지 알 길이 없답니다
나는 차단되고
연기처럼 당신은 사라져 버렸죠
덤불과 우레, 아스라한 글씨들 자욱한 여름 한때
분꽃, 지다

—송종규, 「분꽃」 전문(『시와세계』, 2010, 여름호)

송종규 시인이 추구하는 시세계는 중심 지향적인 것이 아닌 중심을 해체하는 작업이다. 언어로 만든 그의 작품 세계가 완성된 듯하지만 내면 깊숙이 숨어 있는 탈근대적 세계와 의미의 차이를 만들어내는 반복만 계속할 뿐이다. 무지개를 움켜쥐는 것에 대해서는 실패했지만 의미를 만들어내는 과정은 성공적이다. 순결하고 현실에 오염되지 않은 이상의 세계, 목표에 얼마만큼 도달했느냐에 따라 가치를 판단하지 않는 그런 유토피아적 세계관이다. 그곳은 아무리 긴 밧줄을 가진 두레박을 내려도 결코 바닥을 허락하지 않는 깊이가 있는 인식의 세계라서 더더욱 다다를 수가 없다. 그래서 송종규 시인은 분꽃을 비롯하여 어떠한 시적 대상물일지라도 함부로 다루거나 소홀히 하지 않는다.

거대한 공기의 층위들이 사방에서 빙 에워쌌다 내 목소리는 무수한 공기에 부딪쳐 입 속으로 되돌아왔다 나는 내 손목을 잡았지만 손목은 용케도 나를 빠져나갔다 발을 들어 올리려 했으나 발은 나를 피해 어디론가 달아났다 차고 투명한 고드름이 발바닥에 매달렸다
붉은 모래의 입자들이, 쿵쾅거리는 내 안의 소용돌이가, 휘몰아쳤다 그리고 공기는 서서히 내 몸을 빠져나갔다 소리통이 활짝 열린 듯 모든 것은 다시 느

슨하고 헐거워졌다 한나절, 나는 구름 위에 들어 올려 지기도 하고 꽃 핀 해변
을 느리게 걷기도 했다 나는 풍선처럼 가벼워졌고 몸을 구부려 나뭇가지 위에
빛나는 별빛에 입 맞췄다 다시 거대한 시간이 몰아칠 것을 예감하면서

　삶은 결국 저 소리통의 고저장단을 오르내리는 것

　아코디언 켜는 남자의 바다에 투신하는 무수한
　꽃잎들,

—송종규, 「음악」 전문(『시와세계』, 2010, 여름호)

　앞의 시 작품 「음악」에서 보여준 이미지인 'ⓐ 내 손목을 잡았지만 ⓑ 손목은
용케도 나를 빠져나갔다'라는 것도 'ⓒ 발을 들어 올리려 했으나 ⓓ 발은 나를
피해 어디론가 달아났다'라는 것도 모두 모순의 원리에 도전함으로써 송종규
시인은 낡고 전통적인 관습과 인습, 그리고 타성에 물의를 일으키고 있다. 환
언하면 정(正)과 반(反)의 동일성 내지 유사성으로 전통적인 낡은 관습에 물의
를 일으키는 도전이며, 송종규 시인이 지니고 있는 독특한 패러다임이라 할 수
있다. 즉, 송종규 시인이 ⓐ(또는ⓒ)와 ⓑ(또는ⓓ)는 화해 불가능한 이 두 이미
지를 결합시킬 수 있었던 것은 ⓐ(또는ⓒ)와 ⓑ(또는ⓓ)가 서로 상보적(相補的)
모순의 원리를 가지고 있다는 인식을 내세웠기 때문에 가능했던 것이다.
　이와 같이 송종규 시인의 시 의식은 대립적인 것들을 역동적이고 필연적으
로 공존시키고, 화해시키고, 동일성을 증명하고자 한다. 예컨대 '아코디언 켜
는 남자의 바다에 투신하는 무수한/꽃잎들'라는 것은 '바다'와 '꽃잎'은 서로
다른 개체이지만 '꽃잎'이 '바다'로 투신함으로써 대립의 관계에서 유사성 내
지 공존의 관계와 동일성의 증명이라고 볼 수 있다. 또 그는 존재와 비존재의
경계를 허물고, 카오스(Chaos)에서 코스모스(Cosmos)로 향하는데 있어서 장애
물이라 생각되는 어떠한 배타성도 일체 거절하며 배설하고 있다.

　　폭설을 뚫고 네가 왔다 문지방 넘어오는 네 몸에서 후두두둑 별빛, 떨어져
내렸다
　　장작을 태우 듯 환해지는 이것, 뭔가 재빠르게 스쳐지나가고 어디서 딩딩

아나키즘의 정원 속 뮤즈들

종소리 같은 게 들려왔다 이것들을 나는 꽃이라 부를 수 없고 이것들을 나는
환영(幻影)이라 부를 수 없다
　　너는 아마 은하를 건너왔을 것이다
　　너는 아마 들끓는 마그마를 건너왔을 것이다
　　차거나 뜨거운, 두 극점에서 새긴
　　네 몸 속 난해한 얼룩들

　　자욱한 물의 톱밥, 불과 바람의 티끌들을 쓸어내며 나는 잠시 별처럼 반짝
였다 그러나 너에 대한 탐색이 채 끝나기도 전 설명도 없이 너는 서둘러 떠나
갔다 네 발바닥의 티끌들마저 아주 가볍게 허공으로 날아갔다 잠시나마 나는,
너를 꽃이라 부르고 싶었고 내 앞의 불가항력인 너를 환영(幻影)이라 부르고
싶었다
　　결국, 나를 통과해 간 시간 모두 환영(幻影) 아닐까

　　폭설 그치고
　　나는 작고 동그랗게 꼬부라졌고
　　아주 먼데서 온
　　우편마차 아니면 대장장이가 그들이 이룩한, 슬픈 목소리를
　　내 집의 현관에 매어 단다

　　　　　　　　　　　　　　　－송종규, 「초인종」 전문(『시와세계』, 2010, 여름호)

　그는 낯선 시적 대상에 대해 매우 사변적 방법으로 해결하고자 한다. 인용된
시 작품에서 알 수 있듯이 '나는 꽃이라 부를 수 없고 이것들을 나는 환영(幻影)
이라 부를 수 없다'고 극렬하게 부정을 거듭하던 송종규 시인은 '너를 꽃이라 부
르고 싶었고 내 앞의 불가항력인 너를 환영(幻影)이라 부르고 싶었다'라고 독백
적 진술로 긍정적 국면 전환을 시도하고 있다. 그 까닭은 그의 시 의식이 존재
의 탐구에 기인하기 때문이다. 첨언하면 존재의 가치와 실존의 의미, 그리고 정
체불명의 상태에서는 '꽃'이나 '환영'이라고 명명해줄 수 없다. '은하를 건너'오
고, '마그마를 건너'오고, '난해한 얼룩들'인 '너'라는 존재가 인식되었을 때 비
로소 시적 화자는 너를 '꽃'이라고 불러주고 싶었고, 너를 '환영'이라고 부르고
싶었다. 이런 행위들은 송종규 시인의 실존의 극복이고 성찰의 특성이다. 이토

제
6
부

너
를

환
영
(幻影)
이
라
고

부
르
고

싶
다

록 그가 본질적인 존재의 의미에 천착하는 것도 기존의 낡고 전통적인 인식으로는 본질적 의미를 자각하지 못한다는 불안에서 비롯되었으리라 판단된다.

> 느슨해진 현악기가 느릿느릿
> LP판을 긁으며 지나가고 있다
>
> 수미산은 한 때, 히말라야에 있지 않았다
> 그것은 솟구치는 사람의 속 어디서든 불쑥 솟아올랐다
>
> 만약 느슨해진 악기의 현을 바짝 조이기라도 한다면 새떼들
> 튀밥처럼 솟아오르는 섬 저쪽에서
> 누군가 첨벙 바다 속으로 뛰어들지도 모르는 일
> 누군가 태양의 불구덩이 속으로 돌진할 지도 모르는 일
>
> 느슨해진다는 건 결국, 아찔하지 않다는 것
> 그러므로 그것은, 안전하다
>
> 보라, 낡은 현악기는 이제 모든 준비가 되어 있다
>
> 수미산은 가부좌 틀고, 히말라야에 있다
>
> —송종규, 「모르는 일」 전문(『시와세계』, 2010, 여름호)

옥타비오 파스는 '인간이 미지의 실재에 부딪혔을 때, 제일 먼저 하는 것은 그것에 이름을 붙이는 일, 즉 세례하는 일이다'라고 했다. 또 그는 '이름이 붙여지지 않는 것은 우리가 모르는 일'이라고 했다. 그렇다면 송종규 시인이 「모르는 일」에서 '모르는 일'이라고 설의 하는 이유를 세 가지로 정리할 수 있다. 하나는 '실존의 의미'를 찾아내어 '실체의 가치'에 부여하는 명명의 행위라 할 수 있고, 두 번째로는 부정의 변증법으로 억압에 대해 반동을 꾀함으로써, 그 억압으로부터의 탈출을 시도하려는 까닭이다. 마지막으로 정신이 황폐해진 현실에 대한 우회적으로 풍자함에 있다고 하겠다. 시 쓰기에서 설의법을 수사법으로 활용할 때 그 해답을 요구하지 않는 것이 일반적이다. 팽팽하게 긴장된

수평선에 누가 칼끝이라도 갖다 댄다면 여지없이 균형이 깨지고 중심이 해체되듯이 악기의 현을 조이면(억압) 새떼들이 튀밥처럼 솟아오르고, 누군가 바다 속으로 뛰어들고, 누군가 불구덩이 속으로 돌진한다는 현실의 폭력성을 적나라하게 비판하고 있다. 또 '느슨해진다'는 것은 결국 '안전'한 것이라는 느림의 미학을 노래하고 있다. 말은 곧 인간 자신이라고 할 때 송종규 시인이 말하는 느슨함은 곧 억압이 거세되고 있다는 것이다.

> 방아 섬에서 1박 하고, 섬진강 간다
> 육지에서 뱃전으로 뛰어내리던 순간 파도가 높게 일었었고
> 잠시 내 발은 아찔했다, 그 아찔했던 섬에서의 기억 때문에
> 아무도 모르게, 뒤꿈치가 움찔움찔 공중으로 들어 올려진다
> 도열한 벚꽃이 분홍 그림자를 땅위에 내려놓는
> 환한 햇빛 속
> 무심한 듯 지나치던 내 차의 바퀴도 움찔, 들어 올려졌을 것이다
> 너를 알고 난 후 어느 한 순간
> 아찔하지 않은 적 없었으니 문득
> 내 발은 그네처럼 늘 허공에 떠 있었을 거라는 생각,
> 그러나 내 생각은 자주 편협했다
> 사람들은 너를 시간이라 부르지만 우리는 한 번도 찬찬히, 서로를
> 마주 본 적이 없지 않은가
>
> 젊은 연인들이 축포처럼 경적을 울리며 꽃길 지나가고
> 강바닥에 가라 앉아있던 것들이 우루루, 내 안으로 뛰어 들어온다
> 이끼와 모래와 은빛 피라미들
> 이 비린 갈기들 사이로 너는 쏜살같이 혹은 느리게 걸어가고 있다
> 나는 뒤꿈치를 허공에 올려놓고, 섬진강 간다
>
> —송종규, 「내 발은 그네처럼」 전문(『시와세계』, 2010, 여름호)

시간이 어느 방향에서 어느 방향으로 흘러가는지를 어느 누구도 본 적이 없다. 또한 증명한 적도 없다. 직선으로 흐르고 있는지, 아니면 순환적으로 흐르고 있는지 아무도 알지 못한다. 다만 역사주의자들이나 종교주의자들이 '시간

은 직선으로 흐른다'는 가정의 전제만 있을 뿐이다. 이 전제를 놓고 데카당스 (Décadence)는 시간은 타락하면서 흐른다고 보고 있다.

위의 시 「내 발은 그네처럼」에서 송종규 시인은 '발'과 '시간'을 등가물로 보고 있다. 그가 말하는 시간의 개념은 '서로 마주 본 적이 없는' 서로 경쟁하며 흐르는 관계로 정의함으로써 송종규 시인의 시세계가 결코 데카당스는 아님을 알 수 있다. 다만 시간 속에서 관능적인 자극이나 도취를 찾을 뿐이다. 더 구체적으로 말하면 앞에서 인용했던 「모르는 일」의 시 작품이 현실의 폭력성에 반기를 든 작품이라고 언급한 바와 같이 데카당스가 모더니티(modernity)의 한 범주로 인정하는 것은 통일성, 위계질서, 객관성 등과 같은 전통의 폭정을 거부한다는 점이다. 따라서 송종규 시인의 시 의식 속에는 이데올로기의 폭력성에 대해 부정하는 사유가 작품 곳곳에서 나타나고 있다. 이것이 '뒤꿈치를 허공에 올려놓고, 섬진강으로 간다'는 노마드(Nomad)적 사유는 그의 철저한 포스트모더니즘이라고 말할 수 있는 하나의 단서가 된다는 점이다. 송종규 시인은 온몸이 악기다. 미끄러짐과 횡단, 그리고 운동하며 새로운 의미를 생성하고 반복하는, 그러면서 차이와 연기를 끊임없이 유예하는 유목민들이 불던 피리이고, 그의 몸은 늘 탈근대적 소리를 명징하게 내는 악기이다.

2. 타자가 바라본 죽음의 각도

환상적 사실주의로 쓴 김소연의 「수학자의 아침」은 그리 용이하게 맥이 잡히지 않는 시 작품이다. 다만 눈에 띄는 특이한 부분은 죽음을 전폭적으로 수용한다는 것이다. 그러나 김소연 시인이 말하는 죽음은 죽음이 아니다. 곧 새로움이고 현존이다. 이러한 명제를 제시하는 것은 죽음은 인간의 죽음으로써 완성되기 때문이다. 즉 자기 완결성이며, 자아 발전의 일환책이기 때문이다. 시작품 첫머리에 나오는 "나 잠깐만 죽을게/삼각형처럼"에서 '삼각형'은 어찌 보면 우아하고 반속(反俗)적인 에피그램(Epigram)의 세계라 할 수 있으며, 상상력을 통하여 만들어지는 실재적 혹은 비실재적 모습을 뜻하기도 한다. 즉 삼각형의 죽음은 상상적 결과물이다. 그가 발견한 죽음은 일반적인 죽음이 갖는 의미의 다원성을 원형적으로 보존하고 있는 반면, 그것에 대한 통일성을 깨지 않는다는 공통점을 가지고 있다. 또 이것은 짧은 죽음을 통해 죽음 밖의 세상과 소통한다. 더구나 죽음 속에서 현실을 찾으려는 아이러니를 함께 지니고 있다.

나 잠깐만 죽을게
삼각형처럼

정지한 사물들의 고요한 그림자를 둘러본다
새장이 뱅글뱅글 움직이기 시작한다

안겨 있는 사람은 보이지 않는다는 것에 대해
안겨 있는 사람을 더 꼭 끌어안으며 생각한다

이것은 기억을 상상하는 일이다
눈알에 기어들어온 개미를 보는 일이다
살결이 되어버린 겨울이라든가, 남쪽바다의 남십자성이라든가

나 잠깐만 죽을게
단정한 선분처럼

수학자는 눈을 감는다
보이지 않는 사람의 숨을 세기로 한다
들이쉬고 내쉬는 간격의 이항대립 구조를 세기로 한다

숨소리가 고동소리가 맥박소리가
수학자의 귓전을 함부로 들락거린다
비천한 육체에 깃든 비천한 기쁨에 대해 생각한다

눈물 따위와 한숨 따위를 오래 잊었어요
잘 살고 있지 않는데도 불구하고요

잠깐만 죽을게,

어디서도 목격한 적 없는 온전한 원주율을 생각하며

사람의 숨결이
수학자의 속눈썹에 닿는다
언젠간 반드시 곡선으로 휘어질 직선의 길이를 상상한다

　　　　　　－김소연, 「수학자의 아침」 전문(『실천문학』, 2011, 봄호)

이 「수학자의 아침」을 읽은 백 명의 독자들에게 시적 감상을 물어본다면 백 가지의 의견이 나올 수 있는 작품이다. 그만큼 「수학자의 아침」이 넓고 깊은 상상의 나래를 제공하기 때문이고, 또 다른 한 가지는 모든 사람마다 죽음의 방정식이 각각 다르기 때문이다. 죽음에 대해 직관적 통찰을 하는 시적 화자는 자신의 내면세계와 죽음을 삼각형으로 지배하려는 수학자의 내면세계를 일치시키고자 노력한다. 또 단순한 교감과 아날로지(analogy)가 아닌 '삼각형처럼'으로부터 시작하여 '단정한 선분'을 거쳐 '온전한 원주율을 생각'하는 죽음의 의미를 일관성과 개념적 명료성을 추구한다. 이것은 수학자의 천직(天職)의 공리에서 기인하는 것이며, 시인이 타자의 입장에서 바라보는 눈이 아니면 발견할 수 없는 죽음의 색깔과 무늬인 것이다. 이와 같이 인간의 모든 창작 행위의 본질은 감동이고, 이를 위해 시인은 뜬눈으로 몸부림친다.

　　　　눈물 따위와 한숨 따위를 오래 잊었어요
　　　　잘 살고 있지 않는데도 불구하고요

매일 맞이하는 수학자의 아침에는 여러 개의 진술이 있는 것 같으나 사실 (fact)은 하나밖에 없다. 주지하다시피 앞의 시구는 「수학자의 아침」의 10연 중에서 8연에 해당한다. 이 구절은 "나 잠깐만 죽을게"에 대한 이유를 뚜렷하게 보여주는 부분이다. 특히 김소연 시인은 변증법으로 죽음의 합명제를 도출한다. 다시 말하면 삶 속에서 죽음을 찾는 것이 아니라 '죽음'이라는 가설을 설정해놓고, 지나온 삶을 찾으려는 역설의 방법을 취하고 있다. 어찌 보면 죽음이라는 명제를 던져놓고 삶이라는 반명제를 통해 소통이라는 합의를 보여주고 있음이다. 동시에 영광스러운 죽음에 대한 매혹과 가치 있는 삶을 영위하고자 하는 욕망의 대립을 극점에 올려놓는다.

김소연은 한마디로 세상 밖과 안을 들여다보는 눈이 남다르게 밝아 보인다. 구체적으로 말하자면 내 안의 세계를 바라보는 타자의 눈을 가졌다 함이 더 옳을 듯하다. 어느 누구도 발견하지 못한 정제된 미학적 형식의 틀 속으로 탁월한 공감대를 밀어놓고 액자화하고 있다. 현대시는 사회 풍자와 비판의 기능이 있다. 또 애매성과 난해성을 동시에 갖는다. 더불어 영원성까지 가지고 있다. 따라서 김소연의 「수학자의 아침」에서 보여준 난해성과 애매성은 차치하더라도 '잘 살고 있지 않는데도 불구하고' 하고 눈물 따위와 한숨 따위를 잊은 지 오래되었다는 것만으로도 사회비판적 의식이 가미되어 있음을 알 수 있다. 여기에서도 삶과 죽음이 두 개가 아닌 하나임을 드러낸다.

> 수학자는 눈을 감는다
> 보이지 않는 사람의 숨을 세기로 한다
> 들이쉬고 내쉬는 간격의 이항대립 구조를 세기로 한다

특히 「수학자의 아침」에서 우리가 주목해야 할 것은 죽음이라는 극적인 상황을 설정해놓고, 서양의 이원론적 사상으로는 이항대립적인 갈등의 양상을 극복할 수 없다는 자기 확신을 가진다는 점이다. 동양의 일원론적 사상을 기초로 한 논리만이 그 갈등의 양상을 해소할 수 있다는 그의 태도에 우리는 그에 대한 큰 믿음을 갖지 않을 수 없다. 수학 문제에 있어서는 오직 한 개의 답을 원하지만, 죽음에서는 한 개의 죽음만이 존재할 수밖에 없는 것이 아니라 여러 개의 개체를 가진 죽음이 존재한다. 그러므로 시인의 손에 쥐어진 죽음은 얼마든지 현존으로 환원될 수가 있다. 따라서 시적 화자는 수학자의 감각적인 숫자의 개념으로 이미 '보이지 않는 사람의 숨'을 계량화한다. 이것은 죽음에서 존재를 재창조하려는 방정식이며, 죽음의 본질에 대한 성찰이다. 이것이 김소연 시인이 추구하고자 하는, 즉 태양 아래 하나밖에 없다는 창조적인 그 예술성이다. 이와 같은 시 의식은 그가 미적 완성도를 높이는 데 논리적 기초가 된다.

죽음이 곧 삶이라는 비유는 차이성 속에서 유사성을 찾는 행위이다. 따라서 이 「수학자의 아침」을 미적 완성도를 높인 작품으로 보는 이유는 화해 불가능한 상보(相補)적 모순의 원리를 가지고 있는 '삶'과 '죽음'이라는 이 두 단어를 무리 없이 결합시켰다는 데에서 찾을 수 있다. 즉 삶과 죽음을 하나로 보고, 그 사이에 교감을 발견한다는 것이다.

시인은 누구보다도 모순으로 가득 찬 존재이다. 또한 자의식을 지닌 존재이다. 따라서 일반적인 사람들처럼 윤리학이나 도덕성에 지나치게 구속되어서는 안 된다. 이럴 때만이 자기 인식을 가질 수 있기 때문이다. 여기서 말하는 자기 인식의 핵심은 그 자신이 견자(見者, voyant)가 되어야 함을 깨닫는 일이다. 아직 발견되지 않는 미지의 세계를 찾아내는 일과 통속적인 감각이 아닌, 비논리적인 감각으로 사물과 새로운 세계의 발견이다. 따라서 「수학자의 아침」을 통해 김소연 시인이 견자임을 확인할 수 있다. 그 근거를 시적 대상과 미지의 세계의 발견 내지 정밀하게 바라보는 눈을 가지려는 몸부림에서 찾을 수 있다. 그러므로 김소연 시인은 '나는 타자다'라고 말했던 랭보의 견자론의 진정한 타자로서 무임승차가 가능한 것이다. 김소연 시인은 스스로 자신으로부터 벗어나 타자가 되어야 하는 까닭을 이미 그의 몸속에서 싹을 틔우고 있다.

3. 문학과 예술적 감각을 재배치하는 시 의식

인간의 본질은 이성적 사고를 하는 데 있다. 최정애 시인은 이성적 사고를 통해 생산력이 낮은 시 의식을 깨부수고 있다. 몇 편의 작품을 통해 어느 시인의 시세계를 짚어본다는 것은 대체적으로 어려운 사안이다. 그러나 한 권의 시집은 아니지만 또는 다작의 작품도 아니지만 최정애 시인의 몇 편의 작품을 통해 그의 시 의식을 이끌어내는 것은 또 그렇게 어려운 일만은 아니다. 그의 시세계를 한마디로 요약하면 시적 사유를 탈근대적인 인식으로 병렬 접속을 하고 있으며, 모더니티를 추구한다. 그가 추구하는 모더니티의 본질 또한 영원성과 새로움이다. 낡은 것으로부터의 단절과 극단적인 전통 파괴의 새로움이며,

예술의 궁극적인 목적을 영원성에 두었다고 하겠다.

　　눈을 뜨면 내 앞에 난간이 도착한다 난간은 내가 마셔 온, 마시지 못한 수만
개의 모래알이다 모래를 날리며 나는 추워지고 춥다고 외치면 난간이 껴안는
다 두근거림이 묻어 있는, 내 허리에 달라붙는 난간 위에서 난간이 늘어난다
미끄러운 그의 모서리에 앉아

　　나는 매일 모래를 마신다 난간이 넘어간다 비린내를 풍기는, 난간은 뾰족하
다 꿈틀거린다 차갑게 등을 노출한 아스팔트에서 핸들을 잡고 달린다 난간으
로 머리가 날린다 다리가 빠진다 속력을 거부하는 몸체의 부작용일까? 아니
다 난간에 긁혀야만 하는 감정의 거부 반응일지도 몰라 물 속의 파장처럼 파
장의 경계처럼 나는 난간을 발목에 걸고

　　꼭지점에서 직선과 곡선을 연출한다 직선과 곡선이 사방에서 난간을 모으
는 동안 나는 휘어져 버린다 쉼 없이 숨을 삼킨 몸 속에 난간이 곤두선다 난간
너머로 나는 점점 멀어지고, 적막해진 내 가슴에서 난간이 팽창한다 난간이
나를, 내가 난간을 통과하고 있다

　　　　　　　　　　　　　　－최정애, 「난간을 마시다」 전문(『시와세계』, 2010, 여름호)

　'난간'은 난간으로서 그 자체가 불안이다. 여기서의 '난간'은 경험했던 불안
과 아직 경험하지 못한 불안의 총체적 불안이다. 일반적으로 우리는 불안과 단
절을 꾀하며, 또는 멀리하려고 한다. 그러나 최성애 시인은 이 세상의 모든 불
안들을 스스로 받아들이고 있다. 오히려 불안과 소통을 통하여 대립적인 관계
를 청산하려고 한다. 바로 고통을 고통으로 맞섬으로써 고통을 떨쳐버릴 수 있
다고 생각하기 때문이다. 이와 같이 그의 작품 속을 면면히 들여다보면 주정시
(主情詩)에 돌멩이를 던지고 있다. 그 예로 '난간이 나를, 내가 난간을 통과하고
있다'는 부분이라 할 수 있다. 이것은 아이러니(Irony)이고 이 아이러니는 모더
니즘의 시에서 많이 나타나는 수사법이고, 이 아이러니를 통해 현대의 부조리,
부패, 무능 등을 비판하며 풍자하는 이중적 의미와 기능을 가진다. 또 모더니
즘의 시에서 나타나는 경향은 지성주의를 앞세우고 성찰, 반성, 통찰, 압축, 상

징을 통해 시의 깊이를 만들고, 언어의 밀도를 높여 난해함을 만든다. 환언하면 성찰, 반성, 통찰을 담아내기 위해 때에 따라서는 통사 규칙 파괴도 서슴지 않는다는 것이다. 이렇듯이 최정애 시인의 시 의식 역시 근대의 모든 것과 대척점(對蹠點)에 서 있고 그들을 적으로 삼고 있다. 특히 그는 과거의 모순이나 문제를 모더니티(modernity)로 극복하고 해결하고자 한다. 근대적인 모델로는 어떤 제도(현실)도 설명할 수 없으므로, 새로운 모델로 제도(세계)를 설명하기 위해 탈근대의 의식을 불러들이고 있다. 그런 연유로 인하여 그는 파편적 글쓰기를 계속하고 있다. 그러면 파편적 글쓰기란 무엇인가? 윤호병은「후기현대와 파편적 글쓰기」에서 정의한 바 있으며, 그것을 요약해보면 반－유기적 형식의 글쓰기이자, 정의가 유보된 글쓰기라고 파악하고자 한다. 반－유기적 글쓰기는 통일성의 해체, 다시 말하면 콜리지가 강조했고 신비평에서 시 읽기의 기본 원리로 인식했던 시의 유기체론에 대한 반전 혹은 뒤집기라고 볼 수 있다.

> 꼭지점에서 직선과 곡선을 연출한다 직선과 곡선이 사방에서 난간을 모으는 동안 나는 휘어져 버린다 쉼 없이 숨을 삼킨 몸속에 난간이 곤두선다 난간 너머로 나는 점점 멀어지고, 적막해진 내 가슴에서 난간이 팽창한다 난간이 나를, 내가 난간을 통과하고 있다

난간, 즉 불안을 끌어안아야 평온을 얻을 수 있듯이, 곡선을 포용해야 직선이 될 수 있다. '사방에서 직선과 곡선이 난간을 모으는 동안' 그는 휘어져버린다. 이렇게 휘어진 것에 대해 우리는 '절망'의 본의로 해석해서는 안 된다. 휘어질 수 있는 부드러움이 없다면 난간을 마실 수 없고, 뾰족한 난간 위로 달릴 수도 없다. 또 휘어짐은 '여유'이며 '부정'을 '긍정'으로 바꾸는 수용적인 관용인 것이다. 그는 '난간'에 대해, 또는 '불안'에 대해, 어찌 보면 실존하는 현상학을 추구하고 있다. 즉 팔이 없어도 감각이 있다면 그것은 실존하는 것으로 보는 견해이다. 곧 시는 고안되고 제작되는 것이지 감정에 의해 나오는 것이 아니라는 것을 보여주고 있다.

최정애 시인은 그의 시 작품에서 이성적이고 합리적이며 생각하는 자아,

사유하는 자아로서 단일성, 즉 단일한 자아를 보이고 있다. '난간이 나를, 내가 난간'이라고 한 표현은 결국 '난간=나'라는 등식이 성립되므로 그의 '자아'는 단일 자아임을 말하고 있다. 그러므로 그의 '자아'는 고유성을 가지고 있는 자아로서 대체가 불가능한 것이다. 그래서 그의 자아는 '자아중심주의(egocentrism)'다. 즉 '네'가 누구인가를 '내'가 설명해주고 있다. 따라서 시적 화자는 빗소리이고, 빗소리는 비명이다. 그 비명은 음악이다. 결국 '나'는 '음악'이다. 그러므로 빗소리를 비명으로, 비명을 음악으로 은유시켜 전통적인 감정의 그 무엇과 대립시키며 사물을 사단(四端)의 하나인 측은지심(惻隱之心)으로 보는 것이 아니라 사물이 지니고 있는 고유한 아픔으로 보고 있다.

렌즈 속에 내 얼굴을 가득 채웠지
모서리에 잘리지 않으려고
그에게 웃음을 보내 주었지
눈 밖으로 미끄러지지 않으려고

렌즈를 꽉 물고 있는 어금니,
속엔 고층 빌딩과 샌들이 걸어가고
나의 사랑과 짖어 대는 개와 봄날의
젖은 밤이 째각거리고 있었지

몸이 흔들렸지 로데오 거리에서
배가 불룩해지고 있었지
코끼리 그림자가 내 목으로 넘어가
어제는 나팔꽃이었고 내일은
출입문에서 혼자 뭉게구름을 뭉개는
내 생각이 죽은 척 하고 있었지

눈만 감으면 지하로 이동하는
너는, 하지만 오늘
나를 습득할 수밖에 없지

옹이 박힌, 나의

그림자 하나를 끌고
추억의 갠지스 강을 찾아가야 하지
흙 속에 발자국을 던져 놓고

　　　　　－최정애, 「코끼리 그림자」 전문(『시와세계』, 2010, 여름호)

　미술의 고전적 기법 중 하나로 '유화'가 있다. 이 방식은 순간적인 동작들을
잡아내지 못한다는 단점이 있다. 그러나 크로키(croquis)는 짧은 시간 내에 움직
이는 대상물의 형태를 그릴 수 있다는 장점이 있다. 따라서 '코끼리 그림자'가
내 목으로 넘어가는 순간은 어제의 나팔꽃이었지만 내일은 출입문에서 혼자
뭉게구름을 뭉개는, 그리고 죽은 척하고 있는 내 생각들을 크로키하여 '찰나'
를 포착하고 있다. 이것이 최정애 시인의 과거에 대한 현재의 반란이다. 또 과
거의 안정성에 대한 끊임없는 도피이며 반복에 대한 차이인 것이다. 이런 정황
들이 최정애 시인이 시적 대상에 대해 순간성으로 포착된 현재성을 가지고 있
다고 보는 이유 중의 하나이다. 요약하면 '현재'의 정당성 확보이다. 과거의 '~
주의'와 현재가 싸우는 중이다. 그는 현재와 과거와의 전쟁이고 현재의 발목을
잡는 과거의 것들과 치열하게 싸우고 있다.

　그는 「난간을 마시다」에서 근대적 단일 자아를 보여오다가 「코끼리 그림자」
에서 와서 복수의 자아를 보이고 있다. 복수의 목소리를 내고 있다. 예컨대 코
끼리 그림자가 '나팔꽃'이고, '뭉게구름'이고, 죽은 척하는 '내 생각들'이 그렇다
고 할 수 있다. 이것은 피폐해져가는 현대인의 불안한 정신의 울혈증(鬱血症)을
치유하기 위해서는 문학이 앞서야 한다는 것이 최정애 시인의 본질이다.

　　　그를 소유하지 못하고
　　　직선과 사선을 내가 감상할 때
　　　그는 외면한다
　　　눈을 감은 채 어두워지고

　　　굳은살이 기어다니는 바닥으로 비가 내린다 벽지 속에서 눈망울들이 흘러
　　　나온다 빗물에 갇혀 꼼짝 못하는 벽, 수많은 입술이 벽과 벽 사이에서 안녕하
　　　세요, 방싯거린다 물에 지워지고 흔들리는 안개 속에서

풀잎 하나 지워지는 저녁
무늬가 퇴색한 달빛과
곰팡내 풍기는 방에서
빗물은 어둠 한 줄을 칠하고
모든 내일이 저장된 5초 전 창문에선 불빛이 꺼진다 어둠이 무성한, 바깥을
종일 채우고 있는 살아 움직이는 그림자들 벽에서 얼룩을 지우고 있다 12월
한 페이지 건너갈 수 없는 유리문에선 수북한 달이

몸을 말리고 있다
수천 개의 눈이 묻어 있는
저 한 장의 벽,
속으로 내가 이동하고 있다

─최정애, 「한 장의 벽」 전문(『시와세계』, 2010, 여름호)

벽은 소통으로부터 단절이다. 그는 단절된 벽과 벽 사이에서 소통을 꾀하려
고 한다. 그가 이 작품에서 말하려는 소통은 '있는' 것이 아니라 '없는' 것이다.
곧 죽음이다. 그러므로 죽음을 죽음으로 말하지 않고 심미적으로 소통을 끌어
들여 조용히 탐미하고 있다. 천국의 계단을 가볍게 오르려면 누구나 몸을 말려
야 한다. 몸을 말리는 것은 모든 것을 버리는 무소유의 일환이다. 그래서 수북
하던 달도 몸을 말리고 있다. 몸을 말리는 것은 보름달이 그믐달로 가기 위한
절차상의 절대적 통과 의례다. 이것은 달이 달로 태어나기 위해서는 '죽음'이
라는 매개체가 필요한 윤회 사상이다.

그의 시 의식이 표층에서 심층을 뚫고 들어가려는 중심주의에서 언어가 표
층에서 표층으로 미끄러지는 다원주의로 이동됨을 알 수 있다. 소통을 위해 벽
속으로 뚫고 들어가야 함에도 불구하고 오히려 '벽 속으로 이동'하며 미끄러지
고 있다. 어쩌면 중심이 없는, 행위가 종결하지 않고 계속 유예되는, 다시 말해
차이의 연기를 반복하고 있다. 그는 횡단하고 미끄러지는 이 운동 그 자체가
생산적이다. 이렇게 횡단하고, 미끄러지는 데에서 의미를 생성하는 허허로움
을 추구하는 최정애 시인은 포스트모더니즘에서 낭만주의로 회귀(?)한다는 아

이러니인가?

　　골목을 방황하던 바람이 한 줄 한 줄 나를 따라 온다 내 안에서 바람은 아침
에 먹은 밥알을 낱낱이 헝클고 고막에서 늑골에서 바람소린

　　벽에 걸린 새장을 허물고 내 생각의 마디마디를 아프게 찌른다 7년 전, 더 먼
7년의 어느 봄날 사이에서 시끄럽니? 묻던 상투적인 음성을 반복한다

　　처음엔 그 소리가 바닥을 쓸고, 책장에서 흘러내린 낙서이거나 ① 귀에 잠
시 머무는 이명耳鳴이려니, 오후를 지나가는 구름의 균열이려니, 끝없이

　　지워진 안테나를 지나 나를 회전하는 반사경을 지나 몸을 끌어당기는, 터널
로 이어지는 소파 위에서 모래 가득한 ② 혀를 내밀고 날름거리는 바람,

　　바람이 내 몸에서 분다 애인의 편지 같은 봄날을 넘기고 새소리를 넘기고
갈기갈기 찢어지는 새벽, 내 그림자가 한 페이지씩 넘어간다

　　바람은 잡히지 않고 나는 왜? 그 바람을 막지 못할까 수북한 바람 꼬리에서
내가 흔들린다 그때마다 창문은 제 속의 바람을 건조대에 매달기도 하는데

　　③ 목에 손을 넣었다 ④ 귀를 잡아당기다 바람은 계속 불고 있다 고단한 침
대에선 ⑤ 머리칼이 한 올 두 올 부서져 모서리를 날아다니고

　　바람 속으로 돌담이 옥상이 한 장씩 넘어간다 넘겨지지 않는 내 가슴에선
붉은 낙서가, 비명이, 어두운 새벽을 한 페이지 씩 넘기고 있다
　　　　　　　　　　　　　　　－최정애, 「몸을 엿듣다」 전문(『시와세계』, 2010, 여름호)

　　그는 귀와 혀, 그리고 목, 머리카락 등의 신체 일부를 통해 몸을 엿듣고 있
다. 몸을 엿듣는다는 것은 자아 탐구를 통해 시적 화자의 내면세계를 성찰한다
는 것이고, 또한 성찰을 위한 소통을 한다는 것이다. '벽에 걸린 새장'마저 허
물고 외부에서 내면세계와 소통을 하려고 한다. 내면을 찾는다는 것은 결국 자
아를 탐구하는 것이다. 앞의 시 작품 「한 장의 벽」에서는 포스트모더니즘의 양

403

아나키즘의 정원 속 뮤즈들

상을 보이다가「몸을 엿듣다」에서는 모더니즘의 양상을 보이고 있다는 것은 결국 두 경계를 허물고 있다는 반증이다. 또 다른 방향으로 생각해보면 같으면서도 다른 두 개의 본질적 세계를 자유롭게 넘나들고 있다는 것이다. 중심주의에서 탈중심주의로, 탈중심주의에서 중심주의로, 수목적 체계에서 유목적 체계로, 유목적 체계에서 수목적 체계로, 단일 자아에서 복수 자아로, 복수 자아에서 단일 자아로 넘나드는 그의 시세계는 영역이 한정되어 있지 않다. 그것은 최정애 시인의 시 의식이, 그리고 사유가 경직되어 있지 않다는 증거이다. 따라서 최정애 시인으로부터 문학과 예술적 감각을 재배치하는 시 의식이 감춰진 이교도(異敎徒)적 시간관을 발견할 수 있다. 그는 지금도 대칭과 비대칭의 경계에서 계속 집짓기를 하고 있다.

4. 문제 제기의 예외적인 개인

시인이 "누굴 위해 시를 쓰는가"에 대한 물음은 동서고금에서 오래전부터 제기되어온 문제이다. 그러나 완전한 답을 찾는 데는 언제나 실패했고, 지금도 찾고 있는 중이다. 결국은 "누구 위해 시를 쓰는지"에 대한 완전한 정의를 내리지 못한다는 것이다. 그러나 그 물음에 해답을 내놓으려고 치열하게 시 쓰기 하는 시인들의 땀방울에서 그나마 부분적으로 알 수 있다.

> MBC 창사특집 다큐멘터리 '아프리카의 눈물'
> 말라버린 대지, 굶주림과 가뭄
> 빈대와 벼룩이 날뛰는 움막집
> 흙탕물로 세수하고 풀뿌리와 나무껍질로 연명하는 지옥불의 세계
> 그래도 자유는 맛보겠다며 화염병을 던지는 무리들
> 갑자기 화석처럼 압착된 과거가 환영(幻影)처럼 클로즈업 된다
>
> 그날, 최루가스를 피해 새마을 만홧가게로 뛰어 들어갔다 그곳에서 스위트헤이븐시의 아름다운 항구를 보았고 뽀빠이와 올리브를 만났다 그리고 올리브는 뽀빠이를 뽀빠이는 시금치를 애 터지게 부를 때 내 안에 왕벗나무 한그

루 깊이 뿌리를 뻗었다.

함성 터지듯 폭발하는 꽃송아리들 수확의 정석과 성문기본영어 삼천리 연탄과 금성라디오와 대한도시바 티비 삼립호빵, 롯데이브껌, 삼양라면, 브라보콘 이장희, 조용필, 송창식, 러브스토리, 로키, 라스트 콘서트, 별들의 고향, 바보들의 행진, 피카디리, 단성사, 스카라, 허리우드, 대한, 명보, 국도 극장…,

아들딸 구별 말고 한 명만 낳자고, 반공 포스터 그려서 벽에 붙이고, 혼분식으로 내 키는 쑥쑥 자라서 누이는 공순이 되고 나는 공돌이 되고 큰형은 소 팔아 대학가서 데모하고, 발뒤축 허물어질 때까지 뛰고 또 뛰어 겨우 쨍, 하고 해가 떴던가, 말았던가,

40노트로 달리는 쾌속선 사오정을 신고 오륙도 돌아온 때쯤 폭풍우 동반한 비바람 몰아친다 후드득 핏기 없이 떨어지는 꽃잎들 거리마다 패전국에 살포된 삐라처럼 밟히고 찢어졌다 어디로 갈까…, 그림자 희미한 오늘, 볼우물 깊이 팼다

─정겸, 「하현달」 전문(『현대시』, 2011, 3월호)

모든 문학이 사회적이라야 한다는 것은 '인간을 위한 문학'과 '문학을 위한 문학'이라는 두 경향의 대립적 관계를 정상화시켜야 한다는 말이다. 다시 말해 문학은 '현실'에 복무해야 한다는 주장과 문학은 '문학에 전념'해야만 한다는 두 주장의 맞섬을 아우르는 것이 문학 사회학이다. 그러나 정겸 시인의 「하현달」은 분명히 어느 한쪽으로 기울어져 있다. 이 작품 하나만을 놓고 굳이 말자면 전자에 속한다. 즉 정겸 시인은 '현실'에 복무하고 있다. 그렇다면 위대한 작가란 무엇인가? 자신이 속해 있는 집단의 의식 구조를 가장 선명하게 잘 드러내는 작가라고 정의한다면, 집단 공동체 의식을 적나라하게 잘 표현해낸 정겸 시인이 어떤 시인인가에 대해 그 해답을 찾는 것은 그리 어렵지 않다. 그는 의식이 함몰된 집단을 깨우고 있다. 자신이 소속되어 있는 그 집단을 상세히 들여다보려면 그 집단에서 뛰쳐나와야 한다. 이런 사람을 위대한 작가라고 부른다. 따라서 작가는 '예외적인 개인'으로 본다는 것이다. 정겸 시인은 문제의

집단을 들여다보려고 그 집단에서 뛰쳐나온 '예외적 개인'이다. 따라서 우리들은 그를 작가라고 부를 수 있고, 그것은 「하현달」로 확인할 수 있다는 것이다.

문학은 일종의 거울이어야 한다. 사회 실상을 거울에 비추듯이 아름다운 것은 아름답게, 추한 것은 추하게 비춰야 한다. 정겸 시인은 '문제 제기적 개인'으로서 현실을 문학이라는 거울에 비추고 있다. 그는 본원적 가치(생산적 가치)보다 교환적 가치를 더 중시하는 현실의 안타까움을 목이 타도록 외치고 있다. 우리는 왜 자본주의 사회에서는 행복해질 수 없는가? 가짜가 진짜 앞에 나타나 진짜의 얼굴을 가리고 내가 진짜라고 주장하는 간접화 현상 때문이다.

> 그래도 자유는 맛보겠다며 화염병을 던지는 무리들
> 갑자기 화석처럼 압착된 과거가 환영(幻影)처럼 클로즈업 된다

누구나 가슴속에 하현달 하나씩 품고 산다. 이 「하현달」은 역사와 사회가 빚어낸 생산물의 알레고리(allegory)이다. 이러한 하현달이 역사 속에서 제도의 덫에 걸려 육화(肉化)되고 있다. 지구 반대편의 '아프리카 눈물'이 그렇고, '만홧가게', '성문기본영어', '송창식', '공돌이'. '공순이' 등의 모든 하현달이 그렇다. 결국 태양의 빛 한번 쬐보지도 못한 채, "40노트로 달리는 쾌속선 사오정"은 하현달이 되어 늦은 밤하늘을 바라보며 담배 연기를 길게 내뿜는다. 따라서 정겸 시인의 「하현달」은 자본주의 시장 원리가 잉여 인간이라는 명분 아래 그들을 벼랑으로 내몰고 있다는 것에 대한 폭로다.

우리는 정겸 시인의 「하현달」에서 '형식'과 '내용'이라는 두 가지 측면을 고려해볼 수 있다. 그는 이 두 가지 중에서 '내용'을 중요시한다는 것에 납득이 간다. 그 까닭은 내용을 중요시하는 사람들은 '문학을 위한 문학'이 아니라 '인간을 위한 문학'을 주장하는 사람들이기 때문이다. 이것에 대해 앞에 예시된 시 구절 중에서 '화염병' 등과 같은 시어가 그 이유를 말해주고 있다. 그러면서 정겸 시인은 「하현달」에서 카타르시스(catharsis)의 극치를 보여주고 있다. 이 작품은 '욕망'과 '이윤'이라는 두 얼굴로 가장(家長)들의 착한 거래 질서를 위협하는 현대사회의 실상을 고발함으로써, 우리들의 마음을 숙연하게 만든다. 또

제6부 너를 환영(幻影)이라고 부르고 싶다

그는 아무런 행동 없이는 진정한 자유를 가질 수 없다는 것을 안다. 극한 상황 속에서 '자유'를 찾으려고 한다. 이 말은 자기기만을 하지 않겠다는 자기 다짐 이다.

> 40노트로 달리는 쾌속선 사오정을 싣고 오륙도 돌아온 때쯤 폭풍우 동반한 비바람 몰아친다 후드득 핏기 없이 떨어지는 꽃잎들 거리마다 패전국에 살포 된 삐라처럼 밟히고 찢어졌다 한 장 꽃잎에도 걸려 넘어지는 아비들아,

이 「하현달」을 읽고 나면 영화 상영이 끝난 뒤에도 "한 장 꽃잎에도 걸려 넘 어지는 아비들아"의 슬픈 모습이 지워지지 않는 잔상에 사로잡혀, 극장 객석 에 멍하니 앉아 있게 한다. 따라서 이 「하현달」은 통시적인 시간적 범주로부터 시작되는 '사회 비판 이론서'와 같은 것이다. 맹목적인 비판이 아니라 어둠 속 에 잠겨 있는 피지배계층들에게 정신의 빛을 나누어주는 의무에 충실한 비판 이다. '물신주의'를 숭배하면서 타락하기 시작한 부르주아의 사회에서 하현달 이 자처했던 저항과 복종의 대가는 피동적으로 '사오정', 또는 '오륙도'라는 기 형적인 신분으로 급선회한다. 이 아비들이 갈 곳은 없다. 자본주의의 사회는 '의식주'라는 고전적 경제 용어가 그들의 앞을 가로막으며, '생필품'이라는 가 면을 씌운 욕망을 내세워 현대사회를 지탱해오던 핵가족을 해체한다.

금반지는 구멍에 의존하지 않으며, 금에 의존하지도 않는다. 구멍과 금이라 는 조건이 동시에 충족됨으로써 금반지는 존재한다. 그렇다면 하현달은 이 사 회, 다시 말해 가짜가 판치는 부르주아 시대에만 의존했던 잉여 인간인가? 금 반지가 존재하기 위해선 구멍도 아니고, 금도 아닌 구멍과 금이라는 두 개의 자아가 서로 조건이 충족될 때 금반지라는 실체가 존재할 수 있듯이, 이 사회 에는 부르주아 계급에도 의존하지 않으며, 하현달에도 의존하지 않는, 즉 부르 주아와 하현달이 상보적인 관계를 가질 때 참다운 사회가 구성됨을 그는 경고 하고 있다. 바로 이런 점이 정겸 시인이 「하현달」을 통해 지배 계층들이 '준엄 하게 행동할 것'을 다그치는 시 의식이다. 특히 행동으로 말하는 것이 아니라 원숙과 관조의 미학을 보여준다. 정겸 시인의 「하현달」을 보면 시는 자기 구원

아 나 키 즘 의 정 원 속 뮤 즈 들

이다. 더 나아가 이 사회, 그리고 보편적 가치를 내세운 세계의 구원이다. 그러나 정겸 시인은 개인의 구원을 위해 시를 쓰지는 않는다. 세계의 구원을 위해 혼신을 다한다. 예시된 시의 '아프리카의 눈물'이라는 표현에서 그의 본뜻을 알 수 있다.

인간은 누구에 의해, 어디에, 또는 어느 시기에 사용하려고 맞춤형으로 만들어낸 재화가 아니다. 앞으로 무엇이 되고, 어떻게 사용되는가는 인간 자신의 선택에 달려 있다. 따라서 인간은 신으로부터 자유롭도록 선고받았다. 요컨대 인간은 인간의 미래다. 그러나 현실은 이 진리를 외면한다. 문학작품은 다른 상품과 달리 문학적 가치를 발휘하려면 타락된 집단 속으로 들어가 유통되어야 한다. 이것은 엄연한 역사 앞에서 진실을 말하는 것이며, 시인으로서의 사회적 역할이 무엇인가를 보여주는 행동인 것이다. 따라서 정겸 시인은 「하현달」에서 그것에 대해 눈치를 채고 있다고 암시하고 있다.

본질을 앞서는 실존의 앙가주망

— 이수명 · 김희업 · 이영광의 시

유럽의 귀족 사회에서 시민사회로의 변화는 예술가들을 파트롱(patron, 후원자)으로부터 해방시켜왔다. 즉 후원자가 없어진 것이다. 이로 인하여 문학가들 역시 생계를 스스로 해결해야 했고, 생계 유지를 위해서는 생산 · 유통 · 소비라는 경제 구조를 바꿔야만 했다. 요약하면 문학을 분화시킨 것이다. 따라서 문학은 누구를 위하여, 누구에게, 무엇을 어떻게 쓰느냐를 낳게 되었다. 그러나 문제점 또한 없는 것은 아니었다. 본원적 가치(생산적 가치)보다 교환적 가치가 더 중요시되는 문제점을 낳기도 했다. 그러나 이 글에서는 문제점은 차치물론(且置勿論)하기로 하고, 뤼시앙 골드만이 제기했던 '작가'란 무엇인가에 대해 언급하고자 한다. 그는 '작가'란 순응되지 않는 사람이라고 했다. 다시 말해 문제가 있는 것을 지적하는 사람, 또는 사회는 '안전하지 않다'고 전제하는 사람이다. 즉 '문제아'를 말한다. 다시 말해서 '문제 제기적 개인'을 의미한다. 이 '문제 제기적 개인'이야말로 위대한 작가이다. 그 까닭은 자신이 속해 있는 집단의 의식 구조를 가장 선명하게, 그리고 구체적으로 드러낼 수 있기 때문이다. 따라서 이 글에서는 네 시인의 작품을 통해 '문제 제기적 개인'으로서 어떤 사회적 문제를 제기하였는가를 알아보고자 한다. 또 하나는 프랑스 실존주의자 장 폴 사르트르는 『문학이란 무엇인가』에서 '쓴다는 것은 무엇인가', '무엇을 위한 글쓰기인가', '누구를 위하여 쓰는가'라고 묻고 있다. 이 세 가지 질문 가운데에, 특히 '누구를 위하여 쓰는가'라는 물음을 이수명 시인, 김희업 시인,

이영광 시인, 양승림 시인의 시 작품과 연결해보고자 하는 것이 이 글을 쓰게 된 두 번째 이유가 될 것이다.

12세기경 유럽의 작가들은 부정(否定)을 통한 세계의 모습을 보여주는 것이 아니라, 기독교를 통하여 신의 영원성을 추구했지만 새로운 변화는 절대적으로 거부해왔다. 그러나 근대를 넘어온 작금의 시대는 이러한 부정성(否定性)을 통한 민중의 참여를 유도하고 있다. 그러나 민중을 참여시키려면 시인의 반성으로부터 시작되어야 한다. 특히 「어느 날」의 이수명 시인과 「비행법」의 김희업 시인, 「저녁은 모든 희망을」의 이영광 시인, 「싸이코패스」의 양승림 시인의 네 작품은 제 각각 다른 색깔을 가지고 있으면서, 도달점에서는 같은 색깔을 띠고 있다. 따라서 예시로 삼으려는 네 작품을 통해 그들은 어떤 색깔로 '누구'를 위해 글을 썼으며, 어떤 아픔을 노래하려 했는가를 찾는 일, 즉 그들의 앙가주망이 스스로 반성을 축으로 하는 풍자로 부조리한 사회, 제도를 비판하고 있다는 것을 살펴보려는 일이 이 글의 지향점이다.

1. '날'은 본질이 아닌 실존

현대의 일반적인 사람들의 삶에서는 신의 존재 여부를 결정짓는 일이 중요한 비중을 차지하지는 않는다. 그 이유는 과학의 발달이 가장 첫 번째 이유일 것이다. 이 과학의 발달은 또 신(神) 중심에서 인간 중심으로 인류의 사고를 이동하게 만든 원동력이다. 이러한 추세는 문학에 대해서도 사회참여라는 변화를 요구해왔다. 그러나 문학은 강제로 요구하는 납세나 병역 의무와 같은 '참여'가 아니라 자의적인 '참여'로 독자와의 거리를 좁히는 역할을 요구하게 되었다. 가령, 위대한 흑인 작가 리처드 라이트(Richard Wright)가 백인에 의한 흑인의 억압을 고발하기 위해 "언어를 가지고 싸워"나간 것과 같은 그런 일종의 참여다. 이수명 시인은 「어느 날」에서 '날'이라는 언어로 인간의 진실, 혹은 방황하는 내면의 자아 찾기를 시도하고 있다. 그것도 분명하게, 그리고 매우 차가운 어조의 메타포를 사용하며 자아 찾기를 하고 있다. 예컨대 '~차갑다', '~

또렷하다', '~난다', '없다', '~한다' 등과 같은 시어들이 지극히 해당된다고 볼 수 있다. 또 이 '날'의 의미는 언제나 다른 것과 구별됨으로 자신을 드러내지만, 그 의미는 끊임없이 연기됨으로써 완전히 파악되지 않는다.

> 날이 차갑다. 날이 또렷하다. 날에서 상한 냄새가 난다. 리듬이 끝났다. 너는 볕을 쬐려 한다. 볕을 조금만 더 쬐려 한다. 둥근 등받이 의자에 너를 걸쳐 놓는다. 날이 차갑다. 두 개의 날이 섞이지 않는다. 두 개의 날이 어떤 날이었는지 알 수가 없다. 어느 날 너는 날을 침범한 것이다. 날과 날의 영역을 범한 것이다. 다시 날이 차갑다. 너는 볕을 쬐려 한다. 울퉁불퉁한 볕을 향해 몸을 기울인다.
>
> —이수명, 「어느 날」 전문(『현대시학』, 2010, 10월호)

이수명의 「어느 날」이 선뜻 맥이 잡히지 않는 시인 것만은 사실이다. 그러나 이 시는 객관적인 광경의 진술보다는 주관적인 환상의 표출로 기울어져 있다. 그러므로 날(日)은 날(刀)로 인해 차가울 수밖에 없고, 차가운 날은 또렷해질 수밖에 없다. 또 숱한 것을 베어버린 '날'은 '상한 냄새'가 또한 날 수밖에 없다. 이처럼 '날'이 지나간 자리는 파열과 균열이 생기고, 이 파열과 균열은 극한의 분열을 몰고 온다. 따라서 '날'은 이항대립의 전범이다. 두 개의 '날'은 같은 형식을 지녔지만 서로 2항 대립적인 모순을 지니고 있으므로 절대적으로 일원화될 수 없는 것 또한 그 때문이다. 그런 까닭으로 '어느 날 너는 날을 침범할 것'을 예고하고 있다. 이런 날은 다시 차가워지고, 또렷해지고, 상한 냄새가 날 것이다. 날이 차가워지고 다시 볕을 쬐는 반복된 행위는 차이만 생성하고 연기될 뿐, 그 차이와 연기는 끝을 가져올 수 없다. 차가운 「어느 날」은 차가운 날로 인하여 차갑다. 차가운 제도와 규범은 차갑고 불안한, 그리고 타락한 세계, 부조리한 사회를 조성할 수밖에 없다. 이런 차가운 날엔 햇볕이라도 쬐어야 한다. 햇볕 쬐는 행위는 기만일 수도 있고, 사실적인 행위일 수도 있다. 이수명 시인이 '햇볕'을 쬐는 행위는 '참여'이고, 서슴없는 사실적 행위이다. 이런 불확실한 시대에 작가는 문학으로 거짓과 진실을 가려내는 데 참여해야 한다.

자본주의는 '욕망' 위에 서 있다. 따라서 가짜 욕망을 내세워 인간을 기만하고 있다. 인간이 기만을 알면서도 속는 것은 이 자본주의란 시스템이 존재하기 때문이다. 오늘날 자본주의 사회에서 가짜 욕망과 진짜 욕망을 가려내려면 날은 차가워져야 하고, 또렷해져야 한다. 현대의 자본주의가 낳은 용어 하나에서도 자본주의 기만을 알 수 있다. 바로 '의식주'와 '생필품'이라는 용어이다. 이 '의식주'는 고전주의 경제 용어이고 '생필품'이라는 용어는 자본주의가 낳은 용어이다. 이 '의식주'는 입고 먹고 자는 것에 지나지 않지만, '생필품'은 반드시 살아가는 데 필요한 용품이라는 의미로 인간의 욕망을 부추기고 있다. 이 '생필품'은 바로 '의식주'의 가짜 얼굴이다. 가짜가 나서서 진짜를 가리고, 내가 진짜라고 주장하고 있다. 가짜를 걷어내면 진짜가 보인다. 이런 현실에서 이수명의 「어느 날」은 이 가짜 얼굴을 가려내고 애쓴 흔적을 찾아볼 수 있다.

이수명 시인의 「어느 날」은 한낱 언어의 유희 같은 분위기를 연출하는 듯하지만, 날(日)과 날(刀)이라는 두 개의 기호 또는 언어는 시니피앙으로서가 아니라 자의적인 시니피에로서의 관계를 구성한다. 날(日)은 날(刀)로 싸워야 한다는 것은 현대사회의 불안감을 해소하려는 것이며, 인간 조건의 진실을 찾으려는 태도라 할 수 있다. 첨언한다면 날(日)과 날(刀)은 사물로서의 존재가 빛을 받아 원래의 은폐성에서 밖으로 뜻을 가지는 존재로 나타나게 된다. 앞의 말은 '언어의 철학'과 관계되는 것으로, 존재의 본질이 언어를 통해 드러난다. 요컨대 하이데거는 "언어는 존재의 집이다"라고 했다. 이 말에 이수명 시인의 「어느 날」을 실존주의 입장에서 지켜보면, 본질이 아니다. 이것은 모순된 사회는 우리의 것이지 결코 어느 누구의 것도 아니라는 점에서 그 이유를 찾을 수 있다.

이 「어느 날」의 시는 너무 차갑고 또렷해서, 울퉁불퉁한 볕이지만 볕을 향해 몸을 기울일 수밖에 없는 모순된 현실을 드러내고 있다. 시적 화자는 「어느 날」이라는 시적 소재를 통해 부조리한 제도는 결국 폭력임을 드러내고 있다. 이처럼 참여문학은 참여로서 아우라(aura)를 가지고 있다. 이수명 시인의 「어느 날」에서 나타나는 어조는 잔물결 소리조차 발견되지 않을 정도로 조용하다. 그러나 침묵을 침묵으로 깨는 숨겨진 발톱이 있다. 이 발톱이 사르트르가 그토록 주문했던 세 가지 물음에 대한 그 해답인 것이다.

제6부 너를 환영(幻影)이라고 부르고 싶다

2. 외침을 자아내는 고통의 기호

김희업의「비행법」을 읽고 내려가다 보면, 이 작품이 독자에게 던지는 의미
는 소시민들에게 흠집을 내고 달아나려는 '타락한 현실'이 덫에 걸린 모습을
포착해놓은 것이다. 인간이 만든 제도에 의해 인간이 죽어가는 실천적 타성태,
이것을 우리는 '비애(悲哀)'라고 불러야 한다. 지배계급이 만든 제도에 피지배
계급의 몰락에 대한 아픔을 우리는 '지독한 슬픔'이라고 해도 더욱 좋다. 이런
'비애'와 '슬픔'이라는 현실을 외면하지 않고 직시와 통찰하는 시인이 있다. 그
가 김희업 시인이다. 그는 무질서한 사회를 예술이라는 수단으로 질서를 만들
고, 계층 간 불균형의 정신에 통일성을 부여하려고 노력한다. 특히 생명의 존
엄성을 부정하는 무리에 대해 정제된 극구(極口)로 항거하고, 폭력적 계급에 대
해 치열한 예술행위로 정면으로 비판을 가한다. 따라서 그의 시가 가져다주는
카타르시스는 거대할 수밖에 없다.

타락된 세계 속의 작가는 '그 세계'의 바깥에서 바라보는 의식을 가져야 하
며, 의식이 함몰된 집단을 일깨워야 한다. 김희업의「비행법」은 의식이 함몰된
집단을 조용히 깨우쳐주고 있다. 깨우쳐준다는 것은 시인 자신이 먼저 '문제
아'가 되는 것이다. 낭만주의 시대에는 작가가 되는 사람은 '천재'가 되는 것이
라고 했으나, 뤼시앙 골드만의 시대에는 작가가 되는 사람은 모두 '문제아'라
고 했다. 분명한 것은 김희업 시인이 사회 문제를 제기하는 '문제아'라는 것이
다. 그러나 우리들이 분명히 인식해야 할 일은 오늘날의 문제는 이 '사회'에 있
는 것이지, '문제아'에 있는 것은 결코 아니다.

어찌 되었건 오늘날 시인은 기존의 이데올로기와 규범의 부당함에 늘 깨어
있는 지식인이어야 한다는 말에는 어느 누구나 공감할 것이다. 의식이 있는 시
인이라면 지배계급을 부정하며, 억압받는 민중, 혹은 프롤레타리아를 이데올
로기에 구속된 즉자적(卽自的) 존재가 아니라, 자유를 가진 대자적(對自的) 존재
로 해방시키기 위한 시를 써야 한다. 또 도피와 정복을 위한 글쓰기가 아니라
독자와 커뮤니케이션을 가져오는 시 쓰기를 해야 한다. 특히 지배계급이나 사

회제도, 또는 부르주아에 의해 억압받는 사람들에게 누구도 범접하지 못하는 자유를 찾아주는 일, 그것이 시인들의 의무이며, 책임인 것이다. 이런 명제를 전제로 하는 김희업 시인은 작가로서의 의무와 책임을 다하기 위해 '문제 제기적 개인'으로서 문단에 서 있다.

> 그 새는 단 한 번의 비행 기록도 갖고 있지 않다
>
> 아파트 화단 귀퉁이로
> 한 생이 폭삭 내려앉는 끝소리
> 물론 그것으론 죽음의 단서가 될 수 없다
> 짤막한 한 줄 비행운도,
> 추락의 순간을 아무도 본 사람이 없다
> 착지가 서툰 솜씨가 그렇고
> 공중에 써내려간 유서의 필체로도 그렇고
> 새라기보다
> 아무래도 소녀라 해야겠다
>
> 소녀를 의문의 죽음으로 끌어당긴 중력은 무엇이었을까
> 누구는 둥지를 틀지 못했기 때문이라 단정 내렸고
> 고층에서 뛰어내린 것은 계획된 것이라 했다.
> 부화되지 못한 새끼 새는 날 수 없는 법
> 새는 하강하면서 눈을 뜨지만
> 비행법을 모르는 소녀는
> 구름과 뒤엉킬까 두 눈 감아버렸는지 모른다
>
> 처음 세상에 나올 때처럼
> 머리부터 디밀었을까
> 마지막 남은 궁금증은 여전히 풀리지 않는데
> 소녀가 닦아 놓은 손거울보다
> 비정하게 맑은 하늘
>
> 소녀의 공중 비행을 우러러보던 지상의 유일한 목격자
> 화단의 꽃이,

죽음을 미리 애도하고 있었는지
고개가 반쯤 꺾여 있다
－김희업, 「비행법」 전문(『현대시』, 2010, 9월호)

　김희업의 「비행법」은 부조리한, 더 나아가 타락한 사회 현실에 대한 반성을
촉구하는 시 작품이다. 철저한 비정의 논리와 통렬한 역설로 인간 사회를 고발
하고 있다. 사회제도에 대한 환멸과 절망 속에서 보고 느낀 바를 작품 속으로
육화(肉化)시킨 것이어서 더욱 감동적이다. 이 작품을 자칫 니힐리즘의 경향으
로 볼 수도 있으나, 니힐리즘은 니힐리즘일 뿐이다. 그러나 김희업의 「비행법」
은 현실 상황에 관심을 가지며, 밀도 있는 비판적 고발을 하고 있다. 그렇기 때
문에 현실 상황과 현대의 도시 문명을 즐겨 다루었던 모더니즘에 가깝다고 볼
수 있다. 하지만 좀 더 깊숙이 들어가보면 '참여'하는 실존주의에 깊이 기울어
져 있음이 드러난다. 그 이유는 「비행법」에서 보여주듯이 그의 시 의식이 사회
제도의 덫에 걸린 인간을 문학이라는 '참여'로 구원하는 정신에 있기 때문이
다. 특히 직접 참여하지 않는, 즉 관조하는 형식의 참여라 할 수 있다. 따라서
단순한 참여가 아닌 참여문학이다. 그는 독자들을 '참여'시키기 위해 '소녀를
의문의 죽음으로 끌어당긴 중력'에서 발견된 공포의 현실, 그 모습들이 시적
자아의 내면에 각인되어 그 아픔과 슬픔에 동화되어가는 상황을 강렬하게 비
판적으로 묘사한다. 그렇다면 앞서 서술한 내용으로 보아 억압은 오히려 단단
한 저항을 만들어낸다는 결론을 얻을 수 있다. 그 저항은 무의식에서 터져 나
오는 인간의 개성적, 본질적 가치를 찾으려는 아나키스트의 정신인 것이다. 더
구나 김희업 시인은 시 이외의 목적이나 이념에는 결코 봉사하지 않는다. 다만
예술적 차원에서 그가 추구하는 목적을 정당화하고 있을 뿐이다.
　또한 김희업은 「비행법」에서 '부화되지 못한 새끼 새는 날 수 없는 법'인데
아직도 '착지가 서툰 솜씨'의 소녀에게 비행을 교사한 주범이 누구이며, 그 주
범이 숨어 있는 위치를 적확(的確)하게 드러내주며, 인간의 가짜 욕망을 깨우
치고, 진짜 욕망은 가짜 욕망으로부터 구원하려는 하부구조 역할을 하고 있다.
이렇게 김희업 시인은 사회의 부조리한 현상을 언어로 이미지화하고, 승화시

키는 '예술적 조탁의 세계'로 현실을 강하게 비판한다. 4연의 '마지막 남은 궁금증은 여전히 풀리지 않'지만 '지상의 유일한 목격자/화단의 꽃이'라도 있어 이 세상은 밝은 것이다. 김희업은 「비행법」에서 '극점의 언어'를 사용하지 않았다. 다시 말해 '극점의 의미'는 각 연마다 숨겨놓은 듯하지만, 그 '극점의 의미'를 구체적이고 선명하게, 그리고 알레고리로 드러내고 있다는 점이 매우 특징적이다. 이처럼 김희업 시인의 「비행법」을 읽은 독자라면 이제라도 몸을 꼿꼿하게 세운 채, 그리고 아무런 의식 없이 사회 현실을 바라보던 태도에서 이젠 스스로 '고개를 반쯤 꺾'어 세상을 바라볼 일이다. 이 일이야말로 '누구를 위하여 쓰는가'에 대한 명징한 해답이다.

3. 거짓으로 참을 깨우는 시 의식

지금, 우리가 살펴보고자 하는 작품은 2011년 미당문학상 수상작이다. 수상작은 수상작다운 면모를 가지고 있다. 그 면모가 어떤 것인가를 조목조목 따져 볼 요량이다.

바깥은 문제야 하지만
안이 더 문제야 보이지도 않아
병들지 않으면 낫지도 못해
그는 병들었다
내가 가장 좋아하는 건 전력을 다해
가만히 멈춰 있기죠
그는 병들었다, 하지만
나는 왜 병이 좋은가
왜 나는 내 품 안에 안겨 있나
그는 버르적댄다
습관적으로 입을 벌린다
침이 흐른다
혁명이 필요하다 이 스물네 평에
냉혹하고 파격적인 무갈등의 하루가,

어떤 기적이 필요하다
물론 나에겐 죄가 있다
하지만 너무 오래 벌 받고 있지 않은가, 그는
묻는다 그것이 벌인 줄도 모르고
변혁에 대한 갈망으로 불탄다
새날이 와야 한다
나는 모든 자폭을 옹호한다
나는 재앙이 필요하다
나는 천재지변을 기다린다
나는 내가 필요하다
짧은 아침이 지나가고,
긴 오후가 기울고
죽일 듯이 저녁이 온다
빛을 다 썼는데도 빛은 나타나지 않는다
그는 안 된다
저녁은 모든 희망을 치료해준다
그는 힘없이 낫는다
나는 아무런 이유가 없다
나는 무장봉기를 꿈꾸지 않는다
대홍수가 나지 않아도
메뚜기 떼가 새까맣게 하늘을
덮지 않아도 좋다
나는 안락하게 죽었다
나는 내가 좋다
그는 돼지머리처럼 흐뭇하게 웃는다
소주와, 꿈 없는 잠
소주와 꿈 없는 잠

—이영광, 「저녁은 모든 희망을」(『詩評』, 2012, 봄호)

　이영광의 「저녁은 모든 희망을」에서 '저녁'이 '희망'이 되어야 하는 이유는
참 난감한 표현으로 우리들에게 혼란을 불러일으킨다. 어찌하여 어둠을 동반
한 저녁이 희망이 될 수 있는가라는 것이다. 일반적인 의미로서 저녁은 희망
이 될 수 없다. 이처럼 과학적인 논리에 부합되는 「저녁은 모든 희망을」은 작품

을 속살까지 들여다볼 수 있는 방법 중에 하나가 역설의 논리로 관찰되어야 가능하다는 것이다. 물론 시의 특성이 비논리적이라는 것에 대해 반론의 여지는 없다손 치더라도 그러하다. 특히 이 작품에는 추상의 형태를 유지하려는 의도가 매우 농후해 보인다. 또 이질적인 대상의 이미지를 통해 어떤 구체적인 것을 연상시키려고 한다. 예컨대 '그는 병들었다, 하지만/나는 왜 병이 좋은가'와 같은 것을 예로 삼을 수 있다. 또 인칭에서도 역설의 흔적이 보인다. 곧 '그'는 '나'의 역설인 것이다. 따라서 사물과 사물, 인칭과 인칭이 최대한으로 대립되는 것 같은 인상을 풍기며 추상적 세계를 지향한다. 이런 것들은 풍부한 상상력에서 솟아나는 형상들이다. 자신의 내적 갈등을 자동적으로 유출시키는 현상이지만, 이 갈등은 끝내 통일성의 구도 속에서 한 형식으로 흐르고 있다. 이를테면 '나는 모든 자폭을 옹호한다/나는 재앙이 필요하다'와 같은 표현들이 해당되는 것으로 볼 수 있다. 이영광 시인이 언어로 표현하는 역설적 세계는 비역설적 세계보다 더 현실적이다. 그것은 역설이 새로움을 자아내기 때문이다. 때에 따라서는 시인이 비합리적으로 드러내 보이는 시적 진술을 한낱 망상이라고 오해할 수도 있으나, 이것 역시 시인의 시 의식을 올바르게 이해하지 못하는 데에서 비롯된 것이다.

이영광 시인은 현실을 정면으로 대좌하려고 하지 않는다. 주변의 진실들이 늘 거짓에 가려 뒷전에 비켜서 있기 때문이다. 또 '저녁은 모든 희망을 치료해준다'는 문장에서 확인할 수 있는 것은 통사 규칙은 지켜지고 있으나 내용적으로는 모순을 안고 있다. 이런 경우를 윤리(Doxa)의 초월(Para)이라 하며, 이것은 역설이 가지고 있는 본질인 것이다. 따라서 이영광 시인은 독자들에게 먼저 '당혹감'을 던져주고 난 뒤, 또 곰곰이 생각하는 시간을 주고 있다. 예를 들어 시인이 표현한 진술을 처음 대하는 독자들은 당혹감을 금치 못하다가, 곰곰이 생각해보면 옳은 말이라는 인식을 분명하게 갖도록 하게 하려는 시적 전략을 펼치고 있다. 첨언하면 이영광 시인 자신이 말하고자 하는 의도에 대해 빠른 공감과 설득을 독자들에게 어필하고 있는 것이다. 또 그는 일상의 모순된 진리를 역설을 통해 우리들에게 초극한 자세를 갖도록 권유한다. 이것을 모순어법이라고 하며, 이 모순어법으로 끝나는 「저녁은 모든 희망을」이 그래서 우리들에게 신선함과 경이로움을 주는 이유이기도 하다. 이 시를 통해 다른 또 하나를 이해할 수 있는 것은 '참은 거짓을 증언하고 거짓은 참을 증언한다'는 것이다. 다르게 말하면 시적 표현들이 겉으로는 '거짓'을 표현하지만 속으로는 '참'을 지향한다는 것이다.

이 세상에 모든 것은 하나같이 대립적인 것들로 구성되어 있다. 모두가 주지하듯이 '저녁'의 대립적인 것은 '새벽'이다. 새벽은 희망을 상징한다. 따라서 「저녁은 모든 희망을」에서의 저녁은 새벽에 대해, 새벽은 저녁에 대해 참이며, 거짓의 증명이다. 여기에서 우리들은 로만 야콥슨의 "참된 시는 독창적이고 생동할수록 은밀한 유사 관계가 맺어지는 대립이 더욱 상반적으로 된다"는 말을 상기할 필요가 있다. 따라서 앞에서 전제한 명제에 의해 조화(造化)는 대비(對比)의 결과임을 알 수 있다. 새벽과 저녁은 대립적이면서 조화를 이루는 참과 거짓을 상징하고 있다. 이영광 시인이 사용한 이 역설의 방법은 '전혀 새로운 출발이자 또 다른 종말'이다. 위의 「저녁은 모든 희망을」이 가지고 있는 역설의 거짓이 진실을 가리고 그 거짓이 진실이라고 말하는 일상의 사회가 안고 있는, 혹은 난무하는 모순과 부조리에 대한 역설적 비판이다. 또 이영광 시인은 거짓으로 참을 깨우고, 역설적 비판으로 샤를빌에서 랭보가 폴 드므니(Paul Demeny)에게 보낸 편지에서 주장했던 것처럼 견자(見者)의 행위를 하고 있다. 여기서 견자라고 함은 보이지 않는 것을 보는 사람이며, 사랑, 괴로움, 광기, 성도착층 등 모든 형태, 그리고 모든 독소를 찾아 자기 몸 속에서 고갈시켜 정수만을 간직하는 자이다. 견자는 위대한 작가이다. 「저녁은 모든 희망을」은 문제 제기적인 작품임에는 틀림이 없다. 특히 신체에 물리적인 힘을 가하지 않고 위력을 주는 카리스마를 지니고 있다.

강렬한 상징적 이미저리들

— 강인한 · 이영식 · 신영배의 시

1. 문학은 아직 살해되지 않았다

내 가슴의 동쪽에서 서쪽으로
달이 지나갔다.
강물을 일으켜 붓을 세운
저 달의 운필은 한 생을 적시고도 남으리.

이따금 새들이 떼 지어 강을 물고 날다가
힘에 부치고 꽃노을에 눈이 부셔
떨구고 갈 때가 많았다.

그리고 밤이면
검은 강은 입을 다물고 흘렀다.
강물이 달아나지 못하게
밤새껏 가로등이 금빛 못을 총총히 박았는데

부하의 총에 죽은 깡마른 군인이, 일찍이
이 강변에서 미소 지으며 쌍안경으로 쳐다보았느니
색색의 비행운이 얼크러지는 고공의 에어쇼,
강 하나를 정복하는 건 한 나라를 손에 쥐는 일.

그 더러운 허공을 아는지

슬몃슬몃 소름을 털며 나는 새떼들.

나는 그 강을 데려와 베란다 의자에 앉히고
술 한 잔 나누며
상한 비늘을 털어주고 싶었다.

—강인한, 「강변북로」 전문(『유심』, 2011, 5-6월호)

19세기 말엽 프랑스 시단을 풍미하였던 상징주의는 사실주의나 자연주의에 반동하여 일어난 문예사조의 하나이다. 시의 암시성과 모험성의 추구가 특징이다. 또 1차적 상징이라 할 수 있는 언어가 현실이나 시인에게 직접 환원되지 않으므로 상징주의는 언어의 자립된 영역을 그만큼 넓혔다고 본다. 보들레르, 베를렌, 말라르메, 랭보, 카부세 등과 같은 시인들이 여기에 속한다.

강인한의 「강변북로」 역시 예외는 아니다. 상징시로서 이미지를 암시한다. 현실 세계에 대해 일정한 비판적 거리를 유지하며, 언어의 미학이라는 시의 본래 영역에서 벗어나지 않는다. 과격하게 전위적이거나 강인한 메타포는 보이지 않는다. 이 시의 맥은 '강'에서 찾아야 한다. 그 까닭은 '강'이라는 시어가 「강변북로」라는 시 작품의 의미로 전면에 나서기 때문이다. "부하의 총에 죽은 깡마른 군인이, 일찍이/ 이 강변에서 미소 지으며 쌍안경으로 쳐다"본다는 것은 우리가 몸담고 있는 나라의 슬픈 역사성을 띠고 있다. 혁명의 완장을 차고 쌍안경으로 한강을 바라보던 일과 한강의 기적이라는 경제 부흥이 그렇다. 시적 화자의 현재적 심정이 가장 잘 나타난 부분인 "나는 강을 데려와 베란다 의자에 앉고/ 술 한 잔 나누며/ 상한 비늘을 털어주고 싶었다"고 진술한다. 시인의 날카로운 현실 의식이다. 이처럼 작가는 예견하지도, 억측하지도 않는다. 다만 기도(企圖)할 따름이다.

강변북로를 달리면서 바라본 '강'은 시인의 슬픈 역사의식만큼이나 길게 흘러간다. 이 '강'은 서울의 도심을 가로지르는 강이 아니다. 몸살을 앓고 있는 4대강도 아니다. 등뼈를 드러내고 신음하는 우리의 모든 강물이다. 검은 강은 밤마다 입을 다물고 흐른다. "강물이 달아나지 못하게/ 밤새껏 가로등이 금빛 못을 총총히 박"는다. 고통받는 인류(江)의 구원은 예기치 않는 순간에 올 수도 있겠지만 쌍안경으로 자축의 고공 에어쇼를 바라보는 그들의 '개발'이라는 명분으로 "강 하나 정복하는 건 한 나라를 손에 쥐는 일"쯤으로 생각한다. 자신을 반성하지 않는 그들로부터 받은 트라우마(trauma)로 '강'은 지쳐 있다.

이 「강변북로」에서 이미지를 확산시키는 "소름을 털며 나는 새떼들"이라는 표현은 시적 화자의 현실에 대한 날카로운 지적이다. 이처럼 현실에 대한 시인의 인식이 '강'이라는 대상에 깊숙이 전이되어 부조리한 현실을 암묵적으로 비판한다. 지금은 절대로 명멸하지 않을 것 같은 비극 앞에서 다만 한 잔의 술, 그리고 상한 비늘을 털어주고 싶은 나약한 우리들의 현주소다. 이 시는 암담한 현실을 노래하며, 그 현실을 방관하는 자세가 아닌 전신전령(全身全靈)의 '맞섬'으로 항거하는 에스프리(esprit)를 보여주고 있다. 이것은 평면적인 진술이 아니라 '깊이와 넓이'가 한층 현현되는 시대정신과 시인의 자아가 대면하는 일이다. '강'은 인간이 가지고 있는 생존의 의미 그 이상이다. 강의 흐름은 인류사의 대변이다. 한 무리들이 인류의 역사를 바꾸어놓는다 하여도 그 역사를 받아쓰는 사관의 눈은 늘 깨어 있으라는 주문이다. 이렇게 지금 강인한 시인은 현대문명의 비판 속에서 중용과 조화를 갈구한다.

시의 본질은 주지하듯이 고도의 표현에 있다. 또 시의 구조는 언어로 재구성된 체험이다. 이 시는 강변북로를 따라 이동하며 얻어낸 사적 체험의 세계를 시인이 언어로 그려낸 것이 아니다. 인류사의 아픈 한 단면을 그려낸 것이다. 장 폴 샤르트르는 『문학이란 무엇인가』에서 "작가의 기능은 아무도 이 세계를 모를 수 없게 만들고, 아무도 이 세계에 대해서 '나는 책임이 없다'고 말할 수 없도록 만드는 데 있다"고 했다. 작가는 말을 하지 않으면 안 되는 존재이다. 언어가 가지고 있는 도덕적 · 지적 가치를 오용도 하지 말고 남용도 하지 말아야 한다. 더 나아가 벙어리가 되어서는 더욱 안 된다. 문학을 통해 '예술을 위한 예술'을 할 것이냐, 아니면 '문학을 위한 문학'을 할 것인가는 순전히 작가의 선택에 달려 있지만, '예술은 결코 순수파의 편에 선 일은 없었다'는 말엔 한번쯤 귀를 기울여볼 일이다.

앙가주망의 작가는 말이 곧 행동이다. 앙가주망의 작가가 그 무엇을 드러낸다는 것은 곧 바꾼다는 것이다. 인간의 불편부당한 일에 응시하지 않는다는 것은 작가의 의무를 포기한 사람들이다. 「강변북로」의 시 작품에서 작품의 내용을 분석 파악하는 일도, 수용하는 일도 중요하지만 무엇보다도 시인이 우리들에게 들려주는 암시성을 수용해야 한다. 이것은 '쓴다는 것은 무엇인가?'라는 수용이고, '무엇을 위한 글쓰기인가?'에 대한 물음에 '독자를 인도하는 것이다'라는 수용이고, '무엇을 위한 글쓰기인가?'에 대한 물음에 '자기 자신을 위해 쓴다는 것은 아니다'라는 대답이다. 끝으로 강인한 시인의 「강변북로」는 '누구를 위하여 쓰는가?'에 대한 물음에 '피압박 계급이오'라는 확신에 찬 대답이다. 이 「강변북로」는 지금 '문학은 살해된 것이냐'고 묻고 있다.

2. 이중성을 지닌 모순의 공간

아기 울음보가 터졌다
저 신생의 울음자루에서 만발한
꽃, 자궁 빠져나올 때부터
폭죽 터뜨리듯 토해내는 참 질긴 끈이지
고치실처럼 꿈틀꿈틀 뽑혀 나와 제 몸을 감는 끈
지층에 묻힌 화석처럼 속속 불려나오는 끈
울음보다 부지런한 끈도 없을거야
오직, 울음보 하나로
탁한 정신을 헹구어 주는 뜨겁고도 애틋한 끈
질문보다는 답이 앞서는 끈
사상이나 제도에 얽매이지 않고 수레바퀴를 돌리는
가열한 울음 띠는 대대로 종족의 뿌리를 잇는 힘이지
감아 던지면 새벽별 몇 개 뚝딱 따올 것 같네
낡고 병든 울음 띠가 이승의 그림자를 벗는 날
마지막 숨 놓으면서도 들러리 세워 울음 끈을 돌리지
풍화되지 않는 매운바람 같은 끈
울음은 울음을 낳는다
그 끈 덥석 받아 물고 세상에 정수리를 내밀 때

패기 찬 울음 깃발이 창궐했다지
응아응아―
아, 이 낡고 상투적인 생의 기교
태아의 목울대 친친 휘감고 힘을 키웠을 거야
외줄 울음보로 매달린 어린 것을 어르다가
그 질긴 바코드를 짚어보네
금물을 입히기보다는 잿물에 빨아 널고픈
울음이라는, 오래된 미래 한 토막

―이영식, 「울음의 바코드」 전문(『시사사』, 2011, 3―4월호)

 이 시는 모순된 기하학적 병렬과 대칭 구조를 이룬다. 일상성을 부정하고 자
의식의 분열과 위기감을 나타낸다. 주체와 객체의 이분법적인 관계에서 '울음'
의 역할은 객체인가 주체인가. 이영식 시인의 「울음의 바코드」에서의 '울음'은
바코드로부터 스캐닝 당한 주체에 해당된다. 다시 말하면 시적 화자가 노래하
는 「울음의 바코드」에서 '바코드'가 주체이고, '울음'이 객체가 되어 있으나, 부
득이 이 시 작품에서는 '바코드'가 객체가 되고, '울음'이 주체가 된다고 보는
견해에 대해 큰 무리가 따르지 않는다는 말이다. 왜냐하면 이 시의 내용이 지
배하고 있는 이미지는 '울음'이 주체이며, 전경화로 자주 등장하기 때문이다.
그러나 '바코드' 역시 울음을 담고 있는 항아리의 역할로 전경화의 양상을 보
인다. 따라서 '울음'과 '바코드'는 상동 구조적인 관계를 이루고 있다.

 모든 울음의 정보를 담고 있는 바코드를 구체적으로 해체해보면 바코드는
'子宮'에서 '宮'에 해당된다. 그렇다면 '울음'은 '子'를 상징한다고 하겠다. '궁'은
신전과 같이 범속한 사람은 범접하기 힘든 공간이다. 이렇게 지나칠 정도로 울
음의 의미를 비약하는 이유는 울음이 '울음'이라는 자기 존재 개념 속의 모순
을 감당하지 못하는 파토스(pathos)를 가지고 있음을 강조하기 때문이다. 시공
을 초월하는 울음이 탄생과 소멸의 이중성을 지닌 모순의 공간이며, 그것은 사
물의 생성에서 죽음으로 끝나는 단절 의식이라는 이율배반적인 성격을 지니고
있다. 이 시의 시적 화자도 '울음(生)은 울음(死)을 낳는다'고 했다. 이렇게 시적
화자가 갖는 태도상의 복합성에 의해 단순한 시적 단조로움이 한순간에 극복

된다.

26행으로 되어 있는 「울음의 바코드」는 다양한 상황을 구사하여, 청자의 상상력을 키운다. 또한 대상을 전체적으로 바라보게 함으로써, 시적 대상이 주관적 경향으로 기울어지는 서정시의 근본 양식으로부터의 탈피와 또는 부정의 양상을 보인다. 울음은 '쾌락적 성향'이 아니라 '자아 충동 성향'을 가지고 있으며, 인간적으로부터 이탈이며, 실체와 비실체적 자아, 현실적 자아와 반성적 자아 사이를 서성이며, 독백적 진술로 자기 확인을 자문자답하는 자기모순이다. 이것은 바로 도덕적 광기로 정의된다. 때로는 '사상이나 제도에 얽매이지 않고 수레바퀴를 돌리는' 대목에서 확인할 수 있다.

울음 앞에선 순간적으로 악마도 천사의 탈을 쓴다. 이것이 울음이 가지고 있는 존재의 힘이다. 또한 바코드가 담고 어떠한 울음에 대해 어느 누구도 경멸하지 않는다. 아니 경멸할 수가 없다. 온전한 반성의 덩어리이기 때문이다. 그렇다면 이성과는 질적으로 구분짓는 것이 필요하다. 울음은 따뜻하고, 이성은 차갑다. 햇살과 얼음 덩어리의 관계다. 따라서 「울음의 바코드」를 통해 시적 화자가 노리는 것이 무엇일까? 먼저 인간의 자족적 메커니즘을 깨고 있다. 반성하지 않는 물질문명의 검은 혀로부터 상처 입는 자연물에 대한 치유의 의식이다. 또 하나는 정관적(Kontemplativ/contemplative) 태도를 취하는 데 있다. 다시 말하자면 무상한 현상계 속에 있는 불변의 본체적, 또는 이념적인 것을 심안에 비추어 바라보려고 한다. 울음은 정(正)과 반(反)을 대립 관계가 아닌 합(合)의 관계로 몰고 간다. 의지를 부정하기도 하지만 긍정하기도 한다. 따라서 울음은 생(生)과 사(死)의 원활한 관계를 위한 산파 역할을 한다. 하나의 명제로 묶으려고 노력한다. 이런 현상들을 앞에 놓고 흥정을 하지 않더라도 이영식 시인의 시 의식은 울음을 매개로 한 삶과 죽음이 하나의 등가물임을 말하는 시의 힘을 가지고 있음을 알 수 있다.

울음의 출발이 자발성이라고 할 때, 이 자발성은 아도르노가 『부정변증법』에서 말했던 사유이고 무의식적이고, 사유적 실체(rescogitans/recognition)의 피안에서 이루어지는 사유적 실체의 심장 박동이다. 울음은 생성을 스스로 조정하는 것이 아니라 거대한 바코드에 저장되었다가 자연히 소멸되는 자연물과 같이 자연의 한 부분의 인식이며, 삶과 죽음을 포괄적으로 함축하는 의미의 언어가 무제(無題)라면 '울음'도 무제인 것이다. 이렇게 삶과 죽음의 이율배반적인 충동을 이영식 시인은 바코드에 저장해놓고 우리들에게 간접적으로 체념화시키고 있다. 오늘,「울음의 바코드」를 읽고 '삶은 죽음으로부터 얻은 휴가다'라는 프랑스의 세계적인 조각가이자 개념미술가인 베르나르 브네(Bernar Venet)의 작품 제목 하나가 생각난다.

3. 몰락을 통한 삶의 완성

제1의 물로는 마냥 흐르게 한다 이것이 다일 수도 있다는 생각을 한다 제2의 물로는 흐르면서 흐르는 것을 감춘다 물뱀의 생리를 익한다 제3의 물로는 거꾸로 흐르는 것을 감행한다 몰래, 이것은 거슬러 오르는 물고기 떼를 이용한다 제4의 물로는 정점에 이른다 허공에 찬란하게 물방울을 날린다 제5의 물로는 반짝 사라진다 찬란한 것을 몰락시키고 영영 그 몰락을 함께한다 제6의 물로는 우연히 죽음에 다가오는 물체를 맞이한다 흔히 날개가 달리고 가벼운 것들을 바싹 잡아당긴다 제7의 물로는 죽어가는 것을 모른 척한다 수면이 흔들리는 것을 감내한다 제8의 물로는 죽음을 떠받친다 죽음이 그냥 떠 있게 한다 제9의 물로는 무덤을 만든다 물에 잠기지 않는 날개를 물로 묻는다 제10의 물로는 죽음을 나른다 물에서 물로 이장되는 무늬를 본다 아침에서 저녁으로 우는 나는, 제11의 물로는 물에서 물로 뛰어오르는 무늬를 본다 꽃에서 구름으로, 구름에서 모래로 물고기 떼를 이용해 도약한 후 제12의 물로는 새로운 무늬가 탄생하였다 수평성을 안고 등을 구부린 울음의 무늬가 찬란할 때 제13의 물로는 몰락한다 읽는 순간 사라지는 물을 완성한다

— 신영배,「물로」 전문(『현대시』, 2011, 4월호)

어찌 보면 이상(李箱)의「오감도」속의 '13인의 아해'가 불안을 안고 도로 위를 질주하였다면, '13의 물로'는 인간에게 주어진 한정된 시간 위로 몸을 손상시키며 흐른다고 할 수 있겠다. 여기서 몸이라 함은 자아와 육체의 소멸에 해당된다. 시는 무한한 상상과 해석이 가능한 다층적인 세계다. 이질적인 것들을

병합시키는 힘을 소유한다. 시는 꽃과 바람이 건네는 눈인사이며, 천사가 악마에게, 악마가 천사에게 내미는 악수다. 또한 나와 타자의 단절을 극복하기 위한 수단이 되기도 한다. 그리고 내가 나에게 원하는 화해이며, 괴로움이 즐거움에 도움을 요청하는 구원투수다. 이렇다고 시의 정의를 내릴 때 신영배 시인의 「물로」는 제1의 물로부터 제13의 물로까지는 언어로 그려놓은 하나의 분수(噴水)다. 흐르다가 치솟아 오르고, 떨어지는 일련 과정의 노래다. 더 나아가 그 물로는, 그 분수는 인간 삶의 노정(路程)을 내포하고 있다. 제1의 물로에서는 인간이 어디론가 '흐르고(流)' 있음을 노래한다. 시간도 어디서 왔다가 어디로 흘러가는지를 모른 채 흘러간다. 직선으로 왔다가 곡선으로 흘러가는지, 동쪽에서 왔다가 서쪽으로 흘러가는지, 빙글빙글 돌며 왔다가 빙글빙글 돌며 가는지, 어느 누구도 본 적도 없고, 보았다고 말하는 사람도 없다. 인간은 시간에 순응할 뿐이다.

제2의 물로는 '물뱀의 생리를 익'혀 인간은 인간이 아님을 자승자박한다. 이런 비겁은 바벨탑을 쌓는 교만에서 비롯된다. 제3의 물로는 거꾸로(逆) 흐르려는, 다시 말해 부당한 불평등에 대한 반항이다. 바닥에서 흐르는 개개의 존재는 다른 존재자와 연결되어 있다는 사실을 영구화에 대한 역설의 의미다. 제4의 물로는 극점(頂)에 다다른다. 꽃으로 말하면 만개다. 정상에 오른 환희다. 그러나 그 이면에는 더 오를 수 없는 한계성의 부정이다. 최후다. 그러나 최후가 아니다. 제5의 물로는 하늘 높은 줄 모르고 오르던 물줄기가 떨어지는(落) 광경이다. 한순간의 반짝임에서 몰락의 과정, 그리고 몰락의 결과이다. 그래서 화무십일홍(花無十日紅)이다. 제6의 물로는 이 세상과의 거리를 두려고(死) 한다. 거리를 두려고 하는 것이 아니라 세월이 가져다준 이 세상과의 거리에 지배되고 있다는 말이 더 옳다. 순응하는 자세를 견지하면서도 부활이 아닌 재활의 수단을 찾는다. 이것은 인간의 본성이다. 제7의 물로는 삶에 대한 애집(愛執)이다. 이 애집이 불러온 자기 죽음에 대해 자신이 외면하는 현상이다. 천착이라기보다는 집착이다. 방하착(放下着)을 해야 할 선불교의 아상(我相)에 대한 거부이다.

제8의 물로는 이상을 버리고 죽음을 받아들인다. 피안의 세계다. 삶이란 잠에서 잠시 깨어나 물 한 모금 마시고 다시 잠드는 일이다. 제9의 물로는 제자리로 돌아간다. 성경에서 '사람아! 흙에서 왔으니 흙으로 돌아가라'고 했다. 여기서 부활의 역사는 다시 시작된다. 이것은 겨울과 봄의 경계선이며, 새로운 신화의 창조 준비 과정이다. 제10의 물로는 요단강에 정박해 있는 나룻배만이 아는 '죽음'이다. 요단강은 물이고, 물이 강이므로, 그들은 '물로' 죽음만을 실어 나를 뿐이다. 맨발로 천상의 계단을 오른다. 제11의 물로까지 왔다. 이 '물로'는 '물에 잠기지 않는 날개'로 새로운 탄생을 예고한다. 이것은 윤회이고 부활이다. '꽃에서 구름으로, 구름에서 모래'로의 새로운 탄생이다.

제12의 물로는 한 사이클을 끝낸 한 생애가 '새로운 무늬'로 새로운 탄생을 한다. 그것도 "수평선을 안고 등을 구부린 울음의 무늬가 찬란할 때" 태어난다. 제13의 물로는 자기 본성으로의 환원이며, 완성이다. 몰락을 통한 완성만이 진정한 완성이 된다. 따라서 제4의 물로에서 "최후다. 그러나 최후가 아니다"라고 말했던 이유가 바로 제13의 물로에서 확인된 셈이다. 이렇게 남다른 시적 사유의 보편적 동일성의 기본 전제는 지나간 것을 현재 속에 확정할 수 있는 개별 인간의 의식에서 시작된다. 특히 신영배 시인은 사물의 동태적인 속성을 정적인 개념 장치 속에 억지로 꿰맞추려 하지 않는다. 무정형한 현상의 흐름에 발을 맞춘다. 자연을 자신의 정신에 환원시키려고 한다. 환원하면 객관성을 주관성 한가운데로 끌어들이지 않는다. 이것은 객체와 주체 사이의 균열을 극복하려는 의도로 풀이할 수 있다.

신영배 시인의 「물로」에 대해 필자의 견해는 앞서 해석한 바와 같이 이렇다. 또 다른 시각에서 새로운 해석이 나올 수도 있다. 그 이유에 대해 신영배 시인이 「물로」를 통해 진술, 그러니까 드러내놓고 의미를 갈망하는 과거의 시적 진술에 대한 불편함을 언어 이전의 추상적인 기호로 그 역할을 담당하게 했던 까닭이다. 끝으로 시적 사유를 경직시키는 수단인 의식 부재 앞에서 쉽게 굴복하지 않는 신영배 시인의 시 의식이 얼음보다 차갑다.

비대칭 사유와 노마드적 탈중심주의

— 김언희 · 송준영 · 함기석의 시

전자 매체의 발달, 즉 인터넷의 발달과 디지털리즘으로 기존의 규범은 무너지고, 새롭고 다양한 양상의 시대적 상황이 작금에 급속히 전개되고 있다. 이런 상황을 시대적 생활 환경에 따른 불가피한 현상으로 보는 일이 타당할 것이다. 경향이 미확인된 문예사조의 갑작스러운 한국 문단의 출현은 혼돈을 가져오게 마련이다. 또 이런 혼돈의 우려를 불식하기 위해 '논의'라는 수단으로 정리될 필요가 있다. 이렇게 오늘날 논의의 대상 중에 하나가 포스트모더니즘이라고 말하지 않을 수 없다. 포스트모더니즘에 대한 논의가 촉발된 지도 여러 해가 지났지만 여전히 단단한 껍질 속에 숨어 있는 정체성에 대한 논란은 지금도 계속 이어지고 있다. 이 논란에 대해 여러 가지의 이유가 있겠지만 서양에서는 모더니즘에 대해 충분히 이루어진 상태에서 포스트모더니즘을 받아들였다. 그러나 우리나라에서는 데리다의 해체론에 이르기까지 모더니즘에 대해 충분한 논의가 이루어지지 않은 상태에서 포스트모더니즘이 받아들여졌다. 바로 이런 점에서 포스트모더니즘은 많은 논란의 여지를 다분히 갖추고 있다는 것이다.

이런 까닭으로 모더니즘과 포스트모더니즘의 정체성에 대해 논의 과정이 불충한 상태에서 두 개념의 난무가 혼란을 더 가중시키고 있다. 첨언하면 현 시점의 세계는 분명 2차 세계대전 직후까지의 세계(주로 서구사회를 의미하는 것이지만)를 규정하던 근대적 특성과는 많은 점에서 구별되는 현실적 변화들을 보이고 있는 반면, 이 변화를 적절히 기술, 분석 설명할 매력이 있는 방법적 이론적 도구나 가치 지표는 아직까지 제시되지 않고 있다(유정완 외, 『포스트모던의 조건』, 1996). 여기서 이론적 도구나 가치 지표란 특히 서구에서 진행되어 온 '근대'라는 한국 시단의 이단아 취급에 대해 우리 사회에서 그 내용을 파악하는 일이거나 제대로 된 번역서나 논문 등의 연구물이라고 말할 수 있다. 이것 역시 논란의 원인으로 지목하지 않을 수 없다. 이렇게 열악한 상황에서도 '포스트모더니즘이란 무엇인가'라는 물음에 그 해답은 문화 상황, 곧 일원론적 경직성을 극복하고 다원적 유연성을 지니는 문화 세계(김욱동 외, 『포스트모더니즘과 21세기 전망-좌담회』, 2000)라고 말할 수 있다.

본 비평에서 한국의 포스트모더니즘이 모더니즘의 계승이니, 단절이니 하는 문제를 규명하는 데 그 목적을 두고자 하는 것은 아니다. 이러한 정황 속에서도 한국의 포스트모더니스트들이 한국 시단에 포스트모더니즘이라는 경향을 착좌(着座)시키려는 데 눈이 충혈되어 있다는 것을 그들의 시 작품을 통해 확인해 알아보고자 하는 데 있다.

1. 종속적 극복 차원의 탈중심주의

니체는 '비극의 탄생'이라는 말을 남겼다. 비극은 인간이 발견하기 전부터 존재했다. 인간이 비극을 발견하게 된 것은 희극이 있다는 결론을 얻은 그때부터인 것처럼 모더니즘의 비극은 포스트모더니즘의 탄생과 무관하지 않으며, 포스트모더니즘의 희극은 모더니즘의 소멸과 무관하지 않다. 따라서 포스트모더니즘의 희극과 비극은 모더니즘의 존재와 결코 무관하지 않다. 이렇듯이 모더니즘과 포스트모더니즘의 관계는 계승과 비판이라는 양면적인 관계에서 이해되어야 한다. 그것은 'Post'라는 접두사에서 그 이유를 찾을 수 있다. 'Post'라는 것은 '탈(脫)'과 '후기(後期)'라는 두 가지 의미를 동시에 지니기 때문이다. 전자의 의미로 받아들인다면 그것은 모더니즘과의 단절을 의미한다. 즉 '중심주의'에서 '탈중심주의'가 그렇다. 그러나 후자는 리얼리티의 재현성에 회의를 가진다는 것에서 계승의 의미로 받아들일 수 있다. 그렇다면 모더니즘과 포스트모더니즘의 관계를 이중적인 관계로 생각하지 않을 수 없다는 것으로 귀결 지을 수밖에 없다.

　이 두 개의 개념을 이중적인 관계로 연결짓기에 앞서 다음과 같은 작품에서 김언희는 모더니즘의 극한을 잠시 뒤로한 채 포스트모더니즘의 극한을 시험하고 있다. 또 「자두」에서 계층 간의 위계질서를 부정하고 수평적 상호성을 인정한다.

　　　어머니 손톱으로 자두를 벗기시고

　　　눈꺼풀처럼 말리는 껍질 아래서

　　　검붉은 자두가 스스로 눈을 뜨고

　　　실핏줄로 뒤엉킨 붉은 눈을 치켜

　　　뜨고 따님 따님 우리 따님 어머니

　　　내게 자두를 먹이시고 악혈에 젖은

　　　눈자위를 내 입에 물리시고 어머니

　　　손톱으로 자두를 벗기시고 무남독녀

　　　우리 따님 피자두를 벗기시고
　　　　　　　　　　　－김언희, 「자두」 전문(『시와 세계』, 2009, 겨울호)

　이 시는 아홉 개의 행과 아홉 개의 연을 거느리고 있다. 즉 행의 숫자와 연의 숫자가 같다. 다시 말하면 각 행이 각 연의 구조로 짜여 있다. 따라서 「자두」에는 동등한 숫자의 수학적 개념이 행과 연에 존재한다. 각각 독립된 행과 연으로 구성되어 있다는 것은 종속적 극복 차원의 탈중심주의를 지향한다는 의미일 것이다. 여기서 두 가지의 관점에서 바라보면, 먼저 형식이 가져다주는 억압으로부터의 일탈이며, 이것은 서열의 폭력성에 대한 저항이다. 다른 하나는 성찰, 반성, 통찰을 담아내려고 억압적인 행위를 파괴한다고 볼 수 있다. 첨언하면 일반적으로 시라는 장르에서는 연과 행은 종속 관계를 지닐 수밖에 없다. 이처럼 김언희 시인은 「자두」에서 각 행을 각 연으로 그 신분을 상위 개념으로 올려놓음으로써 서열이 가져다주는 폭력성에 대해 극렬 반항을 꾀하고 있다. 이렇게 '행'을 '연'으로 격상된 「자두」는 항상 중간, 사물의 틈, 존재의 사이, 간주곡이라는 의미를 생성한다. 또 '~을 벗기시고', '~을 뜨고', '~을 치켜뜨고', '~을 먹이시고', '~을 물리시고'와 같이 반복과 차이를 생성하며, 가로지르기 운동을 지속하고 있다. 즉 언어가 표층을 뚫고 중심으로 지향하는 것이 아니라 표층에서 지속적으로 미끄러지는 포스트모더니즘의 본질을 그대로 보여주고 있는 것으로 받아들일 수 있다. 또 이 「자두」라는 시의 언어들은 표층을 횡단하면서 새로운 의미를 생성하며 차연(差延, Differance)의 관계를 생성한다.

어느 한 시인의 작품 세계는 그 시인 자신의 세계관과 결코 무관하지 않다. 특히 작품 세계의 출발점과 과정들이 더욱 그러하다. 그렇다면 김언희 시인의 「자두」라는 작품 세계의 출발점은 어디에 있는 걸까. 이것은 상부를 구축하는 하부구조를 중시하는 마르크스주의 정신에서 출발한다. 따라서 그의 작품 세계는 부르주아를 결코 우위에 두지 않는다. 이 「자두」의 시 작품의 특징은 정신과 물질이 분리되지 않는 상태에서는 소외란 있을 수 없다고 할 수 있다. 다만 고통을 고통으로 맞섬으로써 소외의 고통을 떨쳐버릴 수 있다는 그의 시 정신이다.

모더니즘의 '자아'는 단일 자아로서 대체 불가능하지만 포스트모더니즘의 '자아'는 복수의 자아로서 그 두 개의 자아 중에서 어느 한 자아를 선택하는 것이 아니라 두 자아(복수 자아)를 어우를 수 있는 시어를 고르려고 한다. 다시 말해서 포스트모더니즘은 "없는 것이 없는 것이 아니라/있는 것이 있는 것이 아니라/없는 것이 있는 것이 아니라"라며 단일 자아는 믿을 수 없어 '자아'가 무엇인가에 대해 계속적으로 의문을 제기한다. 예컨대 '남/녀', '나/너', '이상/현실', '시/비시', '전/후', '양/질' 등과 같은 대립적 경계를 없애 치우려는 일이라 할 수 있다. 따라서 각 행을 각 연으로 수용한 한 것에 대해서 김언희는 행과 연의 종속적 관계 극복을 통해 하부구조를 중시하는 시 정신을 나타내고자 했다는 결론을 도출해볼 수 있다.

2. 환상을 창조하는 데페이즈망 기법

그토록 아방가르드적인 선시에 천착하는 태도를 보여주는 송준영 시인은 자연의 산물과 생활에서 사용했던 소재를 재현하였지만 단순한 모방이 아니라 다다나 쉬르레알리즘에서 새로운 형식으로 만들어낸 점이 돋보인다. 그가 다룬 소재들은 일상에서 쉽게 구할 수 있어 친근감을 더해주고 예전부터 사용한 사람들의 삶이 전사된 것 같은 정겨움이 느껴진다. 고요함, 정돈됨, 고즈넉함, 무심함이 강남역 6번 출구에서 서성거리게 함으로써 시의 이미지에 생기를 더해준다. 강남역이라는 현실 안에 채워지지 않던 공허의 여백이 '화두'로 채워지고, 그 공간은 비로소 정돈되고 있다.

작금에 와서 현대시는 고전적 개념의 언어로 정의하거나 접근하는 것이 불가능하다. 시의 본질을 이루는 것이 예술성이고, 시의 본연의 임무는 예술성을 뛰어넘는 일인데, 그런 일은 오래전의 역사라고 선언하는 단계에 이르렀다. 이렇든, 내용이 텅 비어버린 시가 현대인들의 의식을 불러일으키는 일 또한 철학을 변형시킬 때에만 가능하다고 보고 있다. 이런 문제들을 조용히 끌어안고 시의 예술적 본질을 찾으려는 작업에 몰두하는 송준영 시인은 '정신과 행위가 한자리에 모여든 시' 즉 「화두」 같은 형식의 '일상시'에 천착함으로써 형태가 고정되어 있는 전통시를 해체하려고 한다.

포스트모더니즘은 진실과 허구, 선과 악, 아름다움과 추함 등 전통적 구분이 붕괴된다. 특히 절대적 진리나 이념, 자명하고 자동화된 이치를 근본적으로 회의하는 해체주의 태도에 기인한다. 시적 대상을 탐구하지 않고 오직 표층에서 미끄러짐과 가로지르기를 반복하며, 그 미끄럼에 대한 새로운 의미를 생성 반복할 뿐이다.

이 시 「화두」는 '열려 있는 시'의 한 형태이다. 이런 유(類)의 시를 일반적으로 닫혀 있지 않다 하더라도 닫힌 것으로 본다. 따라서 송준영 시인의 「화두」라는 시 역시 '닫히지 않는 시'의 경향을 가지고 있다. 이런 경향을 가진 시 작품이 나타나는 이유는 아무리 '자아'를 찾았지만 결국은 얻은 것은 아무것도 없음을 깨닫기에 이젠 니체가 말한 니힐리즘(nihilism)으로 허허롭게 살고자 하는 데에서 비롯된 것인지도 모른다.

강남역 6번 출구 어느 작은 찻집에서 『화두』를 받았다 그는 잽싸게 시집 중간을 제끼더니 '니 여기 있지' 하여 나는 그의 〈속초에서〉라는 산문시를 줄줄이 보니 '속초 시외버스 터미널 송준영은 강릉행 버스로 먼저 떠나고 난 한 시 십 분발 서울행 버스를 기다린다. 비가 오락가락하는 8월. 한 시 십 분이 되어도 버스가 안 온다. 승차장에 서서 비 내리는 거리를 바라본다. 옆에는 백담사 하안거 마치고 돌아가는 젊은 스님이 서 있다. "한 시 십 분인데 버스가 안 오네요." 스님보고 말하자 스님은 웃으며 "오겠죠. 뭐." 대답하네.'이었다.

화두를 받아 쥐니 화두가 생겼다. 어디에 내가 있단 말인가. 그곳엔 화두가 있고 강릉행 버스를 탄 송준영은 떠나버리고 없는데? 어떤 날은 그가 먼저 떠나고 난 다음, 오지 않는 서울행 버스를 기다리고, 오늘 봄눈이 제대로 온다하여 서울과 내 살던 강원도 산골마다 화두로 내린 이른 봄날. 2호선 전철을 타고 강변으로 가는 내가 있고, 전동차가 어느새 잠실대교를 건너고 봄눈은 아스팔트에 무더기로 두 발을 내리면, 한 발을 들기도 전에 사라지고 마는 이 봄눈은, 그래도 내 손은 화두를 잘 들고 있습니다. 두 발이 없는 선객입니다.

－송준영, 「화두」 전문(『현대시학』, 2010, 6월호)

위의 시의 모티브는 이승훈 시인의 시집 『화두』(2010)이다. 이승훈은 자아 탐구 과정에서 자아 소멸을 깨닫고 시는 가벼워져야 한다는 사유에 도달한다. 그리고 그는 정신과 행위로 시 쓰기를 했다. 이것이 소위 '영도의 시 쓰기'라는 시론이다. 이 시론에 의해 시를 쓰고 이 시들을 묶은 것이 시집 『화두』이다. 송준영 시인이 '강남역 6번 출구 어느 작은 찻집에서 『화두』를 받았다'는 것은 이승훈 시인으로부터 『화두』라는 시집을 받은 것이다. 이것이 송준영 시인의 「화두」라는 시의 주제가 된 것이다. 따라서 송준영의 이 시 「화두」를 살펴보면 독백적 대화체의 일상시이다. 1연과 2연은 '무관계가 관계'를 낳는 데페이즈망과 같은 관계망을 형성하고 있다. 이 시「화두」에서 1연과 2연이 안고 있는 상황은 하나의 해석 통로를 전혀 가지고 있지 않다. 1연과 2연이라는 두 개의 대상을 일상적인 환경에서 떼어내 이질적인 환경에 놓음으로써 기이하고 낯선 상황을 연출하는 것인데 이러한 일탈의 충격이 진정한 상상력임을 말해준다. 즉 현실적 사물들을 그 본래의 용도, 기능, 의미를 이탈시켜 그것이 놓일 수 없는 낯선 장소에 조합시킴으로 초현실적인 환상을 창조해내는 데페이즈망 기법을 차용하고 있다.

또 한편으로는 이 시「화두」는『반야심경』에 나오는 불교 사상의 철학적 핵심인 색즉시공 공즉시색(色卽是空 空卽是色)과 맞닿아 있다. 색즉시공은 모든 소유론적 탐욕의 어리석음을 알려주는 의미를 내포하고 있다. 존재하는 일체가 존재자가 아니고, 환영이다. 그러므로 탐욕의 마음은 결국 소유할 수 없는 것을 헛되이 소유하려는 어리석음에 비유된다. 공(空)은 어디에도 걸림이 없는 무애한 자유의 세계다. 또한 모든 존재의 다양성을 다 섭수(攝受)하여 존재하도록 허여(許與)해주는 모든 법의 이치가 완전히 하나로 융합된다. 그리고 구별이 없는, 너그럽고, 원융(圓融)한 세계다. 또 이「화두」라는 시의 특징은 관념이 굳어있지 않으므로 매우 흥미롭다. 이렇게 일상에서 일어난 일들을 에피소드를 다루듯이 하는 이 일상시가 오늘날 '화두'로 자리 잡은 것은 해체 이론이 가미된 새로운 아방가르드의 시로 부각되었다는 사실이다.

지금 송준영 시인이 개척하는 분야는 두 가지이다. 하나는 이「화두」와 같은 '정신과 행위가 한 자리에 모여든 일상의 시'를 쓰는 작업이고, 또 다른 하나는 해체론에 근거한 시 쓰기 작업을 넘어 아방가르드적인 선시를 계승 발전하고 토착화시키는 데 있다. 이미 아방가르드적인 선시의 새로운 방향 제시와 좌표를 일러주는 선구적인 역할은 이미 시작되었다. 특히 고정화되어 있는 현대시의 형태를 해체시켜 아방가르드적인 현대시를 토착화하는 데 많은 기여를 했다. 이렇게 송준영 시인은 아방가르드적 파동에 너울타기를 유희하며, 일상이의 귀중한 부분을 화려하게 개척하고 고착화시키려는 한국 문단의 새로운 특

비대칭 사유와 노마드적 탈중심주의

정인이다.

미국의 미술비평가인 사란 알렉산드리안(Sarane Alexandrian)가 르네 마그리트(Rene Magritte)의 그림에 나타난 데페이즈망의 형식을 크게 여섯 가지로 분류한 적이 있다. 요약하면 '작은 것들 크게 확대하기', '보완적인 사물을 조합하기', '생명이 없는 것에 생명을 불어넣기', '미지의 차원을 열어 보이기', '생명체를 사물화하기', '해부학적 왜곡' 등이다. 송준영 시인은 일상의 시 쓰기를 통해 르네 마그리트의 그림에 나타난 여섯 가지의 형식을 자신의 시 쓰기에 접목하고 있다. 특히 김춘수가 무의미시에서 보여주었던 것처럼 그는 "사물의 이미지를 나열해놓음으로써 의미를 알아차리기 힘들거나 의미가 없는 것"으로 보여준다.

3. 리얼리즘에 반동하는 다원주의적 비대칭

1980년대에 태동했던 포스트모더니즘은 1990년대 한국에 들어와 모든 분야로 확산되어 그 영향을 끼치고 있다. 문학은 물론이거니와 건축, 미술, 심지어는 패션계에 이르기까지 깊숙이 파고들고 있다. 이 확산은 대칭을 이루며 수목적 사회를 형성하고 있는 근대가 비대칭의 노마드적 사회로 이동되고 있다는 의미기도 하고, 이 노마드적 사회는 마치 들뢰즈의 리좀(rhizome)과 같은 맥락의 '다원주의'로 계층적 구조를 해체하는 양상을 수용한다는 것과 같다. 또 이 리좀은 생물학적 용어인 뿌리줄기(根莖)에 해당한다. 이 리좀에 대해 질 들뢰즈(Gilles Deleuze)와 펠릭스 가타리(Felix Guattari)는 『천 개의 고원』(2003)에서 중심을 지향하고, 계층화된 수목적 체계의 개념에 반하는 '탈중심주의'이며, 비대칭적인 '유목적 체계'라고 정의하고 있다. 따라서 모더니즘의 시가 '수목적 중심주의 시'라고 한다면 포스트모더니즘의 시는 '유목적(리좀적) 탈중심주의 시'라고 구분지을 수 있다. 그렇다고 모더니즘의 시와 포스트모더니즘의 시를 절대적으로 구분지을 수는 없다. 그것은 동질성과 이질성, 현실과 이상, 의미와 무의미, 대칭과 비대칭, 이미지와 날이미지 등을 지향하는 시들이 절대적으로 제각각 존재하는 것이 아니라 일정한 편향성을 지니고 있기 때문이다. 이렇게 포스트모더니즘이 모든 중심주의적 전통을 전복시키며, 상호 끝없는 소통과 어울림의 커다란 장을 구성한다고 할 때 함기석 시인은 이런 '탈중심화'의 편향적 사고를 실천하는 양식을 제공한다.

> 어떤 市를 가는데
> 어떤 커다란 돌이 굴러와 멈춘다
> 돌에서 다리가 쑥 나오더니 내 엉덩이를 걷어찬다
> 팔이 쑥 나오더니 내 뺨을 후려친다
> 내 가발을 빼앗아 쓰더니
> 내 바지를 빼앗아 입더니
> 내 가방을 빼앗아 열더니
> 노트에 깨알같이 적힌 미분방정식의 오류를 지적하더니
> 오류의 오류를 지적하더니
> 내 노트를 먹어치우기 시작하더니
> 내 가방도 구두도 마구 먹어치우더니
> 나까지 먹어치우더니
> 다시 데굴데굴 굴러간다
> 아무 일 없다는 듯 삼복염천의 다리 밑에서 돌은
> 배를 두드리며 늘어지게
> 낮잠을 잔다.

-함기석, 「어떤 市를」 전문(『시와세계』, 2010, 여름호)

앞의 시 「어떤 시를」에서 그는 세계의 가치관을 핵심(중심)으로 파고들어가려는 것이 아니라 오히려 핵심으로부터 벗어나려는 노마드(nomad)적인 비대칭의 시세계를 드러내 보이고 있다. 또 고유성을 가지고 있는 자아로서 대체가 불가능한 단일한 자아의 속성인 '중심주의'를 해체하려고 한다. 이 「어떤 시를」이라는 작품에서 함기석 시인이 수용하는 해체는 일반적인 의미를 지닌 파괴(destruction)가 아니라 다분히 새로운 건설(construction)의 의미를 가지고 있다.

인간이 정신분열증에 시달릴 수밖에 없는 것은 자칫 주변으로 떠밀려 나갈 수 있을 것이라는 불안, 초조를 극복하기 위해 중심으로 들어가려는 강박관념

에서 비롯된다는 것도 하나의 이유가 될 것이다. 그러나 함기석 시인은 정신분열증으로부터 자의식으로 도피하고 있다. 특히 그는 리얼리즘의 재현성에 대한 회의를 뚜렷하게 나타낸다. 예시된 시 작품인 「어떤 시를」에서 시적 화자는 도시의 중심으로 들어가려고 하지만 '돌'이라는 '자아'가 전투적인 태세로 가로막고 있는 흥미로운 양상을 보인다. 그것도 순수성을 앞세운 만류가 아니라 '내 엉덩이를 걷어차'기도 하고, '내 뺨을 후려치'는 폭력을 휘두르며 가로막고 있다. 따라서 이 시에서는 '중심주의'와 '탈중심주의'의 극렬한 대립의 양상을 보여주고 있다. 양자의 이기고 지는 문제가 중요한 것이 아니다. 이것은 '중심주의'의 표상이라고 할 수 있는 계층 구조적인 사회의 모순을 적나라하게 비판하는 태도를 취하고 있다는 데 의미를 두어야 한다.

　중심으로 들어가려는 '가발'과 '바지', 그리고 '가방'에 대해 '오류'를 지적하기도 하고, 때로는 '가방'과 '바지'를, '가발'을 마구 먹어치우는 행위로 서슴없이 해체하고 있다. 여기서 가방과 가발, 그리고 바지는 중심을 뚫고 들어가려는 모더니즘의 단일 자아이다. 모더니즘의 단일 자아는 끊임없는 야망을 실현하기 위해 욕망을 가득 담을 가방을 들고, 위선의 가발을 쓰고, 힘의 상징인 바지를 입고 도시의 중심으로 진입하려 하지만 '돌'은 그들과 맞서 싸우고 있다. 이 '돌'이 유목적 사고를 가진 매우 낙천적인 '자아'라고 볼 수 있는 이유를 「어떤 시를」에서 보여주는 행위에서 찾는다. 왜냐하면 태연하게 '아무 일 없었다는 듯 '삼복염천의 다리 밑에서 돌은/배를 두드리며 늘어지게/낮잠을 잔다'는 표현에서 알 수 있다. 이 '돌'의 근성은 매우 낙천적인 탓으로 그를 중심을 추구하는 자아로 인식할 수가 없다. 이것은 '중심화'되고 '계층화'로 인한 소통의 부재, 즉 인간과 인간의 소통 부재, 인간과 자연의 소통 부재, 인간과 신의 소통 부재 현상을 역설적으로 보여주는 알레고리(allegory)와 같은 것이다. 또 낡은 이데올로기의 폭력과 인간을 상품화하는 브루주아에 대한 일대의 비판이기도 하다.

　또 「어떤 시를」에서 반복적으로 횡단하는 '~더니'는 새로운 의미를 생성하는 파열음으로 시적 화자는 근경(根莖, 뿌리줄기)에서 새로운 뿌리가 돋아나는 다원주의로 비대칭의 특성을 가지며, 환상의 가로지르기를 지속하고 있다. 예컨대 모더니즘이 바깥에서 심층으로 뚫고 들어가려는 것과 같은 '중심주의'라면 포스트모더니즘은 중심으로 파고 들어가지 아니하고 바깥에서 횡단하며, 미끄러지면서 차이와 연기를 반복하는, 다시 말해 중심이 없는 다원주의적인 성질을 가지고 있다.

이처럼 유목적 글쓰기에서 다양체는 먼저 차이와 차이 자체로서 의미를 갖는 것이어야 한다. 두 번째로는 동일자의 운동에 포함되지 않는 것이어야 한다. 세 번째로는 차이가 어떤 하나의 중심, 즉 일자로 포섭되거나 동일화되지 않는 존재이어야 한다. 따라서 「어떤 시를」은 하나의 원리로 환원되지 않는 이질적 집합을 이루고 하나의 추가가 전체의 의미망을 크게 다르게 할 수 있는, 접속되는 항들에 따라 그 성질과 차원의 수가 달라지는 작품이라는 것이다. 이처럼 함기석 시인이 드러내 보이는 실험적인 목소리의 진원지가 한국 문단의 변방이 아니라 주류의 경계선 안(內)이라는 데 주목할 일이다.

■ 참고문헌

1. 기본 자료

김동명, 『芭蕉』, 新聲閣(함흥), 1938.
──, 『하늘』, 崇文社(서울), 1948.
──, 『眞珠灣』, 文榮社(이화여대), 1954.
──, 『目擊者』, 人間社, 1957.
──, 『내마음』, 新雅社, 1964.
──, 『世代의 揷話』, 日新社, 1959(단기 4292).
──, 『모래 위에 쓴 落書』新雅社, 1965.
──, 『敵과 同志』, 昌平社, 1955(3판).
──, 『歷史의 背後에서』, 新雅社, 1958.
──, 『나는 證言한다』, 新雅社, 1964.
김동명문집간행회 편, 『내마음』, 新雅社, 1964.
김춘수, 『김춘수 시전집』, 현대문학, 2008(2쇄).
이승훈, 『사물 A』, 삼애사, 1969.
──, 『환상의 다리』, 일지사, 1976.
──, 『당신의 초상』, 문학사상사, 1981.
──, 『당신의 방』, 문학과지성사, 1986.
──, 『나는 사랑한다』, 세계사, 1997.
──, 『길은 없어도 행복하다』, 세계사, 2000(3쇄).
──, 『인생』, 민음사, 2002.
──, 『시적인 것도 없고 시도 없다』, 집문당, 2003.
──, 『이것은 시가 아니다』, 세계사, 2007.

2. 단행본

김대행, 『문학이란 무엇인가』, 문학사상사, 1992.
김유동, 『아도르노 사상 : 고통의 인식과 화해의 모색』, 문예출판사, 1993.
김재홍 · 문학이론연구회 편, 『문학개론』, 새문사, 2000.
김정훈, 『임화시 연구』, 국학자료원, 2001.
김준오, 『시론』, 삼지사, 2009.
김춘수, 『의미와 무의미』, 문학과지성사, 1980(4판).
김 현, 『분석과 해석 : 보이는 심연과 안 보이는 역사 전망』, 문학과지성사, 1992.
──── 외, 『예술과 사회』, 민음사, 1981(2판).

한국 현대시의 표정과 불온성

나병철,『모더니즘과 포스트모더니즘을 넘어서』, 소명출판사, 1999.

대한성서공회,『성서』, 성덕인쇄사, 1986.

뤼시앙 골드만,『숨은 神』, 송기형 · 정과리 역, 연구사, 1990.

마이어,『세계상실의 문학』, 장남준 역, 홍성사, 1981.

모로아,『태초에 행동이 있었다』, 서정철 역, 瑞文堂, 1977.

모리스 블랑쇼,『문학의 공간』, 이달승 역, 그린비, 2010.

문덕수,『모더니즘을 넘어서』, 시문학사, 2003.

브루스 핑크,『에리크 읽기』, 김서영 역, 도서출판b, 2007.

서준섭,『창조적 상상력』, 서정시학, 2009.

석지현,『선시감상사전』, 민족사, 1997.

송 무,『영문학에 대한 반성』, 민음사, 1997.

송수권,『송수권의 체험적 시론』, 문학사상, 2006.

시와세계 기획,『이승훈의 문학 탐색』, 푸른사상사, 2007.

이재숙,『우파니샤드』, 풀빛, 2005.

신현숙,『초현실주의』, 동아출판사, 1992.

심재상,『노장적 시각에서 본 보들레르의 시세계』, 살림, 1995.

아더 T. 저어실드,『自我의 探索』, 이혜선 역, 배영사, 1995(중판).

앤서니 엘리엇,『자아란 무엇인가』, 김정훈 역, 도서출판 삼인, 2007.

오세영,『현대시와 불교』, 살림, 2006.

옥타비오 파스,『흙의 자식들 외』, 김은중 역, 솔, 2003.

윤명구 외,『문학개론』, 현대문학, 1990(3판).

이동렬,『문학과 사회묘사』, 민음사, 1988.

이본느 뒤플레시스,『초현실주의』, 조한경 역, 탐구당, 1993.

이숭녕,『복합대사전』, 민중서각, 1998.

이승훈,『포스트모더니즘 시론』, 세계사, 1991.

─────,『한국현대시론사』, 고려원, 1993.

─────,『이승훈의 현대회화 읽기』, 천년의시작, 2005.

─────,『현대시의 종말과 미학』, 집문당, 2007.

이운룡,『한국시의 의식구조』, 한국문학도서관, 2008.

이정자,『고시가 아니마 연구』, 한국문학도서관, 2008.

이정진,『언어와 문학』, 학문사, 2001.

이지엽,『현대시 창작 강의』, 고요아침, 2009.

임진수,『정신분석학에서의 자아의 문제』, 프로이트 라캉학교 · 파워북, 2010.

자크 라캉,『욕망 이론』, 민승기 외 역, 문예출판사, 1994.

정끝별,『천 개의 혀를 가진 시의 언어』, 한국문학도서관, 2008.

정효구,『한국 현대시와 문명의 전환』, 새미, 2002.

조남익,『한국 현대시 해설』, 미래문화사, 1994(10쇄).

한국사회과학연구소 편,『藝術과 社會』, 민음사, 1981.

한국천주교주교회의, 미사통상문『매일미사』, 2011.

한자경,『자아의 연구』, 서광사, 1997.

F.W 니체,『짜라투스트라는 이렇게 말했다』, 사순옥 역, 홍신문화사, 1989.

W. W. Purkey,『自我의 槪念과 敎育』, 안범희 역, 문음사, 1999.

Wilfred, L. Guerin, *A Handbook of Critical Approaches to Literature*, Harper & Row, 1966.

3. 논문 및 기타

권택영,「라캉의 욕망 이론」,『욕망 이론』, 자크 라캉, 문예출판사, 1994.

김병욱,「시인의 현실참여」,『김동명의 시세계와 삶』, 한남대학교 출판부, 1994.

김상미,「이상한 토양에 이상한 거름으로 된 이상한 꽃」,『작가세계』, 2005, 봄호.

김석준,「동일성과 비동일성」,『유심』 35호, 2008, 12월호.

김승옥,「문학이란 이런 것」,『조선일보』, 1999년 2월 28일자.

김이강/대담,「나오는 대로 쓴다」,『詩針』, 2009 창간호.

김인환,「시조와 현대시」,『한국현대시문학대계』 5, 지식산업사, 1984.

김재홍,「60년대 시와 시인」,『한국 현대시 연구』, 민음사, 1989.

김준오,「메타시와 인칭의 의미론」,『밝은 방』, 고려원, 1995.

─────,「순수-참여의 다극화 시대」, 김윤식 외,『한국현대문학사』, 현대문학사, 2002.

김춘수,「시의 전개」,『詩의 表情』, 1979.

김 현,「어두움과 싱싱함의 세계 : 이승훈」,『보이는 심연과 안 보이는 역사전망』, 문학과지
              성사, 2003(3쇄).

모리스 블랑쇼,「잠과 밤」,『문학의 공간』, 박혜영 역, 책세상, 1970.

박민수,「강원시인연구 3, 이승훈론」,『관동향토문화연구』 제10집, 춘천교육대학교, 1992.

박철석,「한국시와 밤의 인식」,『수련어문논집』, 부산여자대학국어교육과, 1975.

송기한,「타자적 언어와의 대결구도 속에서의 차아찾기-이승훈론」,『현대시』, 2008.

안수길,「김동명선생의 시와 애국심」,『신동아』 43호, 1968.

엄창섭,「초허 김동명문학 연구」, 성균관대학교 박사학위 논문, 1985.

이경호,「시쓰기 밖의 시쓰기」, 이승훈,『길은 없어도 행복하다』, 세계사, 2000.

이규명,「프로이트, 융, 라캉의 관점에서」,『예이츠와 정신분석학』, 도서출판 동인, 2002.

이성교,「김동명연구」,『성신여자사범대학논문집』 4·5합집, 1972.

─────,「김동명 시 연구」, 김병우 외,『김동명의 시세계와 삶』, 한남대학교 출판부, 1994,

이승훈,「말의 새로운 모습」,『한양어문』 제1집, 한양대학교 국어국문학과, 1974.

─────,「발견으로서의 수법」,『반인간』, 조광출판사, 1975.

─────,「언어를 찾아서」,『반인간』, 조광출판사, 1975.

─────,「이승훈의 해방시학」,『현대시학』, 2001.

————, 「시인의 말」, 『비누』, 고요아침, 2004.

————, 「환상 가로 지르기」, 『시와세계』, 2006 겨울호.

————, 「비대상에서 선까지」, 『현대시의 종말과 미학』, 집문당, 2007.

————, 박찬일 대담, 『이승훈의 문학탐색』, 푸른사상, 2007.

————, 「자아도 없고 언어도 없다」, 『라캉 거꾸로 읽기』, 월인, 2009.

이재복, 「유에서 무로 무에서 무로」, 『작가세계』, 2005, 봄호.

이정민, 「언어의 본질과 과학」, 『언어과학이란 무엇인가』, 문학과지성사, 1982.

임영환, 「김동명시의 특색」, 『정한모 교수회갑기념논문집』, 일지사, 1983.

————, 「김동명의 민족시적 성격」, 김병우 외, 『김동명의 시세계와 삶』, 한남대학교 출판부, 1994.

정명환, 「사르트르 또는 실천적 타성태(實踐的 惰性態)의 감옥」, 『사회비평』 18호, 1998.

정태용, 「김동명의 기지」, 『현대문학』 13호.

조남현, 「방법적 회의에 결실을 기다리며」, 『당신의 방』, 문학과지성사, 1986.

진순애, 「해체의 시간을 건너는 카오스의 언어」, 이승훈, 『아름다운A』, 황금북, 2002.

테오도르 아도르노, 「해방적 실천은 충분히 해방적인가」, 『부정변증법』, 홍승용 역, 한길사, 2003.

허혜정, 「이승훈도 없고 이승훈 씨도 없다」, 『시인시각』, 2007, 겨울호.

홍선미, 「미술, 욕망의 언어로써」, 『라캉과 현대정신분석』 제8권 2호, 한국라캉과현대정신분석학회, 2006.

홍재성, 「소쉬르 언어학의 몇 가지 개념」, 『언어과학이란 무엇인가』, 문학과지성사, 1982.

G. Hartman, "Maurice Blanchot", *The Novelist as Philosopher—Studies in French 1935~1960*, ed. by J. Cruickshank, Oxford Univ. Press, 1962.

「집착과 허무」, 『법보신문』, 2004년 8월 10일자.

■ 찾아보기

한국 현대시의 표정과 불온성

■ 심은섭 沈殷燮

가톨릭관동대학교에서 문학박사 학위를 받았다. 2004년에 시 전문지 『심상』을 통해 시인으로 등단했다. 2006년 『경인일보』 신춘문예에 시 부문이, 2008년 『시와세계』 겨울호에 문학평론이 당선되었다.

저서로 『K과장이 노량진으로 간 까닭』(2009), 『달빛물결』(2014), 『한국 현대시의 표정과 불온성』(2015) 등이 있다. 2006년 제1회 5·18 문학상, 2006년 제1회 정심문학상, 2009년 제7회 강원문학 작가상, 2013년 제6회 세종문화예술대상을 수상했다.

전국대학생 박인환문학상 심사위원장, 계간 『시와세계』 편집기획위원, 웹진 『시인광장』 평론 집필위원을 역임했다. 현재 교산·난설헌선양위원회 이사, 난설헌시문학상 심사위원, 강원현대시문학회 지도교수, 계간 『시산맥』 편집기획위원, 월간 『모던포엠』 편집위원, 국제펜클럽 한국본부 회원, 한국현대시인협회 회원, 한국 가톨릭문인협회 회원으로 활동하고 있으며, 가톨릭관동대학교 교수로 재직하고 있다.